華山歸還
화산귀환

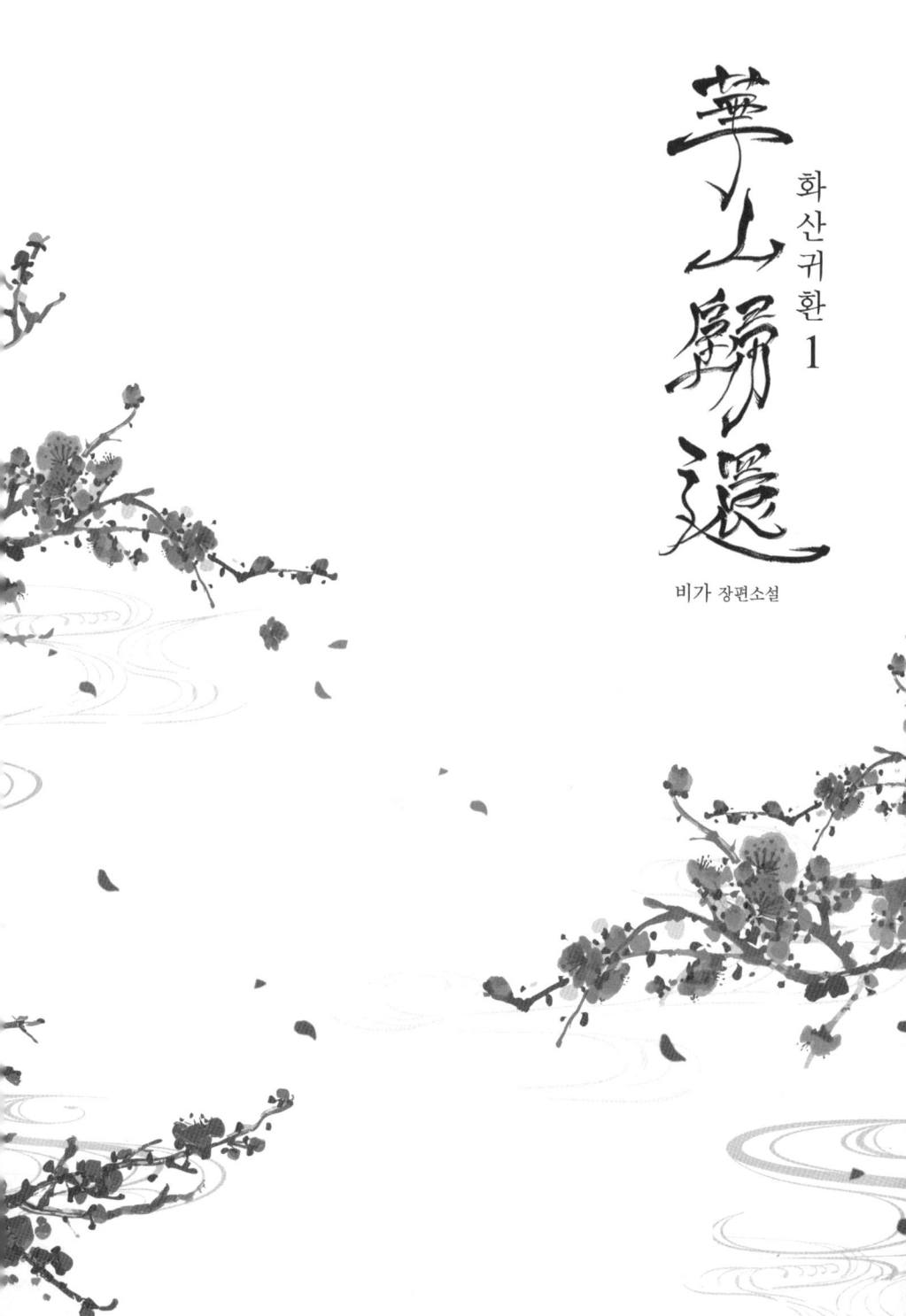

화산은 사라지지 않는다.

목차

서(序) ······ 009

1장 이게 뭐가 어떻게 돌아가는 상황이야? ······ 017

2장 세상에, 화산이 망하네 ······ 061

3장 화산이기 때문입니다 ······ 369

4장 소도장은 정말 도사인가? ······ 405

서(序)

"이……."

이가 부러질 듯 맞물렸다.

움켜쥔 주먹에 얼마나 힘이 들어갔는지, 손톱이 손바닥을 파고들어 검붉은 피가 흘러나온다.

경련하는 몸을 주체할 수가 없다. 머릿속을 새하얗게 만들어 버릴 것 같은 분노가 그를 덮쳤다.

모든 것이 붉다. 눈에 보이는 모든 것이 검붉은 핏빛으로 물들어 있었다.

고작 하루 전까지 녹음으로 푸르르던 이 산봉우리는 불과 하루 만에 인간의 피로 뒤덮여 그 색이 바뀌어 버렸다.

죽음.

이제 이곳에 남은 것은 죽음뿐이었다. 무엇을 위해 이 많은 피가 흘러야 했단 말인가?

청명이 손을 들어 자신의 어깨에 쑤셔 박힌 검날을 움켜잡았다. 부러진 매화검의 날이 뽑혀 나왔다.

그의 몸 역시 정상은 아니다. 왼쪽 팔은 뜯겨 나가 소맷자락만 펄럭이고 있었고, 두 다리 중 하나도 반쯤 잘려 제 역할을 하지 못했다. 하지만 그보다 더 심각한 것은 그의 배에 뚫린, 아이 머리만 한 커다란 구멍이었다.

하지만 청명은 조금의 고통도 느끼지 못했다. 갈기갈기 찢기는 듯한 심적 고통에 비하면 육신의 고통 따위는 아무것도 아니다.

"……장문사형."

그의 눈에 처참한 시체가 되어 버린 화산장문 청문(靑間)의 모습이 들어왔다. 무엇이 그리 억울했을까? 무엇이 그리 억울해, 죽어서도 눈을 감지 못하는 걸까?

장문인뿐만이 아니다.

"사제……."

허리가 두 동강이 난 채 죽은 청공(靑空)의 모습이 그의 눈에 아프게 틀어박힌다.

"……사질들."

모두가 죽었다. 함께 이 산을 오르며, 강호를 수호하고 화산의 이름을 천하에 떨치리라 맹세했던 사형제들은 모두 돌아오지 못할 곳으로 떠났다. 그들을 따라 이 산에 오른 사질들도 모두.

청명이 이를 악물었다. 고귀한 희생이다. 더없이 위대하고 협의(俠義) 넘치는 죽음이다. 하지만 이 죽음을 누가 감히 칭송할 수 있단 말인가? 누가 감히!

천천히 고개를 돌렸다. 더할 나위 없이 거대한 증오를 담아 이 모든 사태를 만들어 낸 원흉을 노려보았다.

하늘이 내린 악마. 천하를 피로 물들인 악귀의 집단, 마교의 교주.

세상이 천마(天魔)라 부르는 이를.

이 끔찍한 지옥도 속에서도 천마는 더없이 평온해 보였다. 시산혈해 속에 가만히 가부좌를 틀고 있는 그의 모습은, 세상에서 가장 그를 증오한다고 자부하는 청명에게마저 기이한 감정을 불러일으켰다.

아니, 평온이란 말은 지금의 그에게 어울리지 않는다. 전신에 십여 개의 검이 박히고, 두 개의 창에 배가 뚫려 있는 자에게 평온이라는 말이 가당키나 한가.

저 마귀를 저 꼴로 만들기 위해 모두가 목숨을 바쳤다. 구파일방을 비롯한 이십여 개의 문파, 정예 중의 정예들만으로 구성된 최후의 결사대(決死隊). 그 모두와 천마의 격돌은 결국 공멸(共滅)이라는 결말을 낳았다.

이곳에서 죽어 간 이들은 과연 이 결과에 만족하고 눈을 감을 수 있을까? 그럴 리 없다. 설령 그들이 만족하고 기뻐한다고 해도 청명만은 그럴 수 없었다. 그저 전신을 불사를 것같이 끓어오르는 증오와 분노를 다스리는 것만이 그가 할 수 있는 전부였다.

그 순간, 천마가 가만히 눈을 떴다. 투명하게 비어 있는 그의 눈동자가 청명을 응시했다. 이윽고 그의 입이 천천히 열린다.

"……화산."

청명의 가슴에 화인처럼 박힌 그 두 글자가 저 마귀의 입에서 흘러나왔다.

"아쉽구나. 화산의 제자여. 이곳에서 살아 돌아갈 수 있다면 나를 죽였다는 영광을 일평생 누릴 텐데."

"……주둥아리 닥쳐."

"너는 충분히 자랑스러워해도 된다. 수많은 이들의 도움이 있었다고는 하나, 너의 검은 결국 나에게 닿았다. 나는 천마의 이름으로 너의 검이, 화산의 검이 천하제일임을 인정한다."

"닥치라고!"

저 저주받은 입에 화산이라는 이름을 올리는 것조차 증오스럽다.

"아쉽구나."

천마는 죽어 가고 있다. 제아무리 그 무위가 하늘에 닿은 고금제일의 마인(魔人)이라고는 하나, 단전이 꿰뚫리고 오장육부가 모두 잘려 나가서야 살아남을 수 없다.
회광반조(回光返照). 지금 천마의 모습은 그 생명이 끊기기 전의 마지막 몸부림에 불과하다.
하지만 어째서일까? 죽어 가는 이의 모습이 저토록 여유로운 것은?
천마는 그의 머리로는 도무지 이해할 수 없는, 불가해(不可解)의 존재였다.
"내게 하루의 시간이 더 주어졌다면, 진정 천마(天魔)라는 이름에 걸맞은 존재가 되었을 것을. 하지만 이것 역시 내게 주어진 운명이겠지."
청명은 어깨에서 뽑아낸 검날을 힘껏 움켜잡았다. 날카롭게 벼린 날이 손바닥을 파고들었지만 그딴 건 아무래도 좋다.
한 걸음. 또 한 걸음.
이 길고 끔찍했던 전쟁의 종결을 향해, 천마를 향해 청명은 절뚝거리며 다가갔다.
다가오는 청명을 보면서도 천마의 눈은 여전히 무색투명했다.
"기억해라. 화산의 제자여. 이것은 끝이 아니다. 마(魔)는 다시 돌아올 것이다. 그리고 그때는 진정으로 마도천하가 열릴 것이다. 누구도 막을 수 없는 마도……."
파아아앙!
검이 공기를 가르는 파공음이 고요한 산 정상에 울려 퍼졌다.
툭.
잘려 나간 천마의 목이 바닥으로 굴러떨어졌다. 청명은 여전히 투명한 눈으로 자신을 바라보고 있는 천마의 머리를 짓밟았다.
"이……."
전쟁은 끝났다.
세상은 이 전쟁을 결사대의 승리로 기억할 것이다. 하지만 청명은 알고 있다. 이곳에 승리 따위는 없다. 아무도, 그 누구도 승리하지 못했다.

마침내 다리에 힘이 풀린 청명이 그 자리에 주저앉았다. 피할 수 없는 죽음이 그에게도 찾아오고 있었다. 고개를 들어 하늘을 바라보았다. 이토록 많은 피가 흐르고, 이토록 많은 이들이 죽어 갔음에도 하늘은 여전히 무심할 만큼 푸르렀다.

'화산은 이제 어찌 되는가?'

천마를 죽이기 위해 대산(大山)에 오른 모든 이들이 죽었다. 남은 이들이 있다 한들, 그들조차 이 괴멸에 가까운 피해에 신음하게 될 것이다.

하지만 그 어떤 문파도 화산만큼 큰 피해를 입지는 않았다.

"장문사형……. 내가 말했잖소."

협의에 모든 것을 바치지 말라 그리 말했잖습니까.

화산의 모든 청자 배가 이곳에서 뼈를 묻었다. 그리고 청자 배를 따른 명자 배도 모두 죽었다. 남은 것은 전력이 되지 않는 아이들뿐. 그리고…… 후회. 후회뿐이었다. 화산이 이곳에서 흘린 피가 과연 의미가 있었을까?

"저는 모르겠습니다. 장문사형……."

청명의 몸이 천천히 옆으로 쓰러졌다. 쓰러진 그의 눈에 붉은 피로 물든 백색의 무복들과, 그 가슴팍에 새겨진 다섯 잎의 매화가 들어왔다.

지켜보는 이 하나 없는 곳에서 눈을 감는 쓸쓸한 최후. 평생 쥐어 온 매화검 하나를 묘비로 삼아 목숨을 초개처럼 버린 화산의 죽음이다.

"……그래도 나보단 낫구려."

울어 줄 이라도 있으니까. 청명이 그들을 위해 이리 울어 주고 있으니까.

흐려져 가는 청명의 시선이 장문인의 모습을 좇았다.

'미안하오. 장문사형.'

조금 더 무에 정진했다면 하나라도 살릴 수 있지 않았을까? 스승과 사형의 말을 귓등으로 듣고, 문파 밖으로 나도는 멍청한 삶을 살지 않았더라면. 매화검존(梅花劍尊)이라는 아무짝에도 쓸모없는 허명이 아니라, 진정으로 화산의 검을 얻었더라면 결과는 조금 달랐을까?

부질없다. 또한 부질없다. 남는 것은 그저 후회, 그리고 사문에 대한 걱정뿐이었다.

'언제고 매화는 지기 마련이지.'

또한 시린 겨울이 찾아오고 나면, 다시 피어난다.

'화산이여.'

청명의 의식이 점점 멀어졌다.

대화산파 십삼 대 제자.

천하삼대검수(天下三大劍手).

매화검존(梅花劍尊) 청명(青明).

천하를 혼란에 빠뜨린 고금제일마(古今第一魔) 천마(天魔)의 목을 치고 십만대산의 정상에서 영면.

세상에 그가 남긴 몇 줄 안 되는 글귀였다.

1장

이게 뭐가 어떻게 돌아가는 상황이야?

　꿈을 꾸었다. 아니, 이게 꿈인지, 기억인지, 그저 주마등에 불과한지 청명은 알지 못했다. 죽은 건지, 죽어 가는 중인지, 죽지 않았는지도 알 수 없었다.
　보이는 것은 그저 과거.
　아주 어린 시절의 기억.
　처음 화산에 입문하던 그의 모습.
　사형제들과 함께 수련하던 풍경.
　그리고 딱딱하기 짝이 없는 도문의 규범에 적응하지 못하고 밖으로 나도는 그의 모습이었다.
　- 너는 무인(武人)이기 이전에 도인(道人)이다. 도가 없는 힘은 그저 폭력에 불과하다는 걸 모른단 말이더냐?
　뻔한 잔소리가 늘 지겨웠다. 그렇기에 그는 화산의 제자이되 화산의 가르침을 온전히 따르지 못했다. 타고난 재능이 워낙에 뛰어나 매화검존이라는 과분한 별호를 얻기는 했지만, 그는 화산의 이단아였다.
　왜 몰랐을까?
　가르침이 뜻에 맞지 않는다 해도, 설령 그 모든 것이 고리타분하게 느꺼진다 해도…… 자신의 모든 것은 화산에서 나왔음을. 자신이 이토록이나 화산을 경애하고 있었음을.

너무 늦은 깨달음이고 너무 늦은 후회였다. 가르침을 조금만 더 중히 여겼다면, 그래서 조금 더 강해질 수 있었다면 이 끔찍한 결말을 바꿀 수 있었을지도 모른다. 그랬더라면…….

– 후회하느냐?

청명은 은은하게 울려오는 목소리를 가만히 받아들였다. 이건 사형의 목소리다. 장문사형. 그의 아버지이자 형이었고, 가족이었으며, 그의 목표였던 이. 따르고자 했으나 끝내 따르지 못하여 외면할 수밖에 없었던 이.

예, 후회합니다. 저는 후회합니다, 사형.

– 후회할 것 없다.

사형의 목소리에 은은한 온기가 어려 있다.

– 그래 봤자 화산 아니더냐.

……사형.

– 하나.

사형의 웃음이 들리는 것 같다. 한없이 따뜻하고, 한없이 자애로운.

– 그래도 화산이니라.

따악!

그래도 화…….

따악? 응? 따악?

"끄아아아아아악!"

머리에 끔찍한 격통이 느껴진다. 아프다. 눈물 나게 아프다. 아니, 이게 대체 무슨 고통이지? 팔다리가 잘려 나갈 때도 이렇게 끔찍하게 아프지는 않았는데?

"처, 천마?"

이 새끼 안 죽었나? 청명은 본능적으로 양손을 들어 머리를 가렸다. 이 새끼가 아직 안 죽은 거라면 어떻게든 다시 숨통을 끊어 놔야…….

"처어어언마아아아아?"

하지만 돌아온 것은 천마의 웅혼한 목소리가 아니라, 누가 들어도 띠껍고 배배 꼬인 목소리였다.

"응?"

눈을 뜨자 낯선 얼굴이 보였다.

거지다. 그것도 개방의 거지다. 허리춤에 보이는 매듭으로 봐서는 이제 겨우 일결개(一結丐). 좋은 말로 하면 이제 개방에 입문한 말단 거지고, 나쁜 말로 하면 거지 중에서도 상거지다. 심술보가 뒤룩뒤룩한 얼굴의 거지가 청명을 보면서 씩씩대고 있었다.

'웬 거지야?'

청명이 고개를 갸웃거리며 거지를 물끄러미 바라보았다. 그 반응을 본 거지의 얼굴이 짜증으로 물들기 시작했다. 정말 심술궂게도 생겼다.

"천마는 얼어 죽을 천마! 이 새끼가 아주 잠꼬대를 하고 자빠졌네. 이 거지새끼야! 다른 놈들은 다 구걸하러 갔는데, 너는 무슨 통뼈라고 처자빠져 자고 있냐? 한 번만 더 게으름 피우는 꼴을 보이면 혼쭐을 내 주겠다고 말했을 텐데? 본 화자(花子)의 말이 우습더냐?"

거지가 손에 든 타구봉을 빙빙 돌렸다.

잠깐만.

'그러니까 저게 지금…… 날 위협하는 건가?'

헛웃음이 절로 튀어나왔다. 상황은 이해가 가지 않지만, 이건 굳이 상황에 맞춰 해석할 필요도 없는 일이다.

청명이 누구인가? 천하의 그 많고 많은 검수들 중에서도 세 손가락 안에 꼽히는 이가 바로 청명이다. 천하가 그의 검을 화산 무학의 정수라 찬양했고, 매화검존이라는 드높은 별호로 칭송했다.

게다가 말이 천하삼대검수지. 다른 삼대검수 중 둘은 그의 상대가 되지 못한다. 그 천마마저도 마지막 순간 그의 검을 천하제일이라 인정하지 않았던가? 설사 개방 방주가 오더라도 그의 앞에서 고개를 빳빳이 들지 못할 것이다.
 그런데 위협? 위혀어어어업?
 "허? 허어? 너 지금 웃었냐?"
 거지가 어이없다는 눈으로 그를 보았다.
 "이보게, 화자."
 "이보게?"
 "지금 상황 파악이 안 된 모양인데, 일단 그거 내려놓게."
 "허. 허허허허. 허허허허허허."
 거지가 정말 어이없다는 듯 웃기 시작했다. 그 광경을 보며 청명은 눈살을 찌푸렸다. 감히 자신 앞에서 일결개 따위가 저런 반응을 보이다니.
 그 순간 거지가 다짜고짜 타구봉으로 청명의 머리를 후려쳐 왔다.
 '허.'
 청명은 속으로 헛웃음을 흘렸다. 기가 찰 노릇이었다. 감히 내가 누군 줄 알고 이따위 짓거리를 한단 말인가? 아무래도 오늘 이 거지 놈의 버릇을 단단히 고쳐 놓아야 할 것 같다.
 일단 이 느려 터진 몽둥이를 막고!
 청명이 느긋하게 오른팔을 들어 올렸다. 일단은 저 몽둥이를 움켜잡아 실력의 격차를 제대로…….
 ……어? 어?
 내 팔이 왜 이리 느리지?
 몽둥이는 날아오고 있는데, 청명의 손은 아직 몽둥이에 닿지 못했다.
 아니, 분명 마음먹는 순간 이미 저 몽둥이를 잡고 있어야 하는데? 아, 혹시 부상이 아직 덜 나은 건가? 그렇다면 최선을 다……. 어? 뭐야?

청명의 눈이 다시 휘둥그레졌다. 시야 한가운데로 그의 머리통을 향해 날아오는 몽둥이가 보였다. 그리고 그 시야의 끄트머리에 작은 손 하나가 나타났다. 굼벵이 같은 속도로 몽둥이를 향해 움직이는 작은 손.

너무도 작고, 또…… 짧아? 어? 이게 짧으면 안 되는데? 이게 짧으면 이걸 못 막…….

거지가 휘두른 몽둥이가 청명의 팔을 스쳐 지난 뒤 정수리에 안착했다.

쿠우우우우웅!

머릿속에서 천둥소리가 울렸다.

풀썩.

세상이 무너지는 충격을 받은 청명의 몸이 깔끔하게 뒤로 넘어갔다.

움찔. 움찔.

바닥에 널브러진 청명의 몸이 경련을 일으켰다. 상황이 어찌 흘러가는지, 대체 어떻게 대처해야 하는지 따위의 잡생각이 머릿속에서 깔끔하게 사라졌다. 남은 것은 오로지 천지가 개벽하는 것 같은 고통뿐이었다.

"끄아아아아아아!"

청명이 머리를 부여잡고 뒹굴었다. 천마에게 팔이 뜯겨 나갔을 때도 이렇게 아프지는 않았다!

"이 새끼!"

청명의 머리를 후려친 거지는 이제 아예 손에 침을 탁 뱉고는 본격적으로 그를 두들겨 패기 시작했다.

"상황 파악? 상황 파아악? 오냐! 내가 오늘 확실하게 상황 파악을 시켜 주마! 이 새끼가 미치려면 곱게 미칠 것이지! 더위를 처먹었나! 더위에는 매가 약이다, 이놈아!"

몽둥이가 현란하게 청명의 몸을 작신작신 후려 팼다.

"악! 아악! 악! 이 거지가 미쳤나! 당장 그만두지 못…… 아악!"

"죽어! 죽어!"

"아, 아프다고! 악!"

정신없이 쏟아지는 매질에 청명의 외침이 조금씩 변해 가기 시작했다.

퍽! 퍼억! 퍽!

"이 거지새끼! 내가 가만두지 않겠다! 내 오늘 살계를 열어……."

"열어라! 제발 좀 열어라, 인마!"

"악! 아아악! 이거 왜 안 막아져! 아악!"

퍼억! 퍼어억! 퍼억!

"거…… 적당히……. 아니, 아악! 악!"

후려침에 거침이 없다.

"……살려……."

퍽! 퍼억! 퍼억!

"사, 살려 줘어어어어어어어어!"

앞으로 펼쳐질 새로운 삶이 결코 순탄치 않음을 암시하는 듯, 시작부터 복날 개처럼 얻어맞는 청명이었다.

◆ ❖ ◆

"……아, 자존심 상해."

청명이 코에 쑤셔 박았던 천을 잡아 뺐다.

"아, 아야야."

코에 시큰한 통증이 느껴졌다. 뻘겋게 물든 더러운 천을 보는 순간 청명의 얼굴이 허탈함으로 물들었다.

코피라니! 심지어 내상 때문에 피가 역류해 나오는 코피도 아니고, 두들겨 맞아서 흘리는 코피라니! 이게 말이나 되는 소린가?

코피뿐만이 아니었다. 전신에 성한 곳이 하나도 없다. 시퍼렇게 멍이 든 눈두덩이야 말할 것도 없고, 뼈마디 하나까지 온전한 곳이 없는 느낌이었다. 살면서 단 한 번이라도 이렇게 녹신녹신해지도록 매질을 당해 본 적이 있던가? 엄격한 규율을 자랑하는 화산에서 온갖 사고를 치면서도 이렇게 맞아 본 적이 없는데, 그 첫 경험(?)을 저잣거리 거지를 통해 하게 될 줄이야.

"망할 거지 놈······."

타구봉을 휘두르는 거지의 손길에선 전문가의 냄새가 났다. 몸 구석구석을 하나도 남기지 않고 후려 패는 그 매질은 거의 예술의 경지였다. 그 몽둥이질의 대상이 자신만 아니었더라도 박수를 쳐 주었을 테지만······.

"이 개방 거지새끼들. 내가 씨를 말려 버리겠다."

지금은 단순히 분노만 치밀 뿐이다. 치밀어 오르는 열과 짜증을 이기지 못한 청명이 드러누워 바동거렸다. 하지만 바동거려 봤자 몸만 더 쑤실 뿐이었다.

"아니, 그보다······."

청명은 얼른 벌떡 일어나 냇가로 다가갔다. 그리고 고개를 앞으로 빼꼼 내밀었다.

수면에 처음 보는 어린 얼굴이 비친다. 청명이 얼굴을 일그러뜨리자 어린놈도 얼굴을 일그러뜨렸고, 청명이 한숨을 쉬자 어린놈도 한숨을 쉬었다.

"······이게 뭐가 어떻게 돌아가는 상황이야?"

왜 수면에 어린놈의 얼굴이 보이는가?

아니, 뭐 얼굴이야 좋다. 얼굴이 바뀐 건 납득할 수 있다. 여하튼 얼굴은 어릴수록 좋은 법이 아닌가? 동안이라기엔 과하게 어려졌지만, 늙은 것보다는 어린 게 낫다. 게다가 아무리 생각해 봐도 이 얼굴이 예전 청명의 것보다 잘생겼다. 그러니 그건 딱히 불만이 없다.

불만이 터지는 부분은 몸도 함께 어려졌다는 점이다.

'짧아.'
 팔다리가 원래 그의 것보다 짧다. 태생적으로 체형이 짧은 게 아니라, 아직 성장이 덜 된 아이의 몸이기 때문이다. 게다가 이 몸뚱어리는 자라면서 피죽도 못 얻어먹었는지, 앙상한 뼈밖에 남아 있지 않다. 지금도 기운이 없고 배가 고파서 손 하나 들어 올리기 힘들다.
 아, 그건 맞아서 그렇구나. 여하튼!
 "그러니까…… 정리하자면, 내가 살아 있다는 건데."
 '내가'라는 말은 적당하지 않을 수도 있다. 아무리 봐도 지금 그의 모습은 매화검존 청명의 모습은 아니니까. 여든에 가까웠던 노인이 어린아이의 몸이 되어 버렸다.
 매화검존 청명이 살아 있는 게 아니라, 매화검존 청명이 거지 아이의 몸에 들어온 것이다. 그것도 기억을 온전히 가진 채 말이다.
 "귀신이 곡할 노릇이네."
 이게 그 불교에서 말하는 환생이라는 건가? 이럴 줄 알았으면 화산에 입문할 게 아니라 소림에 입문할걸.
 갑작스레 깊어지는 불심(?)을 밀어 내며 애서 외면한 청명이 손을 들어 머리를 벅벅 긁었다.
 "아야!"
 격하게 손을 움직이자 전신이 욱신거렸다. 생각하면 생각할수록 열 받았다.
 "말도 안 된다고 난리 쳐 봐야 달라지는 것은 없을 테고."
 꿈도 아니고, 환상도 아니다. 천마가 환술을 부린 게 아닌가 의심도 해 보았지만, 이런 생생한 환술을 부릴 수 있다면 천마는 이미 천하를 지배하고도 남았을 것이다. 어찌 된 영문인지는 모르겠으나, 어쨌든 이 모든 것이 현실이라는 걸 인정해야 한다. 그렇다면 지금부터 해야 할 일이 뭔지는 너무도 극명하다.

"……일단은 대체 상황이 어떻게 돌아가고 있는지 파악을 해 봐야겠어."

자리에서 벌떡 일어난 청명은 아까 빠져나왔던 거지 굴 쪽으로 다시 달리기 시작했다. 아니, 달려가려고 했다.

"끄으으윽."

몇 걸음도 채 떼지 못하고 그 자리에 도로 주저앉고 말았다.

"옴팡지게도 때렸네, 이 거지새끼."

청명의 눈이 불타오르기 시작했다.

"상황이 어떻든 내가 개방은 반드시 족친다."

죽었다 살아났다고 해서 더러운 성격이 어디 가는 것은 아니었다. 그는 이내 다시 일어서선 뒤뚱거리며 거지 굴로 걸어갔다.

• ◆ •

'아무래도 미친 것 같은데.'

구칠(ㅁㅂ)은 청명을 보며 심각한 표정을 지었다.

'맞아서 정신이 나간 건가?'

좀 심하게 맞기는 했다. 왕초가 평소에도 사람을 좀 과하게 패는 면이 있기는 했지만, 오늘은 정말 작정한 듯 패 댔으니까. 복날에 개를 잡아도 그렇게 패지는 않을 것이다. 평소 같으면 어떻게든 왕초를 말리려 했을 이들도, 그 기세에 눌려 차마 말릴 생각도 못 하지 않았는가? 그러니 사람이라면 지금쯤이면 골골대고 있어야 정상인데…….

"그러니까 내가 거지란 말이지?"

'몸은 멀쩡한 대신 머리가 맛이 가 버렸나?'

거지가 자기가 거지냐고 묻고 있다. 이런 거지 같은 경우가 또 있을까?

확실히 이놈이 오늘 좀 이상하다. 아니, 많이 이상하다. 평소에도 뺀질대는 감이 있어서 언제 한번은 호되게 경을 칠 거라고 생각했다. 오늘 특별히 운이 없어서 걸린 것뿐, 평소에도 농땡이를 부리는 건 비슷했다. 오늘이 아니었다 해도 언젠가는 대차게 얻어맞았을 것이다. 자기가 먹을 것을 자기 손으로 동냥하지 못하면 굶어 죽거나 맞아 죽는 게 거지굴의 철칙이니까.

개든 사람이든 얻어맞고 나면 한동안은 정신을 차린다. 그게 정상이다. 하지만 그렇지 않은 경우가 지금 구칠의 눈앞에 있었다.

"진짜 내가 이런 데서 사는 거지라고? 그럴 리가 없는데."

"……눈 없냐?"

"응?"

"네가 뭘 입고 있는지만 봐도 본인의 정체성을 파악하기는 그리 어렵지 않아 보이는데."

청명이 고개를 내렸다. 온갖 천을 다 갖다 붙여 기운 누더기가 눈에 들어온다. 몸에 걸치고 있으니 옷이라고 하지, 버려져 있으면 옷인 줄도 모를 넝마였다. 보통 사람이면 이쯤에서 고개를 끄덕이고 돌아가겠지만, 청명은 포기를 몰랐다.

"이름은 딱히 없고?"

구칠은 낮게 한숨을 쉬었다.

"거지가 이름이 어디 있어. 대충 짓고 부르는 거지. 너는 초삼(草三)이야."

"……딱 거지 이름 같네."

봐라. 상태가 영 좋지 않다.

"하필이면 거지라니. 이런 거지 같은 일이 있나."

"……."

"나이는 대충 열대여섯?"

"거지가 나이를 어떻게 알아?"

"그도 그러네."

이상한 건 한두 가지가 아니다. 말투부터 행동거지 하나하나가 다 달라졌다. 머리를 심하게 얻어맞아서 생긴 변화라고 납득하기에도 과할 정도다. 게다가 지금 아무것도 모른다는 투로 물어 오지 않는가?

"그럼 지금이 몇 년이냐?"

"……살다 살다 날짜 세는 거지를 다 보네. 나보고 해를 세는 거지가 되라는 거야?"

"진짜 거지 같네."

구칠이 손을 들어 눈두덩을 비볐다. 항상 피곤하고 배고픈 게 거지의 삶이지만, 지금 이 순간만큼은 평소보다 배로 피곤한 느낌이었다.

"그럼 하나 묻겠는데."

"……지금까지도 묻고 있었으면서."

"너 천마 아냐?"

구칠이 눈을 일그러뜨렸다.

"아까도 천마가 어쩌고 하더니, 갑자기 천마는 왜 그렇게 찾아 대?"

"대답부터 해 봐라."

"알지. 천마 모르는 사람이 어디 있어. 백 년 전에 죽은 대마두잖아."

"뭐?"

"대마두……."

그 순간 청명이 구칠에게 달려들어 그의 멱살을 와락 움켜잡았다.

"천마가 죽은 지 백 년이 지났다고? 백 년? 지금 백 년이라고 했냐? 백 녀어어어언?"

아무래도 정말 맛이 간 모양이다.

"그렇다니까."

"한 치의 거짓도 없는 사실이겠지?"

"내가 너한테 거짓말을 해서 나오는 게 뭐가 있냐! 피죽도 없는 놈이."

눈을 부라리던 청명은 입을 벙긋거리다가 이내 경악한 얼굴로 구칠의 멱살을 잡은 손을 놓았다. 그러더니 돌연 머리를 벅벅 긁어 대기 시작했다.

'확실히 미쳤어.'

저 얼굴을 보고 있으면 그렇게밖에 생각할 수 없다. 넋이 나간 것도 같고, 맛이 간 것도 같다. 사람의 얼굴이 저렇게 다양한 '당황'을 표현할 수 있다는 걸 구칠은 처음 알게 되었다.

"백 년이라고?"

"다시 말해 줄까?"

"……돌겠네."

청명은 허탈함을 숨기지 못하고 위를 올려다보았다.

파란 하늘이라도 보이면 조금 위로가 될까 싶었지만 보이는 거라고는 시커먼 움막의 천장밖에 없었다. 마치 지금 청명의 심정처럼 우중충하기만 하다.

"백 년이 지났다는 말이지?"

이제 슬슬 짜증이 난 구칠이 버럭 소리를 질렀다.

"구관조도 아니고 왜 자꾸 했던 말을 다시 하고 있어! 백 년이 지났다니까! 중원무림 결사대가 십만대산의 정상에서 천마랑 크게 맞붙고 결국엔 목을 땄던, 그 뭐냐……. 그래! 대산혈사(大山血事)가 지금으로부터 대충 백 년 전이라고!"

"……알아들었어."

그래서 미치겠다. 청명은 허망한 얼굴로 구칠을 바라보았다.

'차라리 아무것도 모르는 거지면 모르겠는데.'

조금 전 신나게 청명을 타작했던 놈은 개방의 일결개였다. 그 말인즉슨 눈앞에 있는 이 녀석도 개방에 한 발을 걸치고 있는 놈이란 뜻이다.

보통 십만 개방도라고 하지 않는가? 하지만 개방이 무슨 천하제일의 대부호도 아니고, 십만에 달하는 문도를 모두 먹이고 재울 수는 없다. 거지 방파 주제에 알짜라고 소문이 난 개방이지만 자금에는 한계가 있는 법이다.

그 십만 개방도 중 대부분은 지금 눈앞에 보이는 구칠 같은 그냥 거지였다. 개방은 이런 거지들에게 무결개(無結丐), 즉 매듭 없는 거지라는 이름을 주고 적당히 문도 취급을 한다.

저자에 굴러다니는 거지들도 웬만한 양민보다는 무림의 정보에 빠삭하다는 뜻이다.

그렇다면 웬만큼 신빙성이 있다고 봐야 한다. 당시 각 문파에서 모인 결사대가 대산에 올랐다는 사실까지 정확하게 알고 있다면 더 볼 것도 없다.

"허. 미친. 백 년이라니."

강산이 열 번은 변할 세월이다. 이제는 인정해야 한다. 그가 다른 이의 몸을 빌려 다시 태어났다는 것을.

'이왕이면 좀 죽은 다음에 바로 태어나게 해 주면 안 되나?'

백 년이 흘러 버렸으면 그를 알고 있던 이들은 다 죽었을 것이다. 물론 굳이 백 년이 지나지 않았더라도 웬만큼 그와 교분을 나눈 이들은 대산에서 다 죽었지만, 그래도 이건 경우가 다르지 않은가?

아무리 청명이 무인이라고 해도 같은 무인들끼리만 교분을 나누었을 리는 없다. 그가 알던 이들 중에는 상인도 있고 양민도 있었다. 하지만 백 년이 지나 버린 이상 그들이 살아 있을 확률은 없다고 봐야 한다.

세상에 홀로 떨어진 느낌이다.

'뭔 상황이 꼬여도 이렇게 꼬이나. 이러면 화산도…….'

"어? 잠깐만! 화산!"

청명이 갑자기 자리에서 벌떡 일어나며 소리를 빽 지르자 구칠이 체념

한 듯 눈을 감았다. 이젠 딱히 놀랍지도 않다.
"화산! 화산은 어떻게 됐냐?"
"뭔 소리냐?"
"화산은 어떻게 됐냐고!"
"화산?"
"그래!"
"화산이 뭔데?"
"……응?"
청명이 눈을 휘둥그레 떴다. 화산을 몰라? 개방 거지가?
"자, 장난치지 말고. 화산파가 지금 어떤 상황이냐고."
"화산파?"
구칠이 고개를 갸웃했다.
그 반응에 청명은 기가 막혔다. 모른다고? 몰라? 화산파를?
"구, 구파일방 중 하나인 화산파를 모른다고? 야, 이……."
"구파일방? 뭔 개소리야. 구파일방에는 화산파란 데가 없어."
"……없어?"
"소림, 무당, 종남, 점창, 공동, 청성, 아미, 해남, 곤륜, 개방. 이렇게 열 문파잖아."
"해, 해남? 그 섬 촌놈 새끼들이 구파일방에 치고 들어왔다고? 아, 아니 잠깐만, 그게 중요한 게 아니지. 화산이 구파에서 빠졌어?"
구칠이 나직하게 한숨을 내쉬었다.
'의원을 불러야 하나.'
아무래도 무슨 수를 쓰기는 써야 할 모양이다. 맛이 가도 단단히 갔다.
"화산, 화산이 구파일방에서 빠졌다고? 아니, 그럴 수는 있다고 치자! 그런데 화산파를 몰라? 부자는 망해도 삼 년은 간다는데! 개방 거지새끼가 화산파를 모른다고?"

 바로 앞에 있는 사람을 거지새끼라고 부를 정도의 패기라면 어디 가서 굶어 죽지는 않을 것 같았다. 맞아 죽을 수는 있어도 말이다.
 청명은 이제 아예 구칠에게 와락 달려들어 그의 어깨를 잡고 흔들었다. 구칠의 머리가 힘없이 탈탈 털렸다.
 "말이 되냐? 이게 말이나 되냐고! 정말 몰라? 화산파를 모른다고? 화산을?"
 "……화산."
 "그래! 화산!"
 구칠이 곰곰이 생각하다 고개를 갸웃했다.
 "그러고 보니 섬서에 그런 문파가 있었다고 들은 것 같은데."
 청명의 눈이 크게 부릅뜨였다.
 "그래! 섬서 맞다! 섬서의 화산파."
 "내가 알기로 거기 망했는데?"
 "……뭐라고?"
 순간 청명은 숨이 턱 막혔다.
 "구파일방에 화산파가 있었다는 건 잘 모르겠지만, 굉장한 명문이었던 화 어쩌고 하는 문파가 정마대전으로 쫄딱 망했다는 이야기는 주워들은 적 있는 것 같아. 정확하겐 모르겠다. 자세히 알고 싶으면 윗분들한테…….'
 이게 뭔 개소리야? 화산이 망해? 화산이? 화산이 망했다고?
 "이 거지가 뭔 말도 안 되는 소리를 하고 있어."
 구칠은 살짝 습기가 차오르는 눈으로 천장을 올려다보았다. 아는 것 다 말해 줘도 돌아오는 건 욕뿐이다. 이래서 검은 머리 짐승은 거두는 게 아니랬는데.
 "아니! 난 못 믿겠다!"

청명이 구칠을 확 밀치고 벌떡 몸을 일으켰다.

"내가 직접 확인해 봐야겠어!"

밖으로 뛰쳐나가는 그를 보며 구칠이 소리 질렀다.

"야! 저녁까지 제대로 동냥 안 해 놓으면 왕초가 너 패 죽인다고 했어! 쓸데없이 시간 낭비하지 말고 일이나 해!"

하지만 청명은 구칠의 말을 귓등으로도 듣지 않고 나가 버렸다.

"……저 새끼가 오늘 진짜 왜 저러지."

갑작스레 변한 청명을 이해할 수 없었던 구칠이 고개를 갸웃했다.

· ◆ ·

"……허."

전 재산을 날린 상인의 얼굴이 이럴까? 저잣거리 한구석에 주저앉은 청명의 얼굴에는 허탈함이 어려 있었다.

처음에는 무결개가 알아 봐야 뭘 알겠느냐는 생각이었다.

이제는 대산혈사라고 부른다는 그 전투에서 화산의 일대제자와 이대제자가 전멸했으니 문파의 세가 기울 수도 있다. 그 와중에 구파일방에서 밀려날 수도 있다.

하지만 아무리 생각을 하고 또 해 봐도 이해가 안 된다. 천하를 오시하던 화산이 불과 백 년 만에 거지도 모르는 문파가 될 수가 있나! 거지도 모르는 문파라니 어감 한번 뭣 같네……. 여하튼 이 거지가 모르는 것일 뿐, 다른 이들은 화산을 알 수도 있다고 생각했다.

하지만 누구를 잡고 물어봐도 결과는 같았다.

— 화산? 그 섬서에 있는 산을 말하는 건가?

— 화산파? 화산에도 무파가 있어?

— 나는 그런 문파는 들어 본 적이 없는데.

― 이 거지새끼가 어디 사람 소매를 잡아. 뒈지고 싶냐?

아, 마지막은 빼고.

아무튼 모른다. 아무도 모른다.

"이게 말이나 되나?"

화산이 어떤 문파인가? 천하에 수많은 검문(劍門)이 있다지만, 화산보다 유명한 검문은 세상에 존재하지 않았다. 천하에서 가장 유명한 검문이라고 자부하기는 조금 애매하지만, 무당, 남궁세가와 더불어 천하에서 가장 유명한 세 문파 중 하나라는 데는 누구도 이견을 달 수 없었다.

그런데 몰라?

"허……"

그나마 가장 긍정적인 반응이 이거였다.

― 화산파? 들어 본 적 있는 것 같은데. 예전에 유명했던 검문 아닌가? 듣자 하니 천마에게 당해서 쫄딱 망했다고 하던데? 아직 남아 있나?

쫄딱 망해? 그 화산이?

"이게 무슨 귀신 씻나락 까먹는 소리야."

차라리 황궁에 불이 나서 황제가 속곳 바람으로 도망쳐 나왔다는 게 더 현실성 있을 것 같았다. 화산이 망하다니! 화산이!

눈앞에 장문사형의 마지막 모습이 아른거렸다. 대체로 온화한 얼굴로 허허 웃던 장문사형은, 형용하기 힘든 기괴한 얼굴로 쓰러져 있었다.

'그래, 차라리 내가 다시 살아나서 다행이다.'

장문사형이 살아나 이 기막힌 소식을 들었다면 지금쯤 피를 토하고 도로 절명했을 것이다.

"아니, 아니야!"

청명이 자리에서 벌떡 일어났다.

"내 눈으로 직접 확인해야겠어!"

아무리 세가 기울었다고는 하나 몇백 년의 명맥을 이어 왔던 화산이다.

청명의 눈으로 직접 확인하기 전에는 도저히 믿을 수 없다.

"화산으로 간다!"

가서! 확인한다! 청명의 눈이 불타오르기 시작했다. 평온하디평온한 강호에 평지풍파를 일으킬 거대한 사건이 시작되는 순간이었다.

◆ ❖ ◆

구칠은 진정한 황당함에 직면하게 되었다. 기괴한 소리를 지르며 움막을 빠져나갔던 청명이 도로 씩씩거리며 돌아오더니 말도 안 되는 소리를 늘어놓기 시작한 탓이다.

"나는 화산으로 간다."

"……."

"조금 황당하겠지만, 내 말을 똑바로 들어라."

그래도 황당한 줄은 안다는 점에서 높은 점수를 주고 싶었다. 하지만 그 생각은 이어진 말을 들은 순간 깔끔하게 사라졌다.

"그냥 출발해도 되는데 굳이 돌아와 이런 말을 하는 이유는, 그래도 너에게 나름 은혜를 입었다고 생각하기 때문이다."

구칠은 생각했다. 알긴 아네.

미친놈이 하는 헛소리를 들어 줄 이유는 없었지만, 이 말도 안 되는 짓거리에 동조할 수밖에 없었던 이유는 청명의 얼굴이 진지하기 짝이 없었기 때문이다.

"나는 은혜는 두 배로 갚고, 원한은 열 배로 갚는다. 훗날 내가 이 은혜를 갚을 날이 있을 테니, 화산의 청명이라는 이름을 기억해라. 다시 만나는 날 네게 이 은혜를 반드시 갚겠다."

굉장히 멋있는 말이었다. 그 말을 하는 게, 눈두덩이 시퍼렇게 멍들고, 입술이 터진 볼품없는 어린 거지가 아니었다면 굉장히 멋있었겠지.

안타깝게도 청명이 늘어놓은 멋진 말에 대한 구칠의 감상은 아주 단순했다.

"……지랄을 한다."

청명의 얼굴이 살짝 일그러졌다.

"물론 지금은 내 말이 이상하게 들리겠지만, 지금 이 말을 잘 기억해 두어라. 언젠가 이 말이 너의 운명을 바꿔 줄……."

"왕초가 너 찾더라. 패 죽인다고."

"진짜?"

둘의 눈이 마주쳤다.

"……."

"크흐흐흠."

세상에는 다양한 등신이 존재한다. 평소 알던 이가 그 대열에 합류했다고 해서 딱히 대단하거나 이상한 일은 아니다. 물론 하루아침에 갑자기 사람이 바뀐 것은 매우 이상한 일이기는 하지만.

"여하튼 그럼 나는 간다!"

"……동냥해 와라. 아니면 정말 때려죽일 것 같더라."

"간다니까! 여하튼 기억해라! 화산의 청명이다. 이 이름을 기억해 둬!"

청명이 몸을 휙 돌리고는 당당한 발걸음으로 움막을 빠져나갔다. 그 광경을 보며 구칠은 자신도 모르게 고개를 내저었다.

살다 살다 별일을 다 겪는다. 하기야 저것도 나쁘지 않은 선택일지도 모른다. 저러다가 왕초에게 걸리면 이번에는 정말 죽기 직전까지 얻어맞을 테니까.

"왕초에게는 뭐라고 해야……."

그 순간 움막의 입구를 막고 있던 거적때기가 확 젖혀지더니, 청명이 다시 저벅저벅 걸어 들어왔다.

왜 또 왔지? 구칠이 묻기도 전에 청명이 먼저 당당하게 물었다.

"야!"

"응?"

"아까 그 거지새끼 이름이 뭐냐?"

"누구?"

"나 때린 놈."

"아……. 왕초? 왕초 이름이 아마 종팔(宗八)일걸?"

"종팔? 이름 한번 거지 같네. 그 새끼한테 전해 줘. 다음에 만나면 가만 안 두겠다고."

……가만 안 두겠지. 왕초가 너를.

"그럼 정말 간다."

청명이 다시 휘적휘적 걸어 나갔다. 참 불꽃 같은 하루라는 생각을 할 무렵 청명이 다시 안으로 들어왔다.

"아, 또 왜!"

"야."

"뭐? 왜? 또 뭐!"

"섬서성 화산으로 가려면 어느 쪽으로 가야 하냐?"

"……."

아무리 생각해도…… 이 새끼는 미친 게 확실하다.

• ◈ •

청명은 달리고 또 달렸다.

더럽고 작은 거지를 섬서까지 모셔다 줄 사람은 세상에 존재하지 않는다. 믿을 건 튼튼……. 과거에는 튼튼했었던 것 같은 두 다리와 지치……는 심장뿐이었다.

언제부터 청명이 말이나 마차를 타고 다녔는가? 과거의 그는 단 한 번도 말 따위는 타지 않았다. 느려 터진 말을 타고 이동할 정도로 느긋한 성미가 못 됐다. 그가 전생에 뛰어다닌 거리를 모두 합치면 중원을 열 바퀴는 돌 수 있을 것이다. 그러니 일말의 의심도 없이 힘껏 땅을 박차며 달렸다.

그리고 불과 일각이 지나기도 전에 바닥에 드러누웠다.

"허억! 허어억! 허억! 히이이익! 아이고오오오. 죽겠다아아아."

어린애 몸이라는 것을 생각 못 했다. 강철 같던 두 다리는 삐쩍 곯아 뼈만 남아 있는 작대기로 변해 버렸고, 영원히 지치지 않을 것 같던 심장은 예기치 못한 과로에 대해 과격하게 항의하는 중이었다.

뭔 소리냐고? 심장이 목구멍으로 튀어나올 것 같다는 소리다.

"아니, 뭔 놈의 몸뚱어리가 이따위야!"

고작 일각 뛰었다고 이 난리라니! 내가 한 시진을 달렸나, 두 시진을 달렸나. 겨우 일각인데 숨이 넘어갈 지경이라니! 몸뚱이의 상태가 얼마나 저질이면 이런 결과가 나오는가?

"끄으응."

찬찬히 몸을 살펴보니 그럴 만도 했다. 천성적인 자질을 논하기 이전에 영양 상태가 너무 좋지 않다. 말 그대로 피죽도 제대로 얻어먹지 못한 몸이었다.

이 몸으로 섬서까지 간다? 꿈같은 이야기다. 화산에 도착하기 전에 지쳐 죽을 게 뻔했다.

천하의 매화검존이 여행길에 지쳐서 객사한다니. 저승으로 가 아는 사람이라도 만나면 삼 박 사 일 동안 비웃음을 당할 것이다.

"섬서로 가려면 일단 이 썩어 빠진 몸뚱이부터 해결해야겠어!"

몸을 건강하게 만드는 최고의 수단은 이미 청명이 가지고 있었다.

"후후후후."

그의 입에서 의미심장한 웃음소리가 흘러나왔다. 아무리 참으려고 해도 참을 수가 없다.

"낄낄낄낄낄."

무공은 모두 날아가고, 몸은 최악이고, 화산은 망했는지 뒤집어졌는지 알 수가 없고, 배가 고파 뒈질 것 같다. 이 거지 같은 상황에 청명을 웃게 하는 유일한 위안이 바로 이것이었다.

"그러니까 이제부터 무공을 익히면 된다 이 말이렷다!"

다시 시작할 수 있다. 이게 얼마나 굉장한 일인지 다른 이들은 상상조차 하지 못할 것이다.

정상에 오르지 못한 이들이 자신의 삶을 후회한다고? 물론 그것도 맞는 말이다. 하지만 정상에 오른 이에게도 후회는 존재한다.

내가 그때 그걸 했다면! 내가 조금 더 어릴 때, 기초를 더 제대로 닦았다면! 수련하라고 사부님이 귀 잡아당기며 끌고 갈 때, 도망가지 않고 수련하는 시늉이라도 했다면! 사형이 숨겨 놓은 술을 훔쳐 먹다 걸리지 않았…….

아, 마지막은 빼고. 여하튼!

"다시 할 수 있다."

과거 청명은 천하삼대검수라 불리는 지고의 검수였다. 하지만 그렇다고 해서 자신의 무학에 만족하는 것은 아니었다. 오히려 강해지고 무학을 보는 눈이 더 깊어진 만큼 자신이 얼마나 비효율적으로 수련을 했고, 얼마나 잘못된 방향으로 성장해 왔는지를 누구보다 잘 알 수 있었다.

기초. 사부고 사형이고 비급이고 죽어라고 외쳐 대던 그 빌어먹을 기초!

수련을 하던 시절에는 그 망할 기초론자들이 앵무새처럼 반복하는 기초라는 말이 죽도록 지겹고 싫었지만, 스스로 고수가 되어 보니 왜 기초가 중요한지를 절실하게 이해할 수 있었다.

기초란 결국 토대다. 높은 탑을 쌓기 위해서는 튼튼한 지반과 단단한 토대가 필요하기 마련이다. 토대를 얼마나 공들여 쌓느냐에 따라 얼마나 더 높이 올라갈 수 있느냐가 정해진다.

그런데 어린 시절에는 그걸 알 수가 없다. 아무리 들어도 이해가 안 간다. 그리고 이해를 한다고 해도 이행할 수 없다. 왜?

'사람이니까.'

나는 기초를 닦겠다고 바닥에서 흙을 파고 있는데, 사형제가 옆에서 탑을 벌써 삼 층이나 쌓았다면? 누구라도 조급해지지 않겠는가. 게다가…….

"말만 기초를 닦으라고 하지, 막상 기초 닦고 있으면 앞서 나가는 놈들만 아끼고 칭찬했지!"

망할 놈의 성적 지상주의!

물론 이해는 한다. 결국 사부도 사람이고, 사숙도 사람이다.

기초를 닦아야 대성할 수 있다는 건 누구나 알지만, 내 제자가 기초를 닦는다고 허덕이고 있는 와중에 사형제의 제자 놈이 기가 막힌 검식을 선보인다거나 친선 비무대회에 나가서 우승이라도 하는 날엔 기초고 나발이고 눈 돌아가는 법이다.

거기까지는 괜찮다. 거기까지는 사부도 어떻게든 참아 낼 수 있다. 화산은 도인들이 사는 곳이고 도인은 자고로 인내심이 깊으니까.

하지만 그날 저녁에 사숙들끼리 술이라도 한잔 걸치는 순간, 기초 수련은 반쯤 끝장난다고 봐야 한다. 심지어 술자리에서 누군가 제자 자랑을 시작하면? 모든 것이 끝난다.

자랑에 취한 이들은 제자를 천하에 다시없을 기재로 포장하기 마련이고, 자랑할 것이 없는 이들은 허벅지를 움켜잡고 버텨야 한다. 그리고 그 짜증과 분노는 다음 날 아침 모조리 자신의 제자에게로 쏟아진다.

- 내 사제의 제자 놈은 벌써 매화를 두 송이나 만든다는데!
- 그 썩을 놈의 제자 놈은 자하강기에 입문했다고 하는구나! 내가 그

놈에게 져 본 적이 없는데! 제자 농사는 지게 생겼으니 이게 누구 탓이냐? 이게!

- 노오오오오오력이 부족해! 노오오오오오력이!

그런 판인데 뭔 놈의 기초 수련을 하는가. 당장 실전 초식 하나 더 익히기 바쁘지. 이건 사제 관계로 무학이 전승되는 대문파의 고질병이었다.

"하지만!"

지금의 청명은 다르다! 청명은 조급할 필요가 없다. 조급하게 그를 다그칠 스승도 없다. 이미 어떤 길을 걸어야 더 높이 올라갈 수 있는지를 보았으니, 알고 있는 길을 따라 착실하게 나아가기만 하면 된다.

남들이 땅을 다지니 바닥을 파니 할 때, 청명은 산을 허물고 보를 메워 평야를 만들어 버릴 작정이었다. 그 드넓고 거대한 평야에 누구도 쌓아 본 적 없는 거대한 탑을 쌓아 올린다!

'처음이 중요하다.'

화산의 무학은 도가공(道家功)이자 정공(正功)이다.

정공은 처음에는 느리고 약하지만, 수련을 거듭할수록 급격한 속도로 강해진다. 사공이나 마공이 익히는 즉시 즉각적인 힘을 준다면, 정공은 시작은 미약하나 그 끝에 이르러서는 다른 무학들을 능가하는 깊이를 주었다.

그러니까 쉽게 말하면.

'설산에서 눈덩이를 굴리는 것과 비슷한 거지.'

눈 덮인 산의 정상에서 작은 눈덩이를 굴려 보라. 처음에는 손톱만 했던 것이 이내 주먹만 하게 변하고, 구르면 구를수록 기하급수적으로 커지게 된다. 작은 돌멩이 하나가 마지막에는 인력으로는 막을 수 없는 거대한 눈사태가 되어 버리는 것이다.

지금 청명이 해야 할 일은 눈 덩어리의 중심이 될 수 있는 확실한 돌멩이를 만들어 내는 일이다. 그리고 결코 돌이 구르다 멈추지 않을 산면을 찾아내야 한다.

"자, 그럼."

곧장 가부좌를 틀려던 청명은 문득 주변을 둘러보았다. 관도의 한가운데에서 거사(?)를 치렀다간 무슨 일이 벌어질지 모른다.

비척비척 일어난 청명은 숲 안쪽으로 들어갔다. 처음 단전을 만드는 건 굉장히 위험한 일이다. 외부의 자극을 최대한 피해야 한다. 웬만해서는 그럴 일이 없겠지만, 운공을 하다가 벌에 쏘여 주화입마에 걸린 고수들의 이야기가 농담거리가 되기도 하지 않는가.

'여기쯤이면 되겠지.'

커다란 나무의 그늘을 찾아낸 청명이 바닥을 정비하고는 그 자리에 가부좌를 틀었다.

"자, 뭘 익혀 볼까?"

그의 머릿속에는 수많은 신공절학이 들어 있다. 화산의 모든 무학, 화산의 역사가 그와 함께한다. 그가 아는 내공심법만 해도 십여 가지가 넘는다.

천하를 오시하는 자하강기(紫霞剛氣).

매화검법에 최적화 되어 있다는 매화심법(梅花心法).

가장 날카로운 기운을 자랑하는 칠성진기(七星眞氣).

상승으로 가기 위한 모든 것이 담겨 있다는 태을미리기(太乙迷理氣).

그 외에도 걸출하다는 표현만으론 부족한 수많은 심법들이 그의 머릿속에 있다. 화산의 것으로 한정하지 않는다면 익힐 수 있는 심법의 수는 배는 늘어난다.

하지만 청명은 고민하지 않았다. 지금 그가 익혀야 할 심법이 뭔지는 너무도 확연했다.

"육합."

청명의 목소리가 더없이 맑게 울렸다.

육합이란 합일(合一)을 의미한다. 하늘과 땅, 그리고 동서남북의 사방을 모두 일컬어 육합. 육합은 곧 세상이고, 세상이 곧 육합이다.

"크으."

거창하고 대단하게 들리는 말이다. 그래서 이 육합공이 어떤 무학이냐고?

'저잣거리 난전에서 닷 푼에 팔아 치우는 무학이지.'

비급치고 싼 게 아니라, 서책치고도 싸다. 종잇값이나 겨우 건질 돈을 받고 파는, 세상에서 가장 저렴한 무공이다. 속된 말로 하면 싸구려다. 저잣거리의 파락호들이 자신들도 강호인이 되겠답시고 무학을 익힐 때, 서점에서 가장 먼저 사는 책이 바로 이 육합공이다. 도관이나 무관의 엄격한 규율을 지키기 싫은 놈들이 독학으로 고수가 되겠답시고 익히는 무학이란 뜻이다.

과거 청명이 강호에서 활동할 때만 해도 육합공, 육합권, 삼재검이 저잣거리 삼대무학이라 불렸으니 오죽하겠는가? 그가 삼대검수로 불릴 즈음에는 그 저잣거리 기본 무학이 태극권으로 바뀐 모양이었지만, 뭐 그거야 그치들이 알아서 할 일이고.

그런데 왜 이런 싸구려 무학을 익히냐고?

'싸구려가 아니니까.'

육합공은 화산의 입문 무학이다. 화산에 입산한 이들은 모두가 육합공으로 무학을 시작한다.

육합공이 저잣거리를 나돌게 된 이유는, 한 화산의 조사께서 양생(養生)이란 도관만의 것이 아니라 세상의 모든 이들을 위한 것이어야 한다는 미명하에 과감하게 민중에 공개해 버렸기 때문이다.

하지만 안타깝게도 육합공은 익히는 것만으로는 사람을 강하게 만들지 못한다. 그저 조금 건강해지는 효과를 낳을 뿐이다. 원하는 효과를 보지 못한 이들은 육합공이 형편없는 무학이라고 멸시했고, 화산에서 핵심을 빼고 공개했다고 욕을 해 댔다.

결국 화산에 갓 입문한 이들조차 처음 배우는 무학이 육합공이라는 것을 알고는 항의를 할 정도로 인식이 나쁜 무학으로 전락했다.

하지만 청명은 알고 있다. 육합은 절대 나쁜 무공이 아니다. 육합이 세간의 인식처럼 쓰레기 같은 무공이었다면 감히 수백 년 동안 화산의 기초 무학 자리를 유지하지 못했을 것이다.

"모든 것은 그 쓰임새가 있기 마련이지."

육합공은 내력을 기하급수적으로 올려 주지 못한다. 아니, 정확하게 말해서 내공을 모으는 효율만 따진다면 웬만한 문파 기본공의 십분지 일에도 미치지 못한다.

하지만 육합에는 그 단점을 무시할 만큼 끝내주는 효능이 있다. 바로 익히는 이의 육체를 완벽하게 정화해 준다는 것. 그러니까 쉽게 말하면…….

"말 그대로 기초공이라는 거지."

기초 공사. 육합은 단전과 육체를 닦아 내어 완전하게 만드는 데는 최고의 무학이다. 하지만 남들이 축기를 할 때 단전만 닦고 있으니 그 효능이 눈으로 보이지 않는다.

다른 이들은 뛰고 나는데 바닥만 기고 있으면 어떻게 된다고?

'난리가 나지.'

결국 화산조차 육합공을 깊게 파고드는 것을 포기했다. 전통과 역사가 있으니 적당히 입문공으로 익히게만 하고, 대충 운기를 할 줄 알게 되다 싶으면 재빨리 소청기공(小淸氣功)으로 넘어갔다.

전생의 청명 역시 효과도 없는 육합공 따위에 매달리지 않았다. 그 시간에 좀 더 나은 심법을 익히는 게 백배는 이득이라고 생각했으니까.

"백배는 손해였지. 빌어먹을!"

전생에서 그가 가장 후회한 일이 이것이다. 조급하게 다른 심법으로 빨리 넘어가지 않고 육합공을 완공(完功)한 후에 다른 무학을 시작했다면 적어도 배 이상은 강해질 수 있었을 것이다. 그러나 탑을 쌓은 이후에는 기초 공사를 다시 하는 게 불가능했다.

그런 그에게 그 천추의 한을 풀 수 있는 기회가 찾아온 것이다. 이번에는 절대 조급해하지 않는다. 세심하게 공을 들여 완성할 것이다. 쌓아 올릴 탑이 더욱더 거대하고 아름답도록.

"후읍."

가부좌를 튼 청명이 눈을 감은 채 천천히 육합공의 구결을 떠올렸다.

마음이 이는 순간 기가 움직인다. 호흡을 통해 외기(外氣)가 그의 육체로 빨려 들어왔다. 기초공에 입문하는 이들은 이 외기를 처음 느끼는 데만 한 달에 가까운 시간을 소비하기 마련이지만 청명에게는 그런 과정이 필요 없었다.

빨려 들어온 기운이 육합공의 인도에 따라 천천히 그의 몸을 타고 돌다가 아랫배 언저리에 안착했다.

'지금부터다.'

물론 청명은 그저 육합공을 익히는 수준에 머무를 생각이 없었다. 조사들이 안배해 놓은 길을 그대로 따르는 것도 나쁘진 않겠지만, 이미 한 번 길을 걸어 본 이는 같은 길을 그대로 똑같이 걷는 것에 만족할 수 없는 법이다.

'좀 더 정순하게.'

정신을 집중하여 모인 기운에 섞여 있는 불순물들을 걸러 낸다. 거대한 옷감에서 한 올 한 올의 실을 모두 보고 미세하게 어긋나 있는 실들을 걸러 내는 느낌으로, 완벽하게 정순하지 못한 기운들을 거듭 걸러 낸다.

처음은 완벽하게.

모이는 기운의 크기 따위는 아무런 의미가 없다. 지금 그에게 필요한 것은 불순한 일 갑자의 내공이 아니라 완벽한 한 톨의 기운이다.

기운이 깎여 나간다. 좁쌀만 한 기운이 더 작게, 더욱 작게 깎여 나갔다. 한나절이 넘는 시간이 지나고 나자 남은 것은 정말 미세하기 짝이 없는 한 톨의 기운뿐이었다. 그 기운이 아랫배에 안착하며 단전이라 부르기도 민망한 작은 공간을 만들어 낸다.

청명이 눈을 번쩍 떴다.

"후우우우우우."

얼굴이 땀범벅이다. 걸치고 있던 누더기도 그의 몸에서 흘러나온 땀과 불순물들로 젖어 더러워졌다. 원래도 더러웠지만 더 더러워졌다는 뜻이다.

"이렇게 집중해서 운공을 해 본 건 또 처음이네."

하지만 힘들다기보다는 오히려 상쾌했다. 그리고 그 결과도 무척 마음에 들었다. 가만히 아랫배를 쓰다듬었다. 단전이라 부르기도 애매한 형태지만, 어쨌거나 완벽한 토대를 위한 첫걸음에 성공했다.

지금은 미약하기 짝이 없다. 강호의 역사를 모두 뒤져 봐도, 첫 운공에 성공한 이들 중에서 청명보다 미약한 단전을 만든 이는 존재하지 않을 것이다.

하지만 청명은 알고 있다. 이 작은 단전이 그를 또 다른 세상으로 이끌 것임을 말이다. 이 작지만 완전한 기운이 눈덩이처럼 구르고 굴러, 이내 세상 누구도 막지 못할 거대한 산사태를 만들어 낼 것이다. 그래, 마치······.

'천마 그놈처럼.'

청명의 몸이 부르르 떨렸다. 천마를 생각하니 전신에 한기가 드는 느낌이었다.

'인간이 아니었지.'

압도적. 아니, 그런 말로도 미처 다 표현할 수 없는 존재였다.

천하를 오시하는 문파의 정예들을 모조리 끌어모아 만든 결사대가 마교 전체를 노린 것도 아니었다. 오로지 천마 하나에게 달려들었다.
　결과는 양패구상. 과장 조금 보태면 천마 홀로 강호 전체와 대등하게 싸웠다고 해도 과언이 아니다.
　'하지만 어쩌면…….'
　이번엔 닿을 수 있을지도 모른다. 하나하나 자신이 할 수 있는 것을 모두 해낸다면 말이다.
　청명이 자리에서 벌떡 일어섰다.
　"자, 그러……."
　휘청.
　반쯤 섰던 청명의 몸이 힘없이 앞으로 꼬꾸라졌다.
　"어…….”
　뭐지? 운공을 너무 과하게 해서 빈혈이 왔나?
　"끄응차!"
　팔에 힘을 주어 몸을 일으킨다. 아니, 일으키려 했다. 하지만 팔이 그의 말을 들어주지 않았다.
　"으응?"
　벼락이라도 맞은 것처럼 푸들푸들 경련을 일으키는 팔이 눈에 들어왔다. 앙상하기가 겨울철 나뭇가지 같은 팔이 달달 떨리는 광경이 애처롭기 짝이 없었다.
　"왜, 왜 이래, 이거?"
　아닌데? 운공을 했으면 몸에 힘이 넘…….
　"자, 잠깐."
　청명의 시선이 땅과 맞닿아 있는 자신의 아랫배로 향했다. 천하에서 가장 정순한 기운이 정말 개미 눈곱만큼 모여 있다. 기운의 정순함이야 매화검존이었던 청명마저도 희희낙락하게 할 만큼 끝내줬지만…… 그 양은 아이가 시원하게 주먹 한 번 내지르면 소진될 만큼 기적적으로 작았다.

그 말인즉슨?

"아니, 빌어먹을! 이러면 지금 당장 몸을 쓰는 데는 아무런 도움이 안 되잖아!"

청명이 머리를 부여잡고 바닥을 굴렀다.

생각을 하고 만들었어야지! 생각을 하고! 머리는 생각을 하라고 달려 있는 건데, 왜 생각을 안 하나! 왜!

귓가로 장문사형의 목소리가 들려오는 것 같았다.

- 제발 생각을 하고 좀 살아라! 생각을! 왜 너는 일단 일을 저질러 놓고 생각을 하느냐! 왜! 머리통을 두건걸이로 쓰지 말고 생각을 하라고!

그 고매한 도사님의 입에서 머리통과 두건걸이라는 말이 나오게 했던 청명의 급한 성격이 다시 한번 사고를 친 것이다. 이럴 줄 알았으면 조금 크게 만들 것을!

"이 몸으로 화산까지 가야 한다고?"

무한부터 화산까지는 거리가 얼마나 되더라? 그러니까 대충······.

"이, 이천 리?"

순간 청명의 눈이 휙 돌아갔다. 무공을 익히지 못한 보통 사람은 하루에 백 리를 가는 것도 힘겨워한다. 그런데 이 피죽도 못 먹은 어린아이의 몸으로 이천 리를 가야 한다고? 무려 이천 리를?

"끄읍!"

그는 두 손으로 얼굴을 마구 비볐다.

"에이. 썩을 놈의 인생!"

하지만 뭐 어쩌겠는가? 이미 만들어 버린 것을. 사실 알았다고 해도 특별히 더 큰 단전을 만들지는 못했을 것이다. 당장 편하기 위해 지름길로 가 버리는 게 훗날에 어떤 장애물이 되어 자신을 가로막는지 절절하게 실감했으니까.

현재를 위해 미래를 포기하는 짓은 이제 더 이상 하지 않는다! ……라는 게 그리 간단한 문제가 아니니 문제지.

"끄으으응."

청명이 비척이며 자리에서 일어났다.

"……인생 뭐 있나."

결국 이 모든 것은 청명이 감내해야 할 고난에 불과했다. 고난이 영웅을 만드는 법!

"근성으로 못 할 게 없다!"

청명이 이를 악물고 다시 관도로 걸어가기 시작했다.

• ❖ •

철푸덕!

"끄으…….”

다리가 풀린 청명이 그 자리에 엎어졌다.

'근성으로도 안 되는 게 있네.'

이 나이에 깨달음을 얻게 되다니. 세상에는 불가항력이 존재한다는 것을 새삼 알게 된 청명이었다.

다리가 아픈 건 참을 수 있다. 몸이 지르는 비명도 어떻게든 참을 수 있었다. 하지만 도저히 참을 수 없는 것이 하나 있었다.

'배고파 뒈지겠네.'

배를 곯어 대는 허기만은 무엇으로도 해결할 수가 없었다.

과거의 그는 본인이 나름 허기에 익숙하다고 생각했다. 수련을 한다는 것은 때때로 엄격한 자기 절제를 필요로 한다. 무언가를 먹는다는 것은 외부의 기를 받아들이는 행위기는 하지만, 자연히 불순한 것들도 받아들이게 되는 법이다.

그렇기에 수행을 하는 이들은 화식(火食)을 엄격히 금한다. 고된 수련 와중에는 아주 곡기를 끊는 일까지 있었다. 청명 역시 도가인 화산의 제자였고, 허기에는 나름 면역이 있는 사람이다. 아니, 그런 사람이라 생각했다.

하지만 청명은 몰랐다. 없어서 못 하는 것과 있어도 안 하는 것이 얼마나 큰 차이인지!

먹을 게 있어도 참는 것과 먹을 게 없어서 굶는 건 하늘과 땅만큼의 차이가 있었다. 극한의 허기는 인내력으로 극복할 수 있는 게 아니다. 배 속에서 마두 놈들이 칼질을 하는 느낌이었다.

지독한 근성으로 어찌어찌 관도를 벗어나 성내로 들어오는 데까지는 성공했지만, 이 이상은 뭘 할 기운이 없었다. 저잣거리까지는 거의 기어 오다시피 했으니까.

'다시 태어나 처음으로 겪는 죽음의 위기가 굶어 죽는 거라니.'

황당하기 짝이 없는 일이다. 청명이 누구인가? 천하삼대……. 아, 지겨우니 됐고. 배고파 뒈지겠네.

그 '뒈지겠네'가 단순한 수식어가 아닌 실제적 위협이 되었다는 것을 느끼며 청명이 신음을 내었다. 농담이 아니라 정말 이러다가 굶어 죽게 생겼다.

산짐승이라도 잡아 보려고 했지만, 그 종팔인가 뭔가 하는 거지 놈이 얼마나 몸을 잘근잘근 두드려 놨는지 제대로 뛰고 움직이는 것도 불가능했다.

아니, 사실 무한에서 출발할 때부터 이 몸뚱어리는 굶어 죽기 일보 직전이었다. 어쩌면 벌써 한 번 굶어 죽은 건지도 모른다. 그리고 지금 두 번째로 굶어 죽을 위기에 처해 있다.

'어떻게 하지?'

먹을 걸 구하려면 돈이 있어야 하고, 돈을 벌려면 일을 해야 한다. 하지만 이 몸으로는 일을 하는 게 불가능했다. 그럼 대체…….

그 순간이었다.

짤그랑.

어디선가 들려온 쇳소리가 청아하게 울려 퍼졌다. 청명이 힘겹게 고개를 들었다. 눈앞에 반짝이는 뭔가가 보였다.

'어?'

그와 동시에 혀를 차는 소리가 들렸다.

"쯧쯧쯧. 아직 어린 것 같은데. 어쩌다가 거지가 됐누."

짤그랑. 짤그랑.

동전이 날아들기 시작했다.

"어디서 얻어맞은 것 같은데, 저러다 죽는 거 아닌지 몰라."

"세상이 어지러우니. 쯧쯧쯧. 불쌍하기도 하지."

어? 이게 무슨 상황…….

'아. 나 거지지? 잠시 잊었다.'

남들이 보기에 청명은 거지로 보일 것이다. 아니, 스스로 보기에도 그냥 거지였다. 그것도 아직 성인이 되지 못한 어린 거지. 그것도 어디서 되지게 얻어맞아서 눈두덩은 시퍼렇게 물들고 피딱지가 그대로 눌어붙어 있는 불쌍한 거지…….

그런 거지가 저잣거리에 철푸덕 엎어져 있다.

"크으. 도무지 도와주지 않고는 버틸 수가 없군."

"사람이면 그냥 갈 수가 없어. 사람이면."

팔다리도 덜 자란 어린 거지가 누더기를 입고, 흙먼지로 범벅이 되어 죽어 가고 있다. 말만 죽어 가고 있는 게 아니라, 정말 죽어 가고 있다. 이보다 완벽한 구걸이 어디에 있다는 말인가? 그래서인지 동전이 연신 짤랑짤랑 날아들었다.

"쯧쯧."

"못 보던 거진데, 어쩌다 여기까지 왔을까."

세상은 아직 살 만한 모양이다. 난전으로 향하던 이들이 혀를 차며 그에게 동전을 던져 주고 있었다. 그 날아드는 동전을 보는 청명의 눈가에 맑은 눈물이 흘러내렸다.

"우네, 울어. 가엾기도 하지."

"그걸로 국수라도 사 먹어라."

온정이 쏟아지고 있었다. 하지만 청명이 눈물을 흘리는 이유는 이 상황에 감격했기 때문이 아니었다.

'대화산파의 제자인 내가 구걸을 받다니.'

어쩌다가 여기까지 와 버렸다는 말인가? 불과 며칠 전까지만 해도 그는 천하의 명운을 걸고 천마와 싸우러 가던 천하제일의 검수였다. 그리고 그 이전에는 천하를 누비며 세상을 논하던 우아한 검객이었다.

그런데 그가 지금 구걸을 받는 처지가 되다니. 상전벽해도 유분수지!

'사람이 자존심이 있지!'

이 돈을 받아 버리면 그는 정말 거지가 된다. 대화산파의 고고한 검수였던 그가 거지라니. 구걸이라니! 이건 정말 있을 수 없는 일이다. 무사는 목에 칼이 들어와도 자존심을 버리지 않는 법!

번쩍 고개를 든 청명이 이를 악물고 소리쳤다!

"감사합니다! 복 받으실 겁니다, 대인!"

자존심은 얼어 죽을. 살고 봐야지.

◆❖◆

"꺼어어억!"

청명이 불룩 솟아오른 배를 두드렸다. 볼품없이 마른 몸에 배만 볼록하니 올챙이 꼴이 따로 없었다.

"자존~심~이 밥 먹여~ 주나. 죽은 무사~보다 산 거지가~ 낫지."

몸이 작아서 그런지 효율이 좋다. 난전에서 산 만두 세 개만으로도 배가 터지도록 불러 왔다. 그러고도 아직 소매에 짤랑거리는 동전이 세 닢이나 남아 있었다.

예전이었으면 거리에 떨어져 있어도 줍지 않고 지나갔을 동전이 지금은 세상 다시없는 보물처럼 느껴졌다.

'돈이 이렇게 중할 줄이야.'

매달 결산일만 되면 머리를 부여잡던 사형을 보며, 도사가 재물에 연연한다고 지껄여 댔던 기억이 난다. 할 수만 있다면 당시로 돌아가 그 요망한 주둥아리를 후려갈겨 버리고 싶다.

'배가 처불렀지.'

어디서 돈도 못 벌어 오는 놈이 칼질 좀 한다고 떠들어 대는 꼴이라니. 그 아무짝에도 쓸모없던 반백수들을 먹여 살리느라 허리가 휘었을 장문사형을 생각하니 눈물이 앞을 가릴 지경이다.

"일단 살긴 살았는데."

청명이 머리를 벅벅 긁었다. 대책 없이 출발하기는 했는데, 섬서까지 어떻게 가야 할지 감이 서지 않는다.

'이천 리를 쉽게 생각했어.'

청명의 모든 생각은 과거를 기준으로 돌아가고 있다. 몸이 바뀌고 상황이 바뀌었다는 것을 알면서도, 하루아침에 새로운 기준에 적응한다는 게 쉬운 일이 아니었다.

과거의 그였다면 무한에서 섬서까지 반나절 만에 가고도 시간이 남아서 화산 아래 주막에서 시원하게 한잔 걸쳤겠지만, 지금 그의 몸으로 화산까지 맨몸으로 간다는 건 정말 목숨을 걸어야 하는 일이었다.

산도적이나 산짐승은 어찌어찌 타파할 수 있다 해도, 허기는 답이 없다. 간단히 갈 수 있을 거라 여겼던 여정이 목숨을 걸어야 하는 장대한 여정으로 바뀌게 되자 머리가 복잡해졌다.

'그렇다고 느긋하게 구걸이나 해 가며 섬서까지 갈 수도 없고.'

청명이 머리를 마구 긁었다.

"내가 뭐 아는 게 있어야 방법을 찾지!"

예전이었다면 모를까. 지금은 백 년이란 세월이 흐른 뒤였다. 세상이 어떻게 돌아가는지 전혀 모른다고 해도 과언이 아니다. 그런데 무슨 방법을 찾겠는가?

"어이!"

평범한 사람도 섬서까지 가는 데는 두 달이 넘게 걸린다. 이 몸뚱이로 화산까지 가려면 반년이 걸려도 이상하지 않다.

"어이!"

지금 당장이라도 화산이 어찌 되었는지를 눈으로 확인해야 하는 청명으로서는 답답하기 짝이 없는 노릇이었다. 어떻게든 방법을 찾아야 하는데, 지금은 딱히 떠오르는 게······.

"야, 이 새끼야! 귀가 먹었냐?"

"응?"

청명이 고개를 돌렸다.

'뭐야?'

뭔 소리가 들린다 싶긴 했는데, 그게 설마 자기를 부르는 건 줄은 몰랐다. 굳이 거지에게 말을 걸 사람은 없으니까.

험상궂은 얼굴로 이쪽을 노려보고 있는 거지가 셋이나 시야에 들어왔다.

'거참 거지 같네.'

이번 삶은 여러모로 거지들과 엮이는 것 같다.

"나?"

"나아? 저도 아니고 나? 이 거지새끼가 미쳤나."

가장 앞에 있는 험상궂은 거지가 바닥에 침을 탁 뱉었다.

"어디서 기어들어 온 놈인지는 모르겠지만, 누구 허락받고 여기서 구걸질이냐."

구걸에도 허락이 필요한가?

"아직 어린 것 같으니 목숨은 살려 주마. 손에 든 거랑 소매 안에 든 거 다 꺼내 놓고 꺼져라."

소매 안에 든 거면 남은 동전을 말하는 걸 테고. 손에 든 거면……. 청명의 시선이 자신의 손을 향했다. 반쯤 남은 채로 식은 만두가 들려 있었다.

"……진짜 양심도 없네. 이 거지새끼들."

이걸 뺏어? 이걸? 벼룩의 간을 내먹지!

"이 거지새끼가!"

거지와 거지가 서로 할 욕이라고는 거지새끼밖에 없었다. 그러다 보니 남에게 욕을 하는데 내 얼굴에 침을 뱉는 듯한 매우 거지 같은 상황……. 아, 거지 그만 좀 하자!

"잠깐만."

청명이 만두를 옆에 곱게 내려놓았다. 자리에서 일어나 손을 앞으로 두어 번 뻗어 보고는 앞으로 한 발짝 갔다가 뒤로 한 발짝 물러서는 행동을 몇 차례 반복했다.

그 모습을 지켜보던 거지들이 눈을 부라렸다.

"너 지금 뭐 하는 거냐?"

"아, 잠깐만. 금방 끝나."

위아래로 팔다리를 몇 번 더 뻗어 본 청명이 고개를 끄덕이고는 몸을 돌렸다.

"아직 완벽하지는 않은데, 이 정도면 대충 되겠지."

이제 거리감은 익혔다. 팔다리가 짧은 것에도 웬만큼 적응했다. 그러니!

"너희는 무척이나 억울하겠지만, 내가 거지한테 감정이 무척 안 좋다."

"……뭐?"

"뭐 어쩌겠냐? 세상일이 다 그런 거지. 억울해하지 말고 달게 받아라."

"이 새끼가 뭐라는 거야?"

청명이 목을 두어 번 꺾었다.

"아. 참고로 몸뚱이 힘이 약해서 세게 못 때리거든? 그러니 좀 많이 맞아야 할 거다."

"이게 진짜 미……."

그 순간 청명이 앞으로 비호처럼 튀쳐나가 가장 앞에 있는 거지의 면상을 후려갈겼다.

빠아아아아악!

적절한 디딤발. 완전히 꺾어 젖힌 허리가 부드럽게 회전하며 만들어 낸 힘이 주먹 끝에 완벽하게 실린다. 아이의 주먹이 사람의 얼굴을 후려쳤는데 잘 야문 죽편으로 후려치는 소리가 났다.

털썩.

감당할 수 없는 일격을 그대로 처맞은 거지가 찍소리도 내지 못하고 그 자리에 엎어졌다.

그 광경을 보며 청명이 몸을 부들부들 떨었다.

"내가!"

퍼억!

옆으로 날린 발길질이 다른 거지 하나를 후려갈겼다.

"대화산파의 매화검존이시다! 이 거지새끼들아아아아아아!"

환생한 후 쌓이고 쌓인 울분이 폭발하는 순간이었다.

◆ ❖ ◆

"……대인."

"누가 거지보고 대인이래."

"대 거지……?"

"뒈질래?"

쪼르륵 머리를 박은 거지들이 낑낑대는 신음을 흘렸다.

'어디서 이런 괴물 같은 놈이 나온 거야?'

'아파 죽겠다.'

청명이 거지들을 제압하는 데 걸린 시간은 불과 차 한 잔 마실 정도에 불과했다. 어린아이가 건장한 어른 셋을 때려눕히는 데 일다경이 걸렸다면 놀라운 일이라고 할 수 있지만, 청명의 기준으로는 그것도 매우 비참한 결과였다.

'이러다 화병 걸리겠다.'

이런 놈들을 제압하는 데는 굳이 내공도 필요 없다. 과거 그의 몸이었다면 내공이 없어도 손가락 하나로 떡을 만들어 버렸을 것이다.

하지만 지금의 그는 이런 놈들을 제압할 때도 뛰고 박차고 굴러야 했다. 한 대 때려서는 자꾸 일어나기에 눈두덩만 서른여덟 번쯤 때렸더니 그제야 곡소리를 내었다.

'그 종팔인가 조팔인가 하는 놈을 이렇게 팼어야 하는 건데.'

그놈만 떠올리면 치가 떨린다. 팔다리가 짧다는 것만 미리 알았으면! 맞고 버틸 수 있는 체력만 있었으면 복날 개 패듯이 패 버릴 수 있었는데!

화산으로 가는 게 급해서 일단 복수도 하지 않고 떠나오긴 했지만, 언젠가는 그 거지 놈을 쥐 잡듯 잡을 날이 올 것이다.

"기상."

"예!"

거지 셋이 벌떡 일어났다. 꼬질꼬질한 그들의 얼굴을 타고 땀이 삐질삐질 흘러내렸다. 셋 다 청명의 눈치를 살폈다.

'아무리 봐도 피죽도 못 먹은 거지새끼인데.'
'이게 말이 안 되는데.'
도통 이해할 수 없는 일이었다.
작고 나약하고 가늘다. 겉으로 보기에는 걸어가다 엎어지면 그 길로 황천으로 직행하게 생겼다. 그런데 막상 붙어 보니 귀신이 따로 없다. 그들의 주먹은 저 어린 거지의 옷자락조차 스치지 못했다. 분명 별로 빠른 것 같지도 않고, 힘이 센 것도 아닌데 왜 그런 결과가 나왔는지 이해할 수가 없었다.
"야."
"예!"
"하명하십시오, 대인! 아니, 대 거지! 아, 아니……."
이해하고 말고가 뭐가 중요하겠는가? 생각은 멀고 주먹은 가까운 법. 중요한 건 이 어린 거지 놈의 주먹질이 뼛속까지 아프다는 점이다.
청명이 거지들을 쓰윽 둘러보고는 입을 열었다.
"혹시나 해서 묻는 건데, 너희 섬서까지 빨리 갈 방법을 알고 있냐?"
거지들이 서로를 돌아보더니 빙그레 웃었다. 그 자신만만한 웃음을 본 청명은 한 줄기 기대를 품었다.
"하하하. 뻔한 걸 물으시는군요."
"오? 알아?"
"저희가 그런 걸 알면 거지로 살겠습니까. 물어볼 데다 물어보셔야죠."
떨떠름하게 거지들을 바라보던 청명이 한숨을 푹 내쉬었다. 이놈들이 잘못된 게 아니다. 이제는 하다못해 거지한테 방법을 구하는 자신의 처지가 잘못된 거지.
"됐다. 가 봐."
"감사합니다!"

"만수무강하십시오!"

거지들이 격하게 허리를 꺾어 인사를 하고는 부리나케 몸을 돌려 달아났다. 아니, 달아나려 했다.

"잠깐."

그 순간 청명의 목소리가 그들을 잡았다.

"예?"

"가는 건 좋은데, 손에 든 거랑 주머니에 든 건 꺼내 놓고 가야지."

"……."

"뒤져서 나오면 동전 한 닢에 죽빵 한 대……. 아니, 열 대다. 한 대 때려 봐야 아프지도 않겠지."

그가 진심이라는 것을 깨달은 거지들은 체념한 얼굴로 주섬주섬 주머니 안의 동전들을 청명에게 가져다 바쳤다.

"어이, 너."

"예?"

"속곳에 든 거 꺼내라. 벗겨 버리기 전에."

"……."

거지가 강도를 당하는, 차마 눈 뜨고 볼 수 없는 참혹한 현장이었다.

2장

세상에, 화산이 망하네

"드디어!"

청명은 손에 쥔 지팡이에 힘을 주었다. 그의 눈에 드디어 화산의 웅대한 모습이 들어왔다.

"드으디어어어어!"

눈물이 핑 돈다. 이곳까지 오느라 얼마나 고생을 했던가? 일반인이나 다름없는, 아니, 일반인보다 못한 아이의 몸을 이끌고 이곳까지 오느라 몇 번이고 죽을 고비를 넘겼다.

물론 대부분의 사람들이 여행길에서 겪는 위기와는 조금 달랐다. 대체로 아사나 탈진의 위협이었으니까. 하지만 위험한 거야 마찬가지 아니겠는가?

여하튼 그 끔찍한 고난을 헤치고 헤쳐, 마침내 청명은 화산에 도달했다.

"……길었다."

이곳까지 오느라 한 고생을 늘어놓기 시작하면 한 편의 영웅 서사시가 나올 판이다. 아니, 거지 서사시가 나올 판이었다.

그러니 당연하게도 청명의 몰골은 사람의 몰골이 아니었다. 무학을 익히면서 기력을 얻기는 했지만, 몸을 회복하는 데 쓰여야 할 기력이 모조리 걷고 뛰는 데 소비되다 보니 몸뚱이가 튼튼해지기는커녕 되레 더 약해졌다. 얼마나 피골이 상접하였는지, 보는 이들마다 절로 눈살을 찌푸릴 정도였다.

처음에는 그나마 누더기의 형상을 하고 있던 옷도, 이제는 거적때기라든가 천의 형태를 갖추었던 그 무언가로 불려야 할 지경이 되었다. 달라붙은 먼지는 또 어떻고.

하지만 중요한 건 그런 게 아니다. 중요한 건 청명이 마침내 화산에 도착했다는 것이다.

청명은 저도 모르게 눈가를 훔쳤다.

'다시 태어나기만 하면 끝내주게 잘살 수 있다고 했던 놈들 내가 다 대가리를 깨 버릴 거야.'

다시 태어나는 것도, 결국엔 누구로 태어나느냐가 중요하다. 부모도 없고 집도 절도 없는 거지로 다시 태어나면 차라리 환생하지 않은 것만 못했다.

하지만 모든 고난은 이걸로 끝이다! 마침내 화산에 도착했으니까! 그러니 이제는 눈으로 직접 확인해야 한다. 대체 화산에 무슨 일이 있었는지.

"올라간다!"

청명이 힘차게 지팡이를 짚으며 화산을 오르기 시작했다.

그리고 잠시 후.

"허어어억! 허억! 허어어어억!"

절벽의 경사면에 달라붙은 청명은 폐를 토해 낼 듯 거칠게 숨을 몰아쉬었다.

"아니 무슨 도관이!"

이딴 산 위에 있나! 이딴 산 위에! 미치지 않고서야 이런 산 위에다가 도관을 짓는다는 게 말이나 되는가? 어쩐지 소림이나 무당에는 향화객(香火客)이 넘쳐 난다는데, 화산에는 그에 비해 유난히 없다 싶었다.

청명이 슬쩍 아래를 내려다보았다. 땅이 보이지 않을 만큼 까마득했다.

과장하지 말라고? 이건 명백한 사실이다. 끝이 보이지 않는 정도가 아니다. 지금 그의 아래에 구름이 떠 있으니까! 이 미친 산은 구름을 뚫고 올라갈 정도로 높은데, 올라가는 길이라고는 수직으로 뻗은 절벽에 난 작은 소로뿐이었다.

아니, 이건 소로도 아니다. 이걸 길이라고 부르면 참새도 봉황이다. 두 발을 동시에 디딜 수도 없어서 등짝을 절벽에 붙이고 게걸음으로 나아가야 하는 길을 길이라고 부를 수 있나?

"빌어먹을! 무슨 생각으로 이런 산 위에다 도관을 지은 거야!"

화산에 도착하는 그 즉시 조사전으로 뛰어가서 삿대질하고 싶은 심정이었지만, 사실 따져 보면 청명도 그럴 자격이 없는 사람이었다.

- 사형. 화산이야말로 검문으로서의 자격이 있는 것 같지 않습니까? 저 우뚝 솟은 봉우리는 그야말로 검의 형상이 아닙니까? 조사께서 참 좋은 곳에 터를 잡으신 것 같습니다.

"……지랄을 했네, 지랄을."

뭐? 봉우리가 검 같아? 검 같네. 아주 검 같아. 얼마나 검 같은지 봉우리를 오르는 길이 칼날을 타고 올라가는 것 같네.

오악(五岳) 중에 화산의 산세가 험하고 가파르기로는 으뜸이라더니. 무공을 쓸 수 없는 몸이 되어서야 그 말이 무슨 뜻인지를 절실하게 느끼는 청명이었다.

"진짜 죽겠네."

농담이 아니라 정말 목숨을 걸어야 할 판이다. 팔다리는 벌써 후들거리기 시작했는데, 아직 올라야 할 산이 한참이나 남았다. 이러고도 입문하는 이들이 타 문파에 비해 많지 않다고 한숨을 쉬었으니, 화산이라는 도관이 얼마나 잘못 돌아가고 있었는지를 실감할 수 있었다.

"끄으응."

청명이 신음을 내며 벽에 바짝 붙었다. 그렇다고 여기서 포기할 수는 없었다. 여기까지 와서 포기는 무슨 포기란 말인가? 산이 거기에 있다면 오르는 게 사람의 일이다. 근성과 용기로 오르고 또 오른다!

……사실 이제 내려가는 게 더 위험해.

……진짜로.

• ◈ •

턱!

절벽의 끝에서 손이 솟아올랐다. 파르르 떨리던 손이 절벽 위를 움켜잡았다.

"끄으으으으!"

하얗게 질린 손끝이 애처롭기 그지없었다. 바짝 힘이 들어간 손이 몸을 아등바등 끌어 올렸다.

"아이고, 죽겠다!"

겨우겨우 몸을 끌어 올린 청명이 바닥에 그대로 자빠져 드러누웠다.

"허억! 허어억! 허억! 뒈질 뻔했네!"

고개를 돌리자 까마득한 아래로 구름이 보였다. 이 어린아이의 몸으로 여기까지 올라왔다 생각하니 자신을 칭찬해 주고 싶어졌다.

잘도 안 떨어졌네. 잘도 안 떨어졌어.

한참이나 하늘을 보며 할딱이던 청명이 다시 힘겹게 몸을 일으켰다. 그나마 다행인 건 이 무지막지한 산을 다시 이 몸으로 내려가지는 않아도 된다는 점이다.

이제는 화산에 뼈를 묻을 일만 남았다.

'어디 보자. 아마 이쯤이었던 것 같은데.'

몸을 일으킨 청명이 주변을 두리번거렸다. 앞쪽에 정상으로 이어지는 언덕길이 보였다. 저 길을 따라 조금만 올라가면 화산이 나온다. 청명의 다리가 천천히 움직이기 시작했다.

문득 가슴이 뭉클해졌다. 백 년이라는 시간이 흘러서야 그는 마침내 화산에 돌아온 것이다.

"……물론 실제로는 근 한 달 만에 오는 거긴 하지만."

그래도 일단 백 년 만에 돌아왔다고 하자. 그게 더 멋지니까.

언덕길을 오르는 건 거짓말 조금 보태면 전혀 힘들지 않았다. 몸은 완전히 지쳐 버렸지만, 화산에 도달했다는 생각에 절로 힘이 나는 듯했다.

"아아……."

멀리 화산 정문의 기와가 보이기 시작하자 청명의 눈이 아련함으로 물들었다. 세월이 흐르고 흘러 강산이 열 번은 바뀔 시간이 흘렀건만, 그의 눈에 보이는 기와는 변함이 없었다. 저 완만한 곡선에는 여전히 부드러움 속에 결코 꺾이지 않는 화산의 정기가 담겨 있다.

그래, 저 낡고 군데군데 기와가 빠져 있는 처마에…….

응? 낡아? 기와가 빠져? 청명이 소매로 눈을 비볐다. 내가 잘못 봤나?

하지만 아무리 눈을 비벼도 눈앞의 풍경은 달라지지 않았다. 한 걸음 한 걸음 더 다가갈수록 반쯤 허물어진 정문의 모습이 더 확연하게 들어왔다. 순간 할 말을 잃은 청명이 걸음을 멈췄다.

무릇 정문이란 그 문파를 방문하는 이들이 가장 먼저 보는 곳이다. 그렇기에 각 문파는 내부야 적당히 꾸미더라도, 정문만은 최대한 웅장하고 깔끔하게 만든다.

과거의 화산도 그랬다. 검소하고 소탈해야 하는 도문의 특성상 화려하게 만들 수는 없었지만, 적어도 화산의 기상이 느껴질 수 있도록 튼튼하고 웅대하게 만들었다. 그리고 깔끔하고 단정하게 유지하려 했었다. 그런데…….

'내가 지금 뭘 보고 있는 거지?'

군데군데 기와가 떨어져 있고, 이가 나가 있는 것까지는 이해할 수 있다. 기와라는 건 결국 상하기 마련이고 때가 되면 적당히 갈아 줘야 하는 물건이니까.

하지만 금이 쩍쩍 가고 칠이 벗겨진 기둥과 검게 썩어 문드러진 문이라니! 게다가!

'거, 거미줄이…….'

다른 것들이야 자주 보수를 해야 하는 일이니 어떻게든 꾸역꾸역 이해할 수 있다. 하지만 처마마다 거미줄이 허옇게 쳐져 있는데, 그것조차 걷어 내지 않는 건 아무리 생각해도 이해할 수 없는 일이었다.

그리고 화룡점정은…….

"현판 어디 갔어! 현판!"

현판이라는 것은 그 문파를 상징하는 가장 중요한 것이 아니던가. 그게 도대체 어디 갔냐고!

용사비등(龍蛇飛騰)의 필체로 '대화산파(大華山派)'라고 써져 있던 현판이 온데간데없었다. 그거 우리 장문사형이 아침마다 올라가서 닦던 건데! 그거 어디 갔냐고! 그거!

청명의 다리가 힘을 잃기 시작했다. 비척대는 걸음으로 간신히 정문 바로 앞까지 다가간 청명은 말을 잃고 망연히 화산의 정문을 바라보았다.

- 내가 알기로 거기 망했는데?

- 화산파? 들어 본 적 있는 것 같은데. 예전에 유명했던 검문이지 않았나? 듣자 하니 천마에게 당해서 쫄딱 망했다고 하던데? 아직 남아 있나?

"……망했다고?"

화산이?

청명의 눈가가 파르르 떨렸다.

"아니, 이게 뭔 개 같은 소리야!"

다른 이들이라면 절망에 빠질 상황이지만, 청명은 치밀어 오는 울화를 버티지 못하고 그 자리에서 뒤집어졌다.

화산이 망하다니! 망할 게 따로 있지, 화산이 왜 망해! 화산이!

"세상에 화산이 망하네. 화산이. 허······."

아무리 현실을 부정하려고 해도 눈에 보이는 것은 달라지지 않는다. 몇 번이고 몸을 들썩거리다 참지 못하고 결국 노호성을 내지르고 말았다.

"장문사형! 그러게 왜 그랬소! 왜! 내가 그만큼 그러지 말자고 했잖아! 이 답답한 양반아! 내가 그만크으으으으음!"

사실은 내심 생각하고 있었다.

화산이 정말 망했을 수도 있다고 말이다.

이곳까지 오는 동안 아무리 귀를 활짝 열어도 화산에 대한 소문은 단 한 마디도 듣지 못했다. 무당이나 소림, 심지어 같은 섬서에 있는 종남에 대한 이야기까지도 간간이 들을 수 있었건만, 화산에 대한 이야기는 다들 짜기라도 한 듯 일언반구도 없었다.

화산이 예전과 같은 성세를 구가하고 있다면······. 아니, 그저 문파 같은 꼴을 유지하기만 했어도 있을 수 없는 일이다.

"그러니까 내가 적당히 하자고 했잖습니까, 사형."

– 야, 이놈아. 화산은 도문이다. 고고해 빠진 도사 놈들이 산속에 처박혀서 혼자 도나 닦고 신선이 되면 그게 무슨 의미가 있느냐? 타인의 어려움을 외면하는 놈들은 도를 논할 자격도 없다.

"······그래도 적당히 했어야지."

장로들과 일대제자들, 그리고 이대제자까지 싸그리 대산에서 전멸했다. 수많은 문파들이 자신들의 최정예를 아낌없이 투입한 결사대라고는 하지만, 화산만큼 있는 살림 없는 살림 모조리 끌어다 바친 문파는 존재하지 않았다.

한창 문파를 이끌어야 할 장문인과 장로들이 모조리 죽은 데다가, 그 뒤를 이어야 할 일대제자들과 이대제자들도 거의 전멸했다. 남은 것이라고는 이제 겨우 약관에 불과한 삼대제자들과 제대로 무학도 익히지 못한 어린 이대제자들뿐이다. 그런 상황에서 무슨 수로 대화산의 이름을 이어 가겠는가?

"……그래도 그렇지."

실낱같던 희망마저 모두 무너지는 느낌이었다. 낡다 못해 쓰러져 가는 정문만 봐도 알 수 있다. 화산이 망했다는 걸.

"사형. 사형! 그래서 내가 뭐라고 했수. 남한테 퍼 주고 도문의 이치를 따라 봐야 남는 건 아무것도 없다고 했잖소이까! 이 꼴을 보려고 그러셨소? 이 꼴을? 화산이 사형의 대에서 망했소! 사형 대에서! 저승에서 조사들의 얼굴을 어찌 보고 계시냐는 말이외다! 이 답답한 사람아!"

청명은 그 자리에서 드러누운 채 악을 썼다. 그의 원망은 메아리로 울리며 다시 돌아왔다.

"미치겠네. 진짜."

백 년 만에 살아났더니 사문이 망했다. 이 사문을 지키고 강호를 지키기 위해서 싸웠건만……. 그 결과가 이거라면 우리는 대체 무엇을 위해 목숨까지 버려 가며 싸웠단 말인가? 허탈함이 몸을 녹이는 기분이었다.

그때였다.

"거기 누구요?"

낯선 목소리가 청명의 귀를 파고들었다. 청명의 고개가 획 돌아갔다.

"아……."

사람이 있다! 되살아난 지 한 달 만에 접한 희소식이었다. 망해 자빠졌다고 생각한 화산에 사람이 살고 있었다.

끼이이이익!

썩어 버린 육중한 목문(木門)이 귀에 거슬리는 마찰음을 내며 힘겹게 열렸다. 반쯤 열린 문 사이로 검은 도관(道冠)을 정제한 도인이 고개를 내밀었다.

"아니, 웬 아이가?"

도사다. 청명은 사내의 한마디로 이 사람이 진정한 도인(道人)이라는 것을 확신했다. 왜냐면 지난 한 달 동안 그는 아이라는 말을 거의 들어 본 적이 없기 때문이다.

– 아니, 뭔 거지새끼가?

– 어린 거지 같은데?

– 거지가 혼자 여행을 하는 거냐?

'그놈의 거지.'

거지는 나이가 많고 적고가 없었다. 어린 거지든 늙은 거지든 사이좋게 거지일 뿐이다. 땟국이 줄줄 흐르는 그의 겉모습을 보고도 '거지'가 아닌 '아이'라고 불러 주는 것만 해도 이 사람은 도인으로 인정받을 자격이 있었다.

사십쯤 되어 보이는 중년의 도사는 연신 주위를 살폈다. 그러더니 황당하다는 얼굴로 청명을 바라보았다.

"너 혼자 온 게냐? 대체 너 혼자 여길 어떻게 올라왔느냐?"

"어…… 그게……."

청명이 말을 더듬었다.

'그냥 올라왔는데요?'

근성으로 안 될 게 없다는 말을 하고 싶었지만, 지금의 상황에 적당한 말은 아니었다. 삐쩍 마른 청명의 몸으로는 무슨 말을 해도 의심을 살 수밖에 없으니까. 하지만 굳이 변명을 할 필요도 없다. 이럴 때 중요한 건 변명을 하는 게 아니라 대화의 주도권을 잡는 것이다.

"그보다, 하나 여쭙고 싶은 것이 있습니다."

"응?"

도사가 눈을 동그랗게 떴다. 그럴 만도 했다. 성인도 쉬이 올라올 수 없는 곳에서 혼자 있는 아이를 발견한 것만으로도 황당할 텐데, 그 아이가 대뜸 질문을 하겠다고 하니 어찌 황당하지 않을까?

"도장께서는 화산의 도인이십니까?"

"……네가 화산파라는 이름을 어찌 알고?"

"맞습니까?"

"일단은 그렇다."

청명이 안도의 한숨을 내쉬었다.

'아주 망하지는 않았구나!'

물론 망하기 일보 직전이기는 하겠지. 산문의 꼬락서니만 봐도 대충 각이 나온다. 하지만 아직 망하지 않았다는 것이 중요하다.

'어쨌든 명맥이 이어지고 있다는 말이니까.'

청명이 결심을 굳혔다. 일단은 어떻게든 화산을…….

"일단 들어오너라."

"네?"

청명이 고개를 번쩍 들었다. 도인이 인자한 미소를 지으며 말했다.

"해가 지고 있지 않으냐."

"……어?"

그러고 보니 벌써 주위가 어둑해지고 있었다.

"화산의 밤은 차다. 아직 날이 풀리지도 않았는데, 어설프게 밤을 보내려 하다가는 얼어 죽기 십상이지. 지금부터 산을 내려가는 것도 무리일 테고, 그렇다고 이곳에서 밤을 지새우라고 할 수도 없으니 일단은 들어가자꾸나. 이곳은 지금 외인을 받지 않지만, 그래도 화산의 이름을 알고 찾아온 객에게 밤이슬을 맞힐 수는 없지."

청명이 눈을 굴렸다. 뭐 이렇게 쉽게 들여보내 주지?

……하기야 생각해 보면 저들이 청명을 경계할 이유가 없다. 피죽도 못 먹어서 금방이라도 쓰러질 것 같은 어린 거지를 경계할 필요가 있겠는가.

"같이 온 이가 없고 따로 계획이 없다면 일단은 들어가자꾸나. 이야기야 그다음에 들어도 되겠지."

청명은 조금 멍해졌다. 뭔가 울컥하는 느낌이다. 천하를 호령하던 검문 화산파의 흔적은 이제 거의 남아 있지 않지만, 검문 이전에 화산을 지탱하던 도문 화산은 아직 그 불이 꺼지지 않은 느낌이었다.

'그래. 그거면 됐지.'

검으로 천하에 이름을 날리는 게 뭐가 중요한가? 화산은 검문이기 이전에 도문이었다. 도를 잇고 있다면 화산은 여전히 살아 있는 것이다.

"그럼 폐를 끼치겠습니다."

청명이 가볍게 고개를 숙이자 사내가 웃으며 문을 열었다.

"이리로."

"예. 그 전에 저는……."

청명이 입을 다물었다. 뭐라고 소개를 해야 하지?

'모르겠다. 의심하지는 않겠지.'

"저는 청명이라 합니다. 실례가 되지 않는다면 도장의 도호를 여쭈어도 될는지요."

"청명이라. 좋은 이름이로구나. 본도는 운암(雲唵)이라 한다."

'운자 배.'

청명의 눈이 반짝였다.

'벌써 배분이 한 바퀴나 돌았구나. 운자 배라면 저 녀석이 내 증사손(曾師孫)인가?'

화산은 청명현운백(靑明玄雲白)의 배자(輩子)를 따른다. 청자 배부터 백자 배까지 한 바퀴를 돌고 나면 다시 청자 배로 돌아가는 식이다. 화산의 도인이 청명으로부터 벌써 사 대가 지난 것이다.

'그럼 나를 본 적도 없겠군.'

그가 마지막으로 본 화산의 제자들은 현자 배였다. 그때 현자 배들이 삼대제자였으니 저 운암이라는 도사는 과거의 그를 본 적 없는 이다. 새삼 세월이 이만큼이나 흘렀다는 실감이 났다.

물론 실제로는 사 대가 지난 게 아니라 부족한 수를 채워 넣느라 한 바퀴를 더 돌아 구 대가 지난 상황이었지만, 지금의 청명은 화산이 그렇게까지 망했을 거라고는 상상도 하지 못했다. 그의 입장에서는 차라리 모르는 게 나은 일이겠지만…….

어쨌든 청명은 운암의 안내를 받아 산문을 지나 안으로 들어섰다.

"후우."

깊게 한숨을 내쉰다. 지금의 화산을 눈으로 직접 확인한다는 게 조금 부담되는 기분이었다. 청명은 다짐하고 또 다짐했다.

'침착하자.'

그들이 화산에 남겨 준 것과, 돌아가는 정황을 감안해 보면 화산이 개판이 나 있는 게 이상하지 않았다. 아니, 오히려 그게 정상이었다.

하지만 그건 이들의 잘못이 아니다. 제대로 검도 잡지 못하는 아이들만 남겨 놓은 채, 모조리 전멸해 버린 자신들의 잘못이었다. 즉 냉정하게 말해, 청명은 이 아이들에게 화를 낼 자격이 없다. 오히려 미안해해야 한다.

청명이 이들과 같은 상황에 처했다면 화산을 지키겠답시고 고군분투했겠는가? 도적에서 이름을 파 버리고 무당으로 갔겠지. 그게 상식적이지 않은가?

'그래, 내가 무슨 자격으로 이 아이들을 탓하겠는가?'

어른이 되어 아이들을 바른길로 이끌어 주지 못해 놓고, 아이가 성공을 이루지 못했다고 화를 낸다? 그건 후안무치한 짓이었다. 그 어떤 일이 있더라도 책임은 자신에게 있다는 것을 자각하고 상황을 넓은 마음으로 받아들여야 한다.

"후우."

깊은 심호흡을 하며 청명이 안으로 걸어 들어갔다.

이윽고 눈앞에 드넓은 연무장이 펼쳐졌다. 청명은 순간 속으로 탄성을 질렀다. 감회가 새로웠다. 과거 청명도 이 드넓은 연무장에서 검을 휘두르며 꿈을 키우지 않았던가. 저 새하얀 청강석으로 바닥을 다진…….

"……어?"

청명이 눈을 비볐다. 청강석? 그 하얀 청강……. 아니, 청강석 어디 갔어? 커다래진 눈이 파르르 떨렸다.

'왜 흙바닥이야?'

과거 이 연무장의 바닥은 단단한 청강석으로 채워져 있었다. 사형은 검소해야 할 도문의 바닥이 비싼 청강석으로 다져졌다는 사실을 못마땅해했지만, 아이들이 흙먼지를 마셔 가며 수련을 하는 것 역시 안타까운 일이기에 딱히 제거하겠다고 고집을 부리지는 않았었다.

그런데 그 청강석이 왜 싸그리 다 사라졌는가? 당대의 화산 장문이 설마 그 장문사형보다 더 소탈한 건가? 그래서 청강석을 다 제거한 건가?

"후우우웁."

청명의 이마에 핏대가 솟았다.

'침착하자.'

침착. 또 침착하자. 그따위 청강석이 뭐가 중요하겠는가?

'그래 봐야 돌덩어리지.'

제아무리 그 청강석이 비싼 것이었다고 한들! 장문사형이 도사라는 놈들이 백성들의 한 달 곡식 값보다 비싼 돌을 처밟고 수련을 한다고 역정을 낼 만큼 비싼 것이었다고 한들…… 사람 나고 돌 났지, 돌 나고 사람……. 아. 돌 나고 사람 났을 수도 있겠네. 여하튼!

'돈 급하면 팔아먹을 수도 있지.'

화산이 존속하는 게 중요하지, 그딴 돌덩어리들을 지키는 건 중요한 게 아니다. 정말로 중요한 게 아니……. 침착하자.

"후읍. 후읍."

청명은 최대한 천천히 심호흡했다. 그런 돌덩어리들을 팔아 치워서라도 화산의 이름을 지켜 온 이들에 대한 고마움을…….

그 순간 청명의 눈이 툭 튀어나왔다. 또 이상한 풍경이 눈에 걸린 것이다.

'금천궁 어디 갔어?'

금천궁이 안 보인다.

'아, 안 보인다니 이게 뭔 개소리야?'

금천궁은 살아 있는 생물이 아니라 건물이다. 어디 발이 달려 도망갈 수 있는 게 아니잖은가? 하지만 아무리 봐도 금천궁이 있던 자리엔 황량한 공터가 덩그러니 펼쳐져 있었다.

"……저."

"음?"

"저, 저기."

청명의 떨리는 손끝이 원래 금천궁이 있어야 했던 공터를 가리켰다.

"배, 배치가 조금 이상한 것 같은데……. 저기에 원래부터 아무것도 없었나요?"

"으음. 네 눈에도 그런 게 보이는 모양이구나. 원래 저 공터에는 전각들이 자리하고 있었다더군."

그랬겠지. 그런데 그것들이 다 어디 갔냐고.

"허허. 어린 네가 알 만한 이야기는 아니다."

말을 하라고, 인마! 내가 왜 몰라! 내가 너보다 잘 알아!

"그저 영광의 상처라고 해 두마. 도사가 영광이라는 말을 입에 올린다는 게 조금 민망하기는 하지만."

"……영광은 얼어 죽을."

"응?"

"아무것도 아닙니다."

청명이 얼른 얼버무렸다.

청강석이 날아가고 전각이 사라진 화산의 모습은 황량함 그 자체였다. 실바람만 불어도 연무장의 흙이 날아올라 누런 모래바람이 일었다.

이게 화산이냐? 이게? 마교라고 해도 믿겠다, 이 썩을 놈들아.

"끄으으으."

"어디 아프더냐?"

"아, 아니. 아무것도 아닙니다. 아무것도."

청명이 심호흡을 했다. 들이쉴 때마다 모래바람이 입 안으로 들어와 버석버석한 것이 아주 엿 같고 좋았다.

"조금 황량한 것 같……습니다."

"음…… 그러냐."

운암이 처연한 미소를 지었다. 씁쓸해 보이는 그의 모습이 청명의 눈에 아프게 박혀 들었다.

'그래……. 그랬겠지.'

생각해 보면 화산이 몰락하면서 가장 고통받았을 건 바로 운암과 같이 화산을 지킨 이들이다. 능력이 있었다면 어찌 사문이 쇠락하도록 내버려 두었을 것이며, 애정이 없었다면 어찌 쇠락하는 사문을 지키고 있었겠는가?

'너희가 가장 고생이 많았겠지.'

그리 생각하니 울컥하면서도 마음이 조금 가벼워졌다. 청명의 충격이 아무리 크다고 하나, 지금까지 화산을 지켜 온 이들이 겪었을 슬픔에 비하면 아무것도 아니다. 그러니 엄살떨 것 없다.

"이리로 오시게나."

"……예."

"객이 왔으면 쉴 곳을 내어 주는 곳이 도리겠으나, 화산은 도문이라 객이 지켜야 할 도리가 있는 법일세. 쉬고 싶은 마음은 이해하지만 우선 옥천원에 들어 조사를 배알하시게나."

청명이 고개를 끄덕였다.

옥천원은 화산의 개파조사인 학대통(郝大通) 조사가 모셔진 곳이다. 화산에 수많은 전각이 다들 나름대로 중요한 의미가 있지만, 옥천원보다 중요한 곳은 없다고 해도 과언이 아니다.

청명이 화산의 제자라는 자각을 놓지 않았다면 화산에 드는 즉시 옥천원에 들어 조사를 배알하는 것이 순리였다. 직접 말을 꺼내기가 어려운 상황에 운암이 이리 먼저 나서 주니 고마워야…… 하는데.

불안하다. 이미 본 것이 너무 많아서인지 옥천원에 드는 게 조금도 기쁘지 않았다. 화산 전체가 개판인데 조사전이라고 해서 뭐가 다르겠는가?

'놀라지 말자.'

청명은 그 어떤 상황이 눈에 보이더라도 절대 놀라지 않겠다고 다짐했다.

"이리 들어가면 된다."

몇 번이고 마음을 다스리며 운암의 안내에 따라 옥천원 안으로 들어섰다. 그리고 이내 그 자리에 우뚝 멈추었다.

옥천원은 단출했다. 눈에 보이는 것은 학대통 조사의 초상과 그 앞에 놓인 향로, 그리고 제기들이 다였다. 도가답게 검소하기 그지없는 모습이었다.

그래, 검소하기 짝이 없다. 검소함이 지나쳤다.

청명의 입에서 신음이 새어 나왔다. 이내 그의 몸이 파들파들 떨리기 시작했다.

"어, 어디……."

금의 황제가 학대통 조사에게 내렸다는 황금으로 만들어진 촛대도 보이지 않고, 조사께서 등선 전에 손수 쓴 글자로 만든 족자들도 자취를 감추었다. 황금으로 치장한 수실도, 전각을 가득 채우고 있던 그림들도 모조리 사라졌다.

하지만 청명을 정말 놀라게 한 것은 그게 아니었다.

"여…… 여기."

설마. 아니겠지. 어디로 치워 뒀겠지. 청명이 부들부들 떨리는 손으로 제상 앞을 가리켰다.

"응?"

"여, 여기 꼬, 꽃이 하나 있지 않았습니까?"

"꽃?"

"……네. 꽃!"

"자네가 그걸 어찌 아는가?"

"이, 있었지요? 그 꽃 어떻게 했습니까?"

운암이 고개를 갸웃거렸다. 아이에게 뭔가 물어보고 싶은 것은 많았지만, 일그러졌다 펴졌다 찌그러졌다 펴지길 반복하는 청명의 얼굴을 보니 일단 대답부터 해 주어야 할 것 같았다.

"있었지. 있긴 있었지. 이상한 흰 금속으로 만들어진 매화."

"예! 그 꽃! 그거 어디 갔습니까?"

"팔았네."

"……예?"

"딱히 쓸모가 없기도 하고, 도관에 어울리지도 않아서 고민하던 차였는데, 산다는 상인이 있어서 좋은 값에 팔아넘겼지."

"파, 팔아…….."

"그렇다네. 그런데 자네는…….."

청명이 끝내 눈을 뒤집고 뒤로 까무러쳤다.

"이, 이보게! 이보게 정신 차리게!"

"끄으…….."

암향백매화(暗香白梅花). 자하신검과 함께 화산의 이대신물(二大神物). 금처럼 요란하지도 않고, 은처럼 번쩍이지도 않기에 그저 소박하기만 한. 하지만 그 안에 화산의 정수를 담고 있다고 칭해지는 신물. 그걸 이 미친놈들이 팔아 치운 것이다.

"파, 팔아먹을 게 따로 있지."

이걸…….

"이걸 팔아먹네, 이 미친놈들…….."

화산까지 올라온 피로에 충격이 겹쳐졌다. 청명은 결국 의식의 끈을 놓아 버렸다. 점차 하얗게 흐려지는 눈앞으로 기겁을 하는 장문사형의 모습이 보이는 듯했다.

사형. 화산은 망했소. 그것도 쫄딱 망했소.

사혀어어어엉!

청명은 그대로 정신을 잃고 말았다.

· ◆ ·

당금 화산의 장문인인 현종(玄從)진인이 묘한 얼굴로 운암을 바라보았다.

"이곳까지 홀로 올라왔다는 말이더냐?"

"예."

"그러고는 옥천원에서 정신을 잃었다고?"

"예. 행색이 남루하기 짝이 없는 걸 보니 잘 먹지도 못하였을 듯한데, 정말 홀로 화산에 올랐다면 탈진하는 것도 당연하다 생각됩니다."

"그렇겠지."

현종이 가만히 미소 지었다. 화산의 험준함은 성인 남자도 버거워한다. 어린아이의 몸으로 홀로 이곳에 올랐다면 그 피로함이 말로 못 할 지경일 것이다.

"그래서 그 아이는 지금 어디에 있느냐?"

"설매청(雪梅廳)에 옮겨 두었습니다. 혹시 몰라 운진(雲眞)을 불러 진맥을 보았습니다만, 기운이 쇠한 것 외에 큰 문제는 없다고 합니다."

"다행이구나."

현종이 느리게 고개를 끄덕였다. 무슨 사정이 있었건 간에 화산에 든 이라면 화산의 손님이라 할 수 있다. 그런 이가 화산 안에서 탈이 나는 것은 그가 바라는 바가 아니었다.

"아이가 홀로 화산에 오르다니 기이한 일이구나. 무슨 사연이 있지는 않다더냐?"

"옥천원에 참배를 시킨 뒤, 천천히 물어볼 생각이었습니다만, 정신을 잃어 사정을 묻지 못했습니다."

"그렇구나."

"한데……."

운암이 슬쩍 눈살을 찌푸리고는 조금 전의 사정을 설명했다. 자초지종을 들은 현종이 고개를 갸웃했다.

"이걸 팔아먹네?"

"예."

"그 아이가 그런 말을 남겼단 말이더냐?"

"그랬습니다. 그냥 넘길까도 했으나, 아무래도 기이하여."

"흐음."

현종진인이 가만히 수염을 쓸어내렸다.

"물론 제가 잘못 들었을 수도 있습니다. 하지만 장문인. 이상한 것은 그뿐만이 아닙니다. 제가 말하기도 전에 그 아이가 제게 화산의 도인이냐고 먼저 물었습니다. 이곳이 화산이라는 걸 알고 왔다는 의미가 아니겠습니까?"

"그렇지."

"설마 무슨 꿍꿍이라도……."

현종이 너털웃음을 터뜨렸다.

"걱정되느냐?"

"그런 게 아니오라……."

"이곳이 화산이라는 걸 아는 게 뭐가 이상하다는 말이더냐? 한때는 천하에 이름을 알리던 도문이다. 기억하는 이가 있다 해서 이상할 것은 없지."

"예."

"그리고 하산한 이의 후손일 수도 있지 않느냐."

"아……."

운암이 고개를 끄덕였다. 문세가 기울면서 수많은 사람이 화산을 떠났다. 끝까지 화산과 운명을 같이하겠다고 남은 이들은 오히려 소수에 속했다. 그런 이들의 후예라면 이곳에 화산이 있다는 것을 아는 것도 당연한 일일 것이다.

"걱정도 훔쳐 먹을 것이 있을 때나 해야 하는 것이다. 화산에 뭐가 남았다고 꿍꿍이를 꾸미겠느냐?"

"……장문인."

운암의 얼굴에 작게 처연함이 깃들었다. 하지만 현종은 그런 운암의 표정을 보지 않고 자조적으로 뇌까렸다.

"팔아먹었다라."

현종이 미소를 지었다.

"그래……. 그랬지. 어쩌면 정말 하산한 이의 후손일지도 모르겠구나. 과거의 옥천원이 어땠는지를 안다는 뜻이니까. 아이에게 민망하구나."

"……장문인."

"되었다. 팔아먹은 게 사실이니 창피할 것도 없다."

운암이 마른침을 삼켰다.

'뒷말은 안 하는 게 낫겠지.'

아이가 한 말이 단순히 '팔아먹었다'가 아니라 '이걸 팔아먹네, 미친놈들.'이었다는 사실을 장문인이 알면 어떤 표정을 지을까 궁금하기는 했지만, 이 말은 차마 전할 수가 없었다.

"알겠다. 그 아이가 깨어나는 대로 내게 데려오거라."

"예, 장문인."

현종은 골똘히 생각에 빠져들었다. 팔아먹었단 표현을 들으니 상처에 소금이 뿌려진 기분이었다.

'조사들께서는 나를 용서하지 않으시겠지.'

제아무리 화산을 살리기 위한 방편이라고는 하나, 화산의 역사 그 자체라고 할 수 있는 옥천원의 제기들을 팔아 치웠으니 그가 무슨 낯으로 조사들의 얼굴을 마주할 수 있겠는가?

애써 생각하지 않으려 했던 일이건만…….

현종의 얼굴이 조금 더 어두워졌다.

'내 대에서 화산의 이름이 끝나지 않아야 할 텐데.'

다시 천하를 호령하겠다는 꿈은 꾸지도 않는다. 그저 화산이 그의 대에 망하는 꼴만 보지 않으면 여한이 없다. 하지만 그 작은 소망마저도 날이 갈수록 힘겨워지고 있었다.

슬그머니 현종의 눈치를 살피던 운암이 가만히 자리에서 일어나 읍했다.

"가 보겠습니다."

허락을 구하고 밖으로 나가려던 운암은 문득 다시 고개를 돌려 현종에게 물었다.

"저…… 장문인."

"음?"

"혹여 그 아이가 입문(入門)을 원한다면 어찌하실 생각이십니까?"

"입문이라…….."

화산은 지금 입문자를 받지 않고 있다. 하지만 과거의 인연을 가진 이라면 조금 달라질 수도 있었다.

"입문은 받지 않는다."

"알겠습니다."

고개를 끄덕여 운암을 배웅하던 현종이 살짝 고개를 갸웃거리며 입을 열었다.

"잠깐."

"예, 장문인."

"그 아이의 이름이 뭐라 하더냐?"

"청명. 청명이라 하였습니다."

"……청명이라."

순간 현종의 얼굴에 미묘한 표정이 스쳤다.

"알겠다. 나가 보거라."

"예, 그럼."

운암이 완전히 자리를 뜨고 나자 현종이 가만히 중얼거렸다.

"청명이라…….."

이럴 때 화산을 찾아온 아이의 이름이 과거 검존의 도호와 같다. 확실히 기이한 일이었다.

"그분만 살아 계셨어도…….."

천하삼대검수로 이름 높았던 매화검존 청명만 혈사에서 살아남았다면 화산의 운명은 지금과는 달랐을 것이다. 의미 없는 가정이지만 못내 미련을 버릴 수 없는 현종이었다.

"……무량수불."

홀로 남은 현종의 도호만이 쓸쓸하게 전각을 채웠다.

• ◈ •

"빌어먹을 놈들."

청명이 욕지거리를 내뱉었다.

"팔아먹을 게 없어서 신물을 팔아먹어? 신물을?"

속에서 열불이 치솟아 올랐다. 굶어 죽는 한이 있더라도 팔아먹을 수 있는 게 있고, 팔아먹을 수 없는 게 있다. 아무리 암향백매화가 허접한 장식품처럼 보인다고는 하나, 그리고 어린 녀석들에게 백매화의 진정한 가치를 설명해 줘야 할 이들이 싸그리 다 죽어 버렸다고는 하나…… 그래도 그렇지!

화산이 망하는 한이 있어도 팔아…….

"아니지. 망하는 것보다는 낫지."

조사께서 지금의 청명을 보았다면 호통을 쳤을 것이다. 그깟 신외지물이 무엇이라고 집착한단 말인가? 아무리 의미가 있는 물건이라고는 하나, 도인은 물건에 집착해서는 안 된다.

안다. 그건 아는데!

"끄으으응."

청명이 신음을 흘리며 산 아래를 내려다보았다. 탁 트인 전경이 눈에 들어오자 속이 좀 풀리는 느낌이었다.

과거 그는 답답한 일이 있을 때마다 이리 연화봉에 올라 화산의 전경을 바라보고는 했다. 검처럼 삐죽삐죽 솟은 봉우리들과 끝없이 펼쳐진 산맥들을 보고 있으면 호연지기가 절로 솟아올랐었다. 그런데 지금은…….

"끄으으으응."

호연지기는 개뿔이. 속만 도로 뒤집어졌다. 아래로 얼핏얼핏 화산의 전각들이 눈에 들어올 때마다 속이 썩어 나는 기분이었다.

"문도는 줄었고."

정확하게는 줄었다기보다 그냥 망한 수준이다.

"돈 되는 건 다 팔아먹은 데다가."

옥천원이 그 꼴이면 다른 데는 안 봐도 뻔하다. 마지막의 마지막까지 가서야 손댈 수 있는 곳이 옥천원이다. 옥천원의 처참한 꼬락서니를 보고 나니 다른 곳이 왜 그리 낡고 허물어졌는지 이해할 수 있었다. 보수할 돈이 없었겠지. 오죽 돈이 급했으면 연무장의 청석까지 뽑아 팔겠는가.

"……그래. 다른 건 다 좋다 이거야! 내가 다 이해한다고!"

그런데! 무공은 왜 그 꼬라지냐고!

청명이 바닥을 데굴데굴 구르기 시작했다. 깎아지른 절벽에서 구른다는 게 제정신 박힌 사람이 할 수 있는 짓은 아니겠지만, 지금 청명에게는 그런 것을 생각할 겨를이 없었다. 절벽에서 굴러떨어져 죽기 전에 속이 타서 죽을 판이다.

"나이도 지긋한 놈이……. 삼대제자만도 못해?"

운암에 대한 이야기다.

본래라면 청명은 운암의 무공 수위를 짐작할 수 없어야 한다. 아무리 과거의 삶에서 청명이 천하삼대검수로 불릴 정도의 지고한 경지를 쌓았다고는 하나, 지금 그는 백면서생이나 다름이 없었으니까.

하지만 청명은 운암의 무공 수위를 아주 똑똑히 알 수 있었다.

청명이 워낙 강했기 때문에? 천만에. 지금 운암의 무력이 너무 낮아서다. 청명이 활동하던 당시로 돌아간다면 운암은 아마 도호조차 받지 못했을 것이다. 무학이 아니라 도법을 연구하는 학도가 되었거나.

적어도 이대제자는 되어 보이는 나이에 삼대제자만도 못한 무위라니.

"……이걸 대체 뭘 어떻게 해야 해?"

어디부터 어떻게 손을 대야 할지 감도 잡히지 않는다. 차라리 바닥에서 시작하는 게 나을 지경이다. 그렇다면 이것저것 신경 쓰지 않고 청명이 하고 싶은 대로 질러 버리면 그만이니까.

하지만 이곳은 화산이 아닌가?

'차라리 내가 그 청명이라고 말해 볼까?'

욕만 먹겠지. 얻어맞고 쫓겨나지나 않으면 다행이다. 입장 바꿔 생각해 보면, 청명도 그 말을 믿으려 하지 않을 것이다.

설사 믿는다고 치자. 그래, 저들이 한없이 이성적이라 청명이 푸는 이야기와 무공에 대한 지식을 이해해서 그를 과거의 그 청명이라 이해했다고 치자.

그것 역시 좋은 일은 아니다.

'나는 지금 내 지식을 지킬 힘이 없다.'

청명은 굴러다니는 보물과도 같았다. 가지고 있는 지식은 한 문파를 부흥시키고도 남을 정도인데 스스로를 지킬 힘은 없다.

청명은 알고 있다. 그의 사형은 세상 다시없을 도인이었지만, 화산의 모든 도인들이 하나같이 선하고 깨끗한 건 아니었다. 당장 청명만 해도 선함과는 중원 한 바퀴 정도의 거리가 있잖은가.

저들 중 누군가가 나쁜 마음을 먹고 청명을 제압하기라도 한다면? 가진 것을 싹 털리고 어딘가에 묻히는 걸로 한 많은 두 번째 생을 마감하게 될 것이다.

'그건 안 되지.'

그렇다는 건…….

"그럼 내가 청명이라는 사실을 밝히지 않으면서 이 화산을 부흥시켜야 한다는 건데."

적어도 그가 스스로를 지킬 만한 무위를 되찾을 때까지는 숨겨야 한다.

"……차라리 마교랑 다시 싸우는 게 쉽지."

헛웃음이 절로 나오는 난이도였다. 무학을 전수해야 화산을 살리든 말든 할 텐데, 무학을 알고 있다는 걸 들키면 안 된다니. 이런 말도 안 되는 경우가 어디에 있는가?

성질 같아서는 다 때려치우고 싶지만…….

청명이 무거운 한숨을 내쉬며 반쯤 구름에 가려진 화산을 내려다보았다.

"……이럴 줄 알았으면 사고 치고 다니지 말걸."

그는 화산에 빚이 있다. 그가 천하삼대검수니 어쩌니 하며 뻐기고 다닐 수 있었던 이유는 전부 화산이 그에게 준 것들 덕분이었다.

하지만 그는 화산에 돌려준 것이 없다. 천마를 쓰러뜨렸다는 명예 하나만을 주었을 뿐. 덕분에 화산은 몰락했고, 망하기 직전까지 와 버렸다.

이러니 어찌 화산을 외면하겠는가? 인간의 도리상 그럴 수는 없었다.

"아이구, 사형……."

청명이 고개를 들었다. 푸르르기만 한 하늘에서 장문사형이 그를 보며 웃고 있는 것 같았다.

- 그래도 화산이니라.

"……끄응."

청명이 고개를 절레절레 저으며 몸을 일으켰다. 저승에 갔을 때 사형에게 맞아 죽지 않기 위해서라도 어떻게든 이 무너져 가는 화산을 문파

구실 하게는 만들어야 한다.

"빌어먹을, 세상에 안 되는 게 어디 있냐?"

애초에 화산에서 무학을 익힐 때, 그가 화산제일 고수가 될 거라 생각한 이가 누가 있었는가? 다들 말썽이나 피우지 않으면 다행이라 여겼지! 그 매몰찬 눈길들을 이겨 내고 화산제일인이 된 청명이다. 불가능에 도전하는 건 청명의 특기라 할 수 있었다.

이왕 이렇게 된 거…….

"내가 천하제일문파 한번 만들어 본다!"

청명의 눈이 불타올랐다. 그리고 그 순간 화산에 있던 모든 이들은 알 수 없는 한기에 몸을 떨어야 했다.

• ❖ •

"어딜 갔다 오는 겐가?"

"잠시 구경을 좀."

"……구경?"

운암이 미심쩍은 눈으로 청명을 바라보았다.

하지만 청명은 운암이 무슨 눈으로 보건 신경 쓰지 않겠다는 듯 짝다리를 짚고 고개를 돌려 하늘을 올려다보고 있었다.

'이 아이가 원래 이런 분위기였나?'

분명 산문에 처음 접어들 때까지는 꽤 예의 바르고 공손한 아이 같았는데, 지금은 분위기가 확 달라졌다. 뭐라고 할까? 불량한 기운이 넘친다고 해야 하나?

'하기야.'

행색을 보아하니 거지로 꽤나 오래 살아온 것 같은데, 이 험한 세상에 거지 아이에게 순수함을 바란다는 건 무리였다.

"식사는 하셨는가?"

"배가 고프지 않아서."

이건 진심이었다. 화산의 꼬라지를 보고 있으니, 허기고 뭐고 오욕칠정이 다 사라지는 느낌이다. 도사일 때도 극복하지 못했던 허허로움을 도명도 받지 못한 지금 이렇게 극복해 버리다니. 이런, 빌어먹을.

"그렇다면 잠시 따라오게나."

"예?"

"장문인께서 자네를 보고 싶어 하시네."

"아, 네."

청명이 고개를 끄덕였다. 어차피 겪어야 할 일이라면 하루라도 빨리 겪는 쪽이 낫다.

그를 데려간 운암이 문을 열자, 고요하게 정좌를 한 노인이 보였다. 청명은 조금 떨떠름한 심정으로 그를 바라보았다.

'확실히 장문인이라 불릴 만은 하지만.'

느껴지는 청아한 도기(道氣). 그 도기만으로도 이 사람이 평생을 도가에 몸을 담아 왔다는 것을 납득할 수 있었다. 하지만…….

'패기는 전혀라고 해도 좋을 만큼 없군.'

어느 도관의 장문이라 하기에는 부족함이 없었지만, 화산이라는 무파의 장문이라고는 생각할 수 없었다. 그저 청아하다.

"인사드려라."

청명은 남몰래 한숨을 쉬었다.

'세상에 이렇게 억울할 데가 있나.'

아마 나이로 따져 보자면 청명이 화산 구석에서 장문사형의 눈을 피해 술을 퍼먹고 있을 때, 이 장문인이란 녀석은 태어나지도 않았을 것이다. 청명이 죽고 나서야 화산에 들어와 아장아장 걸어 다녔겠지. 그런데 이제는 되레 청명이 인사를 해야 하는 입장이라니.

'억울하면 다시 태어나지 말았어야지.'

어쩌겠는가? 않느니 죽지. 청명이 공손하게 절을 했다. 그 광경을 보며 화산장문 현종이 부드럽게 미소를 지었다.

"청명이라 합니다."

"본도는 현종이라 하네."

간소한 예의였다. 청명이 정좌하자 현종이 입을 열었다.

"객이 왔건만 마땅히 대접할 것이 없네. 현재 이곳의 상황이 그러하니 이해해 주길 바라네."

"아, 네."

현종의 눈썹이 살짝 꿈틀했다. 보통 이런 말을 건네면, 돌아오는 대답은 '괘념치 마십시오.'라든가 '불청객이 어찌 그런 것을 바라겠습니까?' 정도가 되어야 한다. 그런데 이놈은 '그런 것 기대도 하지 않았으니, 신경 쓰지 마쇼.'라는 말을 눈짓과 몸짓으로 하고 있었다.

"옥천원에서 재미있는 말을 했다고 하던데."

"예?"

"팔아먹었다?"

청명이 고개를 갸웃했다.

"무슨 말씀이신지?"

정말 무슨 말인지 하나도 모르겠다는 태도였다. 현종이 눈을 가늘게 뜨며 청명의 안색을 살폈지만, 거짓을 찾아볼 수 없었다.

'정말 모르는 건가?'

아이가 저리 거짓말에 능숙할 리는 없고. 현종이 고민하는 동안 청명은 내심 미소를 짓고 있었다.

'그리 봐야 소용없다, 이놈아.'

청명이 누구던가. 천안통에 올랐다는 평을 듣던 청문을 상대로도 천연덕스럽게 사기를 치던 종자다. 장문사형은 매번 청명을 의심했지만, 결국 마지막까지 그가 사내에 숨겨 놓은 술과 은신처를 찾아내지 못했다. 추궁을 받아도 태연하게 사기를 치는 청명을 보며 심증은 있으나 물증이 없으니 일단 처맞자고……. 아니, 이게 아니고 여하튼!

그런 청문조차 청명의 거짓을 간파하지 못했는데 현종이 청명의 표정과 몸짓을 보고 거짓을 알아챌 수는 없었다.

"그런 말을 하지 않았는가?"

"잘 기억이 나지 않습니다. 워낙 피곤하여 의식을 잃었다는 것밖에는……."

논리는 완벽했다. 어린 몸을 이끌고 이 험한 화산을 올랐으니 몸이 한계에 달했을 것이다. 그러니 의식을 잃고 쓰러진다고 해도 이상하지 않다. 다만…….

"그리 피곤했으면 말을 하지 그러셨는가."

"도문에 들어왔으면 상제께 예를 올리는 것이 우선이라 하여……."

현종이 묘한 눈으로 운암을 돌아보았다. 운암이 찔끔했다. 현종의 눈이 '애가 여기까지 혼자 올라왔다는데, 피곤해 죽는 애를 굳이 거기까지 끌고 가서 절을 시켰냐, 이놈아?'라고 말하고 있었다.

물론 운암으로서는 미치고 팔짝 뛸 일이었다.

'아니, 멀쩡했는데!'

분명 저놈은 산문에 들어설 때까지만 해도 팔딱팔딱 신선한 생선 같았다. 그런데 피곤하여 쓰러졌다니! 이런 미치고 팔짝 뛸 일이 있나? 운암이 황당한 눈으로 청명을 보았지만, 청명은 아무것도 모르는 듯 순진한 얼굴로 딴청만 피웠다.

"크흠."

현종이 고개를 끄덕였다.

"그럴 수 있는 일이지. 신경 써 주지 못해 미안하구나."

"아닙니다."

"그래. 그럼 다른 의문이 생기는데."

"예?"

"이 험한 산을 올라 굳이 여기까지 온 이유가 무엇인가?"

"……."

"그냥 와 봤다는 말은 말게나. 화산은 경험 삼아 오를 수 있는 산이 아닐세. 더구나 그 어린 몸으로 이 산을 오른다는 것은 보통 일이 아니었을 터."

청명이 고개를 들어 현종을 바라보았다. 날카로운 질문이었다. 하지만 이 질문에 대한 대답은 이미 준비해 뒀다.

"장문인."

"듣고 있네."

"화산에 입문하고 싶습니다."

현종의 눈이 가느스름해졌다.

"입문?"

"예."

현종이 가만히 청명과 눈을 마주쳤다. 저 또랑또랑하고 정순한 눈에서는 다른 의도를 읽어 낼 수가 없었다.

"그 말인즉슨, 자네가 일부러 화산을 올랐다는 걸 인정한단 뜻인가?"

"그렇습니다."

현종이 작게 침음성을 흘리며 고개를 끄덕였다. 끝까지 우연히 들러 보았다 우겼다면 현종은 청명을 믿지 않았을 것이다. 화산은 그저 들러 볼 수 있는 곳이 아니니까.

"화산에 입문이라. 그렇다면 자네는 화산이 어떤 곳인지 알고 있다는 뜻인가?"

"예."

현종의 눈이 다시금 가늘어졌다. 청명은 살짝 입술을 축였다.

'논리는 완벽하다.'

 청진(南津) 놈을 써먹으면 된다. 그의 사제인 청진은 그들이 마지막 전투를 준비하기 전에 마교 놈들에게 쫓기다가 실종됐다. 말이 실종이지 전쟁 중에 사라지는 건 실종이 아니라 사망이다.

 '청진이 절벽에서 떨어졌는데, 나무꾼이 그를 발견해서 치료해 주고……. 하지만 부상이 너무 깊어서 자리를 털고 일어나지는 못했는데 나무꾼에 대한 고마움으로 화산의 무학을 전수해 주고 제자로 삼았다.'

 그리고 청명은 그 나무꾼의 후손이다!

 '크으.'

 이 기막힌 각본의 가장 좋은 점은 청명이 자신의 배분을 적절히 올릴 수 있다는 점이다. 청진을 구해 준 나무꾼이 증조부라 하면 청명은 백자 배가 된다. 백 년 전에 청년이었던 이를 증조부라 하기에는 민망한 면이 있으니 한 배분 내려 고조부로 해도 청자 배가 된다. 그것도 한 대를 앞선!

 즉 아무리 못해도 현 장문인의 두 배분 위가 되는 것이다. 배분을 아무리 밀어 내도 생짜 신입으로 입문하는 것보다는 높은 배분을 받게 될 것이다.

 '아무리 그래도 내가 새파랗게 어린 놈들이랑 같은 배분을 받을 수는 없지.'

 본래의 배분을 찾는 것은 불가능하지만, 그래도 최소한 우대는 받아야 할 것 아닌가. 앞으로 이 새파란 놈들에게 고개를 숙이며 존장 대접을 해야 한다는 것만으로도 속이 터질 노릇인데.

 '자, 이제 이유를 물어봐라.'

 그럼 내가 쓴 각본을 쫘악 풀어 주지. 그 와중에 청진 놈의 독문무학을 조금 풀어 주면 일사천리…….

 "허락하겠네."

"네. 당연히 허락……. 네?"

청명이 눈을 휘둥그레 뜨며 현종을 바라보았다. 그의 예상과는 달리 현종은 담담한 얼굴로 고개를 끄덕이고 있었다.

"입문을 원한다면 그렇게 해 주어야겠지."

"……네?"

아니. 잠깐만. 여기가 무슨 동네 애들 다니는 무관도 아니고 입문이 뭐가 이리 쉬워? 얼굴 한번 본 적 없는 애가 와서 입문하겠다 하면 일단은 의심하는 게 정상 아니냐고!

"자, 장문인!"

운암도 같은 생각인지 화들짝 놀라 말했다.

"입문은 받지 않는다고 하셨잖습니까?"

그렇지! 그렇게 쉽게 받으면 안 되지!

"생각이 바뀌었다."

현종이 가볍게 웃으며 대답했다.

"생각해 보니 우리가 입문을 가릴 처지가 아니더구나. 더구나 화산을 알고 찾아온 아이를 그냥 내칠 수도 없는 노릇이지."

"하, 하지만……."

"운암아."

"예, 장문인."

"인연은 돌고 돌아 이어진다. 이 아이의 뜻이 무엇이든 화산의 이름을 알고 화산에 들기 위해 찾아온 아이다. 비를 피하겠다고 처마에 든 새는 쫓지 않는 법이고, 겨울에 굴을 찾아온 짐승에게는 먹을 것을 나눠 주는 법이지. 우리가 뭐 그리 아낄 것이 있다고 품에 들어온 이마저 내쫓겠느냐?"

선기가 그대로 느껴지는 발언이었다. 다른 이가 들었다면 감동했을지도 모른다. 하지만 청명은 선기나 도기와는 삼만 리쯤 떨어진 인간이었다. 저 말을 듣자마자 전신에 닭살이 돋았다.

'인연은 뭔 놈의 인연이야! 모르는 놈이 찾아왔으면 의심부터 좀 하라고!'

이런 인간이 어떻게 장문인이 됐지? 아니, 이런 인간이니까 장문인이 되었겠지. 장문인이라는 건 그런 자리니까.

"아, 아니 저는……."

청명이 수습에 나섰다.

"그 전에 제가 살아온……."

"괜찮단다."

현종이 고개를 저었다.

"네가 입산하기 전에 어떤 삶을 살았는가는 중요하지 않다. 죄인의 삶을 살았든, 성인의 삶을 살았든, 그건 속세의 일에 불과하다. 화산에 오르고 화산에 귀의하는 순간 과거의 너는 사라지는 것이다."

물론 그렇겠지. 그런데 이게 이러면 안 되는데…….

"아, 아니……."

"괜찮다는데도 그러는구나."

인마! 내가 안 괜찮다고! 사람 말 좀 들어! 말 좀!

현종이 빙그레 웃었다.

"운암아."

"예, 장문인."

"이 아이에게 처소를 내어 주고 입관식 준비를 하거라."

"예, 준비하겠습니다."

"이름이 청명이라 했더냐?"

청명이 자신도 모르게 고개를 끄덕였다.

"좋은 이름이구나. 아주 좋은 이름이야. 청자 배가 될 아이의 이름이 청명이라. 허허. 이것 역시 인연이겠지. 도명을 따로 정하지 않아도 되겠구나. 너는 모르겠지만, 너의 이름은 화산에서는 무척 의미가 깊은 이름이다."

현종의 눈이 아련해졌다.

"그 이름에 걸맞은 이가 되어 주려무나."

상황이 여기까지 흘러 버리자 청명도 더 할 말이 있을 리 없었다.

"……예."

"나가 보거라."

청명이 넋이 나간 얼굴로 자리에서 일어났다. 운암 역시 떨떠름한 얼굴로 그를 데리고 밖으로 나갔다. 터덜터덜 걸어 나온 청명의 눈에 드넓은 화산의 모습이 눈에 들어왔다.

'어쨌든…… 입문은 했네.'

그 순간 운암이 전보다는 조금 낮아진 목소리로 근엄하게 말했다.

"아직 입관식을 치르지는 않았지만, 지금 이 순간부터 너는 화산의 제자다. 너는 청자 배가 될 것이고, 화산의 삼대제자 중 막내가 될 것이다."

"……막내."

청명의 얼굴이 부르르 떨렸다. 막내? 내가? 이 매화검존 청명이 화산의 막내라고?

"허허허허허허."

웃음을 흘리는 청명을 보며 운암이 흐뭇하게 웃었다.

"좋은가 보구나."

"예. 너무 좋습니다. 허허허허허허."

그런데 왜 자꾸 눈물이 나지? ……망할.

                                ◆ ❖ ◆

"아이는?"

"처소에 보내 환복시켰습니다. 바로 입관식만 진행하면 될 것 같습니다."

"그렇구나."

운암의 시선이 발치로 향했다. 그 모습을 본 현종이 빙그레 웃으며 입을 열었다.

"탐탁지 않은 모양이구나."

"탐탁지 않다기보다는……."

조금 머뭇거리던 운암이 한숨을 쉬며 입을 열었다.

"제가 장문인의 깊은 의중을 모두 알 수는 없으나, 왜 굳이 저 아이를 받아들이신 건지 이해하기가 힘듭니다. 지금 화산은 한 사람의 입이라도 줄여야 할 때입니다."

"그래. 그러하지."

"다른 아이들처럼 재물을 가져온 것도 아니고, 무학에 대한 특별한 재능이 보이지도 않습니다."

"으음."

"무엇보다 선기(善氣)가 전혀 느껴지지 않습니다. 도문과는 맞지 않는 아이로 보입니다. 그런데 어째서 저 아이를 화산의 적에 올리시려 하는 것이옵니까?"

운암의 지적에 현종은 부드러운 미소를 보였다.

"그러하더냐?"

"……장문인."

운암이 깊은 한숨을 쉬었다. 때때로 현종은 이리 의뭉스러울 때가 있다.

'알 수가 없구나.'

십 년이 훨씬 넘는 기간 동안 현종을 보좌해 왔지만, 여전히 그의 속내를 짐작할 수 없었다. 그가 넘보기에 현종은 너무도 깊은 사람이다.

"운암아."

"예, 장문인."

"인연이라는 것은 때로는 예기치 않게 찾아오기 마련이다."

현종이 빙그레 웃었다.

"어쩌면 그 아이가 화산의 빛이 될 수도 있지 않겠느냐?"

"……그 아이는 화산의 빛이 되기에는 너무 어립니다."

"그럴지도 모르지."

현종의 얼굴이 조금 어두워졌다. 화산의 현 상태는 그야말로 풍전등화라고 할 수 있다. 힘겹게 버티고는 있지만 당장 망해도 이상할 게 없다. 운암이 청명을 들이는 것을 껄끄러워하는 데에는 이러한 이유도 있었다. 당장 내일 망할지도 모르는 문파에 적을 두었다가 거리로 내몰리게 되면 그 상실감이 얼마나 클 것인가?

"상황이 어렵다는 것은 알고 있다."

현종이 무겁게 입을 열었다.

"하지만 운암아. 매화는 눈 속에서도 피기 마련이란다. 혹독한 추위 속에 피어난 매화는 그 어떤 매화보다 그윽한 향을 풍기기 마련이지."

"……."

"겨울이 왔다고 씨를 심지 않는다면 눈 속에서 매화가 피어날 가능성마저 사라지지 않겠느냐."

"……예."

"그래. 나가 보거라."

운암은 조용히 문을 닫고 밖으로 나왔다. 그리고 한숨을 내쉬며 고개를 들었다.

현종과 대화를 하고 나올 때마다 그는 가슴이 뻥 뚫리는 듯한 느낌을 받았었다. 하지만 오늘만큼은 현종과 대화를 하고 나왔음에도 가슴이 시원해지기는커녕 되레 답답해지는 느낌이었다. 현종의 말에 어린 현기(玄機)는 여전했지만, 그럼에도 그의 마음이 어지러운 것은 화산이 지금 처해 있는 상황 때문일 것이다.

지금의 화산은 자력으로는 구제가 불가능했다. 현종이 평생에 걸쳐 노력했지만, 상황은 나빠지기만 했다. 이대로 간다면 올해를 넘기지 못할 것이다.

역사와 전통을 자랑하는 화산이 완전히 멸문할 수도 있다는 생각이 들 때면 절로 가슴이 갑갑해지고 한숨이 새어 나왔다.

'화산은 어디로 가는가?'

운암이 가만히 눈을 감았다.

• ❖ •

청명은 멍하니 자신이 입은 옷을 내려다보았다. 오른쪽 가슴에 다섯 송이의 매화를 새겨 넣은 새하얀 무복을 보고 있으니 묘한 감회가 들었다. 마치 전신이 간질간질한 것 같은 느낌이…….

"아니, 진짜 간지러운 거네, 이거."

옷의 재질이 워낙 나빠서 살에 닿을 때마다 쿡쿡 찌르는 느낌이 든다. 이곳으로 오기까지 넝마를 입어 보지 않았더라면 적응할 수 없어 굉장히 불편했을 것이다. 거지로 산 한 달이 이런 면에선 도움이 되었다.

청명이 쯧, 하고 혀를 차며 눈살을 찌푸렸다.

"가지가지 한다."

과거 화산이 무당이나 소림처럼 돈이 넘쳐 나는 문파는 아니었지만, 그래도 나름 구파일방으로서 막대한 재물을 긁어모았었다. 물론 도사가 재물에 탐을 내는 것만큼 웃긴 일도 없다는 장문사형의 지론으로 그 돈을 마음껏 써 보지는 못했지만, 적어도 제자들에게 좋은 옷을 입히고, 좋은 것을 먹일 정도로는 충분했다.

그런데 지금 옷 꼬락서니하고는…….
"그런데 이놈들은 그 돈을 다 어떻게 한 거야?"
금고에 돈이 산더미처럼 쌓여 있었을 텐데! 아니, 금고에 있는 돈이야 그렇다 치고. 화음에 화산이 가지고 있는 주루와 영업장만 해도 몇 갠데, 그 돈은 다 어디다 팔아먹었기에 애들에게 이런 거적때기를 입힌단 말인가. 무공이야 제대로 전수하지 못했으니 개판이 날 수 있다고 쳐도, 있던 돈까지 날려 먹은 건 도무지 이해할 수 없는 일이 아닌가?
청명이 한숨을 푹 내쉬었다.
"뭐 하나 제대로 돌아가는 구석이 없구만."
아서라. 생각을 계속할수록 머리만 아프다. 기대하면 실망만 커지는 법.
"여하튼 입문은 했네."
입문은 했다. 입문은. 천하의 매화검존이 화산의 막내로 입문하는 최악의 불상사가 벌어지기는 했지만 어쨌건 입문한 게 어딘가? 청명이 원하는 방식은 아니었지만, 어쨌거나 화산에 들어오는 것까지는 성공했다.
이제부터 풀어야 할 문제가 산적해 있지만, 천 리 길도 한 걸음부터 아니겠는가? 아무리 힘들고 어려운 일이라고 한들 차근차근 풀어 나가면 못 할 것이 없다. 세상 대부분의 일은 사람을 죽어라고 굴리고 또 굴리면 풀리기 마련인데…….
"근데 여긴 대체 어디야?"
근본적인 문제가 있다. 지금 청명이 들어와 있는 전각은 과거에 객청으로 쓰던 곳이다. 그런데 그동안 무슨 변화가 있었는지, 과거의 모습은 온데간데없이 사라지고 숙소처럼 변해 버렸다. 청명의 기억대로라면 화산에는 이런 숙소의 개념이 없다. 새로 입문한 이들은 즉시 스승과 사제지연을 맺고 스승의 처소에서 생활을 시작하게 된다.
그럼 여긴 대체 뭐 하는 덴가?
'사제지연을 맺기 전에 잠시 머무르는 곳이라 보기에도 이상하고.'

세상에, 화산이 망하네 101

그런 곳치고는 또 기본적인 시설이 제대로 갖추어져 있었다. 아무리 봐도 이건 사람이 살라고 만들어 놓은 곳이다.

'여기 나만 있나?'

청명이 슬그머니 방 밖으로 나왔다. 좁은 복도를 중심으로 좌우로 방이 쫘르륵 늘어서 있었다. 과거 객청의 모습과 다르지 않다. 청명은 옆방의 문을 열어 보았다. 방 안에 옷가지와 여러 가지 생활 도구들이 보였다.

'여기에 누가 살고 있다는 건데.'

청명이 고개를 갸웃했다. 굳이 이런 객청에 사는 사람이…….

"누구야?"

청명이 고개를 돌렸다.

'헐.'

다가오는 사람이 있다는 것을 알아채지 못하다니! 이런 실수를.

'아. 나 지금 무공 없지?'

화산으로 오면서도 오로지 그놈의 육합공만 죽어라고 익혔다. 덕분에 몸은 더할 나위 없이 튼튼해지는 중이고, 바닥에 쌓은 기초는 광활한 대지가 되어 가고 있지만……. 현실적으로 볼 때, 지금 당장 활용할 수 있는 것은 손톱만큼 모인 내공이 전부였다. 존재한다와 존재하지 않는다의 그 미묘한 선에 걸쳐 있는 내공량으로는 과거의 청명과 같은 감각을 유지할 수 없다.

"이 새끼가, 누군데 남의 방을 훔쳐보고 있어. 도둑놈이냐?"

입이 좀 험한 아이는 청명의 또래로 보였다. 아이가 소리를 지르자 계단으로 몇몇 애들이 우르르 올라왔다.

"뭐야?"

"조걸! 왜 그래?"

조걸(趙傑)이라 불린 아이는 청명을 가리키며 삿대질을 했다.

"이 새끼가 내 방을 훔쳐보고 있었어."

"얜 누구야?"

"새로 들어온 놈 같은데?"

청명의 시선이 복도의 천장으로 향했다.

'왜 살아나 가지고 이런 험한 꼴을 보는가.'

새파랗게 어린 놈들이 삿대질해 대는 꼴을 보는 것도 속이 뒤집어질 일인데, 보아하니 이놈들은 청자 배들 같았다. 배분으로 따지자면 청명이 이놈들의 고조할애비뻘이 넘는다.

물론 모르니 그럴 수도 있지. 그런데 도문에 적을 뒀다는 놈들이 동네 왈패가 겁박하듯 입을 놀리는 걸 어찌 이해해야 하는가? 대체 어디부터 어떻게 이놈들의 버르장머리를 고쳐야 하는가를 고민하던 때였다.

"웬 소란이냐!"

"헉!"

"운검 사숙조!"

아래에서 들려온 목소리에 아이들이 좌우로 물러난다. 계단으로 한 사내가 올라오더니 눈을 찌푸렸다. 꼬장꼬장함이 그 얼굴과 몸짓에 묻어난다. 바늘로 찔러도 피 한 방울 나지 않을 것 같은 엄정함이 절로 느껴졌다.

운검이라 불린 이가 검(劍)이라는 도호(道呼)에 걸맞게 날카로운 눈으로 모두를 한번 훑어보았다.

"한창 수련을 해야 할 시간에 왜 관에 돌아와 소란을 피우는 것이냐? 누가 게으름을 피워도 된다고 했느냐?"

"그, 그게 아니라…… 무복이 더러워져 갈아입을 무복을 가지러 왔습니다."

"어디서 변명이냐!"

"죄송합니다."

아이들이 기겁하여 부동자세를 취했다. 그 와중에도 청명을 힐끔거리는 건 포기하지 못했다.

"너는?"

"청명이라 합니다."

"네가 오늘부터 새로 백매관에 들어온 아이구나."

"백매관(白梅館)이요?"

"여기가 백매관이다. 화산 삼대제자들이 거하는 합숙소지. 듣지 못하였느냐?"

"……합숙소요?"

사내가 눈살을 찌푸렸다.

"사문의 존장이 질문을 하면 되묻기 전에 대답부터 하는 것이 예의인 것을 모르더냐?"

"아, 네. 죄송합니다."

존장. 존장이라.

……젠장.

새삼 마음이 헛헛해졌다. 그가 화산을 종횡할 당시 화산에 입문도 하지 않았던 애들을 이제 존장으로 모셔야 한다.

'이게 무소유구나.'

진정한 도인이 되려면 직위와 체면을 모두 내려놓아야 한다더니. 평생 참오 하고도 오르지 못한 경지를 이리 강제적으로 겪게 될 줄이야. 등선하겠네, 진짜.

"너도 따라 나오너라."

"예?"

"늦든 빠르든 수련은 해야 한다. 하루 정도 빨라진다고 다를 건 없겠지. 하염없이 시간을 낭비하는 것도 수행인이 할 일은 아니다."

그 말에는 청명도 공감했다. 이 끔찍한 상황을 바꾸기 위해서는 청명도 하루라도 빨리 강해져야 한다. 그러기 위해서는 수련에 매진할 수 있는 환경과 시간이 절대적으로 필요했다.

문제는 이들이 가르치려는 것이 청명에게 있어서는 아무런 쓸모가 없는 기초 무학이란 점이다.

 '내가 너를 가르쳐야 할 판인데.'

 "내려오너라."

 사내가 먼저 가 버리자 아이들이 우르르 사내를 따라갔다. 그중 한 아이가 슬쩍 눈치를 보더니 청명 쪽으로 고개를 돌렸다. 아까 조걸이라 불린 녀석이었다.

 "너 밤에 보자."

 "……."

 "버르장머리를 고쳐 줄 테니까."

 "……그래, 그래."

 "도망가면 더 맞을 줄 알아."

 "오냐, 오냐."

 "이게 진짜!"

 "뭐 하느냐!"

 운검의 날카로운 목소리에 아이가 기겁하여 소리쳤다.

 "지, 지금 갑니다. 사숙조!"

 앞으로 달려가는 아이를 보며 청명이 한숨을 푹 내쉬었다.

 "예뻐해 줘야지."

 그래도 귀여운 사문의 후인들인데. 물론 청명이 아이들을 예뻐하는 방식은 다른 이들과 조금 다를 수 있다. 하지만 뭐…… 그건 지들 사정이고.

 피식 웃은 청명이 아래로 내려갔다.

 ◆ ❖ ◆

 운검은 슬쩍 시선을 내려 그의 옆에서 걷고 있는 아이를 바라보았다.

'꽤나 맹랑한 녀석이군.'

새로운 환경에 놓인 이는 응당 경계심을 가지기 마련이다. 어린 나이에 화산이란 생소한 곳에 들어왔으면 잔뜩 겁을 먹는 게 정상이건만, 이 녀석에게서는 그런 모습을 조금도 찾아볼 수가 없다. 터덜터덜 걷는 걸음걸이에는 긴장이 아니라 오히려 귀찮음이 묻어났다.

그때 청명이 불쑥 물었다.

"백매관이라는 곳은 언제 생긴 건가요?"

"그건 왜 궁금하더냐?"

"보통 무파에서는 사제 관계를 맺어 가르친다고 들었거든요."

"흐음."

"그런데 다들 저런 곳에 모여 있으니 조금 이상해서요."

운검의 눈썹이 살짝 꿈틀했다.

'아픈 곳을 찌르는군.'

전통적으로는 화산 역시 사제 관계를 통한 전수를 원칙으로 삼았다. 새로 입문한 아이는 윗 배분의 스승과 맺어지고, 스승은 화산의 율법을 엄수하며 제자를 가르친다. 그런 일련의 사제 관계들이 모여 화산이라는 거대한 문파를 만들어 냈다.

이런 사제의 법칙이 깨진 것은 다름 아닌 화산의 몰락 때문이었다.

"이상할 것 없다. 그게 더 효율적이라 생각했을 뿐이니까."

"그럼 사숙조께서도 백매관에 묵으시나요?"

"……아니."

청명이 살짝 고개를 끄덕였다. 그 반응에 운검이 눈살을 찌푸렸다.

'이상한 녀석이군.'

이런 대답에서는 물음에 대한 해답을 구할 수 없었을 것이다. 그런데 청명은 지금 납득했다는 듯이 고개를 끄덕이고는 더 이상 관심을 기울이지 않고 있었다. 대체 무엇을 납득했는지는 모르겠지만 말이다.

기본적으로 화산에 처음 입문한 이들은 모두가 백매관으로 보내진다. 다시 말하자면 백매관주의 역할을 맡고 있는 운검은 화산의 새 제자들을 가장 먼저 파악하는 이라는 뜻이다.

적지 않은 아이들을 봐 왔지만, 이 아이에게서는 그동안의 아이들과 다른 것이 느껴진다. 뭐라 해야 할까? 정확하게 설명할 수는 없지만 아이답지 않은 여유로움?

'재미있는 녀석이 들어왔군.'

운검이 천천히 청명을 탐색하는 동안 청명은 전혀 다른 생각을 하고 있었다.

'도망갔네.'

대충 상황이 짐작이 간다. 화산을 전체적으로 돌아보면 사람이 터무니없이 적다는 걸 한눈에 알 수 있다. 그가 십만대산으로 돌진하던 당시에 남아 있던 삼대제자의 수를 생각해 보면 어마어마할 정도로 수가 **빠졌**다. 그 수만 유지되었더라도 화산이 이렇게 텅텅 비지는 않았을 것이다. 다시 말하자면…….

'그 많은 놈들이 싸그리 다 화산을 나갔다는 거지.'

단숨에 수가 줄어들지는 않았을 것이다. 하지만 가라앉는 배에서는 반드시 탈출하는 사람이 나오는 법. 하나둘 화산을 버리고 떠나다 보면 결국 가르칠 사람이 부족해지기 마련이다.

그나마 제자를 받지 않은 이들이 떠나면 괜찮다. 하지만 나름 화산에 오래 적을 두어 제자까지 기르고 있던 이들이 화산을 등져 버리면 남은 제자들은 갈 데가 없어진다. 다른 스승이 대신 맡아 주는 것도 한계가 있다.

그러다 보니 고육지책으로 이런 체계가 나왔을 것이다. 아이들을 한곳으로 몰아 단체로 가르치다 보면 스승의 수가 줄어드는 것에 연연하지 않아도 되니까.

"쩝."

청명이 입맛을 다셨다.

'아무려면 어때?'

과거와 달라졌다는 것은 비난할 일이 아니다. 청명은 꽉 막힌 장문사형과는 다르게 실리주의자였다. 전통에 집착하는 것보다 결과를 내는 것이 더 중요하다. 백매관을 만들어서 화산을 유지할 방편을 얻었다면 그걸로 좋다. 조금 씁쓸한 마음이 들기는 했지만…….

'백매관을 만들어야 했던 아이들의 가슴은 더 찢어졌겠지.'

그 심정을 짐작할 수 있기에 청명은 조금 울적해졌다.

'아냐. 이런 생각을 할 때가 아니지.'

우울해하는 건 다른 이들로 충분하다. 청명이 할 일은 감정에 휘둘리는 것이 아니라 화산을 다시 과거의 대문파로 만드는 것이었다.

'삼 연무장이로군.'

눈앞에 삼 연무장의 모습이 펼쳐졌다. 커다란 공터의 상단에 높은 단상이 세워져 있었고, 그 앞을 작은 아이들이 가득 채우고 있었다.

'오?'

청명이 고개를 갸웃했다.

생각보다 삼대제자들의 수가 조금 되는 것 같다. 과거에 비한다면 한 줌이라고 표현해도 과하지 않은 수였지만, 지금 화산의 상황을 감안한다면 제자는 꽤 많이 받은 모양이었다.

"전 검!"

"타아아앗!"

구령과 함께 검이 일제히 앞으로 겨누어졌다.

'오?'

청명이 신기하다는 듯 그 광경을 바라보았다. 화산은 꽤나 자유분방한 문파다. 속가적인 성향이 강하다는 비난을 받기도 하지만, 그 이유는 도가의 가르침을 따르지 않기 때문이 아니다. 제자들에게 도가의 가르침을 강요하는 것 역시 도에 어긋난다고 여기기 때문이다.

덕분에 화산에서는 이런 대규모의 수련 장면을 볼 일이 잘 없었다. 소속감은 가지지만 서로의 다름을 존중한다. 그게 청명이 알고 있는 화산이었다.

'신기하네.'

그런 화산에서 백이 넘는 이들이 일제히 같은 검식을 익히는 장면은 확실히 흥미롭다. 청명만 해도 칠성검진(七星劍陣)을 익히기 위해 사형제들과 검을 맞춰 본 경험 외에는 이런 식의 수련을 해 본 적이 없다. 그리고 칠성검진이라 해 봐야 겨우 일곱이서 펼치는 검진이 아니던가.

"배검!"

촤아아악!

백여 개의 검이 일제히 뒤집히며 빛을 발했다. 청명이 그 광경을 보며 감탄을 터뜨렸다.

"와아······."

"신기하더냐?"

운검의 입가에 살짝 미소가 피어났다.

"놀랄 것 없다. 열심히 수련한다면 너도 곧 저 아이들처럼 될 수 있을 것이다."

"······넵."

청명의 대답이 살짝 이상하게 나왔지만, 운검은 감탄한 청명이 눈앞의 광경에 시선을 빼앗겨 그런 줄로만 알고 오히려 흐뭇해했다.

물론 청명의 생각은 정반대였지만.

'저거 뭐 하는 거지?'

가면 갈수록 청명의 눈이 가늘어졌다.

"전 일검!"

도복을 입은 아이들이 일제히 한 발 앞으로 빠르게 뛰쳐나가 전방으로 검을 찌른다. 아이답지 않은, 정확하고 강맹한 검초였다.
"저······."
"응?"
"저거 무슨 검인가요?"
"그게 무슨 말이냐?"
"아······. 검법이."
운검이 알겠다는 듯 고개를 끄덕이고는 대답해 주었다.
"지금 네 사형들이 펼치고 있는 검법은 육합검(六合劍)이라 한다."
"유, 육합이요?"
"그렇다. 정확하게는 진육합검(眞六合劍)이라 해야겠지. 화산에 전승되어 오던 육합검을 선사들께서 좀 더 실전적으로 바꾼 검술이다. 모든 화산 무공의 기초가 되는 검이지."
"······."
"익히기가 쉽지는 않겠지만, 정진한다면 반드시 결과를 볼 수 있을 것이다. 너도 저 뒤로 가 함께 서도록 해라. 처음이라 어색하겠지만, 오늘은 분위기를 익힌다고 생각하거라. 자세한 전수는 이 주 내에 이뤄질 것이다."
청명이 혼이 빠진 얼굴로 뒤쪽으로 걸어갔다.
'겁을 먹은 모양이로군.'
그 모습을 보며 운검이 살짝 눈살을 찌푸렸다.
'요즘 아이들은 패기가 없다니까.'
운검이 슬쩍 아이들을 바라보았다.
하기야 어린 녀석이 진검(眞劍)을 들고 수련하는 사형들의 모습을 보고 겁을 집어먹지 않는 게 더 이상하기는 하다. 입문하면서부터 천하제일 고수를 운운하는 겁 없는 아이들도 진검을 보는 순간 손끝부터 덜덜 떨기 마련이니까. 곧 익숙해지겠지만, 아무래도 저 아이에게는 큰 기대를 하지 않는 게 좋을 것 같았다.

하지만 뒷자리에 선 청명은 전혀 다른 생각을 하고 있었다.
'대체 무슨 짓거리를 하고 있는 거야, 이 미친놈들이.'
실전적? 실저어어언저어어억? 에라, 이 퐁물에 빠뜨릴 것들!
입문 무공이 무엇이던가? 아무것도 모르는 백지나 다름없는 아이들에게 무학이란 무엇인가를 가르치는 무공이 바로 입문 무공이다. 서당으로 치자면 천자문이나 다름없는 것이다.
그런데 아이들에게 학문을 빠르게 가르치겠답시고, 논어를 들고 천자문을 가르치면 어떻게 되겠는가? 잠깐은 앞서가겠지. 아주 잠깐은. 다른 애들은 알지도 못하는 논어를 읊어 댈 수야 있을 테니까.
하지만 그 아이들이 논어의 깊은 뜻을 이해할 수 있겠는가? 이건 오히려 아이들을 망치는 짓이다.
'아니. 뭐 좋다 이거야.'
그만큼 급하니까 이런 편법을 쓸 수도 있겠지. 논어까지는 너무 나갔다. 지금 저 아이들이 펼치는 육합에 담긴 실전의 묘리가 그만큼 심오한 것은 아니니까. 하지만!
"그러려면 가르치는 꼴이라도 그럴싸하든가."
"엥?"
"음?"
생각이 입으로 튀어나왔는지 주변 아이들이 일제히 청명을 돌아본다. 청명이 멍한 눈으로 자신에게 쏠린 시선들을 보다가 얼른 고개를 내저었다. 아이들이 모두 의혹에 찬 눈으로 청명을 보았다.
그때 단상에 선 교관이 크게 호통을 쳤다.
"수련 중에 어디 한눈을 파는 것이냐!"
"헛! 죄, 죄송합니다."
"한눈판 놈들 다들 마보(馬步)!"
"끄으으응."

"어휴!"

아이들이 앓는 소리를 하며 마보 자세를 취한다. 검을 양손 위에 올리고 무릎을 굽혔다. 청명은 그 꼴을 보며 혀를 찼다. 그러자 교관의 시선이 이번엔 청명에게 꽂혔다.

"너는?"

"예?"

"너는 왜 마보를 하지 않느냐?"

"저는 한눈 안 팔았는데요?"

교관이 잠시 눈을 부라리다가 고개를 끄덕였다. 틀린 말은 아니다.

"계속한다! 배검!"

구령이 계속 떨어졌다. 청명은 단상 위에서 시범을 보이는 교관의 모습을 보다 하늘을 올려다보았다. 하늘이 참 푸르기도 하지. 구름 한 점 없이 맑은 것이…… 아무것도 없는 화산의 미래를 보는 것만 같다.

'이걸 뭘 어떻게 바꿔야 하지?'

홀로 천하제일인이 되는 것은 그리 어렵지 않다. 그에게는 깊은 경험이 있고, 앞으로 펼쳐질 긴 미래가 있으니까. 오히려 천하제일인이 되지 못하는 게 더 어렵다.

하지만 화산은 아니다. 돈은 없지. 사람도 없지. 무학은 개판으로 박살이 나 있지. 삼대제자라는 신분으로 화산을 바꾸는 건 지렁이가 용이 되는 것보다 더 어렵다.

"하아……."

그때 그의 귓가에 날카로운 음성이 들려왔다.

"야."

"……응?"

"너 신입이지?"

같은 삼대제자끼리 신입이라니, 이놈의 문파는 대체 어디까지 망가진 것인가?

"그런데?"

"너 이따가 보자. 가만 안 둔다."

청명이 입맛을 다셨다.

"다 좋은데, 하나만 물어보자."

"이게 미쳤나? 주제를 모르고 반말이야?"

"알았으니까. 대답부터 해 봐. 그럼 하고 싶은 대로 하게 해 줄 테니까."

"뭐?"

"여기서 이거 말고 또 뭐 배우냐?"

"이거?"

"그 육합인가 뭔가 하는 거."

"진육합검을 배우고 나서는, 칠현검을 배운다. 그 뒤에는 백매관을 졸업해서 소청검법을 배우게 된다."

"소청?"

"그래. 그다음에는 화산 무학의 정화라고 할 수 있는 태을미리검(太乙迷理劍)을 배울 수 있게 된다."

"……태을미리검?"

"그래!"

"태을미리?"

청명의 눈썹이 제멋대로 꿈틀대기 시작했다. 아니지. 아니겠지. 설마.

"하, 하나만 더 묻겠는데."

"뭐?"

"이, 이십사수매화검법은 언제 익히는데?"

"……그게 뭔데?"

"이십사수매화검법! 화산의 정화인 이십사수매화검법 말이다!"

대답을 해 주던 아이가 미간을 찌푸렸다.

"뭐라는 거야. 화산에는 그런 검법이 없어."
"……없다고?"
"그래. 생전 처음 들어 본다."
"끄륵."
입에서 괴이한 소리가 흘러나왔다.
"이, 이십사수매화검법이 없어? 그리고 그걸 익혀야 할 놈들이 태, 태을미리검을 익힌다고?"
청명의 눈에 핏발이 섰다.
- 사제. 이 태을미리검은 도가적인 성향이 너무 적고 위력도 약하네. 이쯤 되면 화산 무학에서 완전히 없애 버려도 문제가 없을 것 같은데. 어찌 생각하는가?
- 도저히 못 써먹을 검법입니다. 과감하게 버리시죠.
- 그래도 선인이 남긴 것이라…….
- 그럼 괜스레 아이들이 관심을 가지지 않게, 서관에서 빼 버리시는 건 어떻습니까?
- 흐음. 그게 좋겠군. 그렇게 하지.
애들이 태을미리검을 익힌답니다, 사형.
에라, 씨바. 화산 재건은 얼어 죽을. 화산 재건하기 전에 내가 화병으로 쓰러지게 생겼네. 내가!
"누가 또 떠드느냐! 네놈들 당장 이리 앞으로 나와라!"
"아, 씨. 너 이따 보자! 진짜!"
청명의 이마에 거대한 핏대가 불거졌다.

· ❖ ·

"앓느니 죽지! 앓느니 죽어!"

백매관으로 돌아가는 청명의 얼굴은 완전히 썩어 있었다.
 제대로 되어 있는 게 하나도 없다. 부자는 망해도 삼 년을 간다고 했는데, 아무래도 백 년까진 무리였던 모양이다. 지금 상황을 냉정하게 판단하면, 화산이라는 이름값을 빼면 삼류 문파보다 나을 게 없다.
 '나을 게 없는 게 아니라 삼류 문파의 전형이지.'
 돈 없고, 애들 상태 안 좋고, 거기에 아무도 이해하지 못하는 자신들만의 개똥철학이 가득하다. 이게 삼류지! 삼류가 따로 있나!
 다른 건 다 좋다. 그래, 다른 건 다 좋다 이거야! 그런데!
 "이십사수매화검법은 어디다 팔아먹은 거야! 이 망할 놈들!"
 전수가 잘못될 수는 있다. 비급만으로 무학을 익힌다는 것은 생각보다 굉장히 힘든 일이니까. 비급만으로 무학을 익히다가 주화입마에 걸린다거나, 비급의 의도와 다른 해석으로 나아가서 되레 무학이 퇴보한다든가 하는 일은 강호에서는 꽤나 비일비재한 일이다.
 하지만 아예 무학이 사라지다니. 이럴 수가 있나! 아무리 위 세대가 전멸했다지만! 비급이 남아 있고 역사가 남아 있는데 그걸 어디다 팔아먹은 게 아닌 다음에야 이게 말이나 되냐 이 말이다!
 "끄으으으응!"
 청명이 머리를 벅벅 긁었다.
 "이거 대체…… 어디서부터 손을 대야 해?"
 총체적인 난국이라는 말은 이럴 때 쓰는 것이다.
 "사형. 이런데도 내가 화산을 살려야 합니까?"
 고개를 들어 하늘을 바라보자 사형이 빙긋 웃는 것 같다.
 - 까라면 까, 인마.
 "에라이!"
 바닥에서 흙을 한 줌 쥐고 하늘로 던져 버린 청명이 씩씩거리며 백매관으로 향했다.

"아이고. 허리야."

 마보를 너무 해서인지 허리가 다 아프다. 망할. 잡담 좀 했다고 수련이 끝나도록 마보를 시켜 대다니. 그가 아직 전생의 몸으로 살아 있었으면, 발짓 하나에 화산 아래서부터 화산 정상까지를 왕복해야 했을 놈들이!

 하기야, 너무 무른 것보다는 낫지만.

 '슬슬 마음이 좀 급해지네.'

 청명이 입맛을 다셨다. 일단은 화산이 어떻게 돌아가는지를 파악해 보고, 어디서부터 고쳐 나갈지 고민해 볼 작정이었지만, 화산을 알아 가면 알아 갈수록 앞길이 구만리에 첩첩산중이다.

 차라리 청명이 과거 자신의 육체와 신분을 그대로 가진 채 지금 이 시대로 넘어왔다면 일이 훨씬 수월했을 것이다. 그냥 다짜고짜 장문인의 머리통을 내려치고 뒤집어엎어 버리면 그만이니까.

 하지만 지금 청명의 신분은 삼대제자의 말석이다. 그것도 거지 출신의. 게다가 무학은 보잘것없는 수준에 불과하다. 이런 위치에서 화산을 바꿔 나갈 수 있을까?

"후우우우우."

 생각만 해도 한숨부터 나왔다. 물론 시간을 들여 천천히 바꾼다면, 어떻게 가능할지도 모른다. 하지만 문제는 청명이 그리 느긋한 성격이 아니라는 점이다. 여기 돌아가는 꼴을 계속 보고 있다가는 화산이 바뀌기 전에 그가 화병으로 앓아누울 판이었다.

 '무당이고, 청성이고 지금 이 순간에도 발전하고 있을 건데.'

 대체로 무파들은 '종사'라 불리는 개파조사의 무학을 재현하는 것에 중점을 둔다.

 하지만 청명의 생각은 달랐다. 세상은 결국 발전한다. 아무리 조사들이 천재 중의 천재였다고는 하나, 수많은 범재가 천재의 업적을 잇고 연구하다 보면 결국에는 천재의 경지를 뛰어넘을 수밖에 없다.

다시 말하자면, 세월이 흐름에 따라 결국 무학은 발전하기 마련이라는 뜻이다.

소림의 비전무학이라 불리는 역근경이라고 해서 육조 혜능이 처음 창안한 역근경이 그대로 전수되는 것이 아니다. 수많은 후인들이 새로운 해석을 내고, 모자란 점을 보완하며 지금 이 시간에도 발전하고 있다.

그래, 발전······.

"남들은 이 시간에 발전하고 있는데, 발전은커녕 있는 것도 까먹고 있다니."

그러니 어찌 속이 뒤집어지지 않겠는가? 청명이 깊게 한숨을 쉬었다. 일단은······.

꼬르르륵.

그때 불현듯 들려온 소리에, 청명이 제 배를 내려다보았다.

"쯧."

거지로 살아온 기간이 길어서 그런지 이놈의 몸뚱어리는 한시가 멀다 하고 밥 타령이다.

'그러고 보면 저녁을 먹지 못했구나.'

다른 놈들은 다 수련을 마치고 밥을 먹으러 갔는데 청명은 벌을 받느라 먹지 못했다. 예전이나 지금이나 벌에는 금식만 한 게 없다. 수련을 마치고 허기진 몸에 곡기를 밀어 넣지 못하는 것만큼 짜증 나는 일은 흔치 않으니까.

청명은 주린 배를 부여잡고 백매관 안으로 들어섰다. 일단은 오늘 일을 조금 정리해야······.

"저기 온다."

안으로 들어선 청명은 자신을 향한 열렬한 환대에 살짝 눈을 치켜떴다. 들어가자마자 보이는 거대한 거실에 몇십 명의 삼대제자들이 둘러

앉아 있었다.
"야, 신입!"
청명의 시선이 힘없이 그들에게로 향했다.
"구면이지?"
조걸이라 불리던 녀석이었다. 얼굴에 더덕더덕 붙은 심통을 보니, 좋은 의도로 기다리고 있던 것 같지는 않았다. 한숨을 푹 내쉰 청명이 입을 열었다.
"왜, 아걸(兒傑)?"
조걸의 얼굴이 순식간에 달아올랐다.
"이 자식이 미쳤나! 조걸(趙傑) 사형이라 불러라!"
"사형이라……."
청명의 고개가 천장으로 향한다. 오래된 목조 건물의 낡은 천장을 보고 있으니 괜스레 눈물이 날 것 같았다.
아. 내가 이제는 이 조막만 한 것들을 사형이라 불러야 할 처지구나. 하지만 뭐 어쩌겠는가? 억울하면 일찍 왔어야지.
"네에, 네에. 조걸 사형. 그래서 무슨 일이십니까?"
"새로 왔으면 신고식을 해야지."
"예?"
"걱정하지 마. 심하게는 안 할 테니까. 보아하니 말라비틀어진 게, 세게 때리면 죽을까 봐 겁난다."
사방에서 웃음이 터졌다. 다들 좋아하는 모양새가 이런 일들을 여러 번 해 본 모양이다.
뭐, 이해한다. 단체 생활이라는 게 그런 거지. 나름의 신고식을 통해서 유대감도 강화하고 서로 안면도 익히고. 지금 주변에서 낄낄대고 있는 녀석들도 거의 다 이 신고식을 거쳤을 것이다.
'질이 좀 나빠 보이기는 하지만.'

신고식이 불만인 게 아니라 이놈들의 태도가 좀 거슬린다. 나름 도관에 적을 둔 놈들이 시정잡배처럼 낄낄대다니. 물론 청명도 화산에 처음 입문했을 때 조금 경박한 면이 없지는 않았지만, 이놈들처럼 굴지는 않았다.

응? 꼰대가 하는 말이라고? 어쩌라고! 내 나이가 팔순인데!

"신고식이라."

청명이 고개를 끄덕였다. 일단은 이 녀석들의 요구를 맞춰 주고, 녹아드는 게 중요하겠지. 배알 꼴리지만 어쩔 수 없다. 이게 다 화산을 살리기 위한 방법 중 하나니까.

"그래. 뭘 하면 됩니까?"

조걸이 피식 웃었다.

"대사형."

"그래."

"대사형이 하시겠습니까?"

대사형? 청명이 고개를 돌려 대사형이라 불린 녀석을 보았다. 다른 녀석들보다 한 뼘은 큰 것이, 확실히 나이가 많아 보였다. 저 녀석이 삼대제자 중 장문이라는 거군.

"네가 알아서 하거라."

"네, 그럼."

청명의 머리에서 순식간에 서열 정리가 끝났다.

'저 녀석이 대사형이지만, 실세는 조걸이로군.'

예전 그의 배분 때도 그랬다. 장문사형이 장문인으로서의 명분을 가지긴 했으나, 실제로 문제가 있을 때 해결하는 건 청명이었으니까. 장문의 자리와 실세는 동일하지 않다. 그렇다면 이 상황을 잘 굴려서…….

"벗어."

"……네?"

청명의 고개가 모로 꺾였다. 뭘 잘못 들었나?

"벗으라고."

청명은 주위를 둘러보았다. 백매관을 채우고 있는 아이들의 모습이 그의 눈에 들어왔다. 다들 재미있다는 듯 웃으며 이쪽을 바라보고 있었다. 청명의 시선이 마지막으로 조걸에게 향했다.

"⋯⋯내가 아무래도 잘못 이해한 것 같은데⋯⋯. 아니, 같은데요."

청명이 억지로 입꼬리를 말아 올렸다. 흥분하지 말자. 화내지 말자. 이 새파란 것들에게 화내면 똑같은 놈 되는 거다.

"버, 벗어요?"

"응."

조걸이 사악하게 웃었다.

"원래 남자들끼리는 그러면서 친해지는 거지. 자, 홀랑 벗어 봐. 벗고 춤추고, 좀 얻어맞다 보면 사형들에 대한 애정이 새록새록 솟아날 테니까."

말려 올라간 입꼬리가 귀까지 닿을 정도로 치솟았다.

"믄저."

"응?"

"흐느만 무꼬 시픈데여."

아, 발음이 제대로 안 나온다. 헛기침해 입 근육을 푼 청명이 다시 힘겹게 입을 열었다.

"그⋯⋯ 운검 사숙조께서는?"

"관주님은 저녁에 수련을 하신다. 그러니까 관주님이 도와주실 거란 생각은 안 하는 게 좋을 거야. 지금 여기는 우리밖에 없어."

"그렇군요."

청명이 천천히 고개를 끄덕였다.

"그리고 설사 관주님이 계시다고 해도 오늘만 무사할 뿐이지. 이제 너는 앞으로 여기서 살아야 하는데, 도망칠 수 있을 것 같아?"

그렇지. 나는 이제 앞으로 여기서 살아야 하지.

고맙다. 내가 생각을 좀 잘못했네.

"그럼 여기에 사숙조들은 없다는 말이죠?"

"이 새끼가 자꾸 입 터네. 안 되겠다. 너 일단 좀 맞고 시작하자. 안 그래도 너 마음에 안 들었어."

조걸이 자리에서 벌떡 일어나더니 성큼성큼 다가와 청명의 멱살을 움켜잡았다.

"일단 좀 맞다 보면 사형들에 대한 존경심이 생겨날 거다. 내가 너를 싫어해서 이러는 게 아니야. 삐뚤어진 사제를 바른길로 인도하기 위해 사랑의 매를 드는 거지. 알겠어?"

"사형."

"뭐? 할 말 남았어?"

"목에 힘줘요."

"응?"

그 순간 청명의 주먹이 조걸의 아래턱을 그대로 올려 쳤다.

쾅!

뭔가 터지는 소리와 함께 조걸의 몸이 그대로 천장으로 솟구쳤다.

쿠직!

그러고는 낡은 천장을 뚫고 들어갔다.

대롱대롱.

목 위가 아주 천장에 박혀 버린 조걸의 몸이 가만히 흔들렸다. 가만히. 아주 가만히. 그 광경을 본 삼대제자들의 눈이 툭 튀어나왔다. 정적이 흘렀다.

천장에 박혀 버린 조걸을 일별한 청명은 그대로 몸을 돌려 문으로 다가갔다.

"어, 어디 가……."

덜컹!

걸쇠를 들어 문을 잠근 청명이 환한 미소를 지으며 몸을 돌렸다.

"사람이 살다 보면 말이지."

"……."

"이것저것 고민이 될 때가 있어. 그중에서 가장 사람을 골치 아프게 하는 고민은, 대체 뭐부터 해야 할지에 대한 거고. 그런데……."

우드득. 우드득.

청명의 고개가 좌우로 꺾였다.

"너희 덕분에 생각이 무척이나 간명해졌어. 그래, 주변부터 정리하는 게 먼저지."

청명이 다리를 들어 옆에 있는 의자를 내리밟았다. 나무로 만든 의자가 산산조각이 났다. 청명은 그중 가장 멀쩡한 의자 다리를 움켜잡았다.

"후우우우."

그리고 이를 빠득빠득 갈면서 말했다.

"내가 그래도 나름 도관에서 먹고 자란 몸이라 윗사람을 대하는 예의는 있거든?"

그 말에 아이들의 눈에 희망이 피어났다. 윗사람…….

"사숙조님들께서 들으시면 심란할 테니까. 절대 비명 지르지 마라. 비명 지르는 새끼는 두 배로 팰 테니까."

아…… 우린 윗사람이 아니었구나. 그럼 그렇지.

"일단 맞고 시작하자. 사형 새끼들아!"

청명이 귀신이 되어 삼대제자들에게 달려들었다.

• ❖ •

"사형."

"예, 사제님!"

"세게 좀 주물러."

"예! 최선을 다하겠습니다."

어깨를 주무르는 손에 힘이 들어갔다.

"너 이름이 뭐라고?"

"윤종입니다!"

"네가 대사형이야?"

"예! 그렇습니다!"

청명이 뒤를 흘끗 보았다. 눈탱이가 밤탱이가 된 윤종(尹宗)의 얼굴이 보였다.

"그래도 대사형이니 내가 대접을 해 주는 거야."

"감사합니다!"

"주물러."

"예!"

윤종 대사형이 열심히 어깨를 주무르고 안마하기 시작하자 청명이 혀를 차며 고개를 다시 앞으로 돌렸다. 줄을 지어 바닥에 대가리를 박고 있는 사형들이 눈에 들어왔다.

"사람이……."

청명이 입을 열자 모두가 움찔했다. 바닥에 머리를 박은 놈들이 움찔거리는 모습이 참 진기한 장관이었다.

"……얌전히 살려고 하면 도와줘야 할 거 아냐. 안 그러냐, 사형들?"

"그렇습니다!"

"저희가 생각이 짧았습니다!"

청명은 한숨을 내쉬었다.

청명이 누구던가? 무려 천하삼대검수다. 그것도 천하삼대검수의 수위로 인정받는 자이자, 천마를 제외하면 비공식적인 천하제일인이나 다름

세상에, 화산이 망하네 123

없는 사람이었다. 이런 꼬맹이들을 상대하는 데는 내력도 필요 없다. 아무리 내력이 미약하다고는 하나, 이런 꼬맹이들 따위는 서른 명이 아니라 삼천 명이 몰려와도 청명을 감당할 수 없다.

"신고식까지는 내가 이해한다 이거야. 그런데 신고식도 사람답게 해야지. 도관에서 할 짓이 있고 하면 안 될 짓이 있는 법이야. 도사가 되겠다는 것들이 그렇게 저열하게 놀아서야 되겠어?"

다들 대답 없이 끙끙댔다.

'뭐가 이렇게 꼰대스럽지?'

'사숙조한테 욕먹는 기분인데.'

동년배와 대화하는 기분이 들지 않는다.

청명이 그런 사형제들을 보며 혀를 찼다. 이런 것들이랑 드잡이를 해야 하다니, 생각하면 생각할수록 어이가 없었다.

"기상."

말이 떨어지기 무섭게 아이들이 벼락같이 몸을 일으켰다.

"아무리 화산이 망해 간다지만, 가장 청정해야 할 애새끼들이 이런 꼴이라니. 정신 상태부터 다시 잡아야겠어!"

아이들이 슬금슬금 눈빛을 교환했다.

'아니, 뭐 저런 게 기어들어 왔어.'

'저 새끼 패자고 한 놈 누구야. 뒈진다, 진짜.'

'망했다. 이제 같이 살아야 하는데.'

말 그대로 초상집을 방불케 하는 분위기였다. 그럴 만도 했다. 사부와 함께 사는 형식이라면 도망갈 곳이라도 있겠지만, 삼대제자들은 백매관에 어울려 살아야 한다. 토끼들이 모여 살던 곳에 범이, 그것도 성격이 나쁜 범이 들어와 살겠다는데 편히 잠을 잘 수 있는 토끼가 어디에 있겠는가?

"쯧."

청명이 눈을 한번 부라리고는 입을 열었다.

"우선."

"네!"

"여기서 내가 화산 내의 상황에 가장 정통하다 하는 사형. 손!"

아무도 입을 열지 않았다. 하지만 그들의 시선은 명백히 한쪽으로 돌아가 있었다.

자신에게 쏠리는 사형제들의 시선을 보며 조걸이 눈을 부릅떴다.

"손."

"……."

"소오온!"

조걸의 손이 힘없이 위로 올라갔다.

'두고 보자! 이 새끼들!'

그래도 동고동락한 세월이 얼만데 사형제를 팔아먹다니! 양심도 없는 것들! 조걸이 이를 빠득빠득 갈며 마지못해 앞으로 나섰다. 고개를 뻣뻣하게 든 그가 청명을 내려다보았다. 들려 있는 턱과 내리깔린 시선을 보며 청명이 눈살을 찌푸렸다.

"조걸 사형."

"……예."

"사형이 아무리 사형이라지만 거 고개가 너무 뻣뻣한 거 아니오?"

"그, 그게 아니라."

조걸이 허둥지둥 손을 들어 뒷목을 주물렀다.

"아까 처박히면서 어디가 잘못됐는지 목이 안 굽혀집니다."

"……."

청명이 작게 혀를 차며 자리에서 일어났다.

"방으로 따라 들어와."

"……네."

"다른 사형들도 오늘은 일단 방에 가서 쉬어. 뭘 해도 내일부터 할 테니까. 사형은 따라오고."

청명이 손가락을 까딱거리며 위로 올라가자 조걸이 도살장에 끌려가는 소처럼 그 뒤를 따랐다. 둘의 모습이 사라지자마자 남은 삼대제자들이 우르르 윤종에게로 몰려들었다.

"대사형! 괜찮으십니까?"

"괜찮아 보이느냐?"

"……아뇨."

윤종이 밤탱이가 된 눈을 어루만졌다. 서글픈 것은, 지금은 이리 밤탱이가 된 눈도 내일이면 멀쩡해질 거라는 사실이었다.

'티라도 나면 사숙조들이 해결해 줄 텐데.'

쪼르르 가서 꼰지르는 짓은 자존심상 도저히 할 수가 없는데, 티를 내려고 해도 그가 익힌 내력은 알아서 몸을 치료하고 수복한다. 다들 내일 아침이면 언제 맞았냐는 듯 멀쩡한 몸이 될 것이다.

그러니까 말하자면…….

'그걸 생각하고 이만큼만 때렸다는 거겠지.'

생각하면 생각할수록 무서운 놈이다.

"이제 어떻게 합니까?"

"어떻게 하긴 뭘 어떻게 해?"

"잘 때 한번 덮쳐 봅니까?"

"……네가 할래?"

다들 꿀 먹은 벙어리가 되었다. 그들의 머릿속에 조금 전 맹수처럼 날뛰던 청명의 모습이 떠올랐다.

'안 돼. 이건 안 돼.'

'잘못하면 죽는다.'

윤종이 몸을 부르르 떨었다. 눈을 까뒤집고 의자 다리를 내리치던 청명의 모습을 생각하니 절로 마른침이 넘어갔다.

"그런데."
그때 누군가가 아무도 생각하지 못한 말을 꺼냈다.
"조걸 사제는 왜 끌려간 겁니까?"

• ◈ •

"편히 앉아."
"……서 있겠습니다."
"걱정하지 말고 앉아. 안 때릴 거니까."
"그게 아니라."
조걸이 살짝 어물쩍대다가 입을 열었다.
"천장에 처박히면서 어디가 잘못됐는지 허리가 안 굽혀집니다. 서 있는 게 편합니다."
청명은 조금 어색하게 헛기침했다.
"그럼 그러든가."
"저는 왜 부르셨는지…….."
"말 편하게 하자, 사형."
"……예?"
"사형이 사제한테 존댓말을 쓰는 건 좀 이상하지. 편히 말해."
"예."
"편히 말하라니까?"
"예."
청명이 입맛을 다셨다. 뭐, 살다 보면 괜찮아지겠지. 오늘만 날은 아니니까.
"그런데 왜 부르셨는지."
"아, 몇 가지 물어볼 게 있어서 말이야. 일단 최대한 아는 대로 자세히 대답해 주면 좋겠어."

"예."

청명이 천천히 입을 열었다.

"그러니까…… 여기에 있는 아이들은 대부분 상인 가문의 자제라고?"

"네, 그렇습니다."

청명이 손가락으로 볼을 톡톡 두드렸다.

'상인이라.'

예전에도 화산에 입문하려는 상인 가문의 자제는 많았다. 하지만 화산은 될 수 있으면 상인 가문의 사람을 제자로 받아들이려 하지 않았다.

상인이 천하기 때문에? 그렇지 않다. 자세만 되어 있다면 거지도 받아들이는 화산이 상인이라 해서 천하다 여기지는 않는다. 문제는 상가의 자제들은 대체로 화산의 제자가 되고자 오는 것이 아니라 무학을 익히러 온다는 점이다.

그게 무슨 차이가 있냐고?

상인 가문이 아닌 다른 입문자들의 경우에는, 화산에 뼈를 묻겠다는 심정으로 들어오는 경우가 많다. 입문을 하고 수련을 해 도호를 받고, 결국에는 화산의 중진이 되어 화산을 이끌어 나간다.

하지만 상가에서 온 이들은 속가 제자로 남아 허락되는 무학만을 익히고는 장성하여 다시 자신의 가문으로 돌아간다.

속세에서도 화산의 제자라는 신분을 잊지 않고 사문과 협력을 하기는 하지만, 아무래도 본산에 남아 있는 제자들에 비할 수는 없다. 속가 제자로 세상에 내려간 제자들이 금전적으로 큰 도움이 되는 측면은 있으나, 화산을 이끌고 지켜 나가는 것은 결국 본산의 제자들이니까.

'대부분이 다 상가라는 건…….'

그나마 수가 많아 보였던 삼대제자들도 장성하고 나면 다들 화산을 빠져나갈 이들이라는 뜻이다.

'빛 좋은 개살구네.'

화딱지가 치밀어 올랐지만, 장문인의 생각도 이해가 갔다. 아무리 빠져나갈 이들이고 속가라고는 하지만, 당장 제자가 없는 것보다는 속가라도 채워 넣는 쪽이 낫다. 제자가 줄어들다 보면 정말 화산의 대가 끊어지고 말 테니까.

"그런데 사형들은 여기 왜 온 거야?"

"무슨 말씀이신지?"

"상가라면 나름 정보가 있었을 테고, 그럼 화산의 상황이 좋지 않다는 것도 알고 있을 텐데. 뭐 하러 여기까지 왔어?"

"아, 그게……."

조걸이 머리를 긁었다.

"사실 저희 가문에서도 원래 저를 화산으로 보내려고 하지는 않았습니다. 하지만 저희 가문의 자금력으로 입문할 수 있는 문파가 많지 않았습니다. 화산이 몰락했다고는 하나, 여전히 세상에 수많은 속가들을 두고 있습니다. 강호에서는 몰라도 상가에서는 그 인맥이 큰 힘이 됩니다."

"흐음."

조걸의 말대로라면 이곳에 와 있는 상가의 자제들도 그리 별 볼 일 없는 이들이라는 뜻이다. 나쁜 뜻이 아니다. 상인은 결국 가진 돈으로 그 가치가 결정 난다. 이들이 돈이 많았다면 굳이 몰락해 가는 화산에 입문하지는 않았을 것이다. 더 많은 돈을 주고 명문으로 갔겠지.

'그럼 삼대제자들 가문에서 빼먹을 돈도 없다는 뜻이네. 이미 입문할 때 적절하게 돈을 받아 챙겼을 거고, 그걸 받았는데도 살림살이가 개판이라는 말이니까.'

골이 다 지끈거렸다.

예전 장문사형이 연말만 되면 장부를 붙들고 머리를 싸매던 생각이 났다. 그때는 사형에게 도인이 되어서 금전에 너무 집착한다고 했었는데,

지금 생각해 보면 장부로 죽빵을 얻어맞아도 될 발언이다. 사람이 먹고 살려면 돈이 있어야 한다. 도인이라고 해서 이슬만 먹고 사는 건 아니니까.

"흠. 그러면…… 다들 적당히 무공을 익히다가 하산해서 가문으로 돌아갈 생각이다?"

"예. 보통은 그렇습니다."

"그래서 기강이 이리 개판이로군."

적당히 간판만 걸치러 온 곳에 애정이 있을 리 없다. 그러니 이런 말도 안 되는 신고식을 하고, 사형제들끼리 똘똘 뭉쳐 파락호 짓을 하는 거겠지.

"일단 알았어. 나가 봐, 사형."

"그럼……."

"아, 그리고."

"네?"

"여기 일과가 언제부터 시작이지?"

"진시 초(오전 7시) 기상입니다."

"애들 내일 묘시 초(오전 5시)까지 전부 준비해서 앞에 모이라고 해."

"예?"

"묘시 초."

"……예."

"그리고 사형들 시켜서 지금부터 내가 말하는 것들 준비해 놔."

"내일 아침에 모여야 하는데 그새 뭘 준비하라구요?"

"싫어?"

"싫을 리가 있겠습니까. 맡겨만 주십시오."

"크으. 적극적인 자세 좋아."

"……."

잠시 후, 청명의 지시를 들은 조걸은 미묘한 표정으로 방을 나섰다. 그리고 서글프게도 그의 방은 청명의 방 바로 옆이라 멀리 도망갈 수도 없었다.

멀어지는 조걸의 발소리를 들은 청명이 침상에 벌렁 드러누웠다.

'천 리 길도 한 걸음부터라.'

이 말을 처음 한 게 누군지는 모르겠지만, 참 속 편한 사람이다. 자그마치 천 리를 가는데 언제 한 걸음 한 걸음 떼고 있나. 더구나 청명이 가야 할 길은 겨우 천 리가 아니었다. 구만 리를 가고도 한참 더 가야 할 만큼 멀고도 험한 길이다.

'그래도 한 걸음부터겠지.'

그리고 그 한 걸음은 이놈들로부터 시작될 것이다.

· ◈ ·

다음 날 새벽.

우우우웅.

청명은 가만히 자신의 몸을 관조했다. 작고 미약하기 짝이 없었던 단전이 이제는 웬만큼 자리를 잡고 있었다. 그리고 그 안에 쌓인 기운들도 어느덧 확연하게 인식할 수 있을 정도의 크기로 자라났다.

우우우우웅.

흡기를 하는 와중에도 모인 기운들이 공명하며 그의 육체를 정화했다.

수십 년을 내력과 함께 살아온 청명조차도 본 적이 없는 투명하고 맑은 기운이 그의 단전에 모여 있다. 지금 당장은 그 내력의 크기가 크지 않아 큰 위력을 발휘하기 어렵겠지만, 이 맑은 기운들이 쌓이고 쌓인다면 세상 어떤 내력보다 큰 힘을 발휘하게 될 것이다.

"⋯⋯언제."

운기를 끝낸 청명이 얼굴을 와락 일그러뜨렸다. 큰 힘을 발휘하기는 얼어 죽을. 지금 당장 화산이 망하게 생겼구만, 이걸 언제 기다리고 있나? 불쑥불쑥 솟아나는 화딱지를 내리누른 청명이 상황을 분석하기 시작했다.

화산의 문제는 수도 없이 산적해 있다. 문제점을 하나하나 꼽으라면 화산에 있는 모든 종이를 가져와도 다 쓰지 못할 정도다. 하지만 그중 가장 중점적인 문제는 세 가지였다.

"돈이 없고, 무공이 없고, 인재가 없다."

그럼 망한 거지, 뭐. 막연히 생각하고 있을 때도 끔찍했는데, 막상 정리를 해 보니 더 격렬하게 속이 뒤집어졌다.

그럼 그중에서 가장 큰 문제가 뭔가?

'인재.'

청명의 생각은 간단명료했다. 돈은 벌면 되고, 무공은 그가 알고 있는 걸 주면 된다. 물론 '대체 이 무학을 어디서 구했느냐?' 소리를 듣지 않고 자연스럽게 넘기는 것도 보통 일은 아니겠지만 그건 과정의 문제일 뿐이다.

하지만 인재만은 청명의 힘으로도 어떻게 할 수 없었다. 화산을 살리겠다고 저잣거리로 튀어 나가 자질이 괜찮은 아이들을 납치해 올 수도 없는 노릇이다. 그리고 자질이라는 건 겉으로 보는 것만으로는 드러나지 않는다. 그게 된다면 명문거파들이 눈에 불을 켜고 아이들을 뒤지고 다니겠지.

'그러니 일단 있는 놈들을 활용해야 해.'

청명이 두 주먹을 불끈 쥐었다. 없는 살림 탓한다고 뭐가 달라지겠는가? 일단 있는 것부터 제대로 활용하는 게 우선이다. 삼대제자들의 자질이 그리 뛰어나 보이지 않는 건 명백한 사실이지만, 모자라면 채우면 그만이고, 고장 나면 고쳐 쓰면 된다.

"물론 나는 제자가 없었지만."

옛 기억이 떠올랐다.

그가 나름 나이가 들어 제자를 받아야 하는 시점이 되자 장문사형이 그에게 물었다.

- 청명아.
- 예, 장문사형.
- 이제 슬슬 너도 제자를 받을 때가 되었구나. 너는 제자를 어떻게 가르쳐야 한다고 생각하느냐?
- 뭐 어려울 게 있겠습니까?
- 어떻게?
- 일단 패면 됩니다. 개도 죽을 만큼 처맞다 보면 물구나무서서 걷는 법이지요. 그래도 사람 새낀데 개보다 못하겠습니까?
- ……나중에 이야기하자꾸나.

그리고 장문사형은 그에게 다시는 제자에 관한 이야기를 꺼내지 않았다.

"이렇게 제자들을 한 번에 많이 받게 될 줄은 몰랐는데."

청명의 입꼬리가 싸아악 말려 올라갔다. 그 미소를 보는 사람이 있었다면, 두말없이 사악한 미소라 평했을 것이다.

◆ ❖ ◆

"……졸려 뒈지겠네."
"왜 꼭두새벽부터 모이라 마라 하는 거지?"
"대사형, 이건 좀 심하지 않습니까?"

윤종은 가만히 눈을 감았다.

'그냥 조용히 좀 해라, 이 새끼들아.'

화산의 규율은 나름 엄한 편이지만, 이 아이들은 아직 속세의 때를 완전히 벗지 못했다. 고관대작이 사는 명문가까지는 아니더라도 나름 지역에서는 떵떵거리며 사는 집안의 자제들이다 보니 다들 불편함을 참지 못하고, 인내하는 것에 익숙지 않았다. 그러니 몽둥이찜질 후 불과 반나절 만에 이렇게 불평불만을 터뜨리는 것이다.

윤종이 살짝 고개를 들어 조걸을 바라보았다. 그나마 조걸은 분위기 파악을 했는지 입을 꾹 다물고 있다.

하긴. 다른 녀석들도 분위기를 아주 파악하지 못한 건 아니다. 그러니 저리 불평불만을 늘어놓으면서도 이 꼭두새벽에 하나도 빠짐없이 집합했겠지.

윤종은 떨떠름한 시선으로 백매관을 응시했다.

'어디서 저런 괴물 같은 놈이 온 거지?'

눈에 선하다. 청명이 악귀 같은 모습으로 의자 다리를 휘두르며 서른이 넘는 아이들을 순식간에 날려 버리던 모습이 말이다.

다시 떠올리는 것만으로도 몸에 절로 오한이 들었다.

"……그런데 걔는 대체 누구야?"

누군가가 던진 말이 모두의 심정을 대변해 주고 있었다.

"답도 없이 세던데."

"한 대 스쳐 보지도 못했어."

"서른 명은 넘게 있었는데. 사숙조님들이면 그렇게 할 수 있을까?"

모른다. 하지만 확실한 건 삼대제자 중에는 비슷하게 흉내 낼 수 있는 사람조차 없다는 거다.

"어제 입문한 애가 그렇다는 건, 역시 다른 데서 무공을 익힌 거 아냐?"

"야, 아무리 그래도 그렇지. 우리가 지금까지 놀고먹은 것도 아닌데 이게 말이나 되냐?"

다들 이해할 수 없는 상황에 혼란스러워하고 있었다. 그나마 나이가 많고 화산에서 가장 오래 생활한 윤종도 지금 사태 파악이 안 되는데, 다른 아이들이야 오죽하겠는가?

"다시 한번 덮쳐 보면 어떨까?"

누가 한 말인지는 모르겠지만 이 말이 분위기를 고조시켰다.

"가능할까?"

"어젯밤엔 우리가 당황해서 그런 걸 수도 있……."

"그러다 실패하면?"

싸늘한 가정이었다. 모두가 말없이 고개를 돌렸다. 부동자세로 선 조걸이 입만 열어 말을 하고 있었다.

"다 뒈지게 얻어맞고 싶지 않으면 그냥 입 꾹 닫고 시키는 대로 해."

"……조걸 사형."

삼대제자 중에서 실력이 가장 좋다는 조걸은 몸을 부르르 떨고 있었다.

'미친놈들.'

뭐? 다시 덮쳐? 한 대 처맞고 천장에 꽂혀 봐야 저런 말이 안 나오지.

조걸도 나름 실력에는 자신이 있었다. 화산이 아무리 예전에 비해 끗발이 떨어진다고 하나, 조걸은 어느 문파에서나 천재라고 불릴 만한 기재다.

결국 무학이라는 것도 사람이 익히는 것. 충분한 가르침과 훌륭한 무공이 없다 하더라도 웬만한 명문의 제자 정도는 상대할 수 있다는 자신감이 있었다.

그런데 그 자신감이 턱주가리에 꽂힌 주먹 한 방에 화산을 넘어 망망대해로 날아갔다. 저건 일반적인 상식으로 재단할 수 있는 놈이 아니다.

"그런데 이건 왜 준비하라고 한 겁니까?"

삼대제자들이 앞에 놓인 이상한 도구들을 보며 고개를 갸웃거렸다.

"그러게. 어디다 쓰는 건지."

기다란 목검과, 사람 머리가 들어가고도 남을 커다랗고 튼튼한 주머니. 그리고…….

"모래 더미랑 자갈들은 왜 준비하라는 거야? 반짇고리는 또 왜?"

"알 수가 있나."

모두가 구시렁거리고 있을 때, 문이 벌컥 열렸다. 순식간에 사방이 고요해졌다. 주절거리던 입이 일제히 닫히고, 모두의 시선이 문으로 집중되었다. 이윽고 청명이 터덜터덜 걸어 나왔다. 그런데 그 표정에 귀찮음과 짜증이 그대로 묻어났다.

'왜 네가 귀찮아하냐!'

'귀찮으면 집합을 시키지 말든가!'

털레털레 나와 멈춰 선 청명이 고개를 들어 모두를 한번 쭈욱 둘러봤다.

"다 모였어?"

"예!"

"조용히 해라. 사숙조님들 깨신다."

뚜둑. 뚜둑.

좌우로 머리를 한 번씩 꺾은 청명이 심드렁하게 입을 열었다.

"어쨌든 우리가 앞으로 같이 생활할 사이 아니냐. 일이 뭐 어떻게 될지는 모르겠지만, 어쩌면 평생 사형제로 같이 지내는 사이가 될 수도 있고."

'죽어도 집에 갈 거다.'

'하산한다. 무슨 수를 써도 하산한다!'

도호를 받고 진산제자로 화산에 뼈를 묻겠다고 결심했던 이들조차 일제히 마음을 돌리게 하는 발언이었다.

"그런데 내가 보기에는 너희들……."

청명이 씨익 웃었다.

"너무 약해."

무공을 익히는 이들에게 있어서 가장 모욕적이고 치욕적인 말이 바로 '약하다'이다. 심지어 적당히 무공을 익히고 돌아가서 상인으로 살아야겠다고 생각하는 이들마저도 이 말만은 참아 내지 못한다.

"끄으응."

하지만 반박의 여지가 없다는 게 문제였다. 혼자서 서른이 넘는 이들을 때려눕히면서도 한 대 맞기는커녕 스치지도 않은 사람이 한 말이다. 하늘이 빨갛다고 해도 부정할 수가 없다.

"뭐, 나도 그렇게 생각해. 무공이 인생의 전부는 아니지. 그런데 너희는 화산에서 무공을 배워 보겠다고 결심하고 온 사람들이잖아. 그럼 이왕이면 강해져야지. 그렇지?"

"……."

"그러니까 오늘부터 새벽마다 나하고 같이 수련한다. 좋지?"

좋을 리가 있냐, 인마!

뻔뻔하게 말을 해 대는 청명을 보며 누군가 손을 들었다.

"말해 봐."

"이거 꼭 해야 하는 거야?"

청명은 뚱한 눈으로 질문한 이를 바라보다가 윤종에게 고개를 돌렸다. 바짝 언 윤종이 어물거리다가 입을 열었다.

"그때 거기에 모두가 있었던 건 아닌지라……."

"아, 그렇지."

안 맞은 놈도 있지. 신고식에 참여하지 않은 이들도 있다. 말로 전해 듣기는 했겠지만, 그것만으로는 사태 파악이 안 되는 이들도 충분히 있을 수 있다.

"하기 싫은 사람은 들어가도 되냐?"

"그런데 너는 신입 같은데 왜 자꾸 반말하냐? 아무리 그래도 예의는 지켜야지."

청명이 옳다는 듯 고개를 끄덕였다.

"그렇지. 사람이 예의가 있어야지. 그런 의미에서 나는 강해질 생각도 없고 수련도 해 볼 생각이 없다. 손!"

사람이 백이나 모이면 눈치가 없는 한둘은 반드시 있기 마련이다. 그런 한둘이 손을 들자 슬슬 눈치를 보던 몇몇이 더 손을 들었다. 대략 열댓쯤 되었다.

"좋아. 좋아. 무공이 인생의 전부는 아니니까. 자, 너희는 안으로 들어가자."

"가도 돼?"

"그럼."

윤종과 조걸의 얼굴이 창백해졌다.

'이 멍청한 새끼들아. '들어가라'가 아니라 '들어가자'잖아!'

'지옥에 제 발로 걸어 들어가네. 원시천존이시여. 저 새끼들을 굽어살피소서.'

멋모르는 아이들이 해맑게 웃으며 백매관 안으로 들어갔다. 그리고 청명도 해맑게 웃으며 따라 들어갔다. 탁 소리와 함께 문이 깔끔하게 닫혔다.

아무도 차마 입을 열지 못하고 백매관을 주시했다. 예상과는 달리 비명이나 고함은 들려오지 않았다.

하지만.

'저거……'

윤종은 똑똑히 보았다. 커다란 백매관 전각이 미미하게 흔들리고 있다. 안에서 무슨 일이 벌어지고 있는지는 보지 않아도 뻔했다.

아주 잠깐의 시간이 흐르고.

끼이이익.

문이 다시 천천히 열렸다. 그리고 그 안에서 아이들이 귀신이라도 본 것 같은 얼굴로 전력으로 질주해 나왔다. 그러더니 원래 서 있던 자리로 벼락같이 돌아가 부동자세로 바짝 힘을 주고 섰다.

"쯧."

고개를 꺾으며 나온 청명이 다시 입을 열었다.

"또 수련하기 싫은 사람?"

"없습니다!"

"조용히 하라니까. 사숙조님들 깨신다."

"없습니다."

"크으."

청명이 감격했다는 듯 박수를 쳤다.

"본 교관은 강해지겠다는 여러분의 열망이 무척이나 마음에 든다. 화산의 미래가 밝다. 그러니 내가 무슨 수를 써서라도 여러분을 강하게 만들어 주겠다."

"……."

"시작하자."

저 멀리 해가 밝아 오는 것을 보며 윤종은 질끈 눈을 감았다. 화산의 미래가 밝을지는 모르겠지만, 그들의 미래는 어둡기 짝이 없었다.

◆ ◈ ◆

"음?"

몸을 일으킨 운검은 창으로 들어오는 밝은 빛을 보면서 눈을 찌푸렸다.

'이 녀석들이.'

화산의 법도는 꽤나 지엄하다. 과거 사승 관계로 전수가 이어지던 시절, 제자는 반드시 스승보다 일찍 일어나 스승을 깨우고 문안 인사를 드리고, 조반을 차려 바쳐야 했다. 시대가 달라져 이제는 그런 사승 관계가 이어지지 않고 있지만, 백매관에 든 이들은 당번을 정해 백매관주인 운검을 깨우고 문안 인사를 드리는 것이 법도였다.

그런데 오늘은 아무도 문안을 오지 않은 것이다.

"허어. 이놈들이."

한동안 풀어 주었더니 그새 게을러졌구나. 운검은 눈살을 찌푸리며 자리에서 일어났다.

문안을 오지 않았다는 것은 문안을 올 이들만 잠에 빠져 있다는 뜻이 아니었다. 깨어 있는 이가 있었다면, 누군가는 문안조를 깨웠을 터. 백매관의 모든 아이들이 아직 잠에 빠져 있다는 뜻이었다.

그때 문득 운검의 머릿속에 스치는 생각이 있었다. 어제 새로운 아이가 백매관에 들어오지 않았던가.

"이놈들이 또……."

운검은 나지막이 한숨을 쉬었다. 아이들이 신고식이니 뭐니 하는 괴상한 일을 한다는 건 이미 알고 있었다. 스승으로서 그만두게 해야 할 테지만, 단체 생활을 하는 아이들에게는 나름의 유대감도 필요한 법이다. 조걸 그 녀석이야 끝을 모르고 일을 벌이지만, 윤종이 있는 이상 큰 문제가 생기기 전에 적당히 정리할 수 있을 거라 여겼다.

하지만 이렇듯 제때 문안조가 오지 않는다는 것은 어제의 환영식이 조금 과격했다는 의미인지도 모른다. 운검은 미간을 좁히며 재빠르게 환복을 했다. 도포를 갖춰 입고, 허리에 패검한 그는 바삐 문을 열고 밖으로 나갔다.

'일단은 따끔하게 혼을 내야겠지.'

그의 단호한 걸음이 백매관으로 향했다. 백매관이 보이는 순간 바로 일갈을 내질러 잠에 빠진 아이들을 깨워야겠다고 생각하며 모퉁이를 돈 순간이었다.

"가……."

'갈!' 하고 크게 소리를 지르려던 운검이 숨을 훅 들이켜다가 차마 내뱉지 못한 채 멈춰 버렸다. 그의 눈이 화등잔만 하게 커졌다.

'뭐, 뭐야, 이거?'

손을 들어 눈을 비볐다. 눈앞에 기이한 광경이 펼쳐져 있었다.

'뭐지. 지옥인가?'

잠시 이상한 생각이 들었지만 운검은 퍼뜩 정신을 차렸다. 여긴 화산이다! 지금 눈앞에서 펼쳐지는 광경도 화산에서 벌어지는 일이다.

하지만 그렇다면 어째서 화산에서 이런 광경이 보인단 말인가? 헛것을 보고 있는 것도 아닐 테고? 눈을 마저 비빈 그는 끔벅거리며 다시 전경을 보았다. 보이는 것은 조금도 달라지지 않았다.

"어……."

무슨 반응을 보여야 할지 몰라 어정쩡한 소리를 내뱉는데, 귓가에 절망 어린 신음이 들려온다.

"끄으으윽. 끄윽!"

"아이고……. 나 죽는다. 아이고."

"엄마……. 나 집에 좀 데려가…….."

운검은 신음하는 아이들을 멍하니 바라보았다. 이게 진정 내가 알던 아이들이 맞는가?

무릇 아이란 그렇다. 때로는 그 무지함으로 화를 불러일으킬 때가 있고, 간악함으로 실망을 자아내기도 한다. 하지만 순수함을 그대로 간직한 아이들은 보는 사람의 마음을 훈훈하게 만드는 생동감이 있다.

그런데 지금 눈앞의 아이들에게서는 생동감이라고는 조금도 찾아볼 수 없었다.

'뭔 애들이 걸레짝이 되어 있어.'

그가 알던 뽀송뽀송(?)한 애들은 다 어디 가고, 웬 거지꼴이 된 아이들만 굴러다니고 있는가. 운검은 경악한 눈으로 사방을 훑어보았다.

"끄으으."

"죽는다……. 진짜 죽어."

나뒹구는 아이들의 면면을 자세히 살핀 운검이 눈을 끔뻑였다.

'내 사손들이 맞는 것 같은데?'

조금……. 아니, 꽤나 많이 상태가 안 좋아지기는 했지만, 저 시커먼 것들은 분명 운검의 사손들이자 백매관에 기거하는 청자 배들이 분명했다.

대체 무슨 일이 있었기에 어제까지만 해도 뽀송뽀송했던 애들이 하루아침에 상거지 꼴이 되었단 말인가?

넝마가 다 된 아이들 주변엔 목검과 주머니들이 널브러져 있었다. 저건 또 뭘까?

운검은 자신이 해야 할 일을 알 수 있었다. 짐작하는 데에 한계가 있다면 굳이 머리를 굴릴 필요가 없다. 이곳에는 그의 궁금증을 해결해 줄, 백이 넘는 입이 있잖은가?

"대, 대체 이게 무슨 일이냐?"

입을 열기가 무섭게 바닥에 쓰러져 신음하던 아이들이 일제히 운검을 바라보았다. 반쯤 죽어 있던 아이들의 눈에 생기가 돌아왔다.

"사숙조!"

"사숙조님!"

"천존이시여!"

마지막에 조금 이상한 말이 들린 것 같았지만, 일단 아이들이 그를 격하게 환영하고 있다는 건 틀림없었다. 심지어 금방 눈물이라도 쏟을 기세이지 않은가. 아이들을 통제하는 게 임무인 그에게는 흔치 않은 일이었다. 아니, 흔치 않은 정도가 아니라 저 아이들이 저리 열렬히 환영하는 모습은 난생처음 보는 것 같다.

"크흐흐흑! 사숙조!"

"왜 이제야 오셨습니까! 왜!"
"사숙조, 보고 싶었습니다!"
항상 눈치만 보던 아이들이 이리 격하게 환영해 주니 이상하게 가슴 한구석이 뿌듯해졌다. 알 수 없는 감동이 물밀듯 밀려왔다.
하지만 곧 정신을 차린 운검이 얼른 고개를 저었다.
'아, 아니지.'
지금은 이런 걸로 감동할 때가 아니다. 아이들의 몰골을 보라. 흙과 땀으로 범벅이 된 모습이 전쟁이라도 치른 것 같다. 애처롭게 파들파들 떨리는 팔다리를 보니 운검의 속이 더 뒤집어질 판이다.
"이게 대체 어찌 된 일이더냐?"
금방이라도 운검을 붙들고 눈물을 쏟을 것 같았던 아이들이 막상 질문이 떨어지니 우물쭈물하며 말이 없었다. 다만 슬쩍슬쩍 뒤쪽을 바라본다.
'눈치를 봐?'
운검의 시선이 아이들이 향하는 방향을 따라 움직였다. 그곳엔 주저앉아 입을 쩌억 벌리고 있는 조걸이 있었다.
"조걸?"
"……아니. 그 뒤에."
"그 뒤?"
조걸에 고정되었던 시선이 좀 더 뒤로 향했다.
"저, 저 녀석은?"
더 커질 수 없었을 것 같았던 운검의 눈이 기어이 불가능을 이겨 내고 조금 더 확장되었다.
'새로 온 녀석?'
이름이 청명이라 했던가? 그런데 저놈이 지금 뭘 하고 있는 거지? 운검은 고개를 갸웃했다. 청명이 기이한 짓을 하고 있었다. 어깨에 목검을 메고 있는데, 그 목검에 커다란 주머니가 여러 개 주렁주렁 달려 있다.

"저 주머니는 뭐냐?"

"흙 주머니입니다."

"……흙 주머니를 왜?"

묻기는 했지만 이미 알 것 같았다.

보라. 이 상거지들 중에서도 독보적으로 마른 상거지가 제 머리통보다 더 큰 흙 주머니를 목검에 주렁주렁 달고는 바들거리며 몸을 굽혔다 편다.

"흐ㅇㅇㅇㅇㅇㅇㅇ읍."

보고 있는 운검까지 전신에 힘이 들어가고 땀이 나는 느낌이었다. 마른 상거지는 금방이라도 쓰러질 듯, 파들파들 떨면서도 용케 균형을 잡으며 몸을 일으켜 세웠다.

뚜욱. 뚜욱.

땀방울이 턱을 타고 뚝뚝 떨어졌다. 전신이 땀에 젖다 못해 증기를 뿜어내고 있었다.

'저러다 죽는 것 아닌가?'

시뻘겋게 달아오른 온몸에 돋아난 힘줄과 핏줄, 그리고 지옥의 마귀처럼 일그러진 얼굴을 지켜보고 있자니 운검도 절로 몸에 힘이 들어갔다. '힘들다'라는 말을 표현하기에 저보다 확고한 모습은 세상에 또 없을 것이다. 몸을 쭈욱 편 청명이 앓는 소리를 내며 다시 몸을 굽힌다.

'그러다 죽어, 인마!'

운검은 절대 너그러운 사람은 아니다. 사실 그는 누구보다 엄격한 수련을 지향하는 사람이다. 쇠는 두드릴수록 단단해지고, 사람은 수련할수록 강해진다. 제자들이 힘든 수련을 한다면 말리기는커녕 박수를 칠 사람이었다.

하지만 그런 운검이 보기에도 지금 청명이 소화하고 있는 수련은 정도를 넘어섰다.
'아니, 그럼 이 녀석들의 몰골이 상거지가 된 이유가……?'
설마 저 수련을 같이 하다가?
"사, 사숙조님! 살려 주십시오."
"이러다 죽습니다."
그리고 보니 아이들의 온몸이 땀으로 흠뻑 젖어 있다. 젖다 못해 금방 빤 옷을 말리지도 않고 걸쳐 입은 느낌이었다. 저 축축한 물기가 다 땀이라고 생각하자 소름이 돋았다.
'그럼 다들 자고 있었던 게 아니라……?'
새벽부터 수련을 하다가 이리되었다는 말인가?
"……언제부터 이러고 있었느냐?"
"묘시 초입니다."
한 시진을 넘게 저러고 있었다는 말인가?
"……왜?"
당연한 의문이었지만, 아무도 그 질문에 대답해 주지 않았다. 그저 '그거 말하면 저희 죽습니다.'라는 표정을 필사적으로 짓고 있을 뿐이었다.
'설마?'
아니, 아니겠지. 그럴 리가. 그게 말이나 되나?
이곳에 있는 아이들은 화산의 삼대제자다. 아무리 화산이 예전 같지는 않다고 해도 나름 무공을 수련하는 이들이란 말이다. 삼대제자 중에서는 오 년이 넘도록 무학을 익힌 아이들도 수두룩했다. 무공을 익히지 않은 이들에 비하면 월등히 셀 수밖에 없다.
그런데 그런 녀석들이 저 작은 아이 하나 감당 못 해서 이런 꼴을 당하고 있다는 말인가?
'자, 잠깐만.'
삼대제자 중에서 나름 입지가 높고, 실력이 좋기로 유명한 조걸이 지금은 바닥에 쓰러져 숨만 쉬고 있었다.

'윤종은?'

운검의 눈이 빠르게 대제자인 윤종을 찾았다.

"헐……."

윤종이었던 것으로 보이는 물체가 바닥에 널브러져 있다.

'쟤는 왜 저렇게 됐어?'

조걸은 그래도 그나마 사람의 몰골을 유지하고 있건만, 윤종은 이제 거의 사람이라고도 볼 수 없는 꼴을 하고 있었다. 흙바닥에 얼굴을 처박고 엉덩이만 살짝 든 채 숨을 몰아쉬는 윤종의 모습을 보니 애잔하다 못해 눈물이 고일 것 같았다.

"그……."

운검이 입을 열다가 다시 닫았다.

이제 뭘 했는지는 안다. 청명을 보면 명확하지 않은가. 아이들은 새벽부터 나와서 근력 운동을 한 게 틀림없었다.

화산이 쾌속함과 화려함을 장기로 삼는 검문(劍門)이라고는 하나, 기본적인 근력 운동은 병행한다. 모든 무학의 기본은 육체에서 시작하기 마련이니까.

'그런데 그것도 정도가 있지! 대체 무슨 짓을 해야 멀쩡하던 아이들이 단 한 시진 만에 사람 몰골에서 벗어난다는 말인가?'

운검은 손을 들어 이마에 흐르는 땀을 닦았다. 슬쩍 눈을 돌려 보니 아이들이 다들 초롱초롱한 눈으로 그를 바라보고 있었다. 운검이라면 응당 이 사태를 해결해 줄 거라는 희망과 믿음이 가득 담겨 있었다.

'그 몰골로 그런 눈 하지 마.'

정말로 심각하게 부담스러우니까.

"크흐흐흠."

헛기침을 해 마음을 진정시킨 운검이 청명에게로 눈을 돌렸다. 일단

이게 대체 어떻게 돌아가는 상황인지 파악해 봐야 한다. 어떻게 반응해야 할지 정하는 것은 그 이후다.
"저 아이를 데려오너라."
백매관주 운검이 '청명'이라는 이름을 뇌리에 단단히 새기는 순간이었다. 그리고 그 이름이 자신의 평생에 걸쳐 가장 중요한 이름이 될 거라는 사실을, 지금의 운검은 미처 알지 못했다.

　　　　• ❖ •

잠시 후, 운검은 청명을 멍하니 내려다보았다. 아이는 후욱후욱, 숨이 찬 모양으로 거친 숨을 토해 내고 있었다.
'이렇게 보면 평범한 아이인데?'
하지만 이 아이는 절대 평범한 아이가 아니다.
'정말 괜찮은 건가?'
두꺼운 도복이 땀에 완전히 젖어 있다. 가만히 서 있는 것뿐인데도 소매를 따라 땀방울이 뚝뚝 떨어진다. 피가 몰려 붉게 상기된 얼굴은 금방이라도 터질 것 같고, 얼마나 진력이 빠졌는지 서 있는 다리가 후들거렸다. 심지어 입술까지도 바들바들 떨리고 있었다.
"아, 앉겠느냐?"
예의와 규범을 목숨처럼 여기는 운검이 자신도 모르게 청명에게 앉기를 권할 정도였다. 비를 쫄딱 맞은 강아지를 보면 누구나 손을 내밀고 싶어지는 것과 같은 이치다. 단언컨대 지금 청명의 몰골은 비 맞은 강아지보다 훨씬 더 불쌍해 보였다.
"아, 괜찮습니다. 그보다 물 좀……."
"누가 가서 물을 떠 오너라! 당장!"
"예!"

슬금슬금 눈치를 보던 아이들 중 하나가 후다닥 물을 뜨러 달려갔다.
"그래. 그……."
하지만 운검은 다시 입을 닫았다. 일단 부르기는 불렀는데, 어디부터 말을 꺼내야 할지 알 수 없었다. 이런 황당한 상황은 난생처음이니까.
"이게 대체 어찌 된 상황이냐?"
그러니 뻔한 것을 물을 수밖에 없었다. 운검의 질문을 받은 청명은 주변을 슬쩍 돌아보더니 태연하게 입을 열었다.
"별일 아닙니다."
"……뭐라?"
"오늘부터 다 함께 새벽 운동을 하기로 했는데, 첫날인 것을 미처 생각지 못하고 조금 과하게 한 모양입니다. 의욕이 넘쳐서 벌어진 일이겠지요."
의욕이 넘쳐? 운검이 청명의 뒤쪽에 있는 아이들을 슬쩍 바라보았다. 아이들이 입을 꾹 닫은 채 필사적으로 손을 내젓고 있었다.
하지만 청명이 고개를 슬쩍 뒤로 돌리자 허공을 내젓던 아이들의 손이 잽싸게 내려갔다.
'이것 봐라?'
황당하기 그지없는 일이다. 대체 어떻게 돌아가는 일인지는 모르겠지만, 하나는 확실하다. 삼대제자들 전체가 이 아이 하나에게 한껏 쫄아 있었다.
운검은 눈치가 없는 사람이 아니다. 아이들만 상대한 지가 십 년이 다 되어 간다. 이제는 아이들 눈 굴리는 것만 보아도 상황이 어찌 흘러가는지 대부분 알아내는 경지에 올랐다. 아니, 그런 경지에 오르지 않더라도 이 광경을 보고 상황을 파악하지 못하는 게 더 이상하다.
'화산의 제자라는 놈들이…….'
신입 하나에게 겁을 먹어? 운검의 고개가 옆으로 살짝 꺾였다.

'아니, 아니지.'

생각해 보면 이 아이들의 실력은 결코 낮지 않다. 같은 나이대의 웬만한 무관의 아이들은 그 앞에서 고개도 들지 못할 것이다. 썩어도 준치라고 그래도 화산이니까. 그러니, 저 아이들이 한심한 것이 아니라 이 녀석이 이상한 것이다.

"새벽 운동이라 했느냐?"

"예. 그렇습니다."

"이놈."

운검이 단호하게 말했다.

"백매관에는 백매관 나름의 규율이 있는 법이다. 누가 마음대로 취침 시간을 줄이고 수련을 하라고 했더냐?"

살짝 노성을 섞어 보았음에도 청명의 얼굴에는 변화가 없었다. 여전히 태연한 신색을 유지하며 대수롭지 않다는 듯 입을 열었다.

"그럼 안 하겠습니다."

"……어?"

"수련을 하면 도움이 될 거라고 생각했습니다. 그런데 안 된다고 하시니 하지 않겠습니다."

어, 이게 아닌데? 운검은 살짝 당황했다. 이건 그가 바라던 반응이 아니었다.

"수, 수련을 하면 도움이 될 거라 생각했다고?"

"예."

"왜 그리 생각했느냐?"

청명의 눈에 황당함이 어렸다.

"그럼 도움이 안 되나요?"

"……."

살짝 어색한 공기가 둘 사이를 스치고 지나갔다.

'끄응.'

내심 앓는 소리를 낸 운검이 입을 달싹거렸다. 그런 운검의 심정을 모두 알기라도 하는 듯 청명이 먼저 입을 열었다.

"무공은 사숙조님께서 가르쳐 주시니 그것으로 충분하겠지만, 제자들 나름으로도 노력할 방법이 있다고 생각했습니다. 모든 무학은 본디 육체에서 나오는 법이니, 육체를 단련할 수 있다면 검에도 도움이 될 수 있을 거라 생각했습니다."

옳은 말이다. 지적할 곳 하나 없는 정론이었다.

"네 말은 옳다."

운검도 순순히 그 사실을 인정했다.

"하나, 강압에 의해 벌어진 수련이 옳다 말할 수 있겠느냐?"

"강압이요?"

청명이 뒤를 슬쩍 돌아보더니 피식 웃었다.

"에이, 사숙조님. 제가 뭐라고 사형들에게 강압을 하겠습니까. 제가 수련을 하겠다고 말하니 사형들도 함께하고 싶다고 따라 나온 것뿐입니다."

말도 안 되는 소리. 뻔한 거짓말이었다.

하지만 이 거짓말을 추궁하기 위해서는 '네놈이 사형들을 겁박해서 데리고 나온 게 아니더냐!'라는 말을 해야 한다. 그런데…….

'못 할 말이지.'

그건 다 같이 죽자는 소리다. 삼대제자들은 어제 새로 들어온 신입 하나 감당하지 못해 얻어맞고 끌려 나온 등신들이 되어 버리고, 운검은 그 등신을 가르치는 상등신이 되어 버린다. 그리고 청명은 막내 주제에 사형들을 후려 패고 겁박한 악당이 되어 버리지 않는가? 그 말을 해 버리면 모두가 망한다.

"그……."

운검이 할 말을 찾는 사이, 청명이 재빨리 입을 열었다.

"다른 수련에 영향을 주지만 않는다면 좋은 수련법이 될 수 있습니다. 적어도 한 달 정도면 성과가 나타날 것입니다."

'호오?'

입으로는 수련을 논하고 있지만, 숨어 있는 속뜻은 조금 달랐다. 이건 한 달 정도만 내버려 두라는 뜻이다. 그럼 확고히 성과를 낼 수 있다는 말이다.

'요놈 봐라?'

어린놈의 말 같지가 않다. 노회한 강호인이 쓰는, 말속에 뜻을 숨기는 화법을 구사하고 있지 않은가?

회가 동한 운검이 넌지시 찔렀다.

"한 달이라. 그럴 수도 있겠구나. 하지만 수련 자체가 그리 간단해 보이지 않는데 아이들이 한 달이나 수련을 할 수 있겠느냐?"

"사형들의 의지는 제가 본받고 싶은 마음이 절로 들 정도로 높습니다. 고된 수련임에도 그 어느 분도 불만을 토로하지 않으셨습니다."

한번 굴려 봤는데 입 터는 놈이 없었다. 입을 털지 못하게 만들어 놓았으니 걱정하지 말라는 소리다.

'아니, 어디서 이런 놈이 기어들어 왔지?'

운검이 황당함을 감추지 못하는 가운데, 청명이 몸을 빙글 돌리더니 삼대제자들을 보며 웃었다.

"그렇지 않습니까, 사형들?"

"……그, 그럼."

"열심히 할 수 있지. 열심히."

"……오늘도 열심히 했어."

청명이 다시 몸을 빙글 돌린다.

"사형들의 의지가 이리 높으니 어찌 수련의 결과가 좋지 않을 수 있겠습니까?"

뒤에 애들 얼굴 썩는다, 인마. 기가 막혀 말도 안 나왔다. 하지만 그 와중에도 운검의 머리는 빠르게 회전하기 시작했다.

그러니까 청명의 말은 비록 하루가 지났지만, 그는 이미 삼대제자들을 완전히 장악했고, 그 장악력을 허튼 데 쓰지 않고 수련을 시키는 데 쓰겠다는 소리다. 그리고 혹여 그가 다른 마음을 품는지는, 한 달 정도 지켜보면 결판이 날 거라는 뜻이었다.

'거참.'

들으면 들을수록 황당하다. 갑자기 어디서 이런 괴물 같은 놈이 굴러 들어와 아이들을 제압했단 말인가?

'하지만 내 입장에서는 딱히 나쁜 이야기는 아니지.'

백매관주로서 운검의 가장 큰 문제는 바로 수련 시간 확보가 힘들다는 점이다.

화산은 언제나 인력이 부족하다. 원래라면 백매관도 그가 홀로 감당할 수 있는 곳이 아니었다. 적어도 열 명 이상의 교관이 필요했다. 하지만 지금 그를 도와 백매관에 전념하는 이들은 셋에 불과하다.

그러다 보니 아이들의 뒤치다꺼리를 하는 데만 하루가 가 버리고 무인으로서 그의 성장은 정체된 상태였다. 만약 이 녀석이 아이들의 통제를 도맡아 줄 수만 있다면 그에게 큰 도움이 될 것이 자명했다.

"하나 더 묻겠다."

"예."

"네게도 쉬운 일은 아닐 텐데, 굳이 새벽부터 수련을 하는 이유가 무엇이더냐?"

그러자 청명이 고개를 갸웃했다.

"제자, 사숙조님의 말씀이 무슨 뜻인지 모르겠습니다."

"음?"

이 아이가 갑자기 이리 말귀를 못 알아들을 리는 없는데?

"화산에 입문했다는 것은 검을 익히겠다는 것이고, 검을 익힌단 것은 강해지겠다는 뜻이 아닙니까. 강해지기 위해서는 수련을 하는 것이 당연합니다. 검의 경지를 개척하고, 더 나아가서는 화산의 이름을 만방에 떨치는 것이 화산의 은혜를 받은 제자의 당연한 임무겠지요."

"그, 그렇지."

"물론 사숙조님께서 주시는 가르침만으로도 충분히 강해지겠지만, 노력이 더해진다면 그 속도를 높일 수 있을 거라 생각합니다. 노력하기 위해서는 잠자는 시간도 아끼는 게 당연하지 않겠습니까."

"……그렇지."

수련의 과정에 딱히 무슨 이유가 더 필요하냐는 말이었다.

'더 이상 제자를 받지 않겠다고 하셨던 장문인께서 무슨 바람이 들어 새로 입문을 받았는가 했더니.'

이런 놈이라면 키워 볼 만하지 않겠는가? 아직 재능은 확인하지 못했지만, 이만큼 의욕이 있는 놈이라면 재능이 없더라도 충분히 성과를 낼 수 있을 것이다. 그리고 본인이 천하의 고수가 되지는 못한다 하더라도 다른 아이들에게 좋은 영향을 끼치는 것만으로도 훌륭한 일이다.

"……수련이 많이 힘들어 보이던데?"

"첫날이라 그렇습니다."

"그래도 힘들어 보이던데."

"사람은 굴릴수록 단단해집니다."

운검의 입꼬리가 푸들푸들 떨렸다.

'이거 물건이다.'

운검의 지론과 딱 들어맞지 않는가! 이런 지론을 가진 녀석이라면 한동안은 밀어주어도 괜찮을 것 같다. 어차피 아이들 사이에 배분과 관계없는 서열이 존재하는 건 예전에도 마찬가지였다.

"사형들을 대하는 데 있어서 중요한 건?"

"예의입니다. 대사형의 말을 하늘같이 따르겠습니다."

윗놈들을 너무 괄시하지 않고, 대사형을 존중해 위계는 유지하겠다는 뜻이다. 대답 하나하나가 마음에 든다.

운검이 크게 고개를 끄덕이고는 주위를 둘러보았다. 상황이 어찌 돌아가는지 파악하지 못한 아이들이 떨리는 눈으로 이쪽을 보고 있었다.

"크흐흠."

헛기침으로 무안함을 날려 버린 운검은 살짝 시선을 피하며 입을 열었다.

"너희가 새벽부터 '자발적으로' 훈련에 임하다니, 이 사숙조는 매우 감동했다."

"사, 사숙조!"

"관주님!"

당황과 경악이 섞인 고함이 들려왔지만 운검은 애써 그 목소리를 외면했다.

"앞으로도 꾸준히 훈련을 이어 간다면 반드시 좋은 성과를 낼 수 있을 것이다. 수련법은 이 아이가 잘 알고 있는 것 같으니, 최대한 노력하거라."

'망했다.'

'와, 이렇게 버리네.'

'시선 피하는 것 좀 봐.'

운검의 생각을 알아챈 제자들의 얼굴에 절망이 어렸다.

"그럼 늦지 않게 밥을 챙겨 먹고, 오전 수련에 나오도록 하거라. 그럼 나는 이만."

슬쩍 몸을 돌리려던 운검이 문득 멈춰 섰다.

"아, 참!"

그럼 그렇지! 그래도 백매관준데 설마 사람을 버리…….

"수련에 방해될 테니 이제 아침 문안 인사는 오지 않아도 좋다. 수련이 우선이지. 아암, 그렇고말고."

운검이 껄껄 웃으며 휙 몸을 돌려 멀어졌다. 제자들이 다급하게 손을 뻗었지만, 운검은 잡히지 않는 신기루처럼 허망하게 사라져 버렸다.

우득.

그 순간, 스산하게 목을 꺾는 소리가 울렸다.

청명이다. 그는 삼대제자들을 향해 천천히 몸을 돌렸다. 그리고 미소를 지었다. 분명 부드러운 미소건만, 이마에 돋아 있는 핏대가 그 미소의 의미마저 불분명하게 만들었다.

"사숙조, 살려 주세요오?"

"……."

"거참 사형들도, 제가 죽인다는 게 아닌데. 식사 전에 잠깐 들어가시죠. 백매관 안에서 제가 긴히 할 이야기가 있습니다."

"……."

"어서."

"……네."

화산에서 꿈과 희망이 사라지는 순간이었다.

* ◈ *

"그 아이가 말이더냐?"

"그렇습니다, 사형."

운암의 얼굴이 기괴하게 일그러졌다. 운검은 예상하지 못한 운암의 반응에 고개를 갸웃했다.

"모르셨습니까?"

"내가 알 리가 있느냐?"

"……허어. 저는 장문인께서 일부러 그 아이를 들이신 줄 알았습니다. 그러지 않고서야."

"기재를 찾아올 만한 여력이 있는 상황이 아니잖느냐. 제 발로 걸어 들어온 아이다."

"장문인께서 새로 입문을 받았다고 하시기에……."

운검이 말끝을 흐렸다. 제자를 더 이상 받지 않겠다고 한 장문인이 받아 준 아이다. 그러니 응당 뭔가 사연이 있을 거라 생각했다. 그래서 그만한 풍파가 일어났음에도 그러려니 한 것 아닌가? 그런데 운암은 정말로 모르는 눈치였다.

"장문인께서만 아시는 뭔가가 있는 건……?"

"아니다. 정말 제 발로 찾아온 아이다."

"……기사(奇事)군요."

운암은 고소를 머금었다.

'생각할수록 기괴하구나.'

갑자기 이 먼 곳까지 찾아온 아이가 뜬금없이 화산의 제자가 되고 싶다고 하더니 하루도 지나지 않아서 뭔가를 하고 있다.

'지나친 생각이겠지.'

순간적으로 혹시 타 문파에서 화산을 망치기 위해서 보낸 간자가 아닌가 싶었지만, 그건 너무 과한 생각이었다.

첫째로 화산은 이제 더 이상 누군가가 굳이 망치려 들 만한 가치가 없는 문파고, 둘째로 설사 그런 의도가 있다 하더라도 저 작은 아이가 그만한 능력을 갖추는 건 거의 불가능한 일이다. 그런 능력이 있는 아이라면 간자로 보내 썩게 만드는 것보다는 심혈을 다해 키우는 게 이득이기도 하고.

"하면, 지금이라도 아이를 말려 보는 게 좋지 않을는지요."

"그냥 두자꾸나."

"하나, 사형."

"네가 굳이 막지 않았던 것은 그 아이에게 나름 기대하는 것이 있기 때문이겠지?"

운검은 대답 대신 고개를 살짝 숙였다.

"네 노고는 잘 알고 있다. 제자들을 이끌어 주는 것이 선대로서의 당연한 의무이기도 하지만, 그 의무를 너만 너무 과도하게 지고 있다는 것 역시 알고 있단다."

"그렇지 않습니다, 사형. 저는 그저……."

"괜찮다."

운암이 부드럽게 웃었다.

"다들 힘든 게지. 그 아이가 무슨 생각을 하는지는 모르겠지만, 네가 판단하기에 너와 화산에 도움이 된다면 굳이 막을 필요는 없다."

운검은 고개를 들고 운암을 바라보았다.

"아직 정확하게는 모르겠습니다. 그 아이가……."

"운검아."

"예, 사형."

"그 아이도 이제는 화산의 제자다."

운검의 눈이 살짝 흔들렸다.

"먼저 품은 아이에게 조금 더 정이 가고 애틋한 것이야 왜 모르겠느냐? 하지만 나중에 온 아이라고 해도 화산에 적을 두기로 한 이상 다 같이 돌봐야 할 화산의 아이다."

"……제가 어리석었습니다."

운검이 고개를 살짝 숙였다.

"과하다 싶으면 네가 막거라. 백매관에 관한 것은 나나 장문인보다 네가 더 잘 알지 않느냐?"

"예, 사형."

짧게 대답한 운검이 자리에서 일어났다.

"그럼 가 보겠습니다."

"그러거라."

운검이 자리를 뜬 뒤, 운암은 가만히 찻잔에 차를 따랐다.

'기이한 아이로군.'

확실히 범상치 않은 녀석이 들어왔다. 자신의 존재감을 하루도 숨기지 못하는 녀석이니, 반드시 급격한 변화를 몰고 올 것이다. 그 변화가 화산의 복이 될지 화가 될지, 지금의 운암으로서는 알 수 없었다. 다만 한 가지.

'변화는 필요하다.'

지금 화산에는 새로운 바람이 필요하다. 바람 한 점 없는 망망대해에 떠 있어 봐야 말라 죽거나, 굶어 죽을 뿐이다. 어디로 가는지 모른다 해도 일단은 항해를 해야 한다. 설사 그 항해의 끝에 도달할 곳이 무인도라 할지라도 망망대해에서 말라 죽는 것보다는 나을 것이다.

운암은 천천히 차를 입가로 가져갔다. 청명의 존재가 화산을 움직여 줄 바람이 되기를 바랐다.

물론 불어오는 바람이 태풍이라는 걸 알고서도 그가 이리 태연자약할 지는 두고 봐야 알 것이다.

* ◈ *

"죽을 것 같다."

"……난 벌써 죽었어."

여기저기서 앓는 소리가 흘러나왔다. 물론 지금 죽는소리를 해 대는 이들은 화산의 삼대제자들이었다.

'뭐지, 이건 신종 고문인가?'

근력을 키우는 운동이라는 건 알고 있다. 그리고 화산이라고 해서 근력 운동을 소홀히 해 왔던 것도 아니다. 모든 중원 무학의 근간이라고 할 수 있는 소림에서조차 근력 운동은 소홀히 하지 않는다.

'하지만 그것도 정도가 있지.'

윤종은 고개를 내려 식탁을 바라보았다. 반찬으로 채소볶음이 나왔는데 손이 너무 떨려 제대로 집어 먹지 못하다 보니 온 식탁에 채소볶음이 널려 있었다.

"끄응……. 밥도 제대로 못 먹겠네."

"오후에는 검술 훈련도 해야 하는데, 검 놓치는 거 아닙니까? 진검이라 휘두르다 놓치면 난리 날 텐데, 이러다가 누구 하나 등에 구멍 뚫릴까 봐 겁납니다."

"……다행히 그만한 힘으로 휘두르지도 못할 것 같네."

"그게 다행입니까?"

윤종은 한숨을 쉬었다.

'앞에서 말해라. 앞에서.'

불만이 있으면 당당히 가서 따지면 될 일 아닌가. 뒤에서 말한들 뭐가 달라지겠는가?

"내가 할 수 있는 게 없다."

"대사형!"

여기저기서 볼멘소리가 터져 나왔다. 그러나 윤종은 그저 묵묵히 채소볶음을 집었다. 운검까지 청명의 편을 들어 버린 판에 그가 무엇을 더 할 수 있겠는가?

"사형! 그래도 이럴 때 사형께서 말을 해 주지 않으시면……."

"대사형이라는 자리가 그런 것 아닙니까?"

윤종이 재차 한숨을 쉬며 말을 하려는 찰나, 누군가의 날카로운 음성이 들려왔다.

"거 종알종알 말 더럽게 많네."

식당을 채우고 있던 삼대제자들의 시선이 일제히 한곳으로 돌아갔다.

"조걸?"

잠깐 정적이 흘렀다. 구석에서 조용히 밥을 먹고 있던 조걸이 자신에게 모인 시선을 확인하고는 날카로운 목소리로 입을 열었다.

"대사형이 너희 심부름꾼이냐? 말할 사람 어디 숨어 있는 것도 아니고 할 말 있으면 가서 직접 하든가."

"……아니, 우리는……."

"직접 가서 따지지 못할 거면 조용히 하고 밥이나 먹어. 밥 안 먹어 두면 오후에 못 버틸 테니까."

조걸이 이렇게까지 말하니 아무도 입을 열지 못했다. 그런 조걸을 바라보는 윤종의 눈이 이채를 띠었다.

'이상하군.'

그가 아는 조걸이라면 지금 누구보다 큰 목소리로 청명에 대해 성토하고 있어야 한다. 애초에 삼대제자 중 가장 발언권이 높고 가장 강하지 않던가? 한데 그런 조걸이 은근히 청명의 편을 들어 버리자 다들 입을 열기가 어려워졌다.

탁 소리 나게 젓가락을 내려놓은 조걸이 자리에서 일어나더니 윤종에게 다가왔.

"대사형."

"음?"

"잠깐 뵐 수 있겠습니까?"

"……그러자꾸나."

윤종도 젓가락을 놓고 자리에서 일어났다. 식당을 빠져나가는 두 사람을 보며 남은 제자들이 고개를 갸웃거렸다.

"내가 뭔가 잘못 보고 있는지는 모르겠는데……."

인적이 없는 곳까지 나오자 윤종이 먼저 입을 열었다.

"꽤나 개운해 보이는구나?"

조걸이 손을 들어 자신의 얼굴을 주물렀다.

"그런 게 보입니까?"

"너는 표정을 잘 숨기지 못하지."

"처음 알았습니다."

조걸이 어색하게 웃었다.

"그렇게 구르고도 웃음이 나오냐?"

"……사형."

"응?"

"사형은 화산을 어떻게 생각하십니까?"

윤종은 입을 다물었다. 대수롭지 않게 대답하기에는 너무 진지한 질문이었다.

"어려운 질문이구나."

"저는 이러다가 본가로 돌아가 버리면 그만입니다. 하지만 사형께서는 화산에 뼈를 묻을 생각 아니십니까?"

"그렇지."

윤종은 가만히 고개를 끄덕였다. 그는 이미 도호를 받기로 되어 있는 사람이다. 다른 삼대제자들은 아직 선택을 하지 않았지만, 그만은 화산의 도호를 받고 진산제자가 되어 화산과 그 운명을 함께할 것이다.

"화산에 미래가 있다고 보십니까?"

"망령되구나. 함부로 입에 담을 말이 아니다."

"저는 없다고 생각했습니다."

나무라야 할 말이다. 하지만 윤종은 차마 그러지 못했다. 그의 생각 역시 조걸과 별반 다르지 않았기 때문이다.

"없다고 생각했다는 건, 이제는 생각이 달라졌단 말이더냐?"

"……조금 그렇습니다."

"달라졌다?"

"강제로 하게 된 수련이지만, 이번 수련을 하면서 깨달았습니다. 저는 한 번도 이렇게까지 자신을 한계까지 몰아붙이는 수련을 해 본 적이 없습니다."

그야 그렇겠지. 윤종은 자신도 모르게 고개를 끄덕이고 말았다. 그도 이런 수련은 해 본 적이 없다. 항상 나름 노력한다고 생각했지만, 지금처럼 손발이 덜덜 떨릴 정도로 자신을 몰아붙여 본 적은 없었다.

"그런데 그놈은 저희가 하는 수련의 배는 넘는 양을 소화하면서도 지치지 않았습니다."

겨우 배가 아니겠지. 횟수만으로도 배다. 무게까지 포함한다면 수련의 강도는 훨씬 더 올라갈 것이다. 저 자신의 무게보다도 더 무거운 모래주머니를 지고 수련을 하는 청명을 보며 윤종도 경악했으니까.

"강하니까 그럴 수 있습니다. 하지만 그 녀석의 나이는 결코 저보다 많지 않을 겁니다. 강하니까 그런 게 아니라, 그래 왔기에 강한 게 아니겠습니까?"

"네 말이 옳다."

"사형. 저는 화산에서 제가 강해지는 건 불가능하다고 생각했습니다. 적당히 어디서 힘자랑할 수 있는 수준까지야 가능할지 몰라도 천하를 호령하는 고수가 될 수는 없다고 생각했습니다."

"조걸."

"끝까지 들어 주십시오, 사형."

조걸은 마른침을 삼키고 말을 이었다.

"하지만 저놈을 보고 있으니 제가 잘못 생각하고 있었다는 걸 알았습니다. 막말로 지금 우리 나이대에 저놈을 상대할 사람이 한 명이라도 있겠습니까?"

없겠지. 절대 없을 것이다.

아무리 윤종이 무학에 있어 삼대제자 중 최고가 아니라고는 하나, 자신의 실력에는 나름 자신이 있었다. 그런데 저 괴물 같은 놈은 그런 윤종을 손가락 하나로 뒤집어 버리고, 윤종보다 강한 조걸 역시 한 방에 날려 천장에 꽂아 버렸다.

저런 괴물이 또 있을 리가 있나?

"어느 무학을 익히는가는 중요하지 않다. 중요한 것은 어떻게 익히느냐다. 그 당연한 진리를 그저 귀에 듣기 좋은 말이라고 생각했습니다. 하지만 저놈을 보니 그게 사실이라는 걸 알겠습니다. 사형, 저는 최선을 다해 보고 싶어졌습니다."

"……나도 마찬가지다."

조걸이 크게 고개를 끄덕였다.

"그러니 사형께서 아이들을 다독여 주십시오. 어쩌면 이건 우리 대가 크게 변할 수 있는 기회일지도 모릅니다. 조금 고깝고 아니꼬울지라도 지금은 저 녀석을 따라가야 합니다."

윤종은 가라앉은 눈으로 조걸을 바라보았다.

조걸은 실력도 좋지만, 상가의 자제라 그런지 흐름의 맥을 짚는 능력이 있었다. 상인이 된다면 반드시 거상이 될 자였다. 그런 이가 이렇게까지 이야기한다면…….

"해 보자꾸나."

"사형!"

"네 말이 옳다. 지금 이대로는 죽도 밥도 안 된다. 나는 화산에 뼈를 묻기로 한 사람이다. 화산에 도움이 될 수 있는 일이라면 뭐든 할 수 있다."

윤종의 단호한 말에 조걸이 고개를 끄덕였다.

"하지만 생각하니 웃기는구나. 고작 어제 들어온 막내 때문에……."

"보통 막내는 아니니까요."

"그렇긴 하지."

가볍게 마주 웃은 두 사람이 몸을 돌렸다. 할 이야기는 끝났다. 이제는 아이들을 얼마나 달랠 수 있느냐의 문제다.

"걸아."

"예, 사형."

"정말 우리가 강해질 수 있을까?"

"하나는 확실합니다."

"음?"

"강해지지 못하면 억울할 만큼 수련은 할 수 있다는 거죠."

"……거참 위로가 되는 말이구나."

두 사람이 말을 주고받으면서 다시 식당으로 돌아갔다. 그리고 그 순간까지도 둘은 자신들을 지켜보는 시선이 있다는 것을 알아채지 못했다.

처마 위에서 아래를 내려다보던 청명이 그 자리에 벌렁 드러누웠다.

"일단 두 놈은 건졌고."

그의 옆에는 주먹밥이 놓여 있었다.

'크으. 내가 이렇게 자비로운 사람이 아니었는데.'

지금 그가 식당에 들어가면 사형제들은 눈치를 보느라 제대로 밥도 먹지 못할 것이다. 최소한 밥은 편하게 먹게 해 줘야 한다. 그게 사람의 도리가 아니겠는가? 청명은 부른 배를 두드리고는 한숨을 쉬었다.

'생각보다 요란하게 시작됐어.'

원래는 한동안 죽어 지내면서 눈치를 볼 생각이었다. 하지만 저놈들은 잠자는 호랑이의 코털을 뽑는 정도가 아니라 입 안에 불꼬챙이를 쑤셔 넣었다. 그러니 어쩔 수 없지 않은가? 세상에는 참을 수 없는 게 있는 법이니까.

"지나간 일은 어쩔 수 없는 거고."

그나마 운검이 말이 통하는 사람이라 다행이었다. 슬쩍 찔러 봤더니 찰떡같이 알아듣고 청명을 밀어준다. 덕분에 생각보다 일이 쉽게 풀렸다. 물론 운검이 다른 방향으로 나갔을 때의 대처법도 다 마련해 두었지만 아무래도 조금 귀찮은 건 사실이니까.

'생각보다 똘똘해.'

똘똘하다.

"……똘똘?"

분명 운검은 청명에게 있어서 사숙조다. 하지만 그의 증사질이기도 하다. 사숙조에게 똘똘하다는 말을 쓰는 것은 불경이지만, 증사질에게 똘똘하다는 말을 쓰는 것은 칭찬이 아닌가?

"끄응. 복잡하네."

웬만큼은 더 지내 봐야 정리가 될 것 같았다. 아직 화산 내에서의 제 입장이 명확하게 정리되지 않은 느낌이다.

"그건 그렇고…… 저 두 놈은 확실히 똘똘하단 말이야."

청명의 시선이 식당으로 들어가는 윤종과 조걸에게로 향했다. 사람이 이만큼 모여 있으면 그중에서는 반드시 두각을 나타내는 이들이 나오기 마련이다. 청명이 보기에 삼대제자 중 핵심이 될 만한 이가 바로 저 두 사람이었다.

"생각도 제대로 박혀 있고."

꽤나 기특하지 않은가. 보통 이만큼 구르면 죽겠단 소리가 입에서 멈추지 않아야 하는데, 불평이 없는 수준이 아니라 의욕을 가진다? 이건 청명으로서도 감탄할 수밖에 없는 일이다.

특히나 조걸. 얻어맞은 놈이 원한을 배제하고 냉정하게 상황을 보는 건 대단한 일이었다. 심지어 그 와중에 청명을 따라가면 강해질 수 있다고 확신하는 부분도 대단하다. 남는 돈이 있다면 맡겨 보고 싶을 정도다.

"잘 키우면 쓸 만하겠네."

청명은 피식 웃으며 주먹밥을 베어 물었다.

저놈들도 저놈들이지만, 그보다 중요한 건 청명이다.

'일단은 몸을 만드는 게 먼저야.'

토대는 대충 쌓았다. 아직도 가야 할 길이 멀지만 가장 위험한 구간은 넘겼다고 할 수 있다. 그러니 이제 본격적으로 무학을 익혀야 한다.

그렇다면 지금 이 시점에서 가장 필요한 것이 뭘까? 바로 완벽한 육체다.

그 많은 지식을 가지고 어린 몸으로 돌아왔으니 명상이나 논검으로도 강해질 수 있는 거 아니냐고? 천만에.

"무학은 정직한 법이지."

이론은 이론이고, 현실은 현실이다. 아무리 드높은 무학을 알고 있다 해도 그 무학을 체화(體化)시키지 못한다면 제 위력을 발휘할 수 없다. 내공 수련과 체화는 머리로 할 수 없으니, 반드시 땀을 흘려 몸으로 익혀야 한다.

그러기 위해 무엇보다 필요한 것은 근력(筋力).

화산의 검은 쾌속하고 화려하다. 내력이 실린 검을 손목만으로 백팔 방향으로 휘둘러야 하는 게 화산의 검이다. 검이 화려한 거지, 몸뚱이가 화려한 게 아니다.

아름답고 화려한 매화를 피워 내기 위해서는 튼튼한 뿌리가 있어야 하는 법. 무학에 있어서 뿌리는 바로 육체다.

'보고 싶은 것만 봐서는 안 되지.'

세인들은 화산의 화려한 검에 시선을 빼앗긴다. 하지만 그 덕분에 그 화려한 매화를 피워 내는 사람이 죽어라 검을 휘두르고 있다는 사실은 보지 않는다.

─ 아 빌어먹을 검초! 뭐가 이렇게 복잡해? 그냥 찔러 죽이면 안 되나?

― 왜 정면으로 찌르는데 세 번을 꼬아야 하냐고! 손목 부러지겠다고!

단련하고 또 단련해야 한다. 저 아이들이 그가 하는 수련의 사분지 일만 소화해도 삼 년쯤 뒤에는 천하에서 가장 강력한 육체를 가진 후기지수로 탄생할 수 있을 것이다. 그때쯤이면 화산은 천하제일 화려한 검을 쓰는 문파가 아니라 소림 귀싸대기 때리는 강력한 문파가 될지도 모른다.

청명이 피식 웃고는 자리에서 일어났다.

'문제는 병아리들이 아니라 그 윗대인데.'

병아리들이야 그가 주무르면 금방 체계가 잡힐 테지만, 윗 배분은 그가 굴릴 수 없다는 게 문제였다. 그러니 스스로 강해질 수 있게 만들어야 하는데⋯⋯ 운검을 생각하니 한숨이 나왔다.

'자질은 나쁘지 않은데.'

몸에서 뿜어져 나오는 기세를 보면 그동안 운검이 얼마나 열심히 노력해 왔는지를 느낄 수 있었다. 제대로 된 검을 전수받지 못한 사람이 그만한 수준에 오른다는 건 결코 쉽지 않은 일이다. 더 늦기 전에 제대로 된 검술을 익힐 수 있게 해 준다면 분명 좋은 검수가 될 수 있을 것이다.

'그런데 이걸 어떻게 주지.'

난감하기 이를 데가 없었다. 떡하니 던져 줄 수 있다면 좋겠지만, 그랬다가는 난리가 날 것이다. 도무지 뒷감당을 할 자신이 없었다. 그러니 최대한 티가 나지 않게 자연스럽게 넘겨줘야 하는데. 이걸⋯⋯.

"끄응."

청명이 머리를 벅벅 긁었다. 딱히 머리가 나쁜 편은 아니라고 생각하지만 머리를 굴리며 살아오질 않았다 보니, 이럴 때는 영 해답을 찾기가 어려웠다.

"일단은 다시 가 볼까?"

해결책을 찾기 위해서는 일단은 상황을 정확히 파악할 필요가 있다.

정확하게 실전된 무학이 무엇인지, 그리고 남아 있는 무학들은 제대로 전수가 되고 있는지부터 확인해야 했다.

• ◆ •

조걸은 눈앞에서 다리를 꼬고 앉은 청명을 보며 마른침을 삼켰다.
'내가 생각을 좀 잘못 한 것 같은데?'
강해지는 것? 수련? 다 좋지. 다 좋아. 그런데 그러려면 이놈과 계속 이렇게 같이 살아야 한다.
'이걸 버틸 수 있을까?'
생각하면 생각할수록 뭔가 잘못됐다는 느낌이 강하게 들었다.
"그러니까……."
"예."
"반말해, 사형."
"……응."
"그러니까 이게 다라는 거지?"
"예."
"반말하라니까."
"응."
청명이 조걸이 적어 온 것을 보며 눈살을 찌푸렸다.
"진짜 이것밖에 없어?"
"그렇다니까……요."
"반말……. 아니, 맘대로 해라."
적응되면 알아서 반말하겠지. 지금 중요한 건 그게 아니다. 먹물이 채 마르지도 않은 종이를 보며 청명이 머리를 움켜잡았다.
"그러니까 지금 무서관(武書館)에 있는 무학이 이게 전부라 이거지?"

조걸이 말없이 고개를 끄덕였다.

"하, 미치겠네."

청명이 의자 등받이에 축 몸을 늘어트렸다. 조걸은 언제나 그랬듯 그가 이러는 이유를 짐작조차 할 수 없었다.

'얘는 도대체 왜 이러는 거지?'

갑자기 무서관에 가서 있는 무서의 제목을 모조리 적어 오라고 하더니, 막상 적어 온 목록을 보면서는 콧김을 뿜어내고 있다.

"이게 다란 말이지?"

그러고는 앵무새처럼 같은 말을 반복한다.

'아무리 봐도 제정신은 아니야.'

사숙조가 그러셨다. 강해지기 위해서는 많은 것을 버려야 한다고. 하지만 이놈은 버려도 너무 많은 걸 버린 거 같다. 최소한의 인간다움은 유지해야 하는데…….

"사형."

"응?"

"이거 말고는 없어? 사형이 들어갈 수 있는 곳은 한계가 있을 거 아냐."

"읽는 건 허용이 안 되는데, 보는 건 괜찮아. 그게 전부야."

청명의 황망한 시선이 다시금 목록을 훑었다. 이십사수매화검법은 어디다 날려 먹고 태을미리검 같은 반편이를 익힌다는 말을 들었을 때부터 상황을 어느 정도 짐작은 했다. 그런데 이건 심해도 너무 심하다.

"아니, 뭔 태반이 날아가?"

그것도 중요한 검술들만 쏙쏙 뽑아서. 누가 일부러 화산을 망치려 들지 않고서야 이게 가능한 일인가?

"그럼 지금 일대제자들은 태을미리검이랑 복호청양검(伏虎靑陽劍)을 주력으로 익힌다는 거야?"

"그렇게 알고 있어."

"……나 원 참."

청명은 난감한 얼굴로 머리를 벅벅 긁었다.

'이거 생각보다 상황이 더 심각한데.'

이걸로는 안 된다. 물론 무학보다 사람이 중요한 것은 사실이다. 하지만 그것도 정도가 있지 않은가? 적은 잘 벼려진 진검을 들고 달려드는데 이쪽엔 나뭇가지를 쥐여 주며 싸우라고 하면, 나뭇가지 넘겨주기도 전에 싸대기부터 처맞을 것이다. 최소한은 해야 한다. 최소한은.

하지만 청명의 기준에 태을미리검과 복호청양검은 그 최소에 미치지 못하는 검이었다.

'하다못해 칠매검이라도 있었으면.'

그럼 화산이 이 꼴은 아니었을 텐데. 생각할수록 열이 받았다. 청명이 부글부글 끓는 속을 애써 잠재우고 있는데, 문득 조걸이 입을 열었다.

"내가 듣기로는……."

"응?"

묻지도 않았는데 뭔가 술술 나왔다.

"예전에 마교가 쳐들어왔을 때, 서관에 불이 났대."

"……서관에 불이 나? 아, 아니. 그보다 마교가 쳐들어왔다고?"

마교가 화산에 왜 쳐들어와? 천마 죽고 지리멸렬된 거 아니었나?

그러자 조걸은 대답에 앞서 다른 질문을 던졌다.

"너 매화검존 알아?"

"알지."

아주 잘 알지. 나보다 나를 잘 아는 사람은 없을 테니까. 아주 잘 알지.

"관주님이 말씀하시기로는 그 매화검존이 천마를 죽이는 데 일조를 했대."

"……일조를 해?"

내가 그 새끼 목을 벴는데, 뭐? 일조를 해?

청명의 얼굴이 살짝 달아올랐다. 목숨까지 버리면서 이뤄 낸 업적을 이런 식으로 폄하하다니!

"그런데, 뭐…… 모를 일이지."

"뭘 몰라, 인마! 매화검존이 천마 목을 벴는데!"

"응? 누가 그래?"

"누가 그러냐니! 그거 다…….."

어? 청명의 고개가 옆으로 살짝 틀어졌다.

'자, 잠깐만.'

"확실히 말할 수 없는 게, 그때 대산에 오른 이들은 다들 죽었거든. 그래서 천마가 어떻게 죽었는지 아무도 몰라."

그렇지. 다 죽었지. 청명이 마지막으로 살아남아 천마의 목을 벴으니까. 그러니 본 사람이 없지……. 맞지. 본 사람이 없지.

그러네.

청명은 깨달았다.

'아니, 그러면…….'

화산의 명예를 위해서 목숨까지 버리면서 천마를 쓰러뜨렸는데, 그걸 아무도 알아주지 않는다는 뜻 아닌가? 아니, 뭐 이런 개 같은 경우가 다 있어?

"여하튼 그때 대산에서 천마가 쓰러지고, 남은 마교의 잔당들이 미쳐서 중원으로 밀고 내려왔대. 엄청난 피해를 입으면서도 끝끝내 화산까지 올라와서 다 불 지르고 난리를 쳤다는데?"

청명의 전신에서 식은땀이 흐르기 시작했다. 하지만 그런 청명의 변화를 알아채지 못한 조걸은 태연하게 말을 이었다.

"도통 왜 그랬는지 모르겠다고 하더라고. 딱히 화산에만 원한이 있는 건 아니었을 텐데."

"어……. 음, 그게……."

왜 그랬는지 모르는구나. 나는 알 것 같은데.

"허허."

그러니까 이 말을 종합해 보면, 화산이 박살이 난 게…… 나 때문이야? 응? 나 때문이라고?

"허허허허허."

"갑자기 왜 웃어?"

"허허허허허허허허허."

아우, 인생 진짜. 허허. 허허허허.

대충 상황이 짐작은 갔다.

대산에 오른 결사대는 분명 전멸했다. 하지만 대산을 지키던 마인들 중에서는 살아남은 이들이 있었을 것이다. 십만대산은 그들의 본거지나 마찬가지니까. 그러니 그곳에서 청명이 천마의 목을 베는 모습을 목격한 이가 있다고 해도 이상할 건 없다.

"에라이! 씨!"

청명이 손에 들었던 종이를 집어 던졌다. 알아줘야 할 놈들은 다 뒈져서 한 놈도 못 보고, 보지 말아야 할 놈들이 봤다. 이게 뭔 개 같은 경우인가!

조걸이 찔끔해서 물러났다.

"왜 갑자기 화를……."

"끄으으으응."

청명은 얼굴을 벅벅 문지르며 속으로 진정하자 되뇌었다. 앞에 조걸을 두고 화를 낼 일이 아니다. 화는 나중에라도 얼마든지 낼 수 있다.

"그래서 마교 놈들이 쳐들어와서 화산을 싹 쓸어 버렸다고?"

"피해가 어마어마하지는 않았던 것 같아. 그놈들도 사천을 뚫고 섬서로 오면서 힘을 많이 소비했으니까. 그런데 전각이 꽤 많이 불탔다고 들었어. 그러면서 무공이 엄청 유실되었다고 하더라고."

그럼 그렇지. 나름 납득이 간다. 아무리 제대로 전해지지 않았다고 한들, 비급만 있었다면 이 같은 꼴은 나지 않았을 것이다. 스승의 존재 없이 비급만으로 무학을 익히는 게 지옥같이 힘들다고 해도 없는 것보다는 백배 나으니까.

그 비급마저 유실된 거라면 화산이 이렇게 쾌속으로 몰락한 이유가 설명이 된다.

"설명은 되는데……."

명쾌하게 설명이 되는데 왜 시원하질 않고 오히려 속이 터진단 말인가?

"끄으응. 일단 알았어."

청명이 비척비척 자리에서 일어났다.

"어디 가?"

"……산책. 잠깐 머리를 좀 비워야겠어."

"곧 관주님이 확인하러 오실 거야. 혼나도 난 모른다."

"그래그래. 고맙다."

비척비척 자리를 비우는 청명을 보며 조걸이 이해를 못 하겠다는 듯 고개를 내저었다.

'하여튼 이상한 놈이야.'

        ◆ ❖ ◆

"미친."

속에서 천불이 난다. 에라, 얼어 죽을! 목숨 걸고, 아니 진짜 말 그대로 목숨을 버려 가며 천마 놈의 모가지를 잘라 놨더니, 잇속은 다른 놈들이 다 쏙쏙 빼먹고 화산은 망했다고? 뭐 이런 개 같은 결과가 다 있냐? 이 세상엔 인과응보도 없나!

"허……."

이제는 이놈들의 한심한 모습을 봐도 제대로 화를 내기 어려워졌다. 다 청명 때문이라는데 무슨 말을 하겠는가?

"아니. 마인 놈들이 무슨 의리가 그렇게 있다고!"

천마가 뒈졌으면 구석에 찌그러져서 얌전히 살면 되지. 그걸 복수하겠다고 섬서까지 쳐들어오네. 화산이 섬서가 아니라 사천쯤에 붙어 있었으면 아예 기둥뿌리가 뽑히고도 남았을 것이다.

"이걸 다행이라고 할 수도 없고."

애꿎은 청명의 머리카락만 뽑혀 나갔다.

"하아."

그래도 처마 위에 홀로 앉아 어둠이 내리기 시작하는 하늘을 보고 있노라니 마음이 조금 풀리는 것 같았다.

'세상일이 다 그렇지.'

청명이 정말 짜증이 난 이유는 그가 벌인 일이 화산에 해가 되었기 때문이 아니다. 그가 진정 화가 난 이유는, 그가 벌인 일의 대가를 후인들이 모조리 뒤집어썼기 때문이다.

청명이 살아 그 일의 여파를 감당해야 하는 상황이었다면 얼마든지 달게 감내했을 것이다. 하지만 그는 죽어 버렸고, 아무것도 모르는 어린 제자들이 여파를 뒤집어쓰지 않았는가? 지금 화산의 몰골이 그 대가라고 생각하니 끓어오르는 속을 진정시키기가 어려웠다.

"쯧. 뭐 어쩌겠어."

누구도 청명을 비난할 수는 없다. 그가 천마를 죽인 탓에 화산이 좋지 않은 꼴을 당했다고는 하나, 그때 천마를 죽이지 못했다면 화산은 물론이고 전 중원이 무너졌을 터. 당시 청명에게는 선택의 여지가 없었다.

설사 지금 다시 그때로 돌아간다 하더라도 그는 망설임 없이 천마의 목을 벨 것이다. 하지만…….

"묘하게 찝찝하네."

청명이 한숨을 푹 내쉬었다.

"에이. 지나간 일은 어쩔 수 없지. 무너졌으면 다시 세워 주면 그만이지!"

그에게 책임이 있는가는 중요하지 않다. 책임이 있건 없건 어차피 그가 해야 할 일은 동일하지 않은가? 화산을 되살리기만 하면 된다.

"생각해 봐야 달라질 건 없어. 결과만 좋으면 그만이지!"

망하기 전보다 더 강대하게 되돌려 놓으면 그만이다. 다른 이에게는 불가능할지 모르지만 청명에게는 가능한 일이다.

조금 어렵지만. 아니, 좀 많이 어렵지만. 난이도로 따지면 천마의 목을 잘라 오는 것보다 더 어려울지도 모르지만, 어쨌든 할 수 있다는 게 중요한 것 아니겠는가?

'마음이 급해지네.'

수련하는 자에게 조급함은 독이다. 빠르게 나아가는 것과 빠르게 나아가려 하는 것은 다른 문제다. 좀 더 스스로를 관조하면서 서두르지 말고 나아가야 한다.

"자, 일단 마음을 편히 먹고."

일단은 유실된 무서 외에도 무엇이 망가졌는지를 알아봐야겠지. 그러려면 누군가에게 물어보는 게 제일이다.

"장문인 어디 있어! 당장 나와!"

그래. 일단 장문인에게…….

아니, 이거 내가 한 말이 아닌데? 청명은 눈을 휘둥그레 뜨고 소리가 들려온 곳으로 고개를 돌렸다.

'정문?'

저 멀리 보이는 정문에서 왁자지껄하는 소리가 들렸다.

'이 시간에?'

해가 지고 있었다. 그런데 이 시간에 방문자가? 아니, 그 전에 뭐라고 했더라?

"장문인 나오라고!"

아, 그랬지. 장문…….

"장문인?"

청명은 멍한 얼굴로 귀를 후볐다.

"내가 지금 뭘 들은 거야?"

장문인 나와? 아니, 어느 미친놈이 감히 누가 화산의 정문에 쳐들어와 저리 건방지게 장문인을 부른단 말인가? 예전의 화산이었다면 상상도 할 수 없는 일이다. 저리 경망한 말을 꺼내기도 전에 주먹이 그 입에 틀어박혔을 테니까.

하지만 지금 문 앞에 있는 놈들은 자신들이 무슨 짓을 저지르고 있는지 자각이 없는 모양이었다.

쿵! 쿵! 쿵!

과격하게 문을 두드리는 소리가 연신 울렸다. 겨우 모양새만 유지하고 있던 문이 부서질 듯 덜컥거리기 시작했다.

"저, 저, 저?"

쿠우우웅!

정문이 끝내 요란한 소리를 내며 뒤로 넘어가 버렸다. 쓰러진 문이 산산조각이 나며 사방으로 흙먼지를 피워 내었다. 청명은 멍한 얼굴로 그 광경을 바라보았다.

'문을 부숴?'

화산의 정문을? 대체 지금 무슨 일이 벌어지고 있는 거지?

"들어갑시다!"

문을 부순 십여 명의 사람들이 밀고 들어왔다. 그러더니 일제히 일직

선으로 장문인의 거처를 향해 달려간다. 일관된 동작이 한두 번 해 본 일이 아닌 것 같았다.

소란스러운 소리에 운자 배들이 기겁하여 달려 나왔다.

"자, 잠시만!"

"이러시면 안 됩니다!"

하지만 상대는 막무가내였다.

"비켜! 당장 안 비켜?"

"장문인 나오라고 해!"

"어? 지금 몸에 손댔어?"

청명의 눈이 데구르르 굴렀다.

'이게 지금 무슨 상황이지?'

문을 부수고 난입한 이들에게서는 무공이랄 게 조금도 느껴지지 않았다. 하지만 운자 배들은 감히 그 앞을 막기가 힘들다는 듯이 쩔쩔매고 있었다. 심지어는 커다란 덩치의 사내가 배를 툭툭 내밀 때마다 운자 배들이 포탄이라도 맞은 듯이 획획 떠밀렸다.

힘이 없어서 밀리는 게 아니다. 절대! 무슨 일이 있어도 이들과 몸 대 몸으로 부딪치지 않겠다는 결연한 의지가 느껴졌다.

"그……."

청명이 미처 상황을 파악하기도 전에 난입한 이들이 운자 배를 밀어내고 장문인의 처소 앞에 도달했다.

"장문인! 당장 나오시오!"

"도망가지 말고 나오란 말이오!"

"거기 안에 있는 거 다 알고 있소! 오늘은 절대 그냥 돌아가지 않을 테니, 당장 나오시오."

청명은 머리가 어질어질해지는 것을 느꼈다.

'지금 내가 보고 있는 게 현실인가?'

이곳이 어딘가? 아무리 몰락했다고는 하나 대화산파다! 그런데 화산파의, 그것도 장문인의 처소 앞에서 저리 난동을 부리다니.

"끄윽!"

이마에 핏대가 솟았다. 하지만 청명은 이 끓어오르는 분노를 풀 길이 없었다.

"뭐 하는 녀석이냐?"

"엥?"

그때, 그들을 만류하던 운자 배 중 하나가 격하게 고개를 꺾어 청명을 올려다보았다.

"당장 들어가거라! 이 시간에 삼대제자가 왜 이런 곳을 배회하는 것이더냐!"

"……어."

청명은 고개를 좌우로 돌려 보았다. 그러고 보니 그를 제외한 누구도 밖으로 나와 보지 않는다. 이만한 소란이 터졌으니 들은 이들이 많을 텐데도 말이다.

'이거 생각보다 자주 있던 일이었나?'

밖이 소란스러워지면 고개를 내밀어 보는 게 사람의 본성이다. 그럼에도 짠 듯이 아무도 나오지 않는다는 것은, 이런 일이 있을 때 어찌 대처해야 하는지 행동 강령이 이미 정해져 있다는 뜻이다. 얼마 전에 들어온 청명은 알 리가 없지만.

"뭐 하느냐!"

아니, 그렇다 치더라도 내가 아니라 일단 저것들을 어떻게 해야 할 거 아니냐, 이놈들아!

"장문인! 당장 나오시오!"

"오늘은 절대 이대로 물러가지 않을 거요! 그리 숨어 있어 봤자 소용없으니 빨리 나오시오!"

"수치도 모르는 거요?"

운자 배가 청명을 타박하건 말건, 처소 앞으로 몰려온 이들은 꽥꽥 소리 질러 대기를 멈추지 않았다. 청명은 뒷목이 갈수록 뻣뻣해져 왔다.

그 순간이었다.

끼이익.

살짝 귀에 거슬리는 소음과 함께 문이 열렸다. 그리고 화산 장문인 현종이 천천히 걸어 나왔다.

그가 나오자 무리를 만류하던 운자 배가 일제히 예를 표했다. 장문인은 살짝 손을 저어 그들을 물리고는 입을 열었다.

"이 늦은 시간에 어인 일이십니까."

'과연.'

피가 머리끝까지 몰린 상황임에도 청명은 감탄을 금치 못했다.

후인이라고 한들 그 역시 살아온 세월이 적지 않을 터. 배분이 낮고 태어난 시기가 늦다고 해서 사람으로서의 격이 떨어지는 것은 아니다. 동작 하나하나, 말투 하나하나에서 선기(仙氣)가 흘러나오는 것 같다. 덕분에 청명 역시 흥분이 조금 가라앉는 느낌이다. 그야말로…….

"뻔히 알면서 뭔 헛소리를 하는 거요!"

"일단 내려오시오, 당장!"

"뭘 여유로운 척하고 있어!"

그렇지, 여유로운 척하고 있네…….

아, 아니, 이게 아니지!

현종이 살짝 얼굴을 굳힌 채 아래로 내려왔다. 그러더니 나지막이 한숨을 쉬었다.

"저는 도망가지도 않고, 숨지도 않습니다. 제가 화산을 두고 어디로 간단 말입니까? 그러니 다들 화를 가라앉히시고……."

"화를 가라앉히긴 개뿔을 가라앉혀!"

청명은 놀라 눈이 툭 튀어나올 듯했다. 현종이 저리 선기가 담긴 말을 하고 있음에도 저 미친놈들은 들은 척도 하지 않고 있다. 이상한 것은, 그럼에도 현종은 아무 말도 하지 못하고 되레 쩔쩔매고 있다는 것이다. 대체 무슨 죄를 지었기에? 마치 저건…….

'어?'

청명의 머릿속에 순간 한 단어가 떠올랐다.

"장문인!"

그때 일행의 대표 격으로 보이는 이가 삿대질해 대며 소리쳤다.

"우리는 충분히 기다려 줬소! 이제 더는 못 기다리오!"

점차 현종의 얼굴에서 선기가 사라졌다.

'저, 저거 설마…….'

"대체 돈은 언제 갚을 거요! 변제일이 한참 지났소! 우리도 더는 못 참소이다!"

청명이 멍한 눈으로 현종을 바라보았다. 선기가 넘치는 도인에서 빚쟁이로 몰골이 변한 현종이 어정쩡한 자세로 작게 입을 뗐다.

"시, 시간을 조금만 더 주시면…….'"

끄윽, 소리와 함께 청명이 뒷목을 부여잡고 고개를 뒤로 젖혔다. 빚이 있어? 남은 거라곤 다 쓰러져 가는 전각밖에 없는 문파에 빚이 있다고? 청명의 눈가에 이슬이 맺혔다. 하늘이 부옇게 흐려졌다.

'진짜…… 가지가지 한다. 미친놈들 진짜.'

그때, 다시 고성이 터져 나왔다.

"시간이라니! 대체 얼마나 더 시간을 끌 생각이시오!"

"사람이 뻔뻔한 것도 정도가 있지! 사정은 충분히 봐드렸소이다!"

현종의 얼굴에 수심이 잔뜩 드리워졌다.

"알고는 있습니다만……."

그때, 일행의 가장 뒤에 있던 사내가 조용히 걸어 나왔다. 그가 나서

자 다른 이들이 일제히 입을 닫고 좌우로 물러났다.

'저놈이 대장인가?'

청명이 앞으로 나온 이를 보며 눈을 빛냈다. 전형적인 상인의 행색이다. 살짝 통통한 얼굴과 비싼 비단으로 치장한 의복. 딱 봐도 돈이 많아 보였다.

"장문인. 그간 평안하셨습니까?"

"공 루주께서 직접 오실 줄은 몰랐습니다."

나선 이, 그러니까 공 루주라 불린 이가 부드러운 미소를 지었다.

"이런 일로 다시 장문인을 뵙게 되어 마음이 좋지 않습니다. 이 사람은 될 수 있으면 다시 화산을 오르지 않으려 했건만, 워낙 재촉하는 이들이 많아 어찌할 수 없었음을 이해해 주시기 바랍니다."

"송구할 따름입니다."

현종이 가볍게 고개를 숙였다. 그러자 공 루주가 지금까지와는 살짝 다른 목소리로 입을 열었다.

"하나 장문인. 다른 이들의 마음도 이해해 주셔야 합니다. 약조한 날짜가 이미 한참 지났습니다."

공 루주가 살짝 어깨를 젖혔다. 청명의 눈에는 그 몸짓이 그렇게 거만하게 보일 수가 없었다.

"이미 저희는 여러 번 화산의 사정을 봐드렸습니다. 그럼에도 자꾸 이렇게 약속을 어기신다면 더는 봐드리기가 어렵습니다."

현종은 아무런 말도 하지 못했다. 겉으로는 평안해 보이는 얼굴이었지만, 청명의 눈에는 현종의 얼굴이 미묘하게 꿈틀대는 것이 보였다.

당연히 그럴 것이다. 화산의 장문인 신분으로 문파원들이 보는 앞에서 빚쟁이에게 시달리는 경험 같은 건 역대 장문인 중 누구도 겪어 보지 못했을 테니까.

"계약대로라면 지금 당장 대가를 받아 내야겠지만."

공 루주가 미소 띤 얼굴로 고개를 내저었다.
"저희 역시 화산의 은혜를 입으며 살아온 자들. 그리 각박하게 굴고 싶지는 않습니다."
"공 루주님!"
"저희는 이미 많이…….."
"어허."
주변의 다른 상인들이 반발했지만, 공 루주가 짐짓 엄하게 끊자 짠 듯이 입을 다물었다. 그러고는 슬쩍 그의 눈치를 살핀다.
"은혜를 모른다면 짐승이나 다름없는 것이외다. 그대들이 베푼 은혜만을 생각하지 마시오. 화음(華陰)에 사는 이라면 누구나 화산의 은혜를 입고 자란 것 아니겠소? 선대의 일을 잊지 마시오."
"으음."
"그, 그렇지요."
다들 이해했다고 생각했는지 공 루주가 활짝 웃으며 다시 말했다.
"그래서 조금의 배려를 더 해 드리려고 합니다. 지금부터 칠 주야를 드리겠습니다. 칠 주야 동안 빌려 간 돈을 갚지 않으시면 처음의 계약대로 대가를 가져가겠습니다."
"고, 공 루주. 잠깐 기다려 주시…….."
"장문인."
공 루주가 가만히 고개를 저었다.
"더는 없습니다. 저는 금전을 움직이는 몸. 이것만으로도 최대한 편의를 봐드린 겁니다. 칠 주야 뒤에 돌아왔을 때도 대금이 준비되지 않는다면 약속대로 화산의 전각을 모조리 몰수하겠습니다."
"끅!"
순간 난데없이 튀어나온 소리에 공 루주가 고개를 돌렸다. 그의 시야에 입을 틀어막고 있는 청명의 모습이 들어왔다.

"아이 앞에서 못난 꼴을 보였군요."

공 루주가 가만히 손을 내밀어 포권 했다.

"오늘은 여기까지입니다. 장문인. 다음에 다시 뵐 때는 서로 웃는 낯으로 볼 수 있었으면 합니다. 그럼."

그가 몸을 돌리자 함께 온 상인들도 그 뒤를 따랐다. 그러면서도 고개를 돌려 현종을 쏘아보는 걸 잊지 않았다. 위풍당당한 기세로 산문을 빠져나가는 그들을 보며 현종이 가만히 고개를 들더니 입을 열었다.

"……허어."

조금은 허탈하고 조금은 힘 빠진, 그래서 더 무겁게 들리는 탄식이었다.

· ❈ ·

"그래서."

청명은 다리를 꼰 채, 턱을 괴고 있었다.

"화음현의 상인이라고?"

"그렇다니까."

"끄으으."

청명의 고개가 앞뒤로 덜컥거렸다. 그 모습을 보며 도인명이 슬금슬금 뒤로 물러났다.

'저거 또 무슨 짓을 할지 몰라. 피해야지.'

그가 지금 청명의 앞에서 이런 일을 설명하고 있는 이유는 아주 간단하다.

굉장한 기세로 백매관으로 돌아온 놈이 상가의 자제들을 모조리 불러들이고는 화산의 상태를 아는 놈들을 선별해 냈다. 그리고 마지막으로 그의 기준에 충족된 이가 바로 도인명이었다. 덕분에 도인명은 아는 것과 모르는 것을 모조리 짜내서 화산의 상태를 청명에게 설명하고 있었다.

"화음현이면 화산 아래 있는 마을 이름 아냐?"

함께 도인명의 말을 듣고 있던 조걸이 물었다.

"그렇습니다, 사형. 예전에 제가 아버지와 함께 행상을 돌 때 본 기억이 있습니다."

"그럼 화산이 화음현의 상인들에게 돈을 빌렸다는 건가?"

"그것까지는 잘……."

도인명이 머리를 긁적였다. 화산의 일이라고는 하나 삼대제자들이 그런 일을 속속들이 알 수 있을 리 없었다. 기껏해야 돌아가는 정황으로 미루어 짐작할 뿐이다.

"그 공 루주라는 사람은 화음현 태화루(太和樓)의 루주입니다. 화음에서 가장 큰 주루인데, 그곳을 바탕으로 여러 사업에 손대고 있다고 들었습니다. 화음 제일의 거상이죠."

"으음."

"그러니 화산이 돈을 빌렸다면 그 사람에게 빌렸을 것 같은데……."

덜컥.

"응?"

조걸이 고개를 돌렸다. 그러더니 이내 얼굴이 하얗게 질렸다. 청명의 목이 줄 끊어진 목각인형처럼 덜컥대고 있었다.

"사제! 정신 차려! 사제!"

"태, 태화루……."

"왜 그래?"

충격으로 넋이 나간 청명을 보며 조걸이 기겁했다.

그때 별안간 생기가 돌아온 듯 자리에서 벌떡 일어난 청명이 무시무시한 눈으로 도인명을 노려보며 번개 같은 속도로 달려들어 그의 멱살을 움켜잡았다.

"히익!"

"아까 그놈이 태화루의 루주라는 게 정말이냐?"

"그, 그렇다니까."

"태화루의 루주가 화산에 돈을 빌려주고 화산의 전각을 몰수하려 든다고?"

"지, 진정하게, 사제!"

"진정? 나보고 지금 진정하라고?"

야, 이놈들아! 내가 지금 진정하게 생겼냐? 청명이 도인명의 멱살을 잡은 손을 풀고는 머리를 마구 긁어 대고 쥐어뜯었다.

"사제, 대체 왜 그래!"

윤종의 물음에도 청명은 전혀 대답할 수 없었다. 이유야 간단하다. 설명할 수가 없으니까.

왜냐면!

'태화루는 화산 거라고! 미친!'

도인이라고 해서 풀만 뜯어 먹고 사는 것은 아니다. 중소 문파라면 향화객을 받으며 받는 금전으로 어느 정도 지속이 될지 모르나, 화산 같은 거대 문파는 그것만으로는 유지가 불가능하다. 애초에 검수니, 무사니 하는 놈들은 저 혼자 강해지는 것에만 관심이 있지, 문파의 살림에는 동전 한 푼 보탬이 되지 않는 놈들이기 때문이다.

그런 식충이들을 단체로 먹여 살리려면 막대한 돈이 필요할 수밖에 없다. 때문에 화산은 화음현에 여러 사업장을 가지고 있었다. 그 사업장 중 하나가 태화루다.

그런데 그 태화루의 주인이 역으로 화산에 돈을 빌려주고, 그 빚으로 화산의 전각을 몰수한다고? 말의 앞뒤가 맞지 않는다.

그래……. 앞뒤가 맞지 않는다는 건 분명 어디서부턴가 잘못되었다는 뜻이겠지!

"……조걸 사형."

"응?"

청명이 말없이 손짓했다. 조걸이 의아한 눈으로 다가왔다. 청명이 조걸에게만 들리도록 뭔가 속삭이자 조걸이 눈을 크게 뜨고 그를 바라보았다.

"그걸?"

"구할 수 있어?"

조걸이 살짝 더듬거렸다.

"아, 아니. 구할 수 있기는 한데……."

"그럼 얼른 가져와."

"……진짜?"

"내가 지금 농담하는 걸로 보이나, 사형?"

"가, 가져올게."

조걸이 살짝 긴장한 얼굴로 방을 빠져나갔다.

'뭘 하려는 거지?'

윤종은 그 모습을 지켜보다 고개를 갸웃했다. 아무래도 조걸의 반응이 심상치가 않았다.

하지만 그리 깊이 고민할 필요는 없었다. 채 반 각이 지나기도 전에 조걸이 무언가를 들고 돌아왔기 때문이다. 그는 묘한 얼굴로 청명에게 손에 든 것을 내밀었다.

'천?'

아니, 의복인가? 그런데 이 상황에 뜬금없이 왜 저런 것을?

조걸이 내민 옷을 받아 든 청명이 일말의 망설임도 없이 걸치고 있던 도복을 훌렁훌렁 벗어 내던졌다. 그러고는 조걸이 가져다준 옷을 재빠르게 입기 시작했다.

몸에 딱 달라붙는 검은 의복······.
"뭐, 뭘 할 생각이야?"
"물어봐야지."
"응?"
청명이 태연하게 대답한다.
"어차피 사숙조들께 물어본들 제대로 대답해 줄 리도 없고, 보나 마나 애는 빠져 있으라고 하겠지."
당연하지, 인마! 그게 맞는 말이니까!
"그러니까 직접 물어본다!"
"자, 잠시만!"
윤종의 이마에서 식은땀이 흐르기 시작했다.
지금까지 청명이 벌인 일은 화산에서 벌어진 일이다. 그렇기 때문에 문제의 여지가 굉장히 많음에도 어찌어찌 수습이 가능했다. 하지만 지금 벌이려는 일은 화산의 일만으로 끝나지 않는다.
'마, 말려야 해.'
운이 좋다면 적당히 정보를 얻어 내는 수준에서 끝날 수도 있겠지만······.
'그럴 리가 있나!'
청명은 말하자면, 후진이 없는 사람이다. 지금까지 본 것만으로도 충분히 알 수 있다. 이놈은 반드시 사고를 친다! 목을 걸어도 좋다. 그리고 이놈이 산 아래로 내려가 사고를 친다면 그 여파는 걷잡을 수 없을 게 뻔하다.
여기서 말리지 못한다면 윤종의 책임도 있다. 이놈이 사고를 친 전말을 문파의 어른들이 알게 된다면 대사형인 윤종도 무사하지는 못할 것이다.
하지만 어떻게 말려야 하지? 말 몇 마디로 말릴 수 있다면 벌써 했을 것이다. 고뇌하던 윤종이 식은땀을 뻘뻘 흘리며 물었다.

"너, 너 뭘 하려는 건데?"

"직접 물어본다니까?"

"대답 안 하면?"

"대답을 안 해?"

청명이 고개를 갸웃했다.

"보통은 그런 적이 없는데. 다들 제발 대답할 테니 그만하라고 하던데?"

뭘 그만해, 이 미친놈아! 윤종이 전력으로 머리를 짜냈다.

"너, 너 도사잖아."

"응?"

"그래, 너 도인이잖아. 화산의 제자잖아!"

이유는 모르겠지만, 청명 저놈은 도를 좇는다는 것과 화산의 제자라는 것에 나름 자부심이 있는 것 같았다. 그러니까 그 부분을 잘 자극하면?

"도인이 그런 짓을 하면 안 되지! 그래서야 흑도방파 무리와 다를 게 없잖아!"

그러자 청명이 크게 고개를 끄덕였다.

"확실히 그 말은 맞다. 도인이 그런 짓을 하면 안 되지."

다행히 이 한 수는 먹힌 것 같았다. 윤종의 얼굴이 한 줄기 희망으로 환해졌다.

"그, 그렇지!"

"하지만 사형! 잘 들어라!"

"엥?"

"불문에 이런 말이 있지! 살불살조(殺佛殺祖)! 부처를 만나면 부처를 죽이고, 조사를 만나면 조사를 죽여라!"

"……."

"그러니까! 진정한 도를 이루기 위해서는!"

청명이 마지막으로 손에 들고 있던 검은 복면을 얼굴에 뒤집어썼다. 그러더니 너무도 당당하게 외쳤다.

"때로는 도를 어길 줄도 알아야 한다는 거지!"

뭐라는 거야. 이 미친놈이.

"나는 간다! 진정한 도를 찾으러!"

청명이란 놈을 막는 건 애초에 불가능하다는 사실을 가슴 깊이 깨닫는 윤종이었다.

• ❖ •

화음현(華陰縣). 오악(五岳)중 하나인 화산을 품고 있는 마을로서 섬서에서 가장 큰 마을 중 하나다.

과거 화산이 사해만방에 그 이름을 떨칠 때는 화음에도 활기가 넘쳐났다. 화음에 방문하는 행상은 끝을 모르고 줄을 이었고, 화산을 구경하고자 하는 이들의 발걸음도 끊이지 않았다. 덕분에 화음에 사는 이들은 화산의 이름만으로도 먹고살 걱정이 없었다.

하지만 달이 차면 기우는 법. 화산이 그 명성을 잃어 가면서 화음현도 활기를 잃기 시작했다. 그나마 아직까지 화음을 대표한다고 할 수 있는 주루가 바로 태화루였다. 그리고 그곳의 최상층에 지금 십여 명의 상인들이 모여 있었다.

"하하하핫."

커다란 너털웃음이 터져 나왔다.

"장문인이 굉장히 당황한 것 같았습니다. 그 얼굴 보셨습니까?"

"당황할 만하지요. 어쨌거나 이쪽에서는 최후통첩을 날린 거니까요."

"해도 해도 너무한 일이 아닙니까! 그들이 가져간 금자만 해도 십만 냥입니다! 그 돈이면 웬만한 주루를 몇 개는 사고도 남습니다! 선대의 인연이 있어 도와주기는 했지만 사람이 양심이 있으면 벌써 갚았어야지요."

"암요. 당연합니다. 그게 사람의 도리지요."

태화루의 루주. 공문연(恭問連)이 가만히 고개를 끄덕였다. 그러더니 사뭇 사람 좋은 얼굴을 해 보였다.

"이(利)를 쫓는 상인이라고는 하나, 선대로부터 인연이 이어진 곳을 너무 타박한 것 같아 마음이 그리 편치는 않습니다."

"그게 무슨 말씀이십니까, 공 루주! 공 루주께서는 하실 만큼 하셨습니다. 애초에 저들이 변제일을 몇 번이나 어겼음에도 편의를 봐주시지 않았습니까?"

"그렇습니다. 그 정도면 누구도 공 루주를 탓하지 못할 겁니다. 되레 공 루주의 자비로움을 칭송하지 않겠습니까?"

"그렇다면 다행입니다만."

공 루주가 말을 아끼며 술잔을 기울였다. 하지만 속으로는 눈앞에 앉은 이들을 향해 조소했다.

'속 편하군.'

저리 간단히 생각하며 살 수 있다니 말이다.

'화산의 저력은 만만치 않다.'

화산의 진정한 힘은 무력에서 나오지 않는다. 화산에서 가장 경계해야 할 것은 그들이 쌓아 온 역사다. 그만한 문파가 수백 년 동안 존속하다 보면 싫든 좋든 인연을 쌓는 이들이 생긴다. 적어도 섬서 내에서라면 화산과 인연이 없는 이들을 찾는 게 더 어렵다.

'있을 때는 모르는 법.'

화산의 존재감은 이제 티끌만도 못하니, 사라진다고 해도 크게 신경 쓰지 않는 사람이 더 많을 것이다.

하지만 중요한 것은 그다음이다. 화산이 사라졌다는 것을 제대로 인식

하는 순간 '이유'를 찾으려는 사람이 늘어날 것이다. 그들에게 제대로 명분을 보여 주지 않는다면 화음현 따위는 순식간에 박살이 날 수도 있다. 화산과 인연을 이은 이들은 대부분 밭이나 가는 무지렁이가 아니라 신분과 지위가 있는 이들이니까.

'하지만 이 정도면 괜찮겠지.'

먹어도 체하지 않을 정도로 느릿하게 뜸을 들였다. 이 정도로 오래 삶았으면 젓가락만 대도 살이 찢어지는 오리처럼 야들야들해졌다고 봐야 한다.

"하지만 공 루주님. 굳이 화산의 전각을 빼앗아서 뭘 하실 생각이십니까?"

"음."

공 루주가 가볍게 웃었다.

"그 전각은 여러분이 생각하시는 것 이상의 의미가 있습니다. 단순히 오래된 전각에 불과해 보이겠지만, 좋은 매물이지요."

"이해가 잘 안 갑니다만?"

멍청한 놈들. 살짝 표정이 바뀔 뻔했지만, 공 루주는 일그러지려는 얼굴을 멈추는 데 성공했다.

"화산이라는 이름이 가지는 힘은 여전히 남아 있습니다. 적당히 관광지로만 써도 많은 이들이 화산을 방문하려 들 겁니다."

화음에서 비단을 파는 유종산이 마뜩잖다는 얼굴로 반문했다.

"하나…… 그 험한 화산에 사람이 들어 봐야 얼마나 들겠습니까. 차라리 전각 같은 것보다는 다른 것을 받는 게?"

"마땅히 받을 것도 없지요."

공 루주가 입술을 말아 올렸다.

"그리 걱정하실 것 없습니다. 대놓고 말하기는 뭐하지만, 그 아무것도 아닌 전각이라도 높은 돈을 주고 살 곳은 분명 있으니까요."

"그런 곳이 있다는 말입니까? 그만큼 화산에 애정이 있는 곳이…….."
"그 반대 아니겠소이까?"
"아……."
유종산이 이해했다는 듯이 고개를 끄덕였다. 웃돈을 주고서라도 남은 전각을 사서 화산의 존재를 지워 버리고자 하는 문파. 머릿속으로 떠오르는 곳만 해도 두어 곳은 된다.
"그러니 그런 걱정은 하지 마십시오. 여러분의 돈은 제가 확실히 회수하겠습니다."
"크하하하. 걱정이라니요. 저희야 언제나 공 루주를 믿고 있습니다."
"물론입니다! 화음의 상인들이야 당연히 공 루주를 믿고 따라야 하지 않겠습니까?"
공 루주, 즉 공문연이 미소 띤 얼굴로 고개를 끄덕였다. 하지만 내심은 전혀 달랐다.
'이런 것들과 거사를 도모할 수는 없지.'
화음은 죽어 가는 땅이다. 화산이 천하에 그 이름을 떨쳤을 때는 충분히 가치 있는 곳이었지만, 이제 화음에 남은 것은 아무것도 없다. 선대부터 화산을 쪽쪽 빨아먹은 덕분에 이제 화산은 껍데기만 남아 버렸다. 그리고 그것이 되레 화음의 목을 죄고 있었다.
애초에 화음이라는 곳은 요지도 아니고 사람이 많은 곳도 아니다. 그럼에도 화음이 유명해지고 발전할 수 있었던 이유는 오직 이곳에 화산이 있었기 때문이다. 화산이 완전히 사라진다면, 화음 역시 유지될 리가 없다.
'늦기 전에 정리하고 떠나야 한다.'
화산의 전각을 팔아 막대한 돈을 손에 쥘 수 있다면, 거상으로 거듭나는 것도 무리는 아니다. 일단 그러기 위해서는…….
"음?"

그 순간 공문연이 고개를 획 돌렸다.

"누구냐!"

그가 소리치기 무섭게 주루를 지키던 호위 무사들이 주루 밖으로 뛰쳐나갔다.

"누, 누가 있소이까?"

"여기에 누가?"

공문연은 아무 말을 하지 않고, 가만히 호위들이 돌아오기를 기다렸다. 이윽고 창을 열고 호위들이 돌아왔다.

"아무도 없었습니다."

공문연이 바로 대답하지 않자, 유종산이 허허 웃으며 말했다.

"공 루주. 이곳은 태화루의 최상층이 아닙니까. 여기에 누가 온다는 말씀이십니까?"

"그렇습니다. 그리고 있었다면 저들이 찾아냈겠지요. 날개가 달린 것도 아닐진대, 여기서 몸을 숨길 수야 있었겠습니까?"

공문연이 고개를 끄덕였다.

'신경이 날카로웠나?'

그럴 만도 했다. 그의 오랜 비원을 이루기까지 얼마 남지 않았으니까.

"제가 피곤했던 모양입니다. 좀 더 즐기고 싶지만 오늘은 여기서 파하는 게 맞을 듯싶군요."

그의 말에 모두가 수긍하며 자리를 털고 일어났다. 공문연은 그들에게 다소 피곤해 보이는 미소를 지어 보였다. 그러나 한번 곤두선 신경은 좀처럼 가라앉질 않았다. 조금 쉬어야 할 듯했다.

· ◈ ·

"어흐흐흠! 좋구나!"

유종산이 비틀거리며 거리를 걸었다. 술이 좀 과하게 들어간 모양으로, 조금 전부터 흥이 멎지 않았다. 왜 그렇지 않겠는가?

'어마어마한 돈이지.'

화산에서 받아 낼 돈은 굉장한 수준이다. 오래전부터 이자에 이자가 쌓여 처음 빌려준 돈 따위는 티끌에 불과할 정도로 불어났다. 그 돈만 회수할 수 있다면 평생 놀고먹는 일 정도는 아무것도 아니다.

공 루주는 신뢰할 수 없는 자지만, 돈이 얽힌 일만큼은 정확하다. 그가 뒤로 무슨 일을 꾸미든 말든 유종산은 돈만 받으면 그만 아닌가?

"달도 밝…….뭐야? 달이 없어? 에이. 그믐이군."

유종산이 피식 웃고는 주변을 돌아보았다. 으슥한 게, 아무래도 강도 당하기 딱 좋아 보였다. 이런 날은 이런 구석진 곳이 아니라 대로로 다녀야 하는데, 술기운에 이런 곳으로 와 버렸다.

허허. 생각이 짧았다. 이런 순간 앞에서 칼 든 강도라도 나타난다면…….

"거기 잠깐."

유종산이 눈을 끔벅였다. 어두운 골목 앞을 누군가 막고 있었다. 검은 야행복에 검은 복면까지. 그야말로…….

'그린 듯한 강도네.'

강도치고는 체구가 작아서 위압감이 강하지는 않았지만, 저 복장에서 명백한 의사가 느껴졌다. 아니, 그런데 보통 저런 복장으로 강도 짓을 하나? 강도란 자고로 은밀하게 일을 처리해야 할 텐데, 저건 누가 봐도 '나는 강도다!'라고 외치는 복장이 아닌가?

유종산은 헛웃음을 흘리며 입을 열었다.

"이거, 강도라도 되시는 건가?"

"돈 같은 건 관심 없다."

야행인이 앞으로 한 발 나섰다.

"묻는 말에 대답만 잘 해 주면 곱게 보내 주지."

"호오?"

유종산은 피식 웃었다.

"대답해 주고 싶은 마음이 없는 것은 아니지만 이거 조금 곤란하게 됐습니다그려."

그의 말에 야행인이 고개를 살짝 들었다.

"꽤나 딸린 식구가 많아서 말입니다. 혼자 돌아다니는 것도 마음대로는 되지 않거든요."

스으으읏.

작은 파공음과 함께 유종산의 주변으로 검을 찬 무사들 몇이 나타났다. 아무래도 상단의 호위 무사인 모양이었다.

"나야 대답을 해 주고 싶지만, 이들이 내가 대답하는 걸 그리 반기지 않을 것 같군요. 아쉽게도 말입니다."

야행인은 대답 없이 가만히 유종산을 바라보았다. 흥이 떨어진 유종산이 침음성을 흘리며 입을 닫았다. 그 대신 호위들이 입을 뗐다.

"어찌합니까? 죽입니까?"

유종산이 한 손으로 턱수염을 쓰다듬었다.

"흐음, 굳이 야행복 차림으로 내 앞을 막아섰다는 것은 아무나 잡아서 강도질을 하는 게 아니라, 내게 목적이 있어서 왔다는 뜻이 아니겠느냐?"

"그런 것 같습니다."

"그럼 그 목적을 들어 보아야 도리겠지. 잡아 와라. 말은 할 수 있게 해서."

"예!"

호위무사들이 앞으로 달려들려던 순간이었다.

"잠깐."

야행인이 손을 들어 그들을 막았다.

"응?"

"될 수 있으면 사고를 치고 싶지 않다. 다시 한번 말하지만, 그냥 묻는 말에만 대답하면 좋게 좋게 끝낼 수 있다. 그러니까…….."
"헛소리를 언제까지 듣고 있을 셈이냐? 끌고 와라!"
"예!"
호위무사들이 비호 같은 기세로 야행인을 포위했다.
'멍청한 놈.'
그 모습에 유종산은 고개를 돌렸다. 사실 그는 폭력적인 광경은 그리 좋아하지 않았다. 저들은 거금을 주고 계약한 이들이다. 본래 이런 일을 할 만한 실력이 아니다. 그래서인지 일반적인 호위들보다 손속이 과한 측면이 있었다. 이번에도 보나 마나 순식간에…….

콰앙!

그렇지.

콰아앙!

어이쿠야. 너무 심한데.

콰아아앙!

유종산은 눈살을 찌푸렸다. 이건 손속이 과해도 너무 과한 면이 있었다.
"말은 할 수 있게 하라고 하지 않았느냐?"
"아, 그래?"
"그렇다. 내가 분명……. 어?"
지금 누가 대답한 거지? 유종산은 다시 고개를 돌려 앞을 바라보았다.
그의 눈에 게거품을 물고 쓰러진 호위들의 모습이 들어왔다. 그리고 그 호위들을 일격에 박살 내 버린 것이 분명한 야행인이 고개를 꺾으며 다가오고 있었다.
"사람은 말귀를 알아먹어야 사람인데. 이상하게 꼭 말귀를 못 알아 처먹더라고."

야행인이 손가락을 까딱거렸다.

"이리 와. 이리."

유종산은 홀리기라도 한 듯이 야행인에게 다가갔다.

"다시 한번 말하지만, 대답만 잘 해 주면 아무 일 없다. 이해했어?"

"예!"

대답이 칼같이 나왔다.

"자, 그럼 대."

"……예?"

"처음에 대답했으면 그냥 묻고만 갔을 건데, 싸우려고 했으니 맞아야지."

"예?"

"걱정하지 마. 말은 할 수 있게 해 줄 테니까."

"…….."

유종산의 인생에 암흑이 펼쳐진 날이었다.

"……어케 왼 경……미다."

"발음 똑바로 안 해?"

"……임…… 안이 터져서."

"흠."

야행인. 그러니까 청명이 다리를 꼰 채 생각에 빠졌다.

"그러니까, 화산에 빌려준 돈이 십만 냥을 넘었다고?"

"……그렇습니다."

"십만 냥?"

"예."

"십만?"

"…….."

"십마아아아안?"

유종산은 울고 싶었다.

'어쩌라고, 인마!'

불만이 있으면 대화를 통해 풀어야 사람이지. 다짜고짜 사람을 개 패듯 패는 것도 억울해 미칠 노릇인데, 왜 이런 식으로 사람을 괴롭히는가.

"야."

"예!"

"내가 당장에 네 속곳까지 벗겨서 내다 팔아도 십만 냥은커녕 만 냥도 안 나올 것 같은데, 너희가 화산에 십만 냥을 빌려줬다고?"

"아, 그게……."

청명이 문제로 삼는 게 뭔지를 확실하게 알아낸 유종산이 활짝 웃으면서 대답했다.

"고리(高利)라는 게 다 그런 법이지요. 이율을 높게 해서 돈을 빌려주면 원금을 갚지 않는 이상 이자는 계속 불어납니다. 헤헤. 이게 불어나고 또 불어나다 보면 나중에는 원금 따위야 아무것도 아닐 정도로 이자가 막대해집니다. 그때 꿀꺽 집어삼키면……."

따아악!

"끄으으윽!"

유종산이 머리를 잡고 바닥을 굴렀다.

"자랑이다, 인마."

청명은 한숨을 푹 내쉬었다.

'하긴, 이놈을 탓해 봐야 의미가 없나?'

아무래도 화산의 빚이라는 것은 당대에 쌓인 게 아닌 모양이다. 그야 그럴 것이다. 지금에 와서 거금을 빌린다는 것은 딱히 의미가 없는 일이니까. 진짜 돈이 필요했을 시점은 화산이 무너지던 시기이다. 새어 나가는 모래를 틀어막을 바구니를 구하기 위해서는 돈이 필요했을 테니까.

"그런데…… 너 화음포목점의 점주라고 했었나?"

"그렇습니다."

"화음포목점은 언제 산 거지?"

"예? 그게 무슨 말씀이신지? 저 포목점은 대대로 저희 가문이 주인이었습니다."

"……주인이었다고?"

"예. 제가 알기로는 증조부께서 화음포목점을 만드셨다고 들었습니다."

청명은 피식 웃었다.

'그럴 리가 있나.'

화음포목점 역시 화산의 사업체 중 하나였다. 화음현에 있는 잘나가는 사업체는 다 화산의 것이었냐고?

'당연하지.'

이상한 일도 아니다. 애초에 화음이라는 곳은 화산이 자리 잡기 전까지는 그저 밭떼기 몇 개 있는 마을에 불과했으니까. 화산이 들어서고 방문객이 많아지면서 마을이 생겨났고, 그곳에 화산이 돈을 풀어 여러 사업체를 만들면서 커다란 현으로 발전했다. 화음에서 돈 좀 만진다는 사업체는 기본적으로 화산의 것일 수밖에 없다.

그런데, 뭐? 증조부부터 화음포목점이 지들 거였다고? 이놈의 나이를 감안해 볼 때 증조부 정도 되면 아마 청명의 나이쯤 되거나 그보다 어렸을 것이다. 화음포목점에 아이들 무복을 떼러 가던 기억이 생생한데 주인은 얼어 죽을.

'구린내가 풀풀 나는군.'

어디 보자.

"몇 가지 대답이 필요한데."

"……얼마든지 물으십시오."

"그럼 화선다루(華仙茶樓)는 누가 운영하고 있지?"

"유 루주입니다."

"당연히 몇 대 전부터 그쪽 집안의 것이었겠지?"

"그리 알고 있습니다."

"오악상단이나 화음객사도 당연히 그럴 테고, 그렇지?"

"예. 다들 화음의 터줏대감들이죠."

청명은 피식 웃었다. 더는 물어보지 않아도 대충 알겠다. 그럼 화산의 윗대가 끊기고 망하는 틈을 타서 사업체를 운영하던 놈들이 그걸 모조리 꿀꺽했다 이거지?

"허 참."

참으려고 해도 자꾸 헛웃음이 나왔다.

화산이 사업체들을 직접 운영하지 않고 대리인에게 맡긴 이유는 두 가지다.

첫 번째는, 아무리 화산이 속가의 성향이 강한 문파라고 할지라도 결국 도가이기 때문이다. 도사들이 주루를 운영하고 포목점에서 비단을 파는 모습이 남들에게 좋게 보일 리가 없지 않은가.

그리고 또 한 가지는.

─ 청명아. 화산이 바라는 것은 부를 독점하는 것이 아니라 함께 잘사는 것이다. 화음의 사람들이 화산에 속하는 것은 아닐지라도 이웃이 아니더냐? 같이 잘살고 같이 배가 부르다면 그보다 더 좋은 일이 어디 있겠느냐?

좋은 일은 얼어 죽을.

'이게 사람입니다, 장문사형.'

사람은 은혜를 갚을 줄 알아야 한다고 경전과 선인들이 수도 없이 강조하는 이유는 하나다. 사람이 은혜를 갚지 않는 존재이기 때문이다. 아니, 갚지 않는 정도면 다행이지. 이득만 된다면 은인의 등에 언제라도 칼을 박을 수 있는 게 사람이다.

기껏 은혜를 베풀어서 먹고살 수 있게 해 줬더니, 은혜를 갚기는커녕 은인이 위기에 처한 틈을 타서 사업체를 들고 날랐다. 그럼 제 죄를 알고 은인자중하며 살 것이지, 그 사업체를 바탕으로 화산에 고리대를 놓아?

"에라!"

뻐엉!

있는 힘껏 걷어차자 거대한 유종산의 몸이 공처럼 굴렀다.

"아이고오오!"

청명은 그 꼴을 보다가 한숨을 푹 내쉬었다.

'이놈을 때려서 뭣 하겠냐.'

아마 유종산은 자신이 하는 일이 뭐가 잘못되었는지도 모를 것이다. 그는 화음포목점이 정말 자신의 가문이 일군 사업이라 생각하고 있으니까.

'이 일을 어떻게 해야 한다?'

청명은 고민에 빠지지 않을 수 없었다. 성질 같아서는 이놈들을 당장 때려잡고 화음에서 쫓아내 버린 뒤 사업들을 다시 꿀꺽해 버리고 싶지만 이게 그리 간단한 일이 아니다.

화산은 명문 정파다. 지금이야 명문이라는 이름도 퇴색해 버렸지만, 어쨌거나 청명이 다시 부활시키고 싶은 화산의 모습도 명문 정파와 그리 다르지 않다. 사파라면 모를까, 명문 정파라 불리는 이들이 정당한 사유도 없이 타인의 사업체를 힘으로 겁박하여 먹어 치운다? 그날로 화산의 이름은 땅에 떨어질 것이다.

"꼬여도 더럽게 꼬였네."

뻔히 일이 어떻게 흘렀는지는 알겠는데 해결법이 난해하다. 힘으로 겁박하지 않고, 명분을 잃지 않으면서도 사업을 되찾을 방법을 강구해야 한다.

"……말이 쉽지! 말이!"

뒷머리를 벅벅 긁은 청명이 유종산을 휙 돌아보았다.

"야, 그러니까……."

그때였다.

"멈춰라!"

등 뒤에서 들려온 목소리에 청명이 고개를 돌렸다.

"어? 일어났어?"

조금 전에 날려 버렸던 유종산의 호위 중 하나가 어느새 정신을 차리고 그에게 도를 겨누고 있었다. 꽤나 강하게 쳤다고 생각했는데 벌써 의식을 되찾다니, 청명이 생각하는 것 이상으로 강한 모양이었다.

"이 빌어먹을 놈이, 비겁하게 기습을 해!"

기습? 내가? 청명이 황당한 얼굴로 호위를 바라보았다.

"야. 네가 먼저 덤볐잖아."

"이 비겁한 놈!"

"어, 그래. 그럼 그냥 그런 걸로 하자."

저런 놈과 드잡이하고 싶지 않다. 그냥 그렇다고 치자.

"누구냐?"

"응?"

"그 실력을 보아하니 무명소졸은 아닌 것 같은데 정체를 밝혀라."

황당함이 좀 더 커졌다. 내가 정체를 밝힐 것 같으면 복면을 쓰고 왔겠냐?

"정체는 알아서 뭐 하게?"

"내 검에 죽은 놈이 누군지는 알아야지."

"……너 조금 전에 나한테 맞고 기절했거든?"

그럼 의식을 찾았어도 죽은 척하고 있어야지. 왜 일어나서 매를 벌지? 내가 환생하는 동안 애들이 다들 멍청해졌나?

"내가 방심만 하지 않았다면 네깟 놈에게 당할 사람이 아니다. 잠깐 소일거리 삼아 호위를 맡았더니, 이런 굴욕을 당하는군. 내가 누군지 아느냐?"

"……."

"이 어르신이 참호도(斬虎刀) 정빈(鄭斌)이시다. 아무리 견문이 없다고 해도 이 몸의 이름 정도는 들어 봤겠지?"

"아, 미안합니다. 제가 생각보다 더 견문이 없어서."

참호도 정빈이 눈을 크게 치떴다. 비록 지금이야 잠시 돈을 벌기 위해 호위 임무를 맡고 있기는 하지만 그의 이름은 섬서 지방에 널리 퍼져 있다. 그런데 이 이름을 들어 보지 못했다고?

"건방진 놈."

정빈이 도를 움켜잡고 청명을 겨누었다.

"죽기 전에 그 이름을 말할 기회를 주지."

"하……."

청명은 한숨을 푹 내쉬었다. 세상에 또라이들이 왜 이리 많아졌나.

"야, 그런데 그거 호위가 할 말은 아닌 것 같은데? 아무리 봐도 네가 호위해야 할 사람과 내가 더 가까이 있다만?"

"호위 따위는 이제 아무래도 좋다."

아, 네. 죄송합니다. 화끈한 분이셨네요.

"각오해라!"

참호도 정빈이 도를 휘두르며 청명을 향해 돌진해 왔다. 청명은 그 모습을 보며 혀를 찼다.

그의 내력은 명백히 청명보다 강하다. 그리고 힘도, 속도도 청명과는 비교도 안 될 수준이다. 일반적인 기준으로 본다면 정빈은 청명과 비교하는 것조차 무례일 정도로 강자다.

그럼 청명이 정빈보다 약한가? 천만에!

내공, 힘, 속도. 그런 것은 강함의 척도가 아니다. 평범한 이들에게는 척도가 될 수 있을지 모르겠지만, 청명에게는 적용되지 않는다. 그에게는 평생 검을 휘둘러 온 경험과 매화검존으로서의 기억이 고스란히 남아 있지 않은가?

"웃차."

청명의 검이 느긋하게 휘둘러졌다. 강맹하게 날아드는 정빈의 도에 실린 위력에 비하면 파리도 잡기 힘들어 보이는 힘없는 휘두름이다.

"착!"

하지만 그 힘없는 검이 강맹하게 날아드는 정빈의 도에 찰싹 달라붙었다.

"엇?"

정빈이 놀라 두 눈을 부릅떴다. 청명의 느릿한 검이 도의 도면에 달라붙는 순간 갑자기 그의 팔을 통해 어마어마한 반발력이 전해졌다.

"아아악!"

손아귀가 터져 나가며 정빈의 도가 하늘로 치솟았다.

"더 배우고 와라."

청명의 검이 현란하게 하늘을 수놓았다. 선명한 매화는 아니지만, 흐릿한 꽃망울이 허공에 피어났다.

"털썩."

정빈의 몸이 썩은 나무처럼 바닥으로 쓰러졌다.

청명은 혀를 차며 검을 회수했다. 내가 힘이 없다면 적의 힘을 이용하면 된다. 자신의 힘 하나 감당하지 못하는 애송이는 백 명이 몰려온다고 해도 청명의 상대가 안 된다.

"주제를 알……."

그 순간이었다.

"여, 역시!"

"엥?"

고개를 돌려 보니 유종산이 매우 놀란 눈으로 그를 바라보고 있었다.

'아차차!'

청명은 그 순간 자신의 실수를 깨달았다. 어쨌거나 유종산도 화음에서 먹고사는 인간. 청명이 그려 낸 어설픈 꽃망울만으로도 그의 출신을 짐작할 수 있을지 모른다. 물론 생각이 있다면야 벌써 어느 정도 짐작했겠지만, 확연한 증거를 주는 것과는 또 다르다.

"역시나 명문에서 나오신 분이셨군요. 예상은 했습니다만."

복면 속 청명의 얼굴이 일그러졌다.

'슥삭 해 버려?'

아니면 절대 입을 열지 못하게 확실하게…….

"그 깔끔하고도 화려한 검격! 드높은 무공 수위! 그리고 무엇보다 은은하게 느껴지는 선기(仙氣)!"

뭐? 네가 선기를 느껴? 그럼 안 되는데?

청명이 일순 대처할 방법을 찾지 못하고 머뭇거리는데, 유종산이 확신을 담아 외쳤다.

"아직 어린 나이임에도 그런 능력을 갖춘 이를 키워 낼 곳은 근방에 단 하나밖에 없지요! 바로!"

"아, 아니……."

"대종남파!"

순간 말을 잃은 청명이 멍한 눈으로 유종산을 바라보았다. 종남? 여기서 종남이 왜……. 어?

"종남에서 오셨습니까?"

"……어?"

생각은 짧았고, 말은 빨랐다.
"그, 그렇다!"
"역시!"
유종산이 그 자리에 넙죽 엎드렸다.
"하문하십시오. 뭐든 대답해 드리겠습니다."
"……고맙네."
아주 고마워. 허허. 허허허허.

　　　　　　• ❖ •

"왜 이렇게 늦지?"
조걸은 초조하게 밖을 바라보았다. 저 멀리 동이 트고 있는데 아직 청명이 돌아오지 않았다. 이대로 아침까지 청명이 돌아오지 않으면 사문의 어른들도 그가 자리를 비웠다는 사실을 알게 될 것이다.
그럼 난리가 난다. 문도가 허락 없이 화산을 벗어났다는 것만으로도 중죄다. 그런데 심지어 뒤늦게 화산으로 돌아온 청명이 입고 있는 검은 야행복을 들키기라도 하면?
'지옥이다.'
절대 그 꼴만은 보고 싶지 않았다.
"침착해라."
"하지만, 사형."
윤종이 고개를 내저었다.
"그리 멍청한 놈은 아니잖느냐. 늦기 전에 돌아올 것이다. 뭔 사고라도 나지 않은 이상은."
그리고 아무리 생각을 해 봐도 그 괴물 같은 놈에게 무슨 일이 벌어질 것 같지는 않았다. 기껏해야 조금 늦는 정도겠지.

"그래도 사람 일은 모르는 것 아닙니까?"

"그렇지."

사람이라면 말이다.

조걸이 못 참고 다시 고개를 창밖으로 쭉 빼는 순간, 문이 벌컥 열렸다. 조걸과 윤종의 고개가 휙 돌아갔다.

"사제!"

청명이 혀를 차며 안으로 들어오고 있었다. 복면을 한 손에 쥐고 들어온 청명은 문을 닫자마자 야행복을 훌렁훌렁 벗어젖혔다. 그러더니 도복으로 갈아입기 시작했다.

"별일 없었지?"

"우리가 물어볼 말이다. 별일은 없었어?"

"별일은 무슨."

청명이 피식 웃었다.

"대접 잘 받고 노잣돈까지 받아 왔지."

"누, 누구한테?"

"이름이 뭐더라? 유……. 하여튼 있어. 포목점 주인."

"엥?"

조걸과 윤종이 눈을 동그랗게 떴다. 그들의 반응을 보면서 조금 전 상황을 떠올린 청명은 피식 웃었다.

'웃기지도 않네. 진짜.'

청명이 화산을 정리하기 위해서 종남에서 나온 이라고 지레짐작해 버린 유종산은 굳이 그가 필요로 하지 않는 정보까지 모두 술술 풀어놓았다. 그러면서도 자신의 이름 석 자를 청명에게 각인시키기 위해 무던히도 노력했다.

일이 쉽게 풀리니 좋기는 하지만, 한편으로는 씁쓸함을 금할 수가 없었다. 유종산의 머릿속에 존재하는 명문대파의 목록에서는 명백히 화산이 빠져 있었다. 심지어 청명이 펼치는 검결을 눈으로 보았음에도 화산을 떠올리지 못했다.

아무리 매화검법이 실전되어서 이제는 화산의 상징이 되지는 못한다고는 하나, 화음에서 평생을 살아온 유종산이라면 화산이 과거에 매화검법을 장기로 삼았다는 것 정도는 알아야 할 것 아닌가? 화산의 지금 전력을 감안하면 어린 나이에 그만한 능력을 갖춘 이가 있을 리 없다는 생각을 했을지도 모르지만, 그렇다고 씁쓸함이 가시는 건 아니었다.

'뭐 씁쓸한 건 씁쓸한 거고, 덕분에 편해지기는 했지.'

웬만큼 정체를 노출할 각오를 하고 시작한 일이건만, 되레 완전히 감춰졌다면 좋은 일이었다.

"어떻게 됐어?"

조걸의 물음에 청명이 귀찮은 듯 손을 내저었다.

"애들이 알아서 뭘 할 수 있는 게 아니다. 아서라."

"……자기도 애면서."

"됐고. 집합이나 시켜. 훈련해야 해."

"오늘도?"

그 말에 청명이 눈을 부라렸다.

"잘 들어, 사형."

"응?"

"비가 오나 눈이 오나 바람이 부나. 오늘부터 수련은 단 하루도 빼먹지 않는다! 폭설이 내리고 한파가 불고! 화산이 무너져도 쉬는 날 따위는 없다!"

조걸이 굳은 얼굴로 고개를 끄덕였다.

'각오한 바다!'

그가 청명을 돕고 따르기로 다짐한 것도 이런 이유가 아니었던가? 수련을 해 더 강해질 수 있다면 뭐든 할 수 있다. 휴식 없는 훈련은 오히려 그가 바라던 일이었다.

"바로 정렬시키지. 그럼 너는…….."

"아. 나는 안 가."

"어?"

청명이 심드렁한 얼굴로 고개를 돌려 윤종을 바라보았다.

"어떻게 훈련하는지는 알지?"

"……그렇지."

"똑같이 시켜."

"그럼 너는?"

"나는 따로 할 일이 있다."

청명이 손을 휘휘 내젓자 윤종은 한숨을 내쉬었다.

"알았다. 오늘은 우리끼리 수련하지. 하지만 이번 한 번뿐이다."

윤종이 조금 진지한 얼굴로 말했다.

"이 훈련은 네가 있기 때문에 가능한 거라는 사실을 잊지 마라. 적당히 하다 끝낼 생각이 아니라면 네가 나와 줘야 한다."

"알아."

백매관의 삼대제자들이 군소리 없이 고된 훈련을 하는 이유는 청명이 그 앞에서 도끼눈을 뜨고 있기 때문이다. 윤종이 아무리 대사형이라고는 하나 청명을 대신하는 데는 한계가 있었다.

조걸과 윤종이 방을 나가자 청명은 침상에 벌렁 드러누웠다.

"자, 이제 어떻게 한다?"

머리가 아프다. 그놈의 명분.

눈치 보지 않고 쓸어 버릴 수 있으면 어려운 일이 아니겠지만, 화산이라는 간판을 달고 있는 이상 타인의 시선을 의식하지 않을 도리가 없다. 청명이 저지르는 일이 청명의 악명만을 쌓는다면 망설일 이유가 없다.

하지만 지금은 그게 불가능하다. 그 누구도 청명이 혼자 일을 벌였다고 생각하지 않을 것이다. 청명의 나이에 그런 일을 혼자 벌인다는 건 상식적으로 불가능하니까. 다들 화산이 청명을 내세워 일을 벌이고, 어린아이의 뒤에 숨는다고 손가락질을 할 것이다. 그건 청명이 원하는 바가 아니었다. 어떻게든 명분을 찾아야 한다.

"명분. 명분이라……. 끄으으응."

청명은 머리를 쥐어뜯었다.

"이게 말이나 되냐고, 빌어먹을!"

애초에 저 모든 사업체는 화산의 것이다. 그런데 화산의 사업체를 꿀꺽한 놈들에게 돈을 갚아야 한다니! 속이 터지고 천불이 난다!

저 사업체들이 본디 화산의 것이고, 저놈들이 화산의 윗대가 돌아오지 못한 틈을 타 장부를 조작하여 사업체를 삼켰다는 것만 증명할 수 있으면 된다. 그렇게 되기만 하면, 그깟 십만 냥? 갚아 주면 그만이다.

아니, 갚을 필요도 없다. 원래 그 돈이 화산의 것이니까. 주인이 제 돈을 가져가 쓰는데 이자는 무슨 놈의 얼어 죽을 이자란 말인가. 그러니까 어떻게든 저 사업체들이 원래 화산의 것이라는 사실만 증명하면 된다. 그러면 다 해결이 되는데…….

"그게 됐으면 이러고 있지도 않겠지."

장부가 있었다면 화산도 손 놓고 당하고 있지는 않았을 것이다. 그가 있을 때만 해도 화산의 문하에 드는 아이들은 똘똘하기 짝이 없는 녀석들이었으니까. 증거만 있었다면 되찾지 못할 이유가 없다.

상황을 보자면 마교가 쳐들어왔을 때, 장부고 뭐고 다 날아갔다는 건데…….

"이것도 나 때문이냐?"

위가 아프다. 위가. 청명은 침상 위를 데굴데굴 굴렀다.

"아니, 장문사형! 그런 중요한 것들은 좀 안전하게 보관해야 할 것 아니오! 안전하게!"

거기 걸린 돈이 얼만데! 그걸 처소에다 대충…….

"어?"

청명이 불현듯 자리에서 벌떡 일어났다.

대충? 대애애애충?

'그럴 리가 있나?'

장문사형이 어떤 사람인데 그런 장부를 대충 보관한다는 말인가? 청명은 머리를 쥐어짜며 기억을 떠올렸다.

청명은 워낙 그런 데에 관심이 없었다. 문파를 굴리는 데 돈이 필요하다는 것은 알지만, 진정한 무인, 그리고 진정한 도인이라면 신외지물에 연연해서는 안 된다고 생각했기 때문이다. 지금 화산에서 애들이 풀죽만 퍼먹고 있는 꼴을 보면 과거의 자신을 쫓아가 주둥아리를 부쉬 놓고 싶은 심정이지만, 여하튼 그때의 청명은 그랬다.

그렇기에 장문사형은 청명에게 장부를 보여 주지 않았다. 장부를 정리하다가도 청명이 오면 슬그머니 밀어 놓기 일쑤였다.

"……밀어 놔?"

흐릿한 기억을 다시 살려 보았다. 장문사형의 방에 있는 장부는 많아 봐야 세 권을 넘지 않았다. 화산을 운영하기 위해 써야 하는 장부는 못해도 수십 권은 될 것이다. 그렇다면 그 장부들은 다 어디에 보관했을까?

'다른 곳이 있다!'

장문인의 방에는 그런 것들을 보관할 곳이 없었다. 대화산파의 장문인이라고는 하지만, 그 역시 도인. 장문인의 방은 소탈하기 짝이 없었다. 장문인의 방에 있는 궤짝에 장부를 채우려고 하면 다른 것들은 넣지도 못하게 될 것이다.

몇 번 그 궤짝을 여는 모습을 보았지만, 그 안에 장부 같은 것들은 없었다. 그렇다면 그 장부는 어디에 있을까?

"그럼 그게 사실이었나?"

예전에 화산에는 장문인만 들어갈 수 있는 비밀 창고가 있다는 말을 들은 적 있었다. 뜬소문이나 다름없었지만, 꽤 유명한 이야기였다. 당시의 청명이라면 진위를 알아낼 수 있었겠지만, 딱히 별 관심이 없었기에 확인해 보지 않았다.

'잠깐. 그러고 보면……'

짚이는 게 몇 가지가 있다.

화산에는 섬서를 대표하는 명문이다 보니 때때로 기이한 것들이 들어오고는 했었다. 예를 들면 사람이 익혀서는 안 되는 마공서나 전대 고수들의 비급 같은 것들. 가끔은 전설적인 명검이나 보물들이 입수되기도 했다. 그럼 그것들은 모두 어디로 갔을까?

재경각은 아니다. 재경각에 있었다면 청명이 보지 못했을 리가 없다.

그렇다고 팔아 치운 것도 아니다. 풀리면 강호에 난리가 날 것들이 몇 가지 있었다. 장문사형이 그런 것들을 팔아 치웠다면 청명이 듣지 못했을 리가 없다. 그렇다면?

'있다!'

장부와 보물들을 모아 둔 창고가 있다. 그것도 이곳에서 멀지 않은 곳에.

창고를 들락거리기 위해 화산을 비울 수는 없었을 테니, 분명 화산 안에 그런 장소가 있을 것이다. 누구도 알 수 없는 그런 창고가.

하지만 그게 가능한가? 무공 고수가 모기떼처럼 득실거리는 화산에서 아무도 모르는 곳에 창고를 짓고 들키지 않는다는 게?

청명은 문을 박차고 나왔다. 그게 가능한 곳은 단 한 곳밖에는 없다. 일단 출입구는 분명 장문인의 처소 안에 있을 것이다. 처소 밖에 입구가 있다면 들키지 않는 것은 불가능하다. 장문인의 허락을 받지 않으면 누구도 들어갈 수 없는 곳. 화산에 그런 곳은 오로지 장문인의 처소뿐이다.

'장문인의 처소는 과거와 달라지지 않았다.'

그렇다는 건?

밖으로 뛰쳐나온 청명이 눈을 크게 떴다. 장문인의 처소가 있는 전각 뒤로 완만한 산등성이가 있었다.

'창고를 지었다면 절대 눈에 띄지 않을 수가 없지.'

하지만 창고를 짓고도 다른 이들의 눈을 피할 수 있는 방법이 하나 있다. 바로 땅속에 창고를 짓는 것이다. 처소 밑에 땅을 파고 창고를 지었다면 민감한 고수들에게 발각이 되었을 것이다. 그러나 통로를 만들어서 저 산 아래 창고를 지었다면?

"귀신이 아니고서야 아무도 모르겠지."

청명이 음산하게 웃었다.

'저기에 있다.'

생각해 보면 이상한 일이다. 보통 장문인이 거주하는 전각이라면 으레 문파의 중심부에 있기 마련이었다. 그래야 모든 곳을 두루 살필 수 있으니까. 황제가 황궁의 구석에서 기거한다는 건 아무래도 이상하지 않은가?

하지만 화산 장문인의 처소는 화산 가장 깊숙한 곳에 있다. 그리고 그 뒤로는 아무것도 없다. 오로지 저것밖에는!

장문인의 처소 뒤로 보이는 작은 동산을 보며 청명은 씨익 웃었다.

"이거 팔자에도 없는 보물찾기를 하게 생겼는걸."

하늘 위에서 장문사형이 거품을 무는 게 느껴지는 것 같았다.

"이해하십쇼, 장문사형. 일단 화산을 살리고 봐야 하지 않겠습니까? 내 될 수 있으면 손대지 않고 장문인에게 넘기겠습니다."

될 수 있으면. 내가 챙길 건 챙기고 나서.

억울하면 다시 살아나시든가.

"낄낄낄낄."

청명이 득의양양하게 웃어 젖혔다.

• ❖ •

"끄으으으응."

청명이 바닥에 주저앉았다.

"……아이고 죽겠다."

이게 쉬운 일이 아니다. 작은 동산이라고는 해도 산은 산이었다. 산을 뒤지고 다니는 게 쉬울 리가 없다. 더구나 사숙조들의 눈을 피하기 위해 어두운 밤을 틈타 다니다 보니 도둑질이라도 하는 기분이었다.

'빌어먹을 몸뚱어리.'

이 몸은 도무지 적응이 되질 않는다. 과거의 청명이라면 사흘 밤낮 경공을 전개해도 숨소리 하나 흐트러지지 않았을 것이다. 하지만 이 약해 빠진 몸뚱이는 조금만 움직여도 헉헉대기 일쑤였다.

화음에 내려가 유종산을 심문할 때도 그랬다. 그 목소리 큰 칼쟁이를 상대하는 것보다 산을 내려갔다 올라오는 일이 열 배는 더 힘들었으니 말해 무엇 하겠는가?

게다가 지금 청명이 하는 일도 쉬운 일은 아니었다.

"후우우우우."

바닥에 손을 댄 청명이 깊게 숨을 들이켜고는 땅속으로 기운을 밀어 넣었다. 아닌 밤중에 뭔 짓거리냐고?

"그러게, 젠장."

창고는 이 아래에 있을 것이다. 하지만 문제는 이 아래 어디에 있는지를 모른다는 점이다. 방법은 한 가지. 일일이 확인하는 것뿐이다. 결국 청명은 산을 기어 다니며 지점 지점마다 기운을 밀어 넣어 빈 공간을 찾는 중이었다. 산 아래 빈 공간이 있다면 그곳이 반드시 창고일 테니까.

말은 쉽다. 말은 쉬운데…….

"이게 사막에서 바늘 찾기지."

과거의 그였다면 이만한 작은 산쯤이야 손 하나만 까딱해도 기운으로 뒤덮어 버릴 수 있었을 것이다. 하지만 지금의 그는 기껏해야 손가락 한 마디 정도의 기운을 길게 내어 쏘는 게 한계였다.

"아이고오! 죽겠다아!"

게다가 그만한 기운을 계속해서 쏘아 낼 수 있는 것도 아니다. 밤톨을 형님이라 불러야 할 그의 내단은 몇 번 쓰지 않았음에도 금세 바닥을 드러냈다. 그럴 때마다 다시 운기를 해서 기운을 모으고 쏘아 내기를 열댓 번째 반복 중이다.

'이러다가 없으면 그냥 뻘짓만 하는 거 아냐?'

몸이 피곤하니 잡생각이 끊이질 않았다. 청명은 머리로 파고드는 잡념을 날려 버렸다.

아서라. 뜻이 있는 곳에 길이 있는 법.

"반드시 있다!"

장문사형의 성격과 모든 것을 감안하면 장부는 반드시 안전한 곳에 보관되어 있을 것이다. 그리고 화산에서 안전한 곳은 이곳밖에는 없다. 지푸라기도 잡아야 할 상황이다. 이만한 희망이라면 지푸라기보다는 물에 뜬 통나무에 가깝다. 그러니 잡지 않을 도리가 있는가!

한 번 더!

"아이고!"

한 번 더!

"나 죽네!"

한 번 더!

"뭐가 비었는데. 그건 내 알 바 아니고. 아이고."

한 번……. 아니, 잠깐만.

"뭐가 비어?"

청명이 눈을 휘둥그레 떴다. 확인을 위해 기운을 쥐어짜고 한 번 더 쏘아 낸다.

'있다!'

이질적인 무언가가 느껴졌다. 이 아래 뭔가 비어 있는 공간이 있다. 아직은 내력이 약하여 저 공간이 누군가 만들어 낸 것인지, 아니면 자연히 공간이 생긴 것인지는 파악할 수 없다. 그러나 무언가 비어 있다는 것만은 확실했다. 그렇다면?

"퉤!"

청명은 바닥에 침을 뱉고는 자리에서 일어나 옆에 둔 곡괭이를 움켜잡았다.

"눈으로 확인해야지!"

이제는 근성 싸움이다.

"끄으으응!"

한 삽.

"끄으으으으응!"

두 삽.

"끄아아아아아아!"

세 삽.

철푸덕.

청명은 그만 구덩이에 그대로 쓰러졌다. 입 안으로 흙이 마구 밀려들어 왔지만, 이제는 이걸 뱉어 낼 힘도 없었다.

"죽는다, 죽어."

빌어먹을 몸뚱어리. 겨우 오 장을 파는 것만으로도 팔이 달달 떨리고, 다리가 후들거린다. 게다가 허리는 칼이라도 한 방 맞은 것처럼 끊어질 듯 아파 왔다.

 무학을 익히는 이란 무릇 고통에 익숙한 법. 하지만 고된 훈련과 상처로 인한 고통과, 노동으로 인한 고통은 그 궤를 달리한다. 안타깝게도 청명은 노동의 고통에는 그리 익숙지 못했다. 설사 노동의 고통에 익숙하다 하더라도 이건 어린아이의 몸으로 할 일이 아니다. 멀쩡한 땅을 파는 일은 건장한 성인 남성도 힘들 만한 일이다. 게다가 이건 요령도 통하지 않는다. 순수하게 근력과 근성으로 해내야 했다.

 "퉤!"

 입 안에 들어온 흙을 뱉은 청명이 눈을 부라렸다.

 "오냐. 네가 이기나 내가 이기나 한번 해보자!"

 하지만 그렇다고 여기서 포기한다면 매화검존이라는 이름이 울지 않겠는가!

 "으라차!"

 청명은 다시 힘차게 곡괭이질을 시작했다. 저 아래 공간이 있다면 반드시 거기에 도착하고 만다!

 푸욱! 푸욱! 푸욱!

 "으라차차차차차!"

 푸욱! 푸욱! 탁!

 "어?"

 청명은 재빠르게 자세를 낮췄다. 그리고 양손으로 흙을 벗겨 내기 시작했다. 몇 차례 흙을 파내자 손끝에 딱딱한 무언가가 만져졌다.

 '벽돌?'

 청명의 얼굴이 일그러졌다. 손끝에 닿는 느낌이 이상하다. 중간중간 갈라진 곳이 느껴졌다. 벽돌이다. 이런 산 아래에 벽돌로 쌓아 올린 무언가가 있다는 것은 좋은 징조일지도 모른다. 누군가가 인공적인 공간을 만들었다는 뜻이니까.

하지만 청명의 생각은 달랐다. 이곳이 화산의 비동(秘洞)이라면 어설프게 벽돌 따위로 방비를 하지는 않았을 것이다. 누군가 침입할 것을 대비하여 조금 더 단단하게 주변을 지켜 두었을 것이 분명하다. 그런데 벽돌이라…….

'일단은 마저 파 보자.'

청명은 실망스러운 마음을 억눌렀다. 눈으로 확인하기 전까지는 아무것도 확신할 수 없다. 일단은 눈으로 확인하는 것이 우선이다.

흙을 마저 걷어 내자 선명한 벽돌의 무늬가 드러났다. 아직 무공의 경지가 낮은 데다 그믐이라 선명하게 볼 수는 없었지만, 이 아래에 뭔가가 있다는 건 확실해졌다.

'어디 보자.'

청명은 조심스레 벽돌 중 하나를 움켜잡았다. 꽤 세월이 흘렀는지 벽돌끼리 단단히 맞물려 있다. 힘을 주어 벽돌을 잡아당겼다. 그러면서도 혹시 무너지지 않게 조심조심.

스르릉.

벽돌 하나가 위로 딸려 올라왔다.

'옳지!'

조심스레 벽돌을 빼낸 청명이 드러난 구멍으로 얼굴을 밀어 넣었다.

안력을 돋워 아래를 확인한 청명은 살짝 눈살을 찌푸렸다. 아래에는 아무것도 없다. 보이는 것이라고는 그저…….

'이럴 리가……. 아! 복도?'

주먹이 절로 쥐어졌다. 잘못 찾은 게 아니다. 제대로 찾았지만, 조금 옆으로 온 것뿐이었다. 그가 찾은 곳은 비동이 아니라 비동으로 통하는 길이다. 아직 능력이 부족하여 길과 비동을 정확하게 구분해서 탐지하지 못한 것이다.

하지만 복도를 찾았다는 것은 비동으로 가는 길을 찾아내었다는 것!

'좋아!'

청명이 고개를 들고 벽돌을 마저 들어내리는 순간…….

저벅.

안쪽에서 낮은 발소리가 들려왔다. 청명은 하마터면 놀라 소리를 지를 뻔했다. 누군가가 복도를 통해 이쪽으로 걸어오고 있다.

'장문인?'

들이밀었던 고개를 뒤로 젖히고 빼낸 벽돌을 서둘러 덮었다. 하지만 더 큰 문제가 있었다.

'아차!'

벽돌을 빼내며 생긴 틈으로 빛이 새어 들어가고 있었다. 청명은 급한 대로 벽돌 위를 자신의 몸으로 덮고 호흡을 낮춰 귀식대법을 펼쳤다.

'왜 하필이면 지금!'

까딱하면 들킬지도 모른다. 산을 뒤지며 땅을 파고 이곳까지 도달한 그를 장문인이 발견한다면 무슨 말을 하겠는가? 절대 들키면 안 된다.

어두운 복도를 걷는 발소리가 점점 가까워졌다. 그리 빠르지 않은 걸음이었다.

'장문인이 맞네.'

어둠 속에 드러난 모습만으로도 장문인이라는 걸 확연하게 알 수 있었다. 장문인은 다행히 이상을 느끼지 못했는지 청명이 내려다보고 있는 곳을 지나쳐 갔다. 하지만 안도의 한숨을 내쉴 새는 없었다. 장문인이 이내 걸음을 멈췄기 때문이다.

'저기에 벽이……?'

완전한 어둠에 눈이 익숙해지면서 안쪽의 모습이 좀 더 확연하게 보였다. 장문인이 걸음을 멈춘 곳 앞에 커다란 벽이 있었다.

아니, 벽이 아니다. 자칫 그렇게 보일 수 있지만, 저긴 벽일 수가 없다. 길게 이어진 복도의 끝에는 벽이 아니라 문이 있기 마련이니까. 장문인은 그 자리에 가만히 서서 문을 응시했다.
'알고 있었구나.'
그럴 수도 있을 거라 예상했다. 다른 이들이야 청명도 몰랐던 비동의 존재를 알 방법이 없겠지만, 장문인만은 알고 있을 확률이 높았다. 장문사형이 만일을 대비해 후대의 장문이 될 이에게 전했을 수도 있고, 처소를 쓰면서 우연히 발견했을 수도 있다.
하지만 의문인 건 비동의 존재를 알고 있었다면 어째서 화산이 이런 상태가 되었냐는 것이다. 비동에는 분명 장문사형이 만들어 둔 장부와 소장해 둔 보물들이 있었을 텐데?
그때였다. 장문인이 가만히 손을 들어 벽, 아니 문을 더듬었다. 마치 소중한 무언가를 만지는 듯 한참 동안이나.
'뭘 하는 거지?'
딱히 의미를 찾아낼 수 없는 동작이었다. 하지만 그 모습에 딴지를 걸 마음이 생기지 않는 것은, 장문인에게서 평소와 다른 분위기가 느껴지기 때문이었다.
문을 더듬던 그는 천천히 고개를 숙였다. 그러더니 그 자세 그대로 움직이지 않았다.
그제야 청명은 알 수 있었다. 무언가를 하려는 게 아니다. 저건 하지 못하는 이의 모습이다.
청명은 그의 뒷모습을 바라보며 저도 모르게 입술을 깨물었다.
작다. 그리고 초라하다.
대화산 장문인의 등은 언제나 넓고 따뜻해야 한다. 하지만 지금 그의 등은 세월에 찌든 촌로의 그것처럼 굽어져 초라하게만 느껴졌다. 누구에게도 보일 수 없었던 등. 아무도 없는 이곳이기에 저런 등을 보일 수 있는 거겠지.
벽에 기댄 장문인의 등이 조금씩 떨리기 시작했다.

'아……. 열 수가 없었던 거구나.'

청명은 지그시 입술을 깨물었다.

저 등이 너무도 시리고 아팠다.

무너져 가는 화산파. 무학은 쇠퇴하고 재물은 떨어져 간다. 빚을 독촉하는 이들은 점점 험악해져 가고, 적의 칼날은 점점 더 날카로워져만 간다. 그런 상황에서 홀로 화산을 이끌기란 얼마나 절망스러웠겠는가? 자신이 평생을 바쳐 온 화산이 무너져 가는 것을 지켜보면서도 아무것도 할 수 없는 장문인의 심정은 또 얼마나 참담하겠는가?

그럼에도 누구에게도 마음을 터놓을 수 없다. 장문인이란 문하들에게 의지가 되어야 하는 존재다. 타인을 의지할 수 있는 이가 아니다. 모두가 무너져 가더라도 그만은 대지에 너른 뿌리를 뻗은 거목처럼 단단히 이곳을 떠받쳐야 한다.

그러니……. 그러니 이런 곳에서 홀로 그 고통과 슬픔을 달래는 것이다. 열리지 않는 비동의 문을 부여잡고.

청명은 어두운 눈으로 장문인의 등을 바라보았다. 그 모습을 두 눈에 새기려는 듯이.

한참 동안 문을 부여잡고 움직이지 않던 장문인이 가만히 고개를 들었다. 빤히 문을 바라보던 그는 그제야 낮은 한숨을 내쉬고는 몸을 돌렸다. 그리고 천천히 복도를 되돌아 나갔다.

청명은 장문인의 기척이 완전히 사라질 때까지 숨을 죽이고 있었다. 그러고는 벽돌을 들어내고 복도 아래로 뛰어내렸다.

"……쯧."

딱히 보고 싶지 않은 광경을 보고 말았다.

'내 잘못이 크다.'

그뿐 아니라 선인들의 잘못이 컸다. 강호의 미래도 중요하지만 화산의 미래 역시 중요한 것이었다. 당장 눈앞에 다가온 위기를 해결하는 것도 중요하지만, 남겨질 아이들도 생각했어야 했다.

"아직은 안 늦었어."

잘못이 있다면 되잡으면 된다. 청명이 이제부터 저들의 잃어버린 세월을 되돌려 줄 것이다. 그는 눈앞의 문을 응시했다.

"자, 그럼…… 이 빌어먹을 문부터 열어 보실까."

'그 전에 일단 주변부터.'

천려일실을 만들면 안 되니까.

청명이 고개를 획획 돌렸다. 혹시나 문을 열었을 때 다른 기관 같은 게 작동하지 않는지를 확인하는 것이다. 장문사형이라면 자신이 아닌 누군가가 비동을 열었을 때, 신호가 가게 만들어 두었을 수도 있다. 워낙에 조심스러운 양반이니까.

'딱히 뭔가 보이는 건 없네.'

장치가 없다는 것을 확인한 청명의 시선이 복도의 위쪽에 고정되었다. 어린아이 주먹이 들어갈 만한 구멍이 뚫려 있다. 그것도 하나가 아니라 십여 장 간격으로 하나씩.

"쯧."

원래는 저곳에 야명주가 박혀 있었을 것이다. 지금처럼 빛 한 점 들지 않는 어두운 복도가 아니라 야명주가 빛을 발하는 밝은 복도였겠지. 그걸 돈이 부족할 때마다 하나하나 뽑아 판 것이다. 그럴 때마다 이 복도는 점점 더 어두워졌을 것이다.

들어올 때마다 더 어두침침해지는 복도를 보며 장문인은 무슨 생각을 했을까? 복도가 어두워지는 만큼 화산의 미래 역시 그러하다고 생각하지 않았을까?

"끄으으응."

청명은 머리를 벅벅 긁었다.

"안 보는 게 나을 뻔했다."

무겁다. 무거워.

청명도 알고는 있었다. 바보는 아니니까. 장문인이나 일대제자들이 그런 모습을 보이지 않는다고 해서 속내를 아예 짐작조차 할 수 없었던 건 아니다. 다들 화산이라는 이름이 주는 무게와 자신의 대에서 화산이 망할지도 모른다는 압박감에 지금쯤 잠도 제대로 오지 않을 것이다. 그런 압박을 평생 동안 받아 왔겠지.

'불공평하다니까.'

일을 저지른 건 그만이 아니다. 그가 매화검존이라 불리며 화산의 명성을 드높인 건 사실이지만, 화산의 대소사는 그가 아니라 장문인과 장로들의 결정으로 돌아가곤 했다. 일은 다 같이 저질렀는데 그 뒤치다꺼리는 청명이 다 해야 한다니, 이런 억울한 경우가 어디에 있는가?

청명은 혀를 차며 문으로 다가섰다. 불평이야 이 정도로 해 두시고, 일단 문을 열어 보실까?

"그런데…… 이거 어떻게 여는 거지?"

청명이 고개를 갸웃했다. 문에 손잡이가 없다. 가운데 길게 갈라진 선이 문이라는 것만 짐작할 뿐이지, 그 선만 없다면 그냥 벽이라고 봐도 무방할 정도였다.

"그리고 이 선들은 또 뭐야?"

중앙에 길게 갈라진 것은 문이 맞물린 흔적이다. 그렇다면 종횡으로 어지러이 그어진 이 선들은 뭐란 말인가? 마치 누가 벽에다 대고 검술 연습을 한 것 같은 모습이다.

"……문은 맞나?"

벽인지 문인지 알 수 없는 곳에 손을 댄 청명은 가만히 안쪽으로 기운을 흘려 넣었다. 하지만 이내 손을 떼고 물러날 수밖에 없었다.

"미친."

기운이 뻗어 나가지를 못한다. 평범한 바위라면 이런 일이 벌어질 수 없다. 이 바위 바로 뒤에 무시무시한 게 있다.
'만년한철.'
그것도 두께가 최소한 한 뼘은 된다.
"……돈이 썩어 나."
그 비싼 만년한철로 창고를 만들고 그 위를 바위로 둘러싼 게 틀림없다.
"이러니 장문인이 열어 볼 엄두도 못 냈지."
만년한철이 무엇이던가. 검으로 제련하면 천하의 보검을 만들어 낼 수 있고, 갑옷을 만들면 무엇으로도 뚫을 수 없는 절세의 보갑을 만들 수 있는 천하제일의 금속이다. 거기에 같은 무게라면 황금보다 더 비싼 보물덩어리기도 하다. 그런데 그런 만년한철로 비동을 만들다니.
"허허허."
생각하기에 따라서는 장문인이 멍청해 보일 수도 있다. 이 비싼 금속을 이대로 내버려 두고 있었다니.
하지만 청명은 장문인이 왜 이 비동을 건드리지 못했는지 알 수 있었다. 만년한철은 말 그대로 천하에서 가장 단단한 금속이다. 이걸 잘라 내는 건 지금의 청명에게도 불가능한 일이다. 두께가 한 뼘이나 되는 만년한철이라면 과거 매화검존이던 청명이 나서야 겨우겨우 잘라 낼 수 있다. 그러니 이 비동을 잘라 내려 한다면 천하제일급의 고수를 불러들여야 한다. 그런데 그런 이가 과연 안의 보물을 보고 그대로 물러날까?
'절대 그럴 리가 없지.'
이가 빠진 화산이 보물을 가지고 있다면 그 자체로 죽을죄가 된다. 힘이 있는 이는 약자가 보물을 정당하게 팔 수 있도록 내버려 두지 않는다. 무슨 수를 써서라도 보물을 챙기려 들 것이다. 어설프게 외부인을 끌어들였다가는 화산이 멸문지화를 당할 수도 있었다.
'장문인의 선택은 나쁘지 않았어. 당장의 위기를 해결하기 위해서 고

수를 불러들이는 건 늑대를 피하기 위해 범을 불러들이는 격이지.'

안에 무엇이 들었는가도 중요하지만, 만년한철은 그 자체로 보물이다. 이만한 양의 만년한철이라면 천금에 맞먹는다.

"문제는 나도 이걸 못 자른다는 건데……."

청명의 얼굴이 살짝 일그러졌다. 예전의 그는 이따위 만년한철이야 맨손으로도 잘라 버릴 수 있었다. 그는 누가 뭐라고 해도 매화검존! 검의 극에 달한…….

"됐고!"

의미도 없는 과거 이야기는 집어치우고.

청명은 안력을 돋워 벽에 새겨져 있는 난잡한 무늬들을 주시했다. 이게 문이고 장문사형이 이 안에 드나들었다면 반드시 여는 방법이 있을 것이다. 장문사형의 무공 수위는 그보다 높지 않았다. 그러니 방법만 알아낸다면…….

"어? 이거!"

이십사수매화검법? 벽에 새겨진 무늬, 아니! 검로!

그 검로 중 일부가 이십사수매화검법과 닮아 있다. 그리고 실마리가 풀리자 다른 무늬들의 정체도 알아챌 수 있었다.

"이건 죽엽수. 이건 매화검결. 그리고 이건 육합권이군."

얕은 무늬부터 짙은 무늬까지. 화산의 제자가 아니라면 익힐 수 없는 무학의 투로들이 한곳에 새겨져 있다.

'이러니 장문인이 열 수가 없지.'

매화검결과 이십사수매화검법은 당금의 화산에는 전해져 내려오지 않으니까. 무학을 아는 이가 투로를 따라갈 수는 있지만, 투로만을 보고 무학을 만들어 낸다는 것은 불가능하니까.

"이 깊이는……."

청명은 한숨을 내쉬었다.

"자하강기로군."

자하강기를 기반으로 육합권과 죽엽수, 그리고 이십사수매화검법으로 이은 뒤 매화검결을 펼쳐 낸다. 그게 이 문을 여는 방법이었다. 정확하게 투로를 따라 검을 펼치면 자체적으로 문이 열리게 만들어진 모양이다. 도대체 무슨 수로 이런 기관을 만들어 냈는지는 알 수 없지만, 실마리는 풀었다.

이제 남은 문제는 단 하나다.

"……이걸 무슨 수로 펼치라고?"

과거의 청명이면 문제없겠지. 아니, 청명이 아닌 장로들도 별 무리 없이 문을 열 수 있었을 것이다. 하지만 지금의 청명은 이십사수매화검법도 제대로 익히지 못한 애송이에 불과하다. 검의 형식은 따라할 수 있다. 하지만 이 검결에 내공을 담고 단숨에 펼쳐 내는 건 지금의 그로서는 불가능한 일이었다.

"후우."

청명은 깊이 한숨을 내쉬었다.

'안 되는 게 어디 있어!'

안 되면 되게 하라. 세상에 방법이 없는 일은 없다. 다만 어려울 뿐이다.

청명이 이를 갈며 단전에 손을 모았다.

"……진짜 하고 싶지 않은데."

생사대적을 앞에 두었다면 모를까. 이런 일로 무리하고 싶지는 않다. 하지만 아무리 생각해도 이 방법밖에 없었다.

"한 한 달 정도는 요양한다고 생각하고."

청명은 이를 빠득빠득 갈았다. 그러고는 내력을 운용해 단전 속 가장 깊은 곳에 자리하고 있는 선천지기를 톡톡 건드렸다.

선천지기. 인간이 태어나면서부터 누구나 품고 있는 힘. 내력과는 다른 힘이다.

내력을 모두 잃는다고 해도 사람은 죽지 않는다. 그저 큰 무력감에 시달릴 뿐, 살아가는 데는 지장이 없다. 애초에 내력이란 인간이 인공적으로 만들어 낸 힘이기 때문이다.

하지만 선천지기는 다르다. 선천지기를 잃은 인간은 더 이상 생명을 유지하지 못한다. 다시 말해, 선천지기란 인간의 생명을 유지하는 생명력이라고 할 수 있다.

무학의 경지에 오른 이들은 선천지기를 내력처럼 끌어 쓸 수 있다. 하지만 선천지기는 생명을 유지하는 힘. 끌어 쓴다면 반드시 그 대가를 각오해야 한다. 과하게 소모한다면 죽음을 맞이하게 된다. 적절히 소모한다고 해도 원기가 크게 상해 몇 달간은 정상적인 생활을 할 수 없다.

'진짜 조금만 쓸 거야. 진짜 조금만.'

화산을 살리겠다고 청명이 죽어서야 의미가 없지 않은가. 지금 청명은 어쩌면 화산 전체보다 더 중요한 인물이었다.

톡톡.

아주 조심스레 선천지기를 자극한다. 너무 많이 나와도 안 된다. 딱 쓸 만큼만! 정말 딱 쓸 만큼만!

자극을 받은 선천지기가 격동하기 시작했다. 들고 일어난 선천지기가 단전으로 밀고 들어온다.

'생각보다 조금 많은데.'

청명은 잡념을 날려 버리고 검을 움켜잡았다.

가능할까? 가능해야 한다! 선천지기와 내력을 뒤섞어 웅대한 힘을 만들어 내고 자하강기의 운용법을 따라 내력을 전신으로 돌렸다. 익숙하지 않은 경로로 흐르기 시작한 내력이 전신을 뒤흔들었다.

"끅!"

비명이 입술을 비집고 흘러나왔다. 끔찍한 격통이 이어졌지만 청명은 오히려 눈을 빛냈다.

'딱 한 번이다! 한 번에 해내야만 해.'

그의 손끝에 자줏빛 검기가 어렸다.

정상적으로 무학을 익힌 게 아니다. 머리가 기억하고 있는 무공과 투로를, 익숙하지 못한 몸으로 어설프게 재현하는 것에 불과했다. 그러니 두 번은 없다.

청명의 손이 빛살처럼 허공을 누볐다. 자줏빛의 궤적이 벽을 파고들었다.

그그그극! 그그그극!

벽을 긁어 대는 소리가 고요한 동혈을 울렸다. 단숨에 펼쳐 내야 하는 무결이지만, 육체와 내력의 한계 덕분에 더디기 그지없다.

"흐으…… 윽!"

단전이 찢어질 듯 아파 왔다. 하지만 청명은 멈추지 않고 손을 휘둘렀다. 무리한 동작이 이어짐에 따라 근육이 끊어질 듯 아파 오고, 얼굴은 터져 나갈 듯 달아올랐다.

'내가 매화검존이다!'

능력이 안 되면 오기로라도 채운다. 날아가려는 의식을 혀를 깨물어 가며 부여잡은 끝에 청명은 마침내 모든 투로를 풀어내었다.

우뚝. 그의 손이 허공에 멈추었다.

'됐나?'

다리가 후들거리고 가슴이 터질 듯 숨이 가빴지만, 지금은 몸에 신경을 쓸 여력이 없다. 이러고도 열리지 않으면 진짜 패망이다.

그때였다.

끼리리릭! 기이한 쇳소리가 들린다 싶더니 철컥 소리와 함께 뭔가 열리는 소리가 났다. 이윽고 거대한 문이 반 치쯤 앞으로 살짝 움직였다.

"아! 열렸다!"

기관이 움직여 문이 저절로 열릴 것이라 생각했는데, 잠금장치 정도만 풀린 모양이다. 하지만 그거라도 어딘가. 이제 저 안으로…….

"우웨에에에에엑!"

돌연 청명이 배를 움켜잡으며 몸을 구부렸다. 입에서 선지 같은 피가 줄줄 흘러나온다. 도로 삼킬 수도 없는 기세로 피가 목을 타고 밖으로 쏟아졌다.

"쯔읏."

청명은 소매로 입가를 문질러 닦았다. 아무래도 생각 이상의 선천지기를 끌어 쓴 덕에 몸이 크게 상해 버린 모양이었다. 이 정도라면 적어도 두 달 동안은 내상을 입은 채 정양에 들어야 한다.

"하……. 화산파 살리기 더럽게 힘드네."

입 안의 피를 마저 뱉어 낸 청명은 혀를 차며 비동의 문을 힘껏 밀었다.

끼이이이익!

오랜 세월 닫혀 있던 비동의 문이 좌우로 활짝 열렸다.

"자, 장문사형이 뭘 꼭꼭 감춰 뒀는지 확인해 볼까?"

청명은 의미심장한 미소와 함께 비동 안으로 걸음을 옮겼다.

내부는 생각보다 좁았다. 하기야 당연한 일이다. 만년한철로 거대한 비동을 만들어 낼 수 있을 정도의 재력이라면 당대의 화산은 천하제일문파로 불렸을 테니까.

"……맨날 돈 없다고 징징대더니. 이런 거 만든다고 돈을 쓰고 있었구만."

깊은 빡침이 밀려왔지만, 어쩌겠는가? 이미 죽은 사람들에게 따질 수도 없고. 구시렁거리며 안으로 들어간 청명은 주변을 두리번거렸다. 비동 안에 뭔가 여러 가지 물건이 있었다. 일단 제일 먼저 확인해야 할 건?

"돈!"

청명이 눈을 희번덕댔다. 여기에 있을 텐데! 장문사형이 알뜰살뜰 모아 놓은 비자금이! 영롱하게 빛나는 황금이나! 휘황찬란하게 빛나는 도자기 같은 그런 재물들이……!

"있어야 하는데."

그는 주변을 두리번거리다가 고개를 갸웃했다. 뭐지? 왜 안 보이지? 눈을 크게 뜨고 비동 안을 훑고 또 훑었다. 하지만 아무리 눈을 씻고 찾아봐도 재물은커녕 반짝이는 것 하나 보이지 않는다.

이럴 리가 없는데?

"아, 아니……."

장문사형이 아무리 검소한 사람이었다고는 하지만, 장문인인 이상 돈이 들어갈 데가 많았을 거 아닌가! 화산의 위기에 대처한다거나 혹시 모를 상황에 쓰기 위해서 어느 정도의 재물을 꿍쳐 놓는 건 상식일 텐데?

"근데 왜 돈이 없어!"

거대한 서글픔이 밀려왔다. 하, 지독한 양반. 비자금도 없었나. 청명은 얼굴을 벅벅 문질렀다. 장문인이 숨겨 놓은 비자금이 있었다면, 여러 좋은 곳에 쓸 수 있었을 텐데. 화산의 부흥을 위해 주루를 간다거나, 주루를 간다거나, 주루를…….

"아, 아니! 아니지! 나는 오직 순수하게 화산의 부흥을 위하여!"

어디선가 누군가가 혀를 차는 소리가 들리는 것 같았다.

"에잉."

미련을 버린 청명은 고개를 돌렸다. 사실 재물 같은 것보다 더 중요한 게 있다.

"이건가!"

비동의 한쪽 벽면에 마련된 책장에 차곡차곡 진열된 서책들. 청명은 마른침을 삼키고는 서가로 다가갔다.

"이게 맞아야 하는데."

중간에 보이는 서책을 뽑아 들고 내용을 훑었다. 한 자 한 자 읽어 나가던 청명의 얼굴에 점점 미소가 피어났다.

"그렇지!"

없을 리가 없지!

예상대로, 첫 번째 서가에 진열된 서책들은 장문인이 차곡차곡 정리해 둔 화산의 장부였다. 본디 재경각에 있어야 하는 것들이지만 장문인만이 알 수 있는 문건들을 정리하기 위해, 그리고 혹시 모를 상황을 대비하여 사본을 만들어 모아 둔 모양이었다. 청명 대의 장부들뿐만 아니라 그전 대의 장부들까지 있었다. 이것만 있다면 저 썩을 놈들의 뒤통수를 후려갈겨 줄 수 있다.

"이 새끼들 다 죽었어!"

이것만으로도 비동을 여느라 개고생을 한 가치가 있다.

그리고 두 번째 서가에는…….

"오호라!"

비급이다! 청명은 자신도 모르게 소리를 지를 뻔했다. 실전된 화산의 비급들이 이곳에 있…….

"어?"

하지만 기뻐하려던 그는 순간 고개를 갸웃했다.

"이건 실전된 애들이 아닌데?"

미간이 점점 찌푸려졌다. 비급은 맞지만, 여기에 있는 것들은 주로 익히던 무학과는 조금 달랐다. 화산에서는 이제 거의 사장된 무학의 비급이 차곡차곡 모여 있었다. 청명이 볼을 긁적였다.

"참 미련 많은 양반 같으니."

더는 후대에 전수하지 않기로 했지만, 모두가 화산의 무학인 것은 틀림없다. 장문인은 그런 무학을 완전히 폐기하고 없애는 것이 껄끄러웠던 모양이다. 혹시나 무학을 없앤 것이 화산의 미래에 부정적인 영향을 끼칠까 싶어, 그런 무학들을 이리 모아 둔 것이었다.

첫 번째 서고가 화산에 대한 장문인의 의무를 증명한다면 이 두 번째 서고는 화산에 대한 장문인의 우려와 애정을 담고 있다.

"……장문사형."

눈시울이 시큰해진 청명은 코를 쓱 훑었다.

"걱정 마쇼. 내가 반드시 화산을 원래대로 되돌려 놓을 테니까."

아니, 과거 그 이상으로 융성하게 만들 테니까. 청명은 입맛을 다시고 몸을 돌렸다.

비급은 없지만 괜찮다. 어차피 중요한 무학의 구결은 모두 청명의 머릿속에 있다. 글로 옮겨 적는 것이 귀찮을 뿐이지, 굳이 비급이 있어야 하는 건 아니다. 만들어 내면 그만이니까.

그리고 마지막으로…….

세 번째 서고에는 아무것도 없었다. 텅 빈 서고에 단 하나의 둘둘 말린 두루마리가 있을 뿐이다.

"이건 뭐지?"

청명은 망설임 없이 손을 뻗어 두루마리를 펼쳐 들었다. 그리고 한달음에 읽기 시작했다.

장문인 친전.

누군가 이 글을 읽고 있다면 다음 대의 장문인이 결정되었다는 뜻일 것이다. 때로는 백 마디의 말보다 한 줄의 글귀가 더 많은 것을 전해 주기도 하는 법이기에 굳이 글로 나의 뜻을 남긴다.

화산의 장문인이라는 자리는 결코 화산을 이끌어 가는 자리가 아니다.

후인도 장문인이 된 이라면 이미 알고 있겠지만, 화산을 이끌어 가는 이들은 화산의 제자들이며, 화산에서 자라나고 있는 어린아이들이다. 장문인은 그저 그들이 제 뜻을 펼칠 수 있도록 지켜 주고, 밀어주는 역할로 족하다.

화산의 장문인이 되었으니 화산을 이끌어야 한다는 조바심은 버리길 바란다. 화산은 그저 화산일 뿐이다. 누구도 이끌 수 없고, 누구도 휘두를 수 없다.

후인이여. 현실의 어려움과 어깨를 짓누르는 무거운 짐에 지칠 때면 기억하라.

화산의 정기는 쇠하지 않는다. 화산은 그저 화산이다. 그 기세가 쇠락하든, 천하에 융성하든 화산은 그저 화산일 뿐이다. 장문인으로서 후인이 지켜 나가야 할 것은 화산의 얼과 그 정기다. 선인들이 지켜 온 화산의 의지가 후대에도 이어지도록. 그리고 만세토록 변하지 않도록 후인을 키우고 우리의 뜻을 이어 다오.

선인으로서 그리고 전대의 장문인으로서 그대에게 무거운 짐을 남긴다.

대화산파 십삼 대 장문인 청문.

청명은 가만히 두루마리에 써진 글을 바라보았다.

알고 있다. 이건 장문사형이 청명에게 남긴 글은 아니다. 하지만 공교롭다. 지금 이 글을 읽어야 할 사람은 다른 누구도 아닌 청명이니까.

"참⋯⋯. 잔소리가 많은 양반이라니까."

청명은 한숨을 쉬고는 두루마리를 품에 넣었다. 다른 것들이야 화산에 돌려주어야겠지만, 이 두루마리만큼은 장문인에게 양보할 수 없었다.

"자, 그럼⋯⋯."

그는 피식 웃고는 몸을 돌렸다.

"생각보다 얻은 건 없지만 이 정도면 괜찮겠지."

일단은 장부를 얻었다는 게 중요하다. 저 장부만 있으면 화산의 사업체들을 모조리 되찾을 수 있다. 그럼 지금 화산을 옥죄고 있는 빚에서 벗어날 수 있을 것이다. 그러니 이 정도에서⋯⋯.

밖으로 나가려던 청명이 문득 발걸음을 멈췄다.

'잠깐만.'

뭔가 조금 이상하다. 정확하게 뭐가 이상하다고 딱 짚어 지적할 수는 없는데, 뭔지 모를 찝찝함이 가시지를 않았다. 왜 이런 기분이 드는 거지?

"잠깐."

세 번째 서고? 청명의 고개가 획 돌아갔다.

장문사형, 그러니까 화산의 십삼 대 장문인이었던 청문은 살짝 결벽증이 있는 사람이다. 그렇기에 청문의 방은 언제나 깔끔하게 정리되어 있었다. 그냥 청결한 사람 수준이 아니다. 모든 가구와 침구는 각을 맞춰 정리했고, 심지어는 좌우의 대칭을 맞추지 않으면 스스로 견디지 못하는 사람이었다.

그런데 한쪽에는 서책을 꽉꽉 채운 책장을 두 개나 세우고 반대쪽에는 빈 책장에 두루마리 하나만 덜렁 둔다고?

"아니지, 아니지. 그럴 리가 없지."

내가 장문사형을 겪어 봐서 아는데! 그런 거는 우리에게는 있을 수가 없어! 청명은 득달같이 빈 서고에 달려들었다.

'뭔가가 있다! 반드시 있다!'

저 어색하기 짝이 없는 빈 책장이 자꾸만 거슬렸다. 굳이 저 편지 하나를 전하기 위해서 책장을 세워 뒀다? 청명이 아는 장문사형은 절대 그럴 사람이 아니다.

이곳에 들어온 이가 청명이 아니라 후대의 장문인이었다면 어색하게 생각하지 않았겠지! 하지만 지금 이곳에 있는 사람은 다름 아닌 청명이다.

청명은 책장을 붙잡았다. 그리고 주저 없이 옆으로 들어 옮겼다.

'밖으로는 장치가 있을 수 없어.'

그러니 책장 뒤에는 뭐가 있을 리 없다. 저쪽은 만년한철로 뒤덮여 있으니까. 하지만 아래라면 어떨까?

있겠지. 물론 한철로 바닥이 덮여 있겠지. 하지만.

책장을 옮긴 청명은 바닥에 손을 댔다. 그리고 이내 진기를 도인하여 끌어당기기 시작했다.

'내가 아는 장문사형이라면 여기다!'

어색한 곳이 있다면 그곳이 함정이다.

우우우웅!

하지만 아무 일도 일어나지 않았다. 힘이 모자란가 싶어, 뭐가 빠져라 힘을 주어 당겼는데도 딱히 변화가 없다.

'아닌가?'

잘못 짚었나 싶어 머쓱하게 포기하려는 그 순간이었다.

들썩.

'……있다!'

"으라차차차차차차차!"

청명은 젖 먹던 힘까지 끌어내어 바닥을 끌어당겼다.

이윽고 뭔가 덜컹 빠지는 느낌과 함께 청명은 균형을 잃고 바닥을 나뒹굴었다.

"아야야야."

뒷머리를 몇 번 부딪힌 바람에 눈앞에 별이 다 번쩍거렸다.

'큰 소리는 안 났겠지?'

본능적으로 입구 쪽으로 고개를 돌렸다. 하지만 장문인이 알아챈 기색은 없었다. 처소로 이어져 있다고는 하지만 거리가 있고 방음이 되어 있을 테니, 쉽사리 알아채지는 못할 것이다.

그보다! 청명은 벌떡 일어나 앞으로 달려갔다. 분명 뭔가 열렸다. 다시 그 자리로 뛰어간 그는 바닥에 뻥 뚫린 구멍을 보며 주먹을 움켜쥐었다.

"그럼 그렇지!"

장문사형이 어떤 사람인데!

"진짜 철두철미한 양반이라니까."

혹시나 천에 하나, 만에 하나 장문인이 아닌 사람이 이 비동을 열고 들어올 상황을 대비해 이중으로 바닥을 만들어 둔 것이다. 고생고생해 이곳까지 들어온 이들이라면 보통 비동 안에 또 다른 비동이 숨겨져 있을 거라고는 절대 상상하지 못할 테니까. 청명조차도 장문사형이 어떤 사람인지 몰랐다면 모르고 그냥 나가 버렸을 것이다.

보라. 저 입구에서 빛이 뿜어져 나오고 있다! 빛이! 마치 청명에게 광명을 주겠다는 듯 은은한 광채가 줄줄 쏟아져 나왔다.

청명은 망설임 없이 바닥에 드러난 구멍으로 몸을 밀어 넣었다. 아직 작은 아이의 몸임에도 꽉 낄 만큼 작은 입구를 통과해 내려가자 허리를 펴기도 힘들 정도로 낮은 공간이 나타났다.

청명은 손을 뻗었다. 그러고는 힘들여 연 뚜껑을 조심스레 덮었다.

"후욱. 후욱!"

이제는 소리가 새어 나가지 않겠지? 그러니…….

청명은 눈을 크게 떴다. 호흡이 가빠지고 심장이 두방망이질한다. 피가 얼굴로 몰려 금방이라도 터질 것 같다. 하지만 아무려면 어떤가?

"으헤헤헤헤헤헤!"

좋아 죽겠는데!

그의 눈앞에 행복이 있다. 한쪽에 가지런히, 소담스레 쌓여 있는 금괴들. 다른 쪽에 각을 맞추어 정리된 각종 보검들. 그리고…….

"이, 이거 묘안석인가?"

정체를 알 수 없는 보석들과 비급들까지!

"으헤헤헤헤헤헤헤!"

자꾸만 웃음이 터져 나왔다. 자제하려고 해도 바보 같은 웃음이 걷잡을 수 없이 흘러나왔다.

"으헤헤헤헤헤헤헤헤헤헤!"

그래. 웃자! 웃어!

"나는 이제 부자다아아아아아아아아아!"

화산의 십삼 대 장문인 청문이 막대한 돈을 들여서라도 반드시 피하고 싶었던 상황이 결국에는 벌어지고 말았다. 가장 들어가서는 안 되는 이에게 화산의 운명이 넘어가는 순간이었다.

◆ ◈ ◆

현종은 창을 뚫고 들어오는 햇빛을 보며 나직하게 한숨을 내쉬었다. 누군가에게는 저 햇빛이 기분 좋은 하루의 시작일지도 모른다. 하지만 다음 날을 살아감이 힘겨운 이들에게는 저 햇빛만큼 원망스러운 것도 없다.

'또 아침이구나.'

결국 다시 하루가 시작되었다. 벌써 이틀이나 지나갔다. 공 루주가 말한 일자까지, 이제 남은 것은 닷새뿐이다.

현종이 가만히 눈을 감았다.

'오 일이라.'

그 짧은 시간 내에 십만 냥을 마련하지 못한다면, 화산은 모든 전각을 빼앗기고 거리로 나앉게 된다.

사람을 살게 하는 것은 세 가지다. 의(衣), 그리고 식(食), 마지막으로 주(住).

기거할 곳을 잃어버린다는 것은, 더 이상 살아갈 수 없음을 의미한다. 물론 화산에 속했던 이들은 어떻게든 다른 삶을 찾겠지. 하지만 화산은 더 이상 화산(華山)이라는 이름을 유지할 수 없을 것이다.

뜻이 있고 의지가 있는 이들이 남아 화산의 이름을 이어 갈 수는 있을

지 모르지만, 그건 그저 이름일 뿐이다. 오랜 세월 존재했던 명문으로서의 화산에게는 사형 선고가 내려지는 것이나 마찬가지였다.

 수천 명의 제자를 두었던 거대 문파가 십여 명으로 줄어들고, 겨우 가전 무공의 형식을 띠고 이어진다면 이를 과연 멸문하지 않았다 할 수 있겠는가?

 거처를 잃은 이들은 뿔뿔이 흩어질 수밖에 없다. 한동안이야 그를 따르는 이들이 있겠지만, 살길이 막막해지다 보면 다들 제 길을 찾아 떠나게 될 것이다. 그렇게 점점…….

 '아니.'

 현종은 격하게 고개를 내저었다.

 '약한 생각을 할 때가 아니다.'

 아직 닷새나 남아 있다. 그 안에 어떻게든 돈을 마련한다면 화산을 지킬 수 있다. 그는 대화산의 장문인이다. 화산이 사라지는 그날까지 절대 포기해서는 안 된다. 다른 모든 이들은 포기할 수 있을지언정 그만은 포기할 권리가 없다. 현종은 손을 들어 얼굴을 주물렀다.

 화산에 손톱만 한 인연이 있는 이들에게라면 모두 손을 뻗었다. 화산의 사정을 담은 서찰이 천하로 뿌려지고 있다. 그중 화산을 도울 이가 하나쯤은 있을 것이다. 누군가 한 명만 도와준다면…….

 생각을 이어 가던 그는 저도 모르게 허탈히 웃고 말았다.

 '도와주는 이라.'

 도와줄 생각이 있었다면 이미 도왔을 것이다. 화산에 받을 것이 그나마 남아 있던 때에도 변변한 도움의 손길은 없었다. 그런데 심지어 이제 몰락해 버린 화산에 누가 십만 냥이라는 거금을 빌려준단 말인가?

 '무겁구나.'

 피해서도, 외면해서도 안 되는 일이다. 하지만 현종은 하루하루 자신을 짓눌러 오는 이 무게가 너무도 버거웠다.

그의 대에서 화산의 맥이 끊길지도 모른다는 부담감에 맨정신으로는 버티기 힘들 정도였다. 이어지는 불면의 밤 속에서 내일 아침이 오지 않기를 빌고 또 빌었다.

그때였다.

"장문인!"

밖에서 들려온 외침에 현종은 서둘러 의관을 정제했다. 그의 속이 어떻든, 제자들에게는 이런 모습을 보여서는 안 된다. 내일 당장 화산이 망하더라도 그는 장문인으로서 고고한 모습만을 기억하게 해 주어야 하니까.

"무슨 일이냐?"

"자, 잠시 나와 보셔야 할 것 같습니다."

"음?"

현종은 고개를 갸웃했다. 하지만 생각은 잠시, 그는 자리에서 일어나 밖으로 나갔다. 문밖에는 운검이 살짝 얼이 빠진 듯한 얼굴로 서 있었다.

"운검?"

현종은 슬쩍 눈살을 찌푸렸다. 운암이 아니라 운검이다. 운검은 지금 백매관을 맡고 있지 않은가? 운암이 찾아왔다면 화산에 무언가 일이 있다는 뜻이고, 운검이 찾아왔다는 것은 백매관에 문제가 발생했다는 뜻이다.

하지만 백매관에 장문인이 직접 들어야 할 정도의 일이 터진다? 그것도 지금처럼 이른 아침에?

"무슨 일이더냐?"

"자, 장문인."

운검의 낯빛이 이상했다. 크게 놀란 듯도 하고, 질린 듯도 했다.

'대체 무슨 일이기에.'

말을 제대로 알아먹지 못하고, 아직 철이 들지 않은 아이들을 한데 모아 놓고 가르치는 것은 무척이나 큰 심력을 소모하는 일이었다. 그런 일에 적임자로 낙점되었다는 것이 운검이 얼마나 침착한 사람인가를 말해 준다. 그런데 그런 운검조차도 지금 평정을 유지하지 못하고 있다.

"자세한 말씀은 가서 드리겠습니다. 장문인! 직접 가 보셔야 합니다."

"……앞장서거라."

현종은 가타부타 말없이 운검을 따라나섰다. 사정을 묻는 것은 어렵지 않다. 하지만 운검이 이리 나올 정도라면 한시가 급한 일일 터. 가서 들어도 늦지 않다.

"예! 장문인!"

운검이 경공을 펼쳐 앞서 나갔다. 현종은 지체 없이 그 뒤를 따라나섰다.

'어디로 가는 거지?'

현종은 살짝 눈을 찌푸렸다. 운검이 향하는 곳은 백매관이 아니었다. 백매관의 뒤쪽으로 이어지는 연화봉이었다. 그는 연유를 물으려다 그만두었다. 운검은 이유를 설명할 여력도 없이 전력을 다해 연화봉을 오르고 있었다.

'가 보면 알겠지.'

운검을 따라 연화봉을 반쯤 오르자 길가에 여기저기 주저앉은 삼대제자들이 보였다.

응? 저 아이들이 왜 저기에 저러고 있지? 그리고 애들 몰골이 왜 하나같이……?

순간 현종은 눈을 크게 떴다.

연화봉으로 오르는 소로의 좌우로 아이들이 드러누워 있었다. 장문인이 왔는데도 고개를 들 생각조차 못 하고 헐떡댄다.

"이, 이게 무슨!"

운검이 크게 역정을 냈다.

"이놈들! 장문인께서 오셨거늘 당장 예를 갖추지 못할까?"

"놔두어라."

"하나, 장문인."

"그보다, 아이들이 왜 이렇게 된 것이냐?"

"그게……."

운검이 눈치를 보다가 고개를 휙 돌렸다.

"청명! 청명은 어디 있느냐?"

청명? 그 이름이 여기서 왜 나오지? 현종은 도무지 이해를 못 하겠다는 얼굴로 운검을 바라보았다. 청명이라면 얼마 전 화산에 새로 들어온 아이를 말하는 것 같은데 왜 그 아이를 부른다는 말인가?

"여기 있습니다."

의문이 채 풀리기 전에 대답이 돌아왔다. 본능적으로 대답이 들린 쪽으로 고개를 돌린 현종의 눈이 부릅떠졌다.

"너, 너 왜? 어?"

나무 뒤에서 기괴한 몰골의 청명이 걸어 나왔다. 얼굴은 백지장보다 더 하얗게 질려 있고, 입술은 푸르뎅뎅하게 변해 있었다. 눈 밑의 검은 음영은 거의 턱 끝까지 내려와 있다. 한마디로, 사람의 몰골이 아니다. 당장 풀썩 쓰러져 죽는다고 해도 이상할 게 없어 보였다.

"대체 무슨 일이 있었던 것이더냐?"

"아, 죄송합니다. 수련을 좀 과하게 했더니……."

이게 무슨 개소리야? 사람이 수련 좀 한다고 저런 몰골이 되면, 강호에서 칼밥 먹는 놈들은 단 한 놈도 살아남지 못했을 것이다. 말이 되는 소리를 해야지.

그때 운검이 급하게 입을 열었다.

"지금 그게 중요한 게 아닙니다."

현종은 순간 눈을 부라렸다. 중요하지가 않아?

"지금 무슨 소리를 하는 것이더냐!"

백매관의 관주라는 놈이 이런 망발을 지껄이다니! 백매관은 화산의 미래다. 백매관에서 수련하는 삼대제자들이야말로 훗날 화산을 이끌어 나가야 할 동량(棟梁)이 아니던가! 그런데 다른 이도 아니고 백매관주라는 놈이 이딴 말을…….

"이곳으로 와 보셔야 합니다. 청명이 놈이 이상한 것을 발견했습니다."

"이상한 것?"

"어, 어서!"

더 따지기엔 운검의 태도가 너무도 다급했다. 다른 이가 이런 태도를 보였다면 바로 호통을 쳤겠지만, 지금 현종의 눈앞에서 안달복달하고 있는 사람은 다름 아닌 운검이다. 화산 내에서 가장 침착한 그가 꽁지에 불붙은 망아지처럼 날뛰고 있다.

현종은 결국 홀린 듯이 청명과 운검을 따라 수풀 안쪽으로 들어갔다.

"대체 뭐가 있기에 이러…….'

현종의 말은 더 이어지지 못했다. 그의 시야에 파헤쳐진 땅과 그 땅 아래 드러나 있는 낡은 상자가 들어왔다. 상자의 입구는 반쯤 열려 있었다.

현종의 눈이 점점 커졌다. 보인다. 반쯤 열린 상자의 안으로 황금빛의 무언가가 빛나고 있었다. 세상에 저런 황금빛을 내뿜는 금속은 단 하나밖에 없다.

하지만 현종의 시선을 사로잡은 것은 겨우 황금 따위가 아니었다. 그 황금 옆에 놓여 있는 서책. 그 서책의 제목이 현종의 영혼까지 빨아들이고 있었다.

『대화산파화음현사업장부』

더럽게 긴 제목과 그 뒤에 붙어 있는 숫자.

"이, 이, 이거……?"

현종은 정신을 차릴 수가 없었다. 이게 왜 여기에서 나온다는 말인가? 심지어 왜 저 황금과 함께 나온다는 말인가?

믿을 수 없는 현실 앞에 선뜻 다가서기가 무서웠다. 괜스레 손을 뻗었다가 저 물건들이 신기루처럼 사라져 버릴까 봐 두려운 것이다.

"이, 이걸 어떻게 발견했느냐?"

"저 아이가 발견했습니다."

"저 아이가?"

현종의 고개가 획 돌아갔다. 걸어 다니는 시체 같은 모습의 청명이 보였다.

"이, 이걸 어떻게 발견했느냐?"

청명이 반쯤 죽어 가는 얼굴로 힘겹게 입을 열었다.

"새, 새벽……. 새벽 훈련을 가는데…….."

"뭐?"

모기 같은 목소리를 들으며 현종이 고개를 갸웃했다. 그러자 운검이 슬그머니 해석을 해 주었다.

"새벽 훈련으로 연화봉에 올랐다는 말 같습니다."

"새벽 훈련이라니, 언제부터 그런 걸 했단 말이더냐?"

"시작한 지 좀 되었습니다. 저 아이가 오고부터."

"으응?"

저 아이가 오고부터라니. 저 아이가 온 지 얼마나 됐다고?

'아, 아니지. 지금 이런 게 중요한 게 아니지.'

자세한 것은 나중에 따져 물어도 된다.

"그러니까 새벽 훈련을 위해서 연화봉을 오르다가 이걸 발견했단 말이더냐?"

"정확하게는 너무 지쳐서 수풀 안쪽에서 조금 쉬려고 했는데 앉은 곳이 이상하게 딱딱하여 바닥을 보니 뭔가 튀어나와 있었습니다. 그래서 혹시나 하여 파 보았더니…….”

"그런!"

"그런데…… 안에 든 물건이 워낙…… 범상치가 않아서 제가 직접 확인하기보다는 사문의 윗분들께 알리……는 게 옳다고 생각을 해서.”

"처, 천천히 말하거라. 무슨 놈의 수련을 그렇게 반송장이 되도록 하는 것이냐?"

"수련은…… 무인의 근본…….”

"이, 일단 알겠다. 너는 잠시 정양에 들거라! 내 직접 확인하겠다.”

현종은 마른침을 삼키며 궤짝을 향해 다가갔다. 그러고는 궤짝 안으로 떨리는 손을 집어넣었다. 그의 손이 닿은 곳은 모두의 시선을 빼앗은 휘황찬란한 황금이 아니라 그 옆에 있는 서책들이었다.

"대화산파 화음현 사업 장부.”

한 권 한 권을 꺼내며 현종이 넋이 나간 듯 중얼거린다. 덜덜 떨리는 손이, 지금 그의 심정이 얼마나 격동하고 있는지를 말해 주었다.

차마 서책을 열어 볼 생각조차 하지 못했다. 어설프게 서책을 열었다가 이 낡은 서적이 바스러지기라도 한다면 죽어서도 눈을 감지 못할 것이다.

"대화산파서기.”

이건 화산의 역사를 다룬 사서가 분명했다. 장부처럼 실질적인 역할은 하지 못하겠지만, 화산 장문인의 입장에서는 오히려 더 중요할 수도 있는 서책이다.

그때, 꺼낸 책들을 조심히 내려놓은 현종의 눈에 그 아래 소담스레 놓인 서책의 제목이 들어왔다.

"치, 치, 치…….”

그의 주름진 눈가가 일순 경련을 일으켰다.

"치, 칠매검록(七梅劍錄)?"

전신이 부들부들 떨리기 시작했다.

"이, 이게 여기서……. 이게……."

"자, 장문인!"

"끄르르르륵."

의식이 하얗게 날아가 버린 현종의 몸이 그대로 뒤로 넘어갔다.

"장문인!"

"정신 차리십시오! 장문인!"

사방에서 들려오는 고함 소리를 들으며, 현종은 정신을 잃는 그 순간까지 환히 웃었다.

이 궤짝에서 나온 건 단순한 재물과 서책이 아니었다. 바로 희망이었다.

"장문인! 눈을 떠 보십시오. 장문인!"

의식을 잃어 가던 현종은 커다란 목소리에 화들짝 놀라 눈을 떴다.

'꿈?'

바로 몸을 일으켜 보니 궤짝이 여전히 그의 눈앞에 있었다. 다행히 꿈은 아니었다.

"우, 운검!"

"예! 장문인!"

"아해들을 불러와라. 당장 저 궤짝을 장문인 처소로 옮겨라! 그리고 운자 배들을 시켜 처소 주변을 철통같이 지키도록 해라!"

"예! 장문인!"

"아니, 아니다! 내가 직접 옮기겠다! 지금 당장!"

현종은 심호흡을 하며 흥분을 가라앉혔다. 아직 확실한 것은 아무것도 없다. 상황을 정확하게 파악하기 위해서는 재경각주를 불러 저 물건들이 진품인지부터 확인해야 한다.

'하지만 진품이 아닐 리가 있나!'

저 물건들이 진품이 아니라면 왜 연화봉에 묻혀 있었단 말인가? 그것도 저리 막대한 재물들과 함께.

'아니, 아니야! 아니야! 그래도 모든 것은 확실해야 한다.'

그의 안에서 희망과 불안이 교차하고 있었다. 최근 몇십 년간 이토록 그의 속이 이리 격동한 적이 또 있었던가?

"운검!"

"예! 장문인."

"호위하라. 물건을 가지고 일단 산을 내려간다!"

"알겠습니다!"

자리에서 벌떡 일어난 현종의 눈에 청명의 모습이 들어왔다.

"청명아!"

"예, 장문인."

"고생했구나. 자세한 이야기는 나중에 하도록 하자!"

"예."

청명이 별말 없이 뒤로 물러나자 현종이 서둘러 궤짝을 통째로 들어 올렸다. 그러고는 청명에게 마지막으로 당부했다.

"너는 아이들을 데리고 백매관으로 가 있거라."

"그러겠습니다."

이윽고 현종은 경공을 펼쳐 산을 내려가기 시작했다. 운검이 다급하게 그의 뒤를 쫓았다. 연화봉에 남은 아이들은 그 광경을 멍하니 바라보았다.

"이게 뭐가 어떻게 돼 가는 거래?"

"……그러게?"

혼란스러워하는 아이들의 틈에서 청명은 회심의 미소를 지었다.

'일단은 이 정도면 되겠지.'

궤짝 안에 든 재물과 비급들은 비고 안에 들어 있던 것의 일부에 불과했다. 왜 일부만 줬냐고? 그건 화산의 것이 아니라 이 청명의 것…….

아니, 그게 아니라!

'급히 먹으면 체하는 법이지.'

허기에 죽어 가던 이에게 영양을 보충시킨답시고 기름진 고깃국을 먹이면 몸이 버티지 못한다. 그 증거로, 저만한 것만으로도 장문인의 숨이 넘어가는 상황이 아닌가?

많이 풀어 주는 게 꼭 좋은 건 아니다. 청명이 판단하기에, 지금의 화산은 비고 속의 물건들을 감당할 능력이 없다. 중병에 시달리는 환자에게 당장 달리라고 하는 것은 무리다. 우선은 걸음마부터 다시 시작해야 한다. 물론 청명의 입장에서는 걸음마지만, 저들의 입장에서는 절대 걸음마가 아니겠지.

그때 윤종이 다가와 조심스레 말했다.

"사제."

"응?"

"관주님이 내려가라고 했으니, 일단은 백매관으로 돌아가야 하는 것 아니냐?"

청명은 고개를 끄덕였다.

"그래야지."

"그런데 사제, 정말 몰골이 왜 그런 거야?"

"끄응. 그럴 일이 좀 있었어."

청명은 손을 내저었다.

'말한다고 네가 알겠냐.'

선천지기를 끌어 쓴 덕분에 몸 상태가 시시각각 나빠졌다.

'조금 덜 끌어 썼어야 하는 건데.'

어쩔 수 없는 노릇이었다. 과거에는 진기에 대한 감각이 완벽에 가까웠지만, 지금은 그 수준까지 오르지 못했다. 그리고 지금 그의 몸은 과거 그의 몸과 여러모로 다르다. 새로운 몸으로 선천지기라는 민감한 기운을 처음으로 끌어내면서 딱 적당한 정도로만 사용한다? 그게 가능했다면 그는 검존이 아니라 무신이라 불렸을 것이다.

"곧 죽을 것 같은 얼굴인데?"

"안 죽어."

"진짜로?"

"……죽었으면 좋겠냐?"

윤종은 대답 없이 시선을 살짝 돌렸다.

어? 입을 다물어? 진짜 죽었으면 좋겠다고 생각했냐? 이 새끼 눈 까는 게 수상한데?

"안 죽으니까 기대하지 말지?"

"기대는 무슨 기대를 했다고 그러느냐. 크흠."

청명은 혀를 찼다.

'정말 한두 달은 꼼짝없이 정양행이로군.'

선천지기라는 건 그렇게 쉽게 회복이 되지 않는다. 세심히 정양 생활을 하더라도 두 달은 고생해야 본래의 몸을 되찾을 수 있다. 그게 아니라면 영약이라도 챙겨 먹든가.

"그런데 방금 그건 어떻게 발견했냐? 장문인이 놀라시는 걸 보니 보통 물건은 아닌 것 같던데."

"착하게 살면 천존께서 굽어살피시는 법이야. 그러니 착하게 살아."

청명이 복을 받을 정도라면 다른 이들은 이미 등선하고도 남았다. 하지만 누구도 그 말을 차마 입에 담지 못했다.

청명은 슬쩍 시선을 내려 연화봉을 뛰어 내려가는 장문인을 바라보았다.

'이만큼 챙겨 줬으면 알아서 잘하겠지. 바보는 아니니까.'

"자, 내려가자."

"그래야지. 그런데…… 너 어디로 가냐?"

"왜?"

"내려가려면 이쪽으로 가야 하는 거 아냐?"

윤종이 아래쪽을 가리켰다. 그러자 청명이 기가 찬다는 듯 말했다.

"뭐 뻔한 걸 묻고 그래?"

"그런데 왜 위쪽으로 가냐고."

청명은 한심하다는 듯 윤종을 보며 혀를 찼다.

"사형."

"……응?"

"고수가 되기 위해서는 사고가 유연해야 하는 법이야. 내려가는 길이 꼭 한쪽이라고 생각하지 마. 정상을 찍고 내려가는 것도 수많은 방법 중 하나지."

'뭔 개소리야, 이 미친놈아!'

"자, 장문인은 장문인이고 우리는 할 거 해야지. 오늘 꼴찌 하는 열 놈은 밥 없다. 뛰어!"

불만을 채 털어놓을 새도 없이 윤종의 발이 정상을 향해 달리기 시작했다. 그리고 다른 아이들도 기겁하여 정상을 향해 뛰었다.

'저 악마 같은 새끼!'

'귀신은 뭐 하나! 저 새끼 안 잡아가고!'

전력으로 연화봉으로 달려가는 아이들을 보던 청명이 히죽 웃으며 고개를 돌렸다.

"일단 첫 번째 선물은 줬고."

다음에는 또 뭘 준비해야 하나? 비동에서 빼낸 물건들은 아직 한참 남았다. 궤짝에 넣어 둔 재물은 비동에 있던 재물에 비한다면 십분지 일도 되지 않는다. 청명은 슬쩍 하늘을 바라보았다. 장문사형이 일그러진 얼굴로 그를 바라보는 것 같았다.

세상에, 화산이 망하네 249

"에이, 설마 제가 그걸 혼자 먹겠습니까?"

적당히. 적당히. 예? 적당히.

"히힛."

청명은 히죽 웃으며 아이들의 뒤를 따라 올라갔다.

· ❖ ·

"진품입니다."

심장이 덜컥 내려앉는 느낌이었다. 당연히 나와야 할 대답이고, 이미 예상하고 있었던 말임에도 그 충격은 조금도 줄어들지 않았다. 현종이 차마 떨림을 감추지 못하고 되물었다.

"확실한가?"

"예. 확실합니다. 장부는 분명 진품이고, 재물 아래쪽에 깔려 있던 증서도 확보했습니다. 장문인!"

"허어! 허어어어!"

무슨 말이라도 해야 한다는 것을 알고 있지만, 말이 나오지 않는다. 그저 바람 빠지는 듯 쉰 소리를 낼 수밖에 없었다.

"어, 어찌 이런 일이……."

"됐습니다! 됐습니다! 장문인!"

"허……. 허허허허."

참으려고 해도 자꾸만 웃음이 흘러나왔다. 무슨 일이 벌어질지 모르는 게 세상이라지만, 이런 귀한 것들이 공교롭게도 이때 발견되다니. 만일 일주일이라도 늦게 발견이 됐다면? 생각하기도 싫다.

'천존께서 굽어살피셨구나.'

아니, 천존이 아니다. 선계에서 그들을 지켜보고 있던 화산의 선대들이 그를 도운 것이 틀림없다. 둘 다 그리 다른 말은 아니지만.

현종이 눈을 질끈 감았다. 이 걱정을 숨길 수가 없었다.
"그럼 장부의 내용을 증명할 수 있는 건가?"
"나라에서 내린 증서들입니다. 당연히 증명할 수가 있지요! 지금 당장이라도 태화루를 비롯한 화음의 사업장들을 되찾아 올 수 있습니다."
"잘되었소. 정말 잘되었소."
기적과도 같은 일이다. 닷새 뒤면 거리에 나앉게 생겼던 화산이 아니던가. 하지만 이 증서들과 장부만 있다면 화산의 전각들을 지킬 수 있음은 물론이고 저 화음의 사업장들도 모조리 되찾을 수 있다. 그야말로 대박이 터진 것이다.
재경각주 현영(玄永)이 껄껄 웃었다.
"그럴 리는 없겠지만, 설사 이 모든 것들이 가품이라고 해도 당장의 위기는 넘겼습니다. 궤짝 안에 들어 있던 재물이 못해도 십만 냥은 훌쩍 넘습니다. 저들이 갚으라 요구하는 돈을 모조리 갚고도 남습니다."
"다행일세. 정말 다행이야."
"이 돈만 있다면 화산의 재정 문제를 단숨에 해결할 수 있습니다. 그리고 저들의 사업체를 몰수할 수 있다면 앞으로도 돈 걱정은 하지 않아도 될 겁니다."
들어도 들어도 좋은 소리만 흘러나왔다. 현종의 귀에는 그 목소리가 절세가인의 옥음처럼 들렸다.
"그뿐만이 아닙니다."
무각주(武閣主) 현상(玄商)이 부드럽게 웃으며 말했다.
"칠매검(七梅劍) 역시도 진본인 모양입니다. 조금 더 연구를 해 보아야겠지만, 지금까지 확인한 바로는 특별한 오류가 없습니다. 화산 무학 특유의 쾌(快)와 환(換), 그리고 호연지기가 있습니다."
"오오."
"거기다 낙화검(落花劍)의 비급이 나온 것도 고무적인 일입니다. 낙화검은 칠매검과 같은 고절한 무학이라고는 할 수 없지만, 칠매검을 익히기 전 단계를 완벽하게 채워 줄 수 있습니다. 진육합검에서 칠매검으로 넘어가기 위한 중간 과정이 되어 줄 겁니다."

"그, 그렇군."

"그 외에 죽엽수(竹葉手)와 암향표(暗香飄), 칠성보(七星步)도 진품인 것 같습니다."

정신이 하나도 없었다. 현종은 의식적으로 말을 줄였다. 여기서 말이 많아지면 못난 모습을 보일 것 같아서였다.

"실전되었던 칠성보가 나온 것부터가 이루 말로 할 수 없는 이득입니다. 칠성보는 모든 화산 무학의 기본이 되는 보법이 아닙니까. 아이들에게 익히게 한다면 지금까지 익혀 온 무학을 흐트러뜨리지 않으면서도 더 나은 경지로 나아갈 수 있게 될 겁니다."

"우리 역시 마찬가지가 아닌가?"

"물론입니다, 장문사형."

"화산의 홍복이구나. 홍복이야."

그때, 장문인의 눈치를 살피던 현상이 뭔가를 말하려는 듯 입을 열었다가 슬쩍 닫았다. 그리고 현종은 그 기미를 놓치지 않았다.

"무슨 문제라도 있는가?"

"아니, 아닙니다. 노파심이겠지요."

"무학에 혹여?"

"그런 건 절대 아닙니다. 이 무학은 진품입니다. 그건 제 목을 걸고 보장할 수 있습니다."

"그렇다면 다행이네."

장문인이 고개를 끄덕이자 현상도 웃음으로 상황을 얼버무렸다.

"이걸 삼대제자가 발견했다고 하셨습니까?"

"그렇다네. 얼마 전에 입산한 청명이라는 아이지."

"상을 내려야 합니다."

"아암. 상을 줘야지. 그 아이 덕분에 화산이……."

"그런 게 아닙니다. 장문인."

재경각주 현영이 현종의 말을 자르고 들어왔다.

"입산한 지 얼마 되지 않은 아이입니다. 화산에 마음이 있어 봐야 얼마나 있겠습니까?"

"……그렇지."

"그 아이가 이 장부와 무서의 가치까지는 알아보지 못한다고 쳐도 이 재물들의 가치마저 몰랐을 리는 없습니다. 저라면 궤짝을 열어 보는 순간 뒤도 돌아보지 않고 물건을 들고 날았을 겁니다. 그게 아니면 묻어 두고 감추든가요."

살짝 상스러운 말이 나왔다. 그만큼 현영이 흥분했다는 뜻이다. 하지만 그 말뜻만큼은 틀린 게 없었다.

"그렇구나. 내 거기까지는 생각하지 못했어."

"기특합니다. 기특하고 또 기특합니다. 화산에 뼈를 묻기로 작정한 이도 마음이 흔들릴 만한 재물입니다. 제가 이 재물을 보았다고 해도 과연 장문인께 바로 말씀드릴 수 있었을지……."

"그 말 내 기억하지."

"……자, 장문인?"

재경각주 현영의 얼굴에 순간 당황이 어렸다. 그 얼굴을 보며 현종이 웃음을 터뜨렸다.

"그렇구나. 기특하구나. 그래. 화산이 복덩이를 얻었구나."

현종이 흐뭇하게 웃었다. 우연에 우연이 겹친 결과이기는 하지만, 청명을 들인 덕분에 이 궤짝을 발견할 수 있었다. 마음을 바꿔 아이 하나를 들인 것이 화산을 구하는 결과가 될 줄이야.

"현영."

"예, 장문인."

"이 장부가 틀림없다는 말이 사실이겠지?"

"제 목을 걸어도 좋습니다."

"그렇구나. 그렇다면 불러야 할 사람들이 있지."

현종의 눈에서 무거운 기세가 뿜어져 나왔다. 이제는 화산의 은혜를 원수로 갚은 이들을 단죄할 시간이다.

"관련된 이들 모두 화산으로 들라 하라."

대화산 장문인 현종이 그 어깨를 쭉 폈다.

• ◈ •

"거참, 산세하고는."

유종산이 절로 앓는 소리를 내었다. 화산의 산세는 화음에 사는 사람들마저도 억 소리를 낼 만큼 험했다. 그나마 산행을 도와주는 호위들이 있기에 산을 오를 수 있는 거지, 평범한 이라면 감히 화산의 정상에 오를 엄두조차 내지 못할 것이다. 그 험한 산을 일주일도 되지 않아 다시 올라야 한단 사실이 유종산의 몸과 마음을 둘 다 불편하게 하고 있었다.

"끄으으응."

"유 점주님. 힘내십시오."

"힘은 이미 내고 있어!"

유종산의 목소리에 짜증이 어렸다. 호위들이 그를 밀어 주고 있지만 이 가파른 길을 오르는 게 쉽지가 않다. 도무지 사람이 지나갈 수 없는 경사의 절벽을, 낡아 빠진 외줄에 의지하여 올라야 한다. 이러니 화산이 발전하려야 발전할 수가 없는 것이다.

'돈만 받으면 다시는 이 험한 곳에 오를 일은 없을 거다.'

이제 화산은 꼴도 보기 싫으니까.

겨우겨우 절벽을 오르자 조금 평탄한 곳이 나왔다. 태화루주 공문연이 슬쩍 뒤를 돌아보더니 모두가 올랐다는 것을 확인하고는 입을 열었다.

"여기서 잠시 쉬어 가도록 합시다."

"아이고. 공 루주님. 잘 생각하셨습니다. 다리가 후들거려서……."

"유 점주는 운동 좀 하셔야겠습니다."

"허허허. 저도 어디서 체력이 부족하다 소리는 듣지 않는 사람인데, 이놈의 산은 아무리 올라도 익숙해지질 않습니다그려."

"그러니 오악 아니겠소."

유 점주가 고개를 휘휘 젓고는 바위 위에 걸터앉았다.

"그런데 공 루주님."

슬슬 눈치를 살피던 화산다루의 루주 방염이 공문연에게 다가간다.

"왜 그러시오?"

"장문인이 왜 갑자기 화산으로 오라고 하는 걸까요?"

다리를 주무르던 이들의 시선이 일제히 공문연에게 꽂혔다.

"혹여 돈을 마련한 것 아닐까요?"

공문연이 부드럽게 웃으며 딱 잘라 말했다.

"그럴 리가 있겠소? 십만 냥은 그리 적은 돈이 아니외다."

"하지만 빌리기라도 한 거라면……."

"망해 가는 화산에 십만 냥을 빌려줄 이는 천하에 없소. 그런 마음 좋은 사람이라면 그리 부자가 되지도 못했을 거요."

"확실히……."

유종산이 어깨를 으쓱했다.

"그럼 공 루주께서는 어찌 생각하십니까? 장문인이 왜 우리를 부른 것 같으십니까?"

"사정하려는 것 아니겠소?"

"사정이요?"

공문연이 화산의 정상을 올려다보았다. 저 위에 화산파가 있다.

"돈이 나올 구석은 없고, 변제일이 되어서 돈이 없다고 사정해 봐야 씨알도 먹히지 않을 테니, 미리 불러서 다른 수를 강구해 보려는 생각이 아니겠소이까."

그 말을 들은 유종산이 기가 막힌다는 듯 혀를 찼다.

"그럼 갚을 돈도 없는 사람이 이리 오라 가라 한다는 말씀이십니까? 허어. 살다 살다 이리 뻣뻣한 빚쟁이는 처음 봅니다그려."

"재물 때문에 곤욕을 겪고 있다고는 하나. 애초에 대화산의 장문인이외다. 너무 험한 말은 마십시오."

"공 루주님은 참 속도 좋으십니다. 돈을 빌려 가 몇십 년 동안 갚지도 않고 있는 사람을 아직도 그렇게 좋게 생각해 주고 싶으십니까?"

공문연이 머쓱하게 웃었다.

"예의는 지켜 주자 이 말이지요. 어차피 곧 화산이라는 이름이 세상에서 사라질 텐데, 마지막까지 비참하게 깎아내리는 건 너무 가혹하지 않습니까?"

"공 루주의 마음 씀씀이를 천하가 다 알 것입니다."

"역시 인품이 다르시군요."

"별말씀을."

공문연이 포권 하여 예를 표했다. 유종산은 그 모습을 보며 속으로 혀를 찼다.

'꼴값하고 앉아 있네.'

어차피 건물을 압류하고 내쫓을 생각이면서, 예의는 뭔 놈의 예의란 말인가? 당하는 이들이 예의 차려 줘서 참 고맙다고 하겠다.

'그나저나……'

유종산이 고개를 들어 정상을 바라보았다.

'돈을 떼일 일은 없겠지.'

저 전각들을 받아 온다고 과연 제값에 팔아먹을 수 있을까 늘 고민이었다. 공문연은 호언장담을 했지만, 돈이 걸린 일이라면 일단 걱정부터 해 보는 게 상인 아니던가?

하지만 이제 유종산은 걱정하지 않았다.

'종남에서 사람이 온 걸로 봐서 분명 관심이 있다는 말이렷다?'

과거 화산과 종남이 견원지간이었다는 사실은 천하가 다 아는 일이었다. 화산의 존재가 잊히고, 종남이 천하에 욱일승천하고 있는 지금에 와서야는 빛바랜 이야기가 되어 버렸지만, 수백 년 동안 이어 온 그 원한이 쉽게 가시지는 않았을 것이다.

더구나 지금 종남을 이끄는 수뇌부는 과거 화산이 종남을 짓누르던 시절을 기억하는 이들이 아닌가? 그 원한이 여전하다면, 저 화산의 건물들이 세상에 남아 그 역사를 증명하도록 내버려 두지 않을 게 뻔했다.

'공 루주도 분명 종남에 전각을 팔아먹을 생각이겠지.'

유종산은 마음이 훈훈해졌다.

십만 냥. 그중 그가 받아야 할 돈이 무려 오천 냥에 달한다. 오천 냥이 보통 큰돈이던가. 은자 하나면 평범한 일가족이 한 달은 먹고살고도 남는다. 그런데 은자도 아니고 금자가 무려 오천 개다! 그 돈만 있으면 장사 같은 건 안 해도 된다. 적당히 쓰고 또 써도 대대손손 쓰고 남는 돈이다.

이제야 길고 길었던 줄다리기가 끝난다. 마침내 돈을 받아 낸다는 생각에, 유종산의 마음이 들뜨기 시작했다.

'장문인이 어떤 얼굴일지 궁금하군.'

그 근엄한 얼굴이 일그러질 것을 생각하니 절로 웃음이 나왔다. 조금 씁쓸한 감도 없지 않아 있었지만, 유종산은 슬그머니 솟아오르려는 측은지심을 내리눌렀다. 돈 앞에서는 가족도 친구도 없는 법 아닌가?

"자, 이제 그만 올라갑시다."

"예."

다들 힘든 기색이 역력했지만, 조금 더 쉬어 가자고 말하는 이는 아무도 없었다. 돈에 눈이 먼 망자들이 다시 화산을 오르기 시작했다.

"볼 때마다 여기는 영 이상하단 말이지."

누군가가 너스레를 떨었다.

"거참, 다 쓰러져 가는 건물일 뿐인데."

말투에 꺼림칙함이 담겨 있었다.

다 쓰러져 가는 건물들과 담벼락. 그리고 문짝이 떨어져 나간 정문. 누가 봐도 망해 가는, 혹은 이미 망해 버린 문파의 모습이었다. 그럼에도 이상하리만치 보는 이들의 시선을 잡아끄는 무언가가 있다.

수백 년의 세월 간 섬서를 지켜 온 화산이 품은 무게감. 말은 하지 않지만, 모두가 같은 느낌을 공유하고 있었다. 하지만 외면했다. 그들은 지금 그 화산의 숨통을 끊으러 왔다. 오늘 그들이 장문인의 제안을 받아들이지 않는다면 화산은 불과 칠 주야를 버티지 못할 것이다.

수백 년간 화음을 수호해 온 화산의 명맥이 마침내 끊기는 것이다.

"크흠."

"<u>으흐흐흠</u>!"

그 일이 얼마나 무거운 일인지를 아는지, 다들 말없이 헛기침만 해 댔다. 돈이라는 현실을 외면할 생각은 없지만, 화음 태생인 그들에게 있어서 화산은 여러모로 의미가 깊은 곳이다. 그런 곳의 숨통을 자신의 손으로 끊는 상황이 오니 주저할 수밖에 없다.

"들어가십시다."

유일하게 공문연만이 태연한 신색을 유지하고 있었다. 그가 앞장서서 들어가자 다들 머뭇거리다 이내 어색한 얼굴로 뒤를 따랐다.

"오셨습니까?"

정문 안으로 들어가자 운암이 그들을 맞이했다.

"운암진인. 오랜만에 뵙습니다."

"저는 아직 진인이라 불리기에는 부족한 몸입니다. 운암이라 불러 주십시오."

"하면 도장이라 하겠소. 괜찮겠소이까?"

운암이 말없이 미소를 지었다.

"장문인께서 기다리고 계십니다. 이쪽으로."

돌아서는 운암을 보며 공문연이 살짝 눈살을 찌푸렸다.

'여유가 있어 보이는데?'

일전에 왔을 때, 운자 배들은 사색이 된 얼굴로 그들을 막아서었다. 그런데 지금 운암의 모습에서는 일전과 같은 다급함이 전혀 보이지 않았다. 아무리 장문인이 그들을 불렀고 이때쯤 도착하리라는 것을 알고 있었다고는 하나, 기본적인 불편함은 엿보이는 게 정상적이지 않은가?

공문연이 가만히 그 뒷모습을 바라보다가 걷기 시작했다.

'모르지. 어쩌면 이게 화산의 본모습일지도.'

어쩌면 모든 것이 끝나 간다는 사실을 인정하고 놓아 버린 건지도 모른다. 그러니 이전처럼 돈에 연연하고 불편해하는 사람의 모습이 아니라 화산의 도인, 그 본연의 모습을 보여 주는 것일 수도 있다.

'잔걱정이 많아졌군.'

아마도 마침내 원했던 모든 것이 이뤄지는 순간이 왔기 때문이리라. 평범한 이들은 목표에 도달한 순간 방심하기 마련이지만, 공문연은 이럴 때일수록 신경을 더욱 곤두세우는 사람이니까.

가만히 운암을 따라 걷자 장문인의 처소가 나왔다. 그리고 그 앞에는 이미 화산 장문인 현종이 나와 그들을 기다리고 있었다.

"장문인을 뵙습니다."

공문연이 먼저 포권을 하자 그를 따르던 이들이 일제히 고개를 숙였다. 마지막 가는 길이니, 예의만은 지켜 주자던 그의 말을 제대로 새긴 모양이다.

"어서들 오시오. 험한 길 오느라 수고가 많으셨습니다."

화산 장문인 현종이 부드럽게 웃으며 모두를 향해 인사를 했다.

"다망하신 와중에 시간을 뺏게 되어 죄송합니다. 직접 내려가야 예의라는 것을 알고 있음에도 지키지 못한 노도를 이해해 주시기 바랍니다."

"별말씀을. 저희가 바쁘다고는 하나 설마 장문인보다 바쁘겠습니까? 당연히 저희가 와야지요."

공문연 역시 미소로 현종의 말을 받았다.

"그보다 무슨 일로……?"

"하하. 그리 급할 것 있겠습니까? 산을 오르느라 고생하셨을 텐데, 차라도 한잔……."

"장문인."

공문연이 정중하지만 단호한 어조로 말허리를 잘랐다.

"차를 즐기고 담소를 나누는 것은 좋은 일입니다. 하지만 저희는 천한 상인입니다. 풍류보다는 일에 관련된 문제를 먼저 논하고 싶습니다."

"으음."

"상인이라는 놈들은 해결해야 할 문제를 껴안고는 밥을 먹어도 체하고, 차를 마셔도 사레가 들리는 족속들입니다. 장문인께서 너른 마음으로 이해해 주시기 바랍니다."

"아니오. 내가 내 생각만 했구려."

현종이 너털웃음을 터뜨리고는 가만히 상인들을 바라보았다.

"시간 끌 것 없이 본론으로 들어갑시다."

"감사합니다."

공문연이 가볍게 미소를 지었다.

"오늘 이 자리에 여러분들을 모신 것은, 다름 아니라 화산의 입장을 전달하기 위해서요."

"화산의 입장이라 하시면?"

현종이 살짝 공문연의 눈치를 보았다. 그 작은 동작에서 공문연은 다음에 나올 말이 무엇인지를 미리 알 수 있게 되었다.

"백방으로 수소문을 해 보았지만, 화산에 돈을 빌려줄 이를 찾지 못했소. 다시 말하자면 이제 무슨 수를 써도 변제 기일 내에 돈을 갚을 수가 없을 것 같소이다."

공문연이 언짢은 듯 눈살을 찌푸렸다.

"장문인. 저희는 시간을 충분히 드렸습니다. 저희도 벌어야 먹고사는 상인. 또 기일을 늦춰 드릴 수는 없습니다."

"그래서 하는 말이오."

현종이 모두와 시선을 맞추며 말했다.

"더는 늦출 수 없다는 것쯤은 알고 있소이다. 하지만 변제일에 십만 냥이라는 돈을 모두 갚는다는 건 화산에게는 불가능한 일이오. 그러니 부탁드리오."

현종이 몸을 숙이며 포권 했다.

"그 모든 돈을 갚을 수는 없지만, 일부는 갚을 수가 있소. 그러니 이곳에 계신 분들 중에 개인적으로 변제 기일을 늦춰 주실 수 있는 분이 있다면 화산에 도움을 주시길 바랍니다."

장문인이 고개를 숙였다는 사실에 모두가 당황하여 멍하니 바라보기만 하였다. 분위기가 이상하게 흘러가기 시작했다.

"흐음?"

저 멀리, 처마 위에서 장문인과 상인들을 보고 있던 청명이 재미있다는 듯이 눈을 반짝였다.

"그렇게 나오시겠다?"

묘한 눈으로 장문인을 바라보던 청명은 피식 웃고 말았다.

모르겠다. 지금 장문인이 하고 있는 일이 저들을 진짜 지옥으로 밀어 넣기 위함인지, 그게 아니면 이런 상황에서마저 마지막 한 번의 온정을 베풀어 주기 위함인지. 어느 쪽으로도 해석될 수 있다.

하지만 하나 확실한 것은, 현 화산의 장문인인 현종이 겉으로 보이는 것처럼 단순한 사람은 아니라는 것이다.

'그렇겠지.'

보지 않았던가? 그 지하 비고의 문을 부여잡고 오열하던 장문인의 모습을. 속이 썩어 들어가도 겉으로는 화산의 장문인다운 모습을 유지했던 사람이다. 쓰러져 가는 문파를 그 등에 짊어지고 버티면서도 온화함과 기품을 잃지 않았다.

청명이 눈을 가늘게 뜨고 장문인을 바라보았다.

'하지만 그게 전부여서는 안 되지.'

인내심은 충분히 증명했다. 하지만 장문인이 반드시 갖춰야 할 것은 인품과 인내심만이 아니다. 물론 그런 것도 당연히 중요하겠지. 하지만 화산의······. 아니, 한 문파를 이끄는 장문인이라면 그것 외에도 반드시 갖춰야 할 것이 있다.

'바로 냉정함.'

장문인이란 그런 자리다.

도인들이 살아가는 곳이라고 한들, 화산의 본질은 무파(武派). 본디 인성이 어떠하든 장문인으로서 문파를 이끄는 이는 반드시 냉정함을 갖춰야 한다. 화산의 영화를 위해서라면 이해득실에 철저히 몸을 맡길 줄도 알아야 하는 법이다. 과연 현종은 장문인으로서의 독심(毒心)을 갖추었을까?

처마에 엎드려 턱을 괸 청명이 살짝 몸을 일으켜 세웠다.

우드드드득!

등에서 뼈 부러지는 소리가 났다.

"아으윽……."

앓는 소리를 낸 청명이 허리를 부여잡고 다시 처마에 납작 엎드렸다.

'아이고, 죽겠다.'

몸이 제대로 축나서인지 전신에 멀쩡한 곳이 한 군데도 없다. 꾸준히 운기를 하고 정양을 하고 있음에도 축난 선천지기가 되돌아올 생각을 하지 않았다.

머리로는 한 석 달이면 본래의 상태를 되찾을 수 있겠다는 계산이 끝났지만, 그 석 달을 버티는 게 문제였다. 안 그래도 약해 빠진 어린놈의 몸으로 들어와 답답해 죽을 지경인데, 이제는 그 약한 몸조차 제대로 활용할 수가 없잖은가?

"끄응……. 뭔가 대책을 세워야겠어."

청명이 한숨을 푹푹 내쉬고는 고개를 슬쩍 들었다. 일단 몸은 나중 문제다. 저 상황이 어떻게 끝나는지 지켜봐야 한다.

"변제 기일을 늦춰 달라고 하셨습니까?"

공문연이 저도 모르게 눈을 찌푸렸다.

뭔가 있을 거라고는 생각했다. 그는 결코 화산의 저력을 얕보지 않았다. 하루에도 수십 개의 문파들이 생겨나고 사라진다. 그 복마전 속에서 수백 년을 이어 간다는 건 결코 쉬운 일이 아니다. 지금이야 화산의 처지가 예전만 못하다지만, 긴 역사를 이어 온 문파엔 그만한 저력이 있기 마련이다. 한데…….

'그 저력이라는 게 겨우 이거란 말인가?'

헛웃음이 다 나올 지경이었다.

'내가 화산을 너무 과대평가한 건가?'

생각해 보면 저들에게 저력이 남아 있었다면 이 상황까지는 몰리지 않앉을 것이다. 공문연은 깊게 한숨을 내쉬었다.

"장문인. 더는 변제일을 늦춰 드릴 수 없다고 일전에 분명히 말씀을 드렸습니다."

"오해하지 마시오. 본도는 지금 공 루주에게 부탁드리고 있는 게 아니오."

"……예?"

현종이 가만히 공문연을 바라보다가 입을 열었다.

"화음 상계의 입장은 충분히 알았소이다. 그렇기에 본도는 지금 여러분들 모두에게 직접 부탁을 드리고 있는 것이외다. 십만 냥이라고 한들 각자 받아야 할 액수는 따로 있지 않습니까?"

"그건 그렇지요."

"그러니 개인적으로 변제 기일을 늦춰 주실 수 있는 분이 있는지를 여쭙는 것입니다."

공문연이 눈을 가늘게 떴다.

'얕은수를 쓰는군.'

이게 무슨 의미가 있는지 알 수가 없었다.

"그렇다면 변제 기일을 늦추지 못하겠다 하는 이들에게는 돈을 갚을 수 있다는 말입니까?"

"그렇습니다."

"예?"

생각지도 못한 대답에 공문연이 눈을 동그랗게 떴다.

"화산이 예전만은 못하다 하더라도 화산에 도움의 손길을 내미는 분들이 아주 없는 것은 아닙니다. 십만 냥을 모두 마련하지는 못했지만, 일부는 마련할 수 있었습니다. 그러니 여러분들이 도와주신다면 화산은 그 이름을 잃지 않을 수 있습니다. 그러니 부탁드립니다. 오늘 화산의 사정을 봐주시는 분들께는 반드시 화산의 이름으로 보답을 할 것입니다."

장문인이 다시 한번 포권을 했다. 자세는 낮았지만 당당함이 느껴졌다. 적잖이 당황한 공문연이 헛웃음을 흘렸다.

"무슨 말도 안 되는……."

"그러니까."

그 순간 상황을 지켜보고 있던 유종산이 공문연의 말을 자르고 들어왔다. 의도한 것은 아니었겠지만, 졸지에 말이 끊긴 공문연으로서는 눈살이 찌푸려질 수밖에 없는 일이었다.

"변제일을 늦춰 주면 후사하겠다는 겁니까?"

"그렇소이다."

"장문인. 솔직히 까놓고 말합시다."

유종산이 씁쓸한 얼굴로 말을 잇는다.

"화산이 당장 내일 망할지도 모른다는 건 우리도 알고 장문인도 아는 일 아닙니까. 그런데 장문인의 말만 믿고 변제일을 미뤄 달라는 건 그 돈을 받지 못할 수도 있는 위험을 감수하라는 뜻이 아닙니까?"

"……말하자면 그렇습니다."

"그게 말이나 되는 소립니까?"

공문연이 안색을 다시 정비했다. 유종산이 그의 말을 끊어 버린 것은 사실이지만, 어쨌든 그는 자신이 체면 때문에 할 수 없는 말을 대신 해 주고 있었다. 그럼 차라리 유종산이 나서는 게 낫다. 평소라면 이쯤에서 유종산을 달래 상황을 진정시켰겠지만, 이번만큼은 공문연도 침묵을 지켰다. 지금은 장문인을 조금 더 몰아붙일 필요가 있다.

'이제 다 끝났다.'

이 자리에서 화산은 그 긴 역사의 종언을 고할 것이다. 무파인 화산이 타 문파의 무력이 아닌 돈의 힘에 의해 무너진다는 것은 지켜보는 이들의 입맛을 씁쓸하게 하는 일이겠지만, 그렇기에 더욱 의미가 있는 일이기도 하다.

"유 점주님."

"예, 장문인."

"본도가 내어 드릴 것이 뭐가 있겠습니까."

"......예?"

현종이 어깨를 폈다. 어디선가 선선한 바람이 불어왔다. 바람을 맞으며 현종이 빙그레 웃었다.

"화산에는 남은 것이 없습니다. 이제 화산에 남아 있는 것은 오랜 세월 동안 화음과 섬서를 지탱해 왔다는 명예뿐입니다. 제가 걸 수 있는 것 역시 화산의 이름뿐입니다."

"거......"

"무엇을 보고 믿어야 하느냐 물으신다면 대답은 이것뿐입니다. 화산의 이름. 화산의 역사. 그것만으로는 어렵겠습니까?"

유종산은 할 말이 없는지 입을 다물어 버렸다.

화산의 이름. 화산의 역사. 그래. 어쩌면 의미가 있는 말인지도 모른다. 이곳에 모인 이들이 상인이 아니라면 말이다. 상인에게 이름이나 역사는 아무런 의미가 없다. 상인들에게 의미 있는 것은 오로지 금전뿐이다. 돈이 되는가, 돈이 되지 않는가. 그 하나에 모든 것을 건 이들이 바로 상인이다. 그런데 상인들에게 이름값과 역사를 담보로 잡아 달라?

"허허."

유종산은 터져 나오는 웃음을 막을 수가 없었다.

"장문인, 억지가 너무 심하시지 않습니까."

"억지라고 하셨습니까?"

현종이 가만히 유종산을 바라보았다. 그 눈빛의 무거움에 유종산은 저도 모르게 흠칫하며 뒤로 물러났다.

"억지일지도 모르지요."

하지만 그 무거운 눈빛과는 다르게 현종의 입에서 나온 목소리는 부드럽기만 했다.

"하지만 억지를 부려 보고 싶은 마음입니다. 화산이, 수백 년간 섬서와 화음을 지켜 온 화산이 세상에 남긴 이름이 헛되지 않았다고 믿기 때문입니다."

"……."

"거꾸로 묻고 싶습니다. 여러분에게 화산이란 어떤 의미입니까. 정말 화산의 이름에, 화산의 역사에 그만한 가치도 존재하지 않습니까?"

아무도 입을 열지 못했다.

화산. 누가 감히 그 이름을 가볍다 할 것인가? 그리고 누가 감히 그 역사를 헛되다 할 것인가? 이제는 흔적만이 남아 바래 버린 이름이지만 누구도 감히 화산의 이름을 가벼이 여길 수 없다. 더구나 화음에 뿌리를 묻고 살아온 이들이라면 더더욱 그럴 것이다. 그렇기에 누구도 선뜻 대화를 이어 가지 못했다. 단 한 사람을 빼고는 말이다.

"이야기가 좀 샌 것 같은데."

공문연이 분위기를 환기하고 나섰다. 현종의 시선이 공문연에게로 향한다. 다소 느긋한 현종의 눈빛과는 다르게 공문연의 눈빛은 전에 없이 날카로웠다.

"정리하자면 개인적으로 변제 기일을 미룰 사람은 미뤄 주고, 그러지 않을 사람은 오늘 이 자리에서 돈을 받아 가라 이 말씀이시군요."

"그리되는구려."

"좋습니다."

공문연이 고개를 끄덕였다.

"본래라면 화음 상인 연합의 이름으로 반대해야 할 일이지만, 저도 도의를 아는 사람이니 허가하겠습니다. 원하시는 분이 있다면 개인적으로 변제를 미루셔도 됩니다. 하나!"

공문연이 날카로운 눈으로 뒤를 돌아보았다.

"그에 따른 책임은 본인이 지셔야 합니다. 변제일을 미루신 분들은 상인 연합에서 따로 보호를 해 드리지 않습니다. 설사 돈을 떼인다고 하더라도 말이지요."

은근한 압박이었다.

"선택하시면 됩니다. 변제일을 지키실 분은 이곳에. 그리고 변제일을 늦춰 주겠다고 생각하시는 분은 저쪽으로 가십시오."

공문연의 손이 옆쪽을 가리켰다.

"이걸로 됐습니까? 장문인?"

"그렇습니다."

현종이 선선히 고개를 끄덕였다.

"이게 무슨 의미가 있는지 모르겠군요. 하지만 장문인의 의견을 마지막까지 존중해 드리겠습니다. 이제는 사라질 화산이라고는 하나 화산의 장문인이란 존중받아야 할 자리가 아니겠습니까?"

현종은 그저 빙그레 웃었다.

"신경 써 주셔서 고맙소."

공문연은 눈살을 찌푸렸다. 슬쩍 도발해 보았음에도 현종의 태도에는 변화가 없다.

'그 태도를 무너뜨려 주지.'

잠시 뜸을 들인 공문연이 너스레를 떨며 말했다.

"어떻습니까? 안타깝게도 변제일을 늦춰 줄 이는 없는 것 같습니다만?"

"……."

"보십시오."

공문연이 뒤를 가리켰다. 현종의 시선이 공문연을 따라 상인들에게로 향한다. 현종과 시선이 마주친 이들은 다들 슬쩍슬쩍 눈을 돌려 시선을 피했다.

"시간이 더 필요하십니까?"

현종은 대답하지 않았다. 그저 눈을 감아 버렸을 뿐이다.

"아무리 기다린다고 하더라도 달라질 것은 없습니다. 바래 버린 화산의 이름 때문에 거금을 포기할 사람은 없으니까요. 그러니 이제 그만하십시다, 장문인. 전각을 내어놓고 물러나십시오. 장문인은 충분히 할 만큼 하셨습니다."

승리감에 도취된 공문연이 자신도 모르게 양팔을 벌렸다.

"자, 이제 이걸로……."

"쯧."

그 순간이었다. 등 뒤에서 터덜거리는 발소리가 들렸다. 다급히 뒤를 돌아본 공문연은 눈을 부릅떴다.

"……유 점주?"

유종산이 뭐라도 씹은 것 같은 얼굴로 터덜터덜 걸어 옆쪽으로 옮겨 가고 있었다. 변제일을 늦출 이들이 가기로 한 자리로 말이다.

"대체 뭘……."

공문연의 어이없어하는 표정을 보며 유종산이 한숨을 푹푹 내쉬었다.

"……이보시오, 유 점주. 대체 무슨 생각을 하시는 거요?"

공문연의 노한 목소리가 날카롭게 퍼져 나갔다.

"그런 얼굴로 보지 마시오. 나도 내가 등신짓을 하고 있다는 건 충분히 아니까."

유종산이 귀찮다는 듯 손을 휘휘 저었다.

"아는 사람이 왜?"

"이보시오. 공 루주."

"……."

"당신은 화음 사람이 아니잖소."

공문연의 얼굴이 멍해졌다. 이게 무슨 소린가?

"당신이야 화음에 사위로 들어온 사람이니까 모르겠지. 화음에서 화산이 어떤 의미인지 말이요."

"아니!"

공문연이 입을 뻐끔거렸다. 이게 무슨 개소리란 말인가? 화음 사람이고 아니고가 지금 왜 중요한가?

"이보시오, 유 점주."

"아아. 됐소이다. 무슨 말을 하려는지 아니까."

유종산이 한숨을 푹 내쉬었다.

"돈이면 나라님도 팔아먹는 세상에 화음이 어쩌고 하는 게 같잖아 보인다는 건 잘 알고 있소."

공문연이 황당한 얼굴로 유종산을 바라보았다. 도대체 그의 입에서 무슨 말이 나올지 궁금해서였다.

"그런데 나는 화음 사람이란 말이오."

"……그게 뭐 어쨌다는 거요?"

"화음에서 나고 자란 이들은 다들 화산에 대한 이야기를 듣고 자라오. 젖먹이를 벗어나면 너도 화산에 입산해서 천하의 고수가 되어야 한다는 말을 듣고, 재능이 없어 화산에 들지 못한다는 걸 알아 버린 뒤에도 화산이 어찌 천하와 섬서를 지켜 왔는지 귀에 못이 박이도록 듣고 자란다는 말이오."

공문연이 고개를 갸웃거렸다. 이게 무슨 뜬금없는 소린가?

"나뿐만이 아니오. 내 아버지도, 내 할아버지도 그리 자랐소이다. 화산은 섬서의 자부심이고, 화음의 자부심이오. 그리고……."

유종산이 뒷머리를 벅벅 긁었다.

"나는 아니더라도, 확실히 내 아버지나 내 할아버지의 자부심이기는 했소이다."

"……그래서 그게 뭐 어쨌다는 거요?"

"그런데 내가 돈 좀 벌겠다고 화산을 무너뜨리면? 내가 저승에 가면 우리 아버지가 날 가만히 내버려 두시겠소? 몇 날 며칠을 처맞고 또 처맞겠지."

그는 나직한 웃음을 흘렸다. 공문연이 굳은 얼굴로 돌아보니 다들 입을 닫고 고개를 살짝 숙였다.

"그래서? 겨우 그런 이유 때문에 거금을 포기하겠다는 거요?"

"포기는 뭔 놈의 포기요. 장문인께서 보상해 주시겠다는 말을 못 들었소이까?"

"그 말을 믿는단 말이오?"

"믿고 말고 할 것도 없소. 막말로 그 돈은 받아서 뭐 할 거요."

유종산이 바닥에 침을 탁 뱉었다.

"돈 받아서 떠나 버릴 당신 같은 사람이야 그 돈 써먹을 데가 많겠지. 항주 같은 곳으로 가면 돈 쓸 곳이야 널렸으니까. 하지만 내가 돈을 벌어 어딜 가겠소. 평생을 화음에서 땅 파먹고 산 내가 이제 와 항주? 소주? 웃기지도 않는 소리지."

유종산은 자신도 모르게 피식 웃고 말았다. 웃기지도 않는 상황이다. 화산을 오를 때만 하더라도 그는 돈을 받아 내어 떵떵거리며 살 생각에 젖어 있었다. 그런데 이제 와 이런 말을 하고 있지 않은가?

'미친 거지.'

제정신으로는 할 수 없는 일이다. 자신이 지금 얼마나 멍청한 짓을 저지르고 있는지 유종산은 아주 잘 알고 있었다. 하지만…….

"당신, 후회할 거요."

"당연히 후회하겠지. 빌어먹을! 내가 후회한다는 걸 몰라서 이 지랄을 하는 것처럼 보이시오! 내가 당신보다 더 잘 알고 있소! 당연히 후회하겠지!"

유종산이 소리를 버럭 질렀다.

"그런데 내 손으로 화산을 망하게 하는 것보다는 덜 찝찝할 거란 말이오!"

공문연이 어이가 없다는 눈으로 유종산을 보았다. 유종산 역시 흥분이 가라앉지 않는지, 몇 번이고 심호흡하고는 한숨을 푸욱 내쉬었다.

"이보시오. 공 루주. 나는 지금도 나름 먹고살 만하단 말이오. 내가 지금 여기서 화산을 지키려 든다면 나는 돈을 떼이겠지. 그럼 그냥 그때 돈이나 챙길걸, 하면서 궁상맞게 살 수는 있단 말이오. 하지만 여기서 내가 화산의 기둥뿌리마저 뽑아 버린다면 나는 죽는 그 날까지 쓸 데도 없는 돈을 안고 후회하며 살게 될 거요. 나는 그렇게 살고 싶지는 않소."

공문연이 유종산을 노려보며 이를 악물었다.

'제정신인가?'

도대체 유종산이 무슨 말을 늘어놓는 건지 이해할 수가 없었다. 하지만……

'굳이 이해할 필요도 없지.'

제 발로 불구덩이에 들어가겠다는데 무슨 의리로 말린단 말인가? 저 한 사람 빠진다고 해서 상황이 달라지는 것도 아니다.

"마음대로 하시구려. 당신 하나 빠진다고 달라질 것도 없으니까."

"누가 하나라고 하더이까?"

공문연의 움직임이 덜컥 멎었다. 그러다 이윽고 고개가 천천히 돌아간다. 느릿하게 움직이는 그의 머리가 그가 지금 얼마나 열이 올랐는지를 말해 주는 것 같았다.

"서문 장주."

서문종이 저벅저벅 걸어 유종산의 옆에 가 섰다.

"지금 뭐 하는 거요?"

"보시면 모르겠소?"

공문연이 눈을 찌푸렸다.

나선 이는 서문종만이 아니었다. 유종산의 목소리가 계기가 되었는지 함께 올라온 이십여 명 중 다섯이 유종산 쪽에 가 섰다.

"허어, 거참."

공문연이 고개를 내젓고 말았다.

'저런 한심한 작자들을 보았나?'

명색이 상인이라는 작자들이 어찌 저리 멍청한 선택을 할 수 있단 말인가? 하긴, 그러니 이런 시골에나 처박혀 빌어먹고 사는 것이겠지.

'아니, 아니지.'

한심한 마음을 숨기지 못하던 공문연의 얼굴이 금세 신중하게 굳어졌다.

'상대가 화산이 아니었다면 저들도 절대 저런 선택을 하지 않았을 것이다. 그만큼이나 아직도 화음에 화산의 영향력이 절대적이라는 거겠지.'

감정에 휘둘리면 제대로 된 판단을 할 수 없게 된다. 상대를 경시하는 것은 상인이 절대로 하지 말아야 할 일이다. 그가 그토록 우려하던 화산의 저력이 이 순간 발휘되었다고 생각하는 게 옳다.

공문연은 옆쪽으로 넘어간 이들을 가만히 바라보았다. 다들 못내 아쉬워하면서도 후련함이 담긴 표정들을 짓고 있다.

'어리석은 것들.'

마지막까지 화산을 버리지 않았다는 자부심? 그런 건 화산이 존속할 때나 의미가 있는 것이다. 저들이 변제일을 미뤄 준다고 해도 화산은 나머지 돈을 갚을 여력이 없다. 저들은 결국 순간의 잘못된 판단으로 거금을 날린 것이다.

판단을 끝낸 공문연이 차분하게 물었다.

"더는 다른 생각을 하시는 분이 없소이까?"

남아 있는 상인들은 현종과 공문연의 눈치를 살피고는 슬며시 고개를 돌려 버렸다.

"장문인."

공문연이 부드럽게 웃으며 말했다.

"화산의 이름이 아직 이리 드높을 줄은 몰랐습니다. 하지만 여기까지인 듯하군요. 남은 이들은 변제일을 미룰 생각이 없으니, 이제 그만 저희가 빌려준 돈을 갚아 주셨으면 합니다."

현종이 허허롭게 웃었다. 그의 시선은 공문연이 아니라 그 뒤의 상인들에게로 향해 있었다.

"정말 더는 화산을 도와주실 분들이 안 계십니까?"

돌아오는 대답은 없었다. 현종이 가만히 고개를 끄덕였다.

"그렇다면 어쩔 수 없는 노릇이지요."

"장문인."

"재촉하지 마시오, 공 루주."

공문연이 움찔했다.

나직한 목소리였지만 현종의 목소리에는 감히 항거할 수 없는 힘이 실려 있었다. 옆쪽에 따로 선 유종산과 상인 몇을 돌아본 현종이 빙그레 미소를 지었다.

"그래도 아직 화산에 뜻을 둔 이들이 남아 있다는 걸 확인한 것만으로 족하외다. 세상이 아직 화산을 버리지는 않았다는 뜻 아니겠소?"

공문연이 이러지도 저러지도 못하고 있을 때 현종이 크게 목소리를 높였다.

"운암!"

"예. 장문인!"

"가져오너라!"

"예."

운암이 고개를 숙이고는 빠른 걸음으로 어딘가로 걸어갔다. 그 모습을 보며 공문연이 살짝 눈살을 찌푸렸다.

'정말 준비가 되었다는 말인가?'

그럴 리가 없다. 공문연이라고 해서 두 손 놓고 놀고만 있었던 것은 아니다. 화산에 그만한 돈을 빌려준 이가 있었다면 반드시 공문연의 귀에도 들어왔을 것이다.

그렇다면 허세란 말인가? 아니, 그것도 말이 안 된다. 허세라는 것은 뒤가 있을 때 부리는 것이다. 하지만 지금 화산에는 뒤가 없지 않은가? 허세를 부려 해결할 수 있는 상황이 아니다.

공문연이 채 생각을 정리하기도 전에 운암이 돌아왔다. 갈 때는 혼자였지만, 돌아오는 사람은 모두 셋이었다.

'현자 배인가?'

운암과 함께 오는 이들의 나이가 지긋해 보이는 걸로 봐서는 화산의 장로들인 모양이었다. 그들 중 하나의 손에는 커다란 궤짝이 들려 있었다.

"장문인, 가져왔습니다."

현종이 턱짓으로 앞을 가리켰다.

"내려놓게."

"예."

궤짝이 묵직한 소리와 함께 바닥에 놓였다. 공문연은 그것을 뚫어지게 바라보다가 고개를 들었다.

"이것은……?"

"그 안에 그대들에게 갚아야 할 재물이 들었으니 확인해 보시오."

"……지금 재물이라 하셨습니까?"

"그렇소이다."

공문연이 의혹에 찬 눈으로 궤짝을 바라보았다.

'설마 나와 농을 하자는 건 아닐 테고.'

그가 아는 현종은 이런 상황에서 농을 할 사람이 아니다. 그렇다면 저 안에 정말 재물이 들었다는 말인가?

여러 가지 생각이 앞다투어 들었지만, 지금은 생각을 할 때가 아니었다. 바로 눈앞에 궤짝이 있는데 생각을 해서 무엇 하겠는가?

공문연이 홀린 듯이 궤짝으로 다가갔다. 그리고 천천히 뚜껑을 열었다.

안에 든 물건을 확인한 그의 눈이 확 가늘어졌다.

"이건……."

재물? 이 책이 재물일 리는 없을 텐데?

"장문인, 지금 저를 놀리는 겁니까?"

"그럴 리가 있겠소? 나는 분명 그대들이 원한 것을 주었소이다."

"이게 무엇입니까?"

"읽어 보면 알 것이오."

태연한 현종의 얼굴을 본 공문연이 입술을 질끈 깨물고는 궤짝 안에 든 서책 중 한 권을 뽑아 들었다. 그러더니 선 자리에서 그 내용을 확인하기 시작했다.

사라락. 사라락.

책장 넘기는 소리가 고요한 화산에 퍼져 나간다. 한 장 한 장이 더 넘어갈 때마다 공문연의 얼굴이 흙빛으로 물들어 갔다.

"이, 이건……."

얼굴색이 완전히 변해 버린 공문연이 책을 쥔 손을 덜덜 떨며 현종을 바라보았다.

"이, 이게 무슨……."

공문연이 차마 말을 잇지 못하자 공문연의 눈치를 살피던 상인들이 슬그머니 공문연 쪽으로 다가왔다.

"그게 뭡니까? 공 루주?"

"저희도 좀 봅시다."

공문연이 아무 대답도 하지 않자, 상인들이 궤짝을 바라보았다. 안에 아직 여러 권의 서책이 남아 있다는 것을 확인한 이들이 슬쩍 손을 뻗어 서책들을 꺼내 들었다.

"대체 이게 뭐기에……."

살짝 긴장한 얼굴로 내용을 확인한 이들의 얼굴이 이내 의문으로 물들었다.

"이건 장부가 아닙니까?"

"그렇소."

현종이 선선히 고개를 끄덕였다.

"그것도 옛날 장부 같은데, 이걸 갑자기 왜……?"

현종이 빙그레 웃었다.

"여러분이 보고 계시는 장부는 화산의 전대가 사업체의 관리를 위해 만들어 둔 장부요."

"……예? 그게 대체?"

현종의 눈이 조금 가라앉았다.

"공 루주. 확인하셨소?"

현종의 목소리가 선명하게 울려 퍼졌다.

"그 장부에는 지금 여러분들이 운영하고 있는 화음의 사업체의 원주인이 화산임을 증명하는 내용이 들어 있소이다."

"예?"

"아, 아니, 그게 대체 무슨 말입니까? 장문인?"

"조용."

현종이 단호하게 그들의 말을 끊었다. 그리고 아직 채 정신을 차리지 못한 이들을 향해 나직하게 입을 열었다.

"화산은 그대들에게 은혜를 베풀었소. 하나 그대들은 은혜를 원수로 갚았구려. 아무리 화산이 선을 숭상하는 문파라고는 하나, 은혜를 모르고 주인을 물어뜯는 쥐새끼들에게까지 호의를 보일 만큼 우스운 곳은 아니오."

준엄한 현종의 질책이 날카롭게 쏟아졌다.

"이에 화산은 이 장부를 바탕으로 여러분이 운영하고 있는 사업체는 물론, 지금까지 여러분이 그 사업을 토대로 모아 온 재산까지 모조리 몰수하도록 하겠소."

마른하늘에 날벼락이 떨어졌다.

아무도 입을 열지 못했다. 현종의 입에서 나온 선언이 너무도 충격적이었기 때문이다. 현종이 무슨 말을 하는지 이해한 이들은 벌어진 입을 다물지 못했고, 아직 상황 파악을 제대로 하지 못한 이들도 분위기에 짓눌려 감히 입을 열 수 없었다.

"자, 장문인!"

"그게 무슨 말씀이십니까? 장문인?"

소란은 급격하게 터졌다. 얼굴을 시뻘겋게 물들인 상인들이 악을 쓰듯 소리를 질러 댔지만 현종은 표정 하나 바꾸지 않았다. 평소 그에게서는 볼 수 없었던 싸늘한 얼굴이 상인들을 짓눌렀다.

"말 그대로요."

"하, 하지만……!"

"저희는 이게 대체 무슨 상황인지…….."

그때였다.

"조용."

공문연의 싸늘한 목소리가 상인들의 입을 틀어막았다. 현종과 공문연의 시선이 허공에서 얽힌다.

"장문인."

"말씀하시오, 공 루주."

태도는 달라진 게 없지만 많은 것이 바뀌어 있었다. 현종은 더 이상 여유로운 태도로 일관하지 않았고, 공문연의 안색에서도 예의상 걸었던 부드러움이 사라졌다.

"장난이 너무 심하신 것 같습니다."

"장난이라 하였소?"

"그렇습니다."

두 사람의 시선이 허공에서 얽혀 든다. 평소라면 부드럽게 넘겼을 현종도 이 순간만큼은 한 치도 물러나지 않았다.

"대화산의 장문인 자리가 그대와 농을 나눌 정도로 한가해 보인다면 유감이오."

공문연이 입을 꾹 다물었다. 그의 입매가 평소와 달리 이지러져 있었다.

"확실히 이 장부에 따르면, 화음 상인 연합의 사업체 대부분은 화산의 소유가 됩니다. 저희가 화산에 정당한 대가를 주고 사업을 인수했다는 증좌를 내밀지 못한다면 재산을 몰수당해도 할 말이 없을 것입니다."

"잘 알고 있구려."

"하나."

공문연이 미소를 지었다. 하지만 그 미소는 지금까지 그가 보여 주던 미소와는 확연히 그 느낌이 달랐다. 억지로 지어낸 듯 어색한 미소다.

"그건 이 장부가 진짜일 때의 이야기 아니겠습니까?"

현종이 말없이 공문연을 노려보았다. 하지만 공문연은 그 눈빛에도 눌리지 않고 제 말을 이어 갔다.

"갑자기 튀어나온 이 장부가 진품인지 아닌지를 어찌 증명한다는 말입니까?"

"그 말인즉슨……."

현종이 눈을 가늘게 떴다.

"화산이 지금 거짓 증좌를 내어냈다고 말하는 것이외까?"

"화산이 그럴 리는 없겠지요."

공문연이 살짝 한 발을 뺐다. 하지만 그렇다 해서 태도가 바뀐 것은 아니었다.

"하지만 화산 역시 이 거짓 장부에 속고 있을 수도 있는 것 아니겠습니까? 이 장부가 진품인지 검증되지 않는다면 저희는 이 장부를 믿을 수 없습니다."

"옳소이다!"

"지극히 상식적인 말입니다!"

상인들이 옳다구나 공문연의 발언에 힘을 실어 주었다. 그 모습을 가만히 지켜보던 현종이 천천히 고개를 끄덕였다. 그리고 고개를 돌려 현영을 바라보았다.

"재경각주."

"예, 장문인!"

"어찌 생각하는가?"

"저들의 말에 일리가 있습니다."

재경각주 현영이 얼굴빛 하나 바꾸지 않고 대답을 했다. 그 모습에 상인들이 쾌재를 불렀다.

"하면 어찌해야 하는가?"

"장문인. 논의가 잘못되었습니다."

"음?"

현영이 빙그레 웃으며 말한다.

"장부가 진품인지 아닌지 가리는 것은 우리와 저들의 일이 아닙니다. 이럴 때 시시비비를 가리는 곳이 바로 관아(官衙)가 아니겠습니까?"

"그렇지."

현영이 포권을 하며 말을 이었다.

"그렇기에 이미 화음의 관아에 장부의 절반을 맡겨 진품임을 검증받고 있습니다. 장부가 진품임이 검증된다면 관에서 친히 저들의 사업장을 몰수할 것입니다."

공문연이 눈을 부릅떴다.

"이, 이미 맡겼다고 하시었소?"

"그렇소이다. 왜? 뭐가 잘못되었습니까?"

현영의 태연한 반문이 공문연의 체온을 낮추었다. 등골에서 식은땀이 배어나기 시작했다.

'당했다.'

그들이 화음에 있었다면 대처할 수 있었을 것이다. 하지만 그들은 지금 화산에 있다. 그들이 자리를 비운 틈을 타, 관병들이 사업장으로 몰려가 점거를 시작한다면 남아 있는 이들만으로는 대처할 방법이 없을 것이다.

'저 작자가!'

현종을 노려보는 공문연의 눈에 불꽃이 튀었다. 현종은 애초부터 이럴 작정으로 그들을 화산으로 불러 모은 것이다. 장부를 상인들에게 직접 보여 주고 시시비비를 가리는 건 눈 가리기에 불과했다. 저들이 진정으로 노린 것은 그들을 화음에서 떨어뜨려 놓는 것이다.

"관에 장부를 맡긴 게 언제요?"

"이틀 전이외다."

"이……."

공문연이 이를 갈았다. 이틀이면 장부를 모두 검증하고도 남을 시간이다. 절반을 맡겼다고는 했지만, 장부라는 게 어디 절반으로 대조가 가능한 것이던가. 지금 궤짝에 들어 있는 장부는 이미 검토를 마친 것임에 분명했다.

그 말인즉슨, 산 밑에선 이미 장부의 진위를 가리고 사업장을 몰수할 준비를 마친 관군들이 대기하고 있다는 말이다.

화음의 관아는 대대로 화산에 친화적인 곳. 만약 장문인이 화산의 인맥을 동원하여 위에서부터 압박했다면, 화음 현령이 어찌 나올지는 불을 보듯 빤하지 않은가? 아마 지금쯤이면 난리가 났을 것이다.

"장문인!"

공문연의 입에서 절로 노한 음성이 터져 나왔다. 하지만 현종은 더 이상 그가 알던 너그러운 장문인이 아니었다.

"목소리를 낮추시오."

현종의 전신에서 준엄한 기세가 뿜어져 나온다. 좀처럼 사람에게 놀라거나 당황하지 않는 공문연이지만, 현종에게서 뿜어져 나오는 기세에는 일순 몸을 움츠릴 수밖에 없었다.

화산이라는 이름. 이제는 거죽밖에 남아 있지 않은 그 이름을 짊어진 이에게서 뿜어지는 기세라고는 상상할 수도 없을 정도였다.

"그대들에게는 입을 열 자격이 없소."

현종이 차가운 눈으로 상인들을 응시했다. 그 무게를 이기지 못한 몇몇은 고개를 떨구며 시선을 피했다.

"진정한 친우란 힘들 때 손을 내미는 이요. 힘이 들 때 칼을 들이미는 이들을 친우로 대할 필요는 없겠지. 돌아가시오. 화음에 내려가면 모든 것이 끝나 있을 것이오. 본래대로라면 그대들의 모든 것을 회수하여야겠으나……."

현종이 한숨을 내쉬었다.

"그동안의 노고를 아주 무시할 수는 없는 노릇이지. 그러니 각자 수레 한 대분의 재물을 가져가도록 허가하겠소."

"자, 장문인."

아무리 눈치가 없는 이들이라 해도 이쯤 되면 상황이 어찌 흘러가는지 모를 수가 없었다.

"나는 그대들에게 최대의 호의를 베풀었소."

그때 재경각주 현영이 입을 열었다.

"장문인. 이들은 화산을 능멸하고 그 재산마저 빼돌린 이들입니다. 그에 그치지 않고 화산이 베푼 은혜를 원수로 갚으려 했습니다. 그런 이들에게 그만한 호의는……."

"짐승이 물어뜯으려 했다 해서, 같이 이를 드러내면 나 역시 짐승이 되는 것이다."

현종이 손을 내저었다.

"내 이미 정했으니 재경각주는 더 이상 이 일을 언급하지 말게나."

"예, 장문인."

현영이 고개를 숙였다.

"내려들 가 보시오. 그대들의 눈으로 일이 어떻게 되었는지를 확인해야 하지 않겠소?"

공문연의 얼굴이 완전히 일그러졌다. 이를 드러낸 그는 숫제 죽일 듯 현종을 노려보았다.

"장문인. 그 부드러운 얼굴 뒤에 독심(毒心)을 숨기고 계셨구려."

"독심이라……."

현종이 빙그레 웃었다.

"독심이라면 독심이겠구려. 어디 그대들에 비할 수 있겠냐마는."

"……이 빚은 잊지 않겠소이다."

"그러시오. 운암. 이분들을 모셔다드려라."

"예. 장문인!"

공문연이 몸을 휙 돌렸다. 그리고 운암의 안내를 기다리지도 않고 산문을 향해 걸어가기 시작했다. 어찌할 바를 모르고 둘의 눈치를 살피던 상인들도 다급하게 공문연의 뒤를 따르기 시작했다. 한시라도 빨리 산을 내려가 화음이 어떻게 됐는지 확인해야 한다.

산문으로 향하는 상인들을 보며 현종이 나직하게 한숨을 내쉬었다.

"장문인! 고생하셨습니다."

"암."

현종이 현영을 향해 부드럽게 웃어 주었다.

"이제 화산은 됐습니다. 됐고말고요!"

"너무 그렇게 기분 내지 말게나. 이제야 산 하나를 넘은 걸세."

"그보다 큰 산이 어디에 있었습니까? 이제 다 잘될 것입니다."

좋아 어쩔 줄 몰라 하는 현영을 보며 현종은 빙그레 웃고 말았다. 재경각주가 저리 좋아하는 모습을 보는 건 몇십 년 만이다. 모두 제각기 무거운 짐을 어깨에 짊어지고 있었던 것이다.

'이게 다 그 아이 덕분이지.'

가히 화산의 홍복이라 할 수 있겠다. 큰 상을 내려야 할 텐데 대체 어떤 상을 주어야 이 공로를 모두 치하할 수 있을까? 자꾸만 웃음이 나온다.

잠깐 생각에 잠겨 있던 현종의 시선이 유종산과 나머지 상인들에게로 향했다.

"그리고……."

장문인의 눈을 본 이들이 즉각 고개를 숙인다.

"그대들은 마지막까지 인의를 잃지 않아 주었소이다."

현종의 태도는 조금 전 다른 상인들을 대하는 것과 사뭇 달랐다. 엄중함을 잃지는 않았지만 확실히 부드러웠다.

"장문인. 저희는 이게 뭐 어떻게 돌아가는 건지……."

"그대들의 사업장이 화산의 것이라는 사실은 변치 않소. 당연히 화산의 것은 화산에게로 돌아와야겠지. 하지만 그대들이 앞으로도 사업장을 운영하며 그 대가를 받을 수 있게 해 주겠소이다."

유종산의 얼굴이 미묘해졌다. 당장 지금 산을 허둥지둥 내려가고 있을 이들보다는 처지가 낫기는 하지만, 사업장을 빼앗기는 것은 마찬가지다.

당장 유종산만 하더라도 포목점의 점주에서 대리인이 되어 버리지 않았는가?

"하면……."

유종산이 항의를 하려는 순간, 현영이 슬쩍 입을 열었다.

"과한 욕심은 화를 부르는 법이지요."

"……."

"본디 자신의 것이 아닌 재산으로 타인을 압박했으니, 이 역시 죄입니다. 화산은 그저 여러분께 그 죄의 무게를 덜 기회를 드린 것뿐이지요."

한숨이 새어 나왔다. 만약 이 모든 것이 가짜에서 비롯되었다면 현영의 말이 맞다.

'할아버님. 대체 무슨 짓을 하신 겁니까?'

새삼 부끄러워졌다.

"재경각주."

"예, 장문인."

"하나 이분들께서 화산에 대한 의리를 저버리지 않고 마지막 순간에 도움을 준 것은 사실이 아닌가."

"옳으신 말씀이십니다."

"함께 논의해 보시게. 좋은 방향이 있는지. 화산은 친우에게는 여전히 따뜻한 곳이어야 하지 않겠는가?"

"예, 장문인. 말씀에 따르겠습니다."

현영이 슬쩍 앞으로 나서 상인들에게 손짓했다.

"이쪽으로 오시오. 재경각으로 가 앞으로의 일을 논의해 보도록 합시다."

"……예."

상인들이 현영을 따라 걸었다. 얼굴에 복잡한 심경이 고스란히 묻어나고 있었다.

모두가 멀어지는 가운데, 현종은 홀로 남아 가만히 화산을 둘러보았다. 하루하루 이 광경을 눈에 담지 않은 날이 없었다. 하지만 오늘 그의 눈에 들어오는 화산은 어제와는 확연히 그 느낌이 달랐다. 삭막하고 바래 가던 전각들이 오늘따라 생기가 넘치는 것처럼 보인다.
 '모든 것은 마음에 달린 것인가?'
 아니. 그렇게만 끝나지는 않는다. 언제나 비보만 접해 왔던 화산이 몇 십 년 만에 받은 낭보다. 흐름이라는 것은 묘한 면이 있어서, 한번 그 방향을 바꾸면 인력으로는 되돌리는 일이 쉽지 않다. 좋은 쪽으로 물꼬가 트였으니 이제 화산도 이전과는 달라질 것이다. 현종은 그리 믿었다. 어쩌면 오늘을 계기로 잊혔던 화산의 영광이 되돌아올지도 모른다.
 '반드시 그리되어야지.'
 주름 가득한 현종의 얼굴에 수심 하나 없는 맑은 미소가 피어났다.

 "……저, 저……."
 그리고 주름 하나 없는 깨끗한 얼굴이 와락 일그러졌다.
 "저 호구 새끼!"
 청명의 눈에 불꽃이 튀었다. 뭐? 수레 한 대분? 짐승이 뭐 어쩌고 저째?
 "오냐. 짐승이 뭔지 내 확실하게 보여 주마!"
 현종은 그들을 그리 보냈으나, 청명은 그들을 보내지 아니하였다.

 ◆ ❖ ◆

 "사형! 대사형!"
 "왜 이리 호들갑이냐?"
 "들으셨습니까?"

윤종이 피식 웃었다.

"뭘 들었냐는 말이냐?"

"벌써 소문이 파다하게 나지 않았습니까? 못 들으셨습니까?"

"귀가 있으니 못 들을 것도 없다."

윤종이 태연하게 대답하자 조걸이 더욱 호들갑을 떨었다.

"화산에 빚 독촉을 하던 화음의 상인들이 알고 보니 과거 화산의 대리인들이었답니다. 그들의 사업체도 모조리 화산의 것이고요."

"그렇다더구나."

"지금 화음에는 난리가 났답니다. 관병들이 화음을 점거하고 그들의 재산을 모조리 몰수하고 있답니다."

"그것도 들었다."

"아이고, 대사형! 뭐가 그렇게 태연하십니까. 하! 이래서 내가 도사 될 사람들이랑은 말을 말아야 하는데!"

조걸이 답답하다는 듯 가슴을 쳤다.

"그게 그리 대단한 일이더냐?"

"대단하지요. 대단하고말고요. 몰려온 이들의 재산을 모두 몰수하면 그 돈이 다 얼마인지나 아십니까? 그들의 재산은 둘째치고, 그들의 사업장만 가져올 수 있어도 화산은 대대로 먹고살 걱정은 안 해도 될 겁니다."

"그렇게나……?"

윤종이 조금은 심각함을 알았다는 듯 새삼스러운 눈으로 조걸을 바라보았다.

그는 애초에 도인이 될 사람이고, 태생도 상계(商界)와는 거리가 멀다. 그런 그가 사건을 바라보는 시선과 상가의 자제인 조걸의 시선은 확연히 차이가 있는 모양이다.

"생각보다 큰일이었던 모양이구나."

"아이고, 사형. 사형도 훗날에는 화산을 이끌어야 하는데, 그렇게 금전 감각이 없어서는 큰일 납니다."

"으음. 명심하지."

소문이야 들었지만, 그게 그리 엄청난 일이라고는 생각해 보지 못했다. 그저 빚 독촉은 면할 수 있을 거라 생각했건만, 예상보다 꽤나 대단한 일인 모양이다.

그러다 보니 새로운 의문점이 생겨났다.

"그런데 어떻게 갑자기 이런 일이 벌어지는 것이냐. 장문인께서는 왜 지금까지 그 수모를 참으셨고?"

"그, 그게……."

"응?"

조결의 얼굴이 묘하게 복잡해졌다.

"장부를 이번에 발견했다고 하더라고요?"

"장부?"

"예. 화산의 사업체와 관련된 장부 말입니다. 며칠 전에 그걸 발견해서 저놈들을 때려잡을 수 있게 되었다고 합니다……."

조결은 은근히 말끝을 흐렸다. 그리고 윤종은 그의 표정이 떨떠름한 이유를 알 수 있었다.

"며칠 전이란 말이지."

"예."

"며칠 전에 장부가 발견됐다. 그리고 그 장부는 분명히 서책의 형태를 하고 있겠지?"

"그렇겠지요."

윤종이 허탈하게 웃었다.

"공교롭게도 우리가 며칠 전에 서책이 발견되는 모습을 본 것 같구나. 그렇지 않으냐?"

"……그렇지요."

조걸과 윤종이 차마 말을 더 잇지 못하고 미묘한 시선을 교환했다.

'그 궤짝.'

'거기 분명히 서책이 들어 있었지.'

우연이라 하기에는 너무 공교롭다. 거기다가 궤짝 안의 내용을 확인한 장문인의 반응이 너무도 인상적이지 않았던가?

"설마라고 하고 싶은데 말이다."

"저도 같은 심정입니다만."

조걸과 윤종의 얼굴이 조금 더 어두워졌다.

"게다가 그 전의 놈의 반응이 좀……."

"대놓고 너무 이상했지요."

– 아이쿠우우우! 이게 뭐야? 여기에 웬 돌부리가아아아아!

– 아니, 세상에! 돌부리가 아니잖아! 누가 이런 데다 이런 걸 묻어 두었지이? 이상하네? 허허허허. 거참 이상하네.

– 파 볼까? 내가 파 봐도 괜찮겠지? 하하하하. 하하. 여기에 이런 게 묻혀 있다니. 참 이상한 일이로구나아아. 보물도 아닐 텐데에에에.

윤종이 눈을 질끈 감았다.

'속아 주려고 해도 웬만해야 속아 주지. 빌어먹을.'

그 어색한 목소리를 잊을 수가 없다. 세 살짜리 아이가 들어도 분명히 '아, 이놈 뭔가 이상한 수작을 꾸미고 있구나.' 하고 생각했을 것이다. 그 거지 같은 연기 후에 나온 궤짝이라…….

"역시나?"

"그렇겠죠?"

조걸과 윤종의 얼굴이 심각해졌다.

"대체 그런 걸 어디서 찾은 걸까?"

"……알면 알수록 알 수가 없는 놈입니다."

윤종이 앓는 소리를 내며 고개를 내저었다. 수상한 점이 너무 많다. 굳이 심혈을 기울여 보지 않아도 걸을 때마다 수상한 점이 우르르 굴러 떨어지는 것 같다. 그럼에도 윤종이 청명을 크게 경계하지 않는 이유는 화산에 대한 그의 진정성만은 확연하기 때문이다. 이번 일만 해도 마찬가지다. 어쨌거나 청명이 그 장부들을 찾아 준 덕분에 화산이 큰 이득을 보지 않았는가?

"여하튼……."

그때, 방 밖에서 커다란 목소리가 들려왔다.

"대사형!"

"무슨 일이냐?"

"혹시 청명 못 보셨습니까?"

"청명은 왜?"

"장문인께서 찾으시는데 도통 어디에 있는지 보이질 않습니다. 방에도 없고."

"……음?"

대수롭지 않게 대답하려던 윤종의 몸이 뚝 멈췄다. 이내 그의 안색이 시커멓게 죽기 시작했다.

"없어?"

"예. 아무 데도."

"서, 설마!"

그는 자리에서 벌떡 일어났다. 그리고 허겁지겁 청명의 방을 향해 달리기 시작했다. 문을 박차고 들어간 윤종은 다짜고짜 청명의 옷장을 열어젖혔다.

"사형! 왜 그러십니까?"

뒤늦게 쫓아와 다급하게 방 안으로 들어온 조걸이 소리쳤다.
"……없다."
"예?"
"그게 없다고."
윤종이 텅 빈 옷장을 가리켰다. 옷장 안에는 청명의 도복이 놓여 있었다.
"어? 도복도 벗어 놓고 어딜…….”
그 순간 조걸의 눈이 화등잔만 해졌다. 도복을 벗었다는 것은 다른 옷을 입었다는 뜻이다. 하지만 평상복도 도복의 옆에 놓여 있다. 보이지 않는 옷은 그러니까…….
"서, 설마."
얼마 전 조걸이 구해다 준 야행복, 그리고 복면이다. 윤종의 얼굴이 사정없이 일그러졌다.
"또…… 무슨 사고를 치려고."
"……."
청명이 진정 화산의 홍복인지, 재앙인지 도무지 구별이 되지 않는 두 사람이었다.

◆ ❖ ◆

"허……."
조금명은 넋이 나간 얼굴로 수레를 바라보았다. 수레에는 그가 지금까지 모아 온 재물의 일부가 담겨 있었다. 금방이라도 쓰러질 듯 가득 담긴 재물들. 모르는 사람이 보았다면 깜짝 놀랄 만한 양이지만, 그 재물을 보는 그의 심정은 참담하기 이를 데가 없었다.
"하루아침에……."

날벼락이 따로 없다.

허겁지겁 화산에서 내려온 그들이 본 것은 이미 관병들에게 점거당한 그들의 사업장이었다. 병기로 무장한 관병들이 사업장을 둘러싸고 있었고, 그들에게는 추방령이 내려졌다. 항의를 해 보았으나, 돌아온 말은 화산 장문인의 부탁이 없었더라면 모두 관아로 압송했을 거라는 호통뿐이었다.

'이게 무슨 일이란 말인가?'

그렇다면 그 장부가 진짜였다는 소리다.

하지만 조금명은 억울할 수밖에 없었다. 가문 대대로 운영해 온 매화공방이 화산의 것이었을 줄 누가 상상이나 했겠는가? 선대에서 운영하고 있었기에 자연히 이어받았을 뿐이다. 그런데 하루아침에 공방을 빼앗기고 화음에서 쫓겨나게 되다니. 이리 억울할 데가 세상천지에 어디 또 있단 말인가?

다른 이들의 표정 역시 어둡기는 마찬가지였다. 한 대 두 대 모이기 시작하는 수레를 보니 조금명은 억장이 무너져 내렸다.

"……이게 대체 무슨 일이란 말이오?"

"그러게나 말이외다."

여기저기서 한숨 소리가 새어 나왔다. 그들은 당장 화음에서 쫓겨나지만, 식솔들은 조금 더 머무르는 게 허용되었다. 이제는 죽이 되든 밥이 되든 식솔들에게 뒷일을 맡기고 화음을 떠날 수밖에 없다.

"정녕 이렇게 떠나야 한단 말이오?"

"그럼 어쩌겠소?"

"항의라도 해 봐야……."

"항의?"

화영객잔의 진이산이 죽일 듯한 눈으로 조금명을 노려보았다.

"아까 초평 점주가 항의하다가 관아로 끌려가는 꼴을 보고도 그런 말을 하는 거요? 우리는 사기꾼이오, 사기꾼! 장문인이 자비를 베풀지 않았다면 지금 이렇게 떠나는 게 아니라 옥에 갇힐 몸이었다는 말이외다! 그런데 뭘 어떻게 따진다는 말이오?"

조금명의 어깨가 축 처졌다.

"빌어먹을!"

진이산이 신경질적으로 몸을 돌렸다.

"갑시다!"

"버, 벌써?"

"한 시진 내로 떠나지 않으면 옥에 가두겠다는 말을 못 들었소이까! 대책이고 나발이고 일단은 화음에서 벗어나야 하오!"

결국 조금명은 힘없이 고개를 끄덕였다. 지켜보던 이들도 어두운 얼굴로 앞서 나가는 조금명의 뒤를 따랐다.

그렇게 그들은 한참이나 수레를 타고 나간 끝에야 화음을 벗어날 수 있었다. 나무 그늘에 수레를 잠깐 세운 그들은 터덜터덜 수레에서 내려 모여들었다.

"……이쯤이면 되었겠지."

"아까부터 뒤에서 감시하던 관병들도 돌아간 것 같소이다. 이제는 마음을 놓아도 되지 않겠습니까."

"마음이 통 놓여야 말이지요."

"이제 어찌해야 합니까?"

급한 상황을 벗어나자 다른 것들이 눈에 보이기 시작했다. 조금명이 슬그머니 고개를 돌려 공문연을 바라보았다. 아까부터 한마디도 하지 않고 있는 그를 보니 안 그래도 터진 속이 문드러질 지경이다.

"공 루주!"

목소리가 날카롭게 튀어나온다.

"이제 어찌해야 하는 것입니까?"

조금명이 포문을 열자 다른 이들도 공문연을 성토하기 시작했다.

"말 좀 해 보십시오!"

"공 루주만 믿으면 된다고 하지 않았습니까? 이게 어찌 된 일입니까!"

"공 루주를 믿었다가 사기꾼이 되게 생겼습니다. 이 일을 어찌 책임지실 생각이시오!"

공문연이 천천히 고개를 들었다. 그의 눈을 본 이들이 다들 입을 닫았다. 노상 군자처럼 부드럽던 공문연의 눈이 살기로 번들대고 있다.

"지금 나를 탓하셨소?"

공문연의 기세에 눌린 이들이 저도 모르게 주춤 뒤로 물러났다.

"아, 아니 그런 말이 아니라······."

"대책을 세우자는 말이지요. 대책을······."

모두가 움찔하자 좌중을 압도한 공문연이 기세를 더욱 끌어 올렸다.

"한심한 작자들 같으니."

공문연이 차갑게 일갈했다.

"어차피 화산과 척을 지자고 시작한 일이 아니오! 그대들 중 한 점 부끄럼 없이 떳떳한 이가 있소? 은연중에 다들 알고 있었을 텐데?"

대답이 없었다. 그래도 아직 부끄러움을 아는 이들은 어두운 얼굴로 고개를 숙였지만, 대부분은 그렇지 못했다. 공문연은 조금 기세를 누그러뜨리며 말했다.

"호들갑 떨 것 없소. 지금은 그저 비를 피하는 것뿐이니까. 절대 이대로는 끝나지 않소."

"······어찌실 생각이십니까?"

"그 장부가 진짜일 리 있겠소?"

"······."

"보나 마나 위조한 장부겠지."

"하, 하나 관아에서……."

"현령과 말을 맞췄다면 그깟 장부의 진위를 조작하는 게 뭐 별거겠소! 재물을 현령과 나누기로 했겠지!"

상인들이 고개를 번쩍 들었다.

"아! 그럼?"

"일단은 낙양으로 갑시다. 낙양까지만 가면 손을 써 볼 수 있소. 저놈들이 권력으로 사람을 누르려 한다면 더 큰 권력으로 상대해야지! 저 간악한 현령과 화산의 장문인에게 반드시 벌을 내리고 말 것이오!"

"오오!"

"그럼 그렇지! 갑자기 백 년 전 장부가 나온다는 게 말이나 됩니까!"

"저 사기꾼들의 수작을 밝혀야 합니다!"

상인들의 목소리가 커졌다. 하지만 머릿속으로는 다른 생각을 하는 중이다.

저 장부가 진짜인지 가짜인지는 중요하지 않다. 공문연의 말처럼 권력의 힘을 이용할 수 있다면 진짜 장부도 가짜로 만들 수 있다. 그렇다면 재산을 돌려받는 일 정도는 별것 아닌 것이다.

달라진 반응을 보며 공문연이 코웃음을 쳤다.

"그러니 여러분들은 걱정할 것 없소이다. 다 내가 해결할 테니 믿고 따라오기나 하시오."

"저희는 루주만 믿습니다!"

"처음부터 믿고 있었지요! 암요."

'한심한 것들.'

공문연이 슬쩍 눈을 찌푸렸다. 버러지 같은 것들이긴 하지만 아직은 이놈들이 필요하다. 혼자보다는 같이 목소리를 내어 주는 이들이 있는 편이 유리하니까. 일단 이들을 이끌고 낙양으로만 가면 상황을 뒤집을 수 있다. 그에게는 확실한 힘을 실어 줄 수 있는 뒷배가……."

"지랄하고 있다."

그때, 낯선 목소리가 날아들었다. 공문연의 고개가 휙 돌아갔다.

'언제?'

그의 눈에 짙은 당혹감이 어렸다. 접근하는 기척을 전혀 느끼지 못했다. 그런데 바로 지척에 한 사람이 서 있었다.

그리고 목소리의 주인을 발견한 공문연의 감정은 당혹에서 당황으로 변했다. 몸에 쫙 달라붙는 검은 야행복, 검은 복면, 그리고 한 손에 들고 있는 검까지. 누가 봐도 '나는 강도다!' 하고 외치는 듯한 복장이다. 하지만……

공문연의 시선이 저도 모르게 위쪽으로 올라갔다. 쨍쨍 내리쬐는 해가 그의 눈에 들어왔다.

'미친놈인가?'

훤한 대낮에 대로를 돌아다니는 강도라니. 이게 말이나 되는 상황인가?

"……당신이 말한 거요?"

누군가 공문연의 의문을 대신 물어 주었다. 그러자 복면인이 뚱한 눈으로 말한 이를 보았다.

"여기 나 말……. 쿨럭! 쿨럭쿨럭! 끄으으……. 나, 나 말고 누가 있……. 쿨럭! 나?"

공문연은 순간 할 말도 잃고 멍한 눈으로 강도를 바라보았다.

'곧 죽을 것 같은데?'

노인인가? 구부정한 허리. 피골이 상접하다 못해 뼈다귀 같은 몸. 그리고 복면 사이로 드러난 눈가의 혈색으로 짐작하건대 꽤나 연배가 있어 보인다.

아니면 다 죽어 가는 어린놈이든가. 에이. 하지만 그럴 리는 없겠지.

"무슨 용무요? 지나가다 들른 객은 아닌 것 같고."

그러자 복면인이 몇 번 기침해 대더니 고개를 절레절레 저었다.

"끄응. 이러다 죽겠네."

"……."

"무슨 일은, 딱 보면 모르겠냐?"

"……모르겠소만?"

"벌건 대낮에 이런 복장으로 돌아다니는 놈 정체가 무엇일 것 같으냐?"

"미친놈?"

"……."

"……아니면 치매?"

"강도다! 강도!"

"아, 강도셨구려. 설마 했소."

공문연은 그만 피식 웃고 말았다. 쥐도 못 잡을 것 같은 몰골로 강도라니. 물론 겉모습만 보고 상대를 경시해서는 안 된다. 하지만 지금 저 작자는 겉모습만이 문제가 아니었다. 검을 꼬나 쥐고 있기는 하지만, 무학을 익힌 강호인 특유의 기세가 전혀 느껴지지 않는다.

하기야. 생각이 있는 강호인이라면 이 벌건 대낮에 저런 복장으로 돌아다니진 않겠지. 미치지 않고서야 할 수 없는 짓이다.

"이보시오, 노인장."

공문연이 파리 쫓듯 손을 내저었다.

"보아하니 재물을 보고 회가 동한 모양인데, 괜한 목숨 버리지 말고 돌아가시오."

"재물을 보고……. 쿨럭! 회가 동한……. 쿨럭! 쿨럭! 아오! 네놈들이겠지!"

"……뭐라는지 못 알아먹겠는데?"

"끄응."

아무래도 영 의사 전달이 안 되니, 복면인은 허리를 두어 번 두드리고는 지팡이 삼아 짚고 있던 검을 들어 공문연을 가리켰다.
"재물을 뺏으려는 게 아니라, 내 재산을 찾아가려는 것이다."
"조금 전에는 강도라더니?"
"개떡같이 말해도 찰떡같이 알아들어라."
"……허어."
공문연이 헛웃음을 흘리며 인상을 썼다. 일이 안 풀리려니까 별 거지 같은 놈이 다 붙는다.
"경을 치기 전에 꺼지는 게 좋을 거요."
"쳐 보든가?"
"이 작자가 진짜!"
공문연이 버럭 소리를 지르려는 순간 복면인의 검 끝이 그를 겨눴다.
"머리가 나쁜 놈 같지는 않았는데, 영 말귀를 못 알아먹는군."
공문연이 입을 다물었다. 잠깐의 정적이 흘렀다. 한참 동안 복면인을 바라보던 공문연은 조금 달라진 어투로 물었다.
"화산에서 오시었소?"
공문연의 말에 상인들이 눈을 크게 떴다.
"화산이라니."
"그게 무슨 말이오, 공 루주?"
공문연은 상인들의 질문에 대답해 주지 않았다. 귀찮은 파리 떼를 상대하는 것이 중요한 게 아니다. 복면인이 고개를 주억거렸다.
"잘 아는구나."
"화산과는 이야기가 끝난 걸로 아는데?"
"화산과는 이야기가 끝났지. 하지만 나와는 이야기가 끝나지 않았다."
"장문인이 보낸 것이오?"
"그럴 사람으로 보이디?"
"……아니겠지."

공문연은 화산 장문 현종을 나름 인정하고 있었다. 그가 답답한 인사라는 것은 부정할 도리가 없지만, 답답한 만큼 나름의 정의를 지키는 자다. 앞에서는 보내 준다고 해 놓고 뒤로 다른 사람을 보낼 만큼 닳고 닳은 자는 아니었다.

"화산에서 왔다는 이가 화산 장문의 의지를 어긴다는 말이오?"

"괜찮아."

복면인이 고개를 까딱까딱 꺾었다.

"내가 그 아이의 말을 일일이 들을 만한 배분은 아니거든."

공문연의 얼굴이 확 어두워졌다.

'전대?'

복면으로 가리기는 했지만 구부정한 허리와 삐쩍 마른 몸, 그리고 늙수그레한 목소리를 감안했을 때, 저자는 나이가 꽤 많은 자다. 화산 장문인에 대한 어투까지 감안한다면 장문인 이상의 배분일 수도 있다.

그 말인즉슨, 지금 그의 눈앞에 있는 자는 화산의 전대 고수일 수도 있다는 뜻이다.

'하지만 고수의 풍모는 전혀 보이지 않는데?'

어디까지 믿어야 할지 감을 잡을 수가 없다. 웬만한 이 앞에서는 평정을 흐트러뜨리지 않는 공문연이었지만, 지금 눈앞에 있는 이는 괴이하기가 이를 데가 없었다. 공문연이 안색을 굳혔다.

"화산의 행사가 이리 치졸할 줄은 몰랐소이다."

"치졸?"

복면인이 코웃음을 쳤다.

"이래서 머리 검은 짐승은 거두는 게 아니라는 거지. 연공(燕公)이 지금 너를 보면 뭐라고 하시겠냐?"

"……연공이 누구요?"

복면인, 청명의 눈이 가늘어졌다.

'어? 이것 봐라?'

연공을 몰라? 연공은 청명이 화산에 있을 당시, 태화루의 루주였다. 공문연이 태화루를 이었다면 모를 수가 없는 사람이다. 그런데 연공을 모른다?

청명이 고개를 갸웃거렸다.

'냄새가 나는데?'

그것도 아주 구린 냄새가 난다. 어쩌면 이 일은 돈에 미친 몇 놈이 저지른 일이 아닐지도 모른다.

"뭐, 아무래도 좋다."

청명이 검을 까딱거렸다.

"장문인은 사람이 좋아서 니들한테 그 재물을 가져가라고 했는지 몰라도, 나는 사람이 아주 치졸하고 배워 먹은 게 없어서 그 꼴은 못 본다. 성질 같아서는 다리몽둥이를 부러뜨려 버리고 싶지만, 그래도 장문인의 명이니 존중은 해야지. 수레 놔두고 꺼져. 그럼 안 잡을 테니까."

"허허."

공문연이 헛웃음을 터뜨렸다.

"이보오. 내가 힘이 없어서 그대로 물러났다고 생각하시오?"

"응."

순간 당황한 공문연은 말을 잇지 못했다. 저놈 말하는 게 좀 이상하다. 대화를 하다 보면 자꾸 말문이 턱턱 막힌다.

"크흠! 큰 착각을 하고 있구려. 내가 순순히 물러난 것은 문제를 크게 키우지 않기 위함이오. 복면 쓰고 강도짓 하는 놈 하나 때려잡지 못해서가 아니라는 거지."

"하하. 말은 잘……. 쿨럭! 쿨럭! 에에에에헤헤췩! 카아악! 아이고……. 아이고, 죽겠다."

몸을 숙이고 기침을 해 대는 복면인을 보고 있으니 절로 측은지심이 일이었다. 상황만 허락했다면 당장에 달려가 부축했을지도 모를 일이다. 후들거리는 팔다리와 굽어 펴질 줄 모르는 허리를 보고 있으니 눈물이 핑 돌 것 같다.

"……노인장. 지금 돌아간다면 굳이 잡지 않겠소. 힘들어 보이는데, 서서 그러지 말고 그만 가 보시오."

"노인장은 얼어 죽을."

이래 봬도 파릇파릇한 어린이시다. 지금 좀 쉬어 있기는 하지만.

'아이고, 선천지기가 사람 죽이네.'

몸뚱어리가 영 제정신을 찾지 못하고 있었다. 어쩔 수 없이 선천지기를 끌어다 쓰긴 했는데 폐단이 이리 심할 줄은 몰랐다. 하기야 꼼짝없이 세 달은 정양 생활을 해야 할 처지에 온 동네를 쏘다니고 있으니 몸이 멀쩡할 리가 있겠는가. 덕분에 저놈들이 노인으로 오해해 주니 다행이기는 하지만…….

"긴말할 것 없다."

청명이 검을 휘휘 돌린다.

"처맞고 갈 놈들만 남고, 그냥 갈 놈들은 지금 가라. 내가 옛날 같았으면 묻지도 따지지도 않고 패 버렸겠지만, 나도 최근에 느낀 바가 있어서 나름 참고 있는 거니까 괜히 성질 건드리지 말고."

"잘도 지껄이는군."

공문연도 더 이상 대화할 필요가 없다는 듯 선을 그었다.

"마지막 경고요. 이제 더는 이쪽도 사정을 봐주지 않겠소."

"알았으니까 저 뒤에 있는 놈들 나오라고 해라."

공문연이 흠칫했다.

'알아챘다고?'

지금 그의 뒤에는 암중의 호위가 따라붙어 있었다. 워낙 실력이 쟁쟁한 이들이라 웬만한 자는 기척조차 느끼기 힘들 텐데?

"나와라."

공문연의 명이 떨어지기 무섭게 풀숲에서 십여 명의 무사들이 뛰쳐나왔다.

"헉?"

"언제 이런 사람들이?"

상상도 못 한 상인들이 겁먹은 얼굴로 수레에 바짝 붙었다. 그들이야 당연히 알아채지 못했을 것이다.

"다시 한번……!"

빠아아아아아악!

그래도 노인 공경을 하겠답시고 한 번쯤 물러날 기회를 더 주려던 공문연의 입을 틀어막은 것은 꿈에서도 듣기 싫을 만한 타격음이었다. 소리가 얼마나 찰진지 절로 어깨가 들썩인다.

그리고…….

풀썩.

가장 앞서 뛰어 나갔던 무사가 모로 쓰러졌다. 살짝 들린 다리가 달달 떨리는 것으로 보아 다시 일어나기는 그른 듯싶다. 청명이 혀를 차며 검을 들었다.

"하여튼!"

빠아아아아악!

"요즘 애새끼들은!"

빠아아아악!

"말이 많아요!"

빠아아아아악!

"나 때는 안 그랬는데!"

털썩!

뭐가 뭔지 파악도 하지 못한 순간에 다섯이나 되는 무사들이 바닥에 쓰러졌다. 눈으로 보고도 상황을 이해할 수 없다.

쯧, 혀를 차며 검집째 검을 회수한 청명이 어깨에 걸쳤다. 그리고 짝 다리를 짚은 채 공문연을 노려보았다. 다른 건장한 이가 했으면 꽤나 괜찮은 광경이 나왔을지 모른다. 하지만 피골은 상접해서 구부정하게 허리를 굽히고 있는 청명이 그런 자세를 취하자 차마 눈 뜨고 볼 수 없는 참담함이 느껴졌다.

"아가야."

청명이 피식 웃으며 말했다.

"네가 잘 모르는 모양인데, 옛날부터 내 말을 무시한 애들 중에 팔다리 멀쩡하게 돌아간 애가 없었다. 말이 안 통하면 짐승이지. 짐승은 매가 약이고. 어디, 그 약이 네놈에게도 통하는지 확인해 볼까?"

청명이 검을 어깨에 올린 채 휘적휘적 걸어왔다. 그 모습을 본 무사들이 뒤로 주춤주춤 물러난다. 기세에서 완전히 눌린 것이다.

"물러서라! 쓸모없는 것들."

무사들을 뒤로 물린 공문연이 이를 갈며 앞으로 나섰다.

'화산에 아직 이런 이가 남아 있었단 말인가?'

이빨과 손톱이 모조리 뽑혀 나간 호랑이인 줄 알았다. 아니, 그건 맞을 것이다. 착오가 하나 있었다면, 호랑이라는 동물은 굳이 이빨과 손톱 없이 앞발만으로도 웬만한 사람 하나는 일격에 죽여 버릴 수 있단 걸 간과했단 거겠지.

"왜 당신 같은 사람이 두문불출했는지 모를 일이군. 전면에 나섰다면 화산이 이 꼴이 되지는 않았을 텐데."

네가 뭘 알겠냐. 청명이 한숨을 쉬며 막 입을 열려는 찰나, 공문연이 날카로운 음성으로 선수를 쳤다.

"하나, 시기를 잘못 정했소. 안 그래도 화산에 한 방 먹여 주고 싶었는데, 잘되었군. 당신쯤 되는 사람이 내 손에 죽어 나간다면 장문인이 통

탄하겠지. 각오하시오."

공문연이 기운을 끌어 올렸다. 주변의 풀들이 공문연의 기파를 타고 위로 솟구친다. 감히 일개 현의 객잔 주인이 보일 수 있는 기세가 아니었다.

"그렇지. 내가 너 뭔가 있을 줄 알았지."

청명이 눈을 빛냈다.

"걱정하지 마. 주둥아리는 안 팰 테니까."

그래야 말을 하지 않겠어? 청명이 공문연에게로 휘적휘적 걸어갔다. 그 순간 공문연이 양손을 치켜들며 청명을 향해 달려들었다.

◆ ◈ ◆

상대를 경시한 것은 아니다. 비록 공문연이 반쪽짜리 강호인이라고는 하나 그 마음가짐만은 진짜 강호인에 뒤지지 않는다. 무릇 무학의 길을 걷는 자는 상대를 경시해서는 안 되는 법이다. 호랑이는 토끼를 잡을 때도 최선을 다하지 않던가. 더구나 복면인이 호위들을 물리칠 때의 일 수를 본 이상 방심이란 있을 수 없었다.

한데…… 뭔가 좀 요상하다.

턱.

한껏 뒤로 젖혀 낸 주먹이 채 앞으로 뻗어지기도 전, 가슴 언저리에서 막히고 만다. 그것도 검집 끝에. 막아선 검집을 후려치려고 하면 이미 쏙 빠져 버린 뒤다. 한껏 끌어 올려졌던 내력이 뻗어 나갈 길을 찾지 못하고 뒤틀린다.

"컥!"

내공이 역류하는 감각이 선명하게 느껴졌다.

"이, 이 작자가!"

회선퇴(回旋腿)의 묘리로 복면인을 후려쳤지만, 이미 그 자리에는 복면인이 없었다.

"느려 터져서는."

"헉!"

등 뒤에서 들려온 목소리에 공문연이 화들짝 놀라 주먹을 뒤로 휘갈겼다. 하지만 이번에도 마찬가지다.

턱!

"우욱!"

단전에서 끌어 올린 내력은 허리와 가슴을 통해 증폭되고 팔과 주먹을 발사대 삼아 쏘아져야 한다. 하지만 출발하려는 순간 발사대가 막혀 버리면 어떻게 되겠는가?

펑!

몸 안에서 뭔가 터지는 듯한 소리가 들린다. 그와 동시에 어깻죽지 부근이 확 부풀어 올랐다. 눈으로 확인할 수는 없지만 아마 어깨 쪽 근육이 터져 나갔을 것이다.

"이익!"

그리고 또 같은 일의 반복.

"으아아아아아!"

공력을 있는 대로 끌어 올려 복면인을 걷어찼다. 하지만 복면인은 딱히 피하는 듯한 모습도 보여 주지 않았다. 그저 날아드는 파리를 성가셔 하듯 뒤로 딱 한 발짝 물러난다.

공문연의 발이 복면인의 가슴 언저리를 스치고 지나갔다. 그 풍압에 야행복이 파르르 떨렸지만, 복면인의 몸은 털끝 하나 건드리지 못했다.

'이게 대체 무슨 조화인가?'

정신을 차릴 수가 없었다.

빠른가? 아니다. 그럼 강한가? 그것도 아니다.

복면인은 결코 빠르지도 강하지도 않았다. 겉으로 보이는 모습만으로 따지자면 공문연은 복면인을 열 명도 더 상대할 수 있다. 하지만 지금 공문연은 복면인의 옷자락조차 잡을 수가 없었다. 마치 어린 제자가 스승을 상대하는 것처럼 온갖 발악을 해 봤지만 어떤 수도 통하지 않는다.

지금도 보라. 경기를 가득 실은 그의 일격이 복면인의 얼굴을 향해 날아간다. 스치기만 해도 살이 뜯겨 나가고, 뼈가 으스러져 나갈 것이다. 하지만 도저히 스칠 수도 없다. 복면인은 마치 세 살 아이의 손짓을 피하듯 느긋하게 고개를 꺾는 것만으로 그의 공격을 완벽하게 파훼해 버렸다.

어떻게 이런 일이 가능할 수 있는가?

빠르지 않다. 하지만 빠르다. 눈에 보이지 않을 정도의 속도로 압도적인 느낌으로 움직이는 것은 결코 아니었다. 하나 느릿하지만 확실하고 완벽한 순간에 가장 적절한 방향과 적절한 거리로 이동한다.

일체의 낭비가 없는 동작. 무인이라면 누구나 꿈꾸는 경지였다. 하지만 그 꿈에나 그리던 경지를 바로 앞에서 맞닥뜨린 공문연의 심정은 그야말로 참담했다.

도깨비를 보는 것 같다. 분명 사람과 엉키고 있는데, 누군가를 상대한다는 느낌이 전혀 들지 않는다. 눈에 뻔히 보이는데 건드릴 수조차 없고, 아무리 악을 써도 스치지 못한다. 차라리 눈이 돌아가도록 획획 움직인다면 한계와 수준을 대번에 알고 물러나겠건만, 딱 종이 한 장 지나갈 차이로 빗맞으니 속이 터져 병이 날 지경이다.

'이자는 괴물이다.'

그저 피하는 것뿐이라면 이토록 긴장하지 않을 것이다. 하지만 이자의 무학은 그게 전부가 아니었다.

'내 투로를 모두 읽고 있다.'

권이 채 뻗기도 전에 권이 뻗어 나올 자리를 선점한다. 치고 나가야 할 내력을 속박하여 역류시키고 있었다. 무당의 능유제강과는 다르다. 이건 쾌(快)와 선(先)의 경이로운 조화였다. 대체 얼마나 강한지 짐작조차 가지 않는다.

'시작부터 잘못되었다.'

괴물은 예측이 불가능하기에 괴물이다. 이만한 괴물이 화산에 있다는 것을 알았더라면 절대로 화산에 수작을 걸지 않았을 것이다. 그런데…….

"끄으으응."

공문연의 공격을 슬쩍슬쩍 피하던 복면인이 허리를 잡고 몸을 굽힌다.

"아이고오. 빌어먹을 몸뚱어리. 담 오겠네. 담 오겠어."

복면인은 헉헉거리며 허리를 두드렸다.

……괴물치고는 뭔가 좀 어설프다. 저만한 고수가 이만한 움직임으로 지쳐서 헉헉댄다? 말도 안 된다. 하지만 실제로 그 일이 벌어지고 있었다.

복면인의 가슴팍은 쉴 새 없이 오르내렸다. 복면의 입 부분은 뿜어낸 숨으로 서서히 젖어 들고 있었다. 그리고 복면 중앙에 드러난 얼굴은 땀으로 가득했다. 목을 타고 흘러내린 굵은 땀방울 때문에 등은 이미 흥건하게 젖어 있다. 누가 봐도 쓰러지기 일보 직전이 아닌가?

그 와중에도 공격이란 공격은 모조리 다 피해 내고 있으니 더 미치고 팔짝 뛸 노릇이었다.

"끄응."

복면인이 다시 허리를 폈다.

"쯧. 좀 더 놀아 주고 싶은데, 더는 안 되겠다. 나도 힘이 딸려서."

공문연의 얼굴이 긴장으로 물들었다. 차 한 잔이 식을 시간 동안 어울렸건만 결국 그는 복면인의 옷자락도 잡지 못했다. 가진 바 모든 능력을 다 발휘할 수 있다면 화산에서도 그를 당해 낼 이가 몇 되지 않으리라 자부했던 공문연이 아닌가?

그런데 난생처음 보는 노인에게, 말 그대로 농락당하고 있었다.

"어째서 당신 같은 사람이 그동안 전면에 나서지 않은 것이오?"

"네가 알아 뭐 하게."

청명이 검을 휘리릭 돌려 다시 잡았다.

"거 주둥아리만 산 놈들은 이상한 착각에 빠져 산다니까. 네놈이 물어보면 내가 대답해야 되냐?"

"……."

"물어볼 사람은 되레 나지. 주루 주인치고는 무공이 무척이나 고강하시네. 이만한 무공을 지닌 양반이 겨우 화음에서 주루나 운영하며 살고 있다?"

"……무공이 강하면 주루를 운영하지 말란 법이 있소?"

"없지. 그런데 무공 강한 주루 주인이 돈을 탐내서 수작질을 부린다면 이야기가 다르지. 이만한 무공이면 굳이 주루를 운영하지 않아도 돈 벌 구석이 많거든. 그런데 술 취한 놈들이나 상대하면서 주루나 굴리고 있다 이 말이지?"

복면에 가려진 청명의 입가가 꿈틀거렸다.

"무슨 말을 하는……."

"아아, 됐어."

청명이 공문연의 말을 끊어 버렸다.

"알아, 알아. 어차피 너 말 안 할 거잖아. 그 어떤 음모도 없었고, 아무런 수작도 없었다. 그러니까 생사람 잡지 마라. 나는 누구의 명도 받은 적이 없고, 그 누구와도 관련이 없다. 이 모든 일은 내가 개인적으로 시작한 일이다. 그렇지?"

"……그, 그렇소."

"아암. 그렇겠지."

청명이 크게 고개를 끄덕였다.

"보통 다 그렇게 말하더라고. 그리고 안타깝게도 그렇게 말하는 놈들은 웬만큼 요절을 내 놓지 않고는 제 입으로 실토하는 일이 없더군. 그런데 사실 네가 지은 죄가 크기는 하지만 내가 너를 갈아 버릴 만큼 크지는 않단 말이지. 생각 같아서는 뼈와 살을 분리해서라도 바른말을 듣고 싶지만, 그랬다가는 문제가 생길 거고."

청명이 혼자서 고개를 끄덕였다.

"자, 그럼 여기서 문제. 내가 이럴 때 어떻게 하는 줄 아냐?"

"……내가 그걸 어찌 알겠소."

"패."

공문연이 눈이 살짝 커졌다.

"예?"

"팬다고."

청명이 고개를 두어 번 꺾고 공문연에게로 다가갔다.

"어차피 말 안 할 놈을 붙들고 말해라 어째라 하다 보면 내 속만 터지는 법이지. 그러니까 간단하게 서로 타협하면 돼. 너는 절대 말하지 마라. 나는 네가 말을 안 해도 이 정도면 속이 시원하다는 생각이 들 때까지 팰 테니까."

"……."

"혹시라도 중간에 마음이 바뀌어서 말하고 싶어지거든 손을 들고 이야기해. 그런데 생각을 빨리 하는 게 나을 거다. 이미 맞은 매는 환불이 안 되니까."

"이 무슨 억지를!"

"아, 그래. 억지. 그게 내 특기지. 간다!"

청명이 공문연에게 빠르게 달려들었다. 순식간에 거리를 좁혀 오는 청명을 보며 공문연은 자신도 모르게 뒤로 물러났다.

기세를 뿜어내는 것도 아니다. 그렇다고 손에 든 검으로 굉장한 절기를 펼쳐 내는 것도 아니었다. 금방이라도 쓰러질 것 같은 몰골인 복면인이 그저 두 다리를 움직여 달려드는 것뿐인데 공문연은 화들짝 놀라 물러날 수밖에 없었다. 물론 그가 물러나는 속도는 청명이 달려드는 속도보다 빠를 수 없었다.

청명의 검이 검집째 휘둘러져 공문연의 왼쪽 무릎을 노려 온다. 피하기는 늦었다고 생각한 공문연이 팔에 내력을 둘러 무릎 앞을 막았다.

빠아아악!

이윽고 청명의 검이 공문연의 어깨를 후려쳤다.

"어억!"

절로 억 소리가 튀어나왔다.

'어깨?'

분명히 다리였는데, 왜 갑자기 어깨를 얻어맞는단 말인가? 하지만 생각할 새가 없었다. 공문연의 어깨를 후려친 청명의 검이 다시금 공문연의 머리를 후려쳐 온다.

이번에는 분명히 제대로 각을 잡아 머리 위를 막았다.

터억!

눈앞이 순간적으로 흐려진다. 세상이 검게 암전되었다가 천천히 그 색을 되찾는다. 그와 동시에 숨이 콱 막히며 목이 부러질 듯 아파 왔다.

"꺼어억!"

청명의 검이 그의 목을 찔러 버린 것이다. 검집에서 뽑혀 나오지 않은 검이라 목이 베이지는 않았지만, 쇳덩어리나 다름없는 검집이 목을 쑤셨는데 고통이야 오죽하겠는가? 눈물이 찔끔 배어 나오고, 전신이 덜덜 떨렸다.

빠악! 빠악!

그 와중에 청명의 검이 내리쳐졌다. 어깨, 머리, 허리. 이제는 숫제 복날 동네 개 잡듯이 마구잡이로 검을 휘두르고 있었다.

기가 막히고 코가 막힐 노릇인 건, 그리 마구잡이로 검을 휘두르고 있는데도 공문연은 단 한 번도 제대로 피할 수가 없었다는 사실이다. 어깨를 뒤틀면 허리를 후려치고, 허리를 뒤로 빼면 머리를 후려친다. 금세 산발이 되어 버린 공문연이 기겁을 하여 뒤로 물러났다.

'주, 죽……'

이러다 정말 맞아 죽을지도 모른다는 공포심이 순간적으로 공문연을 지배했다. 눈을 번쩍 떠 앞을 바라본 순간 공문연과 청명의 시선이 서로 마주친다. 그리고 그 순간, 공문연은 알 수 있었다.

감정 하나 담기지 않은 청명의 눈을 본 순간 직감했다. 살아오면서 그는 저런 눈을 몇 번이고 봤다. 그리고 저런 눈을 한 이들은 하나같이 공통된 특징이 있었다.

살인귀.

정체는 모르겠지만, 저자는 사람을 수도 없이 죽여 본 게 분명하다. 공문연을 때려죽이는 정도는 지나가던 파리를 잡는 것처럼 여길 놈이다. 장난처럼 휘둘러지는 저 검이 검집에서 뽑히는 순간 공문연은 반항도 하지 못하고 목을 베일 게 분명했다.

'아, 안 돼!'

죽고 싶지 않다. 적어도 여기서는 죽고 싶지 않다!

그 순간 청명의 검이 검집에서 뽑혀 나왔다. 이윽고 빛살과도 같은 속도로 공문연의 머리로 내리쳐졌다.

"으아아아아아!"

공문연의 손이 푸르게 빛났다. 그리고 검을 휘두르는 청명을 향해 섬전처럼 쏘아져 나갔다.

파아아앙!

허공을 후려친 공문연이 팔을 뻗은 그 자세 그대로 멈췄다.

없다. 있어야 할 곳에 청명이 없었다. 퍼뜩 정신을 차린 공문연이 황

급히 고개를 드니 이미 저 멀리 떨어진 곳에서 짝다리를 짚은 청명이 검을 검집에 밀어 넣고 있었다.

청명의 입이 열렸다.

"태을신수(太乙神手)?"

"……"

"너 이 새끼?"

순간 자신의 실책을 알아차린 공문연의 안색이 새하얗게 질렸다.

"종남파 놈이냐?"

그리고 이내 참혹하게 일그러졌다.

하지만 공문연은 재빠르게 안색을 가다듬었다. 호랑이 굴에 잡혀가도 정신만 차리면 산다지 않는가?

"무, 무슨 말인지 모르겠소."

"하? 이놈 보소?"

청명이 코웃음을 쳤다.

"이놈이 내 눈깔이 옹이구멍인 줄 아나. 내가 태을신수도 못 알아볼 사람으로 보여?"

청명은 모르쇠로 일관하는 공문연을 보며 이죽거렸다.

"거참 공교롭네. 공교로워. 화음에서 주루를 운영하고, 화산에 빚 독촉을 하시던 분께서 공교롭게도 종남의 무학을 익히고 계시다 이 말이지? 그것도 아주 잘 배운 태을신수를?"

공문연의 이마에서 식은땀이 흘러내렸다. 얼마나 놀랐는지 얻어맞은 곳의 아픔이 느껴지지 않을 정도다.

'빌어먹을.'

참았어야 했다. 설사 목이 잘리는 한이 있더라도 태을신수를 쓰는 건 있을 수 없는 일이다. 더구나 화산에서 온 자 앞에서라면!

치명적인 실수다. 하지만 이걸 실수라고 할 수 있을까? 저자가 공문연을 그리 몰아치지 않았다면, 그리고 얻어맞느라 정신이 없는 공문연 앞에서 갑자기 진검을 뽑아 내리치지 않았더라면 공문연은 죽는 한이 있어도 태을신수를 쓰지 않았을 것이다.

우연이라면 최악의 우연이고, 노린 것이라면 저자의 그 심계가 얼마나 깊은지 가히 짐작할 수 없다.

"종남에서 보냈냐?"

공문연은 입을 꾹 다물었다. 어차피 지금은 무슨 말을 해도 변명이 될 수 없다. 구차한 변명으로라도 상황을 돌릴 수 있다면 얼마든지 하겠지만, 이제는 그게 불가능하다. 그렇다면 어설프게 입을 열어 더 많은 정보를 주느니 함구해 버리는 것이 낫다.

"호오? 입을 닫으시겠다."

청명이 목을 뚜둑뚜둑 꺾으며 공문연에게로 다가갔다.

"뭐, 좋아. 그것도 의리지. 나름 좋은 선택이라고 본다. 그런데 네가 하나 착각하는 게 있어."

"……?"

"그게 뭔지 알아?"

"……뭐요?"

"안 알려 줄 건데?"

"……."

종남은 그리 호락호락한 곳이 아니다. 예전부터 종남은 화산과 앙숙이어서 감정이 별로 좋지 못했지만 적어도 종남이 구파일방 중 한자리를 차지하는 대문파라는 것은 인정하지 않을 도리가 없다. 그만한 문파가 일 처리를 허술히 할 리가 없다. 청명의 생각은 그랬다. 공문연이 아는 정보는 극히 제한되어 있을 것이고, 설사 더 많은 정보를 안다고 해도 그 정보가 제대로 된 것일 리 없다.

종남과 관련되어 있다는 것만 알면 끝이다. 그 이상은 청명이나 화산이 알아내야 할 일 아니겠는가? 물론 그 사실을 공문연에게 말해 줄 필요는 없다.

"하, 이 새끼들. 그래도 예전 무림은 삭막하긴 해도 치사하지는 않았는데, 구파일방쯤 되는 놈들이 무공도 아니고 돈으로 남의 문파를 거덜 내려고 해? 그것도 사기를 쳐서? 아주 잘들 하는 짓이다."

공문연이 더는 평정을 유지하지 못하고 소리쳤다.

"흥. 화산의 입장에서는 그게 차라리 낫지 않겠소?"

"응?"

"당신도 알고 있을 텐데! 화산은 이제 희망이 없소. 재물? 돈? 그런 건 무파에게 있어서는 부가적인 것일 뿐이오. 무학을 잃어버린 화산은 이제 더 이상 과거의 화산이 될 수 없소. 조금 빨리 망하냐, 조금 더 버티다 망하냐의 차이일 뿐!"

"호오?"

청명이 재미있다는 듯 공문연의 이야기에 귀를 기울였다.

"나는 그저 죽어 가는 화산의 숨통을 빨리 끊어 주려 했을 뿐이오. 되레 화산이 고마워해야 할 일이지. 당신쯤 되는 사람이라면 알고 있을 텐데? 화산은 더 이상 살아날 수 없다는 걸! 무학의 대가 끊긴 문파는 그저 고사(枯死)하는 법이지."

"누가 그래?"

"이해를 못 하는 거요?"

"아니. 누가 화산의 무학이 대가 끊겼다고 그러냐고."

공문연이 멍한 눈으로 청명을 바라보았다. 다른 이가 이런 말을 했다면 코웃음을 치고 말았을 것이다. 하지만 청명의 입에서 나온 말은 그 무게감이 달랐다. 적어도 공문연의 눈에 보이는 청명은 누가 봐도 화산의 전대 고수였으니까.

"이 새끼들이 멀쩡히 잘 살아 있는 화산의 대를 끊으려고 하네. 그리고! 살아도 화산이 사는 거고 죽어도 화산이 죽는 건데 니들이 뭐라고 잘 살고 있는 화산을 묻으려고 하냐? 니들이 무슨 권한으로?"

"……."

"여하튼 주둥아리 터는 놈들은 별 같잖은 논리를 다 가져다 붙인다니까. 차라리 화산이 엿 같아서 때려죽이려고 했다 그래라. 종남파 새끼들이 그러면 내가 인정은 해 줄 테니까."

많이도 팼지.

가까이 사는 이웃일수록 부딪칠 가능성도 높다. 외교에 원교근공이 기본인 것처럼 인접한 문파는 반드시 사달이 난다. 화산과 종남은 속가풍이 강한 도문이라는 점에서 비슷한 면이 많았고, 검을 주로 쓰는 점마저 비슷했다.

비슷한 계열의 대문파가 바로 옆에 자리하고 있으면 둘 중 하나는 무조건 죽어나는 법이다. 그러다 보니 과거 청명도 종남을 심심하면 때려잡았다. 정확하게는 종남에서 시비를 걸다가 청명에게 개박살이 나는 모양새였지만.

"나는 종남의 사람이 아니오!"

"그렇겠지."

"오해하는 모양인데, 방금 그 수법은 내가 우연히 익힌 것에 불과하오."

"아암. 그래. 그럴 거야. 내가 아주 놀라운 사실 하나 알려 줄까?"

"……그게 뭐요?"

"나도 화산 사람 아냐."

"말이 되는 소리를…….."

"너는, 이 새끼야!"

청명은 순간 바닥에 침을 뱉으려다 흠칫했다. 아, 복면. 큰일 날 뻔했네.

"여하튼 태을신수를 보여 준 대가로 재미있는 걸 보여 주마. 이걸 네가 알아보면 아주 재미있을 거야. 못 알아보면 아쉽겠지만."

청명이 천천히 검을 내밀었다.

"너를 보낸 놈에게 똑똑히 전해라."

청명의 기도가 일변했다. 지금까지의 장난스러운 모습이 사라진다. 구부정하게 굽어졌던 허리가 꼿꼿하게 펴졌고, 처져 있던 어깨가 제 모습을 되찾는다.

그림으로 그린 것 같은 완벽한 자세. 그 모습을 본 공문연이 자신도 모르게 입을 슬쩍 벌렸다.

어디선가 바람이 불어오는 것 같다. 청아한 바람과 함께 그윽한 매화향이 환상처럼 피어난다.

"매화는 눈 속에서 피어났을 때 가장 진한 향을 풍기는 법. 지금은 비록 겨울이지만, 화산의 정기는 끊기지 않는다. 이윽고 봄이 오면 매화는 만산에 흐드러지게 피어난다."

청명의 검 끝이 천천히 움직였다. 아주 작은 떨림에서 시작한 움직임은 곧 커다란 흔들림으로 바뀌고, 그 커다란 흔들림은 이내 하늘을 가득 수놓은 환상과도 같은 검의 궤적으로 바뀌어 간다. 하늘을 뒤덮을 듯 가득한 검 끝, 그곳에서 생생한 매화 꽃잎이 피어난다. 삭막한 겨울이 지나, 이윽고 따뜻한 봄을 알리는 매화가 온 산에 피어나듯 청명의 검 끝이 그려 낸 매화가 세상을 가득 뒤덮었다.

'이건 환상이다.'

바람이 분다. 춘풍에 휘날리는 듯 하늘을 뒤덮은 매화가 일제히 흐드러지기 시작했다. 이윽고 꽃잎들이 하늘을 유영하듯 날아올라 공문연의 이마로 가만히 내려앉았다. 꽃잎은 일제히 공문연을 사뿐히 스쳐 지나며 그의 의식을 바람처럼 날려 버렸다. 마지막의 마지막까지, 그는 자신이 무엇을 보고 있는지 알지 못했다.

털썩.

의식을 잃은 공문연이 바닥으로 쓰러지는 소리만이 공허하게 울린다. 하늘을 뒤덮었던 매화도 어느새 신기루처럼 사라져 있었다.

검을 회수한 청명이 빙글 몸을 돌렸다. 무리한 기의 운용으로 입가로 선혈이 역류했다.

"퉤!"

복면을 벗고 솟구친 피를 뱉어 낸 청명이 얼굴을 일그러뜨렸다.

'죽겠네, 진짜.'

망가진 몸뚱이야 그렇다 치더라도, 아직도 내력이 부족하다. 과거의 그였다면 장난처럼 그려 냈을 일 검만으로도 전신의 모든 내력이 빨려 나가는 느낌이다.

'토대도 좋은데, 이러다 내가 죽겠다. 아오.'

뭔가 대책을 강구해야겠다 생각하며 복면을 다시 올렸다.

"자, 그럼."

그의 시선이 바닥에 쓰러진 공문연을 넘어 상인들에게로 향했다. 상인들이 귀신이라도 보는 듯한 눈으로 청명을 바라본다.

왜 그렇지 않겠는가? 검으로 하늘에 매화를 피워 내는 조화는 살아생전 본 적도 들은 적도 없다. 아니, 예전에 지나가듯 과거 화산에는 그런 고인들이 있었다는 말을 들었지만, 보나 마나 과장된 전설이라고 생각했다.

그런데 그 전설을 찢고 나온 인간이 지금 그들의 눈앞에 서 있는 것이다. 화산에 사기를 쳐 돈을 뜯어내려고 했던 그들의 입장에서 청명은 저승사자나 다름없었다.

"맞고 갈 사람?"

"……"

"그냥 갈 사람?"

"저요!"

"저는 그냥 가겠습니다!"

"살려만 주십시오!"

청명이 마음에 든다는 듯 고개를 크게 끄덕인다.

"좋아. 아주 협조적이야."

상인들이 우르르 옆쪽으로 뛰쳐나갔다. 하지만 물론 청명은 그들을 그리 쉽게 보내 줄 생각이 없었다.

"동작 그만."

상인들이 일제히 멈춰 섰다.

"니들이 그렇게 가 버리면 내가 이 많은 수레들을 어떻게 끌고 가냐? 생각 좀 해라, 생각 좀!"

상인들이 억울함이 가득 담긴 눈으로 청명을 바라보았다. 강도질하는 놈의 편의까지 봐줘야 한다는 말인가? 세상이 아무리 거꾸로 돌아간다지만 이런 법은 없다. 하지만 누구도 차마 반박을 입에 담을 수 없었다.

"너희."

"예!"

"지금부터 각자 자기 수레에 실린 재물이 얼마인지 확인한다. 제일 늦는 새끼는 이 새끼 옆에 나란히 눕혀 주마."

더 이상의 말은 필요 없었다. 말이 끝나기가 무섭게 상인들이 득달같이 자신의 수레에 달려들어 재물을 계산하기 시작했다.

"천팔백 냥입니다!"

"이천삼백 냥입니다!"

"저는 팔천……."

"뭐야? 당신 재산이 그렇게 많았어?"

"지금 그게 중요하냐, 이 인간아?"

심지어는 저들끼리 아웅다웅하며 먼저 보고하려 날뛰었다. 청명이 그 꼴을 보다가 눈을 찌푸렸다.

"야."

"예?"

"수레랑 말 값은 포함했냐?"

"……."

"다시 계산해."

"예."

어찌어찌 계산이 다 끝나자 청명이 고개를 끄덕였다.

"그럼 말 한 필 빌려줄 테니까 한 놈이 가장 가까운 전장으로 가서 돈 가져와라. 현물로 팔 테니까."

상인들이 멍한 눈으로 청명을 바라보았다. 그들도 나름 돈 바닥에 구르는 인간들이지만, 이런 인간은 살다 살다 처음 봤다.

"돈은 무기명 전표로 가져와. 전표에다가 표시해 놨다가 걸리면 오늘 살인 나는 거야. 알았어?"

"예."

거기에 치밀하기까지.

"한 놈 가."

그때 상인 중 하나가 쭈뼛쭈뼛 손을 들며 물었다.

"……저, 그런데…… 전장으로 가는 이가 도망치면 어떻게 됩니까?"

청명이 피식 웃는다.

"도망쳐서 뭐 하게?"

"……."

"니들 돈 있냐?"

"없죠."

"재산은 압류당했지?"

"예."

"그럼 여기 있는 게 단데 도망쳐서 뭘 어쩔 건데? 개평이라도 받아먹고 싶으면 돌아와야 할걸?"

"……그럼 관에 신고라도 하면……."

"해 봐."

청명이 다리를 슬쩍 올렸다가 바닥을 내리찧었다. 쿵 소리와 함께 땅이 쩌적쩌적 갈라진다.

"대신, 신고하고 절대 돌아오지 마라. 대륙 끝까지 도망쳐라. 내가 죽어도 그 새끼는 잡을 테니까. 절대 돌아오지 마라. 절대."

상인들은 신고를 포기했다. 생각해 보면 화음에는 아직 그들의 식솔이 남아 있다. 이 미친놈에게서 달아날 방법이 생각나지 않는다. 관군이 이 놈을 잡을 수 있을 것 같지도 않고.

"출발해."

"……예."

화산은 명문 정파답게 자애로웠다. 그럼에도 이들이 불행한 까닭은 단 하나였다. 화산은 자애롭지만, 화산에 사는 이들 모두가 자애롭지는 않다는 것이었다.

그날 해가 채 지기도 전에 서책 한 권 두께의 전표를 손에 든 복면인이 희희낙락하며 화산을 올랐다. 수많은 이의 땀과 눈물로 이루어진 재물은 그렇게 욕심 많은 도사 놈의 창고에 고이 모셔졌다.

• ❖ •

화산은 달라진 게 없었다. 불어오는 바람도 그대로고, 고풍스러운 전각들도 그대로다. 달라진 것이 있다면, 사람이었다.

"후욱!"

조걸이 무복을 벗어젖혔다. 벗어 던진 무복을 움켜잡자 땀이 줄줄 흘러나온다. 새벽부터 근력 수련을 하고 나면 전신이 땀으로 흠뻑 젖어 옷을 갈아입지 않고서는 버틸 수가 없다.

"아, 오늘 수련 진짜 힘들었다."

"새벽부터 이렇게까지 해야 하나, 정말."

들려오는 말들을 들으며 조걸이 쓴웃음을 지었다. 주변에는 그와 같이 옷을 빠는 동기들이 가득했다. 모두 함께 얼음장 같은 냇물로 전신을 씻고, 땀에 젖은 무복을 깨끗하게 빨았다.

조걸은 준비해 온 새 옷을 입고는 빨래를 잘 갈무리하여 챙겼다.

"슬슬 올라가자."

"예, 사형."

청자 배들이 빨래한 무복을 집어 들고는 화산을 오르기 시작했다. 뒤쪽에서 그 모습을 보며 조걸은 여러 가지 생각을 할 수밖에 없었다.

'정말 많이 바뀌었네.'

예전이었다면 이런 광경은 꿈도 꿀 수 없었을 것이다. 청자 배들은 화산의 문도이기는 하지만 무학을 익히는 데 열정적이지 않았다. 심지어 대사형인 윤종이나 조걸도 마찬가지였다. 그런데 이제는 다들 새벽부터 자발적으로 나와서 수련을 하고 있다. 입으로는 불만이 끝도 없지만, 그게 반항으로까지 이어지는 이는 없었다.

이 광경은 뭐라고 할까?

'정말 무관 같군.'

조걸이 피식 웃고 말았다. 화산의 삼대제자들을 보며 이제야 무관의 모습 같다는 생각을 하다니. 그럼 이제까지 화산은 무관이 아니었단 말인가?

"왜 그렇게 웃느냐?"

옆에서 들려오는 소리에 조걸이 슬쩍 고개를 돌렸다. 대사형 윤종이 경공을 펼치며 조걸을 돌아보고 있었다.

"아, 사형. ……말하기 조금 민망하지만, 이제야 다들 무관의 모습을 갖춘 것 같다는 생각이 들어서 그랬습니다."

"그렇더냐?"

"조금 이상한 생각이긴 하지만요."

"아니다. 나도 마침 같은 생각 중이었다."

"하하……."

조걸은 끝내 소리 내어 웃고 말았다.

얼마 전까지만 해도 조걸은 화산에서 땀을 흘려 수련을 한다는 걸 상상도 해 본 적이 없다. 백매관에서 지시하는 수련은 빠짐없이 해 냈지만, 그건 노력이 아니라 할당량을 채우는 것에 가까웠다. 적당히 시간을 때우다가 하산하여 집으로 돌아가는 것이 목표였다. 아니, 그건 조걸뿐만이 아닌 다른 모든 이들의 목표였을 것이다. 그러니 열정이 있을 수가 있나?

하지만 최근 들어 뭔가 바뀌고 있다는 생각이 든다. 그뿐 아니라 다른 사형제들의 눈빛도 예전과는 많이 달라졌다. 조걸의 얼굴이 미세하게 일그러졌다.

'이게 다 그놈 때문이겠지.'

청명은 화산을 변화시키고 있었다. 지금은 분명 작은 바람에 불과하지만, 이 바람이 산들바람으로 끝날지, 화산 전체를 뒤흔들 거대한 태풍이 될지는 아직은 아무도 알 수 없는 일이었다. 하지만 먼 훗날에는 분명 그 효과가 나타날 것이다.

산을 뛰어올라 화산의 산문에 접어든 조걸이 어깨를 쭉 폈다. 가슴 한구석이 벅차올랐다.

하지만 그 뿌듯함은 이내 순식간에 하늘 높이 날아갔다.

"에헤이! 그거 거기 잡으면 안 된다니까!"

"날라! 날라! 일단 안쪽으로 자재 다 밀어 넣고 그다음에 시작한다고! 귀먹었어?"

"거기! 거기 부서지면 너는 한 달 동안 일당 없다! 여기까지 기어 올라오는 것도 세상 힘들었는데 뭐 하는 짓거리냐!"

조걸은 멍하니 눈앞에 펼쳐진 모습을 바라보았다. 분주하고 어수선하기가 짝이 없다.

그의 시선이 좌에서 우로 크게 이동한다.

'뭐지, 이 사람들은?'

생전 처음 보는 이들이 산문을 들락거리고 있다. 모두들 손에 처음 보는 연장과 자재들을 쥐고 있었다.

"거기. 아니, 거기가 아니고! 저쪽으로!"

그나마 그중에 아는 사람이 있다는 게 위안이다. 운암이 사람들 사이에 서서 다급하게 지시를 내리고 있었던 것이다.

"……사형?"

조걸의 시선을 받은 윤종이 멍한 얼굴로 운암을 향해 걸어갔다.

"사숙조."

"음? 윤종이더냐?"

"이게 다 무슨 일입니까?"

"아."

운암이 빙그레 웃었다. 평소라면 삼대제자에 불과한 윤종에게 일일이 설명해 주지는 않았겠지만, 지금 운암은 기분이 매우 좋은 상태였다. 그러니 설명해 주지 못할 것도 없다.

"인부들이다."

"인부요?"

"그래. 너도 알다시피 전각들이 많이 낡지 않았느냐?"

"그렇습죠."

많이 낡은 정도가 아니다. 낡다 못해 거의 바스러져 바람만 불면 뭔가가 부러지고 휩쓸려 나가는 판이다. 그나마 제자들이 지내는 곳과 수련하는 곳은 어찌어찌 보수를 해서 형태나마 유지한 것이었다. 그 외 대부분은 관리할 인력이 부족하여 최소한의 관리도 없이 방치되고 있었다.

"이 기회에 크게 한번 보수를 할 생각이다. 산문도 다시 세우고."

"예?"

"보고만 있지 말고 가서 자재를 나르거라. 여기까지 자재를 가지고 온다고 인부들이 다들 고생한 모양이니까. 웬만한 목재는 근처에서 베어다 만들면 되지만, 여기서 나지 않는 목재도 있는 모양이더구나."

"예?"

"빨리빨리 움직여라! 어서!"

싱글벙글 웃으며 소리치는 운암을 보며 조걸이 멍한 표정을 지었다. 어쩌면 변화가 그의 생각보다 더 빠르게 찾아오고 있는 건지도 모르겠다.

"이게 뭔 일이지?"

조걸이 황당함이 담긴 눈으로 식탁을 바라보았다. 자재들을 나르느라 힘을 한 번 더 뺀 덕분에 허기가 목 끝까지 치솟았다. 하지만 막상 식탁 위에 차려진 음식들을 보니 허기보단 황당함이 더 크게 밀려온다.

"이게 뭐지?"

"……내가 꿈을 꾸는 건가?"

"아무리 봐도 이건 그 '고기'라고 불리는 무언가 같은데?"

다른 사형제들의 반응도 비슷했다. 그들의 시선은 식탁에 고정되어 있었다. 식탁 위에 어마어마한 일이 벌어졌다. 무려 고기가 올라온 것이다.

"이런 천인공노할 일이 있다는 말입니까?"

"살아 있는 것을 죽여 그 시신을 뜯어낸 악업의 결정체가 신성한 도가의 식탁에 오르다니!"

"횡재로다!"

조걸이 헛웃음을 흘렸다.

화산에서는 화식이나 육식을 딱히 금하지 않는다. 화산이 그 맥을 이은 전진(全眞)에서는 채식을 권하고 육식을 금하는 계율이 있지만, 화산의 대에 이르러서는 많이 달라졌다. 채식을 권하기는 하지만 육식을 금하지는 않는다.

하지만 금하지 않는다는 것이 식탁에 고기를 올린다는 것과 같은 말일 수는 없다. 화산에 입문한 지 몇 년이 지났지만, 화산파의 식탁에 고기가 오른 모습을 보는 건 이게 처음이다.

"이거 먹어도 되는 겁니까?"

"먹으라고 올려 둔 것 같은데?"

다들 윤종의 눈치를 힐끔힐끔 살핀다. 사숙들이 이 자리에 없는 이상 결정권자는 윤종이다. 윤종이 쓴웃음을 머금고는 고개를 끄덕였다.

"일단은 먹자꾸나. 식겠다."

윤종의 말에 일단 자리에 앉은 조걸은 문득 느껴지는 따가운 시선을 느끼곤 고개를 들었다. 모든 사형제들이 조걸을……. 아니, 정확하게는 조걸의 옆에 앉은 윤종에게 불같은 시선을 보내고 있다.

사형제들의 의도를 짐작한 윤종이 젓가락을 잡고 고기 한 점을 집었다. 그리고 그 고기가 윤종의 입 안으로 들어가는 순간.

파파파파파팟!

사방에서 젓가락들이 그릇으로 날아든다! 심지어 고기를 잡기 위해 금나수를 응용하는 놈들까지 있었다. 조걸은 그 광경을 보며 어이가 없어 소리를 칠 뻔했다. 하지만 그의 몸은 머리보다 솔직했다. 조걸의 젓가락 역시 벼락처럼 그릇을 향해 날아들었다.

'늦으면 못 먹는다!'

'비켜! 내 고기!'

'고기! 고기!'

사방으로 비산하는 고기의 파편들을 보며 윤종이 눈을 질끈 감았다.

화산이…… 그의 화산이 뭔가 이상하게 변해 가고 있다.

"거참, 사람이 오래 살고 볼 일이네요."

"그러게나 말이다."

"갑자기 공사를 시작하질 않나, 식탁에 고기가 오르질 않나. 심지어 오늘 새 무복도 두 벌씩이나 지급이 되었잖습니까?"

"그랬지."

윤종이 뭔가 생각하는 듯 눈을 가늘게 떴다. 그 알 수 없는 표정을 보던 조걸이 물었다.

"무슨 생각을 하십니까?"

"돈이 참 좋다는 생각."

조걸은 그만 웃어 버렸다. 다른 사람이라면 몰라도 윤종에게서 이런 말이 나오니 기분이 좀 이상하다.

하기야, 그건 다른 것도 마찬가지지.

"아무리 돈이 생겼다고는 하나, 윗분들께서 이렇게 빠르게 뭔가를 바꿀 거라고는 생각지 못했습니다."

"그분들이라고 제자들이 가난하게 버티는 게 좋으셨겠느냐? 없으니 어쩔 수 없었던 게지."

그렇다. 율법에 어긋나서 고기가 나오지 않았던 게 아니다. 고기가 비싸기 때문에 나오지 않은 것이다.

"돈이 없어 못 했던 일들이니 돈이 생겼을 때 하는 거지. 그런데 뭐가 이상하더냐?"

조걸이 고개를 끄덕였다.

"……운암 사숙조께서 도무지 입꼬리를 어찌하지 못하는 것을 보지 않았더냐?"

그렇지. 봤지. 조걸은 맹세컨대 운암이 그렇게 밝게 웃는 것을 생전 처음 보았다. 오죽하면 운암이 웃는 법을 모르는 사람일 수 있겠다 생각한 적이 다 있을까. 그런데 그런 양반이 히죽히죽 웃는 꼴이라니!

확실한 건 지금의 화산이 변화의 길목에 들어섰다는 것이다.

"사형."

"음?"

"이제 어떻게 될 것 같으십니까?"

앞뒤 없는 질문이었지만, 윤종은 조걸의 말이 뭘 의미하는지 이해했다.

"너도 알지 않느냐? 화산은 이미 빠르게 변하고 있다."

"예."

"그러니 우리도 각오를 할 필요가 있겠지."

"각오라……."

"그저 금전적인 문제만이 아니다. 너도 보지 않았더냐. 그 궤짝에."

"예. 비급이 있었지요."

장문인이 무공의 이름을 말하며 뒤로 넘어가던 장면이 아직도 눈에 선하다.

"화산은 변하고 있다. 그리고 변할 것이다. 우리 역시 변화를 피할 수 없겠지. 그러니 의지를 굳게 다지고 노력해야 한다. 그럼 우리가 예상했던 것과는 다른 것을 볼 수 있지 않겠느냐?"

조걸이 고개를 끄덕였다.

'이것도 다 그놈 때문인가?'

조걸은 이 모든 상황이 얼마 전에 청명이 벌인 수작질에서 비롯되었다는 의심을 지울 수가 없었다. 그 눈에 뻔히 보이는 연기를 생각하자 미간이 절로 찌푸려진다.

"무슨 짓을 한 걸까요?"

"난들 알겠느냐?"

주어가 없었지만, 누구를 지칭하는지 모를 윤종이 아니었다.

"확실한 것은 그 녀석은 우리가 미리 짐작할 수 있는 녀석이 아니라는 점이지. 정신을 바짝 차리는 게 좋을 게다. 어설픈 각오로는 그 녀석이 만들어 내는 풍운에 휩쓸려 버릴 수도 있으니까."

"걱정 마십시오, 사형. 저 조걸입니다."

"그래. 그랬지."

윤종이 허허 웃으며 백매관으로 향했다. 그런 그의 뒤를 조용히 따르는 조걸의 뇌리에는 조금 다른 생각이 머물고 있었다.

'우리는 미리 짐작할 수 없는 녀석이라.'

조걸의 생각은 조금 달랐다. 어쩌면 청명은 그들뿐 아니라 장로님들과 장문인도 감당할 수 없는 놈일지도 모른다. 어쩌면 말이다.

"그런데 그놈은 어디 있습니까? 아침부터 안 보이던데?"

"응? 못 들었느냐? 오늘 장문인이 녀석을 찾으셨다. 아마 지금쯤 장문인의 처소에 있을 것이다."

"장문인께서요? 장문인이 그 녀석을 왜 또 찾으신다는 말입니까?"

"난들 알겠느냐?"

윤종이 어깨를 으쓱하자 조걸이 나지막이 한숨을 내쉬었다.

'정말 정신이 하나도 없네.'

· ❖ ·

"……괜찮으냐?"

"예. 쿨럭! 괜찮습니다."

"정말 괜찮은 것이더냐?"

"저엉말 괜찮습니다. 쿨럭! 쿨럭!"

"안 괜찮아 보이는데……."

현종이 얼굴을 반쯤 일그러뜨리고 청명을 바라보았다. 앞에 앉은 청명의 몰골은 말이 아니었다. 피골이 상접하고 안색이 새하얗게 질렸다.

'건강이 얼마나 안 좋으면?'

아무리 봐도 아사하기 직전으로 보인다. 모르는 사람이 본다면 제자들에게 피죽도 안 먹이느냐고 침을 뱉으며 욕을 하고도 남을 것 같다.

'처음 왔을 때는 안 이랬던 것 같은데.'

현종이 미묘한 얼굴로 그 모습을 보다 고개를 돌려 운암에게 물었다.

"의약당에서는 뭐라더냐?"

"원기가 상했다고 합니다."

"원기?"

"예. 과도한 수련으로 원기가 상해 정양이 필요하다고 합니다."

"허어!"

현종이 감격한 눈으로 청명을 바라보았다.

"이 녀석아. 원기가 상할 때까지 수련을 하다니. 그런 미련한 짓을 왜 했더냐?"

'그게 아닌데.'

수련은 얼어 죽을. 화산에 오르고부터는 제대로 된 수련을 못 해 본 청명이다. 그런데 뭔 놈의 수련인가.

물론 의약당에서는 할 말이 그것밖에 없었겠지. 원기가 상한 것도 사실이고 몸이 상한 것도 사실이니까. 이제 갓 입문한 놈이 선천지기를 끌어다 쓰다가 원기가 박살이 났다고 어찌 상상이나 하겠는가? 의약당에 화타가 앉아 있었다고 한들 나올 수 있는 대답이 아니다.

이상한 오해가 생겨났지만 이럴 때일수록 솔직하게 대답해야겠지.
"죄송합니다. 장문인. 하루라도 빨리 화산의 무학을 익히고 싶다는 마음에 그만……."
"허어. 선재. 선재로다."
장문인은 청명이 더없이 마음에 든다는 듯 연신 고개를 끄덕였다.
청명은 거짓말하지 않았다. 마음만은 사실이니까!
"급히 먹는 밥이 체하는 법이다. 몸이 상해서야 무엇을 할 수 있겠느냐?"
"제자, 조금 더 신중하도록 하겠습니다."
"그렇지, 그렇지."
현종이 흐뭇한 미소를 지었다. 눈앞의 아이는 그야말로 화산의 홍복이다. 굴러 들어온 복덩이나 다름이 없다. 그러니 어찌 어여쁘지 않겠는가?
"그래. 차는 즐기느냐?"
"딱히 즐기지는 않습니다."
청명이 어깨를 으쓱했다.
'술이면 몰라도.'
청명의 입맛에 차는 너무 맹탕이다. 목을 알싸하게 자극하는 술과는 달리, 차는 그저 풀 맛이 나는 물일 뿐이었다. 장문사형은 그런 청명을 두고 도사가 되기에는 애초에 글러 먹은 놈이라고 했지만, 입맛이 그런 걸 어쩌겠는가?
'화산 장문인은 차를 즐겨야 한다는 법칙이라도 있나?'
과거의 장문사형도 다도에 조예가 깊었다. 그리고 청명이 보기에 지금의 장문인도 차를 타는 솜씨가 예사롭지 않았다. 장문인이 정성스레 탄 차를 청명에게 내민다. 청명이 두 손으로 차를 받아 들었다.
"즐기지 않는다니 아쉽지만, 본도가 성의껏 탄 차니 맛이나 보거라."

"예."

 향을 느끼는 과정이고 뭐고 없이, 청명은 차를 쭉 단번에 들이켰다. 본디 차란 맛보다는 그 향을 만끽하는 데 더 큰 즐거움이 있는 법이건만, 그에게 차는 뜨거운 물 이상의 의미가 없었다.

 안타까운 얼굴로 그 모습을 바라보던 현종은 청명이 찻잔을 내려놓자마자 물었다.

"어떠냐?"

"차네요."

 현종의 근엄한 얼굴에 미미한 실망이 감돌았지만, 청명은 도사의 본분에 맞게 그저 솔직할 뿐이었다.

"크흠. 그래."

 헛기침으로 어색함을 날려 버린 현종이 다시 표정을 부드럽게 풀었다.

"내가 이리 너를 다시 부른 것은 이번 일에 대해 치하하기 위함이다. 네 덕분에 화산이 위기에서 벗어날 수 있었다. 참 잘해 주었구나."

"저는 한 게 없습니다."

"어찌 네가 한 것이 없겠느냐? 네가 아니었다면 지금쯤 우리는 거리에 나앉았을 것이다."

"우연히 그곳을 지났고, 우연히 상자에 발이 걸렸을 뿐입니다."

"허허. 우연이라."

 현종이 가만히 고개를 저었다.

"세상에 우연이라는 건 없다. 모든 것은 인연이 이어진 결과일 뿐이지."

 청명이 가만히 고개를 끄덕였다. 그냥 한 말이겠지만, 현종의 말은 정곡을 정확하게 찌르고 있었다.

'한 번씩 저렇게 날카로울 때가 있단 말이야.'

"그렇지 않더냐? 운암아?"

"그렇습니다, 장문인. 그리고 설사 이 모든 일이 우연으로 일어났다 하더라도 그 우연을 야기한 공 역시 작지 않습니다. 게다가 재물에 욕심을 내지 않고 장문인께 알렸으니, 이 공을 어찌 작다 하겠습니까."

"그렇지, 그렇지."

현종이 기껍다는 듯 연신 수염을 쓸어내렸다. 그러더니 따뜻한 눈으로 청명을 바라보았다.

"공을 세운 이에게 상을 내리는 것은 당연한 일. 화산은 네게 상을 내리려 한다. 그래서 불렀느니라."

"상이라 하셨습니까?"

"그렇다. 원하는 것이 있더냐?"

청명이 살짝 고민에 빠졌다. 원하는 것?

"그만한 재물을 그냥 넘기고도 아쉬움이 없다면 거짓일 터. 재물이 필요하다면 적당한 재물을 주마."

"재물은 괜찮습니다."

"음?"

현종이 눈을 살짝 크게 떴다.

"재물이 필요 없다고 했느냐?"

"예. 어차피 화산에서 밥도 주고 옷도 주는데 재물이 있어 봐야 무엇 하겠습니까? 이 산속에서 쓸 일이 있는 것도 아닌데."

"허허허. 그래, 그렇지."

현종이 미소를 지었다.

'도기(道器)로구나.'

아무리 쓸 곳이 없다고 해도, 재물에 대한 욕심을 버리는 것은 쉬운 일이 아니다. 지금이야 돈을 쓸 일이 없지만, 앞으로도 쓸 일이 없는 건 아니잖은가?

그만한 일을 짐작 못 할 아이로 보이지는 않는데, 그럼에도 재물을 거절하는 것을 보니 무욕(無慾)을 실천하는 아이다. 도를 품을 그릇이었다.

하지만 청명의 내심은 훈훈한 현종의 해석과는 전혀 달랐다.

'그거 해 봐야 얼마나 된다고?'

장문인의 비밀 창고. 이제는 화산의 장문인이 아니라 청명이 쓰는 비밀 창고에는 현종이 봤다면 눈을 까뒤집고 기절할 만한 양의 재물이 그득그득 쌓여 있다. 청명은 이미 화음현 최고의 부자다. 가난한 장문인이 상으로 내리는 푼돈 같은 건 안 받아도 그만이다.

"그렇다면 원하는 것이 무엇이더냐? 네 항렬로는 아직 익힐 수 없는 무학을 미리 익히게 해 줄 수도 있다."

"무학도 괜찮습니다."

"……허어? 이것도 괜찮다고?"

"예."

"무학에 뜻이 없는 것이더냐?"

청명이 다시 고개를 저었다.

"그런 것이 아닙니다. 제자가 모든 것을 알진 못하지만, 화산의 선인들께서 항렬에 따라 익힐 무학을 정해 둔 데에는 다 뜻이 있을 것이라 생각합니다."

현종이 눈을 동그랗게 떴다.

"그래?"

"예. 조금 전 장문인께서 급히 먹는 밥이 체한다고 하셨지 않습니까."

"그랬지."

"무학 역시 마찬가지라고 생각합니다. 저는 제 수준에 맞는 것을 익히며 느려도 확실하게 나아가겠습니다."

"그래. 옳다. 네 말이 진정으로 옳다."

현종이 연신 고개를 끄덕였다. 대화를 하면 할수록 마음에 든다. 아직 어린 아이가 도가 무엇인지, 순리가 무엇인지 알고 있지 않은가?

'어디서 이런 기재가 들어왔다는 말인가?'

기꺼움이 넘쳐 웃음을 감추지 못하는 현종이었지만, 물론 청명의 생각은 전혀 달랐다.

'내가 너한테 무공을 줘야 할 판이다, 인마!'

안 그래도 이번에 전해 준 무공 말고 다른 것들은 어떤 방식으로 넘겨줘야 하나 하는 고민 때문에 골머리를 썩던 청명이다.

한 번에 다 넘겨줬다면 편했을 것이다. 하지만 사람의 마음이라는 건 기이한 면이 있어서, 금으로 된 불상과 은으로 된 불상을 동시에 주면 은으로 된 불상의 가치를 평가절하해 버린다. 이십사수매화검법과 칠매검을 동시에 주면 누가 칠매검을 익히려 들겠는가? 현종의 말대로 급히 먹으면 체하는 법이다.

'이런 것 하나하나까지 신경을 써야 한다니.'

장문사형, 잘못했습니다. 장문사형이 잔소리할 때 한 귀로 듣고 한 귀로 흘린 것 죄송합니다. 제가 그때 장문사형이 얼마나 개고생을 하는지 알았어야 하는 건데.

반쯤은 장문인의 시선으로 화산을 보다 보니 과거의 장문인이었던 청문이 얼마나 힘들었을지 알 것 같다. 그리고 그 힘겨움의 많은 부분을 청명이 차지하고 있었을 것이다.

말 좀 들을걸.

이미 죽은 청문에게 속죄하긴 어렵지만, 그나마 지금 있는 장문인에게라도 잘해야겠다고 다짐하는 청명이었다.

"네게 욕심이 없는 것은 참으로 좋은 일이나, 지금 내게는 조금 곤란한 일이구나. 그래, 그럼 딱히 필요한 건 없더냐?"

'필요한 것이라.'

남은 거라고는 이름밖에 없는 화산에서 청명에게 뭘 해 줄 수 있을까?

고민하던 청명이 입을 열었다. 일단은 일신상의 자유를 어느 정도 확보할 수 있으면 움직임의 반경이 넓어진다. 다른 것보다는 그게 급하다.

"장문인. 제자는 무학을 익힘에 있어서 게으름을 피우지 않습니다."

"네 꼴만 보아도 그건 알겠구나."

머쓱하게 헛기침을 한 청명이 말을 이어 갔다.

"하지만 이 청정 도량 안에서 그저 무학만 익히는 것으로는 한계가 있다고 생각합니다. 한 번씩은 넓은 세상을 보고 싶습니다. 제가 원할 때 한 번씩 화음에 내려갈 수 있도록 해 주십시오."

현종이 살짝 미간을 좁혔다.

"으음, 네 의도는 알겠으나. 그건 화산의 규율에 어긋나는 일이다. 네가 세운 공은 충분하지만, 그랬다가는 형평성의 문제로 불만을 품는 사람이 생길까 저어되는구나. 그건 한번 생각을 해 보자꾸나."

"예, 장문인."

"혹 다른 것은 없느냐?"

고민하던 청명이 눈을 번쩍 떴다.

"장문인!"

"음?"

"보시다시피 제자의 몸이 좋지 않습니다."

"그래. 눈이 있으면 알겠지."

"의약당의 말로는 원기가 상했다고 합니다."

"그래. 들어서 알고 있다."

"그래서 말입니다만, 혹여 영단을 내려 주실 수 있으십니까?"

"……영단?"

"예. 화산의 영단 말입니다. 보통 문파에는 그런 게 하나씩은 있지 않습니까?"

현종이 너털웃음을 터뜨렸다.

"허허허허. 그래. 영단이 필요하구나. 그래, 영단 좋지. 몸을 보충하는

데 그 이상의 것이 있겠느냐?"

"예! 그렇습니다!"

"허허허. 그래, 영단. 그래. 네가 세운 공이라면 영단을 받기에 충분하지. 그래. 음……. 그래……."

현종이 슬쩍 청명의 눈치를 보았다. 그러더니 짐짓 부드러운 목소리로 말했다.

"한 번씩 화음에 내려가고 싶다고 했었느냐?"

"……예?"

"물론 규율에는 어긋나지만, 네가 세운 공을 감안하면 그 정도 부탁은 들어줄 수 있다. 운암은 듣거라."

"예! 장문인!"

"화산 장문인의 이름으로 허하노니, 앞으로 화산의 제자 청명이 화음에 내려갈 때는 타인의 허락을 받지 않는다."

"예!"

"다만 청명은 화음을 벗어나지 않아야 하며, 화음에서 벌이는 모든 일에 있어서는 그 책임을 피할 수 없다는 걸 명심해야 할 것이다. 알겠느냐?"

"네, 알겠습니다. 그런데……."

청명이 고개를 갸웃했다.

"영단은요?"

"또한 화음에 내려감으로 인해 수련에 영향을 주어서는 안 될 것이다."

"……."

"허허허허. 그래. 그럼 그만 나가 보거라."

"아, 아니, 장문인. 영단……."

"내 너에게 기대가 크다. 쉼 없이 정진하도록 하여라."

"……네."

청명이 고개를 꾸벅 숙이고 터덜터덜 밖으로 나가자 현종이 빙그레 웃었다.

'내가 먹고 죽을 영단도 없다, 이놈아!'

청명이 나간 장문인의 처소에 현종과 운암, 그리고 무각주인 현상이 남아 서로를 마주 보았다.

"어찌 생각하느냐?"

현종의 물음에 운암이 미소를 지었다.

"도기(道器)입니다."

"너도 그리 느꼈구나."

현종이 기꺼운 미소를 지었다.

청명이 어여뻐 보이는 것은 사실이다. 왜 아니겠는가? 청명 덕분에 화산은 멸문의 위기에서 벗어났다. 적이 쳐들어온 것도 아니고, 내분이 일어난 것도 아니고, 고작 돈 때문에 역사와 전통의 화산이 현판을 내리는 가장 치욕스러운 상황을 면할 수 있었다. 그러니 현종의 입장에서는 청명을 업고 다녀도 모자랄 판이다.

하지만 지금 이 평가는 그런 어여쁨 때문만이 아니다.

"어린아이임에도 말에 현명함이 묻어납니다. 때때로 거친 면이 있지만, 나이를 고려하면 충분히 이해할 만합니다."

"그렇지."

장문인의 추임새에 운암의 생각이 깊어졌다. 청명과 대화를 하고 있으면 어린아이와 대화를 하는 느낌이 들지 않는다. 단순히 말투 때문이 아니었다. 청명에게서는 어린아이 특유의 치기가 느껴지지 않는다.

'오히려…… 선기를 느끼는 건 나뿐인가.'

도가의 향이 난다. 이 느낌은 이치로는 설명할 수 없었다. 어린아이에게서 도문의 향이라니.

'도기라는 말이 아니고야 설명할 수 없구나.'

운암이 살짝 고개를 들었다.

"어린아이답지 않게 생각이 깊습니다. 말을 하기에 앞서 고심하는 면도 보입니다. 여러모로 총명한 아이입니다."

"그렇지."

"무재만 확실하다면…… 후대의 화산을 이끌 동량이 될 것입니다."

현종이 말없이 고개를 끄덕였다. 그러더니 시선을 돌려 현상을 바라보았다.

"어찌 생각하는가?"

지금까지 상황을 지켜보기만 하던 현상이 침음하다 말했다.

"제가 사람을 볼 줄 모른다는 것, 장문사형도 알지 않으십니까?"

"이 사람아. 그래도 느낌이란 게 있지 않으냐?"

"느낌이라……."

현상이 가만히 눈을 감았다. 시간이 느릿하게 지나간다. 한참 동안 상념에 빠져 있던 현상이 천천히 입을 열었다.

"아이가 아이답지 않습니다."

"……."

"종종 험한 삶을 살아온 아이나 생각이 깊은 아이들이 그런 모습을 보이기도 하는 건 압니다. 하지만 그건 또래에 비해서 의젓하다는 것이지 어른과 같다는 뜻은 아니잖습니까?"

살짝 시선으로 동의를 구한 현상이 말을 이었다.

"하지만 그 아이는 조숙한 게 아니라 정말 어른처럼 말하고 어른처럼 행동합니다. 그 안에 뭐가 들었는지 끄집어내 보고 싶은 마음이 들 정도로 말입니다."

"속이 검다는 뜻인가?"

"그런 의미까지는 아닙니다. 다만……."

현상이 말을 줄였다.

"알겠네."

현종이 고개를 끄덕였다.

"다들 무슨 생각을 하는지는 알겠지만, 지금은 큰 의미를 두지 말도록 하세. 보다시피 아이가 아닌가?"

"예, 장문인."

"우리는 사람을 쓰는 이들이 아니라, 사람을 길러 내는 이들일세. 훌륭한 인재라면 그 재능을 발휘하도록 해 주면 될 것이고, 문제가 있는 아이라면 문제를 고치도록 이끌어 주면 될 일이네."

"옳은 말씀이십니다."

"운암아."

"예, 장문인."

"공사는 어찌 되어 가고 있느냐?"

"산세가 험하여 자재의 충원이 쉽지 않습니다. 나무를 베어 최대한 충당하고 있지만, 베어 낸 나무를 말리고 다듬는 데 드는 시간은 어찌할 수가 없습니다. 시일이 조금 소요될 듯합니다."

고개를 끄덕이며 가만히 수염을 쓸어내린 현종이 진중한 얼굴로 물었다.

"자금이 생겼다고 겉치레부터 신경 쓰는 내가 못마땅하지는 않더냐?"

"그럴 리가 있겠습니까, 장문인."

"이해해 다오. 화산은 이제 새로 태어나야 한다. 무릇 사람이란 새로운 다짐을 하고 새로운 뜻을 세울 때는 의관을 정제하고, 몸가짐을 바로 하는 법이다. 이것은 문파도 다르지 않을 터. 문도들에게 새로운 뜻을 전하기 위해서는 이것이 가장 확실하다고 여겼다."

"장문인의 뜻이 옳습니다."

현종이 가만히 고개를 끄덕인다.

"사제."

"예, 장문사형."

현상이 살짝 고개를 숙였다.

"새로 얻은 무학의 해석을 최대한 빨리 마쳐 주게. 하나, 허술함이 있어서는 안 되네. 그 무학을 제자들에게 어찌 전수하느냐에 따라 화산의 운명이 달라질 것이네."

"한 치의 허술함도 없도록 하겠습니다."

"내 자네들만 믿겠네."

생각에 잠긴 듯한 현종의 모습을 보며 현상이 살짝 얼굴을 굳혔다.

'말해야 하는가?'

아니. 아니다. 그저 노파심일지도 모른다. 장문사형은 지금 백 년을 넘어 천 년을 이어 갈 화산의 미래를 구상하는 중이다. 별것 아닌 이야기로 신경을 쓰게 할 수는 없다.

'하지만······.'

현상이 나직하게 한숨을 쉬었다. 비급을 발견했을 당시에는 워낙 충격을 받아 이상함을 느끼지 못했다. 하지만 막상 비급을 해석하느라 뒤적이다 보니 최근에는 의아함을 지울 수가 없다.

'최소 백 년이 지난 서책이라 하기엔, 종이가 너무 깨끗하다.'

그리고 군데군데 먹물이 번져 나온 자국까지 있었다. 현상의 의심이 맞다면, 이 비급은 백 년 전의 것이 아니다. 비교적 최근에 누군가가 만든 비급이다.

하지만 대체 누가? 화산에서도 실전된 무학을 그 누가 만들어 낼 수 있다는 말인가? 상식적으로 말이 되지 않는다. 만일 그런 일을 할 수 있는 이가 있다면, 이렇게 비급을 만들어 발견하게 유도하는 것보다 비급을 들고 찾아오는 쪽이 낫다. 그렇다면 화산의 모든 문도가 그를 왕처럼 떠받들 테니까.

하면 화산에 도움을 주되 정체를 드러내지 않아야 하는 누군가가 있다는 뜻인데.

현상이 고개를 저었다. 과하다. 과한 생각이다.

혹여 음모가 있을지 모른다는 생각에 무학을 검토하고 또 검토해 보았지만, 아무리 보아도 이건 진품이다. 어긋난 곳이 없고, 잘못된 곳이 없다. 사특한 점은 눈을 씻고 찾아보아도 없다.

'한 번만 더 검토해 보자.'

이상하다면 그때 가서 말해도 늦지 않을 것이다.

◆ ❖ ◆

"에라. 거지도 안 주워 갈 문파 같으니!"

청명이 돌멩이를 걷어찼다.

"뭘 했길래 그 많던 영단이 하나도 안 남았어!"

장문인의 표정을 보면 짐작할 수 있다. 이놈의 문파에는 자소단은커녕 매화단도 제대로 남아 있지 않은 게 분명했다.

절망적이기가 짝이 없다. 돈이 없어 자소단을 제조할 수 없었던 거라면, 돈이 생긴 지금 나와야 할 대답은 '일단은 기다려라.'였다. 하지만 장문인은 기다리라는 말 대신 화제를 돌리는 쪽을 택했다. 그 말인즉슨, 지금 화산에 영단이 없는 것은 물론이요, 영단을 만드는 방법도 실전되었다는 뜻이다.

"뭐 멀쩡한 게 하나가 없어!"

속이 터진다. 누가 일부러 화산을 박살 내겠다고 계략을 꾸몄어도 이렇게 다양한 부분에서 다양하게 박살이 나 있을 수는 없다. 문파에 무공이 없고, 영단이 없고, 사람이 없고, 돈까지 없다?

"잘도 안 망했네. 잘도!"

속은 터지지만, 화를 내 봐야 무얼 하겠는가? 이게 다 제 업보인 것을. 청명이 입맛을 다시며 아랫배를 쓰다듬었다.

'하, 이거 골치 아프네.'

생각보다 몸이 쉬이 회복되지 않는다. 아직 근골이 완성되지 않은 어린아이의 몸인 데다가, 내력도 거의 없는 상황에서 선천지기를 끌어다 썼으니 웬만큼은 부작용을 각오해야 한다고 생각은 했지만…….

'웬만큼이 아니라는 게 문제지.'

생각 이상으로 몸이 회복되지 않는다. 아마도 은연중에 과거의 몸과 과거의 수준을 기준으로 삼는 버릇이 남아 있었던 모양이다.

하기야, 어린아이가 선천지기를 끌어 쓴다는 말을 예전의 청명이 들었으면 그 아이는 물론이고, 말리지 못한 주변인들까지 깡그리 잡아다가 볼기를 쳤을 것이다. 그만큼이나 위험한 일이니까.

하지만 사람이란 게 그렇다. 남은 안 되지만 나는 될지도 모른다고 생각하곤 한다. 그리고 패가망신하지.

문제는 지금 패가망신하는 사람이 다름 아닌 청명이라는 점이었다. 몸이 회복되지 않으니 수련이 쉽지 않고, 수련이 쉽지 않으니 무학이 늘지 않는다. 화산을 다시 일으킨 대가라고 감수하기에는 갑갑함의 정도가 너무 심했다. 이대로 간다면 최소 반년 정도는 정양에 들어야 할 판인데.

"반년은 얼어 죽을!"

단순히 몸을 회복해서 편해지려는 게 아니다. 지금 청명은 완벽한 토대를 만들어 가는 중이다. 하지만 사람의 몸은 땅이 아니잖은가?

늙은이의 몸이라면 모를까. 이 어린 나이에 반년은 너무도 치명적이다. 지금의 반년은 먼 훗날의 십 년과도 같다.

아이는 성장하고 변화한다. 그런 만큼 적당한 시기라는 게 있는 법이다. 이 시기를 놓치면 다시는 만들 수 없는 것이 있다. 몸이 알아서 무학을 쭉쭉 습득할 때 기초를 닦아 줘야 하는 법 아닌가?

"방법을 찾아야 해."

청명이 심각한 얼굴로 고심에 빠졌다.

"일단은 무조건 영단이 있어야 하는데……."

기운이 쇠한 것은 기운으로밖에 치료할 수 없다. 느긋하게 받아들이는 기운으로 해결되지 않는다면 단번에 많은 양의 기운을 받아들여 선천지기를 채워야 한다.

그렇다면 방법은 두 가지. 귀한 영단을 먹거나, 격체전력 같은 기공의 도움을 받아야 한다.

하지만 청명에게 격체전력을 해 줄 사람을 구할 수 있을 리가 없고, 영단도 구할 수가 없다. 영단은 돈이 있다고 해서 살 수 있는 물건이 아니다. 게다가 지금 청명은 어린아이의 몸이 아닌가? 화음을 떠날 수 없는 그가 영단을 구하는 건 거의 불가능한 일이었다.

방법이 없다. 진짜 없다.

"아, 진짜! 개똥도 약에 쓰려면 없다더니! 뭔 놈의 문파에 영단이 하나도 없냐고! 썩을 놈의 의약당 놈들!"

예전의 화산에는 거짓말 조금 보태서 영단이 바닥에 굴러다녔다. 자소단이야 웬만한 문도는 일생에 하나씩은 꼭 먹을 정도로 흔했고, 설매단은 어디 가서 공 좀 세우거나, 수련만 열심히 해도 상으로 떨어질 정도였다. 그리고 매화단?

"그건 약도 아니었지."

매화단은 너무 흔해서 영약 취급도 못 받았다. 청명도 지금 상태가 이렇지 않았다면 매화단을 달라는 소리는 하지도 않았을 것이다. 지금의 청명에게야 도움이 되겠지만, 당시의 청명에게 매화단은 먹어 봐야 내공도 오르지 않는 쓸데없는 단약에 불과했다.

오죽하면 과거 청명이 매화단을 숙취 해소제로 썼겠는가?

'효과는 죽여줬는데.'

 장문사형 몰래 술을 진탕 마시고, 운기로도 숙취가 완전히 해소되지 않을 때, 매화단을 한 알 먹어 주면 속이 쫘아아악! 풀렸다. 영단으로서는 가치가 없지만, 숙취 해소제로는 천하에서 제일가는 물건이 바로 매화단이었다.

 물론 그걸 장문사형이 알았다면 입에 거품을 물고 청명을 죽이겠다고 쫓아왔겠지만. 그래서 매화단을 꿍쳐 놓고 숨어서…….

"어?"

 휘적휘적 걷던 청명의 몸이 우뚝 멈췄다.

"숙취 해소?"

 그의 고개가 삐딱하게 꺾였다.

"내가 왜 그 생각을 못 했지?"

 있다! 영단!

 아니, 아니! 있을 것이다! 영단!

 화산의 사고뭉치 청명……. 아니, '전' 화산의 사고뭉치였던 청명이 꿍쳐 놓은 영단이!

"대가리가 나쁜 게 도움이 될 때도 있구나!"

 청명이 낄낄대며 전력으로 산문을 향해 달리기 시작했다.

• ❖ •

 비장한 얼굴로 고개를 위로 쳐들었다. 악물린 청명의 턱이 조금 더 위로 꺾인다.

 조금 더. 조금 더. 그리고 조금 더. 부러지기 직전까지 목을 젖히고서야 청명은 자신이 원하는 곳을 바라볼 수 있었다.

 깎아지른 절벽. 끝도 없이 높다 못해 꼭대기는 운무에 가려 보이지도 않는, 무시무시한 절벽이 청명의 눈에 가득 들어왔다.

"……미친놈."

입에서 헛웃음이 흘러나왔다.

화산에 사는 이들은 이 절벽을 단장애(斷腸崖)라고 부른다. 오악(五岳) 중에서도 가장 험준하기로 유명한 화산에서, 가장 높고 위험한 절벽이 바로 이곳 단장애다. 그리고 이 위험한 절벽의 한가운데에 청명이 지금 찾으려는 곳이 있었다.

화산의 수많은 비지(祕地) 중에서도 가장 비밀스러운 곳. 화산에서도 극소수. 그중에서도 극소수만 아는 곳!

"그야, 나만 아니까."

이 절벽의 중앙쯤에는 직접 오르지 않고서는 찾을 수 없는 작은 동굴이 있다.

단장애는 그 위험성 때문에 문도들의 경공 수련이 금지된 곳이다. 하지만 청명은 태생적으로 하지 말라는 건 꼭 해 봐야 직성이 풀리는 청개구리였던지라 단장애에서 경공 수련을 즐겨 했다. 그러다 우연히 단장애의 중턱에 작은 동굴이 있다는 것을 발견하고는 그때부터 전용 은신처로 사용한 것이다.

"많은 도움이 됐지."

예를 들면 장문사형의 눈을 피해 술을 마신다거나, 혹은 장문사형의 눈을 피해서 고기를 뜯는다거나, 또는 장문사형의 눈을 피해 낮잠을……

"장문사형."

왜 저를 살려 두셨습니까? 때려죽이시지.

입장이 바뀌어 보니 장문사형이 왜 그리 청명만 보면 버럭 소리부터 쳤는지 알 것 같았다. 청명이 그 입장이었으면 때려죽였겠지. 그리고도 남았지.

하지만 지금 청명은 굳이 입장을 바꾸지 않아도 예전의 청명을 때려죽이고 싶은 심정이었다.

"아니, 미친놈이……."

제정신이 박힌 놈이면 이런 절벽의 한가운데를 처소로 쓸 생각도 하지 않을 것이다. 청명쯤 되는 또라이니까 이런 짓을 할 수 있다. 그리고 그 피해는 지금의 청명이 고스란히 받고 있었다. 매화검존 청명이었다면 이런 절벽쯤이야 두어 번의 도움닫기만으로도 오를 수 있지만, 화산의 삼대제자 청명은 이 절벽을 오르는 것 자체가 불가능하다.

단장애가 왜 단장애인가! 발 디딜 곳도 없고, 잡을 곳도 없다. 절벽이 얼마나 반들반들한지 보는 사람의 마음이 절로 시원해질 정도다.

이 절벽은 원래 이랬다. 혹시나 다른 이들이 이 동굴을 발견할까 봐 청명이 중간중간 절벽을 반듯하게 깎아 놨기 때문은 절대 아니다.

"……가지가지 했다 진짜."

예전의 자신에게 살의를 느끼다니. 세상의 누가 이런 경험을 해 보겠는가?

후우, 깊게 한숨을 내쉰 청명은 이내 단호한 눈으로 절벽을 다시 올려다보았다.

"그래도 간다!"

뒤는 없다. 누군가 왜 절벽을 오르느냐 묻는다면 청명은 이리 대답할 것이다.

"저기 영약이 있다고! 빌어먹을!"

청명의 기억이 확실하다면 바로 저 동굴에 매화단과 설매단이 있다! 왜냐면 저기가 청명이 술을 퍼먹고 드러누워 자던 곳이니까. 숙취 해소용으로 매화단을 꿍쳐 놓은 곳이다.

'나 진짜 대책 없었네.'

아무리 발에 차였다지만 그래도 영단인데, 그걸 숙취 해소용으로 쓰겠다고 동굴에 짱박아 놓다니. 제정신인 놈이 할 짓이 아니다. 하지만 덕분에 지금의 청명이 기회를 얻은 것도 사실이다.

청명이 결연한 얼굴로 단장애를 바라보다가 몸을 돌렸다. 그리고 반대편의 숲 쪽으로 성큼성큼 걸어 들어갔다.

"후우우우우우우."
깊게 심호흡을 했다.
"아무리 생각해도 이건 미친 짓인데."
청명은 지금 단장애의 정상에 서 있었다. 반대쪽 능선으로 돌아 올라온 것이다. 그의 손에는 넝쿨을 엮어 만든 긴 밧줄이 들려 있었다.

아무리 생각해 봐도 단장애의 아래에서 동굴까지 오른다는 건 불가능한 일이다. 저 반질반질한 절벽을 타고 오르는 게 버겁기도 하고, 그 높이가 너무 높기도 하다. 아직 어린아이에 불과한 청명이 오르기에는 너무 가혹한 절벽이다.

하지만 위에서 내려간다면? 밑에서 오르는 것보다는 훨씬 쉽다. 딱 하나 문제가 있다면…….

"한 열 배쯤 위험하다는 것뿐이지."

슬쩍 아래를 내려다본 청명은 자신도 모르게 마른침을 삼켰다. 바닥이 보이지 않는다. 보이는 거라고는 깎아지른 절벽과, 그 절벽 가운데 걸린 운무뿐이다.

가만히 뒤로 물러났다. 그리고 심장을 움켜쥐었다.
"아, 씨. 살 떨려."
예전에는 정원처럼 산책하던 곳이건만, 지금은 지옥으로 들어가는 입구 같다. 맨정신에 밧줄 하나로 이곳을 내려간다는 생각을 할 수 있는 사람이 몇이나 있겠는가? 하지만 세상에는 하고 싶어서 하는 일과 해야 해서 하는 일이 따로 있다. 이건 명백한 후자였다.

"한 번 죽지, 두 번 죽……. 아니, 두 번 죽는구나."

청명은 일단 손에 든 밧줄을 근처에 보이는 돌부리에 단단히 묶었다. 이 줄이 그의 생명 줄이다. 묶인 줄을 몇 번이나 당겨 확인한 후 심호흡을 하며 절벽 끝에 가 선다.

하아, 화산파 살리기 더럽게 힘드네. 이게 뭐라고 목숨까지 걸어야 하나.

"제길!"

욕지거리를 내뱉은 청명이 과감하게 절벽을 타고 내려가기 시작했다.

빤들빤들한 절벽을 타고 내려가는 건 절대 쉬운 일이 아니었다. 손가락 하나 들어갈 틈도 찾기 어렵다. 청명은 티끌만 한 틈에 몸을 의지하고, 틈이 없으면 흡자결(吸字訣)로 벽에 달라붙었다.

한참을 낑낑대며 절벽을 내려가던 청명의 입에서 욕지거리가 절로 쏟아져 나왔다.

"아오! 씨바! 빌어먹을! 이럴 줄 알았으면 벽호공이라도 익혀 둘걸!"

잡기(雜技)라고 생각해 익히지 않았던 무학인데, 상황이 이리되니 잡기마저도 아쉽다.

투둑! 투두둑!

그때, 살짝 밟았던 돌부리가 부스러지며 아래로 떨어졌다.

톡. 톡. 톡.

청명은 아래로 떨어지는 돌을 멍하니 바라보았다. 절벽에 튕긴 돌이 짙은 구름을 파고든다. 그리고 한참이 지나고서야…….

토옥!

"……와."

여기서 바닥까지 떨어지는 데 저리 오래 걸리네. 떨어지면 시체도 안 남겠네. 진짜.

몸을 한번 부르르 떤 청명이 마른침을 꿀꺽 삼켰다. 천하의 천마를 앞에 두고도 두려워하지 않았던 매화검존 청명이지만, 그건 상대가 천마일 때의 이야기고. 같은 죽음이라 하더라도 절벽에서의 추락사는 사양이다.

여기서 죽어 저승에 갔다고 생각해 보자. 다시 주어진 생을 추락사로 마감한 그를 사형제들이 어떻게 보겠는가? 천마를 죽였던 영웅에서 세상천지 다시없는 멍청이로 격하되고 말 것이다. 그건 절대 사양이다.

"끄응."

청명이 기민하게 손을 놀리기 시작했다. 처음에는 조금 어색했으나, 몇 번 반복하다 보니 마치 벽에 붙은 도마뱀처럼 기민하게 절벽을 타는 청명이었다.

'저 아래쪽이었을 텐데.'

아래로 내려가던 청명이 미간을 찌푸렸다. 절벽 한중간에 거대하게 갈라진 틈이 있다. 안쪽으로 들어가는 건 무리고, 뛰어내려야 한다는 말인데…….

깊게 한번 심호흡을 한 청명이 단호한 눈으로 아래쪽을 바라보았다.

"내가 명색이 매화검존인데!"

이런 거에 쫄 수는 없지!

과감하게 아래쪽으로 몸을 던진다. 몸이 살짝 떠오른다는 느낌이 드는 동시에 눈앞으로 절벽이 돌진해 왔다.

"으라차!"

적절한 시기에 손을 뻗어 살짝 튀어나온 돌부리를 움켜잡았다. 절벽에 대롱대롱 매달린 청명이 외쳤다.

"으, 살 떨려!"

하지만 덕분에 꽤나 많은 거리를…….

투둑.

"응?"

청명의 고개가 위로 획 올라갔다. 그가 잡고 있는, 튀어나온 돌부리가 보였다.

"설마…… 아니지?"

투두둑!

아니, 거……. 좀 도와주지. 양심도 없네.

콰득!

돌부리가 순식간에 부러졌다. 청명의 몸이 아래로 추락하기 시작했다.

"히이이이이이이이이이익!"

청명은 허공에서 팔다리를 필사적으로 휘저었다.

여기서 떨어지면? 죽는다. 너무 결과가 확실해서 재고할 여지도 없다.

'죽어? 죽는다고? 이 청명이?'

그때였다.

텅!

갑자기 허리춤에서 강한 충격이 느껴지더니 청명의 몸이 허공으로 붕 떠올랐다.

"어?"

청명의 시야에 출렁이는 밧줄이 들어왔다.

'그렇지!'

텅! 텅! 두어 번 튕기고서야 움직임이 잦아들었다. 밧줄에 대롱대롱 매달린 그는 깊게 탄식했다. 그리고 잠시 뒤 시원하게 웃음을 터뜨렸다.

"역시 사람은 준비성이 있어야지!"

밧줄을 안 묶고 내려왔으면 꼼짝없이 뒈질 뻔했다. 넝쿨을 엮어 만든 밧줄이라 잘 버틸까 긴가민가했는데, 다행히 작은 청명의 몸 하나는 유지할 정도가 되는 모양이다.

조금 안정을 찾은 그가 슬쩍 시선을 돌렸다. 그리고 이내 눈을 반짝였다.

있다. 그가 매달린 곳에서 멀지 않은 곳에 불룩 튀어나온 부분이 보였다. 저 아래에 청명이 드나들던 은신처가 있다. 어림짐작으로 대충 밧줄의 길이를 맞췄는데 그게 또 맞아떨어진 모양이다!

"크으. 하늘이 돕는구나."

청명은 심호흡하며 줄을 움켜잡았다. 일단은 저 절벽에 달라붙어야 한다. 그러려면 일단 반동을…….

"웃차!"

몸을 흔들기 시작했다. 처음에는 미동도 없던 밧줄이 지속적으로 몸을 흔들자 점차 앞뒤로 요동쳤다.

'자, 각도를 잘 맞춰서.'

부웅. 부우웅.

밧줄에 매달린 청명의 몸이 절벽에서 붕 멀어졌다가 훅 다가가기를 반복했다. 그 폭이 점점 커지고, 절벽에 거의 닿을락 말락 한 지점까지 다가갔다.

"으라차아아아!"

손을 뻗어 절벽을 움켜잡았지만, 암석이 워낙 매끈해서 그런지 악력만으로는 한 번에 잡을 수가 없었다.

"다시 한번!"

청명이 절벽을 걷어차고 몸을 뒤로 띄워 냈다. 이제 다시 다가가면 양손으로…….

뚜두둑!

"어?"

청명의 고개가 벼락처럼 위로 올라갔다. 그리고 그의 시선은 기가 막히게 자신이 원하는 부분을 정확히 찾아냈다. 넝쿨이 반쯤 끊어져 위태하게 이어져 있다.

"에이."

아니지. 보통 이럴 때는 절벽으로 다가갈 때까지는 버티다가 절벽에 붙으면 줄이 끊어질…….
우두둑!
"……리가 있나! 으아아아아아아!"
반동을 준 기세를 그대로 품고 청명의 몸이 아래로 추락했다.
"히이이이이익! 죽는다! 진짜 죽는다!"
그나마 반동을 줬기에 절벽에 바짝 붙을 수는 있었다. 있는 내력을 모조리 끌어 올린 청명이 절벽에 손을 박아 넣었다.
오도독!
경쾌하게 뼈가 부러지며 청명의 몸이 쾌속하게 추락했다.
"으아아아아! 미친!"
속도까지 실린 체중을 손목이 감당하지 못한 것이다. 그는 필사적인 기세로 다른 손을 절벽에 찔러 넣었다.
오독!
하지만 결과는 같았다.
"아 뭔! 갈대 쪼가리도 아니고 뼈가 뭐 이렇게 쉽게 부러져! 이 망할 몸뚱이야!"
좀 살아 보자는데 협조를 해야 할 거 아냐! 청명이 양팔과 양다리를 필사적으로 휘저었다. 허공에서 헤엄을 치는 꼴이지만, 꼴에 효과는 있는지 어찌어찌 절벽에 바짝 다가갈 순 있었다.
"흐아아아압!"
손이 안 되면 전신으로! 청명이 절벽에 개구리처럼 달라붙었다. 두 발로는 절벽을 긁고, 부러진 양손 대신 양팔로 절벽을 끌어안았다.
"아아아아악! 뜨거! 앗, 뜨거!"
전신이 마찰하며 화끈한 열기가 느껴졌다. 하지만 나름 효과는 있었다. 떨어지는 속도가 확 줄어든 것이다. 이제 여기서 튀어나온 부분만 발견하면……!

시선을 아래로 내린 청명이 흐뭇하게 웃었다. 튀어나온 부분 같은 게 있을 리가 없지. 여기가 단장앤데.

하지만 아주 죽으라는 법은 없는지, 더 좋은 곳을 발견할 수 있었다. 튀어나온 돌부리 따위보다 훨씬 더 안전한 곳.

"허허. 땅이네."

땅이야. 추락하는 건 순식간이네. 허허 웃던 청명의 몸이 바닥에 그대로 처박혔다.

쿠우우우우우우우웅!

"끅."

처박힌 반동으로 허공으로 일 장은 튀어 올랐다가 다시 떨어졌다. 쿵 소리와 함께 흙먼지가 사방으로 비산했다. 폴폴 날리는 흙먼지에 묻힌 청명의 전신이 바르르 떨렸다.

"살……았네……."

절벽에 들러붙어 속도를 줄인 덕분에 즉사는 면했다. 하지만 덕분에 전신이 아주 박살이 나 버린 것 같다. 안 아픈 곳이 없다. 한참을 낑낑대던 그는 겨우겨우 몸을 일으키고는 시뻘건 독기가 찬 눈으로 절벽을 노려보았다.

"……내가 무슨 수를 써서도 오르고 만다, 이 빌어먹을 절벽!"

오독.

아, 턱 빠졌다.

◆ ❖ ◆

"끄으으으으응!"

어두운 동굴. 빛 한 점 들어오지 않는, 빈 동굴 속으로 붕대 감긴 손이 밀고 들어온다.

"끄으으으으으으으……."

그리고 이내 더 일그러질 수는 없을 것 같은 얼굴이 불쑥 나타났다.

"으아아아아아아!"

턱! 턱!

양손을 뻗어 바닥을 움켜잡은 청명이 동굴 안으로 빨빨 기어들어 왔다.

"후욱! 후욱! 후욱! 매화검존 이 미친 새끼!"

무슨 생각으로 이런 데다 은신처를 만들어 놓고 살았단 말인가? 산에서 무공만 익히다 보니 머리가 돌아 버렸나?

아, 매화검존이 나지.

"아이고, 죽겠다."

청명이 바닥에 벌렁 드러누웠다. 어떻게든 동굴까지 올라왔다는 게 실감이 나니 이상하게 눈물이 나려고 했다.

진짜로 뒈질 뻔했다. 멀쩡한 몸으로도 오르지 못했던 절벽을 양손이 부러진 채 오른다는 건 절대 쉬운 일이 아니었다. 상식적으로 머리라는 게 존재하고 생각이라는 게 있는 사람이면, 부족함을 알고 후일을 기약했을 터. 그러나 안타깝게도 청명은 머리는 존재하지만 생각이 없는 사람이었다.

"아니! 지금 못 오르면 시간이 또 걸린다니까!"

혼자 변명이라도 하는 듯 발악처럼 소리친 청명이 다시 앓는 소리와 함께 바닥에서 몸을 굴렸다.

"아이고. 늙은이 죽네."

아니, 이제 어린이지. 한 번씩 이렇게 헷갈린다.

그래도 어찌어찌 튼튼한 줄을 만들어 들어오는 데까지는 성공했다. 이번에도 줄이 끊어졌으면 정말 염라대왕을 만나러 갔을 것이다. 그랬다면 아마 염라대왕도 웃음을 참느라 고생했겠지. 그 꼴을 안 본 것만으로도 다행이었다.

"끄응."

우두둑거리는 허리를 억지로 펴 몸을 일으킨 청명이 주위를 둘러보았다. 눈에 뵈는 게 없다. 아파서가 아니라 어두워서 아무것도 안 보인다.

"쯧. 이쯤이 아마……."

더듬더듬 손을 뻗자 무언가가 손끝에 걸렸다.

"그렇지."

손끝에 잡힌 것을 훅 잡아당기자 천이 걷히며 안쪽이 확 밝아졌다. 빛을 내는 그것을 바라보며 청명은 피식 웃었다.

"진짜 나도 대책이 없었네."

야명주의 빛이 참으로 영롱하고 선명했다.

동굴 안에서는 불을 피울 수가 없다. 입구가 아래로 나 있는 구조다 보니, 불을 피우면 금세 동굴 내부가 연기로 가득 차 버린다. 제아무리 청명이라고 해도 그 매캐한 연기 속에서 술을 마실 수는 없다. 정확하게 말하면 가능은 하지만, 뭐 고행도 아니고 그런 짓거리를 왜 하겠는가?

'그렇다고 야명주를 가져다 박아 놨네.'

저게 돈이 얼만데.

'화산에 들어온 상납품 중 하나를 슬쩍했었지.'

그때는 워낙 많은 것들이 오가다 보니 저런 것 하나 슬쩍한다 해도 전혀 티 나지 않았다. 나중에야 장부 맞추느라 장문사형과 재경각에서 피를 토했겠지만, 뭐.

"이미 지나간 일을 어쩌겠어."

새삼 과거의 매화검존이 얼마나 대책 없는 인간이었는지 실감하는 청명이었다.

아, 그게 나지. 자꾸 까먹네.

청명은 밝아진 동굴 내부를 차분히 둘러보았다.

"흐음."

크지도 작지도 않은 내부에 있는 것은 편히 몸을 누일 침상과 작은 다탁 하나, 그리고 궤짝 하나가 전부였다. 그런데도 뭔가 고풍스럽다. 세월이 흘러 풍화되었는지 별것 아닌 것들도 뭔가 있어 보인다.

"이야, 이게 이렇게 되는 거구나?"

새삼 깨달음이 몰려왔다.

청명이 다시 살아나지 않고 그대로 죽은 다음, 먼 훗날 화산의 누군가가 이곳을 발견했다면? 전대 고수의 은거지라고 생각하고 난리가 나지 않았을까? 혹여나 절벽에서 떨어지다가 우연히 발견해 들어오기라도 했다면?

"그게 절벽신공이지. 절벽신공."

실제로는 그냥 처박혀서 술 처먹던 곳인데, 후인들의 눈에는 절대 그렇게 보이지 않았을 것이다. 아마 동굴 안에 분명 숨겨진 비밀이 있을 거라 생각하고 온갖 짓을 다 했을 것이다.

"알고 보면 절벽신공이 다 이런 식으로 만들어진 거 아닌가?"

청명이 피식 웃고는 궤짝을 향해 걸어갔다. 그리고 거침없는 손길로 뚜껑을 열었다. 거의 백 년 동안 쌓여 있던 먼지가 매캐하게 피어올랐다.

"콜록! 어휴! 콜록!"

손사래를 쳐 먼지를 밀어 낸 후 궤짝 안쪽을 살폈다. 일단 눈에 들어오는 것은 술병. 각양각색의 술병을 보니 절로 침이 흐르……. 아니, 아니지! 지금 술이 중요한 게 아니지. 시야에서 필사적으로 술병을 밀어 낸 청명은 옆에 놓인 작은 상자로 시선을 옮겼다.

'이거다!'

냉큼 상자를 잡아 꺼냈다. 기억했던 것보다 좀 더 크고 묵직했다.

"후우우우."

깊게 숨을 들이마신 그는 조심스러운 손길로 뚜껑을 열었다. 동시에, 짙은 매화향이 동굴 안으로 퍼져 나갔다. 만발한 매화나무가 주변을 가득 채운 것 같은 느낌이다.

뚜껑을 완전히 열어젖히니 상자 안을 가득 채우고 있는 동그란 단환이 보였다. 상자의 바닥에 자잘한 무언가가 깔려 있고 그 위로 눈처럼 새하얀 단환 다섯 개가 놓여 있었다.

"크으!"

감동이 물밀듯 밀려들었다. 눈물이 핑 고였다. 바닥에 깔린 것들은 단순히 단환을 보호하기 위한 완충재가 아니다. 바로 매화단이다.

"진짜 또라이네."

아무리 매화단이 흔했다지만, 저걸 저렇게 쌓아서 꿍쳐 놓다니. 사람이 얼마나 욕심이 많으면 이런 짓을 벌인단 말인가? 장문사형이 이 꼴을 봤다면 뒷목을 잡고 넘어갔을 것이다.

"그래도 자소단은 안 꿍쳤잖아요, 사형."

괜한 민망함에 슬쩍 변명해 보는 청명이었다.

사실 안 꿍친 건 아니다. 정확히는, 자소단에 손댈 수가 없었다. 소림의 대환단처럼 자소단은 화산 내에서도 최상급으로 취급되는 영약이었다. 때문에, 아무리 화산의 장로라고 해도 함부로 손댈 수는 없었다. 의약당과 장문인의 허가가 동시에 있어야 반출이 가능한 물건이 바로 자소단이다.

하지만 매화단 정도는 장로 신분이면 얼마든지 가져갈 수 있었다. 물론 설매단을 건드리기 위해서는 장로 중에서도 힘이 막강해야 하지만 청명이 누구인가? 화산 최고수인 매화검존이다.

ㅡ 화산 최고의 사고뭉치겠지!

어디선가 환청이 들리는 것 같다.

"아무려면 어때."

일단은 지금 환단을 손에 넣었다는 게 중요하다. 이것만 있으면 몸을 고칠 수 있을 것이다.

청명이 상자 안에서 설매단 하나를 꺼내 들고는 조심스레 뚜껑을 닫았다. 예전에는 숙취 해소제로 쓰던 물건이지만, 입장이 바뀌면 물건의 가치도 달라지는 법. 지금 청명에게 이 영약들은 무가지보(無價之寶)나 다름없었다.

"아, 살 떨려."

상자를 궤짝 안에 조심스레 내려놓은 그는 손에 들린 설매단을 소중하게 바라보았다. 새하얀 환약에서 청아한 향이 끊임없이 흘러나온다. 그 향만 맡아도 몸이 회복되는 기분이었다.

"사람은 있을 때는 소중함을 모른다더니."

화산이 천하제일문파의 자리를 넘보던 때는 오직 자소단만을 귀하게 여겼다. 그러니 청명이 매화단을 이리 많이 챙길 수 있었던 것 아닌가? 단순히 청명만 그랬던 게 아니다. 화산 내에 그런 분위기가 만연했다. 더 좋은 영단이 부족하지 않을 만큼 있는데, 누가 하급 영단에 관심을 주겠는가?

하지만 처지가 이렇게 되니 그때는 별것 아니었던 영단이 더없이 소중하게 느껴졌다.

"아이고. 내 처지가 어쩌다 이렇게 됐나?"

앓느니 죽어야지.

청명은 즉시 그 자리에 가부좌를 틀고 앉았다. 신세 한탄은 나중에 해도 충분하다. 지금은 일단 몸을 완전하게 회복해야 한다. 그 와중에 내력을 조금 더 쌓을 수 있다면 좋고.

입 안으로 설매단을 툭 던지듯 털어 넣었다. 영약은 씹을 틈도 없이 부드럽게 사르르 녹아 절로 목을 타고 넘어갔다. 청아한 향이 그윽하게 퍼졌다.

하지만 청명은 그 향을 느낄 새도 없이 운기를 시작했다. 영단을 먹는다고 저절로 내력이 느는 게 아니다. 그 영단의 기운을 완전히 제 것으로 만들어야 내력을 증진시킬 수 있다.

여기에서 미묘한 문제가 발생한다. 내력이 부족하고 나이가 어릴 때는 영단을 먹어도 완전히 흡수할 수가 없다. 기운을 운용할 능력이 부족하기 때문이다.

반면에 기운을 능숙하게 다룰 수 있는 나이가 되어서는? 그래도 효과가 완전하지는 않다. 이미 내력이 많이 쌓여 있기 때문이다. 영단이라는 건 부족한 것을 채운다. 이미 차 있는 것을 더 높여 주지는 못한다.

'영단을 먹는 족족 내력이 차면 소림 놈들은 대환단을 열 개씩 씹어 먹고 천하제일 땡중이 되었겠지.'

그러니 어리고 약할수록 효과가 있지만, 반대로 어린 아해들은 영약의 기운을 완전히 흡수할 수가 없다. 하지만 청명은?

'아주 골수까지 빨아먹을 수 있지!'

여기에 천하에 단 하나뿐인, 기운의 운용이 완벽한 어린아이가 있다. 그야말로 전설로만 전해지는, 경력 있는 신입. 아니, 경력이 끝내주는 신입이다.

"후우."

배 속으로 들어온 설매단이 기혈을 타고 치달리기 시작했다.

우우우우우웅.

몸 안에서 기운이 약동한다. 오랜만에 느껴 보는 거대한 기운에 절로 뿌듯함이 느껴졌다.

'긴장해야지!'

세맥을 뚫고 빠져나가지 못하게 기운으로 갈무리해서 단전을 채워 넣는 건 지금의 청명에게 있어서 아무것도 아니다. 하지만 청명이 지금 해야 하는 건 그리 간단한 게 아니었다.

불완전한 선천지기를 채워 넣어야 한다.
 두껍고 무디던 의식이 칼날처럼 예리해진다. 하지만 청명은 거기에서 더 나아갔다. 의식을 갈고 갈아 뾰족한 바늘처럼 날카롭게 벼려 낸 청명이 완벽하게 설매단의 기운을 통제해 단전으로 밀어 넣었다.
 '조심. 조심.'
 갓난아기를 다루듯 부드럽고 섬세하게. 내부로 침전해 들어간 청명의 심상 속에 자신의 단전이 손에 잡힐 듯 선명하게 떠올랐다.
 하지만 청명의 목표는 단전이 아니다. 저 단전에서도 가장 깊은 곳. 인간이 태어나면서부터 품고 있는 근원이 있는 곳.
 '안 돼!'
 기운을 이끌고 단전으로 밀고 들어가려던 청명이 돌연 휘몰아치는 기운을 되돌렸다.
 '불순하다.'
 기본적으로 영단이란 세상에 존재하는 영약의 좋은 기운만을 뽑아 섭취하기 위해 만든 것이다. 다시 말해, 영약을 정제하여 순수한 기운만을 뽑아낸 것이라 할 수 있다.
 하지만 화산이 자랑하는 설매단도 청명의 단전에 들기에는 너무 불순한 부분이 많았다. 청명의 단전 안에 흐르는 기운이 티 없이 맑은 산속의 청정수라면, 설매단의 기운은 고여서 썩어 버린 물처럼 느껴질 정도다.
 청명은 단호하게 결단을 내렸다.
 '걸러 낸다!'
 이대로 설매단의 기운을 걸러 낸다면 약효 대부분을 버려야 한다. 그건 쉽지 않은 선택이었다. 그러나 이 기운 모두를 받아들이는 건 의미가 없다. 가장 완전하고 완벽한 토대를 만들어 내기 위해 지금까지 먼 길을 돌아오지 않았는가? 당장 급하다고 일을 그르칠 수는 없다.
 '가장 순수한 기운만을 남기고 모두 버린다!'

기운이 청명의 몸을 타고 돌았다. 그러면서 조금씩 깎여 나간다. 설매단에 섞여 있던 불순물이 청명의 육체에 있던 불순물과 뒤섞여 몸 밖으로 빠져나갔다. 이내 청명의 몸에서 진득하고 시커먼 땀이 배어 나오기 시작했다.

'아까워 죽겠네, 진짜!'

기운이 뭉텅뭉텅 썰려 나간다. 쓸 수 있는 부분은 최대한 살려 보려고 했지만, 도무지 쓸 만한 게 없다.

완전히 썩어 버린 무에서 먹을 수 있는 부분을 골라 베어 내는 것처럼, 이제는 숫제 설매단의 기운 중에서 가장 정순한 내력을 뽑아 추출하는 지경에 이르렀다. 그 기준에 이르지 못한 기운들은 과감하게 몸 밖으로 뽑아냈다.

다른 이라면 감히 상상도 못 할 짓이다. 영단이란 기본적으로 내력을 증진시키기 위해 섭취하는 것이 아니던가? 그런데 지금 청명은 영단의 내력을 몸 밖으로 뿜어내 버리고 있다. 설매단을 제조한 이들이 봤다면 당장에 입에 거품을 물고 달려왔을 것이다.

'나라고 이러고 싶어서 이러냐?'

망할 놈의 토대! 단전에 정순하디정순한 기운만 모아 놨더니 이제는 내력도 마음대로 늘릴 수가 없다. 정제하고 또 정제한 영단의 기운조차 커다란 불순물로밖에 여겨지지 않는다.

대해와 같던 기운에서 고르고 골라 모은 정수는 고작 한 줌. 겨우 그 정도 남은 기운을 필사적으로 이끌어 단전 안으로 밀어 넣는다.

우우우우우우웅!

이내 정수의 기운이 단전 안에서 잠자고 있던 청명의 기운과 합쳐지며 전신에 돌기 시작했다.

일 주천. 이 주천.

순식간에 십이 주천이 이루어진다. 가부좌를 튼 청명의 육체가 허공으로 떠오르기 시작했다. 청명의 내공으로는 어림도 없는 일이었지만, 그 기운이 워낙에 정순하다 보니 내력의 양을 초월하는 현상이 벌어진 것이다.

우우우우우우웅!

맑디맑은 기운이 전신을 돌고 돌고 또 돈다. 그러면서 육체에 깃든 불순한 것들을 모조리 걸러 내기 시작했다.

'이게 아닌데?'

이는 청명이 의도한 바가 아니었다. 청명은 그저 순수한 기운으로 선천지기나 회복할 생각이었건만, 그의 기운은 그의 의지를 벗어나 육체를 재생시키기 시작했다.

부러졌던 양 손목이 순식간에 붙고 아문다. 육체 여기저기에 나 있던 타박상들이 처음부터 없었던 양 말끔하게 회복된다.

주르르륵.

전신으로 흘러나온 노폐물들이 옷을 적시다 못해 바닥으로 뚝뚝 떨어졌다. 이미 한번 뚫어 놨다고 생각했던 대혈은 물론이고, 세맥마저 더욱 넓고 광활하게 열렸다.

청명이 자신도 모르게 고개를 젖혔다.

'처…… 천통(天通)?'

백회가 열린다.

하단전, 흔히 단전으로 칭하는 곳에서 출발한 기운은 가슴 어귀의 중단전을 활짝 열어젖힌 뒤, 이제는 상단전마저 열고 있었다.

덜컥 겁이 났다. 세상 모든 것은 단계가 있기 마련이다. 어린아이는 기어야 한다. 어찌어찌 노력하면 걸을 수는 있겠지만, 다리에 힘이 붙지 않은 아이가 달리려 들었다가는 엎어져 머리가 깨지는 법이 아닌가? 지금 청명이 딱 그 짝이었다.

'막아야…….'

통제를 벗어난 기운은 무엇을 할지 모른다. 기운이 통제를 벗어나 육체를 무너뜨리는 게 바로 주화입마(走火入魔)다. 이건 입마의 초입이나 다름없는 상황이다. 과정 자체가 육체에 도움이 되고 있다고는 한들, 그 끝이 어찌 될지는 아무도 모른다.

 청명이 기운을 애써 틀어막는다. 하지만 청아하기 짝이 없는 기운은 그의 의지를 거부하고 자신의 길로 내달렸다.

 '빌어먹을, 말을 들어 처먹으란 말이다! 내 기운이잖아!'

 청명이 다시 한번 악을 썼다. 그제야 기운이 주춤한다. 제 주인이 누구인지 깨달은 모양이다.

 하지만 그도 잠시, 살짝살짝 눈치를 보던 기운이 다시 내달리기 시작한다. 청명이 이를 악물었다.

 '막는다!'

 설사 기운이 역류해 몸이 상하는 한이 있더라도 지금은 이 기운을 막아야 한다. 청명이 모든 의지를 끌어모아 기운을 억제하려는 순간이었다.

 ─ 그래서 네놈은 도사더냐, 무인이더냐?

 머릿속에 장문사형의 목소리가 울렸다. 이건 과거 그가 장문사형에게 들었던 말이다.

 ─ 무인은 통제하고 억누른다. 하지만 도를 따르는 이들은 내버려 둔다. 야, 이놈아. 세상의 이치가 어디 누른다고 해결되더냐? 흐르는 물을 막겠답시고 둑을 세우면 물은 둑을 넘어 흐르는 것이거늘.

 청명의 몸이 느슨하게 풀어진다.

 ─ 내버려 두어라. 내버려 두면 모든 것은 순리대로 흐르는 법이다. 사람의 의지로 자연을 뒤튼다? 어리석은 놈. 사람도 자연이다. 넓고 높은 자연 안에 어찌 사람이 없겠느냐?

 청명의 허락을 받은 기운이 전신을 내달린다. 광포한 기세로 들끓던 내력은 오히려 풀어 두자 물처럼 부드럽게 청명의 전신을 타고 흐르기 시작했다. 육체 안에 내가 흐른다. 흐르는 물줄기는 점점 더 굵어져, 이내 강이 되고, 청명이라는 우주를 흐르고 또 흘렀다.

얼마나 시간이 지났을까?

청명이 눈을 번쩍 떴다. 더없이 맑은 안광이 그의 눈에서 흘러나왔다. 그리고…….

쿵!

"아야!"

허공에서 바닥으로 뚝 떨어진 청명이 엉덩이를 감싸 쥐었다.

"뭐야? 왜 떠 있어?"

몸이 허공에 떠 있을 거라고는 상상도 못 했다. 청명은 얼얼한 엉덩이를 주무르며 자리에서 일어났다.

"후우. 뒈질 뻔했네."

위험했다. 조금만 어긋났어도 반신불수가 되거나 목숨을 잃었을 것이다. 아까 절벽에서 떨어진 건 애교로 느껴질 정도다. 하지만 그 대가는 확실했다.

"흐음."

청명이 가볍게 손목을 흔들어 보았다. 부러진 손목이 완전하게 붙어 있다. 오히려 부러지기 전보다 더 탄탄해진 느낌이다. 손목뿐만이 아니었다.

'불순물이 남았었구나.'

완전히 씻어 냈다 생각한 육체였건만, 경지가 높아지자 더 많은 것이 보인다. 육체 안에 남은 불순물들을 다시 한번 털어 냈다. 훗날 더 높은 경지에 오르면, 또 지금 보이지 않던 것들이 보일 것이다.

하지만 이 모든 것은 부차적인 문제에 지나지 않는다. 정말 확연하게 변화한 것은 기혈이었다. 전신이 모두 열려 있는 것 같은 느낌이다. 머리끝부터 발끝까지 어디 하나 막힌 곳이 없다. 본래 그의 혈도가 산 위로 나 있는 작은 오솔길 정도였다면 지금은 황궁으로 들어가는 거대한 관도처럼 넓어졌다. 거짓말 좀 보태서 기혈에서 말이 뛰고, 매가 날아다녀도 될 것 같은 느낌이다.

"내공도 늘었고."

육체를 갈무리하며 내력이 상승했다. 워낙 정순하고 맑은 기운만 모으다 보니 내력을 손톱만큼 늘리는 데도 한 세월이 걸리는 걸 감안하면 정말 고무적인 일이다.

'선천지기도 완전히 회복됐고.'

그러니까 이 모든 것을 종합하자면.

"그릇이 커졌네."

청명에게 있어서 육체란 그의 무학을 담을 그릇이다. 그릇이 작아서야 담을 수 있는 것이 한정되기 마련. 설매단을 통해 새로운 벽을 넘으면서 그릇이 확연히 커졌다. 지금 당장은 쥐꼬리만큼 강해진 것에 불과하지만, 이 그릇은 청명이 과거의 경지를 뛰어넘는 토대가 될 것이다.

청명이 만족스러운 미소를 지었다.

'사형의 가르침이 아니면 큰일 날 뻔했구나.'

한 번 죽으면서 뭔가 깨달음을 얻기라도 한 건지. 예전에는 그냥 잔소리로밖에 여겨지지 않았던 사형의 말이 전혀 다른 의미로 다가온다. 새삼스레 깨닫게 된다.

"나는 그저 검수였지, 도인은 아니었구나."

화산은 검문이면서 또한 도문이다. 거기에 화산의 정체성이 있다. 하지만 청명은 스스로 도인이라 말하기에는 애매한 사람이다. 그런 청명이 정말 화산을 다시 일으킬 수 있을까?

청명이 머리를 벅벅 긁었다. 이런 고민은 청명과 어울리지 않는다. 일단은 어떻게든 해 보고!

"안 되면 그만이지, 뭐."

청명이 휘적휘적 궤짝으로 걸어갔다. 한 발 한 발을 뗄 때마다 생각보다 몸이 앞으로 휙휙 나아가 당황스러웠지만, 예전에는 오히려 이게 더 자연스러운 움직임이었기에 금세 적응할 수 있었다.

설매단과 매화단이 든 상자를 꺼내 소매 안으로 밀어 넣었다.

"쯧. 아쉽네."

이제 이건 청명에게는 의미가 없다. 그가 육체를 재정비할 수 있었던 건 설매단의 기운이 매개체가 되어 주었기 때문이지, 그 기운 자체가 내력에 크게 보탬이 되었기 때문은 아니다.

정제하고 또 정제한 영단이라고 해도 청명의 내력에 가져다 대면 그저 불순물에 지나지 않는다. 자소단쯤 되면 조금이야 낫겠지만, 썩 크게 다르지는 않을 것이다. 물론 쥐꼬리만큼은 도움이 되겠지. 하지만 그렇게 쓰기에는 설매단이 너무 아깝다. 그가 아닌 다른 사람이라면 훨씬 큰 효과를 볼 수 있을 테니까.

청명이 쩝, 입맛을 다셨다. 상황이 참 묘하게 돌아간다.

"에이!"

고민하던 그는 눈을 질끈 감았다. 이미 자신의 것이 아닌데 미련을 가져서 무엇 하겠는가? 이미 설매단 열 알로도 볼 수 없는 효과를 봤다.

"욕심 부리다가 패가망신한다. 청명아, 먹을 수 있는 만큼만 먹자."

그는 미련 없이 몸을 돌······.

후다다닥!

"흠흠! 흠! 흐으음!"

궤짝 안에 든 술병 두어 개가 청명의 허리춤에 묶였다. 이건 절대 술이 마시고 싶어서 이러는 게 아니다. 백 년이나 숙성된 술이 대체 어떤 맛이 날까 하는 순수한 호기심에서 기인된 행동이다.

술과 상자까지 모두 갈무리한 그는 동굴 입구에 서서 슬쩍 뒤를 돌아보았다.

"기분 이상하네."

흔적이 보여서 그럴 것이다. 너무도 변해 버린 화산에서 이 동굴만은 과거의 모습을 그대로 간직하고 있다. 그러다 보니 이 동굴 안에 있으면 예전의 그 시간을 살아가는 느낌이 난다.

그립고, 또 그리운 시간 말이다.

말없이 가만히 동굴 안을 바라보던 청명이 빙그레 웃으며 고개를 돌렸다.

'가끔은 찾아와야겠어.'

전처럼 술을 먹고 놀지는 않겠지만, 그래도 마음이 무거울 때 한 번씩 찾아와 쉬기에 좋을 곳이다.

"뭐, 그래도 자주 오지는 않을 거야. 과거는 과거일 뿐이니까."

그가 매화검존 청명이었다는 건 부정할 수 없는 사실이다. 하지만 지금의 그는 매화검존 청명이 아니라 화산의 삼대제자 청명이었다.

과거에 매여 있는 자는 미래로 나아갈 수 없다. 과거는 그저 그의 삶을 바른 곳으로 이끌어 줄 이정표일 뿐이니까.

"그럼."

청명이 미련 없이 동굴 밖으로 몸을 던졌다.

스으으읏!

비할 바 없이 가벼워진 몸은 동굴에 들어올 때와는 전혀 다른 움직임을 가능하게 했다. 발이 절벽을 가볍게 박차고 위로, 또 위로 오른다.

"웃차!"

한 번의 도약으로 삼 장에 가까운 높이로 뛰어오르기를 여러 차례. 청명은 순식간에 절벽을 올라 정상에 섰다.

"나쁘지 않네."

깊게 숨을 들이켠다. 정상의 맑은 공기가 코를 파고들자 더없이…….

"우웨에에엑!"

세상에, 화산이 망하네

구역질이 난다. 그제야 자신의 옷이 몸에서 흘러나온 진득한 오물로 뒤덮여 있다는 것을 깨달았다. 청명은 얼굴을 일그러뜨리며 훌렁훌렁 옷을 벗었다.

"뭐 몸에서 이런 게 나와!"

남김없이 옷을 걷어 낸 청명이 손끝으로 옷을 들어 올리며 한숨을 푹푹 내쉬었다.

"하, 진짜. 되는 일이 없네. 가까운 냇가가 어디지?"

일단은 이 옷을 빨아야 화산으로 돌아가든 말든 할 것이다. 청명은 터덜터덜 걸어 산을 내려갔다.

그날, 평소처럼 아무 생각 없이 시냇가에서 목을 축였던 짐승들은 다들 탈이 나 몇 날 며칠을 끙끙 앓아야 했다.

3장

화산이기 때문입니다

"아우, 추워!"

산의 새벽은 평지의 새벽과 확연히 다르다. 차가운 공기가 새벽의 습기를 만나면 뼈까지 파고드는 한기를 만들어 낸다. 그 새벽 공기를 헤치며 삼대제자들이 백매관을 빠져나와 연무장으로 향했다.

"잠이 확 깨네."

"잠은 깨는데 몸이 안 깬다. 피로가 안 풀려……."

"제대로 운기 했어야지."

"밤새도록 운기만 했거든요?"

실없는 말을 주고받으며 삼대제자들이 연무장 한편에 마련된 움막에서 모래주머니와 돌주머니들을 꺼냈다.

"그런데 이건 언제까지 해야 하는 거냐?"

"글쎄. 그만하라고 할 때까지 아닐까?"

"누가?"

"몰라서 물어?"

제자들의 머릿속에 한 사람이 떠올랐다.

'괴물 같은 놈.'

'똥물에 빠져 죽을 놈.'

같은 삼대제자이건만 청명은 이미 완벽하게 그들을 지배하고 있었다. 물론 워낙 수련이 힘들다 보니 중간중간 반항하는 이들이 나오기는 했다. 하지만 그마저도 마지막에 반항했던 이가 백매관 천장에 처박힌 이후로는 나오지 않았다.

하기야, 초대 반항 지원자인 조걸과 대사형인 윤종도 별말 없이 수련하는데 그들이 이제 와 무슨 수로 청명에게 반기를 들겠는가?

애초에 조걸과 윤종은 삼대제자 중에서도 급이 달랐다. 누구도 그들을 뛰어넘을 생각을 하지 못했다. 그들의 입장에서는 조걸과 윤종도 괴물인데, 세상에는 그보다 더한 괴물이 있었던 것이다.

"그런데 요즘 그놈 좀 이상하지 않아?"

"뭐가?"

"상태도 안 좋아 보이고, 수련에도 잘 안 나오고."

"……그렇지?"

초반에는 꼬박꼬박 새벽 훈련에 참여해 다양하게 삼대제자들을 괴롭히던 청명이었지만, 최근에는 영 모습을 보이지 않았다.

"혹시 그 말이 사실이 아닐까?"

"무슨 말?"

"주화입마에 들었다는 소문이 있던데."

"에이! 설마."

"아냐, 아냐. 생각해 봐. 날이 갈수록 마르고 퀭해지는 데다가 건강이 안 좋으니 자꾸 수련을 빼먹잖아."

"음……."

"평소에 게으름을 피우던 놈이면 모를까, 그것도 아니고. 수련을 할 때마다 남들 세 배는 하던 놈이 갑자기 그렇게 안 보이는 게 이상하지 않아?"

"듣고 보니 정말 그럴싸하네."

둘의 대화를 듣던 삼대제자들 사이에 미묘한 기류가 형성됐다. 이렇게 되니 누군가가 끝내 해서는 안 될 말을 꺼냈다.

"그럼…… 수련 안 해도 되는 거 아냐?"

삼대제자들의 얼굴이 삽시간에 굳어 갔다.

사실 수련을 처음 시작했을 때와 지금이 같지는 않다. 처음에는 정말 강압으로 인해 수련장에 나왔고, 하루하루가 지옥 같았다.

그에 비해 지금은 그 수련을 통해 스스로가 강해지는 것을 실감하는 중이었다. 기운을 다듬고 검로를 연구하는 게 아니라, 생짜로 육체를 직접 움직여 수련하는 방식이 낯설기는 했지만, 그 효과만큼은 확실했다.

하체가 안정되었고 검로가 선명해졌다. 무인에게 있어서 강해지는 것 이상의 즐거움이 있겠는가? 몸은 고되지만, 나름대로 수련의 즐거움을 알아 가는 중이었다.

하지만 이 말을 듣자 그동안 꾹꾹 눌러 왔던 마음이 슬그머니 고개를 든다.

'매번 빼먹을 수는 없겠지만……'

'아니, 뭐 한 번쯤은…….'

'사실 수련이 좀 과하기는 하잖아. 조금 줄이는 것도 나쁘지는 않을 것 같은데…….'

모두의 생각이 하나로 모였다.

'청명이만 없으면!'

수련 도구들을 들고 연무장에 설 때까지도 웅성거림은 잦아들지 않았다. 어느새 당연하다고 여겼던 새벽 수련인데, 미혹이 생기자마자 은근히 귀찮아졌다. 모두 사람이니 어쩔 수 없는 현상이었다.

"봐, 오늘도 안 나오잖아."

"진짜 무슨 문제가 있는 모양인데?"

"그럼 이제 해볼 만한 거 아냐?"

마지막 말이 결정타였다. 사실 그동안 삼대제자들이 청명을 군말 없이 따른 이유는 정확하게 세 가지였다.

하나는 삼대제자 전부가 달려들어도 청명을 쓰러뜨릴 수 있다는 확신이 없다는 것. 아니, 솔직하게 말하면 쓰러뜨릴 수 없기 때문이다.

그리고 두 번째는 청명이 백매관주인 운검의 비호를 받고 있다는 점. 상대할 수 없는 동기가 있다면 그 윗선을 통해 해결해야 한다. 그런데 그 윗선이 청명의 손을 들어 주는데 무슨 방도가 있겠는가?

그리고 마지막으로는 청명이 의외로 합리적이라는 점이다. 수련에 있어서는 악귀가 따로 없이 사람을 몰아치지만, 힘이 있다는 이유로 누군가를 괴롭히거나 사사로운 일을 시키지는 않는다. 덕분에 오히려 과거 조걸이 삼대제자들의 기강을 잡을 때보다 생활면에선 더 편해진 점도 있었다.

그런데 지금 세 가지 이유 중 하나가 무너졌다.

'해볼 만하지 않을까? 거의 피골이 상접했던데?'

'다들 합심해서 싸우면 이길 수 있지 않을까?'

삼대제자들의 눈에 결연한 의지가 감돌기 시작했다. 의견을 교환하느라 웅성대는 삼대제자들을 보며 조걸이 한숨을 쉬었다.

"사형."

"내버려 둬라."

윤종이 피식 웃었다.

"곧 현실을 알게 되겠지."

그때, 백매관의 문이 열렸다.

끼이이이이익.

모두의 고개가 한쪽으로 돌아갔다. 지금 이곳에는 청명을 제외한 모든 삼대제자들이 모여 있다. 그 말인즉슨 백매관에 남아 있던 이는 오직 청명 하나라는 뜻이다.

마침내 문이 활짝 열렸다. 삼대제자들이 일제히 눈을 질끈 감고 고개를 돌렸다.

"악! 뭐야!"

"눈 부셔!"

뭔가 휘황찬란한 빛이 눈을 훑고 지나갔다.

슬그머니 다시 문 쪽으로 시선을 던진 이들이 하나같이 눈을 휘둥그레 떴다.

청명이 걸어 나온다. 분명히 청명이다. 하지만 어제까지 그들이 본 청명이 아니었다. 분명 청명은 청명인데…….

'뭐가 저리 뽀송뽀송하지?'

'얼굴에 기름이 좔좔 흐르는데?'

'어디서 산삼이라도 주워 먹었나?'

모두 자신의 눈을 의심했다. 분명 어제까지만 해도 피골이 상접해서 언제 픽 쓰러져 죽어도 이상하지 않은 몰골이 아니었던가? 하지만 지금 눈앞의 청명은 건강하다 못해 기름기가 뚝뚝 떨어질 것처럼 보였다.

'텄다.'

'글러 먹었다. 수련이나 해야지.'

'좋은 꿈을 꿨구나.'

삼대제자들은 자신들의 꿈이 먼 곳으로 날아갔음을 직감했다.

"크흠."

연무장으로 걸어와 삼대제자들의 앞에 선 청명이 조금 침중한 어조로 입을 열었다.

"제군들."

"……."

"본 교관은 제군들에게 미안한 마음을 금할 수가 없다. 그간 몸이 좋지 않아 제군들의 수련에 소홀할 수밖에 없었다. 이에 본 교관은 책임을 통감한다."

"······아, 아니. 괜찮아. 그럴 수도 있지!"

"우린 괜찮다! 진짜 괜찮다!"

뭔가 이상한 시동이 걸리고 있단 것을 직감한 이들이 필사적으로 소리쳤다. 하지만 청명은 침중한 얼굴로 고개를 내저을 뿐이었다.

"아니다. 내가 없음에도 이리 열심히 수련하는데, 내가 그 기대에 부응하지 못했다. 이건 분명 본 교관의 실책이다."

분위기가 이상해진다.

'이럴 리가 없는데?'

'저 새끼가 저런 말을 다 하네?'

그래도 뭔가 좋은 상황이 아닐······.

"그러나!"

청명이 부리부리한 눈으로 단호하게 선언했다.

"잘못을 되돌릴 수는 없어도 만회할 수는 있는 법! 수련이 부족했다면 이제라도 수련을 더 하면 그만이지!"

"저 개새······."

"똥물에 튀겨 죽일······."

"차라리 죽여라. 차라리!"

여기저기서 작은 욕지거리가 쏟아져 나왔지만, 청명은 눈곱만큼도 신경 쓰지 않았다.

"그러니 여러분도 화산의 미래가 자신에게 있다는 것을 잊지 말고 수련에 성심성의껏 임해 주길 바란다. 그럼 일단."

청명이 턱짓으로 위를 가리켰다. 모두의 시선이 위를 향한다. 높이 솟은 연화봉이 보였다.

"가."

"……."

"선착순. 늦게 오는 절반은 다시 간다."

"……."

"안 가?"

그 순간 누군가 벼락같이 달려 나가기 시작했다. 가공할 속도로 연화봉으로 향하는 이의 정체를 확인한 삼대제자들의 얼굴에 경악이 어린다.

"대사형?"

윤종. 삼대제자 중 대제자인 그가 발바닥에 불이 나도록 연화봉을 향해 달리고 있었다. 그 뒤를 누군가가 재빠르게 뒤쫓는다. 물론 조걸이었다.

"아니, 사형! 의리도 없이!"

"야, 뛰어! 빨리!"

"늦으면 다시 가야 된다! 뛰어!"

그제야 정신을 차린 나머지 삼대제자들이 우르르 연화봉을 향해 달리기 시작한다.

"아니! 어떻게 하루아침에 저렇게 되냐고!"

"난들 아나?"

"사형! 아까는 해볼 만하다고 했잖습니까!"

"군자는 시기를 볼 줄 알아야 하는 법이다! 지금은 때가 아니다!"

"군자는 얼어 죽을! 말코 나부랭이가!"

"뭐, 인마?"

"사형! 사형! 뒤처집니다! 뛰십시오! 사형!"

삼대제자들이 기를 쓰고 연화봉을 올랐다. 청명의 수련은 시간이 지난다고 끝나지 않는다. 할당량이 끝나기 전에는 밥도 먹을 수 없다. 연화봉을 두 번 오르고 할당량까지 채우면 그날은 다리가 아니라 팔로 걸어야 하는 사태가 벌어진다. 그러니 다들 기를 쓰고 달리는 것이다!

"귀신도 무심하지! 저거 안 잡아가고 뭐 하나!"

"귀신이 잡히게 생겼구만!"

모두 피눈물을 흘리며 달리고 또 달렸다. 무슨 수를 썼는지 모르겠지만, 청명이 건강을 회복한 이상 그들에게는 가망이 없다. 최초의 반란이 시작도 전에 깔끔하게 제압되는 순간이었다.

악착같이 연화봉을 오르는 삼대제자들의 뒷모습을 바라보며 청명이 피식 웃었다.

"아주 깜찍한 것들."

감히 반란을 꿈꾸다니.

새로운 경지에 오르며 민감해진 육체는 백매관 안에서도 이들의 대화를 하나도 놓치지 않았다.

"뭐, 좋아."

예전의 청명도 그랬으니까. 말 잘 듣는 고분고분한 놈들은 한계가 있기 마련이다. 화산에서는 그런 이들을 선호할지 모르지만, 청명은 아니다. 애초에 그는 체질적으로 반골이 아니던가.

하지만 불만을 털어놓는 이가 실력이 없으면 그보다 추한 것은 없다. 무인이 당당한 발언권을 얻기 위해 필요한 것은 첫째도 실력이고 둘째도 실력이다.

"그 실력, 내가 만들어 주지."

청명이 빙그레 웃었다. 스스로 과거의 무위를 되찾는 것도 중요하지만, 그가 아무리 강해져도 과거 화산의 영화를 되찾아 올 수는 없다. 문파란 한 사람의 힘으로 좌우되지 않기 때문이다.

무림사 수천 년, 혼자의 힘으로 천하제일인에 오른 이는 수도 없이 많았다. 하지만 그들의 명성은 전해질지언정 그들의 후인은 세상에 이름을 남기지 못한다. 결국 한 문파가 명맥을 이어 가며 그 명성을 떨치기 위해서는 문파의 모두가 강해야 한다.
 소림이 천하제일문으로 불리는 이유는 그곳에 천하제일인이 있어서가 아니다. 천하제일인을 보유한 문파도 문파 대 문파로는 소림을 이길 수 없기 때문이다. 심지어 과거 최전성기의 화산도 소림과 비교하면 몇 수 처진다는 평을 듣지 않았는가?
 '이번에는 아니지.'
 청명이 눈을 빛냈다.
 과거에는 그저 사부와 사형들의 방식을 따라갈 수밖에 없었지만, 이번에는 그의 색으로 화산을 토대부터 다시 쌓을 수 있다. 힘들고 지난한 여정이겠지만, 그 끝은 과거보다 더 높고 웅장할 것이다. 물론 그 화산을 장문사형이 마음에 들어 할지는 의문이지만.
 "억울하면 되살아나시든지."
 한참을 낄낄대던 청명이 입에 양손을 모으고 소리쳤다.
 "꼴찌 하는 놈은 오늘 밥 없다!"
 악마도 울고 갈 악랄함이었다.

 ◆ ❖ ◆

 "끄으······."
 입에서 숨이 뿜어질 때마다 흙먼지가 날린다. 조걸은 입으로 밀려 들어오는 흙먼지를 뱉어 낼 생각도 하지 못하고 꿈틀거렸다.
 '미쳤어.'
 몸에 힘이 안 들어간다. 얼마나 굴렀는지 하늘이 노랗고, 의식이 순간순간 날아갈 지경이다. 그가 이런 판인데 다른 이들은 오죽하겠는가? 그는 힘겹게 고개를 들어 주위를 둘러보았다.
 전멸이다. 단 한 사람도 서 있지 못했다. 아니, 서 있지 못하는 정도가 아니라 다들 시체처럼 바닥에 뻗어서 헐떡이고 있다. 그나마 윤종만이 엉덩이를 바닥에 붙이고 앉아 상체를 일으키고 있을 뿐이다.

'사형.'

조걸의 가슴속부터 존경심이 마구마구 솟아났다.

사실 실력만 두고 보자면 조걸이 윤종보다 조금 더 강한 편이다. 검을 쓰는 재능과 승부의 감각에서 확실히 앞서 있었다.

하지만 이 순간 조걸은 윤종이 왜 대사형인지를 뼈저리게 실감했다. 자신은 손가락 하나 까딱하기 힘든데 같은 수련을 한 윤종은 그래도 드러눕지 않고 앉은 채 숨을 가다듬고 있다. 이건 실력의 문제가 아니다. 정신력의 문제다. 그가 할 수 없는 것을 해내는 사형을 어찌 존경하지 않을 수 있겠는가?

반면에…….

조걸의 시선이 반대쪽으로 돌아갔다.

"으쌰! 으라차! 으라라라라라라아!"

자기 덩치보다 세 배는 큰 모래주머니들을 지고 앉았다 일어서기를 반복하는 청명의 모습이 보였다. 얼마나 빠르게 앉았다 서기를 반복하는지 거의 잔상이 보일 지경이다.

"훅! 훅! 훅! 에이! 뭐가 이렇게 가벼워! 야, 수련 끝난 사람 모래주머니 나한테 넘……. 뭐야? 왜 다 누워 있어?"

'괴물 같은 새끼.'

조걸이 빠득빠득 이를 갈았다. 그들이 소화한 수련량은 어마어마했다. 청명은 며칠 전부터 아주 작정을 했는지, 지금까지와는 비교도 되지 않을 만큼 삼대제자들을 몰아붙였다. 덕분에 이 꼴이다.

하지만 그럼에도 아무런 반발을 할 수 없는 이유는 하나였다. 청명이 바로 눈앞에서 그들의 다섯 배는 되는 양을 소화하고 있기 때문이다. 오기가 있고 승부욕이 있는 사람이라면 그 상황에서 불만을 토로할 수가 없다. 속으로는 불만이 넘치더라도 다른 이들의 눈치가 보여서라도 입을 닫아 버리기 마련 아닌가? 그런데 심지어 청명은 그만한 양을 소화하고도 힘든 기색도 없이 수련을 이어 가고 있었다.

"아, 벌써 시간이 이렇게 됐나?"

터어엉!

청명이 지고 있던 모래주머니들을 바닥으로 내던졌다. 그러고는 혀를 끌끌 찼다.

"뭐 얼마나 했다고 다 퍼져서는. 에잉! 요즘 애들은 대가 약해. 나 때는 안 그랬는데."

'네가 제일 어리거든, 인마?'

제일 어린놈이 어디서 요즘 애들 타령이야!

"오늘 수련은 여기까지 할 테니까, 밥 먹고 오후 수련 하면 된다. 수련 시간에 졸거나 딴짓하는 놈은 내일 수련량 두 배로 늘릴 테니까 그렇게 알고."

'악마!'

'마귀!'

'개새끼!'

마음속으로나마 처절하게 욕을 해 보지만, 제아무리 청명이라 해도 남의 마음을 읽는 재주는 없었다. 안타깝게도 말이다.

"그럼 간다. 수련 도구 정리 제대로 해 놔라."

휘적휘적 백매관으로 걸어가는 청명을 보며 삼대제자들이 일제히 한숨을 내쉬었다.

* ❖ *

고기가 눈앞에 있다. 요즘 화산에는 돈이 넘쳐나는지 끼니마다 고기가 나오고 있다. 심지어 처음 보는 숙수(熟手)들이 식당을 드나드는 걸 보면, 새로 사람을 고용한 모양이었다.

고기라면 눈에 불을 켜던 삼대제자들이지만, 지금은 식탁에 앉은 지 한참 되었음에도 고기에 손을 대는 이가 없었다.

"……먹어."

윤종이 힘없이 말했지만 아무도 젓가락을 들지 않는다.

"……먹으면 토할 것 같아서."

"입맛이 없습니다."

"고기를 보는데 토기가 쏠리다니. 내가 죽을 때가 됐나."

다들 차마 입에 뭘 넣을 엄두를 내지 못했다.

"대사형."

"……왜?"

"이건 좀 너무하지 않습니까?"

윤종은 아무런 대답을 하지 못했다. 하지만 그런다고 성토가 끝나는 건 아니었다.

"이게……. 아니, 그러니까 저희도 수련하는 건 좋다 이겁니다. 사실 그동안 저희가 화산에 올라서 수련에 전념하지 않은 것도 사실이고, 어설프게 시간을 때우느니 그 시간에 제대로 수련해서 뭐 하나라도 얻는 게 낫다는 것도 이해합니다."

"그런데?"

"그런데 이건 수련이 너무 과합니다. 전신에 성한 곳이 없습니다."

다른 사형제들도 같은 생각인 모양이었다.

"……이러다 죽습니다, 사형."

"전에는 좀 버틸 만했는데, 요즘에는 정말 죽을 것 같습니다."

"방에만 들어가면 시체처럼 잠에 듭니다. 잠들 때마다 자다가 죽는 게 아닌가 싶어서 덜컥 겁이 납니다."

"젓가락을 못 들겠어요. 손이 달달 떨려서."

윤종이 한숨을 내쉬었다.

"내게 말해 봐야……."

"그래도 사형이 말하면 듣는 척이라도 하지 않겠습니까?"

"대사형이잖습니까."

윤종은 눈살을 찌푸렸다. 예전엔 비슷한 불만이 나오면 조걸과 윤종이 불만을 찍어 눌렀다.

'하지만 틀린 말은 아니다.'

윤종도 최근엔 한계에 달해 있었다. 수련하며 피로가 쌓이면 그 피로를 풀어야 다음 수련에 지장이 없는 법인데, 최근의 청명은 무슨 생각인지 회복할 틈을 주지 않고 사람을 몰아붙였다. 매일매일 한계를 넘는 느낌이다. 오죽하면 윤종도 새벽 수련을 나가는 데 두려움을 다 느꼈겠는가?

그는 슬쩍 조걸을 돌아보았다.

"걸아."

"예. 사형."

"너는 어떻게 생각하느냐?"

"음……."

조걸이 침음성을 흘리자 모두의 시선이 그에게로 집중되었다. 삼대제자 중에서는 윤종 다음으로, 어쩌면 그 이상으로 발언권이 센 사람이 바로 조걸이다.

"솔직히 좀 무리이긴 합니다."

"그렇지?"

"이건 몸이 못 버팁니다. 문제는 날이 갈수록 강도가 더 심해지고 있다는 거죠. 저도 강도 있는 수련은 환영하는 바지만, 이건 너무 가혹합니다."

"……으음."

"쇠는 두드릴수록 단단해지지만, 사람의 몸은 두드리면 망가지는 법입니다."

"그럼 너는 어찌해야 한다고 생각하느냐?"

조걸이 눈가를 실룩였다.

"문제는 그 새……. 아니, 청명이 이런 이치를 모를 리가 없다는 겁니다."

"끄응."

윤종이 앓는 소리를 흘렸다. 그 역시 정확히 같은 생각이었다. 지금 하고 있는 수련은 말이 안 된다. 그런데 자신이 과도한 수련을 시키고 있다는 사실을 청명이 모른다는 건 더 말이 안 된다. 왜냐면, 청명이니까.

"일단은 조금만 더 버텨 보는 게 좋을 것 같습니다. 시간이 조금 더 지나도 달라지는 게 없다면 그때는 말을 해야지요."

"그러자꾸나. 그러면 나부터 참지 않겠다."

조걸과 윤종의 대화가 끝나자 다들 수긍하는 얼굴들이었다. 일단은 이 상황이 지속된다면 항의를 하겠단 대답을 들었다는 게 중요하다. 그 항의가 먹힐지 안 먹힐지는 별개의 문제지만.

"일단은 밥을 먹자꾸나. 들어가지 않아도 억지로라도 밀어 넣어라. 오후에도 수련을 해야 하는데, 힘없는 모습을 보이면 사숙조께서 경을 치실 것이다."

"끄응."

"잘 먹겠습니다."

다들 힘이 들어가지 않는 손으로 꾸역꾸역 젓가락을 들었다. 그 안쓰러운 모습들을 보며 조걸이 작게 혀를 찼다.

"끄으응."

조걸은 힘겹게 침상으로 향했다.

'진짜 이러다 죽을 것 같은데.'

씻은 게 용하다. 전신이 먼지로 뒤덮여 있건 말건 그냥 침상으로 돌진해서 뻗어 버리고 싶었지만, 필사적인 의지로 옷을 빨고 몸을 씻은 자신을 칭찬해 주고 싶었다. 눈꺼풀은 천근만근이고, 전신에는 힘이 하나도 남아 있지 않았다. 걸을 수 있다는 게 신기할 지경이다.

딱딱한 침상에 풀썩 엎어져 한숨을 토했다.

'자고 일어나면 또 수련이지.'

사실 조걸은 청명의 수련 방식에 불만이 없었다. 아무리 가혹해도 버틸 수 있다고 생각했다. 왜냐면 결국에는 그 모든 수련이 자신을 강하게 만들 테니까. 하지만 최근에는 조금 의문이 들었다.

이러다가 몸이 먼저 망가지는 게 아닐까? 육체가 이 수련을 계속 버틸 수 있을까?

그러나 그 의문이 깊어지기도 전에 수마가 밀려온다. 조걸은 생각하는 것을 그만두고 밀려오는 잠에 자신을 맡겼다.

"사형."

"……으음."

"사형. 일어나 봐, 사형."

조걸이 힘겹게 눈을 떴다. 흐릿한 시야에 사람의 형체가 들어왔다.

"누구……!"

벌떡 일어나려는 그를 묵직한 손길이 내리눌렀다.

"소란 피우지 말고 조용히 일어나 봐."

"청명?"

"얼른."

이 미친놈이 이 밤에 또 무슨 짓을 하려고 방까지 쳐들어왔단 말인가? 문은 또 어떻게 열었고?

 "……무슨 일이냐?"

 조걸이 힘겹게 몸을 일으켰다. 그래도 꽤 잔 것 같은데 피로가 조금도 풀리지 않았다. 몸이 무거우니 절로 짜증이 치솟았다. 그런데 그때, 청명이 그에게 뭔가를 내밀었다.

 "자."

 청명의 손 위에 놓인 작은 환약을 본 조걸이 저도 모르게 미간을 찌푸렸다.

 "이게 뭐지?"

 "영약."

 "뭐?"

 "쉬이이잇."

 자신도 모르게 큰 소리를 내어 버린 조걸이 얼른 입을 꾹 다물었다.

 "이거 어렵게 구한 거야. 내가 사형이니까 주는 거야."

 "지, 진짜 영약이라고?"

 "속고만 살았나? 향만 맡아도 감이 올 텐데?"

 진짜다. 조금 전부터 청아한 향이 조걸의 코를 콕콕 찔러 대고 있었다. 그럼에도 반문한 이유는 도무지 이 상황을 믿을 수가 없기 때문이다.

 영약이 무엇인가? 내공을 증진시키고 몸을 정화해 주는 약이다. 강호에서는 최상급의 영약이 어딘가에 있다는 소문만으로도 혈겁이 벌어지고 사람이 죽어 나간다.

 그 정도의 영약이 아니라도 마찬가지다. 내공을 증진시켜 주는 효능이 조금이라도 있다면 그 값어치는 같은 양의 황금을 아득하게 능가한다. 그런데 그 영약을 남에게 준다고?

"독 안 들었어."

"아니, 그런 게 아니고!"

조걸이 또다시 언성을 높이려다 얼른 심호흡했다.

"나한테 이걸 왜 주는 거냐? 네가 먹으면 될 텐데?"

"사형한테 필요하니까."

"……."

"빨리 먹어. 다른 사람들 알기 전에. 그리고 내가 영약 줬다는 건 절대 비밀이야. 사형한테만 주는 거니까."

"……너……."

조걸이 입을 벙긋거리다 닫았다.

이걸 정말 먹어도 되나? 평소였다면 여러 가지 고민을 했겠지만, 극도의 피곤함을 견디고 있는 그는 평소처럼 영민하게 머리를 굴리지 못했다. 게다가 저 환약이 정말 영약이 맞긴 한 모양이었다. 그 증거로, 피곤에 지친 몸이 격렬하게 반응하고 있었다.

"일단 먹어. 내가 도인해 줄 테니까."

"……진짜 먹어도 되냐?"

"내가 사형이라 주는 거라니까."

청명이 손에 든 환약을 튕겼다. 조걸이 뭔가 반응하기도 전에 입 안으로 쑥 들어온 환약이 사르르 녹으며 식도를 타고 넘어간다. 직감적으로 이게 진짜 영약이라는 걸 알 수 있었다.

"일단 도인은 해 줄 테지만, 절대 급하게 흡수하지 마. 최소 한 달의 시간을 두고 천천히 흡수하면 돼."

"아, 알았다."

"뒤돌아. 지금부터 도인 할 테니까."

조걸이 살짝 감동한 눈으로 청명을 바라보다가 몸을 돌려 가부좌를 틀었다. 그 등을 바라보며 청명이 사악하게 웃었다.

'목이 마른 사람한테 물을 줘야 고마운 줄 아는 법이지.'

내일 수련장에 나올 사형제들이 어떤 눈빛을 보여 줄지 벌써부터 궁금한 청명이었다.

・◈・

다음 날 아침. 아니, 아침이란 말을 붙이기도 민망한 새벽. 백매관의 문이 활짝 열렸다.

"아침이네."

"아아. 피곤하다."

"아.이.고. 이러다가 죽.겠.다."

평소와 그리 다르지 않은 하루의 시작이었고, 평소와 다를 게 없는 말이었다.

하지만 분명 뭔가가 달랐다. 다 죽어 가는 병자처럼 질질 끌리던 발걸음에 미묘한 힘이 실려 있다. 그리고 피로를 호소하는 목소리도 이전 같지 않았다. 그리고 슬쩍슬쩍 옆을 확인하는 시선에 알 수 없는 감정들이 어려 있다.

"자, 오늘 수련도 열심히 해야지."

"으음, 그렇지. 힘들지만."

"그래. 힘들지만 '열심히' 해야지."

다들 군말 없이 창고로 향했다. 그리고 가볍게 수련 도구들을 들고 연무장으로 나간다.

'후후후. 가볍구나. 가벼워.'

'몸 안에 힘이 넘치는 것 같군!'

'이거 나만 이런 걸 먹어도 괜찮은 건가? 사형제들한테 미안한데.'

'후후후후. 청명 사제가 나를 그렇게 좋게 보고 있었을 줄이야. 그 귀

한 영단을 내게.'

사형제들이 주변의 눈치를 본다.

'나만 영단을 받아먹었다는 걸 알면 사형들이 섭섭해하겠지?'

'좀 미안하긴 하지만, 영단이 흔한 것도 아니고, 먹을 사람만 먹어야지.'

'혹시 나 말고도 받은 사람이 있을까?'

제각기 머리가 팽팽 돌고 있었다. 청명이 이 영단을 먹은 일은 절대 발설하지 말라고 했기에 실수로라도 이 사실을 입 밖으로 낼 수 없었다. 서로가 어색한 표정을 짓고 있었지만, 화산의 삼대제자들은 이곳에 있는 모두가 영단을 먹었을 것이라고는 꿈에도 상상하지 못했다.

이유? 너무도 간단하다. 영단이라는 게 그리 흔하게 구할 수 있는 물건이 아니기 때문이다. 삼대제자 전부에게 먹일 영단을 구하려면 천금이 넘는 돈이 필요하다. 하물며 그 돈이 있다고 해도 영단을 구할 수 있다는 보장이 없다.

그런데 청명이 미쳤다고 그 많은 영단을 구해 삼대제자 전부에게 돌리겠는가? 스스로도 그만한 가치가 없다는 걸 알고 있는 삼대제자들이었다.

'그 귀한 영단을 나에게!'

'크흐! 뭔가 불끈불끈(?)하는구나!'

더구나 영단을 먹은 이들은 그 약효를 확실하게 실감하고 있었다. 몸속에서부터 뜨거운 기운이 자꾸 올라온다. 아직 영단의 기운을 모두 흡수한 것도 아닌데 이 정도라면, 모두 흡수하는 순간엔 피로가 가시는 건 물론이거니와 내공도 크게 증진될 게 분명하다. 절로 의욕이 살아나고 가슴이 뛴다.

텅!

그때, 백매관의 문이 벌컥 열리며 청명이 걸어 나왔다. 청명을 확인한 삼대제자들이 대열을 맞추며 몸을 바짝 세웠다.

"음."

그 광경을 보며 청명이 흐뭇하게 미소를 지었다.

'좋아.'

눈이 초롱초롱하다. 얼마나 초롱초롱한지 하늘에 보이는 새벽별보다 삼대제자들의 눈이 더 빛날 지경이다.

왜 그렇지 않겠는가? 청명의 입장에서야 먹어 봐야 소용도 없고, 그렇다고 가져다 팔기도 애매한 영단이지만, 이들의 입장에서는 돈 주고도 구할 수 없는 귀한 약이다. 청명이 준 영단이 어중이떠중이가 만든 게 아니라 화산의 역사와 함께한 매화단이라는 사실을 알았다면 반응이 배는 더 격해졌을 것이다.

'알고 보니 좋은 놈이었어.'

'크으, 배포도 크지. 그 귀한 영단을.'

'충성! 충성!'

삼대제자들이 뜨거운 눈으로 청명을 바라보았다. 얼마나 열렬한지 천하의 청명도 민망한 얼굴로 주춤했을 정도다.

'이래서 사형이 말 안 듣는 애들한테 한 번씩 영단을 주고 그랬던 거구나?'

사람을 다루는 건 채찍만으로 안 된다는 걸 뼛속들이 실감하는 청명이었다.

"자, 그럼 오늘도 깔끔하게 시작해 볼까?"

"오오!"

청명이 턱짓으로 연화봉을 가리켰다.

"찍고 와."

"으라차아아아아아!"

"내가 오늘은 일 등이다!"

"비켜! 내가 간다!"

우르르 연화봉으로 달려가는 사형제들을 보며 청명이 피식 웃었다.
'한동안은 편하겠네.'

　　　　　　　◆ ◈ ◆

'이상하단 말이지.'
운검의 눈이 가늘어졌다. 그의 앞에선 삼대제자들이 평소처럼 목검을 휘두르고 있었다. 지금까지 보던 모습과 그리 다르지 않았다. 하지만 운검의 날카로운 눈은 분명한 차이를 찾아내었다.
'검로가 안정됐어.'
똑같은 검세를 전개하고 있지만, 확실히 그 날카로움과 안정감이 달라졌다.
'하체가 달라졌다.'
내딛는 발에 힘이 느껴진다. 발에 힘이 붙으니 상체가 흔들리지 않고, 상체가 흔들리지 않으니 검 끝에 무게가 실린다. 좋은 일이다. 검 끝이 흔들리지 않는다는 건, 원하는 검초를 정확하게 전개할 수 있다는 뜻이 아닌가? 같은 검세를 수없이 연습하고 갈고닦는 이유가 결국에는 완벽하게 검세를 전개하기 위함이라는 걸 감안하면, 더없이 좋은 변화였다.
하지만 한 가지 걸리는 게 있다.
'그게 이리 단기간에 가능한 일인가?'
운검의 계산으로, 이들이 이만한 수준에 오르기 위해서는 최소 일 년이란 시간이 더 필요했다. 정말 최소로 잡은 기간이다. 현실적으로 보자면 이 년이나 삼 년의 시간이 걸려도 전혀 이상하지 않다. 그런데…….
"타앗!"
검이 허공을 가른다.
'어쭈?'

"으라차아아아!"

내디딘 진각이 땅을 울린다.

이쯤 되니 운검은 저도 모르게 헛웃음을 흘리고 말았다. 제자들의 성취가 높아진 것은 좋은 일이다. 하지만 도대체 어떻게 이런 일이 벌어졌는지를 이해할 수가 없다.

'설마 그 새벽 수련이?'

운검의 눈이 가장 뒤쪽에서 검을 휘두르고 있는 청명에게로 향했다.

아무리 생각해도 이유로 댈 건 그것뿐이다. 깊이 생각해 볼 필요도 없다. 삼대제자들의 무위가 갑자기 상승한 것은 청명이 온 이후다. 정확하게 말하자면 청명이 삼대제자들을 데리고 수련을 시작한 이후부터다.

'그 훈련이 그만큼 효과가 있다는 말인가?'

대단한 걸 바라고 허락한 게 아니다. 청명이 여러 가지 이유를 들었지만, 운검이 훈련을 허락한 이유는 삼대제자들끼리 자체적으로 수련해 보겠다는 그 마음이 기꺼워서다. 물론 운검 그 자신도 수련 시간을 더 확보할 수 있다는 현실적인 이유도 있었지만.

'그저 의욕이나 조금 더 생기면 다행이라 생각했건만.'

의욕을 넘어 효과가 나오고 있지 않은가? 그것도 극단적으로 말이다. 더구나 삼대제자들도 자신들의 실력이 늘고 있다는 걸 실감했는지 전과는 비교도 되지 않는 의욕을 가지고 수련에 임하고 있었다.

이상한 기분이다. 백매관을 운영한 이후로 그에게 검을 배우는 제자들이 저리 용맹하게 눈을 빛내는 걸 보는 게 대체 얼마 만인가?

'부끄럽구나.'

반성할 수밖에 없었다. 제자들은 저리 의욕을 가지고 수련에 임하는데, 과연 그들을 가르치는 운검은 저만한 열정을 가지고 있었던가? 어쩔 수 없이 도맡은 일을 귀찮아하지는 않았던가? 그는 나직이 한숨을 쉬었다. 부정할 수 없는 일이다.

'제자들이야말로 화산의 미래라는 것을 알았음에도, 나는 화산의 미래를 돌보는 일에 소홀했구나.'

생각하면 생각할수록 부끄럽다. 제자들에게도 부끄럽지만, 그를 믿고 이 일을 맡긴 장문인을 생각하니 몸 둘 바를 모르겠다.

"타아아아앗!"

검이 일제히 하늘을 가리켰다. 그 모습을 보며 운검이 고개를 끄덕였다.

"좋구나!"

마음에서부터 우러나는 탄사였다.

"다들 검 끝이 살아 있구나."

실로 이상한 일이다. 화산은 딱히 변한 게 없다. 하지만 청명이 온 이후부터 자꾸만 무언가가 변하고 있었다.

화산을 가장 괴롭혀 온 재정 문제도 어이없이 해결되어 버렸고, 삼대제자들도 과거와는 다른 열정으로 수련에 임하고 있다. 게다가 실력이 늘어 가는 게 눈에 보이지 않는가? 이 모든 게 다 우연인가? 아니면……?

살짝 고민하던 운검이 입을 열었다.

"너희도 알다시피 원칙대로라면 너희는 칠현검(七賢劍)을 완전히 익힌 후에 태을미리검을 익히게 되어 있다. 하나, 너희들이 요즘 수련에 열정적으로 임하는 게 눈에 보이는구나. 해서, 너희가 지금처럼만 한다면 내 그 규칙을 깨고 태을미리검을 미리 전수할까 한다."

"오!"

"백매관에서 태을미리검이라니!"

삼대제자들이 웅성거리기 시작하자 운검이 가볍게 미소를 지었다.

열심히 하는 이들에게는 상을 준다. 상을 받은 이들은 더욱 열심히 한다. 이 선순환이 이루어질 수 있다면, 이 아이들은 화산을 대표하는 검수로 자라날 것이다.

"그러니 수련에 있어서 한시도 게으름이 없도록 해라!"

"예! 관주님!"

"좋다. 그럼 이번에는 진육합검을 수련하도록 해라."

기운찬 대답이 쩌렁쩌렁하게 연무장을 울렸다. 운검이 흐뭇하게 웃었다.

그때였다. 누군가 재빠른 걸음으로 연무장을 향해 다가왔다.

"운검 있는가?"

고개를 돌린 운검이 깜짝 놀랐다.

"자, 장문인?"

서둘러 예를 표한 운검이 의아한 눈으로 현종을 바라보았다. 현종이 백매관의 연무장을 찾는 일은 정말 드문 일이었다. 그도 그럴 것이, 공사가 다망한 현종 아니던가?

"수고가 많구나. 내 전할 말이 있으니 잠시 시간을 내어 줄 수 있겠느냐?"

"예! 장문인."

운검이 고개를 돌려 삼대제자들에게 소리쳤다.

"너희는 진육합검을 익히고 있……."

"칠현검을 익히고 있도록 하거라."

말을 자르고 들어오는 현종을 보며 운검이 의아한 표정을 지었다. 하지만 뭔가 이유가 있겠거니 하며 고개를 끄덕였다.

아이들을 두고 백매관 뒤쪽으로 돌아간 운검은 조용히 현종의 말을 기다렸다.

"운검아."

"예! 장문인."

"아무래도 문제가 있는 것 같다."

"예?"

현종이 소매에서 한 장의 서책을 꺼내어 운검에게 내밀었다. 그 안색이 자못 어두웠다. 운검이 책을 받아 들며 물었다.

"이게?"

"그 궤에서 나온 비급이다."

"아……."

현종과 서책을 번갈아 보던 운검이 읽어 보라는 현종의 턱짓을 보고는 서둘러 읽어 내리기 시작했다.

"장문인 이건…… 육합검이 아닙니까?"

"그렇다. 육합검이지."

운검이 미간을 찌푸렸다. 육합은 화산의 기본공이었던 무학이다. 하지만 이제는 진육합으로 대체되었다. 더 이상 육합은 화산에서 의미를 가지지 않는다.

"그런데 왜 이걸 제게……."

"다 보았느냐?"

"예."

"나도 처음 그걸 발견했을 때는 너처럼 내용만 읽었다. 워낙 정신이 없고 경황이 없었으니까."

"……예?"

"마지막 장을 확인해 보거라. 뒤에도 글이 있다."

운검이 서둘러 비급을 다시 펼쳐 들었다. 이내, 거기에 적혀 있는 글귀를 본 운검의 얼굴이 사정없이 일그러졌다.

후인에게 전한다.

후인이 화산의 무학을 발전시키고 변형시키는 것은 탓할 일이 아니다. 무학이란 끊임없이 변하고 발전해야만 한다.

하나, 육합은 화산의 기본이자 화산의 뼈대이다. 육합을 변형시킨다는 것은 화산의 얼을 뒤트는 것과 다르지 않다. 후인은 이 사실을 반드시 명심하길 바란다.

혹여 육합을 변형시키는 종자가 있다면, 훗날 선계에서 마주했을 때 각오하는 것이 좋을 것이다.

서찰을 잡은 운검의 손이 파르르 떨렸다.

"이, 이게 무슨?"

그가 기겁하며 고개를 들었을 때, 현종은 자신도 어찌할 도리가 없다는 듯이 먼 산을 바라보고 있었다.

"육합……."

머릿속이 헝클어지기라도 한 듯, 상황이 정리가 되지 않았다.

육합은 오랜 세월 동안 화산을 지탱해 온 화산의 기본공이다. 검을 처음 잡는 이들이 올바른 파지법(把持法)을 익히는 것처럼, 글을 처음 배우는 이들이 천자문을 외우는 것처럼, 화산의 모든 무학은 육합을 제대로 익히는 것에서 시작된다.

하지만 세월은 흘렀고 시대는 바뀌었다. 화산은 더 이상 느려 터진 육합을 유지하기 힘든 상황이다. 조금이라도 더 빨리 배우고 빠르게 나아가야 한다. 그렇기에 모두가 머리를 맞대고 진육합검을 창안한 것이 아닌가?

진육합검은 육합검과는 달리 더 빠르게 배울 수 있고, 더 실전적이다.

"장문인, 진육합이 화산에 필요하다는 건 모두가 함께 내린 결론이 아니었습니까?"

"그렇지."

"한데 이건……."

현종이 깊은 한숨을 내쉬었다.

"내 그렇기에 네 의견을 들으러 온 것이다. 네가 말했다시피 진육합검을 화산의 기초 무학으로 재정립한 것은 화산의 의지였다. 하지만 선조의 말씀 역시 중한 것은 마찬가지 아니더냐?"

운검이 저도 모르게 고개를 끄덕였다. 중한 정도가 아니다. 선인의 말은 후인의 이정표다. 모든 문파는 선인의 길을 따르기 위해 노력하고 또 노력하는 법이다. 그런데 이리 명확한 선인의 의지를 어떻게 부정할 수 있겠는가?

"으으음."

"어찌 생각하느냐?"

"어찌 제가……."

"너는 화산의 아이들을 가르치는 사람이다. 기본공에 있어서는 나도 네 의견을 고려하지 않을 수 없다. 다른 것은 생각하지 말고 허심탄회하게 말을 해 주거라."

운검이 깊은 한숨을 내쉬었다.

'어렵구나.'

전통을 따를 것이냐, 변화를 택할 것이냐는 언제나 사람들을 고민하게 만드는 화두였다. 답이 있는 문제가 아니기 때문이다.

"장문인. 저희가 진육합검을 만들어 낸 이유는 화산에 시간이 그리 많지 않았기 때문입니다."

"그렇지."

정도는 결국 시간이 더 걸리는 법이다. 육합의 우수성을 누가 모르겠는가? 하지만 당시의 화산은 느긋하게 제자를 키워 낼 시간이 없었다. 당장 내일 문파가 현판을 내릴지도 모르는 상황인데 시간이 더 걸리는 길을 택할 수는 없잖은가?

"그렇기에 여쭙겠습니다. 이제는 화산이 미래를 볼 수 있습니까?"

현종이 미간을 찌푸렸다. 이것 역시 어려운 질문이었다.

'미래라.'

화산은 산적한 문제 중 겨우 하나를 해결했을 뿐이다. 그 문제가 가장 시급하고 중한 문제이긴 했으나, 여전히 수많은 문제가 남아 있다.

"대답이 쉽지 않구나. 명확히 답할 수 없음을 이해하거라."

"장문인."

운검이 결심한 듯 입을 열었다.

"그럼 저는 반대입니다."

"어째서더냐?"

"쉽지 않기 때문입니다."

운검이 한숨을 내쉬었다.

진육합검과 육합검은 한 뿌리에서 나왔지만, 전혀 다른 무학이다. 애초에 무학을 구성하는 근본 자체가 다르다. 육합이 느리고 더디지만 단단하게 내리누르는 무학이라면 진육합은 쾌속하고 영활하며 경쾌한 무학이다.

"아이들은 빨리 배웁니다. 이미 저 아이들은 진육합의 무리(武理)를 받아들였습니다. 그런 아이들에게 육합을 다시 가르치는 것은 어려운 일입니다. 자칫하다가는 이도 저도 안 되는 결과가 나올지도 모릅니다. 육합을 대성하기 위해서는 무엇보다 안정된 하체와 진중함이 필요합니다. 이제는 너무 늦었습니다."

운검이 고개를 내저었다.

"선인께서 괜한 말을 남기시지는 않았을 겁니다. 가급적이면 저도 선인의 말씀을 따르고 싶습니다. 하지만 현실적으로 불가능한 일입니다."

"정말 그리 생각하느냐?"

"예, 장문인."

"육합을 깨우침에 있어 가장 필요한 것이 뭐라 했더냐?"

"단단한 하체와 진중······."

운검이 눈을 끔벅였다. 현종이 슬그머니 고개를 틀어 수련을 하고 있는 아이들을 바라본다.

"단단한 하체?"

"……."

"진중함?"

"……."

"수련이 아주 잘됐구나?"

그거 제가 한 게 아닌데요? 그거…… 저놈이 한 건데?

운검의 시선이 가장 뒤에서 목검을 휘휘 휘젓고 있는 청명에게 가 닿았다.

'설마?'

아니겠지. 상황이 공교롭게 되었다지만, 이건 너무 무리수다. 청명이 무당도 아니고, 이 상황을 어찌 미리 예측한단 말인가?

"내가 보기에 이 아이들이 육합을 다시 익히는 건 그리 어렵지 않아 보인다만?"

"……그, 그렇기는 하지만……. 아이들이 혼란스러워할까 저어됩니다."

"운검아. 그 혼란을 다스리고 바른길로 이끄는 것이 우리가 해야 할 일이 아니더냐?"

운검이 멍하니 고개를 끄덕였다.

"혼란스러운 건 아이들이더냐? 아니면 너이더냐?"

"자, 장문인. 제게 잠시만 시간을 주실 수 있겠습니까?"

"음?"

"한 아이에게 물어보고 싶습니다."

"아이?"

"배우는 것은 제가 아닙니다. 진정으로 길을 알기 위해서는 무학을 배울 아이에게 직접 물어보는 것이 낫다고 생각합니다."
"좋은 생각이다."
가르침이란 위에서 아래로 흐르는 것이지만, 그 가르침을 받아들이는 것은 결국 아이들이다. 아이들이 어찌 생각하는지도 중요하다.
"그럼 운종……."
"청명아!"
현종이 뭔가 말을 하기도 전에 운검이 큰 소리로 청명을 불렀다. 대충대충 검을 휘두르고 있던 청명이 움찔하여 이쪽을 바라본다.
"이리 오거라."
운검의 말에 청명이 검을 내리고는 휘적휘적 걸어왔다.
"부르셨습니까?"
"내 너에게 하나 묻고 싶은 것이 있다."
"예. 하문하십시오."
운검이 살짝 뜸을 들이다 입을 열었다.
"느리지만 더 높이 가는 것과, 빠르고 확실하게 가는 것 중 어느 게 더 옳다고 생각되느냐?"
옆에서 듣던 현종이 살짝 난색을 표했다. 질문 자체가 너무 현학적이다. 아이가 받아들이기에는 과한 감이…….
'아, 맞다. 청명이지.'
저 아이는 확실히 특별한 면이 있으니 이해하고 답을 내놓을 수 있을지 모른다.
그리고 과연 청명은 깊이 고민하는 듯 미간을 찌푸린 채 고개를 숙였다. 그러더니 이내 생각을 정리했는지 고개를 들고 운검을 바라보았다.
"높이 가는 것이 옳습니다."
"어째서냐?"
"화산이기 때문입니다."

운검이 굳은 얼굴로 청명을 바라보았다. 이 대답으로 그가 받은 충격을 보여 주는 듯 그의 눈가가 잔 경련을 일으키고 있었다.

화산이기 때문이라.

운검이 슬쩍 고개를 돌려 현종의 얼굴을 바라보았다. 현종은 눈을 감고 있었다. 드러난 표정만으로는 속내를 모두 알 수 없지만, 그가 무슨 생각을 하고 있는지 짐작하는 건 그리 어렵지 않은 일이었다.

대답이 옳은가 그른가는 중요하지 않다. 중요한 것은 아이의 입에서 저 대답이 나왔다는 것이다.

'그렇지. 우리는 화산이었지.'

그들이 잃었던 것. 화산에 대한 자부심. 그 까마득한 과거의 편린이 지금 화산의 막내의 입에서 흘러나오고 있다.

"적당한 문파라면 후자를 택하는 것이 맞습니다. 하지만 화산은 그렇지 않습니다. 과거의 영광을 되찾고 화산의 이름을 만방에 다시금 알리기 위해서는 현실과 타협할 수 없습니다."

속내를 보이지 않은 질문이었다. 하지만 이 아이는 운검이 숨긴 속내를 찾아 대답하고 있다. 그것도 어른들이 부끄러울 만한 정론으로.

"화산이기에 타협할 수 없다는 뜻이더냐?"

"제자는 그렇게 생각합니다."

운검이 고개를 끄덕였다.

"알겠다. 자리로 돌아가거라."

"예."

청명이 멀어지자 운검이 한숨을 내쉬었다. 하지만 그가 입을 열기 전에 현종이 먼저 입을 열었다.

"부끄럽구나."

"그렇습니다, 장문인."

"아이의 입을 통해 이런 말을 들을 줄이야. 허허. 화산이기에. 화산이

기에……. 화산의 그 누가 지금의 상황에서 그런 말을 입에 올릴 수 있겠느냐."

현종이 눈을 감았다. 화산의 장문인인 그도 차마 꺼낼 수 없는 말이었다. 속으로조차 생각하지 못한 대답이다. 어쩌면 아무것도 모르는 아이이기에 할 수 있었던 대답일지도 모른다. 하지만 중요한 것은 그 대답이 화산을 이끄는 그를 부끄럽게 만들고 있다는 것이다.

"화산. 화산이라."

"장문인."

운검이 진중한 목소리로 말했다.

"어린아이의 치기 섞인 말일지도 모릅니다. 하지만 아이이기에 이런저런 현실에 휘둘리지 않을 수 있겠지요."

"그렇구나."

"어려울지 모릅니다. 하지만 저는 저 아이에게 부끄럽고 싶지는 않습니다."

현종이 침음성을 흘렸다. 작은 일이 아니다. 기본공을 정하는 것은 대단히 중한 일이다. 하지만 더 중한 것은 화산의 방향을 정하는 일이다. 이 작은 대화가 순식간에 눈덩이처럼 커져 현종에게 선택을 강요하고 있었다. 화산이 앞으로 걸어야 할 길에 대한 선택을 말이다.

"운검은 듣거라."

"예, 장문인."

"화산 장문의 이름으로 현 시간부로 화산의 기본공을 진육합검에서 육합검으로 되돌린다."

"명을 따르겠습니다."

"장로들과 협의하여 정식으로 명을 내리겠지만, 운검은 정식으로 명이 오기 전에 이 사항을 숙지하고 아이들에게 육합을 전수하도록 하라."

"예!"

운검의 눈빛이 단호해졌다.

화산은 화산이다. 어정쩡한 문파로 남을 수는 없다. 그들이 화산의 이름을 쓰는 한 언제나 최고가 되어야 하고 최고를 노려야 한다. 비록 몸은 개천에 담그고 있을지라도 언젠가 승천하여 용이 될 날을 기다려야 한다. 그게 화산의 이름을 쓰는 자들의 의무이자 소명이다.

"육합뿐만이 아니다. 화산의 모든 무학을 다시 한번 생각해 보아야 한다. 백매관의 관주인 너의 역할이 어느 때보다 중할 것이다."

"각오하고 있습니다, 장문인. 화산에 받은 은혜를 그렇게라도 갚을 수 있다면 바랄 것이 무엇이 있겠습니까?"

현종이 빙그레 웃고는 아이들을 바라보았다.

'이 아이들이 화산의 미래다.'

그들은 이루지 못했다. 어쩌면 그들 대에서는 끝내 이루어지지 않을지도 모른다. 하지만 이 아이들이 이끌 때쯤에는 천하에 화산의 이름을 다시 떨칠 수 있어야 한다. 그것을 위해서라면 현종은 못 할 것이 없었다. 그리고 분명 지금 선계에서 내려다보고 있을 화산의 선인들도 그를 기특하다 여길 것이다.

'저 한심한 놈.'

자리로 돌아온 청명이 혀를 찼다. 이런 작은 것 하나도 제대로 정하지 못해서 우물쭈물하는 꼴을 보니 속이 터졌다.

'그걸 물어봐야 아냐? 물어봐야? 밥을 입에 떠 넣어 줬더니 어떻게 씹는지를 물어보고 있네.'

앓느니 죽지, 앓느니 죽어. 청명의 입에서 한숨이 푹 터져 나왔다.

"왜 갑자기 한숨이야?"

"니들이 내 속을 알겠냐?"

"……뭐래."

조걸의 질문에 대충 대꾸하며 그는 눈을 찌푸렸다.

'냉정하게 생각하자. 이놈들은 제대로 하는 게 없다. 분명히 지금 하고 있는 일도 개판이 나 있겠지.'

아무래도 화음에 한번 다녀와야 할 것 같다. 화음의 사업장들이 제대로 정리가 되어 있을지가 걱정이다. 장문인에게 맡겨 두었다가는 제대로 돌아가는 일이 하나도 없을 판이니 청명이 제대로 챙기는 수밖에 없다.

"하. 이놈의 문파는 내가 없으면 돌아가는 게 없네."

"……저 인간 뭐라는 겁니까, 사형?"

"냅둬라. 어디 하루 이틀 일이냐?"

모두가 한숨을 내쉬는 순간이었다.

4장

소도장은 정말 도사인가?

오랜 고난의 끝에 화산에도 평화가 찾아왔다.

청명의 활약으로 화산을 가장 괴롭히던 금전적인 문제가 해결되었고, 미래로 나아가기 위한 새로운 무학도 갖추게 되었다. 겨울이 가면 봄이 오듯, 화산에는 새순이 피는 봄과 같은 활력이 찾아왔고, 모두의 행복한 웃음소리가 끊이지 않고 있……어야 했는데…….

"평화는 얼어 죽을."

청명의 얼굴이 처참하게 일그러졌다. 손에 힘이 들어가며 쥐고 있던 빗자루가 부러질 듯 휘어졌다.

평화? 개뿔. 여기가 아비규환이다.

"예? 계산요? 이, 이게……. 잠시만요. 조걸 사형! 조걸 사형! 여기 얼마예요?"

"거기! 거기 물건 채우라고 했잖아!"

"모든 것은 도에 달린 것 아니겠습니까? 재료가 없는 것 역시 자연스러운 일이지요. 예? 환불이요? 예. 어…….''

새하얀 도포를 걸친 화산의 삼대제자들이 식은땀을 뻘뻘 흘리며 밀려오는 손님들을 상대하고 있었다.

'애쓴다. 애써.'

여기가 어딘고 하니, 화음이다.

장부를 찾아내어 화음의 사업체들을 모조리 되찾아 온 것까지는 좋았다. 나름 잘 돌아가는 사업체를 열 개 넘게 인수했으니, 돈 버는 일만 남은 게 아닌가? ……라고 생각했던 게 모든 문제의 시작이었다.

청명조차 생각하지 못한 일이지만, 이놈들은 무려 백 년 가까이 제대로 된 사업장을 굴려 본 경험이 없었다. 그러니까 제 손으로는 한 푼도 벌어 본 적이 없는 생초짜들이 갑자기 열 개도 넘는 사업장을 굴려야 하는 상황이 벌어진 것이다.

그 결과? 보시다시피.

"아니! 재료 다 떨어졌다고 한 지가 언젠데 재료가 안 오냐고!"

"재경각은 대체 뭘 하는 거야?"

"저 미친놈은 손님 붙들고 뭐 해! 야! 야, 인마!"

청명이 흐뭇한 미소를 지었다.

'잘들 논다. 잘들 놀아.'

생전 해 본 일이라고는 칼 들고 휘두르는 것밖에 없었던 화산의 제자들이 화음으로 내려와 손님들을 상대하느라 식은땀을 뻘뻘 흘려 대는 중이다. 화산의 옛 선인들이 보았다면, 준엄하게 질책……. 아니, 배를 잡고 땅을 뒹굴었겠지. 그 땀 흘리는 제자들 중에 청명도 있으니까.

그리고 물론 손님들의 반응도 좋지 않았다.

"아니! 뭔 차가 이렇게 써!"

"엽차 달라고, 엽차! 엽차가 무슨 말인지 몰라? 이게 엽차야?"

"찻주전자에 찻잎을 그냥 때려 박아 내오는 다루가 어디 있어! 여기 주인 어디 갔어?"

내가 살아서 지옥을 다 보네. 청명이 흐뭇하게 그 몰골을 바라보며 탄식했다.

"오호통재라."

그나마 여기는 나은 편이다. 다른 사업장으로 끌려간 삼대제자들은 지금 무간지옥을 경험하고 있다. 아니, 그놈들을 데리고 장사를 해야 하는 사람들이 지옥을 겪고 있겠지.

비단 팔다가 비단 찢어 먹는 놈. 호미 내오라는데 곡괭이 내오는 놈.

그래도 요리하다가 손님상에 나갈 고기 집어 먹는 놈은 이해의 여지라도 있다. 물론 뒈지게 처맞아야겠지만.

그나마 손님 응대만 하는 삼대제자들은 몸으로 구르면 그만이지만, 일대제자들은 지금 머리가 터지기 일보 직전이었다. 평생 도나 닦던 사람들이 속세의 풍파에 휘말리니 정신을 차리지 못하는 수준이 아니라 손에 들고 있던 제기까지 내던질 판이다.

"야, 이놈아! 뭐 하고 있느냐! 빨리 쓸지 않고!"

"끄으으응. 네. 씁니다! 쓸어요!"

청명이 손에 잡은 빗자루를 획획 움직이며 다관 앞을 쓸어 내기 시작했다.

'이걸 쓸어서 무엇 하나. 온 손님들이 죄다 학을 떼고 돌아가는데.'

청명의 눈에 문을 박차고 나오는 손님들이 보였다. 그 불쾌함이 가득한 얼굴을 보고 있자니, 당장 달려가 '저놈들을 매우 치십시오!' 하고 외치고 싶은 심정이다. 물론 현실 서열로는 화산의 막내니까 감히 그런 말을 할 수는 없겠지만.

대충 빗자루로 앞의 먼지들을 밀어 낸 청명이 슬그머니 뒤쪽으로 빠졌다. 다과를 나르느라 정신이 없는 조걸이 눈에 띄었다.

"사형."

안 듣는다.

"사혀엉."

안 듣는다.

"야. 야, 인마. 야!"

귀가 막혔다.

"조걸 이 새꺄!"

"넵! 삼대제자 조거……. 뭐, 인마?"

조걸이 눈을 까뒤집고 청명을 노려보았다. 아무리 사제 같지 않은 사제라지만 그래도 사제가 아닌가. 사제 놈이 막말을 해 대는데 참을 수 있는 사형이…….

"왜?"

여기 있다. 조걸이 슬쩍 주변 눈치를 보더니 다루를 빠져나와 청명에게 다가왔다.

"사형."

"그러니까 왜?"

"우리 인간적으로 이야기 좀 해 보자. 사형이 나름 유명한 상가의 막내아들이라며? 대륙전장 막내아들, 뭐 그런 거?"

"대륙전장은 얼어 죽을. 그냥 작은 상인 집안이야."

"그래도 최소한 돌아가는 걸 보는 눈은 있겠지. 원래 그렇잖아. 잘나가는 집 막내아들은 기본적으로 철없는 망나니지만, 알고 보면 대단한 재능을 숨기고 있다든가."

"……뭔 소리야?"

조걸이 한숨을 푹 내쉬었다. 여하튼 이놈과 대화만 하면 뭔 말을 하는지 알아먹을 수가 없다.

청명이 슬쩍 턱짓으로 아수라장의 현장을 가리켰다.

"그래서…… 대체 왜 이런 사태가 벌어진 거야?"

조걸이 한숨을 쉬었다.

"원래 여길 맡고 있던 이들 말이야."

"응."

"그래도 그놈들이 인망은 있었던 모양이더라. 그 사람들이 그만두면서 종업원들이 덩달아 많이 그만뒀어."

"엥? 인망?"

사기꾼 새끼들이 인망이라니. 이게 무슨 탐관오리가 거지 굴에 기부하는 소린가.

"인망이라니? 그게 무슨 개 풀 뜯어 먹는 소리야, 사형?"

"정확하게 말하면 인망이라기보다는 학연, 지연, 혈연에 아주 철저했던 모양이더라고. 일하던 종업원들이 거의 친척이나 가족들이다 보니, 슬슬 눈치 보다가 다들 그만둬 버렸어."

크으. 이것이 가족 경영의 폐단인가. 이러니 전문 경영인을……. 아니, 이게 아니고.

"그러니까 종업원 문제라는 거지?"

"그게 첫째고."

"응? 더 있어?"

조걸은 미묘하게 눈을 찌푸리고는 주변을 돌아보았다. 듣는 귀가 없다는 걸 확인하고야 그는 목소리를 낮춰 말한다.

"네가 보다시피 화산의 어른들에게 이 사업장들을 운영할 능력이 없다는 게 제일 큰 문제야."

"그런 것도 능력이 필요해?"

"도를 닦는 사람들이나, 무학을 익히고 사는 사람들은 벌어먹고 사는 문제를 쉽게 보는 경향이 있는데, 그게 말처럼 그렇게 쉬운 게 아냐. 그게 쉬우면 다 부자 되지."

"하긴 그것도 그렇지만."

청명이 한숨을 푹 내쉬었다.

"그러니까 지금 화산은 이 사업장들을 감당할 능력이 없다?"

"이런 말은 조금 과하겠지만, 돼지 목에 진주 목걸이지. 나도 이렇게 심할 줄은 몰랐지…….”

그때였다. 안쪽에서 커다란 목소리가 들려왔다.

"아니! 보이차가 모자라다니까 철관음을 가져오면 뭘 어쩌라는 겁니까!"

"그게 그거 아닌가?"

"보이차라고 했잖습니까, 사형! 지금 안 그래도 골치 아파 죽겠는데 물건까지 바뀌면 어떻게 합니까!"

"왜 목소리를 높이고 그래! 내가 평생 이런 비싼 차를 다뤄 볼 일이 있었어야 뭘 알든 말든 할 거 아냐!"

"누군 그런 거 마셔 봤답니까?"

청명이 고개를 절레절레 젓고 말았다. 도를 닦는다는 것들이 그깟 찻잎 하나 바뀌었다고 성질내며 싸우고 난리다.

"저 봐."

조걸이 혀를 찼다.

"운영이라는 게 그리 간단한 게 아냐. 재료 하나, 물건 하나 모두 고르고 사야 한다고. 어설프게 좋은 재료를 고르면 수지가 맞지 않고, 그렇다고 싸구려를 사용하면 손님이 떨어지지. 제대로 못 하겠다고 업자를 고용하면 그놈들이 다 등을 쳐 먹고 일한 사람은 남는 게 없어."

"……지금부터 배우는 건?"

"나이 마흔 먹은 아저씨들 데리고 무학 가르치라고 하면 너는 할 거냐?"

"안 하지."

"솔직히 내가 보기에는, 이대로 가면 반년 못 넘기고 여기 다 망할 거야. 예전 화산은 어땠는지 모르겠지만, 지금 화산은 이걸 운영할 능력이 없다. 이건 답이 없어."

"그래도 잘 배워 보면 되지 않을까?"

조걸이 허망한 눈으로 청명을 보았다.

"청명아, 잘 봐라. 지금 우리가 맡은 사업장들의 특징이 뭔지 아냐?"

"글쎄?"

"다 물건 떼다 파는 일이라는 거다."

"······응?"

"다루, 주루, 비단상, 대장간 등등. 하나같이 재료를 구해다가 뭔가를 만들거나 그대로 가져다 파는 일들이지. 이런 일의 특징이 뭔지 아냐?"

"내가 그거 알면 부자지."

"물건을 잘 고르고 떼는 데 거의 모든 게 걸려 있다는 거야. 그런데 말이다. 세상 물정 하나도 모를 게 뻔한 순진한 도사가 돈을 들고 와서 물건을 떼려고 하면 저쪽에서 어떻게 할 것 같냐?"

"호구 잡겠지."

"그냥 호구만 잡으면 일도 아니지. 아마 뼛골까지 뽑아 먹으려고 할 거다."

"······."

"이건 글렀어. 애초부터 안 될 거였다."

청명이 고개를 돌려 먼 하늘을 바라보았다. 그리고 빙그레 미소를 지었다.

'장문사형.'

이 사제 이제야 장문사형의 위대함을 깨닫습니다. 사형이 있었을 때는 찰떡같이 돌아가던 사업장들인데.

'에라, 빌어먹을. 앓느니 죽지!'

청명이 콧김을 뿜었다.

"그럼 해결책이 뭔데?"

조걸이 멍한 눈으로 청명을 바라보았다.

"왜 나한테서 해결책을 찾아!"

"아니! 사형이 그래도 장사하는 집안의 자식이라며. 그럼 해결책이 있을 거 아냐?"

"이 미친놈아! 약초 처음 캔 사람한테 죽을병을 고쳐 달라고 하면 뭐라고 대답해야 하냐! 내가 그럴 능력이 있었으면 화산에서 검 휘두르고 있었겠냐? 벌써 가문 물려받아서 떼돈 벌고 있겠지. 이건 우리 아버지가 와도 못 살려."

"……상황이 그렇게나 심각해?"

"답이 없다."

조걸이 쓴웃음을 머금었다.

"오죽하면 내가 우리 집에 연락해 보려고 했겠냐. 하지만 너무 먼 데다, 우리 집이 그럴 만한 여력이 없어. 이만한 사업장들을 무리 없이 운영하려면 적어도 웬만한 물품에는 다 조예가 있는 거상이어야 한다. 그런데 화산에는 그런 사람이 없어."

예전에는 있었어. 청문이라고. 근데 뭐, 지금이야 없지.

조걸이 쓴웃음을 지으며 말했다.

"황 대인만 멀쩡하셨어도 이런 걱정은 안 해도 되는데."

"황 대인?"

청명이 고개를 갸웃했다.

"그러고 보니 예전부터 그 황 대인이라는 사람이 자주 언급되던데, 그 사람이 뭐 하는 사람인데?"

"거상이지."

조걸이 자세히 설명을 해 주었다.

"섬서를 기반으로 활동하시는 거상 중 한 분이셔. 청해는 물론이고, 운남과 서역의 물건까지 취급하는 분이지."

"그런데 그 사람이 화산이랑 무슨 관계가 있어?"

"그분이 예전부터 화산을 후원하셨다. 나름 유명한 이야기야. 그분이 계셔서 화산이 완전히 몰락하지 않을 수 있었지."

"……화산의 뭘 보고?"

"글쎄. 그거야 내가 알 수 없지만……."

조걸이 어깨를 으쓱했다.

"화산뿐 아니라 여러 곳을 후원하셨다고 들었다. 여튼, 그분만 계셨더라면 별문제가 없었을 거야. 여러 가지 조언을 받거나 도움을 받을 수 있었을 테니까."

"그럼 그 양반한테 도와달라고 하면 되잖아."

"안 돼. 황 대인은 지금 일 년째 병상에 계시거든. 의식이 없다는 소문도 있어. 그러니까……."

그때였다.

"청명! 청명 있느냐!"

청명이 자신을 찾는 목소리에 목청을 높였다.

"여기 있습니다!"

곧 시야에 익숙한 얼굴이 들어왔다. 운암이었다. 그는 다급하게 청명을 향해 다가왔다.

"사숙조를 뵙습니다."

조걸과 청명이 다급하게 고개를 숙였다.

"그래."

운암은 가볍게 고개를 끄덕여 인사를 받고는 청명에게 시선을 고정했다.

"청명아."

"예, 사숙조."

"아무래도 네가 본산에 한번 다녀와야겠다."

"……예?"

본산? 화산? 청명의 얼굴이 파르르 떨렸다.

'아니, 화산에 다녀오라는 게 그리 쉽게 나올 말인가?'

새도 오르다가 추락할 미친 산에 다녀오는 일을 무슨 심부름 가듯 말한다는 말인가? 양심 어디?

"본산에요?"

"그렇다."

청명이 뚱한 얼굴로 옆을 돌아보았다. 조걸이 그 시선을 깔끔하게 외면했다.

"아니, 힘 좋고 팔팔한 사형들도 많은데 왜 하필 제가……?"

"네가 막내 아니더냐."

"막내라 다리도 얇고, 경공도 약하고."

"하는 일도 제일 없고."

아.

일하기 싫어서 맡은 앞마당 청소가 이렇게 비수가 되어 돌아올 줄이야. 인생지사 새옹지마라더니.

"끄으응."

청명이 한숨을 푹 내쉬었다. 이제 하다 하다 애들 심부름까지 해야 하다니. 매화검존 청명이 어쩌다 이런 꼴이 되었단 말인가?

"그래서 그 심부름이라는 게 무슨 일인지요?"

"서찰 하나를 장문인이나 재경각에 전달하면 되는 일이다."

서찰? 웬 서찰이지?

좀 더 물어보고 싶지만, 사숙조에게 사정을 일일이 물어보는 것도 예의가 아니다. 새파란 놈에게 예의를 차려야 하니 가슴이 아프긴 하지만, 어쩌겠는가? 상황이 이런 것을.

"예, 사숙조. 제가 가겠습니다."

"그래. 평소 같으면 놔두었다가 복귀할 사람에게 보내면 될 일이지만, 꽤 촌각을 다투는 일이라 그리 처리하기가 어렵구나. 네가 이해를 해 주었으면 좋겠다."

크으. 성격도 좋지. 청명이었으면 삼대제자가 구시렁대는 순간 주둥아리를 털어 버렸을 텐데.

운암이 품 안에서 서찰을 하나 꺼내 청명에게 내밀었다.

"이것이다."

그는 혹여 청명이 궁금해할까 봐 친절하게 서찰이 무엇인지도 설명해 주었다.

"은하상단에서 온 서찰이니, 귀히 다뤄야 한다."

"네? 은하상단이요?"

조걸이 작게 말했다.

"그 황 대인의 상회가 은하상단이야."

청명이 서찰을 빤히 바라보았다. 운암은 청명의 시선에서 딱히 이상한 점을 느끼지 못했는지 설명을 계속했다.

"장문인에게 급보로 날아온 서신이다. 마침 내가 화음에 있어 중간에 받을 수 있었구나. 화산으로 물품을 전하는 이들이 가지고 올라가면 이틀은 소요될 테니, 네가 빨리 올라가 장문인께 전하도록 하거라."

"예. 알겠습니다."

"시급한 일이니 지체하지 말고 바로 출발하거라."

"예!"

청명이 서찰을 품에 넣고 화산 쪽으로 후다닥 뛰어가자 그런 청명을 지켜보던 조걸이 저도 모르게 손을 뻗었다.

"저……. 저!"

그러다 이내 불안한 얼굴로 중얼거렸다.

"쟤한테 저걸 쥐여 보내면 안 되는데?"

"음? 뭐라고 했더냐?"

"아, 아무것도 아닙니다. 사숙조."

조걸이 재빨리 말을 얼버무렸다. 하지만 그의 눈은 멀어지는 청명의 등에서 떨어지지 않았다.

'아무래도 불안한데.'

슬픈 예감은 틀리지 않는 법이다.

· ❖ ·

"흐음."

화산 중턱까지 올라간 청명이 품 안의 서찰을 꺼냈다.

"흐으으음."

그러니까 이게 그 은하상단의 황 대인에게서 온 서찰이라 이거지? 아니. 황 대인이라는 사람은 병상에서 오락가락(?)한다고 했으니까, 그 아랫사람들이 보낸 서찰이겠지.

"하······. 거참."

청명이 안타깝다는 듯이 한숨을 내쉬었다.

"남에게 온 편지를 뜯어보는 것은 도인의 도리가 아닐지나, 이 서찰이 하필이면 내게 들어온 것 역시 도가 아니겠는가? 모든 것은 도에 달린 것. 내가 수중에 들어온 서찰을 뜯어보고 싶은 마음이 드는 것도 자연스러운 일이겠지. 그렇지 않습니까, 사형?"

– 말 같은 소리를 해라. 이 호랑말코 놈아!

"······여튼 사형은 저랑 안 맞아요."

옛날부터 그랬지 뭐.

하지만 그렇다고 해서 이걸 보지 않을 도리가 없다. 듣자 하니 사업장을 이대로 두면 개판이 될 건 뻔한 일이고, 그 황 대인이라는 작자가 나서 주면 일이 좀 수월해질 듯싶다. 그런데 이런 상황에서 은하상단에서 급보가 온다?

이건 황 대인의 신상에 무슨 일이 발생했다는 의미다. 아예 모르면 모를까 알고도 확인하지 않을 수 있겠는가? 이건 청명이 아닌 누구라도 같은 선……택을 하지는 않겠지만, 여하튼 혹하긴 할 것이다.

청명이 서찰을 찬찬히 살폈다. 겉면에 쓰여 있는 대화산 장문인 친전(大華山掌門人親傳)이라는 글씨가 눈에 확 들어온다. 그러니까 화산 장문인 말고는 뜯어보지 말라는 소리겠지.

"괜찮아. 괜찮아. 솔직히 니들도 내가 있고 장문인이 있으면 나한테 소식을 전했겠지, 장문인한테 전하지는 않았을 테니까."

다른 사람들이 들었으면 거품을 물 소리였지만, 다행인지 불행인지 지금 청명의 주변에는 아무도 없었다.

"어디 보자."

밀랍으로 단단히 봉해진 서찰이라 어떻게 뜯어도 흔적이 남을 수밖에 없다. 평범한 방식이라면 말이다. 하지만 청명에겐 딱히 어렵지 않은 일이다.

"잘도 붙여 놨네."

서걱.

청명의 손끝에서 뿜어져 나온 예기가 종이와 밀랍의 경계를 정확하게 갈랐다. 그러자 처음부터 밀랍을 붙인 적 없는 듯 완전한 봉투만이 남았다. 봉투를 열어 주저 없이 안에 든 서찰을 꺼냈다.

"자, 어디 보자……."

청명이 다리를 꼬고 서찰을 읽기 시작했다.

대화산 장문인 현종 친전.

장문인. 길었던 겨울이 가고 새순이 돋아나는 봄이 오고 있습니다. 이 서찰이 도착할 즈음에는 장문인이 계시는 화산에도 봄 매화가 흐드러지게 피어 있겠지요.

과거 아버님과 함께 방문했던 화산의 전경이 눈에 선합니다. 언제고 한번 다시 방문하고 싶은 마음은 가득하지만, 상황이 허락지 않는 것이 아쉬울 따름입니다.

그동안 워낙 격조하여 이렇듯 서신을 드리는 것이 부끄럽기 한량없으나, 그럼에도 굳이 이리 연락을 드리는 것은 아버님의 용태가 나날이 나빠지고 있기 때문입니다.

아시다시피 아버님께서는 지난해부터 몸이 좋지 않아 병상에 들어 계십니다. 아버님의 연세를 감안한다면 납득해야 할 일이지만, 최근 들어 기이하게도 노환이라면 당연히 보여야 할 증상 대신 다른 증상이 나타나기 시작했습니다.

아버님께서는 현재 의식이 거의 없는 상황이시고, 거동이 불가능하십니다. 몸은 붉은색으로 물들고, 미간에는 검은빛이 돌며, 기맥이 제멋대로 날뛰는 증세를 보이고 있습니다.

저희 은하상단은 중원의 명의들을 초빙하여 아버님의 병세를 살피게 하였지만, 누구도 제대로 된 진단을 내리지 못했습니다. 이에 지푸라기라도 잡는 심정으로 인연이 있는 분들께 서찰을 보내, 병환에 대한 실마리라도 얻어 보려 합니다.

만약 장문인께서 아버님의 증상에 대한 것을 아신다면, 어떤 방식으로라도 연락을 주시면 감사하겠습니다.

혹여 아버님의 증세를 호전시킬 만한 정보를 전해 주시는 분들께는 은하상단의 이름을 걸고 할 수 있는 막대한 보답을 해 드릴 것을 약속합니다.

그럼 좋은 대답을 기다리겠습니다.

은하상단 소상단주 황종의(黃宗義) 배상(拜上).

청명의 얼굴이 와락 일그러졌다. 순간 서찰을 구길 뻔한 그는 살짝 떨리는 손으로 다시 원래대로 곱게 접어 봉투 안으로 밀어 넣었다. 큰 한숨이 밀려 나왔다.

몇 번이고 심호흡을 한 끝에 겨우 마음이 가라앉았으나, 청명은 그러고도 완전히 진정이 되지 않은 듯 몸을 부들부들 떨었다.

"이거, 빌어먹을 마화(魔花)잖아?"

마화. 악마의 꽃.

청명이 이를 악물었다.

"마화를 일반적인 의원들이 치료할 수 있을 리가 없지!"

왜냐면 이건 무공에 의한 증상이니까. 겉으로 보기에는 심한 독에 중독된 것 같은 증상이 나타난다. 그렇기에 치료법을 찾는 것도 그쪽으로 집중될 수밖에 없었을 것이다. 하지만 마화는 마교의 특정한 무학에 당했을 때 나타나는 증상이다.

청명이 지금 이리 진정하지 못하는 이유도 아주 간단하다.

'마교 놈들이!'

거의 박멸해 버렸다고 생각한 마교 놈들이 중원 한가운데서 일을 벌이고 있다.

'아니, 아니지!'

청명이 자신의 뺨을 양손으로 쫘악 소리가 나도록 쳤다.

"내가 죽인 건 천마다. 마교 놈들을 모조리 죽인 게 아니지."

이 시대에 마교의 잔당들이 남아 있는 건 너무도 당연한 일이다. 애초에 천마를 죽이고도 소탕되지 않은 놈들이 화산까지 밀려들었다고 하지 않던가? 거기서도 살아남은 놈들이 있을 테고, 십만대산에 남은 놈들도 있었을 테니 아직 그 명맥이 이어지는 게 당연하지.

문제는 놈들이 살아 있을 뿐 아니라 중원에서 뭔가를 획책하고 있다는 것.

청명의 눈이 불을 뿜었다.

"아니, 그런데 이 새끼들은 화산에 무슨 원한이라도 있나?"

왜 하는 것마다 화산에 피해를 주는 거지? 중원에 사람이 얼마나 많은데 왜 하필 황 대인을 건드려서 이 개판을 만든단 말인가?

"아오. 뒷골 땅겨!"

청명이 한숨을 푹 내쉬었다.

'이거 안 되겠는데?'

아무래도 직접 가 봐야 할 것 같다. 서찰에 쓰인 내용만으로는 마화의 증상이라고 확언할 수가 없다. 직접 눈으로 보는 게 먼저다. 게다가…….

"보상! 막대한 보답!"

서찰의 마지막에 쓰인 내용이 청명의 눈을 깔끔하게 돌려 버렸다. 조걸의 말대로라면 이 은하상단이라는 곳은 돈깨나 만지는 상단일 터. 이런 곳에서 '막대한 보답'이라는 말을 썼다면 대체 얼마나 주겠다는 건가?

"이건 절대 놓칠 수 없지!"

청명의 마음이 급해졌다.

이미 세월이 백 년 가까이 흘렀으니 마화에 대해 아는 이들은 많지 않을 것이다. 백 년간 마교와 중원이 서로 전쟁을 벌이지 않았다면, 특정한 소수의 마공에 당한 증상을 알아볼 수 있는 사람이 있을 리 없다. 그리고 그 증상을 알아볼 만한 이들은 그날 십만대산의 정상에서 천마와 마교의 손에 모조리 죽었다.

하지만 세상일은 모르는 것.

'백 년 전 살아남은 이들 중 마화를 아는 이가 있을 수도 있다.'

그리고 아직까지 살아 있다면 각 문파의 중진이 되었겠지. 아직 장문인을 맡고 있기에는 나이가 많겠지만, 혹여 이 서찰을 받은 장문인들 중 하나가 정보를 얻겠답시고 이 서찰을 보여 준다면?

"말짱 황 되는 거지! 안 돼! 그 꼴은 못 봐!"

청명의 눈에 불꽃이 튀었다. 어떤 건방진 놈이 감히 청명의 먹이……. 아니! 환자를 노린다는 말인가? 이건 돈……. 아니, 도의를 위해서라도 반드시 이 청명이 해결해야 하는 일이다! 암! 그렇고말고!

"바쁘다!"

청명이 서찰을 잡고, 인장에 손을 가져다 댔다. 살짝 삼매진화를 일으켜 밀랍을 녹여 붙인 청명은 그 즉시 화산 정상을 향해 가공할 속도로 뛰어오르기 시작했다.

"일단 가져다주고!"

그래야 일이 해결돼도 저놈들이 상황 파악을 할 테니까.

"무조건 내가 먹는다!"

거기 딱 기다려.

◆ ◈ ◆

"끄으으응."

"이거 진짜 못 해먹겠네."

삼대제자들이 끙끙대며 산문으로 들어섰다. 화음에서 장사를 하는 건 이들에게 못 할 짓이었다. 수행을 통해 마음의 평정을 얻어야 하는 도인들이다. 그런 이들에게, 속세에 찌든 사람들을 상대하는 일은 산에서 도를 닦는 것과는 비교도 되지 않는 고행이었다.

"다 좋은데……."

물론 이들도 돈이 얼마나 중요한 것이고, 얼마나 벌기 어려운 것인지 이해하고 있었다. 당장 얼마 전까지만 해도 돈이 없어서 피죽만 먹고 살지 않았던가? 산에서 도를 닦고 무학을 익힌다고 해서, 나무껍질만 뜯어먹고 살 수는 없는 법이다. 산이든 들이든, 혹은 도시든 사람이 살아가기 위해서는 돈이 필요했다. 그러니 거기까진 불만이 없다.

문제는 그게 아니라…….

"그냥 화음에 숙소 하나 잡아 주면 안 되나? 이게 뭔 뻘짓이야?"

"아침저녁으로 화산을 내려갔다 올라오려니 진짜 죽을 것 같습니다. 사형…….'

윤종이 눈을 질끈 감았다. 평소라면 엄살 부리지 말라고 일갈했겠으나, 지금은 그런 말이 안 나온다. 그도 숨이 턱까지 차오를 지경이기 때문이다.

"……이것도 수련이라고 생각해라."

"뭐 이런 수련이…….'

"아니면 너희가 사숙조들께 직접 가서 따지든가."

다들 입을 꾹 다물었다.

윗사람들이 무서워서가 아니다. 사숙조들이 하고 있는 고생에 비하면 자신들의 고생은 별게 아니기 때문이다. 그들이야 당장 오늘을 버티면 그만이지만, 사숙조들은 다음 날 장사를 준비한다고 아직 화산으로 복귀도 하지 못하고 있었다.

"사형. 요즘 수련할 시간이 없습니다."

"우리가 무학을 익히러 왔지, 장사를 하러 온 게 아니잖습니까. 이럴 거였으면 고향에서 그냥 점소이나 했지, 화산에 들지 않았을 겁니다."

윤종이 깊게 한숨을 내쉬었다.

"다들 무슨 말을 하고 싶은 건지는 알고 있다. 하지만 세상일이라는 게 언제나 원하는 대로 돌아가는 건 아니잖으냐? 이것도 마찬가지다. 곧 해결이 될 테니, 그때까지만 참아 보자꾸나."

"……예, 사형."

"알겠습니다."

그래도 말이 먹히기는 하는지 다들 고개를 끄덕였다. 윤종은 남몰래 한숨을 내쉬었다.

'말은 그렇게 했다만, 이 상황이 언제쯤 나아질지.'

기약이 없다. 아니, 기약이 없는 정도가 아니다. 윤종이 보기에 상황은 좋아지기는커녕 날이 갈수록 나빠지기만 했다. 그나마 이번에 화산의 편을 들었던 상인들이 알음알음 도와주지 않았다면 벌써 망하는 사업장이 나왔어도 이상하지 않을 정도다. 상황이 좋아지려면 좋아질 만한 요소가 눈에 보여야 하는데, 보이는 것이라고는 나쁜 요소들뿐이다.

'장문인께서 대책이 있으셔야 할 텐데.'

윤종이 생각을 이어 가다가 흠칫 놀랐다.

'내가 화산 걱정을 다 하고 있구나.'

얼마 전까지는 그럴 일이 거의 없었다. 삼대제자 중 대제자이기는 하지만, 화산의 미래를 걱정하거나 고민한 적은 없다. 화산이 망하더라도 떠나면 그만이라 생각했기 때문이다. 하지만 어느새 윤종도 진지하게 화산을 걱정하고 있다. 이게 다 그 녀석이 나타난 뒤 벌어진 변화…….

"사혀어어어어어어엉!"

윤종이 눈을 질끈 감았다.

'다 좋은 변화 같건만, 왜 저놈은 날이 갈수록 철이 없어지는 것 같지?'

윤종은 사색이 된 얼굴로 달려오는 조걸을 바라보았다.

"사형! 사형! 큰일 났습니다!"

"진정 좀 하거라. 너는 도인이라는 놈이 그리 경박스러워서야…….”

"처, 청명이…….”

청명? 그 이름이 조걸의 입에서 나오는 순간 윤종의 얼굴도 하얗게 질렸다. 무슨 일인지 듣기도 전에 사람을 질리게 할 수 있는 것도 실로 대단한 일이었다.

"아, 아니! 일단 와 보십시오! 빨리!"

조걸이 앞서 달리기 시작하자, 윤종은 두말없이 뒤따라 달리기 시작했다.

'이놈이 대체 또 무슨 사고를 쳤지?'

생각할 틈도 없었다. 전력으로 달려 산문으로 들어선 윤종은 앞선 조걸을 따라 백매관으로 뛰어 들어갔다. 이윽고 청명의 방 앞에 도착한 조걸이 문을 과격하게 열어젖혔다.

"없어?"

하지만 방 안에 청명은 없었다.

"그새 어딜 간 거냐?"

"아니요. 그게 아닙니다! 저저 보십시오, 사형."

"응?"

조걸이 가리키는 곳으로 고개를 돌린 윤종의 눈이 살짝 가늘어졌다.

'종이?'

청명의 침상 위에 종이 한 장이 놓여 있다. 가까이 다가간 윤종이 그 안에 적힌 글귀를 읽었다.

일이 생겨서 며칠 다녀옴. 알아서 잘 해명할 것. 그리고 수련 빼먹으면 허리를 반대로 접어 버릴 테니 절대 빼먹지 말 것.

"……이 미친놈이."

종이를 잡은 윤종의 손이 부들부들 떨렸다. 뭐? 며칠 다녀와? 아니, 이 미친놈은 삼대제자라는 놈이 볼일이 생겼다고 본산을 며칠이나 비우는 게 가능한 일이라고 생각하는 건가?

"어, 어떻게 합니까? 사형?"

윤종이 깊게 한숨을 내쉬었다.

"일단은 애들 입단속시켜라."

"……그러다가 걸리면 사달 납니다."

"가서 바로 말해도 사달 나는 건 마찬가지다. 일단 며칠 내로 돌아온다고 했으니, 그때까지만이라도 어떻게든 숨겨 봐야지."

오늘 같은 일만 아니라면 윗분들이 청명 같은 삼대제자 막내를 신경 쓸 리가 없다. 운이 좋다면 들키지 않을 수 있을 것이다.

"들키면 어쩌려고 이러는지……."

"그게 걱정이더냐?"

"예? 사형은 걱정 안 되십니까?"

"……나는 그게 아니라 다른 게 걱정이다."

"뭐가요?"

윤종이 깊게 한숨을 내쉬고 말했다.

"이놈이 며칠씩이나 자리를 비울 일이 대체 뭔지가 걱정이다. 또 얼마나 큰 사고를 치려고."

조걸도 그 말에는 격하게 동의할 수밖에 없었다.

◆ ❖ ◆

"허억! 허억! 허억! 아오. 숨 좀 돌리고!"

청명이 옆에 보이는 나무둥치에 주저앉아 숨을 골랐다. 화산에서부터 서안까지 한달음에 달려왔더니 정신이 하나도 없고 입에서 단내가 풀풀 난다. 역시 좀 무리한 모양이다.

"아오! 내가 왕년에는 어?"

한 걸음으로 산을 뛰어넘고 어? 두어 번 휘적 하면 장강을 뛰어넘는 사람이었는데!

예전의 그였다면 화산에서 서안까지 오는 데 한 시진도 걸리지 않았을 것이다. 그것도 산책하듯이 느긋하게 걸어서 말이다. 하지만 지금의 청명에게는 그만한 능력이 없었고, 개 발에 땀나도록 미친 듯이 달리는 수밖에 없었다.

"아이고오……. 시원한 냉수 한잔했으면 원이 없겠네."

이럴 때마다 숨길 수 없는 연배가 드러나는 청명이었다. 적당히 숨을 고른 그는 고개를 들어 서안을 바라보았다.

"여기도 오랜만이네."

화음도 나름 발전한 곳이지만, 섬서의 성도인 서안과 비교할 수는 없다. 서안은 화산에 가장 인접해 있는 대도시였다. 그러다 보니 과거에도 도시를 방문해야 할 일이 있을 때마다 최우선적으로 고려를 하던 곳이기도 했다.

청명이 입맛을 다시고 자리에서 일어났다.

"여기서도 참 많은 일이 있었는데."

본디 화산의 제자들은 서안에 들르는 걸 선호하지 않았다. 이유는 아주 간단하다. 서안에 가장 가까이 있는 대문파가 바로 종남이기 때문이다. 종남이 있는 종남산은 서안에서부터 불과 오십 리 남짓이었다. 그러다 보니 종남의 제자들은 심심하면 서안에 출몰했다.

화산의 제자가 서안에 갔다가 종남 놈들을 만나면?

'그날로 둘 중 하나는 박살 나는 거지.'

종남과 화산은 사이가 안 좋다. 아니, 그냥 사이가 안 좋다는 말로 표현할 정도가 아니다. 화산과 종남은 거의 원수지간에 가깝다.

세상에 서로 사이가 안 좋은 문파가 어디 한둘이겠는가? 하지만 사이가 안 좋은 걸로 유명한 남궁세가와 하북팽가도 종남과 화산이 으르렁대는 모습을 보면 혀를 차고 손가락질을 할 정도다.

왜 그렇게 사이가 안 좋으냐고? 거꾸로 물어야지. 사이가 좋을 일이 뭐가 있냐고. 애초에 가까운 나라끼리 사이가 좋을 일이 없는 것처럼, 근처에 붙어 있는 대문파들은 사이가 좋을 수가 없다. 일단은 이권이 걸려 있는 데다가 제자를 받는 것도 경쟁하게 된다.

그리고 무엇보다, 니들이 세냐 우리가 세냐 하는 문제가 나오는 순간 칼 뽑는 일밖에 남지 않는다. 이건 자존심의 문제다.

게다가 화산과 종남은 같은 도가 문파다. 도가 문파치고 속가의 기질이 강하다는 점이 비슷한데, 심지어는 주력 무학이 검이라는 점마저 비슷했다.

종남과 화산을 세운 선인들께서는 '허허. 성향이 서로 비슷하니 가까운 곳에 문파를 세워 두면 후인들이 형제처럼 잘 지내겠지.'라고 생각했을지 모르지만, 실제 후인들은 형제는커녕 서로를 불구대천의 원수처럼 여기게 되었다. 그러다 보니 화산도 종남파의 문인들을 만나는 걸 껄끄러워할 수밖에 없었고, 자연히 서안에 드나드는 것을 꺼리게 되었다.

청명이 나타나기 전까지는 말이다.

모두가 알다시피 청명은 남들이 꺼려 하는 일은 일단 해 봐야 직성이 풀리는 성미였고, 사형제들이 말리면 말릴수록 더더욱 서안을 드나들었다.

시비? 당연히 걸렸지. 저쪽에는 불행하게도 말이다.

'많이도 때렸지.'

이건 꼭 변명해야 하는 일이지만, 청명은 단 한 번도 종남 놈들을 찾아가서 팬 적은 없다. 청명은 그럴 정도로 한가한 사람이 아니다. 그 시간에 고기 한 점 더 뜯고, 술 한 잔 더 마셔야 한다. 장문사형의 눈을 피해 음주가무를 즐길 시간도 부족한데, 그런 놈들 찾아가서 시비 걸 시간이 어디에 있단 말인가?

하지만 종남 놈들은 음주가무보다 싸움박질을 즐기는 모양이었다. 청명에게 한두 번 당한 뒤로는 청명이 서안에 떴다는 말만 들어도 게거품을 물고 달려오고는 했다. 물론 오는 족족 패 버렸지만.

생각해 보면 온다고 오는 족족 패는 청명도 대단했지만, 그렇게 처맞고도 죽어라 다시 덤비는 종남 놈들도 대단하기는 마찬가지였다. 종남의 근성만은 청명도 인정한다. 이놈들은 처맞는 데 취미가 있는지, 죽도록 얻어맞아 놓고는 다시 마주치면 또 눈이 뒤집혀서 달려드는 미친놈들이었다.

아마도 그 근성이 지금의 종남을 만들었겠지. 화산이 망해 가는 와중에도 종남은 천하제일 검문의 자리를 위협하고 있다지 않는가? 물론 그것도 잠깐이겠지만.

"그래서 음······."

청명이 자신의 옷을 슬쩍 바라보았다. 급하게 오느라 도복을 벗지 못했다. 가슴팍에 수놓인 매화 문양이 오늘따라 반질반질 눈에 띈다.

"마주치면 사달 날 것 같은데······."

옷을 사서 갈아입을까? 조금 고민하던 청명이 어깨를 으쓱하고는 고개를 내저었다.

"에이, 설마."

이 넓은 서안에서 하필 종남 놈들을 마주치는 일이 벌어지기야 하려고. 예전처럼 종남 놈들이 청명을 찾느라 눈이 벌게진 상황도 아니고.

"별일이야 있겠어?"

일단 빨리 은하상단으로 가 버리면 종남 놈들을 마주칠 일도 없을 것이다.

"그럼 그 돈은 내가 먹는 거고."

청명이 음흉한 미소를 짓고는 서안의 성문을 넘었다. 이 일이 얼마나 큰 평지풍파를 몰고 올지 전혀 예상하지 못한 채로 말이다.

◆ ◈ ◆

황종의는 실망스러운 마음을 금할 수가 없었다.

'이래도 안 된다는 말인가?'

은하상단의 상단주이자 그의 아버지인 황문약의 병세는 나날이 깊어지고 있다. 얼마 전까지는 그래도 의식은 있었건만, 최근에는 정신을 차리지 못하는 날이 부쩍 늘었다. 의식이 없는 사람은 음식도 먹을 수 없는 법. 이런 나날이 계속된다면 며칠 지나지 않아 숨이 끊어질 것이 분명했다.

다급한 마음에 천하의 명의들을 초청하고, 이제는 그동안 인연이 있었던 강호의 문파들에게도 도움을 구하고 있지만, 그들도 딱히 해답을 내어놓지 못하고 있었다.

그나마 오늘, 독에는 천하제일의 조예를 자랑한다는 사천당가의 인물들이 찾아왔기에 한 가닥 희망을 걸었었다. 그러나 돌아가는 상황은 황종의를 실망시키기에 충분했다.

"어렵습니다."

아니나 다를까, 들려오는 부정적인 말에 황종의가 나직한 한숨을 내쉬었다.

"독의 조종(祖宗)이라 불리는 당가 분들도 아버님을 치유할 수 없다는 말입니까?"

"물론 저희 당가는 독에 있어서는 천하제일을 자부합니다. 그 어떤 독도 해독할 수 있습니다."

"그런데?"

"하지만 영존의 병세는 독으로 인한 것이 아닙니다."

황종의가 미간을 찌푸렸다.

"증세가 저런데 독이 아니란 말씀이십니까?"

당가의 장로 당명(當明)이 가볍게 고개를 주억거렸다.

"증상이 비슷하기는 하지만, 중독은 아닙니다. 근본적으로 다른 원인이 있는 것 같습니다."

황종의의 안색이 더 어두워질 수 없을 만큼 어두워졌다. 은하상단의 자금력으로 명의들을 초청하고, 막대한 보상까지 약속했음에도 황문약의 병을 고칠 이가 나타나지 않는다.

"노환은 아닌 게 확실하겠지요?"

"자연적으로 보이지는 않습니다."

"하면, 대체 이게 무슨 일이란 말입니까?"

그러자 당명이 곤란하다는 듯 살짝 시선을 내리깔았다. 그의 표정을 본 황종의가 한숨을 내쉬었다.

"죄송합니다. 장로님께서 의원이 아니라는 것은 알지만, 제가 너무 답답하여."

"도움이 되어 드리지 못해 죄송합니다."

"아닙니다. 배웅하지 못함을 용서하십시오."

당명이 자리에서 일어나 씁쓸한 표정으로 나갔다.

"이를 어찌해야 한단 말인가?"

황종의가 머리를 감싸 쥐었다. 아버지의 병세는 나날이 깊어 가는데, 천금을 쥐고도 아무것도 하지 못하는 자식의 심정이 오죽하겠는가?

'아버지께서 대체 무슨 죄를 지었다고 이런 일을 겪는다는 말인가?'

평생을 가난한 자들을 위해 베풀며 살아온 황문약이다. 하늘의 뜻이라는 게 꼭 인과응보에 있지 않다는 것은 알지만, 이건 너무 가혹하지 않은가? 일 년 동안 원인을 알 수 없는 질환에 고통받다가 숨이 끊어지는 죽음이라니…….

그때 문을 두드리는 소리가 났다.

"들어가도 되겠습니까?"

"아……. 예, 장로님."

문이 열리고 한 사람이 안으로 들어왔다. 새하얀 무복이 인상적인 백발의 사내였다.

"방금 당명 장로님께서 돌아가시는 것을 보았습니다."

"그렇게 되었습니다."

"소단주(小團主). 자꾸 같은 말을 하기 민망합니다만, 이제는 그만 인정해야 할 때입니다. 황 대인을 구할 방법은 도제(道祭)뿐입니다."

황종의의 얼굴이 살짝 일그러졌다.

"장로님의 말씀이 무엇인지는 압니다. 하지만 아직은 그런 것에 기대고 싶지 않습니다."

"소단주, 말씀드리지 않았습니까? 영존의 증세는 흐름을 거스른 대가입니다. 너무 많은 것을 모았고, 너무 많은 것을 인위적으로 뒤틀었습니다. 지금이라도 내려놓고 도에 뜻을 둔다면 영존께서 쾌차하실 수 있을 겁니다."

황종의가 고개를 돌려 사내를 빤히 바라보았다. 하지만 사내는 그 눈빛이 조금도 부담스럽지 않다는 듯이 태연하게 말을 이었다.

"대종남의 장문인께서 직접 제를 올려 주시는 건 흔히 있는 일이 아닙니다. 오랜 시간 동안 연을 이어 온 은하상단의 황 대인이기에 이런 복락을 누릴 수 있음을 왜 모르십니까? 시간이 촉박합니다. 후회를 남기지 마십시오."

"……조금만 더 기다려 보겠습니다."

"덧없는 것을."

사내가 혀를 찼다. 마치 황종의가 한심한 짓을 하고 있다는 투다.

황종의가 아랫입술을 살짝 깨물었다. 이런 무례한 말과 대접을 그냥 넘겨야 하는 이유는 아주 간단하다. 지금 눈앞에 있는 이 사내가 종남의 장로인 기목승(紀木昇)이기 때문이다.

종남은 과거부터 구파일방으로 유명한 문파였지만, 최근 들어서는 욱일승천의 기세로 그 이름을 천하 만방에 떨치고 있다. 이번 대는 몰라도 몇 대가 흐르면 천하제일검문(天下第一劍門)의 자리를 꿰찰 게 분명하다 평가될 정도다.

게다가 서안은 예로부터 종남의 영향력이 큰 곳이었다. 그런 종남의 장로가 직접 권유를 하는데, 상단주도 아닌 소단주인 황종의가 매정하게 거절할 수 있을 리가 없다.

'제사를 지내 주는 대가로 또 천금을 요구하겠지.'

돈이 아까운 건 아니다. 아버지를 살릴 수 있다면 재산을 모두 내놓아도 아깝지 않다.

하지만 이들이 정말 도제로 아버지를 살릴 자신이 있었다면, 선금을 내놓으라고 할 게 아니라 제를 지내 아버지를 살린 다음 보상을 요구했을 것이다. 평생 장사를 하며 익힌 눈치는 이들이 무엇을 노리는지 자연히 알게 해 주었다.

"아직 각지로 보낸 서찰의 답변이 모두 오지 않았습니다. 답변을 받아 보고 결정하도록 하겠습니다."

"실로 답답한 노릇이오. 각지의 명의를 초빙하고도 고치지 못한 병을 그들이 어찌 고친다는 말이오. 방금 당가의 말을 들어 보지 않았소이까?"

황종의의 눈썹이 꿈틀했다. 황종의와 당명이 나눈 대화를 모두 들었다는 듯이 말하고 있다. 본인은 깨닫지 못한 모양이지만, 안에서 오간 대화를 훔쳐 들었다는 뜻이 아닌가?

'뻔뻔한……'

황종의가 깊게 한숨을 내쉬었다. 안타깝게도 지금 그에게는 그 사실을 지적할 힘이 없었다. 황문약이 이대로 명을 달리하기라도 한다면, 은하상단은 위축될 수밖에 없다. 그렇다면 서안에 영향력이 큰 종남과의 관계를 유지할 필요가 있다. 어쩌면 막대한 돈을 들여서라도 말이다.

"조금만 시간을 더 주십시오. 제가 종남을 믿지 못해서가 아닙니다. 자식 된 도리로 하나라도 더 해 보고 싶은 마음이라 그렇습니다."

"시간이 그리 많이 남지 않았소. 영존께서 유명을 달리하신다면 소단주의 헛된 집착의 결과라는 것을 잊지 말아야 할 것이오."

탁자 아래서 황종의의 주먹이 꽉 쥐어졌다.

"명심하겠습니다."

그 순간이었다.

"소단주님!"

밖에서 다급한 목소리가 들려왔다.

"무슨 일인가?"

"화산! 화산에서 사람이 찾아왔습니다."

"지금 화산이라고 했는가?"

"예! 화산입니다."

황종의의 눈이 살짝 떨렸다. 화산 역시 그가 서찰을 보낸 곳이다. 하지만 이미 세가 기울어 버린 곳엔 크게 기대할 것이 없다 보니 화산으로 보내는 서찰은 가장 마지막에 출발했다. 시기를 따져 보아도 이제 막 서찰이 도착했을 텐데 벌써 사람을 보냈다는 말인가?

'혹시?'

만약 저들이 황문약의 증세에 대해 딱히 아는 것이 없었다면, 서찰을 보내지 직접 사람을 보내오지는 않았을 것이다. 다시 한 줄기 희망을 품은 황종의가 자리에서 일어나려는 순간 더없이 냉랭한 목소리가 들려왔다.

"화산?"

기목승의 눈에 살짝 노화가 일었다. 화산이라는 말만으로도 그의 표정은 눈에 띄게 굳어졌다. 그리고 이내 거친 음성이 이어졌다.

"다 망해 자빠진 것들이 수작질을 부리는구나! 여기가 어디라고!"

황종의가 살짝 입술을 깨물었다. 물론 기목승은 서안을 염두로 두고 한 말이겠지만, 황종의는 그 말에서 기목승이 은하상단을 숫제 종남의 것으로 취급한다는 느낌을 받을 수밖에 없었다.

"소단주. 굳이 저런 것들을 만나 볼 필요가 없습니다. 화산이 뭘 안다고 영존의 병세를 고칠 수 있다는 말입니까?"

황종의가 얼굴을 굳혔다.

"그렇다 해도 연락을 받고 와 주신 분들입니다. 문전박대가 말이나 되겠습니까?"

"제 말을 들으셔야 합니다."

"장로님."

황종의가 두말할 것 없다는 듯 잘라 말했다.

"이곳은 은하상단입니다. 종남이 아니라는 것을 잊지 말아 주십시오."

"흐음!"

기목승이 영 불편한 기색을 감추지 못했지만, 황종의는 그 반응을 무시하고 자리에서 일어났다. 그리고 황급히 문을 열며 밖으로 나갔다.

'혹시 모른다.'

천하의 명의도 고치지 못했고, 가장 이름 높은 문파들에서도 뾰족한 수를 내놓지 못했다. 그렇다면 오히려 기대하지 않은 곳에서 답이 나올지도 모른다.

밖으로 나온 그는 연신 주변을 두리번거렸다.

"화산에서 오신 분들은 어디에 계시느냐?"

시비가 황종의의 말에 허리를 숙이며 대답했다.

"입구에 계십니다."

"먼 데서 오신 손님을 입구에 세워 두었다는 말이더냐? 아무리 정신이 없다고 하나 그런 무례가 어디에 있느냐!"

순간적으로 황종의의 목소리가 격해졌다. 하지만 시비는 바로 용서를 청하기는커녕 오히려 입술을 잘근거리며 입구 쪽을 슬쩍 보았다.

"바로 모시려고 했으나…… 도무지 이해가 가지 않는 상황이라……."

"비켜라. 내 직접 가 뵈시겠다."

"소단주님. 하나…….'"

황종의가 낯빛을 굳히고는 걸음을 옮겼다. 시비의 어정쩡한 자세가 마음에 들지 않았다.

'대체 언제부터 은하상단이 지위 고하에 따라 객을 나누었단 말인가?'

아버님께서 의식이 있으셨다면 당장 불호령이 떨어졌을 것이다. 장사를 하는 이는 가장 낮은 곳에서 임해야 한다. 지위 고하와 가진 것을 바탕으로 손님의 격을 나누는 이들은 장사를 할 자격이 없다는 게 황 대인의 지론이었다. 그걸 모를 리가 없는 이들이 화산의 세가 약해졌다고, 찾아온 객을 입구에 세워 두는 무례를 범하다니.

'상단을 다시 한번 정비해야겠어!'

황종의가 내심 다짐하며 입구로 갔다. 이내 입구에 짝다리를 짚고 서 있는 작은 아이가 보였다.

'음. 화산의 도포로군.'

새하얀 무복과 그 가슴에 새겨진 매화 문양. 의심할 것 없이 화산의 제자였다. 황종의가 청명을 보며 바로 말했다.

"소도장. 무례를 범했습니다."

그러자 어린 도사 놈의 고개가 살짝 삐딱해졌다.

"아뇨, 뭐. 그럴 수도 있죠."

"제가 은하상단의 소단주인 황종의입니다. 아랫것들 교육을 제대로 시키지 못한 제 불찰이니, 저를 탓해 주시기 바랍니다."

"괜찮다니까요. 뭐 대접받으러 온 것도 아니고."

대답이 좀 삐딱한데? 잠깐 당황했지만, 황종의는 표정을 유지한 채 말을 이었다.

"이해해 주셔서 감사합니다. 그런데 일행 분들께서는?"

"저 혼자 왔어요."

"아, 그렇군요. 일행······. 예?"

황종의가 고개를 번쩍 들었다.

"지금 뭐라고?"

"혼자 왔다니까요."

눈앞에 보이는 어린 도사가 어깨를 으쓱하고는 씨익 웃었다.

"황 대인의 병을 고칠 방법을 가져왔으니, 어서 안내해 보세요. 아, 그리고 그 말씀하신 막대한 보상이라는 게 뭔지부터 확인하고 싶은데 괜찮을까요?"

황종의의 눈이 파르르 떨렸다. 대체 뭐지, 이 새끼는?

은하상단의 황종의가 매화검존 청명을 처음으로 만나는 순간이었다.

"혼자?"

"네."

"그러니까 혼자?"

"그렇다니까요."

"그러니까……."

도무지 상황이 정리가 되지 않자 황종의는 저도 모르게 뒤를 돌아보았다. 다소곳이 그의 뒤를 따른 시비가 '내가 그래서 말하지 않았느냐?'라는 얼굴로 고개를 끄덕였다. 진짜 혼자 온 모양이다.

황종의가 다시 고개를 돌려 눈앞의 어린 도사를 바라보았다. 별의별 생각이 다 들었다.

화산이 은하상단을 무시하는 건가? 아니면 무슨 사정이 있어서 이런 일을 벌이는 건가? 그것도 아니면…….

"하하하하핫!"

그 순간 등 뒤에서 커다란 웃음소리가 들려왔다.

"이제는 하다 하다 별짓을 다 하는군. 소단주, 내가 말하지 않았소. 화산 것들은 만나 볼 필요도 없다고!"

기목승이었다. 황종의를 따라 입구까지 온 그는 웃음을 참지 못하겠다는 표정으로 말을 이었다.

"저 어린아이가 뭘 안다고 보냈겠소? 아는 것은 없는데 한 발 걸치고는 싶고, 그렇다고 직접 오기는 민망하니 어린 것을 보낸 게지. 쯧쯧쯧."

내 화산을 좋아하지는 않지만, 화산 장문인이 군자라고 들었거늘 이런 치졸한 수를 쓰다니."

황종의의 얼굴이 굳어졌다. 기목승의 말에 악감정이 듬뿍 담겼다는 것이야 뻔할 뻔 자지만, 지금은 그의 말대로 생각할 수밖에 없는 상황이다.

'화산의 현종진인께서 그럴 분이 아니신데?'

그가 기억하는 현종은 도인임에도 군자의 품새를 가진 사람이었다. 그런 이가 이런 아이 하나만 달랑 보내서 생색을 낼 것 같지는 않다.

하지만 현실이 그렇지 않은가?

"소도장. 정말 소도장 혼자 온 것이오?"

"네."

"……화산에서 소도장을 혼자 보냈다는 말이오?"

어린 도사, 청명이 한숨을 푹 내쉬었다.

'나이가 어리니 이런 대접을 받는구나.'

청명이 화산이고, 화산이 곧 청명이던 시절도 있었는데.

'에잉. 앓느니 죽지.'

하지만 저들의 반응도 충분히 이해한다. 약관도 안 된 도사 놈 하나가 찾아와서 천하의 명의들도 어쩌지 못한 병을 고치겠다는데, 바로 믿으면 그놈이 더 이상하지. 그러니 약을 좀 칠 필요가 있다.

"귀하께서 소단주라 하셨습니까?"

"그, 그렇습니다만."

"저는 화산의 삼대제자인 청명이라고 합니다. 소단주께서 화산으로 보내신 서찰은 잘 받아 보았습니다. 서찰에 써진 증세에 대해 제가 짐작 가는 바가 있어 이리 찾아뵙게 되었습니다."

"하나 이리 홀로……."

"워낙 급박한 사안이라 다른 분들과 함께 올 여력이 없었습니다. 영존께서 워낙 위독하시지 않습니까?"

그건 그런데……. 도무지 신뢰가 안 간다는 얼굴로 바라보던 황종의가 청명의 말 중 한 부분을 떠올리고는 얼굴을 굳혔다.

"지금 아버님의 병세에 대해 짐작 가는 부분이 있다고 말씀하셨습니까?"

"예. 그렇습니다."

황종의가 자신도 모르게 주먹을 꽉 쥐었다.

'이런 말을 한 사람은 처음이다.'

지금까지 수많은 명의와 고수들이 다녀갔지만, 황 대인을 직접 보기도 전에 증세에 대해 논한 사람은 단 한 명도 없었다.

'어쩌면?'

그 순간 등 뒤에서 코웃음 치는 소리가 들려왔다.

"허어. 어린놈이 벌써부터 사기를 치는구나. 천하의 명의들도 어쩌지 못한 것을 어린놈이 어찌 안다고! 소단주, 더 들을 것 없소! 들어갑시다. 괜히 시간 낭비할 필요 없소이다."

"하나……."

"소단주는 저 어린놈의 말을 믿으시는 게요?"

황종의가 입술을 살짝 깨물었다. 그때, 가만히 듣고 있던 청명이 입을 열었다.

"그런데요."

"응?"

"그쪽은 누구신데 아까부터 자꾸 사람한테 놈 운운이세요?"

기목승이 멍한 눈으로 청명을 바라보았다.

"지금 나한테 한 말이더냐?"

"여기 놈놈 한 사람이 그쪽 말고 또 있어요?"

"허어. 이 방자한 놈을 보았나. 화산의 제자라는 놈이 종남의 의복도 구분하지 못한단 말이더냐? 화산이 세가 말이 아닌 것은 내 알고 있었지만, 제자마저도 이리 멍청할 줄은 몰랐구나."

"아, 종남이시구나."

청명이 어깨를 으쓱했다.

"아니, 나는 뭐 아는 것처럼 말씀하시기에, 의원인 줄 알았죠. 그래서 그쪽 분은 황 대인의 병세를 고칠 방도가 있는 모양이죠?"

"황 대인은 도를 거슬렀기 때문에 병에 걸린 것이다. 하늘의 화를 푸는 도제를 올린다면 깨끗이 나을 수 있다."

청명이 입꼬리를 싸악 말아 올렸다.

"오. 그럴 수도 있겠네요."

황종의의 얼굴이 일그러졌다. 하지만 이내 이어진 청명의 말은 황종의의 예상과는 전혀 달랐다.

"그럼 빨리 무당이나 곤륜 사람들을 불러야죠."

"……뭐?"

"그쪽이 전문이잖아요?"

기목승이 살짝 당황한 얼굴로 말했다.

"구, 굳이 그럴 필요 없다. 이곳에는 종남이 있지 않으냐?"

"에이. 종남이나 화산이나 그쪽으로는 속가 반쯤 섞어 놓은 거 모르는 사람이 어디 있다고. 제를 올릴 거면 차라리 제대로 된 도사들에게 받는 게 낫죠. 저 같으면 무당을 추천하겠네요. 그래도 무당이 도가에서는 제일 먹어 주잖아요."

황종의의 얼굴이 순간 멍해졌다.

'이 새끼 뭐지?'

심지어 슬쩍 황종의의 귓가에 대고 속삭이기까지 한다.

"무당파가 체면을 워낙 중시하는 경향이 있어서, 적당히 시주 좀 하면 바로 와 줄 겁니다. 이왕 받으려면 좋은 데서 받아야죠, 좋은 데서. 가성비 좋은 곳에서."

얼굴이 시뻘게진 기목승이 고함을 내질렀다.

"갈! 이놈이 어른을 놀리는구나! 네 사문에서 그렇게 가르치더냐?"

"아, 네네. 죄송합니다."

청명이 귀를 후비적거리고는 입으로 훅 불었다.

대놓고 무시하는 언행이었지만 기목승은 달아오른 얼굴로 부들거릴 뿐 차마 손을 쓰지 못했다.

종남의 장로씩이나 되어 화를 못 참고 화산의 삼대제자를 팬다면 그건 정말 변명도 할 수 없는 망신이다. 천하의 모두가 손가락질하고도 남을 만한 일이 아닌가. 그걸 알고 하는 짓인지는 모르겠지만, 여하튼 사람의 신경을 제대로 긁는 놈이었다.

"소단주. 당장 이놈을 내쫓으시오!"

기목승의 말에 황종의가 한숨을 내쉬었다.

"장로님. 여기는 종남이 아니라 은하상단입니다. 상단에 찾아온 객을 어찌 대접하는가는 제가 결정할 일입니다."

"내가 저 아이에게 당하는 꼴을 보고도 그런 말이 나오시오?"

황종의가 기목승의 말을 무시하고는 청명을 바라보았다.

'믿는 구석이 있어 보이는데.'

아무것도 없이 사기를 치러 왔다면, 이리 당당할 수는 없을 것이다. 하지만 여전히 미심쩍었다.

"소도장."

"네."

"내가 소도장을 믿지 못하여 하는 말이 아니라……."

"괜찮아요. 못 믿을 수도 있죠."

"……이해해 줘서 고맙네. 내가 먼저 몇 가지 물어도 되겠는가?"

황종의의 말이 어느새 짧아졌다. 청명 역시 그 사실을 느꼈지만 의심하는 것도 충분히 이해가 되니 어깨를 으쓱하며 넘어갔다.

"네. 얼마든지요."

황종의가 마른침을 꿀꺽 삼키고는 말을 이었다.

"소도장. 조금 전에 아버님의 병세에 대해 짐작이 가는 부분이 있다고 했는데. 혹여 그 부분에 대해 조금 들어 볼 수 있겠는가?"

"그건 말씀드리기 힘들어요."

"헤헹!"

청명이 말을 끝내기가 무섭게, 과장된 기목승의 코웃음 소리가 들려왔다. 황종의 역시 황당한 기색을 숨기지 못했다.

"대신에 다른 걸 말씀드릴 수 있죠."

"무엇인가?"

청명이 자신만만한 얼굴로 말했다.

"황 대인께서는 상행을 자주 다니셨다고 들었습니다. 그렇죠?"

"그렇네."

"그럼 분명히 와병하시기 전 상행에서 십만대산 쪽에 들르신 적이 있을 거예요. 그렇지 않나요?"

청명이 선언하듯 말했다. 그러자 황종의가 눈을 크게 뜨고는 대답했다.

"아닌데?"

"……."

청명의 고개가 살짝 옆으로 꺾였다.

"네?"

"그런 적 없네. 아버님은 그쪽으로 상행을 가신 적이 없어."

"……아, 그래요?"

청명의 얼굴에 당황이 어렸다. 황종의의 표정이 더 뚱해지기 전에 그는 재빨리 말을 이었다.

"그럼 그전 상행에서 분명히 습격을 당하신 적이 있을 겁니다! 그렇죠? 위기를 겪었다거나!"

"최근 몇 년간 아버님이 습격을 당하신 적은 없네. 최소 오 년 전의 일이지."

"어? 그럼 안 되는데? 아씨, 뭐지? 그럴 리가 없는데?"

황종의의 눈이 가늘어졌다. 등 뒤에서 기목승의 나직한 웃음소리가 들리는 것 같았다.

"이상하네. 그럼 어디서 처맞았지?"

뭘 처맞아, 이 미친놈아! 이놈이 정신이 나갔나? 청명에 대해 미약하게나마 품었던 기대가 깔끔하게 사라지는 순간이었다. 황종의의 눈이 싸늘해졌다. 그러자 청명이 황급히 말했다.

"자, 잠깐만요. 진짜라니까요? 제가 그거 고칠 수 있어요."

"……소도장."

황종의가 깊은 한숨을 내쉬었다. 그리고 그 순간을 놓치지 않고, 기목승이 치고 들어왔다.

"그러게, 내 굳이 볼 것 없다고 하지 않았는가? 화산은 본디 사람을 현혹시키는 무뢰배들의 문파네. 그 칼날 같은 형세만 보더라도 짐작할 수 있는 일 아닌가."

"너무 과한 말씀은 삼가 주십시오, 장로님."

기목승을 만류한 황종의가 청명을 보며 입을 뗐다.

"소도장의 의욕은 이해하나, 아버님은 병세가 깊어 어설픈 자가 보았다가는 악화되기 딱 좋네. 내 입장도 이해해 주기를 바라네. 화산의 장문인께는 신경 써 주셔서 감사하다고 말을 전……."

"몸이 붉게 달아오르고, 전신이 차가워짐. 손으로 누르면 붉은 기운이 살짝 희게 변했다가 금세 다시 붉어짐. 의식을 잃기 전까지는 얼음 굴에 들어가 있는 듯한 오한을 느끼고, 미간뿐 아니라 뒷목과 정수리도 검은 기운이 들어참!"

"……."

"더 해요?"

청명이 씨익 웃었다.

"그, 그걸 어떻게?"

황종의의 눈이 더 이상 커질 수 없을 정도로 커졌다. 반면 청명의 얼굴은 이 이상 여유로울 수 없을 만큼 자신만만해졌다.

"아……. 먼 길 왔더니 목이 좀 마른데."

"뭐 하느냐! 당장 냉수! 아니 얼음물을 떠 오거라! 지금 당장!"

시비가 대답도 하지 못하고 전력으로 안쪽으로 뛰어 들어갔다. 청명을 향한 황종의의 눈빛과 태도가 대번에 바뀌었다.

"이럴 게 아니라 안으로 드시지요."

"하핫. 뭐 대단한 사람 오셨다고."

"어서! 어서!"

청명이 배를 부풀리고는 황종의를 따라 안으로 들어갔다. 이 상황을 넋 놓고 보던 기목승이 다급하게 외쳤다.

"소단주! 그건 음기에 당한 이들의 전형적인 증상일 뿐이오! 그걸 안다고 뭐가 달라지지 않는단 말이외다!"

황종의가 눈을 가늘게 떴다.

"음기에 당한 이들이 정수리와 뒷목에 검은 기운이 모인다는 말씀이십니까? 그리 잘 아시는 분이 왜 지금까지 아버님을 치료하지 못하신 겁니까?"

"……그건……."

"이건 은하상단의 일입니다. 필요 이상의 간섭은 더는 허락지 않겠습니다. 여기서 더 간섭하신다면 저희 역시 종남에 정식으로 항의하겠습니다."

"으으음."

기목승이 탄식하며 한발 뒤로 물러섰다. 그런 그의 눈에 웃음을 참느라 볼이 잔뜩 부푼 청명의 얼굴이 들어왔다.

"저, 저……. 저놈이!"

기목승은 온몸에 열이 확 오르는 걸 느꼈다. 화가 나 돌아 버릴 것 같았지만, 뭘 어쩌겠는가? 황종의의 말대로 이곳은 종남이 아니라 은하상단인데. 아무리 기목승이 종남의 장로라 할지라도 은하상단에서까지 제멋대로 굴 수는 없었다.

"네 이놈! 만약 황 대인을 제대로 치료하지 못한다면, 네 경을 칠 것이다!"

걸음을 멈추지 않는 황종의와 청명을 향해 윽박지르는 것이 그가 할 수 있는 일의 전부였다.

조금 거리가 멀어지자 황종의가 쓴웃음을 지으며 말했다.

"미안합니다, 소도장. 이상하게 종남 분들이 화산에 대한 이야기만 나오면 흥분을 참지 못하셔서."

"괜찮아요."

"아, 이해해 주시……."

"누굴 탓하겠어요. 다 내가 지은 죄지."

"……예?"

청명이 어깨를 으쓱했다.

'적당히 팰 걸 그랬나.'

백 년 전의 가해자가 백 년 뒤의 피해자에게 죄책감을 느끼는 순간이었다.

· ❖ ·

"어떻습니까?"

"아니, 거…… 사람 일이 순서라는 게 있는데."

"이게 가장 급한 일 아닙니까?"

"먼 길 와서 배도 고프고."

"치료가 끝난다면 진수성찬을 준비해 드리겠습니다."

"……힘도 없는데."

"보약이라도 한 재 올릴까요?"

청명이 슬쩍 황종의를 돌아보았다. 그의 눈이 불타오르고 있다. 지금 황종의는 물에 빠진 채 지푸라기를 잡았다. 그리고 그 지푸라기가 바로 청명이다. 황 대인을 고치지 못한다면 가만두지 않겠다는 의지가 두 눈 가득 느껴진다. 청명이 입맛을 다셨다.

"그럼 일단 진맥부터……."

"어서!"

"……알았어요. 재촉하지 마시고."

청명이 고개를 돌려 침상을 바라보았다. 두툼한 비단 이불 안에 한 사람이 누워 있다.

"음."

누운 이의 얼굴을 확인한 청명이 생각에 잠겼다.

'일단 마화의 증상이 맞는 것 같은데.'

확실히 하려면 좀 더 자세히 봐야 한다. 청명은 가까이 다가가 이불을 걷어 냈다. 그리고 저도 모르게 슬쩍 미간을 찌푸렸다.

옷을 입고 있지만, 앙상하게 마른 몸을 가릴 도리가 없다. 마치 목내이(木乃伊)처럼 말라 버린 노인이 금방이라도 끊어질 것 같은 숨을 겨우겨우 이어 가고 있었다.

'상태가 생각보다 더 심각해.'

청명이 턱을 매만졌다.

'마화는 마화인데, 제대로 된 마화는 아니군.'

수준 높은 마공에 당했다면, 일 년이나 버틸 수 있었을 리 없다. 평생을 근학고련 한 이들조차도 마화가 찾아오면 삼 일을 버티지 못하기 부지기수니까. 이런 노인이 버틸 수 있는 증상이 아니다. 그렇다면…….

"진맥 좀 할게요."

"예."

청명이 손을 뻗어 황 대인의 손목을 잡았다. 그러고는 살짝 기운을 밀어 넣었다. 청명의 정순한 내력이 황 대인의 몸 안으로 들어가자 가득 차 있던 탁기가 화들짝 놀라 뒤로 물러난다.

'어설퍼.'

청명이 미간을 찌푸렸다. 증상은 마화가 확실하다. 하지만 제대로 익힌 마공으로 인한 증상은 아니다. 황 대인의 몸에서 손을 뗀 청명은 턱을 괸 채, 고심에 빠져들었다.

황종의는 그런 그를 보며 초조함을 감추지 못했다. 진맥을 한 이가 손을 뗀 뒤 심각한 표정을 짓는다면 누구라도 같은 마음이 들 것이다. 결국 참지 못한 황종의가 입을 열었다.

"……어떻습니까?"

"에, 그러니까……."

청명이 뒷머리를 벅벅 긁는다.

"어렵습니까?"

"아뇨. 치료 자체는 그리 어렵지 않을 것 같은데요."

"역시 그렇지요. 괜찮습니다. 다들……. 네?"

황종의의 몸이 부르르 떨렸다.

"지금 뭐라고……?"

"치료는 별로 어렵지 않다구요."

"저, 정말이십니까?"

"네. 그런데 지금 당장은 손을 댈 수가 없네요. 몇 가지 준비가 필요해서."

"준비라면 어떤……."

"일단!"

청명이 씨익 웃으며 말했다.

"밥부터 먹고 하죠."

찹찹찹찹찹.

청명의 입이 들어오는 모든 것을 분쇄하고 절삭한다. 황종의는 그 광경을 더없이 황당한 눈으로 바라보았다.

그도 여러 문파와 관계를 맺으면서 많은 도인들을 보아 왔지만, 단언컨대 이렇게 고기를 잘 뜯는 도사는 생전 처음이다. 지금도 길게 찢어 낸 오리 다리가 청명의 입 안으로 빨려 들어가더니 언제 있었냐는 듯 사라져 버렸다. 그뿐만이 아니다.

꼴꼴꼴꼴.

값비싼 연태주로 술잔을 채우자마자 다급하게 입 안에 때려 붓는다.

"크으으으으으으으으! 이거지! 이거!"

저렇게 술을 맛나게 먹는 도사도 처음이다. 상황이 이렇지만 않았어도 '오늘 참 호쾌한 도사를 만났다'며 웃어 버렸을 황종의지만, 지금의 상황은 그를 웃지 못하게 만들었다.

"저……. 소도장."

"에? 왜어?"

입 안에 고기를 잔뜩 머금은 청명이 되물었다. 황종의는 심호흡을 하며 마음을 가라앉혔다.

"그…… 치료를 위한 준비는?"

"지금 하고 있잖아요."

"그게 무슨 말씀이십니까?"

"아, 뭐 별건 아니고."

청명이 젓가락을 내려놓았다.
"워낙 체력이 많이 필요한 치료다 보니, 든든하게 먹어 두는 게 중요하거든요. 그런데 여기 숙수가 요리를 참 잘하네요."
잘하겠지. 서안에서 제일가는 숙수니까.
"화산에서 밥 같지도 않은 것들만 먹었더니, 이제야 속이 좀 풀리네요."
청명이 배를 두드렸다.
"다 드셨습니까?"
"아뇨. 이제 시작인데."
배 속에 아귀가 들어찼나? 화산이 요즘 사정이 어렵다고 하더니, 꽤나 굶주린 모양……. 아니, 보통 굶주린다고 해도 저게 배에 다 들어가나? 사람의 배는 크기가 한정되어 있을 텐데? 여러모로 사람을 놀라게 하는 도사였다.
"식사하러 오신 건 아닐 텐데."
"뭐 겸사겸사."
"그래도 본디 목적이 있는 법인데."
"도를 닦는 이는 흘러가는 대로 사는 법이죠."
"너무 막 흘러가는데……."
"적당히 지키고는 있습니다."
어딜 봐서? 황종의가 답답함을 이기지 못하고 한숨을 내쉬었다.
"소도장. 먼 길을 온 소도장을 재촉하는 것이 도리에 어긋난다는 걸 내 모르는 바가 아니오. 하지만 소도장도 아버지가 병상에 누워 계시는 아들의 심정을 조금 헤아려 줘야 하지 않겠소?"
"충분히 헤아리고 있어요."
황종의가 자리에서 벌떡 일어났다.
"이보시오! 소도장! 내 아버님께서는……!"

"안 죽어요."

"……지금 뭐라 했소?"

"안 죽는다고요. 앉으세요."

청명이 아무렇지도 않게 술을 따르고는 한 잔 쭉 들이켰다. 황종의의 화난 기색을 보고도 전혀 동요가 없는 얼굴이다.

"조금 전에 조치를 좀 해 놨으니 돌아가실 일은 없어요. 완전히 치료하려면 시간이 좀 필요할 뿐, 급한 고비는 넘겼거든요."

치료를 했다고? 언제?

"급할수록 돌아가라는 말이 있죠. 지금 영존을 치료하는 건 그리 중요한 일이 아니에요. 진짜 중요한 건 영존이 왜 쓰러졌는가죠."

"……정말 치료를 했소?"

"속고만 사셨나."

청명이 어깨를 으쓱한다.

"의심이 되시면 영존께 가 보세요. 분명 미간의 검은 기운이 많이 사라졌을 테니까요."

황종의가 청명을 빤히 바라보다가 고개를 끄덕였다.

"내 소도장을 의심하는 건 아니나 모든 일은 확실한 게 좋다고 생각하니, 지금 바로 확인해 보겠소."

"그러세요."

황종의는 재빨리 밖으로 나갔다. 조금의 시간이 지나고 문을 박차고 들어온 그가 믿을 수 없다는 눈으로 청명을 바라보았다.

"대, 대체 뭘 한 거요?"

"치료했다니까요."

"대체 언제?"

청명은 대답하지 않고 태연한 얼굴로 제 맞은편 자리를 가리켰다.

"안 앉으실 거예요?"

황종의가 의혹에 가득 찬 눈으로 청명을 바라보았다. 상인으로 살면서 수많은 인간 군상들을 보아 왔지만, 단언컨대 이런 사람은 난생처음이다. 순간순간 어린아이의 치기가 보이면서도, 때때로 아주 노회하고 노련한 이의 느낌이 풍긴다.

'마치 아이의 몸에 노인이 들어가 있는 것 같구나.'

그럴 리는 없을 테니 이 아이는 나이에 걸맞지 않은 무언가를 수도 없이 겪었다는 뜻이 된다.

'믿어도 될까?'

하지만 믿지 않을 도리가 없다. 그가 확인한 대로라면 황문약은 확연히 차도를 보이고 있었다.

황종의의 복잡한 생각을 아는지 모르는지, 청명이 잔에 술을 따르며 입을 열었다.

"앉기 싫으면 서서 대답하세요. 몇 가지 물어볼 게 있는데……."

황종의가 다시 자리에 앉았다.

"영존과 가장 가까운 사람이 누구죠?"

"가장 가까운 사람이라고 하셨소?"

"예. 황 대인의 주변을 지키던 사람. 잠자리부터 상행까지 모두 따라다니는 사람. 그게 아니면, 적어도 최소한 무슨 일을 한다 해도 의심받지 않을 사람."

"……그건 왜 묻는 거요?"

"치료하는 데 필요하다고 해 두죠."

황종의가 고개를 갸웃하고는 말했다.

"그건 당연히 나요. 아버님을 모시는 건 내 일이니까."

"그쪽은 빼구요."

"나를 뺀다면……."

깊게 고민을 하던 황종의가 고개를 내저었다.

"잘 모르겠소. 아버님은 워낙 많은 일을 하시던 분이오. 그러니 당연히 아버님을 보필하던 이들의 수도 적지 않소. 소도장이 말하는 기준에 부합하는 이가 적어도 다섯은 있소."

 "생각보다 많네요. 흐음, 그렇단 말이죠?"

 청명이 곤란하다는 듯이 볼을 긁적였다. 하지만 이내 어깨를 으쓱하고는 피식 웃었다.

 "다섯이나 되면 그중에서 찾아내는 건 쉽지 않겠네요."

 "대체 뭘 찾아낸다는 말이오?"

 "몰라서 물으시는 건 아니시겠죠? 에이, 설마?"

 황종의가 얼굴을 굳혔다. 물론 몰라서 묻는 건 아니다. 인정하고 싶지 않을 뿐이다.

 "흉수가 내부에 있다는 말이오?"

 "원래는 밖에서 당한 줄 알았는데, 황 대인의 상세를 살펴보니 밖에서 당한 게 아닌 것 같네요. 제가 볼 때는 내부인의 소행이에요."

 황종의의 얼굴이 딱딱하게 굳었다.

 "말을 삼가시오, 소도장! 은하상단의 식솔들은 모두 가족 같은 이들이오! 평생을 은하상단과 함께했고, 다들 아버지를 존경하는 이들이란 말이외다! 그들이……."

 "아니면 말고요."

 "……엥?"

 청명이 태연하게 배를 두드렸다.

 "의심해 보고 아니면 다행인 거죠. 아닌가요?"

 "……그건 그렇소만."

 아무렇지도 않게 말한 청명은 아예 늘어지게 하품을 했다.

 "그러니까 걱정하지 마세요. 조사하면 다 나오니까."

 황종의가 무겁게 고개를 끄덕였다.

그런 그를 보면서 청명은 내심 혀를 찼다.

'상인이라는 양반이 순진하기는.'

사람이 얼마나 독해질 수 있는지 청명만큼 잘 아는 이도 흔치 않을 것이다. 그는 자비를 설파한다는 스님이 사람의 머리를 깨 놓고 광분하는 모습도 지켜보았고, 도를 닦는 도인이 어떻게 하면 사람의 목을 더 깔끔하게 베어 낼지에 대해 고민하는 것 역시 지켜보았다.

인간은 양면적인 존재다. 누군가에게는 선인이 될 수 있지만, 또 누군가에게는 악인이 될 수도 있다.

'뭐, 그런 게 중요한 게 아니지.'

중요한 건, 이 은하상단 내에 황문약을 해하려 한 이가 존재한다는 것.

상태로 봐서는 어설프게 마공을 익힌 이가 지속적으로 황문약에게 마기를 흘려 넣은 게 분명하다. 처음에는 별문제가 없었겠지만, 오랜 시간 꾸준하게 노출된 끝에 마화에 시달리게 된 것이다.

마화에 대해 어느 정도 아는 이라고 해도 청명처럼 직접 눈으로 보고 몸으로 겪어 보지 않은 이상은 이 증세가 어떻게 생겨난 것인지 알 수 없을 것이다.

'영감님이 착하게 살았나 보네.'

운이 맞아떨어졌다. 만약 청명이 서찰의 내용을 보지 못했다면……. 아니, 그 전에 황 대인에게 관심을 가지지 않았더라면 황문약은 이대로 시름시름 앓다가 죽을 운명이었다.

'크으. 이게 선행이지.'

사람도 살리고 돈도 벌고. 도랑 치고 가재……. 아, 가재는 별로.

"그런데 그 조사라는 걸 어떻게 할 셈이시오?"

"하고 있잖아요."

황종의가 멍한 얼굴로 되물었다.

"조사를 하고 있다고?"

"네."

"음식을 먹는 게 조사라는 말이오? 혹여 숙수가?"

"에이, 그게 아니죠. 제가 지금 이렇게 소단주와 방 안에서 대화를 하고 있는 게 조사예요."

황종의가 고개를 갸웃했다. 도통 무슨 말인지 알아먹을 수가 없다.

"그냥 보고 계세요. 곧 재밌는 일들이 벌어질 테니까요. 소단주께서는 그냥 지켜보고 계시면 됩니다. 아, 한 가지 해 주실 일이 있긴 하네요."

"그게 뭐요? 내 성심껏 한번 해 보겠소이다."

청명이 옆에 놓인 술병을 들었다.

"한 병 더."

"……."

"빨리."

황종의의 마음에 깊은 수심이 찾아들었다.

◆ ❖ ◆

"으으으음!"

조반상을 받은 기목승의 얼굴이 일그러졌다. 젓가락을 들었던 그는 결국 아무것도 집지 않은 채, 도로 탁 소리 나게 상 위에 내려놓았다. 그러자 수행하던 제자들이 슬쩍 그의 눈치를 살폈다.

"음식이 입에 맞지 않으십니까?"

기목승이 가볍게 고개를 내저었다.

"음식이 맞지 않는 게 아니라, 마음이 편치 않구나."

"어찌 마음이 편치 않다 말씀하십니까. 이 제자들이 잘못한 것이 있다면 준엄하게 꾸짖어 주십시오."

"너희 탓이 아니니라."

기목승이 살짝 짜증 어린 얼굴로 조반상을 슬쩍 밀어 내었다.
"꼴도 보기 싫은 놈이 상단에 얼쩡거리고 있으니 밥도 넘어가지 않는구나."
그러자 종남의 이대제자인 이송백(李松栢)이 조용히 되물었다.
"혹 그 화산의 아이를 말씀하시는 겁니까?"
"크흠."
기목승은 가타부타 말을 하지 않았지만, 이 불편한 헛기침이 무엇을 의미하는지 모를 이는 없었다.
"장로님. 저는 잘 이해가 가지 않습니다. 그깟 어린아이 하나가 온 것이 뭐 그리 대단한 일이라고……."
"아이라는 게 문제가 아니다."
"그럼……."
"화산의 아이라는 게 문제지."
제자들이 영 이해 못 하겠다는 얼굴로 기목승을 바라보았다. 화산의 아이라는 게 뭐 어쨌다는 말인가? 그들은 때때로 윗사람들이 보이는, 화산에 대한 적개심을 도무지 이해할 수가 없었다.
"내 누누이 말하지 않았느냐? 화산과 우리는 한 하늘을 이고 살 수 없는 사이다."
하지만 기목승은 달랐다. 그는 과거 종남의 어른들에게 화산에 대한 이야기를 수없이 들으며 자랐다. 화산이 종남을 얼마나 괴롭게 만들었는지, 그리고 종남이 화산의 기에 눌려 얼마나 힘겨운 시간을 보냈는지 말이다.
"화산의 아이가 떳떳하게 서안에 들어왔다는 것도 거슬리기 짝이 없는데 하필이면 이름이 그 씹어 먹어도 시원치 않은 매화검(梅花劍)과 같다니!"
제자들이 살짝 저들끼리 눈빛을 교환했다.

'그거 때문이셨군.'

'그놈의 매화검은 죽은 지 백 년이 다 되어 가는데 아직까지 회자되는구나.'

'화산 놈들은 매화검이라는 별호를 기억도 못 할 것 같은데, 우리는 어찌 당대의 조사들보다 매화검 이야기를 더 듣는 것 같다니까.'

매화검. 매화검존 청명.

종남의 사람들은 과거의 청명을 언급할 때, 별호에 존(尊)자를 붙여 주지 않는다. 씹어 먹어도 시원치 않을 놈에게 감히 그런 존귀한 글자를 붙일 수는 없는 법이다.

이송백이 사제들의 시선을 규합했다.

기목승의 집착이 비정상적이라는 것이야 누구라도 알 수 있지만, 그렇다 해도 기목승은 종남의 장로이자 지금 그들이 보필하는 어른이다. 그리고 화산 이야기만 나오지 않으면 무척이나 정상적이고 온화한 사람이었다.

"괘념치 마십시오."

"괘념치 말라고?"

기목승의 눈썹이 위로 올라갔다.

"그 아이가 지금 황 대인을 치료하겠다고 동네방네 떠들고 다니고 있다."

"하하. 설마……."

"차도가 있다고 하는구나."

이송백이 입을 다물었다. 기목승은 더 말하지 않았지만, 총명한 이송백은 그 말 뒤에 숨은 뜻을 미루어 짐작할 수 있었다.

혹여나 정말 그 아이가 황 대인을 치료하기라도 한다면?

'난리가 난다.'

황 대인은 은원이 분명한 자다. 그런 황 대인이 자신의 목숨을 살려

준 화산을 그냥 내버려 둘 리가 없다. 분명 물심양면으로 최선을 다해 화산을 지원하려 들 것이다.

'막아야 한다.'

재빨리 머리를 굴려 계산을 끝낸 이송백이 살짝 헛기침을 하고는 입을 열었다.

"장로님. 그리 그 아이가 거슬리신다면 저희가 그 아이를 쫓아내면 되지 않겠습니까?"

"너희가?"

기목승이 눈을 살짝 크게 뜬다.

"예. 장로님께서 직접 나선다면 흉이 되겠지만, 저희야 이대제자가 아닙니까. 종남의 이대제자가 화산의 삼대제자와 검을 나누는 게 뭐 그리 흠이 되겠습니까?"

"으으음. 어린아이를 핍박하였다는 말이 돌지 않겠느냐?"

이송백이 빙그레 웃었다.

"화산과 종남이 오랫동안 교류해 왔다는 것을 모를 이들이 누가 있겠습니까? 우연히 만난 김에 서로의 검을 비교해 보다가 조금 손속이 과했다면 그리 흠이 되지는 않을 것입니다."

기목승이 천천히 고개를 끄덕인다.

"더구나 종화지회가 얼마 남지 않았으니, 더욱 명분이 될 것입니다."

"네 말이 무슨 소리인지는 알겠다. 하나 나는 허락할 수 없다."

기목승이 단호하게 말했다.

"그렇다 해도 삼대제자다. 너희가 그 아이에게 손을 쓰거나 비무를 청하는 것은 종남의 위신에 걸맞지 않는 일이다. 다 망해 가는 문파의 아이를 핍박하는 것을 강호인들이 어찌 보겠느냐?"

이송백이 고소를 머금었다. 그 아이에게 가장 신경을 쓰고 있는 것은 다름 아닌 기목승이다. 그런 그가 이런 뻔한 말을 하고 있으니 고소를 참기가 어려웠다. 하지만 그런 웃어른의 마음까지 헤아려 움직이는 것이 제자 된 도리일 터.

"그럼 장로님께서는 허하지 않은 것으로 알겠습니다. 하지만 제자들 중 하나가 실수를 한다면 합당한 벌을 받으면 그만이겠지요."

"물론이다. 그 아이에게 손을 대는 이는 내가 반드시 벌을 내릴 것이다."

"명심하겠습니다."

기목승은 자신의 말을 지키는 사람이다. 그러니 반드시 벌을 내린다는 말은 사실일 것이다. 다만 한 가지. 그 벌과 함께, 벌보다 더 큰 상도 주어질 것이 분명했다.

"사문 어른의 말씀을 따르는 것은 제자 된 도리입니다. 하지만 사문 어른의 편치 않은 마음을 풀어 드리는 것 역시 제자 된 도리가 아니겠습니까? 남은 일은 저희가 알아서 할 테니 장로님께서는 괘념치 마시기 바랍니다."

"크흠. 그리하거라."

"예, 장로님. 그럼 물러가 보겠습니다."

기목승이 대답 없이 고개를 끄덕이자 제자들이 깊게 읍을 하고는 방을 빠져나갔다. 기목승은 그 광경을 바라보다가 미간을 살짝 찌푸렸다.

'저 아이들은 화산을 너무 우습게 보는구나.'

이해는 간다. 저 아이들이 태어났을 때, 화산은 이미 그 세가 완연하게 기울어진 뒤였으니까. 저들의 머릿속에 화산은 과거의 영광을 안은 채 쓰러져 가는 고목일 뿐이다.

하지만 기목승은 알고 있다. 왕년의 화산이 얼마나 강대했는지.

지금 종남이 천하의 검문으로 이름을 떨치고 있다고는 하나, 기목승이 어릴 적 보았던 사문의 선인들은 절대 지금 종남의 수준보다 못하지 않았다. 아니, 오히려 더 뛰어난 면도 분명 존재했다. 그런 과거의 종남도 화산의 앞에서는 맥을 추지 못했다. 마교의 침략으로 화산의 세가 기울지 않았더라면 이 순간까지도 종남은 화산을 넘어설 수 없었을 것이다.

'절대 그 시절로 돌아갈 수는 없다.'

기목승의 얼굴에 단호한 기색이 어렸다.

"저 아이가 화산을 떠나 이곳까지 온 걸 보니, 화산이 대외적인 활동을 다시 시작했다고 생각해도 무방하겠지."

다시는 일어설 수 없도록 완전히 짓밟아 두었다고 생각했는데, 아무래도 그 역시 화산의 여력을 너무 쉽게 본 모양이었다.

"아무래도 이 일이 끝나는 대로 장문인과 대화해 볼 필요가 있겠군."

기목승의 눈에 도인답지 않은 살벌함이 어렸다.

"장로님께서 너무 과민하신 것 아닙니까, 사형?"

"화산 이야기만 나오면 매번 저러시지 않느냐?"

"아무리 그래도 그렇지. 저 작은 아이마저 경계하는 건 너무 심합니다. 과거의 화산이 천하제일을 다투는 문파였다고는 하나, 이제는 망해서 기둥뿌리도 남지 않은 소문파에 불과하지 않습니까?"

"그도 그렇지."

"그리고 설사 왕년의 화산이 다시 돌아온다고 해도 지금의 종남에는 미치지 못할 것입니다."

이송백이 빙그레 미소를 지었다.

"패기는 좋다. 하지만 나도 장로님의 말씀에 동의한다. 과거의 화산은 결코 쉽게 볼 만한 문파가 아니다. 지금의 종남도 그 시절의 화산에게는 조금 처지는 면이 있지."

"사형!"

"하나, 과거는 과거일 뿐이다. 결국 살아남는 자가 강자인 법이지."

그제야 다들 고개를 끄덕였다. 그러자 이송백의 사제이자 종남의 이대 제자인 고휘(高輝)가 넌지시 물어 왔다.

"그런데 사형. 그 아이는 어떻게 할 셈이십니까?"

"적당히 달래서 보내야 하지 않겠느냐?"

이송백이 고소를 머금었다. 어린아이를 핍박하는 건 이송백의 성정에 어긋나는 일이지만, 기목승 장로가 저리 역정을 내는데 그 아이를 계속 이곳에 두는 것도 문제였다. 기목승이 그 아이에게 직접 손을 댈 일이야 있겠냐마는 종남의 장로쯤 되는 사람이 어린아이와 드잡이하는 모습을 보여 좋을 게 없다.

"한데 화산은 대체 무슨 생각으로 그 아이를 혼자 보냈답니까? 종남이었으면 산문 밖으로 혼자 나가는 게 허락되지 않았을 어린아이 아닙니까?"

"모든 문파의 사정이 같을 수는 없는 법이지. 이유가 있지 않겠느냐?"

"흐음. 확실한 건, 화산의 사정이 그리 좋지는 않은 듯싶습니다."

"타 문파의 일을 우리가 어찌 알겠느냐?"

이송백이 쓸데없는 말을 차단했다.

"우리는 할 일만 하면 된다. 지금 우리가 해야 할 일은 장로님을 잘 보필하는 일이라는 걸 잊지 말거라."

"예, 사형. 명심하겠습니다."

그제야 이송백이 가만히 고개를 끄덕인다.

"하면 그 아이를 어찌 불러내야……."

"잠시만요, 사형. 저기 보십시오."

"응?"

한 사람의 말에 모두의 고개가 한쪽으로 돌아갔다.

"그 아이가 아닌가?"

"그러네요?"

"이쪽으로 옵니다만?"

이송백이 헛웃음을 흘렸다. 화산의 아이를 어떻게 불러내야 할까 고민하는 와중이었는데, 하필이면 그 아이가 제 발로 오고 있지 않은가?

"어쩝니까? 바로?"

"굳이 시간을 끌 필요는 없겠지."

이송백이 다가오는 청명을 향해 한 발 앞으로 나서며 포권을 했다.

"안녕하시오?"

"어?"

청명이 이송백과 다른 제자들을 보고는 고개를 갸웃했다. 청명이 입을 열기도 전에 이송백이 바로 선수를 쳤다.

"저는 종남의 이송백이라고 합니다. 화산의 제자 분을 만나 뵙게 되어 무척이나 반갑습니다."

"아, 네. 안녕하세요."

심드렁한 대답이 돌아왔다. 이송백은 끈기 있게 상냥한 미소를 보이며 물었다.

"어딜 가시는 길이온지?"

"황 대인에게 갑니다. 차도가 있는지 보려구요."

"아, 그러시군요."

이송백이 고소를 머금었다.

'아이가 참으로 뻔뻔하구나.'

기목승도, 천하의 명의도 고치지 못한 황 대인이다. 그런 황 대인을 이런 아이가 어찌할 수 있으리라 생각되지 않았다. 그럼에도 뻔뻔히 황 대인을 치료한다는 말을 하는 걸 보니 심성이 고와 보이지는 않는다.

"바쁘시지 않다면 저와 잠시 이야기를 좀 나누시지 않겠습니까?"

"네, 뭐. 그러세요. 무슨 일이시죠?"

"하하. 다름이 아니라, 예로부터 화산과 종남은 서로 검을 교류하며 발전해 오지 않았습니까? 지금도 화산과 종남은 정기적으로 검을 교류하는 행사를 하고 있습니다. 혹여 아시는지?"

"아, 그래요? 몰랐네요. 제가 화산에 입문한 지 얼마 안 돼서."

"그럴 것 같았습니다."

이송백이 싱긋 웃었다.

'그걸 안다면 내 앞에서 저리 뻣뻣이 고개를 들고 있을 수 없지.'

종남이라는 이름이 나왔음에도 아이의 표정에 변화가 없다. 종화지회를 본 적이 있다면, 절대 저리 평온한 얼굴로 서 있을 수 없을 것이다.

"화산의 검을 겪어 보는 건 수행에 큰 도움이 되는 일입니다. 어떻습니까? 귀하께서 제게 드높은 화산의 검을 한번 견문시켜 주지 않으시겠습니까?"

이송백이 살짝 미소를 머금었다. 분명 거절할 테지만 그에게는 이 아이를 옭아맬 방법이 몇 개나…….

"아, 그러니까……."

그 순간 청명이 고개를 살짝 삐딱하게 꺾었다.

"싸우자고?"

이송백은 순간 말문이 막혔다. 그는 이내 목소리를 가다듬고 정정해 주었다.

"싸우자는 게 아니라 수련 혹은 비무……."

"그게 싸우자는 거지."

뭐지, 이놈은? 이송백의 얼굴이 멍해졌다. 그런 그를 보며 청명이 씨익 웃었다.

"싸움이야 언제든 받죠. 대신 후회하지 마세요."

담담한 선언에 이송백이 눈살을 찌푸렸다. 후회? 지금 후회라고 한 건가?

'어린놈이 겁도 없이.'

평소의 이송백은 상대를 나이나 지위 고하로 판단하는 사람은 아니다. 하지만 이 어린 화산의 제자는 방자해도 너무 방자했다.

'아무리 멋모른다고 해도 그렇지.'

자신의 문파와 다른 문파의 격차를 정확하게 알고, 언행을 결정할 정도의 나이는 아니다. 거기까진 이해한다. 하지만 적어도 자신보다 머리 하나는 더 큰 타 문파의 검수가 비무를 청하는데 어떻게 저런 태도를 보일 수 있단 말인가?

'담대하다고 생각하자.'

이송백은 살짝 한숨을 내쉬고는 말했다.

"비무에 응하겠다는 것이오?"

"네."

이번에 돌아온 대답 역시 너무 담담했다. 이송백은 마지막으로 어린아이에게 아량을 베푼다는 마음으로 입을 열었다.

"도호를 물어도 되겠습니까?"

"도호는 없어요. 이름은 청명이구요."

"청명, 청명이라."

이미 아는 이름을 다시 물은 이유야 간단하다.

"이보시오. 청명 도장. 내 충고 하나 하겠소. 청명 도장은 지금 아무런 잘못이 없다고 생각하겠지만, 세상일이라는 게 본인의 잘잘못만으로 결정이 나는 게 아니오. 더 큰 화를 보기 전에 그만 화산으로……."

"안 싸워요?"

이송백이 움찔했다. 청명이 지루하다는 듯 하품을 하더니 기지개를 쭉 켰다.

"종남 분들은 입으로 싸우시는 모양이네. 먼저 싸우자고 시비 걸었으면서, 왜 좋은 칼 놔두고 말로 하신대?"

이송백이 빙그레 웃었다.

'내 수양이 아직 많이 부족하구나.'

이 쥐톨만 한 놈을 흠씬 패 버리고 싶은 마음이 이리 솟구치는 걸 보니 말이다.

"그리 재촉할 것 없소이다. 안 그래도 지금 시작할 생각이니까."

이송백이 검을 움켜잡자 고휘가 슬쩍 그의 소매를 잡았다.

"사형. 직접 할 생각이십니까?"

이송백이 고휘를 돌아보았다.

"직접 나서실 것 없습니다. 제가 하겠습니다."

"아니다."

고휘의 만류에도 이송백은 단호하게 말했다.

"최소한의 예의라는 게 있는 법이다. 그래도 이 중에서는 내가 가장 어른이니, 나와 싸워 지는 편이 저 아이에게도 면피가 되지 않겠느냐?"

결국 고휘가 한숨을 쉬며 뒤로 물러났다.

'여하튼 사형은 너무 고지식해서 탈이라니까.'

인품만은 대제자가 되고도 남을 사람이다.

"종남의 말학 이송백이 화산의 제자 청명의 검을 도문하고자 합니다."

"어, 잠깐만요."

"……또 뭐요?"

이송백을 잠시 멈춰 놓은 청명이 고개를 살짝 빼 고휘를 바라보았다.

"검 좀 빌려주세요."

고휘의 눈이 부릅떠졌다.

'검을 빌려달라니. 그래도 명문의 제자라는 놈이 어떻게 저런 망발을 할 수 있는가?'

검문에 들어가서 가장 먼저 배우는 게 자신의 애병을 남에게 넘기지 말라는 것이다. 그런데 뻔뻔하게 검을 넘겨달라니!

"검문의 제자가 검도 들고 다니지 않는단 말인가?"

"뭐, 싸움박질할 일이 있을 줄 알았나요?"

"대체 화산은……."

"싫으면 마시든가."

청명이 주위를 두리번거렸다.

"어디 보자. 검으로 쓸 만한 게……."

이송백이 눈을 찌푸렸다.

"줘라."

"사형!"

"종남의 제자가 검도 들지 않은 화산의 제자를 핍박했다는 말을 듣고 싶은 거냐?"

이송백의 말에 고휘는 한숨을 내쉬었다. 그리고 이내 허리에 찬 검을 풀어 청명에게 던졌다.

"감사."

검을 받아 든 청명이 한 손에 검을 파지하고 심드렁한 눈으로 이송백을 보았다.

"시작하시죠?"

"……뽑지 않을 생각인가?"

"뭐 죽일 것도 아닌데, 뽑을 것까지 있나요. 그쪽은 뽑아도 돼요."

이송백이 눈을 질끈 감았다.

'심마구나. 심마야.'

이놈과 대화하고 있으면, 그동안의 수양이 삽시간에 사라지는 느낌이다. 눈을 감고 깊게 심호흡을 한 이송백이 검을 들었다. 원래는 살짝 놀라게 해서 쫓아낼 생각이었지만, 아무래도 그 정도로는 안 될 것 같다. 개인적인 악감정을 떠나서…….

'말하는 꼬락서니나 하는 짓거리로 보건대, 어디 하나 부러지지 않으면 말을 들어 먹지 않을 놈이다.'

짧은 대화만으로 청명의 성격을 정확하게 판단한 이송백이었다.

"검을 들게."

"네, 뭐."

청명이 심드렁하게 검을 들어 올렸다. 그 모습을 보며 이송백이 살짝 미간을 찌푸렸다.

"제대로 하는 게 좋을 걸세. 내 손속이 독하다 욕할 때는 이미 늦었을 테니까."

청명이 한숨을 푹 내쉬었다.

"저기요. 빨리빨리 좀 합시다. 뭔 날 새겠네. 좀 덤벼요."

"……이……!"

이송백의 얼굴에 드디어 노화가 차올랐다.

"버릇을 고쳐 주마!"

결국에는 예의고 뭐고 다 집어던진 이송백이 청명을 향해 일직선으로 날아갔다.

파아아앗!

종남의 검은 단순 명확하다. 구파 중 도가이며 검문으로 이름을 날리는 곳들은 다들 저마다 확연한 특색이 있다. 무당의 검은 부드럽고, 화산의 검은 화려하며, 점창의 검은 쾌속, 종남의 검은 진중하다.

일체의 변화와 잔재주를 배제한 묵직한 검이 청명의 목을 향해 내리쳐졌다.

청명이 가볍게 검을 들어 날아드는 이송백의 검을 막았다.

카앙!

검집과 검집이 충돌하며 날카로운 금속음을 만들어 낸다.

"타핫!"

그 순간 이송백이 재차 검을 휘둘러 청명의 옆구리를 노렸다. 쾌속하고 강맹하다. 설사 반격할 틈이 있다 하더라도 허리를 반으로 갈라 오는 검의 기세에 반격할 엄두를 내지 못할 것이다.

카앙!

그리고 이번에도 청명은 검을 내려 이송백의 공격을 막아 냈다.
주춤.
청명은 거센 무게를 감당하지 못하고 뒤로 한 발 물러선다. 선기를 잡은 이송백은 가열 차게 검을 휘둘러 청명을 몰아치기 시작했다.

"호오."
두 사람의 대결을 지켜보던 고휘가 여유만만하게 미소를 지었다.
"사형께서 꽤나 화가 나신 모양이다. 쉽게 끝낼 생각이 없어 보이는구나."
"예?"
"저 아이가 사형의 속을 많이 긁기는 했지. 쯧쯧. 그러게, 사람을 봐 가며 장난을 쳐야지."
"사형께서 지금 저 아이를 혼내시는 겁니까?"
"그렇다. 마음만 먹으면 언제든 끝낼 수 있지만, 적당히 어울려 주고 있지 않으냐? 아마 지금 사형의 공격을 막고 있는 저 아이는 죽을 맛일 거다."
아니나 다를까. 청명은 자꾸만 주춤주춤 뒤로 물러났다. 그 광경을 보며 위한수(魏寒洙)가 고개를 갸웃했다.
"그런 것치고는 지나치게 잘 막고 있지 않습니까?"
"그게 바로 사형의 대단한 점이다. 사형이 단숨에 저 아이를 쓰러뜨려 버린다면 어떤 말이 나오겠느냐?"
"아……."
"저 아이의 한계를 순식간에 파악하시고는 겨우겨우 막아 낼 수 있을 만큼의 힘과 속도로만 몰아붙이고 있는 것이다. 단 한 대도 때리지 않았지만, 충분히 가르침을 주고 있는 것이지."
고휘가 어깨를 으쓱했다.

"건방진 아이에게 내리기에는 너무 큰 가르침이구나. 저 아이가 그걸 알아야 할 텐데. 너희도 사형의 움직임을 놓치지 말거라."

"예!"

고휘가 살짝 혀를 찬다.

'저 점잖은 분이 저리 화가 나시다니. 하기야 나 같아도 화가 났겠지. 사형이 너무 흥분하지 않으셔야 할 텐데.'

하지만 뒤에서 보는 이들의 감상과는 달리, 공격을 하는 이송백은 죽을 맛이었다.

카앙!

'또 막아?'

이상하다. 이게 막히면 안 되는데? 적당한 힘과 속도로 놀아 주고 있다는 고휘의 말과 다르게, 지금 이송백은 자신이 낼 수 있는 가장 빠른 속도를 내는 중이었다.

'이게 왜 막히지?'

귀신이 곡할 노릇이었다. 청명의 검은 절대 빠르지 않다. 느리다 못해 갑갑하기까지 한 검이었다. 하지만 그런 움직임으로 기가 막히게 이송백의 검을 막아 낸다. 느릿한 검이 어느새 이송백의 검이 갈 곳을 미리 선점하고 느긋하게 기다린다.

'내 머릿속에 들어와 있지 않고서야 이게 말이나 되는 일인가?'

검로를 읽힌다? 아니, 그런 수준이 아니다. 화산의 어린 제자에게 검로를 읽히는 일이 일어날 리도 없거니와 설사 검로를 읽혔다 한들, 이건 상식적으로 불가능한 일이다.

저 느린 검으로 그의 검을 막기 위해서는 이송백이 검을 떨치자마자…… 아니, 검을 떨치기도 전에 먼저 이송백의 생각을 읽고 검을 움직여야 한다. 청명이 귀신이 아니고서야 그런 일이 어찌 가능하단 말인가?

"타아아아앗!"

이송백이 기합성을 토하며 강하게 검을 떨쳤다.

눈앞의 아이는 아무리 잘 봐 줘도 이제 겨우 열다섯이나 되었을까. 나이로 따지자면 그의 막냇동생뻘에 불과하다. 그런데 그런 아이가 이송백의 검을 힘든 기색도 없이 막아 내고 있는 것이다. 종남에서도 손꼽히는 기재로 불리는 그의 검을!

'이건 있을 수 없는 일이다!'

이송백의 검에 내공이 실리기 시작했다. 분명 시작은 가벼운 비무였으나, 자신도 모르는 새 검에 실리는 내공이 점점 강해져 간다.

쇄애애애애액!

검에서 검풍이 강렬하게 뿜어져 나왔다.

카아아앙!

하지만 내력이 잔뜩 실린 이송백의 검도 청명의 검을 밀어 낼 수는 없었다.

이건 벽이다. 아무리 발버둥을 쳐도 뚫고 지나갈 수가 없다. 숫제 강철로 만들어진 벽이나 다름없다.

"이익!"

오기에 찬 이송백이 있는 힘껏 검을 휘둘렀다.

이송백의 검에서 뿜어져 나오는 검풍을 본 고휘가 놀라서 저도 모르게 소리를 질렀다.

"사형! 흥분하지 마십시오!"

고휘의 날카로운 목소리는 이송백의 귀에도 똑똑히 들렸다.

'아, 내가 무슨 짓을!'

황급히 정신을 차린 그는 검에 실린 내력을 급히 회수했다. 묵직한 기세가 사라지고 그저 빠르기만 한 검이 청명의 검을 후려쳤다.

콰아아아앙!

그런데 갑자기 난데없이 폭음이 터지더니 청명의 몸이 쏘아 낸 화살처럼 뒤로 튕겨 나갔다.

"어?"

그리고 담벼락에 그대로 처박혔다.

쿠우웅!

쩌적. 쩌저저적!

담벼락에 거미줄 같은 금이 갔다. 이윽고 청명의 몸이 스르륵 바닥으로 흘러내렸다. 순간 정적이 흘렀다. 이송백은 두 눈을 부릅뜬 채 굳어 버렸다. 고휘가 기겁하여 달려왔다.

"사형! 아이에게 무슨 짓을 하신 겁니까!"

"아, 아니 나는……."

분명 내력을 뺐다. 전력을 다해 휘둘러도 생채기 하나 내지 못했다. 그런데 내력을 뺀 검을 막다가 저리 나가떨어진다는 게 말이나 되는가!

그 순간이었다.

"끄르르륵."

바닥에 쓰러진 청명이 부르르 경련하더니 갑자기 입에서 피를 분수처럼 뿜어내기 시작했다.

"히이이이익!"

"으아아아아아!"

모두가 기겁하여 청명에게 달려갔다. 단 한 사람, 이송백만이 귀신에 홀린 듯한 얼굴로 멍하니 서 있을 뿐이었다.

"푸우우웃!"

피 분수가 강렬하게 위로 솟구쳤다.

와……. 사람 입에서 피가 저렇게 뿜어질 수도 있구나. 누가 봐도 내가 잘못했네. 누가 봐도.

"사형!"

이송백은 정말이지 환장할 노릇이었다. 대체 지금 무슨 일이 벌어지고 있는지 알 수가 없었다.

"끄륵. 끄르륵."

청명의 입에서 선지 같은 피가 연신 울컥울컥 쏟아졌다. 누가 봐도 내상을 과하게 입은 모습이었다. 이대로 숨이 끊어져도 이상하지 않아 보인다.

이송백이 퍼뜩 정신을 차리고 청명에게 달려가려는 순간이었다.

"이게 대체 무슨 짓이오!"

모두의 시선이 소리가 난 곳으로 돌아갔다. 이송백은 암담한 얼굴로 눈을 질끈 감을 수밖에 없었다. 단 한 번도 본 적 없는 노기 가득한 얼굴로, 황종의가 수염을 부르르 떨며 그를 노려보고 있었다.

• ❖ •

"이게 대체 뭐 하는 짓이냐고 물었소이다!"

황종의의 목소리가 쩌렁쩌렁 울렸다. 당황한 종남의 제자들은 아무 말도 하지 못한 채, 그를 멍하니 바라보았다. 대체 무슨 설명을 하겠는가?

"쿨럭. 끄, 쿠흐윽."

이럴 때 필요한 것이 변명이겠지만, 청명의 입에서 쭉쭉 뿜어져 나오는 피 분수가 그들이 할 변명을 모두 묻어 버리고 있다. 이 상황에서는 제갈량이 아니라 제갈량의 할아버지가 와도 변명거리를 찾아내지 못할 것이다.

황종의가 바닥에 쓰러져 있는 청명을 확인하고는 노성을 내질렀다.

"의원! 당장 의원을 모셔 와라! 외원에 아직 떠나지 않은 의원이 계실 것이다! 뭣들 하느냐!"

"예! 소단주님!"

황종의를 수행하던 하인 중 하나가 부리나케 외원 쪽으로 달려갔다.

황종의는 곧장 바닥에 쓰러져 있는 청명에게 성큼성큼 다가갔다. 종남의 제자들이 주춤주춤 길을 터 주었다.

바닥에 무릎을 대고 청명의 상태를 살핀 황종의의 얼굴에 더할 수 없는 노기가 차올랐다.

"그래도 명문이라 자처하는 이들이!"

그의 외침에 종남 제자들의 얼굴이 급격하게 어두워졌다.

"아직 어린아이에게 어찌 이런 살수를 쓴단 말인가? 내 그래도 종남을 협의지문이라 생각했건만, 내 눈앞에서 이런 짓을 벌이는 이들을 어찌 이해해야 한다는 말인가!"

이송백의 얼굴이 새파랗게 질렸다. 살수라니. 그는 절대 살수를 쓴 적이 없다.

'심지어 내력마저 회수했는데!'

이송백은 여전히 영문을 모르고 망연하게 서 있었다. 다만 확실한 건 하나. 황종의의 표정과 눈빛을 보건대 변명은 절대 먹히지 않을 것이다.

그때 외원으로 갔던 하인이 의원과 함께 달려왔다. 의원은 상황을 보자마자 물을 것도 없이 청명에게 달려들어 진맥을 시작했다.

"으으으음!"

의원의 얼굴이 딱딱하게 굳었다.

"어서 안으로 옮기시오! 어서! 몸속이 완전히 엉망진창이 되었으니 조심, 또 조심해야 하오!"

그 말을 들은 종남의 제자들이 청명을 안아 들기 위해 엉거주춤 다가왔다.

"물러서시오!"

하나 황종의는 그들이 청명의 몸에 손을 대는 걸 허락하지 않았다. 살기까지 어린 눈으로 그들을 노려본 황종의가 하인들을 불렀다.

"뭣들 하느냐! 의원께서 하신 말씀 못 들었느냐!"

"죄송합니다! 소단주님!"
하인들이 우르르 달려와 조심스레 청명을 안아 들었다. 입에서 흘러나온 피가 가슴을 적시고 바닥으로 길게 떨어졌다.
"조심! 조심하시오!"
의원이 청명의 옆에 바짝 붙어 하인들과 함께 안채로 향한다. 황종의와 종남의 제자들만이 그 자리에 남아 안채로 옮겨지는 청명을 바라보았다. 청명의 모습이 아주 사라지자 황종의가 고개를 돌렸다.
"내 오늘 일은 잊지 않겠소."
"소단주님!"
"상단에서 나가시오."
이송백 일행의 얼굴이 창백해졌다. 은하상단은 종남에게 있어서도 중요한 곳이다. 그렇기에 종남의 장로가 직접 이곳에 내려와 있는 게 아닌가? 만약 그들의 잘못으로 은하상단과의 관계가 틀어진다면 그 후폭풍은 감히 그들이 감당할 수준이 아닐 것이다.
이송백이 뭔가 말을 하려는 찰나 카랑카랑한 목소리가 들려왔다.
"이게 대체 무슨 일이더냐?"
기목승이었다. 그의 눈에 의아한 기색이 서려 있었다.
"소단주. 이게 대체 무슨 일이오? 저 피는……."
더 말을 하려던 기목승이 순간 입을 꾹 다물었다. 바닥에 보이는 흥건한 피와 부서진 담장이 이곳에서 무슨 일이 있었는지를 짐작케 했다.
'이 멍청한 놈들이!'
기목승의 시선이 이대제자들에게로 향했다. 자신을 마주 보지 못하고 시선을 돌리는 이대제자들을 보며 그는 크게 한숨을 내쉬었다.
"소단주. 아무래도 뭔가 사고가 있었던 듯한데……."
"지금 사고라고 하셨습니까?"
"……소단주."

"아버지를 치료하던 이가 귀문의 제자들에게 해를 입는 일이 벌어졌습니다. 이걸 사고라고 할 수 있습니까? 사고란 의도치 않게 벌어지는 일을 뜻하지요. 그렇지 않습니까?"

기목승이 이송백에게로 시선을 돌렸다. 일을 저지른 것은 이송백이니 수습도 직접 하라는 의미다. 의중을 파악한 이송백이 입술을 질끈 깨물고는 앞으로 한 발 나섰다.

"소단주님. 오해가 있는 것 같습니다."

"오해?"

황종의가 헛웃음을 흘렸다.

"차라리 내게 눈이 먼 장님이라고 욕을 하시오. 내 눈으로 보고, 내 귀로 들었거늘 대체 무슨 오해가 있단 말이오?"

"저는 과하게 손을 쓴 적이 없습니다. 이건 뭔가 착오가……."

"이보시오."

이송백이 말을 채 끝내기도 전에 황종의가 서늘하게 가라앉은 눈으로 그를 노려보았다.

"과하게 손을 쓴 것만이 문제요? 애초에 왜 종남의 제자인 그대가 화산의 아이에게 검을 휘두른 것이오?"

"그건 정당한 비무였습니다."

"비무?"

황종의가 이를 빠득 갈았다.

"내 비록 강호의 법도에 밝지는 않으나, 비무라는 것은 서로 대등한 이들이 무학을 나누는 데 그 의의가 있다고 들었소. 겨우 귀하의 반 남짓 살았을 법한 어린아이와 비무를 한다는 말씀이오? 그게 종남의 협의입니까?"

아무도 입을 열지 못했다.

비무가 사고 없이 끝났다면 면피할 말이 있었을 것이다. 하지만 결과가 이렇게 나와 버린 이상 어떤 말로도 책임을 피할 수가 없다.

"긴말하지 않겠습니다. 제자들을 데리고 상단을 떠나십시오."

"소, 소단주 잠시 내 말을……."

"떠나라고 했습니다."

황종의가 기목승을 노려보다 말을 이었다.

"그동안 이어 온 종남과의 관계를 생각하여 이 일을 문제 삼지는 않겠습니다. 하지만 지금은 귀 문파 사람들의 얼굴을 보고 싶지 않습니다. 오늘 내로 이곳을 떠나십시오. 이건 은하상단의 소단주이자 단주 대리로서 하는 말입니다."

기목승은 끝내 그 기세에 눌려 아무런 말을 하지 못하고 천천히 고개를 끄덕이고 말았다.

"내 그리하겠소. 소단주, 불행한 사고가 있었지만 종남이 황 대인의 쾌차를 바라고 있다는 것만은 기억해 주시오."

"그러지요. 누구는 아닌 것 같지만."

황종의가 찬바람이 일게 몸을 획 돌려 안채로 향했다. 한참 그 뒷모습을 바라보던 기목승이 천천히 고개를 돌려 이송백을 쏘아보았다.

"장로님, 저는……."

"긴말하지 않겠다. 결자해지(結者解之)라 하였으니, 너는 이곳에 남아 무슨 수를 써서라도 소단주의 용서를 구해 상황을 해결한 뒤 본산으로 돌아오거라. 나는 아이들을 데리고 본산으로 돌아가겠다."

이송백의 얼굴이 창백해졌다. 이런 상황에서 무슨 수로 소단주의 용서를 구하란 말인가? 이건 명령이라기보다는 징계였다. 하지만 더없이 차가운 기목승의 표정을 보고 있으니 도저히 다른 말이 나오지 않았다.

"……알겠습니다."

기목승은 말없이 이송백을 노려보다가 몸을 돌렸다.

"돌아간다."

"예, 장로님."

이대제자들이 이송백의 눈치를 보다가 재빨리 기목승에게 따라붙었다. 그들이 멀어지는 모습을 보며 이송백은 입술을 질끈 깨물었다.

· ❖ ·

"상태는 어떤가?"

"……그리 좋지 않습니다."

총관의 말에 황종의의 얼굴이 어두워졌다. 총관이 그런 그의 안색을 살짝 살피고는 말을 이었다.

"의원의 말로는 기혈이 완전히 진탕되어 위험한 상황이라고 합니다. 일단 기혈을 다스려 보고 있기는 하지만, 완전한 회복을 장담할 수 없답니다."

"그 말인즉 생명에는 지장이 없다는 뜻인가?"

"그런 것 같습니다."

"그나마 다행이로군."

황종의가 안도의 한숨을 내쉬었다. 화산의 제자가 은하상단에서 종남의 제자에게 죽는 일이라도 벌어진다? 상상하기도 싫은 일이다.

더구나 청명은 황 대인을 치료하기 위해 은하상단에 온 것이 아닌가. 당연히 그 잘못은 종남에 있겠지만, 은하상단 역시 세간의 손가락질을 피할 수 없게 될 것이다.

게다가 황종의 개인적으로도 이건 참을 수 없는 일이었다. 청명은 지금까지 유일하게 황 대인의 병세를 좋아지게 한 사람이다. 어쩌면 황 대인을 구할 수 있는 유일한 희망일지도 몰랐다. 그런 이를 공격하여 의식을 잃게 만들다니……. 은하상단과 황문약에 대한 존중이 조금이라도 있다면 할 수 없었을 일이다.

'종남은 너무도 오만무도해졌다.'

이번 일만이라면 이해의 여지가 조금이라도 있었을 것이다. 하지만 그동안 종남이 보여 온 태도와 기목승의 언행을 떠올려 보면, 더 이상 그들을 신뢰하기 어려웠다.

불편한 기색으로 몇 차례 헛기침을 한 황종의가 고개를 들어 총관을 바라보았다.

"그럼 언제쯤 의식이 돌아올 것 같다고 하는가?"

"적어도 이삼 일은……."

"으음. 그동안 아버님의 상태가 악화되지 않아야 할 텐데."

황종의가 깊은 한숨을 내쉬었다. 이제 겨우 아버지를 고칠 방법을 찾았다고 생각했는데, 이런 말도 안 되는 일이 벌어지다니. 하늘도 무심하시지.

슬쩍 황종의의 안색을 살핀 총관이 조심스레 입을 열었다.

"하나, 소단주님."

"으음?"

"정말 그 아이가 단주님의 병을 고칠 수 있겠습니까? 저는 영 신뢰가 가지 않습니다."

"믿어서 손해 볼 것은 없지 않은가?"

"그건 그렇지만……."

황종의가 단호하게 말했다.

"수많은 명의 중 그 누구도 아버님의 병이 무엇인지 알아내지 못했네. 하지만 화산의 소도장은 아버님을 보지도 않고도 병세를 알아내었어. 심지어 아버님께선 내 눈으로 확인할 수 있을 만큼 차도를 보이시지 않는가?"

"예."

"근거 없는 막연한 믿음이 아닐세. 하늘이 도우시는 게지. 아무튼 자네는 소도장이 회복하는 데 차질이 없도록 해야 할 걸세. 어떤 지원도 아끼지 말게나."

"명심하겠습니다. 그럼 저는 이만."

"그러게나."

총관이 깊이 고개를 숙이고는 자리에서 일어났다. 방에서 나가는 총관을 보며 황종의가 나지막이 한숨을 내쉬었다.

◆ ◈ ◆

새애애액. 새애애액.

침상에 누운 청명의 입술 새로 낮고 미약한 숨소리가 새어 나왔다. 핏기 하나 없이 창백하게 질린 얼굴은 지금 청명의 상태가 얼마나 위태한지를 보여 주고 있었다. 호흡이 끊어질 듯 말 듯, 겨우겨우 이어진다. 지금 당장에 숨이 끊겨도 그리 이상하지 않을 듯했다.

새애애액.

짧고 낮게 이어지는 숨소리만이 방 안을 채웠다. 기묘한 정적이 이어지던 그때. 딸깍, 하는 작은 소리와 함께 문이 아주 살짝 열렸다.

그러고도 한참 동안 아무런 일이 벌어지지 않았다. 그렇게 한 식경쯤 지났을까?

끼이이익.

마침내 문이 조심스레 열리기 시작했다. 그리고 한 사람이 살금살금 걸어 들어왔다. 발소리조차 내지 않는, 신중하기 짝이 없는 움직임이었다. 방 안은 완연한 어둠으로 물들어 있어 들어오는 이가 누구인지 알아볼 수 없었다.

먹이를 노리는 고양이처럼 살그머니 안으로 들어온 이가 침상 머리맡에서 청명을 내려다보았다.

새애애액. 새애애애액.

창백하게 질린 채 미약한 숨을 이어 가는 청명의 모습이 그의 눈에 들어왔다. 한참 동안 청명의 얼굴을 들여다보던 이가 천천히 손을 들어 올렸다. 그의 손끝이 먹물이라도 뒤집어쓴 것처럼 짙은 검은색으로 물들었다.

"딱히 원한은 없지만, 내 일을 방해한 대가라고 생각해라."

낮게 중얼거린 사내가 청명의 목을 향해 검게 물든 손을 내리친다. 그 순간.

덥석!

의식을 잃고 쓰러져 있던 청명이 별안간 이불을 젖히고 튀어 올라 사내의 손목을 움켜잡았다.

"헉!"

파리하게 안색이 질려 있던 청명이 두 눈을 번쩍 떴다. 이윽고 청명의 입가에 기이한 미소가 걸렸다. 더없이 사악하고 의기양양했다.

"잡았다, 요놈!"

청명은 씨익 웃으며 몸을 일으켰다. 손목을 잡힌 흉수가 당황한 얼굴로 손을 빼려 했지만, 청명이 순순히 그 손을 놓아줄 리 없었다.

"이놈!"

흉수는 재빨리 반대 손을 들어 올려 청명을 내리치려 했다. 하지만 그 순간 문이 활짝 열리더니 방 주변이 환하게 밝아졌다. 황종의였다.

그는 굳은 얼굴로 걸어 들어와 무거운 목소리로 입을 떼었다.

"거기서 대체 뭘 하고 있는 건가, 총관?"

청명에게 손을 잡힌 은하상단의 총관, 번자복(樊子服)이 당혹하여 뒤를 돌아보았다.

"소, 소단주님!"

"내 지금 자네가 무엇을 하는 건지 묻고 있네."

번자복이 얼굴을 일그러뜨렸다.

"저는 그저 소도장의 상태가 어떤지를 확인하기 위해서……."

그 말에 대한 대답은 황종의가 아니라 청명에게서 나왔다.

"아, 확인하고 죽이시려고?"

청명이 붙들고 있던 총관의 손을 흔들었다.

"뭔가 오해가……."

"오해? 저도 오해 좋아하죠. 웃차!"

청명이 몸을 벌떡 일으켰다. 번자복이 대경한 눈으로 그를 바라보았다.

"부, 분명 큰 부상을 입었다고……."

"오해였던 모양이네요. 이렇게나 멀쩡한데."

"……의식이 없었는데."

"아. 최근에 잠을 잘 못 자서요. 간만에 푹 잤네요."

번자복이 붉으락푸르락하며 이를 갈았다.

"나를 속였구나."

"에이. 그런 말 하시면 안 되죠. 지금 최대한 오해라고 우기셔야지. 그런 말 하면 아저씨가 뭔가 꾸몄다는 게 드러나 버리잖아요."

"이!"

번자복이 잡히지 않은 좌수로 청명을 후려쳤다. 하지만 청명은 깔끔하게 그 손을 피해 내며 번자복의 손을 놓고 침상에서 뛰어내렸다. 그러더니 뒤도 돌아보지 않고 황종의를 향해 걸어갔다.

"거보세요. 나올 거라고 했죠?"

"……으음."

안색이 어두워진 황종의가 무겁게 고개를 끄덕였다.

"자네의 말을 반신반의하긴 했지만, 결과가 이러니 내 할 말이 없군. 하필이면 가장 아닐 거라 믿었던 총관이 흉수였다니."

번자복을 노려보는 황종의의 눈은 더없이 차가웠다. 그 눈빛을 본 번자복은 어떤 변명도 의미가 없음을 깨달았다. 그가 딱딱하게 굳은 얼굴로 청명을 노려보았다.

"어떻게 나를 의심했지?"

"의심 안 했어요."

"……뭐?"

청명이 어깨를 으쓱하며 태연히 말했다.

"흉수가 누구일 거라고 짐작한 적 없어요. 내가 여기 온 지 얼마나 됐다고 그런 걸 알겠어요? 그냥 대충 황 대인을 치료할 줄 아는 척하고 상처 입어 드러누워 있으면 날 죽이러 올 거라 생각했죠."

"……내가 오지 않았다면?"

"올 수밖에 없죠."

청명이 피식 웃는다.

"처음 한 명을 죽이는 건 어려운 일이지만, 두 명부턴 별로 어려울 게 없거든요. 그리고 지금 나를 죽이게 되면 종남에 모든 죄를 덮어씌울 수 있는데 그 기회를 놓칠 리가 있겠어요?"

"종남과도 미리 입을 맞추어 놓은 거로군?"

청명이 뚱한 얼굴로 번자복을 바라본다.

"아닌데요?"

일그러져 있던 번자복의 얼굴이 순간 멍해졌다.

"……아니라고?"

"네. 걔들은 그냥 시비를 건 거예요. 안 그래도 이 일을 어떻게 해결할까 고민 중이었는데, 딱 상황을 만들어 주더라고요. 고맙게도."

번자복이 입술을 질끈 깨물었다.

"내상은! 다른 건 몰라도 의원이 분명 기식이 엄엄할 정도로 내상을 입었다고 했다!"

"평범한 의원 하나 속이는 게 어려웠으면 시작도 안 했죠. 거, 자꾸 뻔한 것만 물어보시네."

청명은 퉁명스럽게 말하다 이내 어깨를 으쓱했다.

"궁금한 게 많은 것 같은데, 아저씨의 궁금함을 푸는 게 중요한 게 아니죠. 중요한 건 아저씨가 함정에 걸렸다는 거고, 나는 황 대인을 해한 흉수를 찾았다는 거죠."

"하하하하하."

그러자 별안간 번자복이 파안대소하며 황종의를 향해 시선을 돌렸다.

"소단주. 설마 저 어린놈의 말을 믿으시는 건 아니겠지요?"

"……내가 믿지 않을 도리가 있겠는가?"

"영명하신 소단주답지 않으십니다. 저 아이의 논리에는 중요한 것이 빠져 있지 않습니까?"

"중요한 것?"

번자복이 고개를 끄덕였다.

"예. 제가 저 아이를 해치려 했다는 게, 가주를 해한 증거는 되지 못합니다. 대체 제가 왜 그런 짓을 하겠습니까? 가주께서 제게 해 주신 게 얼만데. 그러니 소단주께서도 저를 의심하지 않으셨던 것 아닙니까?"

황종의가 침음성을 흘렸다. 뻔한 변명이기는 하지만, 분명 틀린 말은 아니었다.

"그럼 대체 왜 소도장을 죽이려 했는가? 자네가 무공을 익혔다는 사실은 왜 숨겼고?"

"저 아이가 소단주를 현혹하고 있지 않습니까! 천하의 명의들도 단주님을 고치는 데 실패했습니다. 그런데 저 어린놈이 어찌 단주님을 고친다는 말입니까?"

"그럼 설득했어야지!"

"제가 설득하면 들으셨겠습니까? 혼이 나가 버렸는데? 미혹된 이는 결코 타인의 말을 듣지 않는 법이외다! 저 아이를 죽여 없애는 것이 소단주를 정신 차리게 할 유일한 방법이었소! 그래야 단주님에 대한 치료도 이어 갈 수 있단 말입니다!"

순간 웅성거리는 소리가 들렸다. 황종의가 슬쩍 고개를 돌렸다. 소란을 듣고 몰려든 하인들이 저마다 숙덕거리며 말을 나누고 있었다. 총관 번자복의 말이 그리 틀리지 않았다는 말을 나누고 있는 듯했다. 말소리는 들리지 않으나 시선과 표정이 그러했다. 그만큼이나 번자복의 말은 설득력이 있었다.

"말 다 했어요?"

하지만 그때 청명이 분위기를 끊으며 앞으로 한 발 나섰다. 번자복이 그를 노려보며 말했다.

"내가 너를 죽이려 한 것은 사실이지만, 나는 결코 단주님을 해한 적이 없다. 너 역시⋯⋯."

"아아."

청명은 가볍게 손을 내저어 번자복의 말허리를 끊어 버렸다.

"됐어요, 됐어. 이유 같은 건 알고 싶지도 않고, 변명도 별로 듣고 싶지 않아요. 뭐 하러 귀찮게 그런 짓을 해요."

"뭐⋯⋯?"

"그냥 패면 될 걸!"

누가 미처 말리기도 전에 청명이 재빠른 속도로 번자복을 향해 날아들었다. 그러고는 그의 머리를 노리며 우수를 쭉 뻗었다. 비단 폭 가르는 듯한 소리와 함께 청명의 손이 강렬한 빛을 내뿜었다.

그 손에 담긴 힘을 짐작한 번자복은 대경하며 우수를 마주 뻗어 청명의 손을 막아 냈다.

촤아아아악!

두 손이 서로 교차하며 청명이 뒤로 훌쩍 물러났다.

"자, 주목!"

그러더니 우수를 위로 번쩍 들어 올렸다. 사방에서 놀란 목소리가 터져 나왔다.

"저, 저거!"

청명의 손을 본 이들은 하나같이 제 눈을 의심했다. 손목 인근에 찍힌 검은 손자국이 너무도 선명했다. 그 손자국은 새하얗게 변하며 사라지나 싶더니 이내 청명의 손목 전체를 붉은색으로 물들여 버렸다.

모두가 숨죽이며 그 광경을 바라보는 가운데, 청명이 느릿하게 입을 열었다.

"단마수(丹魔手)라는 거죠."

청명이 살짝 손을 흔들었다. 모두 똑바로 보라는 듯이 말이다.

"경지에 오른 단마수에 적중된 이는 한 식경도 버티지 못하고 전신이 검붉게 물든 채 죽어요. 물론 이 양반 건 그 정도는 아니긴 한데, 이 정도 수준으로도 사람을 죽이는 데는 무리가 없죠. 특히나 상대가 무공을 익히지 않은 평범한 노인이라면 식은 죽 먹기보다 쉽겠죠?"

뭔가 어물거리던 번자복이 목에 힘을 주는 순간 청명이 틈을 주지 않고 선수를 쳤다.

"황 대인의 곁에서 누구에게도 의심받지 않으며 계속 단마수의 공력을 주입할 수 있는 사람이 당신 말고 또 있다면, 범인이 아니라는 말을 믿어 드리죠."

그 말이 결정타였다. 지켜보던 이들의 눈에 노기가 어렸다. 백문불여일견이라 하지 않는가? 이곳의 그 누구도 번자복의 말을 제 눈보다 더 신뢰하지는 않을 것이다.

청명의 오른손에서 드러난 변화는 지금 병상에 누워 있는 황 대인의 증상과 너무도 똑같다.

"저, 저! 은혜도 모르는 개 같은 놈이!"

"감히 단주님을 해하고도 그 옆에서 뻔뻔스럽게 총관 짓을 했다는 말인가!"

"저 때려죽여도 시원치 않을 놈!"

모두의 분위기가 바뀌었듯, 황종의 역시 더는 흔들리지 않았다.

"초옹과아아안!"

분노한 그의 목소리가 은하상단을 쩌렁쩌렁 울렸다.

"지금 당장 총관을 제압하라! 반항한다면 죽여도 좋다!"

황종의의 명령에 하인들이 우르르 방 안으로 밀려들었다. 그러자 입술을 질끈 깨문 번자복이 밀려들어 오는 이들에게 장력을 쏘아 댔다.

"아악!"

"어억! 윽!"

방 안으로 들어오던 이들이 번자복의 장력에 격중되어 나가떨어졌다.

"빌어먹을, 이제 거의 끝났는데!"

번자복이 원독에 찬 눈으로 청명을 노려보았다.

"이 애새끼만 아니었어도!"

"거, 듣는 애새끼 기분 나쁘게."

청명이 입을 삐쭉 내밀었다. 원래 애새끼도 아닌데, 애새끼라는 욕을 먹고 있으니 기분이 두 배로 나쁘다.

"이제 조금만 있었으면 복수가 끝나는데! 이럴 줄 알았다면 차라리 진즉에 그 목숨을 끊어 버릴 것을! 저 멍청한 소단주 놈을 구슬릴 생각만 하지 않았……."

"아아."

청명이 귀찮다는 듯 다시 손을 내저었다.

"뭐 당연히 구구절절한 사정이 있겠지만, 그건 나중에 관아에서 이야기하시고. 지금은 빨리 끝내죠. 자다 일어나서 좀 졸리거든요. 아저씨 때려눕혀 놓고 얼른 마저 자야겠어요."

"때려눕혀?"

번자복이 광소를 터뜨렸다.

"하하하하핫! 이 어린놈이 방자하기 이를 데 없구나. 도대체 어떻게 알았는지는 모르겠지만, 내가 익힌 무학이 단마수라고 네 입으로 말해 놓고도 감히 나를 때려눕힌단 말을 하는 게냐? 네가 나를?"

"아뇨."

"……어?"

"에이. 제가 어떻게 그런 걸 합니까. 그런 일을 할 분은 따로 계시죠. 저기, 저기."

청명이 뒤쪽 어딘가를 가리켰다. 그러자 모두의 시선이 한곳으로 집중되었다.

뒤쪽에서 멍하니 상황을 보던 이송백이 얼떨떨하게 손가락으로 제 얼굴을 가리켰다.

"……나?"

"크으. 종남의 영웅께서 마두를 제압하러 오셨군요. 상처 없이 잘 부탁합니다."

"아, 아니, 내가?"

"그럼 여기서 누가?"

청명이 눈을 동그랗게 뜨고 되묻자 이송백이 상황을 알아챘다. 그러고 보면 기목승이 제자들을 끌고 돌아가 버린 이상 이곳의 최고수는 당연히 이송백이다.

"내, 내가 왜……."

뭔가 억울한 느낌이 든 이송백이 겸연쩍게 되물으려는데, 청명이 슬쩍 턱짓으로 옆을 가리켰다. 그를 따라 시선을 살그머니 돌린 이송백은 그제야 자신을 응시하는 황종의를 발견했다.

'아, 그렇지!'

이건 그가 친 사고를 수습할 수 있는 기회다! 이제 와 돌이켜 보면 과연 그게 사고였는지 의심스럽긴 하지만, 여하튼!

"악적은 종남의 검이 상대해 주마!"

이송백이 검을 뽑으며 앞으로 달려들었다. 청명은 냉큼 옆으로 길을 터 주고는 박수를 쳤다.

"크으. 영웅의 풍모!"

닥치라고 욕을 해 주고 싶었지만, 막 전투에 돌입한 이송백에게 그럴 여유는 없었다. 뒤엉키며 시작된 두 사람의 전투를 뒤로하고 청명이 천천히 황종의의 앞에 다가섰다.

"하나는 해결했네요."

"……아직 끝나지 않았잖은가?"

"금방 잡을 거예요. 그래도 명문의 제자인데, 무공도 제대로 익히지 못한 이에게 당할 리는 없죠."

"제대로 익히지 못하다니? 아까 자네가 분명 이 정도 수준이면……."

그때 청명이 남들 보이지 않게 황종의에게 손을 내밀었다. 그의 손이 검게 물들었다가 다시 희게 물들고, 이내 붉게 물든다.

"거짓말은 안 했어요. 저 사람이 단마수를 익힌 건 사실이니까. 나중에 나타날 경지를 좀 미리 보여 준 것뿐이죠."

"허……."

헛웃음을 흘린 황종의가 참지 못하여 묻고 말았다.

"소도장은 정말 도사인가?"

"물론이죠."

'그것도 세상에서 제일 연륜 있는 도사라니까요.'

응? 에이, 진짜라니까?

◆ ◆ ◆

총관은 오래 지나지 않아……. 아니, 생각보다 오랜 시간 후에야 제압되었다.

자신만만하게 뛰어든 이송백과 총관은 나름 합이 맞는 사이였는지, 무려 한 시진을 넘게 필사의 대결을 펼쳤다. 다른 이들에게는 손에 땀을 쥐게 하는 긴장감 넘치는 대결이었는지 모르겠지만, 청명에게는 지루하다 못해 하품이 나오는 대결이었다.

'그냥 내가 팰 걸 그랬나.'

하지만 초주검이 되어 땀을 뻘뻘 흘리는 이송백을 보고 있자니 차마 그런 말이 나오지 않았다. 그 와중에도 총관을 제압했다는 사실이 자랑스러운지 의기양양한 미소를 짓고 있지 않은가. 땀이나 좀 닦지…….

"휴, 흉수……. 커흑, 흉수……. 흉수를 제압했습니다."

황종의가 자신의 앞에 와 숨넘어갈 듯 말하는 이송백을 보며 떨떠름하게 고개를 끄덕였다. 그 뭐랄까. 한마디 쏘아 주고 싶기는 한데, 후들거리는 다리를 보니 그저 안쓰러웠다.

"고생했네. 은하상단은 종남의 도움을 잊지 않을 걸세."

"가, 감사……. 감…… 감사."

"좀 쉬게나."

말이 떨어지기가 무섭게, 이송백은 대답도 하지 못하고 그 자리에 주저앉았다. 평소 같았으면 그래도 최선을 다해 흉수를 제압해 준 이송백에게 조금의 감사함이라도 생겼으리라. 하지만 지금 황종의에게 이송백의 모습은 눈에도 들어오지 않았다.

황종의는 연신 청명을 힐끔거리느라 바빴다.

'대체 이 상황을 뭐라고 해야 할지.'

청명이 이곳에 등장한 지가 이제 겨우 이틀이나 되었는가? 황종의가 일 년 가까이 끌던 문제를 청명은 불과 이틀 만에 더없이 깔끔하게 해결해 버렸다.

'이렇게 간단히 해결될 문제였던가?'

그럴 리가. 황종의는 알고 있다. 세상 모든 일은 지나고 나서 보아야 별게 아니다. 이 일이 애초부터 그리 간단한 것이었다면, 왜 지금까지 아무도 흉수의 존재조차 알아채지 못했겠는가?

'마치 저 작은 아이의 안에 노회한 노고수가 숨어 있는 것 같군.'

그럴 리는 없겠지만 말이다.

"이제 대충 해결된 것 같은데요?"

"대체 왜 총관이 아버님을 노린 건가?"

"저야 모르죠."

"짐작했기 때문에 이런 일을 벌인 게 아닌가?"

"아닌데요?"

황종의가 조금 멍해졌다. 그런 그의 심경을 짐작한다는 듯 청명이 태연하게 말했다.

"이유를 밝히는 건 관아가 할 일이고, 제가 할 일은 문제를 해결하고 보상을 받는 거죠. 그런 의미에서 하는 말인데, 보상은 충분히 준비되셨겠죠?"

보통은 아무리 공을 세웠다고 해도 이리 당당하게 보상을 요구하지는 못하는 법이다. 사람이란 기본적으로 체면을 따지는 존재이니까.

하지만 청명에게는 더 이상 챙길 체면이 없었다. 매화검존에서 바닥에 떨어진 매화 잎을 비질하는 삼대제자 처지가 됐는데 그에게 챙길 체면이 뭐가 있겠는가?

황당할 만도 하건만 황종의도 보통 사람이 아니라는 걸 증명하듯 낯빛 하나 바꾸지 않고 가만히 고개를 끄덕였다.

"물론이네. 하지만 자네도 하나를 잊고 있군. 아직 문제는 하나도 해결이 되지 않았네. 나는 자네에게 흉수를 잡아 달라고 한 적이 없어. 내가 원하는 것은 아버지께서 자리를 털고 일어나는 것일세. 자네가 할 수 있겠는가?"

청명이 살짝 배를 내밀었다.

"그거야 두말하면 잔소리죠."

더없이 자신만만한 목소리였다. 황종의는 그 자신감에서 희망을 읽으며 단호하게 말했다.

"그렇다면 내 상단의 모든 힘을 동원하는 한이 있더라도 화산을 지원할 것을 약속하네."

그러자 청명이 감격한 듯 황종의의 손을 꽉 붙잡았다. 황종의는 빙그레 웃었다.

"그리 감격할 것 없네. 당연한······."

"농담하세요?"

"······응?"

청명의 얼굴이 일그러졌다.

"보상은 화산이 아니라 나한테 해 줘야죠! 재주는 곰이 부리고 돈은 사람이 버나?"

황종의의 말문이 막혔다. 아무래도 생각보다 배는 더 미친놈인 것 같았다.

• ✤ •

침상에 누운 황문약 앞에 선 청명이 쩝 하고 입맛을 다셨다. 이제 황문약 치료에만 성공한다면 이곳의 일은 모두 해결된다. 그러고 나면 룰루랄라 휘파람을 불며 사문에 돌아갈 수 있을 것이다.

모든 것은 완벽하게 처리됐다. 딱히 힘든 것도 없었고, 그 과정에서 저 종남 놈들을 골탕 먹였다는 것까지 마음에 든다. 더없이 마음에 든다. 하지만 그런 와중에 단 하나의 문제가 있다면······.

'솔직히 자신 없는데.'

여기까지야 어떻게든 할 수 있는 일이었다. 하지만 황문약을 고친다는 건 냉정하게 말해서 가능할지 불가능할지 알 수 없다.

지금의 청명이 아니라 매화검존 청명이었다면 조금도 걱정할 필요가 없었을 것이다. 그만큼 마화에 대해 잘 아는 이도 없었고, 그만큼 선기 가득한 내력을 흘러넘칠 만큼 지닌 이도 없었으니까.

아무리 마화가 지독하다고는 해도 결국은 마기로 인해 비롯되는 일. 대해와 같은 청명의 내력으로 마기를 모조리 지워 버리면 그만인 일이다.

하지만 지금의 청명은 매화검존이 아니다. 그가 가지고 있는 것이라고는 과거보다 더욱 정순해진 대신 이제 겨우 밤톨만 해진, 극소량의 내력뿐이다.

이걸로는 황문약의 몸 안에 퍼진 마화를 모조리 제거할 수 있다는 보장이 없다. 오히려 괜히 어설프게 건드려 마기가 발작이라도 일으키면 쇠약해진 황문약은 비명도 지르지 못하고 즉사하고 말 것이다.

"이걸로 될까?"

해 보지 않고는 그 누구도 알 수 없는 일이었다.

청명은 다시금 입맛을 쩝 다시고는 황문약에게 다가갔다. 결과를 모른다면 해야 할 것은 하나다. 이대로 둔다면 황문약은 죽는다. 아무리 청명이 막가는 인생이라지만 그 근본은 도인(道人)이 아닌가? 능력이 부족하다 해서 죽어 가는 이를 내버려 둘 수는 없다.

"잘못되더라도 원망 마시고."

잘된다면 서로 좋은 거니까.

청명이 심호흡하며 황문약의 단전에 손을 가져다 댔다. 그리고 천천히 황문약의 몸속으로 내력을 밀어 넣었다. 단전에서 잠자고 있던 청명의 내력이 서서히 흘러나왔다.

과거 청명의 내력은 마치 유유히 흐르는 강과도 같았다. 때로는 거센 격랑이 되기도 하고, 때로는 세상을 담는 대해가 되기도 했다. 하지만 지금 청명의 몸을 타고 오르는 내력은 그때와는 확연히 성질이 다르다.

맑다. 티 없이 맑다. 마치 심산유곡을 흐르는 청정수처럼, 불순물 하나 섞이지 않은 맑음이었다. 그 맑디맑은 기운이 마기에 절어 있는 황문약의 몸으로 밀려들어 갔다.

우우우웅.

황문약의 몸이 미미한 경련을 일으켰다. 음습하기 짝이 없는 마기들은 감히 청명의 내력을 침범하지 못했다. 내력이 닿는 곳마다 화들짝 놀라 물러서기 바쁘다.

'호오?'

청명이 마음속으로 탄성을 내질렀다.

'신기하네.'

내력으로 마기를 다스린 경험은 꽤 있다. 하지만 이런 경우는 난생처음이었다.

마기가 왜 마기인가? 흐름을 역행하기 때문에 마기라 불리는 것이다. 타인의 몸에 침투한 마기는 마치 독처럼 육체를 파괴하며, 모든 기운을 적대시하고 밀어 낸다.

하지만 지금 황문약의 몸을 채운 마기들은 청명의 내력으로 달려들기는커녕, 불을 본 짐승처럼 달아나기 바빴다.

'이거 잘하면…….'

가능할지도 모른다. 아니, 아니지!

'내가 이거 모은다고 얼마나 개고생을 했는데! 이 정도는 해 줘야지!'

정순함에 집착하지 않고 그냥 평범하게 했더라면 벌써 십 년 치 이상의 공력을 모으고도 남았을 청명이다. 그는 이미 이 갑자에 가까운 공력을 모은 경험이 있으니까.

하지만 지금 청명의 단전을 메운 내공의 양은 일 년 치에도 미치지 못했다. 그나마도 설매단을 먹었기에 이 정도나마 채울 수 있었던 것이다.

그런데 그 겨우 일 년 치의 내력이 장판파의 조자룡처럼 단기필마로 마기의 대군을 밀어 내고 있다.

'이건 나도 예상 못 한 일인데.'

처음에는 그저, 지난 생보다 더 뛰어난 경지에 올라 보기 위해 더없이 정순하고 완벽한 토대를 쌓으려 한 것에 불과했다. 그런데 가면 갈수록 그놈의 정순함에 대한 집착이 심해져 진도가 너무 느려졌다. 이제는 슬슬 이 집착을 버려야 하는가 생각하던 참이었는데…….

'생각해 보면 이건 당연한 건데.'

선기는 기본적으로 마기와 상극이다. 파사(破邪)의 기운을 담은 선기는 세상의 모든 부정한 것을 정화하는 힘을 가졌다. 청명의 기운은 기본적으로 선기(仙氣). 그중에서도 가장 정순한 선기다. 그러니 마기 따위가 감히 범접할 수 없는 법.

지독한 마기가 순식간에 중화되기 시작한다. 청명도 어이가 없을 만큼 쉽게 마기가 힘을 잃고 무(無)로 돌아간다.

청명의 내력이 황문약의 마기를 중화해 냄과 동시에 세맥을 씻어 내기 시작했다. 마기뿐 아니라 작은 불순물 하나도 용납하지 않겠다는 듯 과격하게 육체를 정화했다.

마치 벌모세수를 하는 것처럼.

'이건 또 뭔 상황이야.'

천고의 영약과 극강의 고수가 몇은 있어야 시도라도 해 볼 수 있는 일이 벌모세수다. 이미 탁기가 쌓여 버린 육체를 갓난아이의 몸처럼 완전히 순수한 상태로 되돌린다는 게 얼마나 어려운 일이겠는가?

고수가 너무 많아서 웬만한 화경의 고수는 비질이나 해야 하고, 영약이 너무 많아 옮기던 영약이 굴러떨어져 개가 물어 가도 굳이 찾으려 들지 않는다는 소림에서도 웬만해선 시도조차 하지 않는 게 바로 벌모세수다.

하지만 지금 청명은 혼자의 힘으로 마기로 쇠약해진 노인을 벌모세수하는 기염을 토하고 있다. 딱히 청명이 의도한 결과는 아니라는 게 문제긴 하지만 말이다.

우우우우우웅.

황문약의 몸이 더 잘게 떨리기 시작했다. 그와 동시에 그의 몸이 새하얀 백색과 시커먼 흑색으로 동시에 물들어 갔다. 청명의 내력이 잠식한 영역은 백색으로 물들어 가고, 마기가 아직 잠식하고 있는 영역은 금방이라도 먹물이 흘러나올 듯 검게 물드는 것이다.

마기 역시 영역을 침범한 침입자에게 필사적인 저항을 하는 중이었다.

'버텨!'

순식간에 전쟁터로 화해 버린 황문약의 육체가 비명을 지르고 있다. 의식이 없는 게 분명함에도 전신이 부들부들 떨리고 입가로 피가 역류한다.

검붉은 피가 황문약의 앞섶을 적시는 걸 본 청명이 이를 악물었다.

이건 청명과 마기의 싸움이 아니었다. 그가 마기를 모조리 제거하기까지 황문약이 버텨 주냐가 관건인 싸움이었다.

'단번에 끝낸다!'

황문약의 몸 상태를 생각해서 주저하다 보면 부담만 가중될 뿐이다. 차라리 모든 것을 하늘에 맡기고 도박을 해 보는 쪽이 낫다.

결심을 굳힌 청명이 기운을 끌어 올렸다. 마지막 한 줌의 내력까지 남김없이 황문약의 몸 안으로 밀어 넣는다. 청명의 이마에서도 굵은 땀방울이 비처럼 쏟아지기 시작했다.

황문약의 몸속, 청명의 내력이 마기들을 가열하게 몰아붙이기 시작했다. 걸리는 대로, 닥치는 대로 빨아들여 중화하고 주변의 불순물들까지 녹여 낸다. 그와 동시에 비좁게 막혀 있던 황문약의 세맥들을 대로처럼 확장시킨다.

치열하게 저항하던 마기들이 기세를 잃고 한쪽으로 몰려가기 시작했다. 그 방향을 본 청명이 기겁했다.

'아, 안 돼!'

갈 곳을 잃은 마기가 청명이 내력을 주입하는 단전의 반대 방향, 즉 황문약의 머리로 밀려나기 시작한 것이다. 황문약의 얼굴이 순식간에 새카맣게 물들며 부풀어 오르기 시작했다. 금방이라도 터져 버릴 것처럼!

마기는 마치 의지가 있는 것처럼 황문약의 머리에 뭉쳐 든 채 항전을 준비했다.

'이거 함부로 못 건드리는데.'

골치 아픈 일이다. 어설프게 공격해 들어갔다가 머리에서 충돌이라도 벌어진다면 황문약은 깔끔하게 저승사자와 인사를 나눠야 할 것이다. 아니, 어쩌면 지금쯤 청명의 등 뒤에서 저승사자가 혀를 차고 있을 수도 있다.

그렇다고 이대로 물러나면?

'그건 더 망하는 일이지.'

황문약의 머리 아래는 완벽할 정도로 정화되었다. 하지만 그게 꼭 좋은 소식은 아니다. 정화된 육체는 더 빠른 속도로 마기를 받아들일 테니까. 맑은 물에 먹물을 풀면 순식간에 번져 나가는 것과 같은 이치다.

진격해도 죽고, 물러나도 죽는다. 사면초가에 빠진 청명은 이러지도 저러지도 못한 채 잠시간 망설였다.

'어떡하지?'

성질 같아서는 당장에 돌격해 버리고 싶지만, 성질대로 했다가는 무슨 일이 벌어질지가 너무 뻔하다. 고민에 고민을 거듭하던 청명이 입술을 질끈 깨물었다.

이러지도 저러지도 못한다고? 그럼 둘 다 안 해 버리면 그만이지!

청명이 기운을 한쪽으로 몰았다. 쥐는 궁지에 몰리면 고양이를 물고, 배수진을 친 군사는 죽는 그 순간까지 결사의 항전을 하기 마련이다. 하지만 달아날 틈이 있다면 어떨까? 쥐는 달아나고, 군사는 무기를 버린 채 퇴각한다.

'자, 여기에 달아날 곳이 있다.'

청명이 길을 열었다. 황문약의 몸에는 더 이상 달아날 곳이 없다. 하지만 한 곳. 딱 한 곳 달아날 구멍이 있다.

바로 청명의 몸.

내력을 한쪽으로 몰고 머리를 슬슬 압박하자 아니나 다를까 마기들이 빈 곳을 찾아 봇물 터지듯 밀고 나오기 시작했다. 이윽고 황문약의 몸에 닿은 청명의 손을 타고 넘어왔다. 황문약에게로 내력을 모두 보내서 청명의 몸은 비어 있으니 도망치기에 더욱 안성맞춤이다.

"으……."

절로 신음이 새어 나왔다. 팔을 타고 저릿저릿한 감각이 밀려오더니 순식간에 전신으로 퍼져 나갔다. 끔찍한 고통과 함께 눈이 흐려지고 의식이 멀어져 간다.

"큭!"

청명이 황문약의 몸에서 자신의 내력을 회수했다. 그리고 내력을 자신의 전신으로 퍼뜨리기 시작했다.

콰콰콰콰콰!

몸 안에서 폭포수가 떨어지는 소리가 났다. 더는 갈 곳을 잃은 마기들이 결사의 항전을 시작한다. 하지만 청명의 내력은 그 정갈함이 무색할 정도로 무자비하게, 점령군처럼 마기들을 진압했다. 육체 곳곳이 전장으로 변한 상황.

쾅! 쾅! 쾅!

몸 안에서 폭음이 울린다. 한 번의 폭음이 터질 때마다 참을 수 없는 고통이 청명을 괴롭혔다. 하지만 청명은 핏발 선 눈으로 입술을 질끈 깨물었다. 여기에서 의식을 잃는다?

'웃기지 마.'

매화검존의 자존심이 허락하지 않는다. 청명은 그 자리에 꿋꿋하게 서서 마지막 폭음을 기다렸다. 최후의 최후까지 남은 마기를 청명의 내력이 덮쳤다.

콰아아아아아아아앙!

천붕지음(天崩之音)이 터진다. 일순간 시야가 새하얗게 변하고 의식이 아득하게 멀어진다. 청명은 느리게 눈을 감았다. 마기를 완전히 제압한 내력이 승전보를 울리며 전신을 휘돌기 시작한다.

한 바퀴. 두 바퀴.

순식간에 십이주천을 끝낸 내력이 그제야 만족했다는 듯 단전으로 돌아가 얌전히 똬리를 틀었다. 그 모든 과정을 끝내고서야 청명이 눈을 떴다.

"끄으으으응. 뒈질 뻔했네."

농담이 아니라 정말 위험했다. 본디 이만한 마기는 청명의 수준에서 감당할 수 있는 게 아니다. 조금만 실수했어도 청명이나 황문약, 둘 중 하나는 죽었을 것이다.

'이번에는 진짜 위험했다. 다시는 이런 짓 하지 말아야지.'

청명이 자신의 단전 어귀를 슬슬 문질렀다.

"근데 뭔가 좀 늘어난 것 같기도 하고."

딱히 늘어날 이유가 없는데 뭔가 단전이 빵빵한 느낌이 났다.

"……그래 봐야 쥐꼬리지, 뭐."

작은 고추가 맵다는 말을 확실하게 실천하고 있는 내력이었지만, 작은 건 작은 거다. 이걸 언제 대하(大河)처럼 채울 수 있을지 까마득하기만 했다.

한숨을 내쉰 청명이 고개를 돌려 황문약을 바라보았다. 독기가 사라져서인지 얼굴에 홍조가 어려 있다. 순식간에 건강을 되찾은 모양이었다.

그렇겠지. 단순히 독기만 사라진 게 아니라 벌모세수를 받았으니까.

환골탈태를 한 것에 비할 수야 없겠지만 적어도 수명이 십 년은 늘어났을 것이다.

"쯧."

괜히 남 좋은 일만 시켜 줬다는 생각에, 청명은 혀를 차며 황문약에게 다가갔다.

"으으……. 으."

의식을 되찾는 모양이다. 눈가가 파르르 떨린다 싶더니, 이내 서서히 눈을 떴다. 초점 없이 이리저리 흔들리던 황문약의 눈동자가 청명에게 와 닿았다. 황문약이 다 죽어 가는 목소리로 입을 열었다.

"누…구요."

청명이 빙그레 웃으며 답했다.

"신선."

"……."

"아니, 소신선?"

황문약이 힘없이 뇌까렸다.

"내가 죽어 지옥에 왔나 보구나."

뭐, 인마?

화산귀환 1

발행 ㅣ 2023년 6월 26일

지은이 ㅣ 비가
펴낸이 ㅣ 강호룡
펴낸곳 ㅣ ㈜러프미디어
디자인 ㅣ 크리에이티브그룹 디헌
기획 편집 ㅣ 양동은, 배희선
단행본 기획 ㅣ 이유나

출판등록 ㅣ 2020년 6월 29일
주소 ㅣ 경기도 부천시 송내대로 29 리슈빌딩 3층
전화 ㅣ 070-4007-8555
E-mail ㅣ luffmedia@daum.net
블로그 ㅣ http://blog.naver.com/luffmedia_fm

ISBN 979-11-91284-55-3 04810
      979-11-91284-54-6 04810(set)

해당 도서는 ㈜러프미디어와 독점 계약되었으며, 저작권법에 의해 보호받는 저작물입니다.
무단 전재와 무단 복제를 엄금합니다.